Bianca Elliott
Emilies Weg

Das Buch

Als Emilie nach der Kriegsflucht Gut Sommerroth erreicht, hat sie alles verloren außer ihren Pferden. Doch auch hier stellt das Leben sie weiter auf die Probe. Ihre Schwiegermutter Charlotte von Sommerroth ist empört über die heimliche Hochzeit ihres Sohnes Johann mit der mittellosen Ostpreußin. Trotz allem nimmt Emilie sich vor, das Herz Charlottes zu gewinnen und eine neue Trakehnerzucht aufzubauen. Dann muss Johann fort, um seinen verschollenen Vater zu suchen. Emilie bleibt schutzlos zurück …

Jahrzehnte später wird die Familie von Sommerroth von einem furchtbaren Skandal erschüttert. Marisa kann es nicht fassen. Gerade jetzt, da das Geschäft mit den Hochzeiten floriert, werden zahlreiche Feste storniert. Ganz besonders ein Journalist stürzt sich auf den Fall und beginnt in der Gutsgeschichte herumzuwühlen. Er bringt Düsteres aus der Vergangenheit der Sommerroths zutage, das vor allem Großmutter Emilie betrifft. Marisa verlangt Antworten – selbst wenn es die Familie zerreißen sollte.

Die Autorin

Bianca Elliott ist das Pseudonym der deutschen Autorin Joël Tan. Sie ist 1982 geboren und inmitten einer Großfamilie im Bremer Umland aufgewachsen. Später zog es sie nach Hamburg, wo sie Bibliothekswesen sowie Medienwissenschaften studierte und für verschiedene Verlagshäuser und Medienunternehmen arbeitete. Heute lebt und schreibt sie in einem historischen Haus am Stadtrand, das sie mit ihrem Mann und ihren beiden Töchtern bewohnt.

Mit ihrer Sommerroth-Reihe gelingt der Autorin die spannende Verbindung zwischen der bewegten Zeit ihrer Großeltern, die eine prägende Rolle in ihrem Leben einnahmen, und der gefahrvollen Rettung der Trakehner Pferde aus dem untergegangenen Ostpreußen.

Bianca Elliott

Emilies Weg

Gestüt Sommerroth

Roman

Deutsche Erstveröffentlichung bei
Tinte & Feder, Amazon Media EU S.à r.l.
38, avenue John F. Kennedy, L-1855 Luxembourg
Juli 2021
Copyright © der deutschsprachigen Ausgabe 2021
By Bianca Elliott
All rights reserved.

Umschlaggestaltung: semper smile, München, www.sempersmile.de
Umschlagmotiv: © Anna Gorin / Getty;
© Potapov Alexander / Shutterstock; © VALUA STUDIO/ Shutterstock;
© Praew stock / Shutterstock; © Anna Matzen / plainpicture
Lektorat: 1. Lektorat: Ute Köhler
2. Lektorat und Korrektorat: Media-Agentur Gaby Hoffmann,
www.profi-lektorat.com
Gedruckt durch:
Amazon Distribution GmbH, Amazonstraße 1, 04347 Leipzig /
Canon Deutschland Business Services GmbH, Ferdinand-Jühlke-Straße 7,
99095 Erfurt /
CPI books GmbH, Birkstraße 10, 25917 Leck

ISBN 978-2-49670-287-3
www.tinte-feder.de

Für Marina

*Du bist nicht tot,
Du wechselst nur die
Räume.
Du lebst in uns und gehst
durch unsere Träume.
Michelangelo*

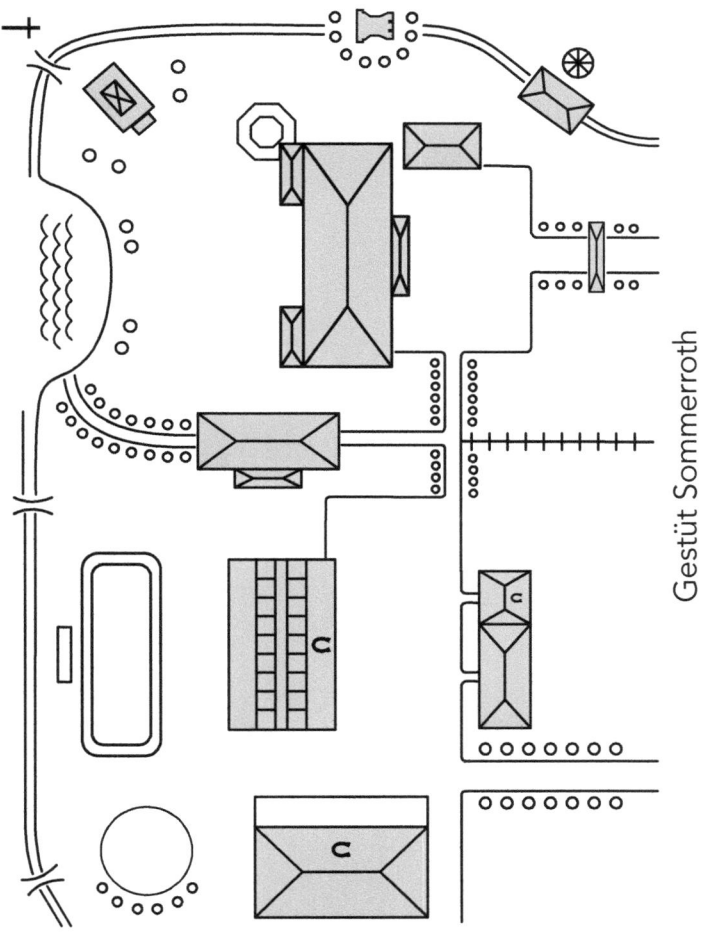

Gestüt Sommerroth

Personenregister

HEUTE

Alexander Bergen	Verlobter von Lisbeth, Tierarzt
Babette Tietjen	Gutsverwalterin Gestüt Sommerroth
Ben von Sommerroth	Bruder von Tom, Halbbruder von Marisa, Lisbeth und Philipp
Caroline von Wendhusen	Tante von Ben und Tom, Schwägerin von Henry
Carsten Benzo	Produktionsleiter
Etienne Conradi	Schulfreund von Mark und Philipp, Verlobter von Lilith
Emilie von Sommerroth	Mutter von Henry, Großmutter von Marisa, Lisbeth, Philipp, Ben und Tom
Henry von Sommerroth	Vater von Marisa, Lisbeth, Philipp, Ben und Tom
Lilith Davies	Filmstar, Verlobte von Etienne
Lisbeth (Lizzy) von Sommerroth	Schwester von Marisa und Philipp, Halbschwester von Ben und Tom, Verlobte von Alexander
Marisa von Sommerroth-Landau	Schwester von Lisbeth und Philipp, Halbschwester von Ben und Tom, Ehefrau von Mark
Mark Landau	Ehemann von Marisa, Reeder
Mike Nowak	Reporter vom Holstein-Blatt
Philipp von Sommerroth	Bruder von Marisa und Lisbeth, Halbbruder von Ben und Tom, Freund von Hannah

Richard Landau	Vater von Mark, Reeder
Tom von Sommerroth	Bruder von Ben, Halbbruder von Marisa, Lisbeth und Philipp
Tristan Winterer	Locationscout

DAMALS

Alan Smith	Dolmetscher von Colonel Baker
Carl Biernat	Helfer von Fritz Schilke
Charlotte von Sommerroth	Gutsherrin von Gut Sommerroth, Mutter von Johann und Otto
Colonel Baker	Britischer Befehlshaber auf Sommerroth
Edith von Sommerroth	Frau von Otto, Schwägerin von Emilie
Emilie von Sommerroth	Frau von Johann, Schwägerin von Edith
Ernst Ehlert	Landstallmeister des Hauptgestüts Trakehnen von 1931 bis 1944
Fritz Schilke	Ostpreußischer Pferdezüchter
Fritz Wittko	Blockleiter, später Ortsgruppenleiter
Johann von Sommerroth	Mann von Emilie, Bruder von Otto, Sohn von Charlotte und Leopold
Krzysztof Mazur	Polnischer Landarbeiter, Freund von Emilie
Lene (Lenchen) Demke	Mamsell von Gut Zimny, Freundin von Emilie
Liesel	Hausmädchen auf Gut Sommerroth
Marie	Küchenmädchen auf Gut Sommerroth
Mamsell Seidler	Mamsell auf Gut Sommerroth

Martin Heling	Landstallmeister des Landgestüts Georgenburg von 1938 bis 1945
Otto von Sommerroth	Mann von Edith, Bruder von Johann, Sohn von Charlotte und Leopold, Landwirt und Pferdezüchter

Gut Sommerroth

Damals

Emilies Ankunft

Kapitel 1

»Warum lässt du sie immer so lange stehen?«

»Was meinen Sie, Baronin von Sommerroth?«

»Die Blumen, Liesel. Sie sind vertrocknet. Ich mag es nicht, auch noch in meinem Schlafzimmer auf Vergänglichkeit und Tod zu treffen. Hat der Krieg uns nicht genug davon beschert?«

»Natürlich. Ich räume sie sofort weg. Verzeihung.«

Das Hausmädchen verschwand mit der Vase in der Hand. Charlotte blickte ihr nach, wie sie vom Dunkel des Flurs geschluckt wurde. Obwohl dieses Mädchen schon eine Weile lang in ihrem Dienst stand, wusste Charlotte nichts über sie. Nichts, außer ihrem Namen: Liesel. Doch selbst der entsprach nicht der Wahrheit. Sie hießen alle Liesel – so, wie das alte Hausmädchen ihrer Kindheit auf Schloss Krimhorst. Charlotte wollte sich keine Mühe mit ihnen machen, weshalb sie verfügt hatte, dass die Namen der Hausangestellten stets dieselben blieben. Die Hausmädchen hießen Liesel, die Küchenmädchen Marie, der Bursche Anton, der Kutscherjunge Paul – ganz gleich, wie häufig sie wechselten. Nur Mamsell Seidler, der die Aufgabe oblag, für das Personal zu sorgen, wurde mit ihrem echten Namen angesprochen.

Die schnellen kurzen Schritte erklangen wieder aus dem Flur. Liesel kam zurück und machte sich an die übliche Arbeit. Sie legte Kamm und Bürste auf der Frisierkommode zurecht und holte ein Kleid aus dem Schrank heraus.

Charlotte saß noch immer kerzengerade auf ihrer Bettkante. Der Tag hatte gerade begonnen, doch über ihr schien bereits eine schwarze Wolke zu schweben. Sie fühlte sich melancholisch. Es war die unkontrollierbare Veränderung um sie herum, die sie mit der Empfindung zurückließ, entwurzelt zu sein. Noch nie hatte sie es gemocht, wenn Altgewohntes Neuem wich. Doch in diesen Tagen veränderte sich alles. Ständig.

»Möchten Sie heute frühstücken, Baronin?«

»Nein, nur das Übliche. Schnell, bitte.«

»Natürlich. Sofort, Baronin.«

Liesel huschte umher. Es raschelte. Dann ein Gluckern. Etwas wurde neben Charlotte auf dem Nachttisch abgestellt. Ohne hinzusehen, ergriff ihre Hand das dünne, bauchige Glas mit dem Cognac. Sie nahm einen kleinen Schluck, der ihr scharf die Kehle herunterrann. Eigentlich gefiel ihr bloß die Wirkung des Cognacs, nicht der Geschmack, weshalb sie das Brennen in ihrem Mund gleich mit einem Stück Hausfrauenschokolade bekämpfte. Diese kleinen, mit Pervitin versetzten Pralinen waren ihre Rettung. Sie befreiten sie von Schwermut und verliehen ihr Kraft. Charlotte nahm noch einen Schluck Cognac und aß eine weitere Praline. Die Zeit zwischen dem Erwachen und der Wirkung ihrer kleinen Helferlein, wie sie sie im Stillen nannte, war die schlimmste des Tages. Und sie dauerte zunehmend länger. Es war klar, was das hieß. Ihr Körper hatte sich bereits daran gewöhnt. Sie würde mehr und mehr brauchen, um über den Tag zu kommen.

Ein kleines Kopfnicken reichte aus, damit Liesel wieder herbeieilte und alles verstaute, als hätte es diesen Moment ebenso wenig gegeben wie den schlechten Gemütszustand ihrer Herrin.

Charlotte schätzte das an ihr. Diese Liesel war diskret und damit akzeptabler als die Liesel davor, die sie eigenhändig aus dem Haus gejagt hatte, nachdem sie sie beim Tratschen erwischt hatte. Jener Vorfall war ärgerlich gewesen, weil er für Unruhe mit ihrem Sohn Otto gesorgt hatte. Sonst aber hatte er keine tiefe Wunde hinterlassen. Schnell war ein neues Hausmädchen zur Stelle gewesen. Es existierte ein fast unerschöpflicher Nachschub an Liesels. Sie waren alle ersetzbar.

Müde sah sie zum Fenster, dessen Vorhänge jetzt aufgezogen wurden. Grelles Licht schien ihr mit einem Schlag ins Gesicht und ließ das Zimmer für einen Moment gleißend weiß erscheinen. Charlotte spürte, wie sich ihre Pupillen schnell zusammenzogen. Sie hob ihre Hand und schirmte ihre Augen ab, bis sie sich an das Licht gewöhnt hatten. Dann erst erblickte sie den tiefblauen, wolkenlosen Himmel. Die Luft war so klar wie ihr Verstand, der sie deshalb noch immer quälte. Wenn doch nur endlich der leichte Nebel in ihrem Kopf aufziehen würde, der den Tag etwas erträglicher machte! Charlotte sog hörbar ihren Atem ein und stieß ihn ebenso laut wieder aus. Die Luft im Gutshaus kam ihr plötzlich stickig und warm vor.

Liesel deutete diese Geräusche richtig. Sie öffnete beide Seiten des großen Flügelfensters weit, sodass ein frischer Juni-Windstoß hereinzog. Er ließ die erste Seite des *Deutschen Adelsblattes* aufflattern, das auf dem runden Intarsientisch davor lag.

Charlotte betrachtete die letzte Ausgabe ihrer geliebten Zeitung. Sie war vom September 1944 und somit neun Monate alt. Der Verlag hatte die Arbeit eigentlich bloß für die Dauer des Krieges einstellen wollen, aber seine Tätigkeit seit der Kapitulation im Mai doch nicht wieder aufgenommen. Charlotte hatte sich geschworen, diese letzte Ausgabe hier liegen zu lassen, bis die nächste Zeitung endlich erschien und so die Normalität einläutete. Wenn es nach ihr ginge, würde darin die

Verkündung der Hochzeit ihres zweitgeborenen Sohns Johann mit einer hochgeborenen Dame zu lesen sein. So hatte sie es sich immer erträumt. Es wäre die Krönung ihrer unermüdlichen Bemühungen, die Zugehörigkeit der Sommerroths zum historischen Adel trotz der Weimarer Verfassung aufrechtzuerhalten. Noch konnte es passieren. Wenn doch Johann nur endlich nach Gut Sommerroth zurückkehren würde!

Charlotte stand auf, ging zum Tisch und schlug die aufgewehte Zeitung wieder zu. Das vergilbte Papier war bereits an mehreren Stellen eingerissen. Der Anblick machte sie zornig, denn auf eine Weise verstand sie die Zeitung als Abbild ihrer Situation. Das Adelsblatt schrie ihr die Wahrheit geradezu ins Gesicht: Der Krieg war zwar vorbei, doch die Welt um sie herum war nun eine andere. Ihr Leben befand sich seit der Machtübernahme im Chaos!

Langsam krümmten sich Charlottes Finger zu einer Faust, die das knisternde Papier darin einschlossen. Sie war wieder da, diese Beklemmung im Hals. In ihr herrschte eine immense Wut – doch durch ihre standesgemäße Erziehung, die Gefühlsausbrüche nicht gestattete, war sie zum Schweigen verdammt. Sie verspürte Wut auf den Krieg, der so viel Unheil gebracht hatte. Wut auf Hitler, der sie alle ins Verderben geführt hatte. Aber ebenso Wut auf ihren Mann Leopold, der den Krieg auf eine Weise unterstützt hatte, wie eine Mutter es nur verachten konnte. Er hatte Johann an die Front gezwungen, sodass die Männer im Streit auseinandergegangen waren.

Charlotte hingegen hatte nie gewollt, dass ihr Sohn in den Krieg zog. Sogar einen Versuch, ihn aufzuhalten und zu einer Tätigkeit in der Verwaltung zu überreden, hatte sie gewagt. Sehr zum Ärger Leopolds, der von jeher ein unnachgiebiger Vater und ein glühender Verehrer des Militärs gewesen war. In seinem Kopf hatte er bereits vor Jahren einen unumstößlichen Plan geschmiedet, der vorsah, dass der erstgeborene Sohn Otto

Gut Sommerroth und die Kavalleriepferdezucht übernahm. Für seinen zweitgeborenen Sohn hingegen war nichts anderes infrage gekommen als eine strenge militärische Ausbildung, die ihm endlich seinen wilden Freigeist austrieb. Johann musste sich fügen und war seit dem sogenannten »Unternehmen Barbarossa«, dem Überfall auf die Sowjetunion vor vier Jahren, nicht mehr nach Sommerroth zurückgekehrt.

Charlottes Mutterherz verzehrte sich seither vor Sorge um ihn. Und gleichzeitig quälte sie ihr eigenes und Leopolds offensichtliches Versagen: Eltern sollten alle ihre Kinder gleich lieben, aber ihnen war das nicht gelungen. Jeder hatte einen Lieblingssohn. Johann war der ihre, Otto der des Vaters! Und zu allem Verdruss versuchten beide Söhne unermüdlich, die Gunst genau jenes Elternteils zu erlangen, das ihnen weniger zugetan war. Es war wie ein immerwährender Fluch, der sich selbst befeuerte und schlussendlich alle in der Familie unglücklich zurückließ. Charlotte sehnte sich nach einem Ausweg, weshalb sie vor sechs Wochen etwas gewagt hatte, das eigentlich undenkbar war.

Ihr Blick huschte hinüber zum Sekretär, wo ihre silberne Schreibfeder schräg in der Sockelplatte steckte. Daneben lagen Briefe ihres Mannes, die sie lange studiert hatte, um seine Schrift bestmöglich zu fälschen.

»Geht es Ihnen gut?«, erkundigte sich Liesel vorsichtig. Ihre Augen hafteten am zerknüllten Adelsblatt.

Charlotte sah auf die Zeitung, die sie weiterhin in ihrer Faust hielt.

»Baronin Sommerroth …«, hakte Liesel noch mal vorsichtig nach. »Kann ich etwas für Sie tun?«

Die mahnende Stimme ihrer Kinderfrau forderte sie im Kopf dazu auf, bis zur göttlichen Zahl sieben zu zählen. *Comptez jusqu'à sept.* In Gedanken tat sie es. *Un, deux, trois, quatre, cinq, six, sept.* Es half. Charlotte spürte, sie hatte sich wieder im Griff. Ihre Finger lockerten sich und sie richtete sich auf.

Ohne eine Antwort zu geben, schritt sie über den hellen Holzboden ihres Schlafzimmers. Die Dielen knarrten unter ihren Füßen und schwiegen erst, als sie vor dem Fenster stehen blieb. Gut Sommerroth erstreckte sich vor ihr.

***

Johann blickte nach vorn. Als der Heuwagen mit Muskat und Windfarbe im Geschirr um die Ecke bog, erkannte er in der Ferne das leuchtend weiße Gutshaus hinter den grünen Baumkronen. In seinen Ohren klang das Prusten von Kabinett, die hinten angebunden war. Beide Fohlen stürmten ausgelassen nach vorne über die sanften Sommerroth-Hügel, die wie überall zu dieser schweren Zeit nur spärlich mit goldgelben Ähren bewachsen waren. Dennoch, es wirkte auf Johann, als ahnten die Pferde, dass ihre über tausend Kilometer lange Reise aus Ostpreußen hier und heute ein Ende fand. Als wüssten sie, dass der Krieg zwar verloren, aber dafür endlich vorüber war.

Seine eigenen Gedanken glichen jener Zuversicht – vor allem wegen Emilie. Unauffällig sah er zur Seite. Er konnte es nach wie vor kaum glauben. Sie war die schönste und mutigste Frau, die er in seinen fast dreißig Jahren je getroffen hatte. Wie unwirklich es sich noch anfühlte, dass sie vor nicht ganz einer Stunde in einer Kirche gekniet hatten, um vor Gott zu bekunden, dass sie ab nun gemeinsam durchs Leben gehen wollten. Johann war sich sicher, selten hatte ein Mann vor dem Altar die Worte »In guten wie in schlechten Zeiten« so ernst gemeint wie er! Schließlich hatten sie Letztere auf der Flucht bereits erlebt und genauso überlebt. Als Emilies Bruder Paul durch einen Fliegerangriff gestorben war zum Beispiel, ihre Mutter

Wilhelmine an Lungenentzündung oder ihr Vater Oskar im Eiswasser des Frischen Haffs.

Johanns Herz wurde schwer, während er daran dachte. Wie sehr wünschte er, sie alle würden jetzt mit ihnen auf diesem Heuwagen sitzen – ganz besonders Oskar! Der ostpreußische Gutsherr war nicht nur Emilies Vater gewesen, sondern ebenso Johanns Lebensretter und sein Freund. Das Versprechen, welches er ihm in der Stunde seines Todes gegeben hatte, war Johann deshalb heilig: Für immer und ewig wollte er auf Emilie achtgeben! Dabei ahnte er, dass sie diesen Schutz schneller brauchen würde, als es ihm lieb war. Die Familie von Sommerroth konnte eine wahre Schlangengrube sein.

»Ich habe noch etwas für dich«, sagte er jetzt über das Klappern der Hufe hinweg zu ihr.

»Was ist es?«, fragte sie neugierig und drehte sich zu ihm um.

»Augen zu!«, forderte Johann und zog dann das Buch mit dem gelb gestreiften Stoffeinband unter seiner Feldbluse hervor. Mit Absicht hatte er gewartet, bis sie sich kurz vor Sommerroth befanden. Die Ankunft sollte mit etwas Schönem verknüpft sein – ließ doch der erste Schrecken sicher nicht lange auf sich warten. »Leider war es nicht möglich, Geschenkpapier aufzutreiben. Du musst es dir dazu denken«, scherzte er.

»Ich sehe es«, antwortete Emilie lächelnd. »Es ist hellblau mit weißen Tupfen.«

Johann grinste, weil sie den Spaß mitmachte. »Augen auf.«

Emilie sog ihren Atem ein. »Ein Tagebuch!«

»Ganz genau. Sieh rein, es sind zwei Eselsohren in den Seiten. Eines vorne und eines in der Mitte.«

Emilie nahm das Buch entgegen wie einen Schatz. Sanft strich sie zunächst mit der Hand darüber. Erst danach schlug sie es auf. »Mein Leben in Ostpreußen«, las sie vor und blätterte weiter zum zweiten Knick: »Mein Leben in Schleswig-Holstein.«

»Ich möchte, dass du alles aufschreibst. Das Vergangene und das, was kommt. Eines Tages werden wir gemeinsam in diesem Buch lesen und feststellen, wie nach und nach alle unsere Träume auf Sommerroth wahr geworden sind.«

Emilie fixierte seine geschwungene Handschrift und schluckte sichtbar. Dann drückte sie das Geschenk an sich. Ihr Lächeln musste als Antwort genügen.

Johann sah es in ihren Augen glitzern. Es verriet ihm, wie sehr ihre Gefühle sie gerade übermannten, und dass das Sprechen ihr kurzzeitig unmöglich war. Er wusste, es würde lange dauern, bis sie den Verlust ihrer Heimat Ostpreußen einigermaßen verwunden hatte und sie Schleswig-Holstein als ihr neues Zuhause annehmen konnte. Vielleicht vermochte das Aufschreiben von Erinnerungen ihr dabei zu helfen – zusammen mit seinem Versprechen an sie.

Seine Finger suchten die ihren. »Hör mir gut zu, Emilie«, begann er jetzt. »Ich habe dir einen Ort zugesichert, wo du deine Trakehnerzucht neu aufbauen kannst, und ich werde mein Wort halten. Sommerroth verfügt über zwei Vorwerke. Auf Fliedertal lebt mein Bruder Otto. Das andere heißt Ilsenhof. Es ist viel kleiner und unbedeutender, eigentlich mehr eine Bauernstelle. Aber man hat einen Zugang zum See und überall stehen alte Bäume. Im Frühjahr blüht rosafarbener Rhododendron um den großen Obstgarten und auf den Hügeln ist Platz für die Pferde.«

»Das klingt einfach wundervoll, Johann!«, erwiderte Emilie mit einem erwartungsfrohen Ausdruck auf dem Gesicht.

»Natürlich weiß ich noch nicht, was der Krieg mit dem Vorwerk gemacht hat, aber in meiner Erinnerung sah es aus wie ein Stück Ostpreußen. Ich bin mir sicher, du wirst es lieben. Dort will ich mit dir und den Pferden glücklich werden und einen Neuanfang wagen, auch wenn es bis dahin sicher noch ein paar Hürden für uns zu nehmen gilt. Aber das soll dich jetzt nicht sorgen, Liebste.« Johann streichelte Emilie die Hand mit seinem Daumen, um ihr Zuversicht zu schenken, und auch, um von seinen eigentlichen Gedanken abzulenken.

Nur der Himmel konnte ahnen, wie seine Familie auf seine heimliche Hochzeit mit einer mittellosen Ostpreußin vom Land reagieren würde, wo seine Vermählung doch eigentlich ein groß angelegtes gesellschaftliches Ereignis in Adelskreisen hätte sein sollen. Jene Kreise, in denen die Sommerroths sich bewegten, waren Außenstehenden für gewöhnlich verschlossen – wie Tannenzapfen bei Nässe, die ihre Samen im Inneren vor Eindringlingen schützten, indem sie ihre Schuppen zuzogen. Keine Frage, Emilie war ein solcher Eindringling! Vor ihr lag eine harte Bewährungsprobe, und sie begann genau jetzt – ausgerechnet am Tag ihrer Hochzeit. Dabei hatte Johann bereits versucht, Emilie vorzuwarnen. Doch er war daran gescheitert. Welche Worte waren schon die richtigen für einen Vater, der noch nach der Blut-und-Boden-Ideologie lebte, und einer Mutter, die unbeirrt der Kaiserzeit nachhing?

Trotz aller Sorgen drängte Johann seine Gedanken in den Hintergrund. Wenigstens diese eine Kutschfahrt an der Seite seiner Ehefrau wollte er noch genießen, zusammen mit ihren Trauzeugen Krzysztof und Lenchen, die sich leise hinten unterhielten. Emilie schien ähnlich zu denken. Johann beobachtete, wie sie das Tagebuch in der Koppeltasche ihres Vaters Oskar verstaute, in der sich die wertvollen Stammbäume der Pferde befanden. Anschließend hielt sie ihr Gesicht in den warmen Sommerwind. Er ließ ihre kurzen braunen Haarsträhnen an ihren Schläfen tanzen. Das viel zu große Brautkleid aus Fallschirmseide mit seinen filigranen Knöpfen vorne umspielte in Wellenbewegungen die zarten Wölbungen ihres Schlüsselbeins, die er so liebte. Johann wünschte, diese Kutschfahrt währte noch ewig, doch der Gutshof kam näher.

Die zahlreichen Dächer der Stallungen, Speicher, Wohnhäuser und Schuppen von Sommerroth drängten unerbittlich hinter dem grünen Laub der alten Eichen hervor, die das

Anwesen umringten. Johann spürte die Gegenwart dieses Ortes wie einen leichten Sprühregen auf den Armen, der einem die feinen Härchen aufstellte, ohne dass man fror. Ganze vier Jahre war es her, dass er das letzte Mal hier gewesen war – und auch, wenn ihm alles wohlig altvertraut vorkam, er selbst hatte sich verändert. Der Krieg hatte eine Seite in ihm hervorgebracht, die ihn weder ein Hauslehrer noch eine Kinderfrau hatten lehren können, sondern nur das Leben selbst. Damals war ihm der übertriebene Standesdünkel des Adels so lästig gewesen, dass er manch alberne Sitte kaum noch ertragen hatte. Erst die Vertreibung der Ostpreußen aus ihrer Heimat, die er so hautnah miterlebt hatte, hatte ihm deutlich gemacht, dass es nur ein Elternhaus im Leben gab. Seines war Schloss Sommerroth. Plötzlich wollte er hierher zurück, denn er spürte, hier gehörte er hin!

Auf der letzten Station ihrer Flucht – in Perlin – hatte Johann darum seinem Vater geschrieben. Er sei in der Nähe, ob er trotz ihrer Streitigkeiten in der Vergangenheit auf Gut Sommerroth willkommen wäre? Die Antwort des sonst so strengen Leopolds war überraschend milde ausgefallen. Johanns Hand fuhr in seine Jackentasche, wo der mittlerweile zerknüllte Brief seines Vaters seit sicher fünf Wochen ruhte.

> Komm zurück, mein Sohn. Ich will unsere Zwistigkeiten für immer begraben und die Familie wieder einen. Trotz Reichserbhofgesetz sollst du einen Teil von Sommerroth erhalten, um für immer hier zu leben. Erwarte deine baldige Ankunft.

Der Untergrund wechselte von festem Lehm zu Kopfsteinpflaster, weshalb Johann die trabenden Stuten nun zügelte, bis sie in Schritt verfielen. Der Wagen hatte bloß eisenbeschlagene

Holzräder und alle Insassen waren die Erschütterungen leid. Jetzt hörte er bereits den Burgbach plätschern und sah, wie sein Wasser glitzernd in die Schaufeln des sich drehenden Mühlrads lief. Als sie durch das Torhaus fuhren, hob er Emilies Hand und küsste sie.

»Willkommen zu Hause, Baronin von Sommerroth. Ich hoffe, du bist bereit für das, was jetzt kommt.«

»Ich bin bereit!« Emilie blickte ihn voller Zuversicht an.

***

Charlotte wusste, es war längst Zeit, sich anzukleiden, doch sie war noch nicht so weit. Wo blieb nur die Wirkung der Pralinen und des Cognacs?

Abwartend überblickte sie Sommerroth, das sich in den letzten Jahren so stark verändert hatte. Kaum erkannte sie es wieder. Dabei störten sie weniger die zahlreichen Flüchtlinge oder die britischen Besatzer, die hier nun lebten.

Wie zum Beweis vernahm sie in dem Moment das unliebsame Knattern eines Lanz Bulldog. Charlottes Gesicht verfinsterte sich. Der Kauf dieser Ackerschlepper kurz nach Kriegsbeginn, wo die Stimmung noch hoffnungsvoll gewesen war, sollte bloß eine von vielen Neuerungen Ottos gewesen sein, um das Gut zu modernisieren. Ihr Sohn erwies sich in Abwesenheit Leopolds als großer Freund des Fortschritts – oder, wie sie es empfand, der Zerstörung! So hatte kurz darauf auch ihr wunderschönes viktorianisches Gewächshaus mit seinen verzierten Sprossen zwischen den Glasfenstern einem Maschinenschuppen weichen müssen. Ebenso war die kleine hauseigene Molkerei entfernt worden. Man brachte die Milch der Kühe jetzt in die Hansa-Meierei nach Lübeck. Selbst die altehrwürdige Schule aus Fachwerk und Backstein im Heimatschutzstil hätte es fast getroffen. Sie sollte abgerissen werden, um Platz für neue

Landarbeiterhäuser zu schaffen. Doch der fortschreitende Krieg hatte das Bauvorhaben im letzten Moment gestoppt, denn nahezu jeder fähige Mann war zum Dienst an der Waffe eingezogen worden. Nie hätte Charlotte es laut ausgesprochen, aber sie war erleichtert gewesen. Wenigstens etwas, das blieb, wie es war. Mochten es für manche nur alte Gebäude sein, waren es für Charlotte Fenster in die Vergangenheit.

»Komm her, Liesel«, verlangte Charlotte nun.

»Jawohl, Baronin.« Folgsam trat das Hausmädchen neben sie.

»Sag es mir: Wie sah Sommerroth früher aus? Meine Erinnerung daran verblasst mehr und mehr.« Es war nicht das erste Mal, dass sie Liesel dazu aufforderte. Sowieso war das Mädchen ungewöhnliche Aufforderungen von ihr gewohnt, weshalb es gleich zu sprechen begann. Charlottes Lider fielen zu.

»Ich sehe große rote Backsteinbauten mit Fachwerkgiebeln und gekreuzten Pferdekopf-Brettern an ihren Spitzen. Alles ist umfriedet von uralten Eichen und durch Alleen miteinander verbunden. Das Plätschern des wilden Burgbachs ist von fast überall zu vernehmen. Er umfließt Sommerroth und zieht dann weiter zu den Vorwerken Ilsenhof und Fliedertal, wo Feldwirtschaft und Pferdezucht Ihrer Familie ansässig sind.«

»Das ist genug.«

Liesel schwieg.

Die Beschreibung hatte Charlotte gefallen. Sie konnte sich wieder an den Glanz alter Tage erinnern. Zufrieden atmete sie durch und hielt die Augen weiter geschlossen. Bei all dem Kummer kam ihr von Zeit zu Zeit abhanden, wie wunderschön Sommerroth einst gewesen war. Doch in diesem Moment war es wieder zu spüren – das Gefühl, als sie am Tage ihrer Hochzeit im Herbst 1912 zum Gut gekommen war. Voller Optimismus und Vorfreude darauf, was die Zukunft wohl für sie und ihren stattlichen Ehemann Leopold bereithielt.

Das Leben hatte es bis zu diesem Zeitpunkt außerordentlich gut mit ihr gemeint. Als einzige Tochter nach fünf Söhnen war sie stets verwöhnt worden. Ihre Mutter genoss als Palastdame der Kaiserin Auguste Viktoria ein hohes Ansehen. Ebenso ihre Brüder, die allesamt während ihrer Zeit im Kadettenkorps als Leibpagen am Kaiserhof gedient hatten.

Charlotte lächelte und fühlte sich dennoch traurig. Wie naiv sie doch gewesen war zu denken, das monarchische Regierungssystem und die feudale Gesellschaft würden für immer bleiben, wie sie waren. Der Erste Weltkrieg hatte alles zerstört, was ihr Leben bis dahin ausgemacht hatte. Zuerst kam die Nachricht, dass ihr Vater im Einsatz mit der kaiserlichen Fliegerstaffel gefallen war. Drei ihrer fünf Brüder folgten ihm in den Tod. Die übrigen holte das Fleckfieber. Die Aufhebung der Stände und das Ende des Kaiserreichs waren der finale Dolchstoß für ihre Mutter gewesen, die mit der Kaiserin bis zu deren Tode im niederländischen Exil auf Haus Doorn im brieflichen Kontakt gestanden hatte. Wenig später war auch sie gestorben. Es war das Ende von allem gewesen, was Charlotte Halt gegeben hatte.

Mit jeder Faser ihres Körpers sehnte sie sich zurück in diese Zeit, als alles noch seine Ordnung gehabt hatte. Sie wusste, dass sie deshalb an den alten Möbeln, den Gebräuchen, der Kleidung und den Traditionen festhielt wie ein Sterbender an der heiligen Bibel. Doch die Welt drehte sich unerbittlich weiter. Ihr fester Griff um alles Vergängliche verlor an Kraft; sie schien fast nichts dagegen unternehmen zu können.

»Baronin?«, brachte sich das Hausmädchen vorsichtig in Erinnerung. »Wollen Sie, dass ich Ihnen jetzt beim Umkleiden helfe?« Als sie auch nach einer Weile keine Antwort erhielt, schlug Liesel etwas anderes vor: »Oder sollen wir vielleicht zuerst Ihr Haar richten?«

Charlotte gab sich einen Ruck. Sie konnte schlecht den ganzen Tag hier herumstehen. »Ja, zuerst die Haare«, stimmte sie zu und wandte sich um. In diesem Moment setzte die Wirkung ihrer Helferlein ein. Endlich! Es war ihr, als würde sie ein Stück vom Boden abheben und auf weichem Untergrund zum Frisiertisch weiterlaufen. Die Schwere auf ihrem Herzen wurde Stück für Stück erträglicher. Mit langsamen Bewegungen setzte sie sich auf den alten Tapisserie-Sessel und blickte in den Spiegel.

Ihre Augen lagen tief. Um ihren schmal gewordenen Mund zeichneten sich feine Linien ab. Ihr dominantes Kinn und ihre spitze Nase, die sie beide noch nie gemocht hatte, erschienen ihr unansehnlicher als je zuvor. Wieder einmal wurde ihr klar, was die Welt jeden Tag sah: Der auch im Alter noch gut aussehende Leopold von Sommerroth hatte sie nicht wegen ihrer Schönheit geheiratet. Es war der vorzügliche Name der Familie gewesen – und sicher auch die Verbindung zum Kaiserhof. Das alles hatte sich mittlerweile verflüchtigt – übrig geblieben war bloß dieses Gesicht.

Liesel nahm die weiche Bürste zur Hand und begann vorsichtig das lange Haar auf ihrer Hand zu kämmen. Charlotte empfand es als ein wohltuendes Streicheln, das sie sonst von nirgendwoher bekam. Ihr Herzschlag wurde ruhiger. Strähne für Strähne legte Liesel ihr fertig gebürstetes Haar auf die Schulter. Wenigstens das satte Braun war ihr geblieben, wo andere Frauen mit fünfzig Jahren bereits grau auf dem Kopf waren. Dennoch, ihr Spiegelbild hatte sonst nicht viel Erheiterndes. So wandte sie ihren Blick davon ab und betrachtete stattdessen die Frisierkommode. Wie alles, was ihr lieb war, entsprach auch dieses Möbel im Biedermeierstil nicht der Mode, dennoch liebte Charlotte das gemusterte Nussbaumwurzelholz sehr. Vielleicht wegen seines rechteckigen Spiegelrahmens mit den vergoldeten Messing-Kerzenhaltern, der mittlerweile dermaßen verzogen war, dass man Fotografien darunter festklemmen konnte.

Noch vor Kurzem hatten hier sicher zehn Bilder Platz gefunden. Das Motiv jedoch war einseitig gewesen – Johann, auf jeder einzelnen Fotografie –, was auch der Anstoß für die Tratscherei der vorherigen Liesel gewesen war. Otto hatte das mitbekommen und ihr deshalb gezürnt. Die öffentliche Zurschaustellung ihrer einseitigen Gefühle war eine schlimme Demütigung gewesen. Charlotte hatte sich in aller Form bei ihm dafür entschuldigt, jedoch ohne wirkliche Reue zu empfinden. Das Einzige, was sie tatsächlich bedauerte, war, dass sie selbst den ohnehin tiefen Graben zwischen den Brüdern noch tiefer gezogen hatte.

Seither allerdings klemmten die Fotografien in einer gerechten Verteilung zwischen Rahmen und Spiegel – rechts jene von Johann, links welche von Otto. Bloß eines oben in der Mitte konnte Charlotte keiner Seite zuordnen. Es zeigte einen Kinderwagen vor Schloss Krimhorst wenige Tage nach Ottos Geburt. Sie nahm es jetzt ab, um es näher zu betrachten. Dabei fragte sie sich, wie oft sie schon darüber nachgedacht hatte, es in den Schrank zu tun. Charlotte hatte es nie geschafft, deshalb wurde sie täglich an den schlimmsten Tag in ihrem Leben und an ihr größtes Geheimnis erinnert.

Die Pralinen und der Cognac entfalteten stetig mehr ihre Wirkung, was sich in einem wohligen Kribbeln in Händen und Füßen bemerkbar machte.

»Fertig«, sagte Liesel irgendwann.

Charlotte drehte den Kopf nacheinander zu beiden Seiten, um das Ergebnis zu betrachten. Liesel verstand sich mittlerweile perfekt darauf, den eingedrehten Knoten auf jene Weise zu befestigen, dass sich der Haaransatz kronenartig aufbauschte. Es war dieselbe edwardianische Frisur, die ihre Mutter stets getragen und geliebt hatte.

»Darf ich Ihnen jetzt aus dem Nachtkleid helfen, Baronin?«

Charlotte nickte und stand auf. Während Liesel die Schnüre an dem hochgeschlossenen Kragen öffnete, wanderte ihr Blick durchs Fenster in die Ferne. Mal wieder bemerkte sie, dass ihre Augen nicht mehr die besten waren.

Sie sah einen Wagen die Straße entlangfahren, die auf Sommerroth zuführte. »Kommen etwa noch mehr Flüchtlinge?«, fragte sie ärgerlich.

Liesel drehte sich kurz um – wohl mehr aus Höflichkeit, denn aus Interesse. Sie wollte sich gerade wieder den Schnüren widmen, als sie innehielt. Ihre Augen schienen besser zu sein als die ihrer Herrin. Ihre Arme sanken. Sie sah zu den Fotos am Spiegel der Frisierkommode und wieder hinaus. »Baronin, ich bin mir nicht sicher, aber ...« Plötzlich lief sie zu einer Schublade und holte einen Feldstecher heraus. »Bitte, sehen Sie selbst. Ist das vielleicht Ihr Sohn Johann?«

Kapitel 2

Johanns Ankunft blieb nicht lange geheim. Die Mamsell entdeckte ihn als Erste und stieß einen schrillen Schrei aus. Statt etwas zur Begrüßung zu ihm zu sagen, hastete sie so schnell ins Haus, dass sie fast über ihre eigenen Röcke stolperte. Sie verschwand sogar durch den Haupteingang des Herrenhauses, der eigentlich ausschließlich der Herrschaft vorbehalten war.

Als Johann die Pferde vor der Freitreppe anhielt, schaute er sich flüchtig um. Gleich auf den ersten Blick bemerkte er die vielen Fremden auf Sommerroth. Seit seiner Kindheit hatte er eigentlich stets jeden Mann und jede Frau auf dem Gut gekannt. Nun tummelten sich hier Vertriebene und Flüchtlinge, deren leerer Gesichtsausdruck ihm aus Fluchttagen schmerzlich vertraut vorkam. Ihr Vieh stand in provisorischen Umfriedungen zwischen den Gebäuden. Die Hand- und Leiterwagen parkten dicht an dicht neben den staubigen Jeeps der Engländer, die sich hier offensichtlich eine Kommandantur aufgebaut hatten. Johann blickte zum Schloss, das nach wie vor in hellem Weiß erstrahlte und wie durch ein Wunder unversehrt durch den Krieg gekommen war. Er staunte selbst, wie sehr ihn das berührte.

Mit einem Satz sprang er zu Boden, als plötzlich seine Mutter Charlotte im Eingang erschien. Regungslos stand sie da, ihre Hand auf ihre Brust gepresst, direkt unter dem hochgeschlossenen Kragen ihres lockeren schwarz-weißen Teekleides, das sie offenbar mittlerweile gegen die enge Version mit Korsett darunter eingetauscht hatte. Einen Atemzug lang betrachtete er ihr Gesicht, auf der Suche nach einem warmen Gefühl in sich. Vergeblich. Er stellte einzig fest, die letzten vier Jahre hatten sie altern lassen.

»Mein Junge! Du bist wieder da«, rief sie schließlich, schlug klatschend die Hände zusammen und sah gen Himmel. »Dem Herrgott und allen Engeln sei Dank!«

Er schenkte ihr ein Lächeln und eine knappe Verbeugung, wie er es seit seiner Kindheit gelernt hatte. »Hallo, Mutter.«

Bevor er sich nach ihrem Befinden erkundigen konnte, lief sie zu ihm, berührte ihn an Brust, Wange und Schultern, als müsste sie sich überzeugen, dass er echt war. Diese Geste der Herzlichkeit war ungewöhnlich für sie. Johann bemerkte einen glasigen Schimmer in ihren Augen, der als Erklärung dienen konnte, während sie etwas von seinem Vater und seinem Bruder murmelte. Es war nur ein kurzer Moment, in dem ihr Handeln so auffallend unkontrolliert war. In der nächsten Sekunde straffte sie wieder den Rücken. »Nun komm erst einmal rein und erzähle mir, wo du all die Zeit gewesen bist.« Sie nahm seinen Arm, um ihn ins Schloss zu führen, und sagte gleichzeitig zu Mamsell Seidler, die mit blassem Gesicht hinter ihr stand: »Gib den Flüchtlingen Bescheid, wo in der Scheune sie sich einrichten können.«

Johann stockte, als er ihre Worte hörte. Offensichtlich hatte seine Mutter Emilie in ihrem weißen Kleid noch keines einzigen Blickes gewürdigt. Ohne große Erklärung zog er seinen Arm aus ihren Händen und lief zurück zum Pferdewagen, wo er Emilie einen aufmunternden Blick schenkte. So galant wie möglich half er ihr herunter und bedeutete ihr mit einer winzigen Kopfgeste, das Kinn ein Stück zu heben. Mit ihr an seiner Seite trat er vor seine Mutter. »Darf ich vorstellen? Das ist meine Frau. Ich hoffe, ihr zwei werdet euch gut verstehen.«

Er sah Emilie liebevoll lächeln.

Charlotte lächelte nicht. Sie wich sogar ein Stück zurück, als sie das Kleid wahrnahm, und verzog dabei beinahe schmerzhaft das Gesicht. Von oben bis unten musterte sie Emilie. In ihren Augen funkelte der blanke Hass.

»Wie bitte?«, zischte sie ungehalten, ohne den Blick von ihr zu nehmen. »Das ist jetzt nicht dein Ernst, Johann!«

»Guten Tag, Schwiegermutter. Mein Name ist Emilie, und ich komme aus dem schönen Ostpreußen.«

Johann sah sie einen anmutigen Knicks vollziehen und geradezu demütig den Kopf senken. Dabei tat sie so, als hätte es die beleidigende Reaktion seiner Mutter nicht gegeben, die noch immer nichts erwiderte. Er selbst legte seine zweite Hand auf die von Emilie, die seinen angewinkelten Unterarm umfasst hielt. Jene Geste sollte nochmals die Ernsthaftigkeit seiner Worte betonen.

Mamsell Seidler eilte zur Hilfe, da die Situation sich nicht löste. Sie trat aus dem Eingang des Schlosses hervor. »Willkommen zu Hause, gnädiger Herr und gnädige Frau. Ich denke, ich spreche für alle, wenn ich sage, dass wir Ihre Ankunft sehnlichst erhofft haben. Wenn Sie es wünschen, hole ich den Burschen, damit er Ihr Gepäck aus der Kutsche tragen kann.«

Johann nickte der Mamsell anerkennend zu, die auf Wunsch seiner Mutter von jeher alle Sommerroths mit dieser übertriebenen Anrede ansprach. Er sah sie nervös ihre Hände kneten. »Ich danke Ihnen, aber wir haben kein Gepäck. Meine Habe liegt irgendwo im schwarzen Wasser der Ostsee und meine Frau besitzt nichts außer ihren edlen Trakehnern.«

»Trakehner …?«, stieß seine Mutter nun atemlos hervor.

Johann schloss kurz die Augen, um nicht auszusprechen, was ihm eigentlich auf der Zunge lag. Konnte man sich noch unpassender verhalten? Stattdessen richtete er sein Wort abermals an die Mamsell. »Wie gesagt, der Bursche muss nicht kommen. Aber eine Erfrischung würden meine Frau und ich nicht ablehnen.«

»Ich lasse sofort etwas im Esszimmer auftischen.«

»Danke. Und geben Sie bitte dem Kutscherjungen Bescheid. Er soll unseren Freunden zeigen, wo sie die Pferde tränken können.«

»Natürlich.« Die Mamsell verschwand im Haus.

Johann warf seiner Mutter einen vorwurfsvollen Blick zu. Seine Worte klangen scharf. »Bittest du uns denn gar nicht herein?«

Charlottes Brust hob sich sichtbar, als sie tief ihren Atem einsog und dann mit einer entsprechenden Handgeste vorweg ins Vestibül schritt.

Johann folgte ihr und bemerkte dabei, wie Emilie über ihre Schulter spähte. Ohne Worte verstand er, dass es ihr schwerfiel, die Pferde zurückzulassen. Seit Oktober, als ihre Flucht auf Gut Zimny begonnen hatte, war sie keinen Tag und oft nicht mal die Nacht über von ihren geliebten Tieren getrennt gewesen. Leise, sodass es nur Emilie hörte, raunte er: »Krzysztof wird sie nicht aus den Augen lassen. Später kümmern wir uns dann um einen geeigneten Platz auf dem Gut.« Johann lächelte ihr aufmunternd zu, woraufhin Emilie sich scheinbar vorerst zufriedengab, denn ihr Blick richtete sich wieder nach vorne.

Jetzt vernahm er seine eigenen dumpfen Schritte im Flur, die hier sonst immer laut gehallt hatten. Zahlreiche Möbel drängten sich an den Wänden vor- und übereinander – manche mit Tüchern abgedeckt.

Seine Mutter schien sein Erstaunen zu bemerken. »Wir mussten Platz schaffen in den Räumen des Schlosses. Die

Engländer haben hier ein Altenheim untergebracht, das seit einem Bombenhagel unbewohnbar ist. Fast alle Zimmer sind belegt.« Sie weitete ihren hohen Spitzenkragen mit dem Zeigefinger, als wäre er plötzlich zu eng. »Aber die obere Eckkammer habe ich stets frei gehalten, für den Tag, da du zurückkehrst. Ebenso wie meine Räumlichkeiten und das Esszimmer für die Familie. Ich konnte es gerade noch vor den Engländern verteidigen, die sich hier nehmen, was ihnen beliebt.«

Johann nickte. Er konnte lediglich ahnen, wie schwer dieser Moment für sie gewesen sein musste. Solange er denken konnte, war das Herrenhaus mitsamt der altertümlichen Einrichtung wie ein schützender Mantel für sie gewesen. Nur ausgewählte Menschen hatten Zutritt gehabt. Dass jetzt so viele Fremde darin wohnten, musste geradezu unerträglich für sie sein.

Ein Hausmädchen huschte hinter ihnen vorbei ins Esszimmer – in den Händen ein Tablett mit Gläsern und einer Etagere voller Gebäck. Johann kannte sie nicht, doch mit Sicherheit hörte sie auf den Namen Liesel. Klimpernd verteilte sie alles auf dem Tisch.

Charlotte blinzelte unliebsam, als würden die Geräusche ihr in den Ohren schmerzen. »Johann, kann ich dich bitte einen Moment alleine sprechen?«

Wie von selbst legte sich seine rechte Hand auf Emilies Rücken. »Sei unbesorgt, Mutter. Meine Frau darf alles hören, was die Familie angeht. Sie ist nun ein Teil davon, und je schneller wir alle uns aneinander gewöhnen, umso besser.«

Er bemerkte ihre Abneigung gegen seine Worte, denn ihre Lippen kräuselten sich auf jene Weise, die ihm als kleiner Junge bereits das Fürchten gelehrt hatte.

»Es ist schon in Ordnung«, stimmte Emilie plötzlich zu. »Nach so langer Zeit habt ihr euch bestimmt viel zu erzählen.

Ich bin wirklich sehr erschöpft von der Reise und werde mich ausruhen.«

Johann wollte gerade protestieren, doch er erkannte, dass Emilie die Situation entschärfen wollte. Er kam nicht umhin, sie für ihre Besonnenheit und Weitsicht zu bewundern. Es war zumindest der richtige Weg, um sich seine Mutter nicht gleich zum Feind zu machen. »Bist du dir sicher? Soll ich dich nach oben in die Eckkammer begleiten?«

»Nein, nein. Bleib du nur hier. Es wird mir sicher jemand über den Weg laufen, der mir helfen kann.« Sie lächelte und sah jetzt zu ihrer Schwiegermutter. »Vielleicht bekommen wir später am Tag ja noch einmal Gelegenheit, ausführlich miteinander zu sprechen. Ich freue mich darauf.«

Johann nahm ihre Hand und küsste sie erneut. Sein tiefer Blick in ihre Augen sollte ihr seine Dankbarkeit aufzeigen. »Ich sehe dich dann später, meine Liebste.«

***

Emilie wartete, bis Johann und seine Mutter im Esszimmer verschwanden. Als die Tür hinter ihnen zufiel, verebbte wiederum ihr Lächeln. Sie hatte die Fassade der liebreizenden Schwiegertochter aufrechterhalten, so lange sie konnte. Jetzt fiel dieser Schutzschild von ihr ab.

Langsam und zutiefst erschrocken stieg sie ein paar der breiten hölzernen Treppenstufen hinauf. Auf der Mitte der Treppe jedoch sank sie kraftlos auf eine der Stufen und lehnte ihre Stirn an das Geländer. Noch immer war ihr der Gesichtsausdruck ihrer Schwiegermutter gegenwärtig. Er hatte keine Zweifel darüber gelassen, dass sie ihrer Meinung nach so viel auf Sommerroth zu suchen hatte wie eine fette Ratte in der Gutsküche.

Johann hatte sie bereits gewarnt. Sommerroth sei kein Ort, der mit seiner Nestwärme verschwenderisch umging. Sie bräuchte Geduld und Zuversicht, dann würde alles gut werden. Emilie aber verließ jetzt jede Hoffnung. Keines seiner Worte hatte sie auf so viel Feindseligkeit vorbereitet. Dies sollte ihre neue Heimat sein? Der Ersatz für ihr geliebtes Gut Zimny? Emilie begann zu frieren, obwohl es Sommer war. Sie sah sich um und hatte das Gefühl, vollkommen allein auf der Welt zu sein. Die dunkle, vollgestellte Eingangshalle, deren einstige Pracht noch gut zu erkennen war, wirkte wie die Öffnung einer finsteren Höhle auf sie, von der man nicht wusste, was sie in sich verbarg. Nur dumpf klangen Geräusche aus den geschlossenen Zimmern hinter den zahlreichen Türen zu ihr herüber. Keine Worte, die man Menschen zuordnen konnte. Nur ein Klappern, ein Knarren, ein Murmeln, Schritte. Die Mischung wirkte bedrohlich auf sie. Über ihren Rücken zog sich eine Gänsehaut. Am liebsten wäre sie hinausgelaufen, so schnell sie konnte. Doch was dann? Sie war schließlich am Ziel ihrer Reise – auch wenn es sich nicht im Geringsten so anfühlte.

Von ihrem erhöhten Platz aus konnte sie durch den gläsernen Korbbogen der Eingangstür auf den Herrenhof blicken. Der Platz, wo Krzysztof, Lenchen und die Pferde eben noch gestanden hatten, war jetzt leer. Emilies Atem wurde flacher. Der Drang, sie zu suchen, stärker.

Plötzlich hörte sie die wütende Stimme ihrer Schwiegermutter aus dem Esszimmer dringen. »Wer ist diese Frau, Johann? Sag mir bitte, dass du sie nicht wirklich mit aller Gültigkeit geheiratet hast.«

Emilie wusste, die korrekte Antwort lautete Nein. Es war eine Nottrauung gewesen, die noch einer späteren Anerkennung bedurfte. Zudem war Emilie mit ihren zwanzig Jahren nicht mal volljährig und hätte unter anderen Umständen sogar die Zustimmung ihrer Eltern gebraucht. Nur das Zudrücken beider Augen des Pfarrers Erik, der ein alter Freund von Johann aus Kindertagen war, hatte aus ihnen schlussendlich Mann und Frau gemacht.

»Doch«, sprach Johann trotz allem fest aus. »Das habe ich. Vor ungefähr einer Stunde.«

»Herr im Himmel, steh uns bei!«, stieß Charlotte ungehalten aus. »Was ist nur in dich gefahren?«

Johann klang ruhig. »Ich habe mich nie der Illusion hingegeben, dass sie deinen Erwartungen entspricht, Mutter. Aber sie ist die Frau, die ich gewählt habe. Und ich verlange, dass sie mit Respekt behandelt wird. Von dir und von allen anderen Sommerroths.«

»Eine Frau aus Ostpreußen soll ich als meine Schwiegertochter akzeptieren? Was habe ich verbrochen, dass du deine Herkunft so sehr mit Füßen trittst?«

»Was redest du da? Du hast sie doch nicht einmal kennengelernt.«

»Ach, dann irre ich mich? Sie entstammt also einer feinen uradligen Familie? Welcher, Johann? Bitte beruhige mich mit einem ›von‹ im Namen, einem Wappen und einer langen, weitverzweigten Ahnenlinie.«

Zwei Herzschläge lang sagte er nichts. Emilie hielt unbewusst die Luft an und knabberte nervös an ihrem Daumennagel. Es war ein Streitpunkt zwischen ihnen gewesen, doch Emilie hatte darauf bestanden, dass Johann ihre Herkunft geheim hielt. Der Name ›von Zimny‹ durfte mit dem heutigen Tage fortan nie wieder erwähnt werden, wenn sie und ihre Pferde in Sicherheit vor ihrem Feind Fritz Wittko leben wollten. Konnte Johann dem Druck ihr zuliebe standhalten? »Bitte, sag es nicht ...«, flüsterte sie leise.

»Ihre Herkunft ist vollkommen unbedeutend. Ich spreche ausschließlich von Emilies tadellosem Wesen. Einzig das zählt für mich, Mutter.«

Emilie spürte die Erleichterung wie einen schweren Rucksack, den sie endlich abnehmen durfte.

»Pah«, stieß Charlotte daraufhin hervor. »Ist das vielleicht eine Art Rache mir gegenüber, weil ich nicht verhindert habe, dass dein Vater dich ins Militär gezwungen hat? Bei Gott, ich habe es versucht, Johann!«

»Unsinn. Meine Vermählung hat nicht das Geringste mit Vater zu tun. Ich liebe sie!«

»Liebe …?« Emilie hörte ein abfälliges Schnauben. »Als ob es darum gehen würde – in einer Ehe. Glaubst du etwa, dein Vater hat mich aus Liebe geheiratet?«

»Das waren ja wohl andere Zeiten. Und glücklich hat es dich auch nicht gemacht. Oder willst du das abstreiten?«

»Du warst schon immer ein Träumer, Johann«, erwiderte Charlotte missbilligend. »In unseren Kreisen ticken die Uhren anders. Wir halten fest an alten Traditionen und streben nicht nur nach persönlichem Glück.«

»Du meinst wohl eher: Du hältst fest daran. Genauso wie an alten Möbeln, alten Hierarchien, alten Kleidern, alten Höflichkeitsformen … Aber die Welt verändert sich gerade. Es wird Zeit, dass du das akzeptierst.«

»Vielleicht tut sie das«, gab Charlotte zu. »Aber trotzdem begehst du mit dieser Ehe einen großen Fehler. Bitte folge nur dieses eine Mal meinem Rat und mach sie rückgängig. Am besten noch heute!«

»Hör sofort auf damit«, donnerte er jetzt laut. »Emilie ist meine Frau und ich verbiete dir, so abfällig über sie und unsere Ehe zu sprechen.«

»Johann«, wetterte Charlotte aufgebracht weiter. »Dies ist nicht die Zeit, um egoistisch zu sein. Dir ist anscheinend nicht klar, in welcher Lage wir stecken. Die Verbindung zu dieser mittellosen Frau ist nicht allein aus gesellschaftlicher Sicht eine Katastrophe für uns.« Ihre Stimme wurde schrill.

»Sommerroth hat kein Geld mehr, alle unsere Konten sind unerreichbar für uns. Zudem haben wir gewiss genug Sorgen mit den Engländern. Und ebenfalls damit, dass dein Vater seit über drei Wochen spurlos verschwunden ist.«

Emilies Finger suchten die Sprossen des Treppengeländers. Sie richtete sich ein Stück auf. Spätestens ab jetzt war ihr Lauschen ungehörig. Diese Dinge waren eindeutig nichts, was ihre Schwiegermutter freiwillig mit ihr geteilt hätte. Doch Emilies Neugier war zu groß.

»Wovon sprichst du da nur?« Johann klang überaus verwirrt. »Ich verstehe kein Wort von dem, was du sagst.«

Charlotte schien ein Einsehen zu haben. »Es tut mir leid, mein Sohn. Ich hätte dir das alles schonender beibringen müssen. Du warst lange fort und in der Zwischenzeit ist viel passiert. Lass mich noch einmal von vorne beginnen.« Sie hatte sich wieder im Griff, als sie die nächsten Worte sprach. »Während deines Einsatzes befand sich dein Vater als Teil des Generalstabs des Heeres irgendwo nahe der Maginot-Linie an der französischen Grenze. Von dort erhielt ich Feldpost von ihm. Es war zu einem Zwischenfall gekommen, einer Notlandung zweier Offiziere in Belgien. Hitler war außer sich vor Wut, denn die Aufmarschpläne, die sie dabeigehabt hatten, konnten nicht mehr rechtzeitig verbrannt werden und gerieten der Gegenseite in die Hände. Dem Zorn dieser Tage sind viele Posten zum Opfer gefallen – ebenfalls der deines Vaters. Aus irgendeinem Grund hatte man anscheinend das Vertrauen in ihn sowie seine Urteilsfähigkeit verloren und schickte ihn daraufhin in die Führungsreserve nach Sommerroth. Wie du sicher weißt, ist das nichts anderes als Gefängnis im eigenen Haus. Hier war er dann fast drei Jahre lang. Ich muss dir wohl nicht erklären, wie zermürbend diese Zeit für deinen Vater gewesen ist. Der Militärdienst war sein Lebenselixier. Es ist kaum übertrieben, wenn ich behaupte, er wäre lieber auf dem Schlachtfeld gestorben, statt in Ungnade und zur Untätigkeit gezwungen auf Sommerroth zu weilen.«

Emilie hörte nach diesen Worten kurze leichte Schritte. Als würde sie umherwandern.

»Zu jener Zeit, wo dein Vater gänzlich der Schwermut verfallen war, kamen plötzlich Männer der Partei aufs Gut. Sie boten ihm einen Verwaltungsposten im Kieler Rathaus an, wenn er der NSDAP beitreten würde. Es war schnell klar, dass das die einzige Chance bleiben würde, die man ihm noch einräumte. In seiner Verfassung hatten sie leichtes Spiel. Irgendwann sagte er Ja und wurde Mitglied in der Partei. Gleich nach der Machtübernahme wurden unsere Gelder deshalb beschlagnahmt, und dein Vater ist wie vom Erdboden verschluckt.«

Emilie vernahm Johanns schwere Schritte, die sich deutlich von den leichten Charlottes unterschieden. Dann schien er sich auf einem Sofa niederzulassen, dessen Federn quietschten.

»Wann hast du zuletzt von ihm gehört?«

»Er schickte mir einen letzten Brief durch einen Boten. Aber am besten liest du selbst.«

Das Geräusch einer schwergängigen Schublade ertönte. Emilie vernahm ein Knistern, das klang, als würde man ein Papier entfalten. Johanns Stimme ertönte.

> »Meine liebe Frau, ganz gleich, wie sehr man es auch ahnte, die Wirklichkeit erschreckt einen doch. Obwohl vor fünf Tagen, am 2. Mai 1945, der Befehl gegeben wurde, Kiel kampflos zu übergeben, donnerten den ganzen Tag darauf die Geschütze. Alle Munition wurde vernichtet, damit nichts den Engländern in die Hände fällt. In der Nacht darauf wurden wir noch einmal vom Fliegeralarm geweckt und mussten in die

Bunker. Am 4. Mai kam eine kleine britische Abordnung ins Rathaus – oder besser in das, was davon übrig ist. Sie gaben uns Befehle, wie die Bevölkerung sich nun zu verhalten habe. Alles geschah so still und leise, dass ich glaube, kaum einer von außerhalb hat überhaupt etwas davon mitbekommen. Erst vorgestern erreichten britische Truppen die Stadt, und heute, am 7. Mai, rollen unaufhörlich Panzer durch die Straßen. Wenn ich aus dem Fenster sehe, werde ich Zeuge, wie die wenigen intakten Häuser zur Einquartierung der britischen Soldaten beschlagnahmt werden. Die Kieler sind empört. Die Stimmung ist unendlich angespannt. Ich werde versuchen, die Stadt so schnell wie möglich zu verlassen und auf Sommerroth einzutreffen. Denn hier sieht man deutlich, was uns noch erwartet. Auf jedem nur denkbaren Weg kommen die Heimatvertriebenen und Flüchtlinge in die Stadt. Auf Schiffen, Zügen, Lastautos, Pferdewagen, zu Fuß …

Die Tuberkulose ist bereits ausgebrochen. Die Versorgung mit Lebensmitteln und Brennmaterial ist dermaßen knapp, dass die Menschen unmöglich alle hierbleiben können. Man versucht, sie zur Weiterreise ins Landesinnere zu bewegen. Doch so schwach wie sie sind, werden sie nicht weit kommen. Sommerroth und alle anderen Güter wird man jedoch überfluten. Macht euch darauf gefasst und sichert euch Vorräte. Eine schwere

Zeit steht uns bevor. Die Familie muss jetzt mehr denn je zusammenhalten.

Auf bald, Dein Leopold«

»Der Brief ist fast vier Wochen alt«, sagte Charlotte. »Erhalten habe ich ihn vor drei Wochen. Selbst, wenn dein Vater von Kiel aus hätte laufen müssen, wäre er längst hier. Meine Vermutungen sind düster. Alles Mögliche kann ihm zugestoßen sein. Es müssen nicht einmal die Engländer etwas damit zu tun haben. Ein Stück Brot kann dieser Tage ausreichen, um ein Schicksal zu besiegeln. Hungernde Menschen sind zu vielem bereit.«

»Ich verstehe«, erwiderte Johann matt. »Wo ist Otto? War er schon in Kiel, um ihn zu suchen?«

»Nein, die Reise dorthin ist uns untersagt. Er hält sich abwechselnd auf den Vorwerken sowie dem Herrenhof auf und versucht, sich mit den Engländern gut zu stellen, was auch einigermaßen gelingt. Die Wehrmacht hat in den letzten Kriegswochen zahlreiche Pferde der Bauern zu Kriegszwecken requiriert, nun bietet dein Bruder den Besatzern seine Holsteiner an. Dennoch, es gab bereits erhebliche Probleme mit Colonel Baker, der Sommerroth mit seinen Soldaten besetzt hält. Er hat nichts übrig für unseren Stand und stopft das Gut gnadenlos mit Flüchtlingen voll und ebenso mit ihren minderwertigen Tieren. Umso bedauerlicher, dass du heute fünf weitere Ostpferde angeschleppt hast, Johann.« Ihre Worte klangen spitz. »Das Land erstickt fast unter ihnen. Am besten bringst du diese ostpreußischen Ackergäule gleich selbst ins Schlachthaus, damit die Flüchtlinge auf Sommerroth wenigstens für ein paar Tage genug zu essen haben und nicht an unsere Vorräte gehen.«

Emilie wusste nicht, was sie mehr erschreckte. Der Vorschlag von Charlotte oder aber der angsteinflößende und unerklärliche Hass, der aus ihren Worten sprach. Das Bedürfnis, nach ihren

Pferden zu suchen, wuchs weiter an, als sie Johann noch einmal antworten hörte.

»Diese Pferde, Mutter …«, begann er ruhig. Gleichzeitig erhob er sich offenbar von dem Möbel mit den quietschenden Federn. »… stehen unter meinem persönlichen Schutz.«

»Wie bitte? Seit wann interessierst du dich für Pferde?«

»Das kann ich dir sagen. Seit sie mir das Leben gerettet haben. Ohne Windfarbe, Kabinett und Muskat wäre ich längst tot. Niemand auf Sommerroth legt Hand an sie. Niemand!«

Emilie konnte dem Drang, ihre Pferde zu suchen, nicht länger standhalten. Entgegen ihrem Entschluss, in der Eckkammer zu warten, bis Johann zu ihr käme, rannte sie nach draußen auf den Hof.

Für einen Moment drohte der Blick über Sommerroth sie zu überwältigen. Der Gutshof war riesig. Überall liefen Menschen umher, von denen niemand sie zu beachten schien. In ihrer Aufregung drehte Emilie sich um sich selbst, erfasste dabei flüchtig ein paar Einzelheiten. Eine Pappelallee, kleine Insthäuser, eine Mühle, eine offene Scheune. Sie stockte kurz, denn auf den ersten Blick schienen hier die Bedingungen für ihre Pferde günstig zu sein. Doch wo sollte sie mit der Suche nach ihnen beginnen? Emilie zwang sich zur Ruhe. Ihr Blick schwenkte langsam zurück. Erst danach verstand sie, das Anwesen war zweigeteilt in Herrenhof und Wirtschaftshof.

Sie entschied sich kurzerhand für die verbindende Allee und quetschte sich zwischen Menschen und Tieren hindurch. In ihren Ohren klangen die verschiedenen Sprachen und Dialekte der Geflüchteten und vermischten sich zu einem brummelnden Laut. Hinzu kam das Klappern von Pferdehufen und schließlich kehlige Männerstimmen. Es waren britische Soldaten auf Pferden mit Holsteiner-Brand. Barsch forderten sie, dass man ihnen Platz machte.

»Go! Go! Out of the way.«

Emilie presste sich mit dem Rücken an die zerklüftete Baumrinde einer Pappel, um sie durchzulassen. Zwar waren die englischen Besatzer, die seit vier Wochen diesen Teil des Landes unter ihrer Militärregierung hatten, mittlerweile ein vertrauter Anblick, doch mit ihnen zu sprechen wagten die wenigsten. Auch Emilie hatte bereits von dem Fraternisierungsverbot gehört, dass jeden privaten Kontakt zwischen Briten und Deutschen untersagte – ganz besonders zwischen Männern und Frauen. Noch war es deshalb unmöglich zu sagen, ob sie Freund oder Feind waren. Die Zeugnisse ihres Sieges über die Deutschen waren jedoch auch hier überall zu erkennen.

Von ihrem Platz aus sah Emilie die typischen halbrunden Nissenhütten aus Wellblech stehen, die die Briten mitgebracht hatten. Und auf einer Wiese hinter dem Gutshaus ihre Zelte, zwischen denen Soldaten umherschlichen und rauchten.

Als die Menschenmasse sich hinter den Reitern wieder schloss, hielt Emilie eine beliebige Frau an, die ein wimmerndes Kleinkind an sich presste. »Kannst du mir sagen, wo ich eine Pferdetränke finde?«

Die Frau hatte keine Hand frei, deshalb ruckte sie mit dem Kopf zur Seite. »Da drin gibt es eine.« Rasch eilte sie weiter.

Emilies Aufmerksamkeit fiel auf ein riesiges Fachwerk-Hallenhaus, das einstmals prächtig gewesen sein musste. Noch waren Reste von bunt bemalten Muschelrosetten im Holz zu erkennen. Auf dem Torriegel las sie die Worte »Anno Domini 1621«. Auf der darüberliegenden Giebelschwelle stand: »WER GOTT VERTRAUWET DER HAT WOL GEBAUWET IM HIMMEL UND AUF ERRDEN. GEORGIUS SOMMERROTH.« In einem der beiden Torflügel befand sich eine kleine geöffnete Tür, durch die Emilie zahlreiche Menschen sehen konnte. Sie stieß sich vom Baumstamm ab, um hier die Suche nach ihren Pferden zu beginnen.

Im Inneren schlug ihr ein furchtbarer Gestank entgegen. Der Geruch war eine Mischung aus ungewaschen Leibern, Urin und Fäulnis. Emilie hielt sich mit ihrem Ärmel die Nase zu. Dabei besah sie das Gewirr aus aufgehängten Laken und Planen, die die Scheune in kleine Bereiche teilte, damit die einzelnen Familien wenigstens ein bisschen unter sich sein konnten. Hastig lief sie durch die engen Wege, die verblieben waren, und schaute sich die einfach gezimmerten Hochbetten mit Stroh darin an. Sie dienten zum Teil bis zu acht Personen als Schlafplatz. Manche Familien besaßen noch einen Tisch und einen Stuhl. Andere wiederum lagen auf dem nackten Boden in dem, was sie am Leibe trugen. Hühner gackerten in ihren engen Käfigen. Schnarchen scholl durchs Gebälk. Emilie hörte mehrere Säuglinge schreien, scheinbar, ohne dass jemand was dagegen unternahm. Je weiter sie ins Innere der Scheune gelangte, desto dunkler wurde es und desto schlimmer wurde die Luft. Die schimmlige Feuchtigkeit legte sich auf ihre Haut wie Pech, das man nicht mehr abwaschen konnte. Emilie fühlte den Wunsch zu fliehen. Ihre Augen suchten bereits die Wände nach dem nächstgelegenen Ausgang ab, als sie ein leises Wiehern hörte.

Ruckartig blieb sie stehen. Ohne dass sie einen Beweis dafür hatte, wusste Emilie, es war entweder die kleine Winterzeit oder auch Kornblume gewesen. Sie änderte die Richtung und eilte dorthin, von wo das Geräusch gekommen war. Immer schneller irrte sie durch das Laken-Labyrinth, bis die Scheune schließlich endete. Ganz hinten, in engen, verdreckten Kuhständen mit schwarzen Wänden und altem Stroh, standen ihre fünf Trakehner an einer steinernen Pferdetränke.

Muskat entdeckte Emilie als Erste. Sie prustete, riss den Kopf wiederholt nach oben und begann mit dem Vorderhuf zu schaben.

»Ist ja gut, Muskat. Ist ja gut …«, beruhigte Emilie sie und schloss kurz die Augen. Ihre Wange ruhte für einen Moment auf der Stirn der Rappstute. Sie war nicht einmal eine Stunde von ihren Pferden getrennt gewesen, doch nicht zu wissen, wo sie sich aufhielten, hatte sich schlecht angefühlt. Im Stillen nahm sich Emilie vor, sie ab jetzt nicht mehr aus den Augen zu lassen.

»Frau Emilie. Sind Sie es?«, ertönte es plötzlich aus einer dunklen Ecke.

»Lenchen?«, fragte Emilie zurück und verengte die Augen. Die ehemalige Mamsell von Gut Zimny erhob sich mühsam vom Boden. Emilie griff schnell nach ihrem Arm und zog sie auf die Füße. »Komm mit, ich habe eben einen besseren Ort für euch entdeckt. Auf dem Haupthof gibt es eine Scheune. Sie sieht trocken aus.«

»Erbarmung«, stieß Lenchen aus und strich sich ihre kleinen Stirnlocken unter das Kopftuch. »Ich hatte schon die Befürchtung, dass wir hier auf feuchtem Boden nächtigen müssen. Man bot uns zwar einen Schlafplatz in der Mitte der Scheune an, aber Krzysztof wollte die Pferde nicht allein lassen. Es sind doch zu viele notleidende Menschen unterwegs, die plötzlich zu Dieben werden, weil ihr eigenes Pferd auf allen vier Hufen lahm ist.«

»Ihr guten Leute … auf euch beide ist Verlass«, sagte Emilie dankbar. Dann sah sie sich um. »Wo ist Krzysztof?«

Lenchen wies zum Haupttor. »Er wollte Futter für die Pferde aus dem Wagen holen. Er müsste jeden Moment …«

»Frau Emilie«, rief eine tiefe Stimme jetzt von der Seite. Krzysztof trat durch eine Seitentür, deren heller Lichtkegel das Durcheinander in der Scheune noch deutlicher offenbarte.

»Krzysztof, gut, dass du da bist! Lass uns die Pferde hier wegbringen. Es gibt da eine Scheune auf dem Herrenhof …«

Er nickte nur und fragte nicht weiter nach. Stattdessen griff er umgehend zum Zaumzeug von Windfarbe und drückte es

Lenchen in die Hand. Er selbst schnappte sich Kabinett und schritt voran. Die Fohlen folgten ihnen.

Emilie umfasste die Zügel von Muskat besonders nah unter ihrem Kinn, denn die junge Rappstute fürchtete sich vor den Laken und der Enge. Mehrfach scheute sie, mal vor einer hektischen Bewegung oder einem lauten Geräusch. Emilie wusste, dass Muskat nur weiterging, weil sie ihr vertraute – auf diese bestimmte und unerklärliche Art und Weise, die ihr Vater Oskar ihr vererbt hatte. Quälend langsam quetschten sie sich durch die Gänge. Emilie war heilfroh, als sie endlich unter freiem Himmel waren.

Bei der kleinen Fachwerkscheune angekommen, übergab Emilie ihr Pferd an Lenchen und trat durch das offene Holzgittertor. Dahinter zeigte sich ihr, dass es eigentlich eine Durchfahrtsscheune mit sich gegenüberliegender Ein- und Ausfahrt war. Diese spezielle Bauart erlaubte das Reinfahren voll beladener Erntewagen und das direkte Abladen sowie Stapeln der Garben. Rechts befand sich noch immer eine halb gefüllte Banse mit etwas Stroh. Links erkannte Emilie eine große offene Kammer, die vom Boden bis zum Dachfirst reichte. Zwei edle Kutschen waren hier untergebracht, neben einem Haufen ausrangierter und verstaubter Einzelteile alter Heuwagen.

»Wir müssen die Fuhrwerke rausschaffen, dann haben wir Platz für die Pferde«, sagte Krzysztof kurz entschlossen.

Mit gemeinsamen Kräften zogen sie ein sicherlich sündhaft teures Coupé mit geschlossener Kabine nach draußen. Als Nächstes folgte die Reisekutsche, ein Landaulett mit glänzendem Lack und Faltverdeck.

Emilie wusste, es war mit Sicherheit nicht die eleganteste Lösung, doch für den Schutz ihrer Pferde hätte sie die Fuhrwerke wohl auch nach draußen gezogen, wenn sie aus purem Gold gewesen wären.

Der Schweiß stand ihnen allen bereits auf der Stirn, als sie den Lehmboden dünn mit dem alten Stroh aus der Banse bedeckten und die Pferde schließlich in die Scheune führten.

Krzysztof ging zu dem Haufen mit den Wagenresten. Dort zog er zwei Holzdeichseln unter rostigen Spielwaagen, Riemen und einem Kummet hervor und versperrte den Eingang des neuen Pferdestalls mit einem abenteuerlichen Konstrukt. Schließlich sah er zufrieden aus. »Jetzt noch Wasser und Heu, und sie sind vorerst versorgt.«

Emilie fühlte sich erleichtert, als sie beobachtete, dass Kornblume und Winterzeit bereits zu trinken begannen. Sie wischte sich die Stirn mit dem Unterarm und stemmte ihre Hände in die Hüften. Ihr feines weißes Brautkleid war staubbedeckt. Halbherzig versuchte sie, zumindest den gröbsten Dreck und das Stroh von sich zu klopfen, da hörte sie es von draußen fluchen.

»Was zum Teufel geht hier vor sich? Warum stehen die Wagen draußen?«, schimpfte eine Männerstimme. »Hast du das etwa veranlasst, Paul?«

»Nein. Bestimmt nicht«, antwortete ein eindeutig jüngerer Mann.

»Geh rein und sieh nach! Und wenn es Flüchtlinge sind, die sich dort breitmachen, zerr sie meinetwegen an den Haaren heraus.«

Emilie merkte, dass Krzysztof gerade vorstürmen wollte. Im letzten Moment hielt sie ihn auf. »Lass nur. Ich regle das.«

Sie trat nach draußen. »Es wird nicht nötig sein, mich an den Haaren herauszuzerren.« Vor sich sah sie einen Kutscherjungen, dahinter im Einspänner saß ein beleibter Mann, der trotz seines Vollbarts noch nicht viel älter als Anfang dreißig sein konnte. »Ich bedaure, Ihnen Umstände zu bereiten, aber ich brauche die Remise dringend als Pferdestall.«

»Wie bitte?« Ungläubig riss der Mann die Augen auf. »Sind Sie von Sinnen, Teuerste? Das ist ja wohl unerhört.«

Der Kutscherjunge eilte an ihr vorbei in die Scheune. »Trakehner! In der Wagenscheune stehen tatsächlich Trakehner«, rief er verächtlich.

»Ich sagte doch bereits, meine Pferde …«

»*Pferde* nennen Sie das?«, unterbrach er sie. Sein Blick verfinsterte sich. »Für mich sind das allenfalls Esel, mit dünnen Fesseln und stoischem Gemüt. Sie taugen nichts.«

Emilie spürte Wut in sich aufsteigen. Sie hob ihr Kinn automatisch ein Stück höher. »Wie auch immer. Diese Scheune ist nun belegt.«

»Blödsinn. Ich verlange, dass diese Tiere sofort hinausgeschafft werden.«

»Bedaure«, presste Emilie wenig glaubhaft hervor. »Diesem Wunsch kann ich leider nicht entsprechen. Meine Pferde bleiben, wo sie sind.« Sie wusste nicht, woher sie den Mut nahm, dem Mann derart die Stirn zu bieten. Es musste die Liebe zu ihren Tieren sein, und tatsächlich tat es ihr ebenfalls gut, Lenchen und Krzysztof in diesem Moment hinter sich wahrzunehmen.

Der Mann im Einspänner stand auf und schnaubte wütend: »Was erlauben Sie sich eigentlich, Fräulein?«

»*Frau*, wenn ich bitten darf«, verbesserte Emilie ihn, ohne den Blick von seinem Gesicht abzuwenden, das vor Zorn bereits ganz rot war. »Um genauer zu sein, Frau Emilie Baronin von Sommerroth.«

Der Fremde hauchte hörbar seinen Atem aus. Im nächsten Moment sprang er von der Kutsche und betrachtete sie von oben bis unten. »So ist das also. Baronin von Sommerroth.« Ein beinahe höhnisches Lachen entfloh ihm. »Jetzt wird mir einiges klar.«

Emilie konnte ihm nicht ganz folgen. Sein Blick veränderte sich plötzlich. Hatte er eben bloß von oben herab zu ihr gesprochen, sah er jetzt aus, als wollte er Emilie ins Gesicht spucken.

»Na dann, willkommen in der Familie, verehrte Schwägerin.«

Emilies Herz setzte einen Schlag aus. Abrupt stellte sich ihr jedes noch so feine Härchen am Körper auf. Dies war also Otto, Johanns verhasster Bruder! Er lächelte derart freudlos, dass Emilie ganz kalt wurde.

»Kaum zu glauben, nach vollen vier Jahren ist Johann also wieder da. Und dann schleppt er auch noch Andenken aus den östlichen Provinzen mit. Das hat unserer Familie gerade noch gefehlt.« Er drehte sich auf dem Absatz um und lief ins Schloss.

Emilie blieb mit einem Gefühl zurück, als würde sie fallen. Sie wusste zweifellos, dass sie sich ihren ohnehin schweren Start nun weiter verbaut hatte, indem sie sich Otto zum Feind gemacht hatte. Schon jetzt waren drei Dinge glasklar: Er verachtete Ostpreußen. Er verachtete Trakehner. Er verachtete sie!

Gut Sommerroth

Heute

Emilies Erinnerung

Kapitel 3

Marisa spürte den Arm von Emilie um ihren. Er war warm und anschmiegsam und entsprach somit dem Gefühl, das sie für ihre Großmutter hegte. Es kam ihr vor, als hätten sie bereits ein Leben miteinander verbracht. Dabei war es lediglich ein einziger Sommer gewesen.

Gemächlich spazierten sie über den Kies der Auffahrt und umrundeten das Gutshaus bis zur Wiese Richtung See. Marisa sah auf und war immer wieder aufs Neue ergriffen von dem Farbspiel des Herbstes. Die Buchen, Eichen und Trauerweiden am Ufer präsentierten sich in allen Tönen von Grün, Gelb, Rot und Orange. Kräftig erschienen jene weit vorne, milchig blass die Bäume weiter hinten, wo noch eine Spur Morgennebel zu erkennen war. Ihr nächster Atemzug war tiefer als die anderen. Die Luft war angenehm kühl und sie roch nach feuchter Erde. In der Nacht war ein kurzer, kräftiger Schauer niedergegangen, der Marisa sogar geweckt hatte und dessen Spuren nun die Spitzen ihrer Leinenschuhe durchnässten. Sie ignorierte das und genoss stattdessen die Umgebung. Überall waren Zeugnisse der für sie schönsten Zeit des Jahres zu sehen. Alles am Herbst war ihr willkommen. Selbst die herabrieselnden Blätter, die viel Arbeit für den Gärtner von Sommerroth bedeuteten. Obwohl der Rasen erst kürzlich gemäht worden war, zeigten sich die hell- und dunkelgrünen Bahnen schon wieder mit bunten Blättern gesprenkelt. Sie fand es hübsch.

Ein hörbares Schimpfen jedoch machte ihr mal wieder deutlich, dass nicht jeder diese Ansicht teilte. Marisas Blick wanderte zur Allee zwischen Festscheune und See, wo Sören einen von zahlreichen gefüllten Laubsäcken zuband. Danach stemmte er sich die Hände in die Seiten und begutachtete sein Werk. Wie auf Knopfdruck zog ein Windstoß auf und verteilte weiteres Laub auf den geharkten Wegen.

»Diese verdammten Bäume! Absägen würde ich sie und durch immergrüne Büsche ersetzen. Jedes Jahr diese Schinderei …«, drang es gedämpft zu ihnen.

Jetzt sah auch Emilie zum Gärtner. »Ich traue ihm zu, dass er seine Drohung eines Tages wahr macht.«

»Die Bäume absägen?«, fragte Marisa belustigt. »Nein, das glaube ich nicht. Er ist wie ein kleiner Hund, der nicht beißt, aber immerzu kläfft. Ich höre das mittlerweile gar nicht mehr. Sein Meckern gehört bereits zu Sommerroth wie das Plätschern des Burgbachs und das Wiehern der Pferde. Er schimpft gefühlt seit meiner Kindheit durchgehend. Im Herbst über das Laub. Im Winter über den Schnee. Im Frühling über die Pollen und im Sommer über die Hitze.«

Emilie reckte noch einmal den Hals. »Warum nimmt er denn neuerdings den Rechen und nicht mehr dieses lärmende Höllengerät?«

»Ich habe ihm den Laubbläser vergangene Woche weggenommen. Die Hotelgäste konnten im Park kaum ihr eigenes Wort verstehen.«

Emilie begann zu grinsen, während Marisa fortfuhr.

»Zweimal habe ich ihn nett gebeten. Aber er hat sein liebstes Spielzeug einfach immer wieder angestellt.« Marisa zwinkerte. »Zum Glück besitze ich einen Zweitschlüssel für den Gartenschuppen. Nach Feierabend bin ich dort hineingeschlichen und habe den Laubbläser gegen einen neuen Rechen getauscht. Sogar mit einer roten Schleife drum.« Sie freute sich nach wie vor über diesen Einfall. Auch wenn sie insgeheim zugeben musste, dass die Umsetzung sie etwas Mut gekostet hatte.

Emilie tätschelte lachend die Hand ihrer Enkelin. »Das hast du gut gemacht«, lobte sie anerkennend. »Ich mochte mein Hörgerät ja gar nicht mehr anstellen. Es hat nichts anderes wiedergegeben als das Brummen des Motors.«

Marisa warf einen letzten Blick zu Sören. Er harkte dermaßen wütend, dass er tatsächlich ungemein erfolgreich war. Trotzdem: Der mürrische Gärtner würde ihr so schnell nicht verzeihen. Besser, sie ging ihm eine Weile aus dem Weg – auch wenn sie zu ihrer Tat stand. Der Kunde war auf Sommerroth nun mal König! Ganz besonders die Hochzeitsgäste. Schließlich bezahlten die Hochzeitsfeiern den absoluten Großteil der Rechnungen auf dem Gutshof. Und sie bezahlten ebenso Sommerroths neuestes Vorzeigeprojekt, dessen Fortschritt sie und Emilie gerade begutachten wollten.

Je näher sie dem Seeufer kamen, desto lauter wurden das dumpfe Poltern der Balken und der Schlag eines Hammers. Marisa war so aufgeregt, dass ihr Mund plötzlich trocken war. Emilies Meinung bedeutete ihr viel. Ganze zwei Wochen hatte sie mit einer Sommergrippe im Bett gelegen. Heute erst fühlte sie sich wieder stark genug für einen Spaziergang. In der Zwischenzeit war auf der Baustelle viel passiert.

Nur noch wenige dichte Baumkronen trennten sie auf ihrem gemeinsamen Weg zu ihrem Ziel. Dann konnte Marisa die Holzkonstruktion in voller Größe sehen, die bereits einen Umriss des zweistöckigen Gebäudes erkennen ließ, das es mal werden sollte. Sie machte eine ausschweifende Geste mit dem Arm. »Und? Was sagst du?«, wandte sie sich mit pochendem

Herzen ihrer Großmutter zu. »Hat es früher so ausgesehen, als du nach Sommerroth gekommen bist?«

Emilie blieb stehen. Während sie jeden Zentimeter des Bauwerks zu betrachten schien, legte sie beide Hände auf den silbernen Knauf ihres Gehstocks. »Meine Güte … es ist wieder da. Das Badehaus am See!«

Marisa bemerkte, dass Emilie einen Augenblick brauchte, darum schwieg sie. Wie musste es sich anfühlen, ein Gebäude zu betrachten, das man das letzte Mal vor fünfundsiebzig Jahren gesehen hatte? Emilie schien ihre Gedanken wie so oft zu erraten.

»Es ist, als würde ich auf einen alten Freund treffen, den ich lange Zeit vermisst habe. Alle Erinnerungen kommen plötzlich zurück. Ich bin wieder zwanzig und kann es fertig vor mir sehen, obwohl es noch unfertig ist.«

»Der Architekt darf nicht einen Balken verändern. Alles muss so sein, wie es auf den alten Bauplänen von 1880 verzeichnet ist. Unten wird es wieder eine offene Loggia zur Seeseite geben – mit direktem Zugang zum Wasser. Oben einen geschlossenen Raum mit fünf halbrunden Sprossenfenstern, wo die Gäste selbst im Winter frühstücken können. Davor einen Balkon, der mit einer Außentreppe zu erreichen ist.«

»Was ist mit den hübschen Verzierungen?«, fragte Emilie.

»Die werden mich laut Kostenvoranschlag einen Arm, ein Bein und vielleicht noch meine Seele kosten. Aber ja, auch die wird es geben.« Marisa machte mit der flachen Hand eine Geste in der Luft. »Geschnitzte Ziergiebel, Schmuckbalken, eine Dachlaterne in der Mitte für den Lichteinfall von oben. Ich lasse alles wiederherstellen. Und natürlich wird am Ende weiß gestrichen.« Marisa bekam eine Gänsehaut bei dieser Aufzählung und dem Gedanken, wie das Badehaus wohl aussehen mochte, wenn es fertig war. Mit diesem Bau erfüllte sie sich einen Traum. Nämlich jenen, Sommerroth etwas zu hinterlassen, das ihre eigene Zeit auf Erden überdauerte.

»Es ist bereits jetzt wunderschön, Marisa.« Emilies Stimme war leiser geworden und ihr Blick verriet, dass sie sich kurz der Erinnerung hingab. »Ich sehe mich und Johann dort hinaufschleichen. Es war eine sternenklare Nacht und wir waren ganz allein. Für ein paar Stunden hatten wir wohl alle Schrecken des Krieges vergessen.« Sie lächelte und sah etwas beschämt zu Boden, nur um daraufhin ihre Enkelin von der Seite aus anzuschielen. »Jedenfalls glaube ich, dass dein Vater dort entstanden ist.«

Marisa riss die Augen auf bei diesem unerwarteten Geständnis und lachte los. Ihre Großmutter stimmte nur allzu gerne ein. Emilie so glücklich zu sehen erfüllte Marisa auf eine ganz besondere Weise mit tiefer Zufriedenheit. Dabei war dieses Bauvorhaben einem riesengroßen Zufall zu verdanken.

Nachdem es im Mai zu einem Sturmschaden am Dach des Gutshauses gekommen war und der Dachboden geräumt werden musste, hatte Marisa dort einige verborgene Schätze entdeckt. Neben Silberbesteck mit dem Sommerroth-Wappen und feiner Kleidung von vor hundert Jahren war auch eine angekohlte Kiste zutage gefördert worden. Allem Anschein nach hatte sie wohl mal einen Brand überstanden. Ebenso die Fotografien sowie Flur- und Gebäudepläne darin. Erst durch diese Dokumente hatten Marisa und ihre Familie überhaupt von der Existenz des Badehauses erfahren. Die Aufregung auf Sommerroth war groß gewesen, vor allem, als herausgekommen war, dass Emilie und Krzysztof die letzten Menschen waren, die das Bauwerk tatsächlich noch mit eigenen Augen gesehen hatten.

Marisas Entschluss, das Badehaus wieder aufzubauen, war schnell gefallen – wenngleich der Bau schiere Unsummen verschlang. Noch immer spürte Marisa einen Kloß in ihrem Hals, wenn sie an die Zahl auf dem Kostenvoranschlag dachte. Sofort wollte sie den Gedanken beiseiteschieben, doch es war zu spät, wie sich zeigte. Emilie hatte ihr mal wieder in den Kopf geguckt.

»Sorge dich nicht ums Geld, mein Kind. Das Badehaus wird jeden Cent wert sein. Die Hotelgäste und Brautleute werden es lieben, so, wie ich es als junge Frau geliebt habe.«

»Apropos Brautleute«, fiel Marisa plötzlich ein. Sie blickte auf ihre Armbanduhr. »In einer halben Stunde erwarte ich ein Pärchen. Luisa Borowsky und Henning Wiebe. Sie wollen sich nächstes Jahr eventuell hier trauen lassen.«

»Henning Wiebe ...«, wiederholte Emilie nachdenklich. »Diesen Namen habe ich doch schon einmal gehört.«

»Ganz bestimmt sogar. Er ist Politiker. Genauer gesagt Umweltsenator aus Mecklenburg-Vorpommern. Ich hörte aus zuverlässiger Quelle, dass er und seine Verlobte sich bereits über zehn Locations angesehen haben, und durch Bekannte, die hier ebenfalls heiraten, auf uns gekommen sind. Ich möchte die beiden unbedingt für Sommerroth gewinnen. Das gäbe gute Presse im benachbarten Bundesland. Mal sehen, ob ich sie überzeugen kann.«

»Mit dem Badehaus im Angebot bestimmt.« Flüsternd wandte sich Emilie ihr zu. »Nachwuchs garantiert!«

Marisa grinste. »Vielleicht sollte ich diesen Punkt auf unserer Webseite erwähnen«, gab sie ebenso leise zurück. Sie lachten noch gemeinsam, als Marisa eine Bewegung bei der Festscheune wahrnahm und aufsah.

Mark, ihr Noch-Ehemann, lief dort umher. Er schien jemanden zu suchen. Marisa war sich sicher, dass es sein bester Freund Philipp war, zu dem er wollte. Seit ihr Bruder sich jüngst von seiner Freundin Hannah getrennt hatte, waren er und Mark mal wieder unzertrennlich – leider auch ebenso unausstehlich. Wie zwei Teenager zogen die beiden an den Wochenenden mit ihrem alten Freundeskreis aus Schulzeiten los, den sie bei ihrem letzten Klassentreffen wiedergetroffen hatten. Nicht selten tranken sie dabei ein oder zwei Gläser zu viel und kamen mitten in der Nacht grölend auf Sommerroth an. Marisa wollte sich eben abwenden, als Marks Blick auf sie traf. Er stockte und hielt dann mit langen Schritten auf sie zu. Offenbar wollte er doch zu ihr.

In diesem Moment hörte sie eine Stimme hinter sich. »Marisa!« Es war Babette, die Gutsverwalterin. Sie trat aus dem Gartenzimmer – neben sich ein Pärchen, das Hand in Hand die Umgebung bestaunte. »Deine Gäste sind da.«

Marisa winkte ihnen zu. »Ich komme.« Sie machte sich bereits auf den Weg, da bemerkte sie, wie Mark losjoggte.

»Warte, Marisa. Ich muss dringend mit dir reden.«

Er wirkte seltsam zerstreut, fuhr sich mit der Hand durchs volle schwarze Haar und öffnete den obersten Knopf seines blau-weiß karierten Hemdes. Auch wenn sie sich vor einem Jahr von ihm getrennt hatte und er mittlerweile ausgezogen war, konnte sie seinen Gesichtsausdruck weiterhin deuten wie ein offenes Buch. Er hatte etwas Wichtiges auf dem Herzen.

»Mark, tut mir leid. Ich habe jetzt keine Zeit. Das Paar dort drüben wartet auf eine Gutsführung.«

Es war, als hätte er sie gar nicht gehört. Selbst Emilie begrüßte er nur beiläufig, was überaus ungewöhnlich war. »Bitte, ich muss wirklich sehr dringend mit dir reden. Und zwar jetzt sofort!«

»Hör zu.« Sie zeigte unauffällig mit dem Daumen hinter sich. »Die beiden sind wichtig. Sie bedeuten meine Chance auf das Gütesiegel ›Promi-Location‹. Du weißt, was das bedeutet. Ich kann sie nicht warten lassen.«

»Du verstehst mich falsch. Was ich dir sagen will, ist wichtiger!«

Marisa war irritiert und überlegte für den Bruchteil einer Sekunde. Dann spürte sie seine Hände auf ihren Oberarmen.

»Bitte, du musst mir zuhören ...«, verlangte er nachdrücklich.

In ihr stieg ein altbekanntes Gefühl hoch. So hatte er sich auch früher verhalten, wenn er etwas wollte. Er ließ nicht locker. Als Sohn einer angesehenen Reederfamilie und erfolgreicher Geschäftsmann war er es einfach gewohnt, dass die Leute ihm zuhörten. Wenn er nicht bekam, was er wollte, konnte er sich benehmen wie ein bockiges Kind. Sie hatte diesen Wesenszug an ihm noch nie gemocht. Doch im Gegensatz zu früher waren sie nur noch auf dem Papier aneinandergebunden – auch wenn es vor drei Wochen zu einem einmaligen Ausrutscher gekommen war, der ihr noch immer die Schamesröte ins Gesicht trieb. Vielleicht dachte er deshalb, dass er jetzt so mit ihr umspringen konnte. Entschieden tat Marisa einen Schritt zurück und befreite sich aus seinem Griff. Ihre Stimme klang ernster als zuvor.

»Du wirst warten müssen, Mark. Ich habe meine Prioritäten und deine Anliegen stehen leider hinter den meinen an.«

Er richtete sich auf und wirkte dabei ein wenig verzweifelt. Fahrig strich er sich ein weiteres Mal sein Haar zurück. »Okay, okay ... ich warte.«

»Gut.« Marisa war zufrieden mit sich. Nicht immer schaffte sie es, sich gegen ihn durchzusetzen. »Vielleicht kannst du in der Zwischenzeit Emilie zu Mojo begleiten.«

»Natürlich«, stieß er atemlos aus. Dabei zwang er sich zu einem Lächeln in Richtung Emilie.

Diese sah ihn von unten her an. »Aber nur, wenn ich dir nicht zur Last falle, Mark.«

Er streckte ihr den Ellenbogen hin. »Glaub mir, Emilie. Du bist der Lichtblick meines rabenschwarzen Tages.«

»Na dann, auf zu Mojo! Wollen wir doch mal sehen, ob Krzysztof ihm seinen morgendlichen Prinzenapfel schon gegeben hat.«

Marisa sah ihnen noch kurz nach auf ihrem Weg zum Hengst und zu Krzysztof. Letzterer hatte mittlerweile ein kleines Zimmer in Lizzys Haus bezogen – unweit von Mojos Box. Ebenso wie Emilie war auch er trotz seines hohen Alters noch voller Kraft. Das tägliche Füttern und Misten gab ihm einen Sinn in seinen alten Tagen. Zudem erinnerte es ihn an seine Vergangenheit in Ostpreußen, wie er gern betonte.

Mark fragte jetzt: »Bei dieser Gelegenheit kannst du mir ja mal erklären, was es mit diesem lang gezogenen Obst auf sich hat. Ist das eine Fehlzüchtung? Kann er das besser beißen?«

»Aber nein«, gab Emilie lachend zurück. »Die haben wir in Ostpreußen angepflanzt und mein Vater schwor darauf, dass unsere Pferde wegen dieser Äpfel so stark und gesund seien. Als ich die Sorte dann hier entdeckte, nahm ich mir vor, Mojo täglich …«

Die beiden gerieten außer Hörweite. Marisa atmete noch einmal tief durch. Der Borowsky-Wiebe-Termin war ihr wirklich wichtig. Trotzdem spürte sie, dass sie doch ziemlich neugierig geworden war auf das, was Mark ihr mitteilen wollte. Es war stets ein Hinweis auf ein ernsthaftes Thema, wenn er freiwillig seine geliebte Ironie aus den Worten strich. Hätte sie ihm doch kurz zuhören sollen? Nun ja, später am Tag würde sich sicher wieder eine Gelegenheit bieten. Sie drehte sich um und hielt auf ihre Gäste zu.

»Baronin von Sommerroth-Landau«, rief Henning Wiebe ihr bereits aus einigen Schritten Entfernung entgegen. »Ich muss mich entschuldigen, wir sind besser durchgekommen als erwartet und etwas früh dran. Ich hoffe, das bringt Sie nicht in die Bredouille.«

»Aber nein«, wehrte sie ab. »Ich habe ohnehin den ganzen Vormittag ausschließlich für Sie reserviert.« Marisa erreichte ihre Gäste. Sie streckte zunächst ihm die Hand hin. »Und ich bitte Sie, Senator. Marisa Sommerroth ist vollkommen ausreichend.«

»Bescheiden sind Sie also auch noch«, erwiderte er anerkennend. »Und das bei einem Namen, der Adel und Unternehmertum wie kein zweiter verbindet. Ich habe damals die Reportage über die Gutshöfe in der Umgebung gesehen und war sehr beeindruckt von Ihrem Geschäftssinn und dem Ihres Mannes. Zwei beeindruckende Familien, fusioniert zu einer.«

»Gleich werde ich rot. So weit wollen wir es doch nicht kommen lassen«, wich Marisa dem Gespräch über Mark aus.

Henning Wiebe legte seine Hand auf den Rücken seiner Begleitung. »Darf ich vorstellen, das ist meine Verlobte und ebenso die Hochzeitsplanerin, Luisa Borowsky.«

»Guten Tag, Frau Sommerroth.«

Marisa reichte ihr die Hand. »Ich bin erfreut, dass wir uns endlich persönlich kennenlernen, nachdem wir bislang nur E-Mails ausgetauscht haben.« Sie musterte die blonde Frau mit den auffallend großen mintgrünen Augen, deren besondere Farbe sich ebenso in ihrem Kleid wiederfand. Die Aufregung stand der zukünftigen Braut deutlich ins Gesicht geschrieben und ihr Lächeln war ansteckend.

»Die Freude ist ganz auf meiner Seite«, gab sie strahlend zurück.

Marisa nahm ihren ledernen Planer von Babette entgegen, ohne den sie verloren war. Während sie die Seite mit den Informationen zu dem Brautpaar suchte, bat sie die Gutsverwalterin: »Magst du der Küche bitte ausrichten, dass wir das Testessen eine halbe Stunde vorverlegen?«

»Natürlich. Ich wünsche viel Vergnügen bei Ihrem Rundgang.« Babette ließ ihre roten Locken hüpfen, als sie schnellen Schrittes im Schloss verschwand.

Marisa fand die gesuchte Seite. Ihre Augen erfassten ein paar Stichpunkte. Motto: Liebe unter den Sternen. Essen:

pescetarisches Buffet ohne Knoblauch. Deko: Sterne und ausschließlich warmweiße Beleuchtung. Budget: unbegrenzt. Sie sah lächelnd auf. »Wo sollen wir unseren Rundgang starten?«

»Das überlasse ich den Damen«, antwortete Henning Wiebe und steckte die Hände lässig in die Hosentaschen seines taubenblauen Anzugs. Um seine Augen zeigten sich sympathische Lachfalten, die ihm als Politiker sicher dienlich waren. »Happy wife, happy life«, ergänzte er freundlich.

Seine Verlobte schenkte ihm einen herzlichen Blick. »Es ist ganz egal, wo wir anfangen. Ich möchte ohnehin alles sehen! Und ich meine wirklich *alles*.« Die Betonung des letzten Wortes war überdeutlich.

»Gar kein Problem«, versicherte Marisa lächelnd. »Vielleicht schauen wir uns die Stationen in gleicher Reihenfolge an wie am Tag der Hochzeit. Also beginnen wir dort, wo der Empfang stattfindet, und gehen dann zur Burgruine und zur Kapelle. Anschließend zur Festscheune, zum See, zum Hotel und danach ins Gartenzimmer, wo am nächsten Tag das Frühstück serviert wird. Ich kann Ihnen garantieren, die *Sommerroth-Landau-Weddings GmbH* bietet Ihnen das Rundum-sorglos-Paket vom Jawort bis zum Shuttleservice, der Ihre Gäste am nächsten Tag bis vor die eigene Haustür fährt.«

»Das klingt ganz hervorragend, Frau Sommerroth.« Luisa Borowsky sah bereits jetzt so begeistert aus, als könnte sie ein Hüpfen auf der Stelle gerade noch unterdrücken. Stattdessen klatschte sie dreimal in die Hände.

»Auf geht's.« Marisa schlug den Planer zu und deutete um sich. »Hier auf der Terrasse gibt es für gewöhnlich den ersten Champagner mit Früchten der Saison und Kanapees. Selbstverständlich werden wir Ihr Motto überall dezent aufgreifen. Zum Beispiel könnten die Eiswürfel sternförmig sein oder auch die Lampions.«

Das Gesicht der zukünftigen Braut zeigte, dass ihr die Idee gefiel. Ihr Verlobter lächelte ebenso. Im gleichen Moment allerdings klingelte sein Mobiltelefon. »Entschuldigung.«

In Luisa Borowskys Gesicht fiel die Temperatur schlagartig von Sonnenschein auf unter null Grad. »Schatz, mach es bitte aus. Nur ein einziges Mal.«

»Du weißt, dass das nicht geht. Aber ich stelle es auf lautlos.« Um vom Thema abzulenken oder die Sache voranzutreiben, wandte er sich an Marisa. »Und nach dem Empfang? Wo geht es dann hin?«

»Folgen Sie mir bitte.« Marisa ging vorweg. Dies war der Moment, wo sie stets versuchte, sich anhand der ersten Eindrücke ein Bild von dem Paar zu machen. Ihre Einschätzung kam diesmal schnell: Er war vornehmlich ihretwegen hier. Eigentlich hatte er weder Zeit, noch legte er Wert auf eine große Hochzeit. Doch sie war die Frau seiner Träume und er wollte sie glücklich machen. Darum tat er so, als würde es ihn interessieren, ob die Dekoration nun in der Farbpalette um Apricot herum oder doch eher in Lachs gehalten wurde. Ihr wiederum reichte es aus, wenn er Interesse heuchelte. Hauptsache, am Ende war alles so, wie sie es seit Kindertagen mit ihren Puppen nachgespielt hatte.

Wieder vibrierte sein Telefon. Marisa ignorierte es und sprach stattdessen mit der Braut, die ihrem Verlobten einen verständnislosen Blick zuwarf. »Gleich sehen Sie die Burgruine – den ältesten Teil von Gut Sommerroth, wo unsere Hochzeitspaare gerne ihre Bilder schießen. Wir haben natürlich viele Möglichkeiten auf dem Gutsgelände, aber die Burg ist mit Abstand der beliebteste Hintergrund.« Die Ablenkung funktionierte, Luisa Borowsky hing an Marisas Lippen.

»Ich habe sie sofort bemerkt, als wir die Auffahrt hochkamen. Sie ist magisch.«

»Die Burgruine wurde übrigens dieses Jahr frisch restauriert. Wir haben sogar einen Weg drum herum angelegt, da einige Bräute befürchteten, ihr Kleid im Sand zu beschmutzen.«

»Wie umsichtig. So ein Kleid muss ja schließlich auch den ganzen Tag perfekt aussehen.« Sie sah hinter sich, wo ihr Verlobter eine Nachricht schrieb, und senkte ihre Stimme. »Er darf es natürlich nicht hören, aber ich werde eine Schleppe aus italienischer Spitze von fast vier Metern haben.«

Marisa zog anerkennend ihre Augenbrauen hoch und antwortete ebenso leise. »Sehr außergewöhnlich. In diesem Fall empfehle ich, dass Sie zumindest ein paar Bilder oben auf der Plattform des Bergfrieds schießen lassen. Ihre Schleppe könnte am Gemäuer herabhängen.«

Die großen grünen Augen wurden kurzzeitig noch größer. »Das werde ich zu Hause gleich mit unserem Fotografen besprechen.«

In diesem Moment schloss auch der Senator wieder zu ihnen auf. Er legte einen Arm um die Schultern seiner Verlobten und küsste ihre Schläfe.

Sie umrundeten die Ruine einmal und schlugen dann den Weg zur Kapelle ein. Dabei bemerkte das Paar die Bauarbeiten am See.

Frau Borowsky zeigte quer über die Wiese. »Was entsteht dort drüben?«

»Das wird ein Badehaus nach historischem Vorbild. Es stand hier bis kurz nach dem Zweiten Weltkrieg und nun bauen wir es wieder auf.«

»Wie wundervoll!«, schwärmte die angehende Braut und konnte den Blick gar nicht abwenden.

»Da Ihre Hochzeit erst nächsten Sommer stattfindet, kann ich Ihnen versichern, dass es bis dahin fertiggestellt sein wird. Sie könnten es also für Ihren großen Tag nutzen – zum Beispiel für den Kaffee nach dem Essen. Ich zeige Ihnen gern die Pläne beim Hochzeitstestessen, dann können Sie es sich besser vorstellen.«

Sie wandte sich ihrem Verlobten zu und legte sich gleichzeitig eine Hand aufs Herz. »Mein Gott, Henning! Es ist perfekt. Alles ist so perfekt.«

»Jetzt lass uns erst einmal den Rest anschauen, bevor wir uns endgültig entscheiden.«

»Du hast recht. Aber mein Bauchgefühl sagt mir schon jetzt: Das ist es!«

In diesem Moment vibrierte das Handy erneut. Gleichzeitig leuchtete das Display seiner Smartwatch auf. Um drauf zu sehen, drehte er das Handgelenk des Arms, den er noch immer um seine Verlobte geschlungen hatte, und engte diese ein.

Mit einem vorwurfsvollen Seufzen befreite sie sich aus der allzu festen Umarmung. »Henning …«, schimpfte sie leise.

Marisa hätte sich am liebsten weggeduckt, um dem Fremdschäm-Moment zu entgehen.

»Entschuldigung. Du weißt, gerade ist im Büro viel zu tun.« Wieder galt seine Aufmerksamkeit dem Telefon.

Bevor die Stimmung kippte, lenkte Marisa das Augenmerk der Braut nach vorn zur Kapelle, die in diesem Moment durch die herbstlich verfärbten Blätter und das Sonnenlicht orange beleuchtet wurde. Die hölzerne Tür stand offen. Harfenklänge drangen heraus und dazu eine liebliche Stimme.

Marisa erkannte die Melodie von »The water is wide«, einem ihrer Lieblingslieder. »Oh, da kommen wir gerade richtig. Kassandra ist eine der Musikerinnen, die wir für Hochzeiten anbieten, und außerdem die Nichte der Gutsverwalterin. Sie studiert Musik und Gesang und übt vorzugsweise in der Kapelle anstatt in ihrer Studentenwohnung. Natürlich dürfen die Brautpaare auch einen eigenen Musiker mitbringen, aber falls Sie noch Bedarf haben …«

»Das ist ja wohl Schicksal. Ob Sie es glauben oder nicht, gerade gestern hat unsere Sängerin uns eine Absage geschickt. Ich war am Boden zerstört. Meinen Sie, ich kann einen Moment mit der Musikerin sprechen?«

»Fragen wir Kassandra doch gleich. Möchte Ihr Verlobter dabei sein?« Marisa sah hinter sich, wo Senator Wiebe gerade dabei war, sein Telefon in der Innenseite seines Jacketts zu verstauen. Sein Blick schien etwas ernster zu sein als eben noch – wie nach einer unliebsamen Nachricht.

»Henning. Hast du das gehört? Sie haben eine Musikerin. Wir können sie sogar sofort kennenlernen.«

»Ich komme.« Er schloss zu ihnen auf, sodass sie gemeinsam in die Kapelle eintraten.

Marisa war schon Hunderte Male hier gewesen, und doch ergriff sie der Zauber dieses Ortes immer wieder neu – ganz besonders dann, wenn auch noch Musik gespielt wurde. Die Klänge der Harfe schwebten durch die Luft wie die Staubteilchen im hereinstrahlenden Licht der Sonne.

»Kassandra!«

Die junge Frau hörte auf zu spielen. »Hallo, Marisa.«

»Darf ich dir Frau Borowsky und Herrn Wiebe vorstellen. Sie überlegen, nächstes Jahr hier zu heiraten, und bräuchten noch musikalische Begleitung.«

»Wie schön«, antwortete sie liebenswürdig und nahm das Paar mit ihrem Lächeln gefangen. »Haben Sie bereits ein besonderes Lied im Auge oder sind Sie offen für Vorschläge?«

»Also ich kann mir Folgendes vorstellen …«, begann die angehende Braut sofort und holte einen Zettel hervor.

Marisa blieb im Hintergrund. Von hier aus konnte sie beobachten, wie Henning Wiebe schon wieder auf seine Uhr spähte, die aufleuchtete. Er holte sein Handy erneut hervor und begann etwas zu lesen, das ihn augenscheinlich fesselte.

Diesmal runzelte er die Stirn. Der Finger, der den Text weiterschob, bewegte sich immer schneller. Plötzlich sah er auf. Sein Blick traf sofort Marisa. In seinen Augen war etwas, das eben noch nicht da gewesen war. Marisa konnte es sich nicht erklären, aber bevor sie fragen konnte, ob alles in Ordnung sei, unterbrach er das angeregte Gespräch zwischen Kassandra und seiner Verlobten.

»Schatz, es tut mir leid. Wir müssen unsere Besichtigung verschieben.«

»Was sagst du?«, erwiderte Luisa fassungslos.

»Ich weiß, du hast dich sehr darauf gefreut, aber ...«

»Henning, das ist doch wohl hoffentlich nicht dein Ernst. Ich möchte nicht gehen.« Zum ersten Mal waren ihre Worte streng und nachdrücklich.

»Ein Notfall. Ich muss sofort ins Büro. Leider!«

Sie rang die Hände. »Ist es etwa nicht möglich, dass wir mal ein paar Stunden ungestört sind? Dieser Termin war bereits lange im Voraus geplant.«

Er trat näher an sie heran und sah ihr tief in die Augen. »Glaub mir, du wirst mich gleich verstehen. Ich erzähle dir alles im Auto.«

Marisa erkannte, dass Frau Borowsky noch immer nicht bereit war zu gehen. Dennoch gab sie nach, indem sie genervt den Kopf schüttelte. Marisa fühlte mit ihr. Sie war eine der Bräute, die ein Jahr lang nur für die Planung ihres großen Tages lebten. Und gleichzeitig fragte sie sich, was dermaßen wichtig sein konnte. Ihre Schritte hallten durch die kleine Kapelle, während sie auf den Altarbereich zuhielt. »Sie müssen fort?«

»Allerdings«, antwortete Henning Wiebe und klang dabei merkwürdig unnahbar.

»Wie unglaublich schade ...«, sagte Marisa und war für diesen Moment mehr verwundert als erbost.

»Es tut mir leid, Ihre Zeit umsonst in Anspruch genommen zu haben. Sie hören von uns, Frau Sommerroth«, entgegnete er wie auswendig gelernt.

Marisa nickte. Es klang wenig bedauernd, was sie nun doch etwas ärgerte. Schließlich war es ja nicht so, als hätte sie sonst nichts zu tun. »In dem Fall bleibt mir wohl nur, Ihnen eine gute Heimfahrt zu wünschen.«

»Danke.« Henning Wiebe nickte mit ernster Miene. Er griff nach der Hand seiner Partnerin und zog sie an Marisa vorbei wie eine Dampflok.

»Auf Wiedersehen, Frau Sommerroth. Ich rufe Sie später an. Das ausgefallene Testessen werden wir selbstverständlich bezahlen. Es tut mir sehr leid …« Luisa Borowsky stolperte hinter ihrem Verlobten her.

Leise vernahm Marisa noch die Anfänge eines Streits.

»… unmöglich, wie du dich benommen hast, Henning. Was war das für eine Verabschiedung? Hättest du nicht wenigstens so tun können, als täte es dir leid? Hier können wir uns doch nie wieder blicken lassen. Ich bin stinksauer …«

Kassandra stand plötzlich neben Marisa. »Ui, ui, ui. Klingt nach Ehekrise.«

Den Blick immer noch gen Ausgang gerichtet gab Marisa zurück: »Dazu müssten sie es ja erst einmal schaffen zu heiraten.«

»Stimmt«, antwortete sie.

»… und vorher müsste er sich noch von seinem Handy scheiden lassen«, schob Marisa nach.

Kassandra unterdrückte ein Lachen. »Also bitte … redet man so über die zahlende Kundschaft?«

»Du meinst, fast zahlende Kundschaft«, seufzte Marisa frustriert.

»Gibst du etwa schon auf? So kenne ich dich ja gar nicht. Du magst doch Herausforderungen. Den kriegst du noch.« Kassandra zwinkerte. »Ich übe unterdessen mal die zwanzig

Lieder auf ihrer Liste. Das wird der längste Brauteinzug in eine Kapelle, den Sommerroth je gesehen hat«, warf sie sarkastisch hinterher. Nach diesen Worten ging sie zurück zu ihrer Harfe und begann erneut zu spielen.

Marisa verließ nachdenklich das Gotteshaus. Auch wenn ihr Terminkalender aus allen Nähten platzte, wollte sie diese Hochzeit unbedingt. Andererseits konnte sie sich mittlerweile auch den Luxus erlauben, schwierigen Kunden eine Absage zu erteilen. Und wenn sie es sich recht überlegte, war dieser Abgang tatsächlich sehr unhöflich gewesen. Marisa war bereits ein gutes Stück über den schmalen Weg gewandert, als sie sich entschied, jede Emotion hinter sich zu lassen und eine nette E-Mail mit einem neuen Terminvorschlag zu verfassen.

Geschwind hielt sie auf ihr kleines Fachwerkhaus neben dem Schloss zu, wo ebenfalls die Reste einer Baustelle zu sehen waren. Ein Anbau für Emilie hatte aus dem rechteckigen Haus eine L-Form gemacht. Marisa liebte das Ergebnis. Ihr Plan, ausschließlich alte Balken und alte Ziegel zu verwenden, damit es hinterher so aussah, als wäre ihr Fachwerkhaus von jeher so gewesen, war vollends aufgegangen. Als sie die Haustür aufschloss, fand sie einen Zettel auf der Anrichte. In Sütterlinschrift, die Emilie ihr derzeit beizubringen versuchte, stand geschrieben: »Habe mich noch mal hingelegt. Kuss.«

Leise ging Marisa in ihre offene Küche, griff nach der Kaffeekanne, die zum Glück noch schwer in ihrer Hand wog. Wenig später stellte sie ihren dampfenden Becher neben den geöffneten Laptop auf dem Tresen und tippte los. Dabei murmelte sie ihre Worte mit.

»Sehr geehrter Herr Wiebe, sehr geehrte Frau Borowsky, auch wenn unser Treffen leider nur kurz war, habe ich mich gefreut, Sie kennenzulernen.«

Marisa dachte gründlich über ihre nächsten Sätze nach. Dazu ruhten ihre Finger kurz auf der Tastatur. Währenddessen traf eine E-Mail ein, wie ein kleines Fenster oben rechts im Bildschirm signalisierte. Sie ignorierte das und tippte weiter.

»Wie es schien, ist Ihnen etwas Wichtiges dazwischengekommen. Das kann natürlich passieren. Ich schlage deshalb vor ...«

Wieder ging eine E-Mail ein. Marisa warf nur einen kurzen Blick auf das aufpoppende Fenster und wiederholte den Satz.

»Ich schlage deshalb vor ...«

Sie wurde erneut unterbrochen von dem Ton einer weiteren E-Mail. Und gleich darauf kamen zwei andere.

»Sag mal, was ist denn hier los?« Marisa klickte nun doch ihr Postfach an und sah, dass die letzten einundsechzig ungelesenen Nachrichten alle in der vergangenen Stunde eingetroffen waren. Wie ungewöhnlich, dachte sie, und machte sich nicht die Mühe, eine Auswahl zu treffen. Mit einem Doppelklick öffnete Marisa eine beliebige E-Mail. Leise las sie sich ein paar Zeilen selbst vor.

»... tut uns leid. Wir werden uns nach einer anderen Location umsehen. Da wir uns noch in der Stornierungsfrist befinden, sehen wir keine weiteren Kosten auf uns zukommen. Bitte bestätigen Sie das innerhalb der nächsten drei Tage. Mit freundlichen Grüßen, Lisa und Paul Winkler.«

Marisa wunderte sich. Das sympathische Paar war vor nicht einmal einem Monat zur Besichtigung hier gewesen und schien schwer verliebt in Sommerroth zu sein.

Sie öffnete eine andere Nachricht. »... seit Jahren sind wir im Umweltschutz aktiv. Eine solche Sache würde Freunde und Familie stark verwirren und verunsichern. Darum haben Sie bitte Verständnis dafür, dass wir die Hochzeit bei Ihnen absagen werden.«

Marisa richtete sich kurz auf. Was zur Hölle hatte das zu bedeuten? Die nächste Nachricht war schon deutlicher verfasst.

»… ein unglaublicher Skandal ist das. Und zudem eine Katastrophe für Fauna und Flora. Mit so etwas wollen wir nicht in Verbindung gebracht werden, weshalb wir Ihnen eine Absage der Buchung unserer Hochzeit im Anhang schicken.«

Marisa stieß erschrocken den Atem aus. Drei Absagen! Sie mochte gar nicht nachsehen, was in den anderen Mails stand! In diesem Augenblick entdeckte sie einen Link unter dem Absagetext. Ihr Herz klopfte schnell, als sie auf die blaue Zeile klickte. Ein Zeitungsartikel öffnete sich, und bereits die Überschrift war erschreckend.

> Kreuzfahrtreederei Landau verklappt illegal Grauwasser unweit der Ostseeküste. Vertuschungsskandal im großen Stil. Unvorhersehbare Folgen für die Umwelt.

»Nein, nein, nein. Das darf nicht wahr sein!« Die Hand auf den Mund gepresst wandte sie sich von ihrem Laptop ab, als könne sie auf diese Weise der Wahrheit entfliehen. In der Mitte ihres Wohnzimmers blieb sie stehen. Ihre Gedanken rasten weiter. Hatte ihr Schwiegervater das wirklich getan? War es das, was Umweltsenator Henning Wiebe eben gelesen hatte?

Sie eilte zurück zum Laptop und überflog den Text des Artikels.

> … statt wie vorgesehen das kontaminierte Abwasser im Hafen zu entsorgen, wurden die Sensoren an den Schiffsauslässen manipuliert. So war es überhaupt erst möglich, das Ablassen der ölhaltigen Brühe in offenem Gewässer zu vollziehen. Richard Landau wird vorgeworfen, aus Profitgier gehandelt und deshalb eine

kostspielige Entsorgung im Hafen umgangen
zu haben …

Marisa brach ab. Ihre Augen hafteten an einem Bild, auf dem eine braune Schlacke mit dreckiger Schaumkrone zu sehen war. Konnte das wahr sein? Was bedeutete das für sie? Es blieben nur Mutmaßungen, doch die waren fürchterlich. Ihr Nachname lautete schließlich noch immer Sommerroth-Landau, denn Mark und sie waren nach wie vor verheiratet. Plötzlich schoss es ihr wie ein Blitz durch den Kopf. Mark! Er hatte mit ihr sprechen wollen. *Das* hatte er ihr also zu sagen versucht!

Marisa hastete zum Küchenfenster und inspizierte den Hof. Er war nirgendwo zu sehen. Sie musste ihn finden und zur Rede stellen. Doch noch bevor sie die Haustür erreicht hatte, konnte sie seine Statur bereits schemenhaft durch das Milchglassprossenfenster ausmachen.

»Mark …«, stieß sie hervor und riss die Tür auf. »Sag mir bitte, dass das alles nicht wahr ist.«

»So gern ich würde, ich kann es nicht.« Sein Gesicht war verzerrt, als hätte er sich schmerzhaft auf die Zunge gebissen.

»O mein Gott, das ist eine Katastrophe! Auf so vielen Ebenen«, stöhnte sie und klemmte sich die Haare in einer Übersprunghandlung mehrfach hinter die Ohren. »Was soll ich jetzt nur tun?«

»Am besten tust du erst mal gar nichts und verhältst dich ruhig. Dann wird Gras über die Sache wachsen.«

»Und in der Zwischenzeit mache ich stumm weiter wie bisher? Jedermann wird denken, ich hätte es gewusst. Oder noch schlimmer, ich wäre daran beteiligt. Diese Sache kann mich den Kopf kosten, Mark.«

Er griff sanft ihre Schultern. »Nein! Hör mir zu. Es wird eine Klarstellung geben. Eine Pressekonferenz. Da wird herauskommen, dass du und mein Vater keine geschäftliche Verbindung haben.«

»Wen interessiert das? Ich trage deinen Namen. Ich trage *seinen* Namen.« Wütend befreite sie sich aus seinem Griff. »Mein Unternehmen heißt *Sommerroth-Landau-Weddings GmbH*, schon vergessen?«

Er hob beschwichtigend die Hände, um sie zu beruhigen. »Glaub mir, ich spüre gerade am eigenen Leib, wie es ist, *Landau* zu heißen. Aber wir werden eine Lösung finden, Marisa. Es wird dich nicht betreffen.«

»Es betrifft mich aber bereits!« Sie wies hinter sich ins Haus. »Bei mir hagelt es gerade Absagen. Die Verluste sind sicher mittlerweile im fünfstelligen Bereich.«

Er presste die Zähne aufeinander, was seine Kaumuskeln anschwellen ließ. Gleichzeitig fuhr seine rechte Hand in seinen Nacken. Eine Geste, die ihr deutlich zeigte, wie gestresst er war. Einen Moment lang sagte er nichts. Dann stemmte er seinen Arm gegen das Holz eines Balkens. »Ich habe das nicht gewollt, Marisa. Das weißt du auch.«

Ohne auf seine Worte einzugehen, erklärte sie: »Ich muss sofort mit meinen Geschwistern reden. Und mit Vater.«

»Da wirst du leider kein Glück haben. Ich habe sie alle schon gesucht. Philipp ist im Sägewerk – zwei Trockenkammern sind ausgefallen. Lizzy und Alex sind auf einem Turnier zwei Stunden von hier. Dein Vater ist auf der Jagdmesse.«

»Scheiße!«, fluchte sie unverblümt. In ihrem Kopf rasten die Gedanken. Nur mit Mühe schaffte sie es, einen davon festzuhalten. Dann sah sie ihn an. Ihre Augen fixierten ihn. »Ich will es von dir hören, Mark. Hast du davon gewusst? Sag mir die Wahrheit.«

»Nein, natürlich nicht.«

Sie betrachtete ihn ein paar Sekunden, ohne einen Beweis für eine Lüge zu entdecken. Nach einem Moment der

Regungslosigkeit griff sie nach ihrem Schlüsselbund und der Handtasche am Garderobenhaken.

»Wo willst du hin?«

»Was denkst du denn? Zu deinem Vater natürlich. Ich muss wissen, in was ich da gerade reingerate. Und wenn dir auch nur ein bisschen was an mir liegt, begleitest du mich.«

»Moment.« Er hielt sie auf, indem er sich ihr in den Weg stellte.

Marisa stoppte unwillig.

»Ich kriege ihn nicht mal ans Telefon. Wie kommst du darauf, dass er dir überhaupt zuhört?«

»Ganz einfach. Im Gegensatz zu dir hat er mich immer gemocht.« Marisa hörte selbst, wie hart das klang. Aber es war die Wahrheit. Seit sie Mark kannte, waren er und sein Vater Rivalen gewesen. Jeder wollte der bessere Geschäftsmann sein. Dass sie auch noch beide im Reedereigeschäft tätig waren, befeuerte ihren Zwist – wenngleich Mark mit Trockengüterschiffen arbeitete und keine Kreuzfahrten anbot.

»Okay.« Er zog die Augenbrauen hoch und wiegte den Kopf hin und her. »Ich gebe zu, das ist ein valider Punkt. Eins zu null für dich.«

»Dann geh mir jetzt aus dem Weg oder steig in mein Auto.«

Mit einer schnellen Geste nahm er ihr die Schlüssel ab und steckte sie in ihre offene Tasche. Anschließend wies er auf seinen Sportwagen. »Ich fahre. Steig ein.«

Kapitel 4

Marisa fühlte, wie die Geschwindigkeit sie in den Ledersitz drückte. Die Bäume der Chaussee schossen an ihr vorbei. Dabei wechselten sich Licht und Schatten in schneller Folge ab und hinterließen merkwürdig zuckende Bilder im Inneren des Wagens. Bald drosselte Mark das Tempo. Der beschauliche Ort, der sich um eine alte Kirche auf einer Anhöhe schmiegte, war gespickt mit Villen und Landhäusern, deren Gärten sich wie Tortenstücke aneinanderreihten. Marisa war schon lange nicht mehr in dieser Gegend gewesen, wo ausschließlich sehr reiche Menschen lebten. Richard Landau war einer von ihnen.

Mark steuerte auf ein mächtiges, silberglänzendes Tor zu. »O nein, die Bluthunde sind bereits da«, bemerkte er.

Marisa fixierte missmutig die lauernde Horde von Journalisten mit ihren Teleobjektiven für weite Entfernungen. Als diese erkannten, dass der mattschwarze Wagen mit den getönten Fenstern zum Landau-Anwesen wollte, gerieten sie in helle Aufregung.

»Rutsch tiefer. Sie sollten uns nicht zusammen sehen«, verlangte Mark streng, griff ein Jackett von der Rückbank und hielt es über Marisa, während er seinen Wagen vor dem Tor anhielt.

Durch einen kleinen Spalt konnte sie sehen, dass ein Wachmann mit Sonnenbrille und Verkabelung im Ohr an das Auto trat. Marisa kannte ihn, er hieß David und wurde von allen Dave genannt. Er arbeitete schon so lange für die Landaus, dass er bereits da gewesen war, als sie und Mark ihr erstes heimliches Date gehabt hatten. Mark ließ das Fenster runter und Marisa spürte seine Hand auf ihr, die sie schützend unten hielt. Die Rufe der Reporter und das Klicken ihrer Kameras wurden lauter und beängstigender. Sogar ein Klopfen aufs Autodach war zu hören, dazu zig Fragen, die ins Leere liefen.

»Was sagen Sie zum Skandal Ihres Vaters?«

»Geben Sie uns ein Interview, Herr Landau.«

»Wer ist bei Ihnen im Auto?«

Marisas Herz klopfte schnell.

»Ist er da, Dave?« Mark ruckte mit dem Kinn zum Anwesen.

»Ja«, gab er zu. »Aber ich bin mir nicht sicher, ob das ein guter Zeitpunkt für einen Besuch von dir ist.«

»Keine Sorge. Ich bin nicht meinetwegen hier. *Sie* will ihn sehen.« Er sprach extra leise, sodass nur Dave ihn hörte.

»Verstehe. Das ist bestimmt was anderes. Ich gebe es durch.« Er entfernte sich von dem Wagen, gab ein Zeichen mit der Hand und presste seinen Zeigefinger auf das Gerät in seinem Ohr.

Mark schloss das Fenster und fuhr kurz darauf weiter.

»Wir sind drin. Du kannst wieder hochkommen, Marisa.«

Das Jackett noch auf dem Schoß richtete sie sich auf. Zum Glück machte die Auffahrt an dieser Stelle eine Kurve, sodass sie aus dem Sichtfeld der Journalisten verschwanden. Noch ein letztes Mal spähte Marisa nach hinten. Ein Mann mit einem roten, umgedrehten Basecap, kantigem Kinn und einer mächtigen Kamera in der Hand begann gerade eine Diskussion mit Dave, der ihn offensichtlich anwies, Abstand zu halten.

»Diese verdammten Schmierfinken!«, wetterte Mark mit Blick in den Rückspiegel. »Keinem von ihnen darf man trauen.«

Kurz darauf bremste er vor der Freitreppe des Eingangs, deren Stufenenden von Blumenkübeln abgeschlossen wurden, die mit Chrysanthemen, Astern und Heide bepflanzt waren. Alles wirkte friedlich und unschuldig. Noch bevor sie klingeln konnten, öffnete man ihnen die Tür.

Dieselbe Hausangestellte wie seit vielen Jahren verwies sie nach oben. »Er ist in seinem Büro, Frau von Sommerroth-Landau.«

»Danke Ihnen, Lila.« Wenig später eilte Marisa die Marmortreppe hinauf und hielt auf das Arbeitszimmer zu. Es war eine Weile her, dass sie hier gewesen war. Damals hatte sie noch Marks Ring am Finger getragen. Unzählige Male hatte sie versucht, zwischen den Männern zu vermitteln. Heute vertrat sie bloß ihre eigenen Interessen.

»Geh du vor. Ich bin kein willkommener Gast, wie du weißt«, sagte Mark unverhohlen und lächelte dabei schief.

Marisa wusste, er hatte recht. So war sie es, die klopfte und nach einem tiefen »Herein« die zweiflügelige Tür öffnete.

»Marisa …!«, begrüßte sie Marks Vater in einem seltsamen Singsang – als gehörte ihr Name zum Refrain eines Songs. »Was kann ich für dich tun?« Der Ledersessel knirschte, als er sich darin vorbeugte. Er stützte seine Ellenbogen auf dem Mahagonischreibtisch ab und legte die Fingerspitzen aneinander.

»Danke, dass du Zeit für mich hast.« Ihr blieb nicht verborgen, dass er Mark nur mit einem Kopfnicken bedachte. Über einen watteweichen Teppichboden, in den sie tief einsank, ging Marisa auf ihn zu. Dabei betrachtete sie sein altersloses Gesicht und verspürte wieder den altbekannten Impuls, ihn mit »Sir« anreden zu wollen. Vielleicht war es sein volles weißes Haar, das ihm bis in den Nacken reichte. Der gepflegte, spitz zulaufende

Bart oder die braune Haut eines Kapitäns. Alles an ihm strahlte Würde aus. Und doch waren seine Taten so wenig würdevoll.

»Richard.« Sie blieb vor seinem Schreibtisch stehen und fixierte seine blauen Augen. »Ich muss es aus deinem Mund hören. Hast du wirklich getan, was man dir vorwirft?«

»Nun.« Er lehnte sich wieder zurück. »Die Antwort liegt auf der Hand, oder? Das Beweisvideo der Wasserschutzpolizei geht doch bereits durch alle Medien.«

»Das heißt: Ja?«, fragte sie tonlos und schüttelte den Kopf. Marisa spürte, dass sie bis zu diesem Zeitpunkt irgendwie gehofft hatte, alles würde sich als großes Missverständnis aufklären. »Wie konntest du nur …?«

»Was willst du jetzt von mir hören?«

»Ich weiß es nicht. Dass es ein Unglück war vielleicht.«

»Bitte! Sei doch nicht so verdammt naiv, Marisa. Kreuzfahrtschiffe sind seit jeher Dreckschleudern. Jeder weiß das, trotzdem buchen die Menschen Jahr für Jahr ein Ticket. Und plötzlich tun dieselben Menschen, die ihren Müll während der Fahrt eigenhändig über Bord werfen, ganz schockiert.«

»Willst du das etwa vergleichen? Ein benutztes Taschentuch und mehrere Tonnen kontaminiertes Dreckwasser? Du hast mit Absicht eine Umweltkatastrophe herbeigeführt. Fühlst du überhaupt keine Reue? Das ist ein Verbrechen, Richard.«

Er stand auf und stützte sich mit den gespreizten Fingern auf der Tischplatte ab. »Das einzige Verbrechen, dessen ich mich schuldig gemacht habe, ist, dabei erwischt worden zu sein. Was meinst du, was gerade passiert, während alle Augen auf mich gerichtet sind? Wahrscheinlich lässt meine Konkurrenz in genau diesem Moment gerade zig Gallonen Öl- und Kraftstoffreste ins offene Meer. Und alle schweigen. Geld regiert eben die Welt. So war es schon immer, und mein Fall wird nichts daran ändern.«

Marisa war für einen Moment lang sprachlos. Dabei hätte sie es sich denken können. Richard war schon immer so gewesen: brutal ehrlich, sei die Wahrheit auch noch so schlecht zu ertragen. Seine Worte waren auf furchtbare Weise entwaffnend. »Und was nun?«

Er rieb sich das Kinn. »Ich habe keine Glaskugel, aber wenn du mich fragst, wird Folgendes passieren: Man wird mich zu einer hohen Geldstrafe verurteilen, und die Höhe der Summe entscheidet darüber, ob ich danach pleite bin oder nicht. So oder so werden Teile der Summe in Umweltschutzprojekte fließen und andere Teile davon die Taschen von korrupten Politikern füllen. Irgendwann wird die Sache sich beruhigen. Ich werde mich öffentlich und in aller Form entschuldigen, und dann – falls ich nicht pleite bin – kaufen die Leute wieder Karten für eine Kreuzfahrt.« Er rang die Hände. »Irgendwann wirft einer von ihnen das erste benutzte Taschentuch ins Meer. Alles beginnt von vorn. Es ist ein Kreislauf.«

Die sachliche Beschreibung zwang Marisa fast in die Knie. Sie wollte nicht, dass die Welt so funktionierte. »Und ... und was ist in der Zwischenzeit mit mir? Was soll ich jetzt tun? Mein Lebenswerk droht mir nämlich gerade wegen des Namens Landau um die Ohren zu fliegen.«

Richard richtete sich auf. »Das fragst du noch?« Er schüttelte den Kopf. »Kleine Marisa ... Wenn man es ganz nüchtern betrachtet, hast du nur ein wirkungsvolles Mittel in der Hand. Du musst ein sichtbares Zeichen setzen, um dich von unserer Familie zu distanzieren.«

»Was genau meinst du damit?«, fragte sie auffordernd.

Sein Blick ging hinter sie und wurde hart. »Lass dich endlich von meinem Sohn scheiden und nimm deinen alten Namen wieder an. Umso mehr Pressewirbel du dabei erzeugst, desto besser.«

Marisa sah, wie Mark an ihre Seite schoss. Das Blitzen in seinen Augen wirkte geradezu bedrohlich. In seiner Stimme lag ein Grollen.

»Dieser Vorschlag kann nur von dir kommen«, spie er verächtlich aus. »Du bist ein eiskalter Patriarch und hast mir noch nie auch nur das winzigste bisschen Glück gegönnt – weder geschäftlich noch privat.«

»Von welchem Glück redest du? Seid ihr zwei etwa nicht seit Langem getrennt?«

Mark schwieg.

»Gib nicht anderen die Schuld für dein Versagen, Sohn. Ich habe nichts dazu beigetragen, dass deine Ehe gescheitert ist. Das warst du ganz allein. Du und deine Eitelkeit – dein Wille, um jeden Preis Karriere zu machen. Das hast du nun davon.« Jetzt ruckte sein Kinn zu Marisa. »Eine solche Frau ziehen zu lassen für deine egoistischen Ziele …« Er schüttelte den Kopf. »Das war dumm von dir, Junge.«

Mark lachte auf. »Bekomme ich etwa gerade Beziehungstipps von dir? Meinst du, du warst deinen drei Ehefrauen ein besserer Ehemann als ich Marisa? Lass dir eines gesagt sein, Vater: Das warst du nicht!« Er berührte Marisa am Oberarm und wandte sich ihr zu. »Ich kann nur hoffen, dass du zufrieden bist mit dem Ausgang des Gesprächs. Besser wird's nämlich nicht. Können wir gehen?«

Marisa sah, wie wütend er war. Wahrscheinlich hatte er recht. Es war alles gesagt. In diesem Moment vernahm sie noch einmal Richards Stimme.

»Marisa.«

»Ja?«

»Vielleicht willst du es nicht hören, aber dich mit reingezogen zu haben, tut mir leid. Ich wollte dir nie schaden. Du weißt, ich habe dich immer sehr gemocht.«

Sie nickte. Plötzlich umrundete sie den Schreibtisch und ging zu ihm. Es fühlte sich an wie ein Abschied für eine lange Zeit, weshalb es über sie kam. Sie umarmte Richard ein letztes Mal, und er küsste ihr daraufhin väterlich die Stirn.

»Denk über meine Worte nach, Marisa«, raunte er ihr ins Ohr. »Lass dich scheiden. Die Geschichte wird noch eine Weile lang hochkochen. Das wird unschön.«

Sie blickte in seine stahlblauen Augen, die sich so sehr von seiner dunklen Haut abhoben. »Leb wohl, Richard.«

Mark trat an eines der verhüllten Fenster, schob den schweren Stoff ein wenig beiseite und schaute hinaus. »Sie haben einen Übertragungswagen hergeschafft. Wir sollten jetzt echt verschwinden.« Er zog die Vorhänge mit einem Ruck wieder zu und warf seinem Vater einen letzten kalten Blick zu. »Viel Glück beim Retten deines Halses, Vater. Ich lese dann in den Zeitungen nach, ob du es geschafft hast.«

Wenig später stiegen sie wieder in Marks Wagen. Erneut versteckte sich Marisa unter seinem Jackett und wartete, bis der mattschwarze Mercedes Fahrt aufgenommen hatte. Nach einer Weile richtete sie sich auf und schloss den Sicherheitsgurt, der endlich das nervige Warnsignal beendete. Die Fahrt bis nach Sommerroth verlief schweigend, doch das Gesagte von eben hallte in Marisa nach. Als sie die Auffahrt zu ihrem Haus hochfuhren, kam ihr das Knirschen des Kieses ungewöhnlich laut vor.

Mark parkte so dicht vor dem Fachwerk ihres Hauses, dass es den Anschein machte, er wollte sie am Aussteigen hindern. »Und nun?«, fragte er, nachdem er den Wagen ausgestellt hatte. Seine Finger spielten mit dem Autoschlüssel herum, indem er den dünnen Ersatzschlüssel auf Knopfdruck unentwegt rausspringen ließ und dann wieder reindrückte. »Was willst du jetzt tun?«

»Vielleicht hat Richard recht und wir sollten uns scheiden lassen. Es wäre nach außen das richtige Zeichen, wenn ich den Namen Landau wieder abgebe.« Sie sah ihn an.

Das Schlüsselklappen wurde schneller.

»Ich halte das nicht für richtig, Marisa.«

»Warum nicht? Unter anderen Umständen wären wir sowieso längst geschieden. Die Sache mit Emilie hat uns im Frühjahr nur davon abgelenkt.«

»Mag ja sein …«

Marisa starrte auf seine Hände und überlegte, ob das Anschnallsignal eben mehr an ihren Nerven gesägt hatte oder jetzt das Ein- und Ausklappen des Schlüssels.

Plötzlich hörte er auf, mit dem Schlüssel zu spielen. »Was ist mit der Nacht, die wir zusammen verbracht haben, Marisa? Willst du ewig so tun, als würde das nichts bedeuten?«

Ihr Blick ging nun starr nach vorn. Alles in ihr rief: *Gnade! Nicht das jetzt auch noch!* An dem besagten Tag vor drei Wochen waren sie sich zufällig auf einem Polterabend des Nachbarhofs begegnet. Da es eine sternenklare Nacht mit fast vollem Mond gewesen war, hatten sie einen Spaziergang nach Hause dem Taxi vorgezogen. Zwischen ihnen hatte sich alles seit Langem mal wieder so leicht und unbeschwert angefühlt, sodass Marisa Mark tatsächlich einen Platz auf der Couch angeboten hatte. Der Fernseher lief, sie hatten geredet und gelacht, und irgendwann war seine Hand zu ihrer rübergerutscht. Marisa hatte verneint, aber nur halbherzig. Die Vertrautheit war als Sieger hervorgegangen.

»Mark, so was passiert vielen Ex-Paaren nach einer Trennung. Wenn du dir deswegen jetzt Hoffnungen machst …« Sie bemühte sich darum, das Ganze möglichst beiläufig klingen zu lassen. »Wir schieben das Scheidungsthema inzwischen eine Ewigkeit vor uns her. Es wird Zeit, dass wir den anderen gehen lassen und ein neues Leben anfangen.«

»Aber ich will doch das alte Leben, Marisa. Du und ich und dieses kleine kitschige Fachwerkhaus. Wir drei gehören zusammen.«

»Pscht!«, sagte sie kraftlos und legte sich einen Zeigefinger auf die Lippen. »Bitte, Mark. Nicht heute!«

»Gut, dann sind wir ja einer Meinung. Wir reden nicht heute über die Scheidung. Und schon gar nicht deshalb, weil mein Vater es vorschlägt«, ergänzte Mark trotzig.

Sie verzog das Gesicht. »Geht es dir in Wahrheit darum? Du willst bloß das Gegenteil von dem machen, was Richard sagt? Wie alt bist du? Zehn?«

Mark warf den Schlüssel aufs Armaturenbrett. »Nein, aber mein Vater hat nichts mit der Sache zwischen uns zu tun. Ich will nicht, dass es seinetwegen auf diese Weise endet. Gib mir wenigstens die Möglichkeit, deinen Namen reinzuwaschen. Auf andere Weise als durch die Scheidung.«

»Und wie soll das bitte aussehen?«

»Ich will noch nichts Konkretes erzählen. Aber es gibt da eine Sache, die mir bereits länger im Kopf rumschwirrt – genauer gesagt, seit dem letzten Louisenlund-Klassentreffen. Ich habe es dir bislang verschwiegen, weil ich dachte, dass du sowieso nicht interessiert bist. Aber jetzt hat sich die Lage verändert …«

»Sorry, Mark. Geht's etwas deutlicher?«, entgegnete sie genervt. »Ich verstehe nämlich kein Wort.«

»Noch nicht, aber bald. Ich muss erst ein paar Telefonate führen. Lass mich nur machen.«

Marisa spürte, sie kämpfte gerade gegen Windmühlen. Seit über einem Jahr versuchte sie, die Scheidung durchzuziehen. Mark aber brachte ständig neue Gründe an, warum die offizielle Trennung doch gar nicht notwendig war. Und sie selbst hatte dieses Verhalten durch ihren schwachen Willen in der Nacht des Polterabends auch noch gestärkt. Jetzt hatte sie den viel zitierten Salat. Sie ließ es vorerst auf sich beruhen – ihre Kraft für dieses Schlachtfeld war für heute verbraucht.

»Na gut, ich muss sowieso erst mal mit den anderen reden, wenn sie überhaupt mittlerweile wieder da sind. Und ich muss mir den genauen Schaden ansehen. Der Himmel weiß, wie viele Absagen ich bereits im Postfach habe. Ich mag gar nicht darüber nachdenken. Vielleicht sollte ich mir vorher Mut antrinken.« Sie nahm ihre Tasche aus dem Fußraum und holte den Haustürschlüssel hervor. Den Autotürgriff in der Hand, hörte sie Mark seine letzte Frage stellen.

»Soll ich vielleicht bleiben?«

Marisa schaute ihn noch einmal an.

Er zuckte die Schultern und lächelte verschmitzt. »Du hast früher schon nichts vertragen und trinkst trotzdem immer weiter. Ich könnte dir die Haare halten, während du dich übergibst.«

Sie lächelte. Es fühlte sich gut an, ihr Treffen mit seinem Sarkasmus zu beenden. Dennoch, sie waren getrennt. Es wurde Zeit, dass Mark das akzeptierte. Marisa schüttelte den Kopf und hauchte ihm einen Kuss auf die Wange. »Dafür gibt es Zopfgummis. Und Emilie ist ja auch noch da. Trotzdem danke.«

Marisa verließ den Wagen und schlüpfte durch den Türspalt, ohne sich umzudrehen. Im Flur empfing sie der vertraut holzige Geruch ihres Fachwerkhauses. Das Abschließen ihrer Tür fühlte sich in diesem Moment an wie das Hochziehen einer Zugbrücke. Müde lehnte sie sich an die Wand, wo ein altes Stallfenster den Durchblick vom Flur bis zur offenen Küche und ins Wohnzimmer ermöglichte. Emilie saß dort auf dem Sofa.

»Ich weiß, wie du dich fühlst«, sagte ihre Großmutter. »Dieses alte Haus ist wie ein großer warmer Mantel.«

»Ja, das hätte ich nicht besser ausdrücken können.« Der laute Motor von Marks AMG brummte auf, als er ihn anließ. Endlich fuhr er davon. Marisa spürte die Erleichterung und das Gefühl, wieder atmen zu können.

»Und? Was von beidem bereitet dir gerade mehr Sorgen? Das Geld oder die Liebe?«

Emilies Frage machte ihr klar, dass sie von dem Umweltskandal und den Auswirkungen bereits gehört hatte. »Ich kann es unmöglich sagen«, antwortete Marisa wahrheitsgemäß.

»Irgendwie hängt beides untrennbar zusammen und macht alles noch komplizierter.«

»Mark liebt dich noch. Ich kann es sehen.« Emilie lächelte. »Außerdem erwähnt er es bei jeder Gelegenheit. Auch von eurer letzten gemeinsamen Nacht hat er mir erzählt.«

Marisa rollte die Augen. »Er ist so eine Tratschtante.« Sie ging ins Wohnzimmer und ließ sich Emilie gegenüber aufs Sofa plumpsen.

»Aber nur durch meine Schuld. Ich habe so etwas geahnt und dann nicht lockergelassen, bis er damit rausgerückt ist. Also, sag mir, wie denkst du über diese Nacht?«

Marisa hatte ihren Kopf zurückgelehnt und starrte an die Decke. Dabei horchte sie in sich rein. »Sie war vor allem unbeschwert und locker-leicht. Ich glaube, deswegen ist es auch passiert, weil ich mich genau danach sehne. Ich will den Prinzen auf dem weißen Pferd – aber in cool. Mit Sonnenbrille und Flip-Flops. Er zwinkert mir zu und sagt: ›Hey, Babe. Steig auf, wir haben jetzt Spaß und reden nicht über Probleme.‹«

Emilie lachte auf. »Ich sehe Mark auf diesem Pferd sitzen, wenn ich ehrlich bin.«

»Echt?« Marisa sah zerknirscht zu ihrer Großmutter. »Ich habe das Gefühl, wir stecken mittlerweile zu tief drin in diesem Strudel aus verletzten Gefühlen und Eitelkeiten, um sorglos zu sein.« Sie setzte sich auf. »Manchmal frage ich mich, ob auf Sommerroth ein Fluch liegt. Warum scheint es nicht möglich, eine glückliche Beziehung auf diesem Hof zu führen? Weder meinen Eltern noch meinen Geschwistern noch mir ist es gelungen.«

Emilie antwortete nicht sofort. Sie schien nachdenklich. »Da mag was Wahres dran sein. Sommerroth stellt Außenstehende seit jeher auf die Probe. Hier überdauert nur die wahre Liebe. Beziehungen, die für nichts Geringeres als die Ewigkeit gemacht sind. Und dann kommst du nie wieder von diesem Ort los.«

»Wie war das bei dir, als du hier eingetroffen bist?«

»Es war schwierig«, gestand Emilie freiheraus und blickte nun auf einen unbestimmten Fleck in der Luft. »Womöglich auch wegen meiner Erwartungen. Ich war so voller Hoffnung gewesen, nach der langen Flucht endlich angekommen zu sein. Dein Großvater hat kein Geheimnis daraus gemacht, dass es Schwierigkeiten in der Familie gibt, aber von dem Ausmaß hatte ich keine Ahnung. Schon am zweiten Tag offenbarten sich mir fast unüberwindbare Hürden. Hätte ich das alles vorher gewusst, wäre ich noch vor dem Torhaus schreiend weggelaufen.«

»Bitte, erzähl mir davon. Vielleicht kommen mir meine Probleme danach nicht mehr ganz so groß vor und ich fasse Mut, meine E-Mails zu lesen.«

Gut Sommerroth

Damals

Emilies Gegner

Kapitel 5

Als es laut knallte, riss Emilie erschrocken die Augen auf. *Wir werden angegriffen*, hallte es sofort in ihrem Kopf. Durch ihre Adern schien etwas Heißes zu fließen, gleichzeitig schoss eine Gänsehaut über ihren Körper. Da knallte es wieder. Die in den Wochen der Flucht antrainierte Panik übernahm die Kontrolle. Ohne nachzudenken, sprang Emilie hoch und hastete über das Bett. Dabei stieß sie mit dem Kopf gegen einen tief hängenden Kronleuchter. Die Stabkerzen fielen aus ihrer Halterung und gingen polternd zu Boden. Emilie schlug instinktiv um sich, als müsste sie den Angriff eines Feindes abwehren.

In diesem Moment hörte sie das Tuckern eines Wagens, der über Kopfsteinpflaster davonfuhr. Es war die Verpuffung eines Automotors gewesen! Kein Angriff! Ihre Arme sanken langsam. Ihr Atem ging stoßweise. An ihrer Stirn pochte es, dort, wo sie sich den Kopf angeschlagen hatte. Um sie herum lag alles im bläulichen Licht des frühen Morgens, das die meisten Farben blass erscheinen ließ. Nach und nach beruhigte Emilie sich, nahm ihre Umgebung wahr und erinnerte sich wieder an die Umstände. Es war Anfang Juni 1945. Der Krieg war vorbei, und gleichermaßen ihre Flucht. Gestern hatten Johann, Krzysztof,

Lenchen und sie ihr Ziel in Schleswig-Holstein erreicht. Sie befand sich auf Gut Sommerroth.

Ein tiefes Atmen ließ sie zum Bett sehen. Johann schlief noch. Jetzt drehte er sich schwerfällig zur anderen Seite, als hätte es den Lärm eben nicht gegeben.

Leise sammelte Emilie die Kerzen von dem geblümten Buchara-Teppich auf und legte sie auf einen Tisch mit Spitzendecke nieder. Dann ging ihr Blick durch das Zimmer mit den schweren Möbeln. Die Nachttische, der Schrank und das hohe Kopfende des Bettes hatten alle die gleichen sternförmigen Intarsien. Nur der Waschtisch mit seinen verspielt gedrechselten Stangen passte nicht dazu. Auf ihm standen Zahnsalz und Melkfett bereit, dazu eine Schüssel und ein Krug im selben Dekor sowie feinste Leinentücher. Alles sah aus wie zu längst vergangenen Zeiten.

Emilie fragte sich, wie spät es sein mochte. Dem faden Licht nach vermutlich ungefähr vier Uhr. Sie überlegte kurz, sich wieder hinzulegen, doch die Aufregung über die Ereignisse des vergangenen Tages hätten sie mit Sicherheit nicht mehr schlafen lassen.

Nach der Begegnung mit Otto in der Scheune war sie zurück aufs Zimmer geflüchtet und vor Schreck nicht mehr herausgekommen. Ein Teil von ihr hatte wohl trotz Charlottes scharfen Worten noch die Hoffnung gehegt, dass man sie als Tochter des Hauses mit offenen Armen empfangen würde. Aber alles, was gestern geschehen war, sprach dagegen. Dennoch, Emilie hatte über Nacht irgendwie neuen Mut gefasst. Noch wollte sie nicht aufgeben. Es würde sich ein Weg ergeben, die Herzen ihrer neuen Familie zu gewinnen. Sie konnte warten und einiges ertragen. Nur ihre Trakehner sollten nach der entbehrungsreichen Flucht endlich nicht mehr leiden! Emilie entschied, trotz der frühen Stunde nach ihnen zu sehen.

Auf der Suche nach der einzigen Kleidung, die sie außer dem Brautkleid besaß, drehte Emilie sich um sich selbst. Sie hätte schwören können, den abgenutzten Rock und ihre zerschlissene Jacke gestern gefaltet auf die Bank vor dem hohen Kachelofen gelegt zu haben. Doch sie waren nicht mehr da. Stattdessen entdeckte sie plötzlich einen hölzernen Diener neben dem Bett, über dem fremde Frauenkleidung lag. Schon von Weitem stellte sie fest, dass die Sachen wenig geeignet waren für den Umgang mit Pferden. Dennoch deutete sie dieses Geschenk als dargereichte Hand von Charlotte. So schlüpfte Emilie in die weiße hochgeschlossene Spitzenbluse, deren Ärmel unter den Ellenbogen endeten, und den schwarzen Wollrock. Er wog schwer an ihr und reichte bis zum Boden.

Als sie vor den ovalen Spiegel trat, durch den sich dunkle Einschlüsse wie feine Adern zogen, meinte sie, ihre Großmutter Augustine vor sich zu haben. Sie hatten sich schon immer ähnlich gesehen, aber jetzt, da Emilie auf der entbehrungsreichen Flucht an Gewicht verloren hatte und zusätzlich diese altertümliche Kleidung trug, war die Täuschung beinahe vollkommen.

Die Erinnerung führte sie zurück zu Gut Zimny, wo ihre betagte Großmutter vor einigen Jahren ihren letzten Atemzug getan hatte. Es war einer dieser drückend heißen Tage gewesen, von denen es in Ostpreußens Sommern viele gegeben hatte. Emilie fand Augustine zusammengesunken auf der Hausbank, die zuvor gepflückten duftenden Kräuter noch immer in der Hand. Bereits in derselben Nacht war sie im Salon zum Abschiednehmen aufgebahrt und am nächsten Tag auf dem familieneigenen Friedhof begraben worden. Alles hatte nach Lavendel geduftet, so stark wie nie zuvor. Bis heute erinnerten die lila Blüten sie stets an Augustine. Emilie war fast täglich zu den Gräbern der von Zimnys spaziert, hatte Blumen niedergelegt und Unkraut gezupft. Dabei hatte sie den Grillen zugehört und den kühlenden Schatten der alten Linden auf ihrer Haut gefühlt. Auf Gut Zimny waren die Toten nicht wirklich gewesen. Sie weilten unter den Lebenden, denn man sprach über sie, wann immer man den Friedhof passierte. Der Kreislauf des Lebens hatte so weniger Traurigkeit ausgelöst, doch jetzt war er durchbrochen. Die Verstorbenen ihrer Familie waren nicht hier. Ihr Vater lag auf dem Grund des Frischen Haffs, ihre Mutter und ihr Bruder im Eiskeller von Gut Borowitz irgendwo in Pommern. Wie sollte sie ihrer in Zukunft nur gedenken?

»Guten Morgen, Ehefrau.«

Emilie erschrak. Als sie sich umdrehte, sah sie Johann aufrecht im Bett sitzen. Lässig lehnte er am hölzernen Kopfteil und hatte seine Arme vor der Brust verschränkt.

»Herrgott, wie lange beobachtest du mich schon?« Sie hielt sich das klopfende Herz.

»Eine Weile.« Jetzt stand Johann auf und lief breit lächelnd auf sie zu. »Hattest du etwa vor, dich einfach unbemerkt aus dem Zimmer zu schleichen?«

»Ehrlich gesagt, ja«, gestand Emilie keck und reckte selbstbewusst das Kinn. Sie ließ ihn kommen. »Und ich hätte es fast geschafft.«

»Dann muss ich ab heute wohl besser aufpassen«, scherzte er. Seine Schritte waren langsam, sein Blick verliebt. »Du entkommst mir nicht mehr, Emilie von Sommerroth. Nicht für einen einzigen Tag.« Das, was er sagte, klang weich und unnachgiebig zugleich.

Emilie konnte nichts dagegen tun, dass sich auf ihren Armen und Schultern ein wohliger Schauer ausbreitete – so sehr liebte sie seine spielerische Art, mit ihr zeitweise zu sprechen. Als würden sie noch immer umeinander werben wie damals auf Georgenburg. Als wären sie noch gar nicht verheiratet. *Hoffentlich währt das ewig*, dachte Emilie bei sich.

Johann blieb nun vor ihr stehen und nahm ihre Hand mit dem Löffelring, den sie seit ihrer Verlobung trug. Er küsste ihn. *Je suis enchanté de faire votre connaissance.«*

»Die Freude ist ganz meinerseits«, antwortete Emilie, belustigt darüber, dass er versuchte, sie mit dem holprigen Französisch seiner Kinderfrau zu beeindrucken. Dabei beobachtete sie, wie er sich sein dickes, blondes Haar zurückstrich, das über die Dauer der Flucht länger geworden war. Emilie wusste, er würde es bald schneiden lassen – vielleicht sogar heute. Dann würde es ihm nicht mehr so tief in die Stirn fallen, wann immer er zu ihr heruntersah. Sie vermisste das jetzt schon.

Sein Blick glitt an ihr auf und ab. Kurz zog er die Augenbrauen zusammen. »Hat meine Mutter dich etwa neu eingekleidet?«

»Ich denke, ja.«

»Sie ist offenbar bereits dabei, dich nach ihren Vorstellungen zu formen. Sei wachsam, das versucht sie mit jedem Menschen.«

»Keine Sorge. Ein Rock und eine Bluse reichen nicht aus, um mich zu verbiegen«, konterte Emilie.

»Und viel Zeit bleibt ihr dafür ja auch nicht mehr. Wir werden schließlich nicht mehr lang auf dem Haupthof sein«, ergänzte Johann. »Ich mache mich am besten gleich auf zum Vorwerk Ilsenhof, um mal mit dem Inspektor zu sprechen. Er soll alles für unsere Ankunft vorbereiten. In ein oder zwei Tagen sollte das Nötigste getan sein, dann beginnen wir beide ganz neu.« Jetzt lief er los und zog sie hinter sich her. »Komm, ich zeige dir etwas.« Er führte sie einmal durch die Eckkammer. Mit einem Ruck riss er die schweren Vorhänge zur Seite und öffnete das Fenster weit.

Emilie wehte der Geruch von Wasser entgegen; gleich darauf ging ihr Blick über eine weite Wiese voller britischer Zelte, die an einem See endete. Genau an jener Stelle – zwischen Wasser und Land – thronte ein zweistöckiger hölzerner

Bau mit wunderschönen Arkadenbögen und Schnitzereien, dessen weiße Farbe sich in den seichten Wellen spiegelte. »Ein Badehaus!«, rief sie unvermittelt aus. »So etwas habe ich erst einmal gesehen, als ich zur Sommerfrische an die Ostsee gefahren bin.« Die Erinnerung daran schien aus einem anderen Leben zu stammen.

»Mein Urgroßvater hat es aus Liebe für meine Urgroßmutter bauen lassen. Bis kurz vor ihrem Ableben schwamm sie jeden Morgen eine Runde – auch im Winter.«

Emilie trat ganz nah ans Fenster heran, wo sie ein zarter Windzug erfasste. Die Luft war bereits jetzt lauwarm, was einen milden Tag versprach.

Johanns Finger wies in die Ferne. »Sieh übers Wasser hinaus. Dahinter liegt das Vorwerk Ilsenhof. Kannst du die Dächer erkennen?«

Ihr Blick schweifte davon. Der Himmel hatte sich mittlerweile gelblich rosa verfärbt, wie es kurz vor Sonnenaufgang üblich war. Im zarten Licht des Morgens erkannte Emilie die unterschiedlich hohen und flachen Dachspitzen des Vorwerks zwischen blassgrünen Baumkronen. Ihr Herz klopfte kräftig. Dort lag ihre Zukunft! »Ich sehe es.«

Johann trat hinter sie und rahmte ihren Körper mit seinen starken Armen ein, indem er die Fensterbank neben ihr umfasste. Auch er wollte offenbar den Moment nicht verpassen, wenn die ersten Sonnenstrahlen des Morgens sich im Wasser spiegelten wie Gold.

Emilie hätte nicht sagen können, wie lange sie gewartet hatten, doch irgendwann passierte es. Die Sonne stieg im Osten auf und die Wasseroberfläche glitzerte. Der Anblick überwältigte sie auf eine Weise, wie sie es selbst nicht hatte kommen sehen. Zitternd holte sie Luft durch ihren geöffneten Mund. Ein Schauer packte sie wie zwei eiskalte Hände. Obwohl das Licht in ihren Augen schmerzte, konnte sie den Blick nicht von Osten abwenden – denn dort lag ihre Heimat! Von hier oben war es ihr, als könnte sie Ostpreußen noch einmal sehen. Die hügeligen Wiesen, auf denen jetzt die Störche zwischen ihren Trakehnern laufen würden, und Gut Zimny, wo zu dieser Stunde die aufsteigende Morgensonne die gelben, duftenden Kornfelder erwärmte. Sie wusste nicht genau, seit wie vielen Hundert Jahren der Gutshof im Besitz ihrer Familie gewesen war – irgendwann zur Zeit des Deutschen Ordens hatten sie sich dort niedergelassen. Doch mit ihr endete diese Ära. Emilie würde nie mehr dorthin zurückkehren können, und sie fühlte sich schuldig, weil sie den Besitz nicht hatte halten können. Selbst wenn es eines Tages eine Rückkehr geben würde, stand vermutlich kein Stein mehr auf dem anderen. Den Russen sagte man nach, sie hätten alles geplündert und die Reste niedergebrannt. Wie konnten sie nur? Hatten sie die paradiesische Schönheit Ostpreußens denn nicht erkannt? In Emilies Gedanken waren die alten Bauernmöbel und Häuser nicht weniger heilig und unantastbar wie jede Kirche.

Alles in Emilie verging in diesem Moment vor Sehnsucht. Es traf sie mit so ungeahnter Heftigkeit, dass sie ungewollt aufstöhnte und die Augen schließen musste. Tränen rannen ihr die Wangen hinunter. Obwohl sie mit der Ankunft auf Sommerroth ihr Ziel erreicht hatte, fühlte sie sich rastlos – als müsste sie jederzeit wieder auf Muskats Rücken springen und vor der Roten Armee flüchten. Ihr Kopf kannte die Wahrheit, ihr Herz hingegen schien einfach nicht zu begreifen, dass es vorbei war. Sie war am endgültigen Ziel ihrer Reise, dem Ende des entsetzlichen Schreckens. Es fühlte sich nicht so an! Vermutlich deshalb, weil weder sie noch ihre Pferde in diesen Teil des Reiches gehörten. Sie alle waren entwurzelt. Was, wenn dieses Gefühl nie verflog?

»Du gehörst nun zu mir, Emilie. Ich bin deine Heimat«, sprach Johann plötzlich leise in ihr Ohr, der ihre Tränen richtig deutete. Seine Arme schlossen sich von hinten schützend um sie. »Wir fangen auf Ilsenhof neu an. Heute Abend sitzt die ganze Familie im Salon zusammen. Bei dieser Gelegenheit werde ich meinen Anspruch auf das Vorwerk vor Otto geltend machen. Hörst du?«

Emilie nickte. Sie fühlte seine Wärme und ergab sich voll und ganz seiner Umarmung. Dabei lehnte sie ihren Hinterkopf an seine Brust und betrachtete die endlosen Weiten vor sich. Nach und nach versiegten ihre Tränen. So beobachtete sie, wie die Sonne ein Stück höher stieg, bis sie die Gebäude von Ilsenhof aufleuchten ließ. Das Rosa am Himmel wurde zu einem blassen Gelb. Unter ihnen erwachte Gut Sommerroth langsam zum Leben. Motorengeräusche und Stimmen drangen gedämpft zu ihnen hoch. Doch keiner nahm von ihr und Johann am Fenster Notiz. Emilie wollte diesen Moment am liebsten mit beiden Händen festhalten. In ihr stieg das zarte Gefühl auf, dass sie es auf Ilsenhof womöglich doch schaffen konnten. Die hauchdünne Zuversicht war wie ein Verband für ihre wunde Seele.

»Ich muss jetzt gehen«, raunte Johann ihr ins Ohr. »Und heute Nacht, nach der Sperrstunde, triffst du mich heimlich beim Badehaus. Ich werde Decken für uns mitbringen, vielleicht finde ich ja sogar noch einen Wein im Keller«, stellte er in Aussicht. »Wir werden dort ganz alleine sein und die Sterne beobachten. Sie haben sich nicht verändert, Emilie. Du wirst sehen, es gibt Dinge, die bleiben für immer gleich.«

Kapitel 6

Eine Weile nach Johanns Verschwinden fühlte sich auch Emilie bereit, das Zimmer zu verlassen. Ein letztes Mal schaute sie in den Spiegel, um sich zu vergewissern, dass ihre Tränen keine sichtbare Spur in ihrem Gesicht hinterlassen hatten. Zögerlich trat sie auf den Flur, der sich noch dunkel zeigte. Rechts und links gingen zahlreiche Türen ab, die alle verschlossen waren. Genau vor sich hatte Emilie das weiße hölzerne Treppengeländer. Sie lief auf die Brüstung zu und sah nach unten auf die Bodenfliesen im Jugendstil, die von hier aus den Anschein erweckten, es läge ein rechteckiger Teppich auf dem Boden.

Mit einem Mal vernahm Emilie das Öffnen einer Tür. Gleich darauf erschienen im Vestibül zwei Frauen mit unterschiedlich großen weißen Häubchen und ein Bursche. Hintereinander durchquerten sie den Eingangsbereich, als die Letzte der drei auffordernd in die Hände klatschte.

»Husch, husch. Beeilt euch, ihr zwei. Wir sind heute spät dran gewesen mit dem Gesindeappell. Die gnädige Frau wartet sicher längst.«

»Jawohl, Mamsell Seidler«, gab jene zur Antwort, die Emilie als das Hausmädchen erkannte, das gestern die Erfrischungen auf den Tisch gestellt hatte. Sie trug einen großen hellblauen

Krug. Leise schwatzend eilte sie neben dem Burschen die Treppe hoch. Dabei schlug der Gong einer Uhr von irgendwoher sechs Mal.

»Huch, Verzeihung, gnädige Frau Emilie …« Das Hausmädchen hielt abrupt auf dem Treppenabsatz inne und knickste. »Ich habe Sie gar nicht bemerkt.«

»Schon in Ordnung«, gab diese zurück. »Wie war gleich dein Name?«

»Liesel«, antwortete sie.

Emilie vermutete, dass sie nicht älter sein konnte als sechzehn Jahre. Ihre Haut hatte jedenfalls den rosigen Ton eines gerade gebadeten Säuglings.

»Das ist Anton, Sommerroths Hausbursche.« Sie deutete zum Burschen.

»Guten Morgen.« Emilie war aufs Neue überrascht. Die Kleidung der beiden und ihre Bezeichnungen gab es so in Ostpreußen schon lange nicht mehr. Auf Sommerroth schien es weiterhin üblich. War das Charlottes Werk, wie Johann es angedeutet hatte?

Der junge Mann hatte sich für seinen Gruß die Mütze vom Kopf gezogen. Jetzt stülpte er sie wieder über und hastete zu einer Tür, die schmaler anmutete als alle anderen. Der Raum dahinter war dunkel, weshalb Emilie nur schemenhaft eine Holzklappe erkannte, die er öffnete. Anton hievte einen weißen Blecheimer darunter hervor, mit dem er die Treppe herunterlief und verschwand. Der beißende Geruch nach Fäkalien, den er nach sich zog, ließ keinen Zweifel. Hinter der schmalen Tür befand sich eine altertümliche Torftoilette, die offenbar auch genutzt wurde. Emilies Verwunderung wuchs, zumal es zumindest in ihrem Zimmer eine gewöhnliche Wasserleitung gab.

»Verzeihen Sie, gnädige Frau Emilie«, mischte sich Liesels Stimme in ihre Überlegungen. »Ich muss die Herrin wecken.« Mit einem Lächeln ging sie zur Tür neben der Toilette, klopfte dreimal an und trat ein. »Guten Morgen, gnädige Frau. Ich komme, um Sie zu wecken.«

»Danke, Liesel.«

»Ihr frisches Wasser stelle ich Ihnen auf Ihren Waschtisch. Wünschen Sie ein neues Handtuch?«

»Nein.«

»Möchten Sie das Übliche?«

»Ja, und schnell, bitte.«

Es knisterte. Kurz darauf hörte Emilie ein Gluckern.

»Und jetzt geh. Komm in zehn Minuten zum Ankleiden zurück.«

»Sehr wohl.« Das junge Dienstmädchen trat wieder heraus und ließ die Tür einen Spaltbreit auf. Sie zog eine Schachtel Streichhölzer aus der Tasche ihrer Schürze hervor und entzündete die Kerzen im Flur.

Emilie sah ihr zu und fragte sich ein wenig belustigt, was hier vor sich ging. Das Ganze kam ihr ein wenig vor wie ein Theaterstück. Ihr Blick ging hoch zur Decke, wo ein sechsarmiger Kronleuchter mit Glühbirnen darin hing. Ein Kabel führte von dort zu einem Drehschalter an der Wand. Kurzerhand schritt sie darauf zu und drehte den Schalter nach rechts.

»Nicht!«, rief Liesel erschrocken.

Das Licht ging an und erhellte den dunklen Flur.

»Wer war das?«, scholl eine wütende Stimme aus der geöffneten Tür. Charlotte erschien im seidenen Morgenmantel und schirmte mit der Hand ihre Augen ab. Die zweite Hand fuhr sofort zum Drehschalter und machte das Licht wieder aus. Da bemerkte sie Emilie. »Du warst das …!«

Es war deutlich, dass ihre Schwiegermutter sich zusammenreißen musste. Mit aufeinandergepressten Lippen zog sie sich den Morgenmantel enger um den Leib. »Nun, Emilie, du kannst es noch nicht wissen, aber in diesem Haus schätze ich

Altbewährtes. Alles Moderne ist mir zuwider und wird nur in Ausnahmefällen geduldet. Ich erwarte, dass du das beachtest.«

Emilie erkannte, wie Charlottes Augen an ihr auf und ab glitten. Mit einmal wurde sie sich der Kleidung bewusst, die sie trug. Natürlich! Auch sie war so etwas wie ein Möbelstück, das eine bestimmte Erscheinung brauchte, um bleiben zu dürfen. Johann hatte recht gehabt, mit der Vermutung, seine Mutter würde alle um sich herum formen wollen. Die Bluse und der Rock kamen ihr plötzlich unangenehm kratzig vor und gar nicht mehr wie ein nettes Geschenk. Am liebsten hätte Emilie sich beides vom Leib gerissen. Dennoch sagte sie nur knapp: »Ich werde mich bemühen, Schwiegermutter.«

»… was wohl das Mindeste ist«, fügte Charlotte kalt hinzu.

Emilie spürte, dass sie sich nun ebenso zusammenreißen musste. Dennoch wollte sie einen Versuch wagen, die gestern nicht stattgefundene Unterhaltung erneut vorzuschlagen. »Es scheint ein sonniger Tag zu werden. Vielleicht ergibt sich heute die Möglichkeit für einen gemeinsamen Spaziergang.«

Charlotte schien im ersten Augenblick nicht abgeneigt zu sein. Jedenfalls wirkte ihr Gesicht aufgeschlossen. Emilie sprach schnell weiter, als sie diesen Funken bemerkte. »So könnten wir beide uns ein wenig besser kennenlernen. Es wäre schön, von dir zu erfahren, wie das Leben auf Sommerroth vonstattengeht. Und vielleicht möchtest du von mir wissen, wie Johann und ich uns getroffen haben. Wenn du einverstanden bist, gehe ich nach meinen Pferden sehen, so lange du dich bereitmachst.«

Mit einem Schlag fielen Charlottes Mundwinkel nach unten. Alles, was eben noch auf zartes Interesse hingedeutet hatte, löste sich in Luft auf.

»Spazieren …«, wiederholte sie verächtlich. »Wohin soll man in diesen Zeiten denn spazieren? Zwischen den Geflüchteten hindurch? Oder Seite an Seite mit den Engländern? Was für ein absurder Vorschlag.« Sie schüttelte den Kopf. »Nein. Ich verlasse das Haus nicht, bis sie alle endlich wieder fort sind. Wir werden uns später bei Tisch sehen, wenn du dem Rest der Familie vorgestellt wirst. Gestern hast du es ja vorgezogen, dich nicht mehr blicken zu lassen.« Sie drehte sich um und rief Liesel zu: »Bring Feuerholz und entzünde meinen Ofen. Mich fröstelt es.«

»Jawohl, Baronin.«

Die Tür fiel zu und Emilie blieb im Dunklen zurück. Was hatte sie Falsches gesagt, das diese Frau so wütend gemacht hatte?

»Nehmen Sie sich das bitte nicht so sehr zu Herzen, gnädige Frau Emilie.« Liesel schien Mitleid mit ihr zu haben. Mit leisen Worten versuchte sie, das Gesagte abzuschwächen. »Die gnädige Frau hat noch immer sehr mit den neuen Umständen zu kämpfen. Seit die Engländer die neuen Herren dieses Gutshofs sind, wurde hier einiges umgekrempelt. Nur innerhalb dieses Hauses existiert auf Sommerroth noch ein Rest der alten Ordnung. Und die versucht die Herrin mit aller Kraft zu verteidigen«, erklärte das Hausmädchen, während sie nebeneinander Stufe für Stufe nach unten gingen.

Emilie blickte seitlich auf das hübsche Gesicht mit den dunklen geraden Brauen und den dazu passenden langen Wimpern. Liesel schien Charlotte tatsächlich zu verteidigen, was nur bedeuten konnte, dass sie auch eine gute Seite hatte. Die allerdings hielt sie bislang vor Emilie verborgen. »Ein Rest, sagst du? Was hat sich denn im Schloss verändert?«

»Nun, bis vor Kurzem gab es hier noch Küchenmädchen, Hausmädchen, Stubenmädchen, Burschen, Diener, einen Kutscher und die Mamsell, die ausschließlich für die gnädige Familie zuständig gewesen waren. Doch Colonel Baker hat gleich am ersten Tag gemeint, dass kein einzelner Mensch so viele Angestellte bräuchte. Er sorgte dafür, dass das Altenheim hier einzog, und so helfen die meisten von uns jetzt beim Versorgen der Greise, die hier untergebracht sind. Nur wenn keiner genau hinsieht, kümmern wir uns um die Belange der Baronin. Wir sind schließlich fast alles, was ihr noch geblieben ist. Aber ich sage Ihnen, die viele Arbeit ist kaum zu schaffen.«

Emilies Gedanken glitten gleich zu Lenchen, der sie hier im Haus vielleicht einen Platz besorgen konnte. Danach sah sie wieder zu Liesel. »Seit wann ist dieser Colonel Baker mit seinen britischen Truppen hier?«

»Ungefähr seit einem Monat. Ihre Militärkommandantur haben sie in der alten Schule unweit des Badehauses eingerichtet.«

»Warum nicht im Schloss?«, erkundigte sich Emilie etwas verwundert. Bislang war sie der Meinung gewesen, die britischen Besatzer würden sich stets das Beste vor Ort nehmen, was sie finden konnten.

Liesel und sie hatten nun den Eingangsbereich erreicht. Hier blickte das Hausmädchen noch einmal hoch. So, als würde sie sich versichern wollen, dass Charlotte auch wirklich nicht zuhörte. Verschwörerisch beugte sie sich vor. »Um ehrlich zu sein, waren die Engländer zuerst im Schloss. Dann kam es aber zu Unstimmigkeiten mit der gnädigen Frau, weil nach der Entlassung der Hausangestellten auch noch die Zwangsarbeiter befreit werden sollten. Die Baronin hat sich furchtbar darüber aufgeregt, böse Zungen würden behaupten, sie sei hysterisch geworden. Wer denn dann die Ernte auf den Feldern einholen solle, hatte sie zu wissen gefordert. Daraufhin hatte Colonel Baker kühn gemeint, dass ihre Diener, Knechte und der Kutscher doch sehr kräftig aussähen, und sie musste sie alle abtreten.« Liesel sah sich nochmals aufmerksam um und reckte den Hals zum oberen Stockwerk. Dann sprach sie leise weiter. »Die Engländer haben die Kriegsgefangenen natürlich trotzdem befreit, woraufhin die gnädige Frau und der Gutsinspektor sich aus Angst vor den Männern für zwei Tage im Keller versteckt haben. Weder Baron Leopold noch sein Inspektor hatten die Zwangsarbeiter nämlich gut behandelt. Die Arbeit war hart, die Unterkünfte schlecht und es wurde schon mal kräftig zugeschlagen, wenn jemand zu langsam war. Somit war die Herrschaft nicht sonderlich beliebt unter den Gefangenen.« Sie richtete sich wieder ein Stück auf. »Es ging am Ende alles gut. Doch diese Tage waren eine fürchterliche Demütigung für die Baronin. Zweimal soll sie im Keller angeblich die Besinnung verloren haben, berichtete der Gutsinspektor. Seither ist die Stimmung zwischen den Engländern und ihr angespannt. Ich glaube, deshalb ziehen die Besatzer die Schule dem Schloss vor.« Sie zuckte die Schultern. »Aber was weiß ich schon?«

Emilie hatte der Erzählung mit Spannung gelauscht. Jetzt fasste sie ihre Gedanken zusammen. »Mir scheint, die Engländer sind nicht darauf aus zu streiten. Es wäre ihnen sicher ein Leichtes gewesen, das Gutshaus sogar ganz für sich zu beanspruchen und die Sommerroths vor die Tür zu setzen. Dass sie es nicht getan haben, ist ein gutes Zeichen.« In ihr glomm die Hoffnung auf, dass das Leben unter der fremden Siegermacht trotz allem eine gute Zeit werden konnte.

»Möglich ist es. Zudem erzählt man sich, es soll wohl das Glück der Baronin sein, dass auf Fliedertal so gute Holsteiner gezüchtet werden. Colonel Baker hat eine Schwäche für die Pferde des jungen Barons und kauft sie fleißig ein. Womöglich lässt er der gnädigen Frau auch deshalb so viel durchgehen.«

»Vermutlich …«, bestätigte Emilie vorsichtig. Die Worte von Liesel erinnerten sie daran, was sie eigentlich hatte tun wollen. Ihre eigenen Pferde warteten. »Ich danke dir. Und jetzt halte ich dich nicht länger auf.«

»Gern geschehen.« Liesel verschwand hinter der Tür, aus der sie gekommen war.

***

Emilie trat aus dem Schloss mit dem Gefühl, sich eben wieder einen Schritt weiter von Charlotte entfernt zu haben, statt ihr nähergekommen zu sein. All ihre Hoffnung lag nun auf dem abendlichen Diner, vor dem sie sich gleichzeitig aber auch ein wenig fürchtete.

Flink eilte sie über den Hof zur Fachwerkscheune, wo zu dieser frühen Stunde nur vereinzelt ein paar Kinder umherliefen – sehr wahrscheinlich, um Holz, Kohle oder Nahrung zu organisieren, was eher eine feine Umschreibung für zu stehlen war. Als sie Emilie näher kommen sahen, huschten sie davon, wie es nur auf frischer Tat Ertappte taten.

Sie selbst betrat die Remise durch das quietschende Tor. Dahinter stieg ihr gleich der vertraut erdige Geruch ihrer Pferde in die Nase. Das Rascheln des Strohs verriet, sie war bereits bemerkt worden. Muskat brummelte ungeduldig und reckte Emilie den Kopf entgegen.

»Ah, guten Morgen, Frau Emilie.« Krzysztof erschien hinter einem der Pferdekörper.

»Guten Morgen. Wie haben die Pferde die Nacht überstanden?«

»Winterzeit hat leider einen Schnitt auf der Flanke«, erklärte er bedauernd. »Ich bin gerade dabei, die Wände nach herausstehenden Nägeln abzusuchen. Lenchen kocht bereits einen Sud aus Eichenrinde für die Wunde.«

Emilie schlüpfte unter den Deichselstangen hindurch, um sich die Verletzung anzusehen. Augenblicklich spürte sie die Wärme, die von den Tieren ausging. Es hinterließ in ihr ein Gefühl, das sie ausschließlich mit dem Wort *Heimat* beschreiben konnte. Das Fohlen stand dicht bei seiner Mutter. Emilies Hand strich über den schmalen Rücken. Tatsächlich war der Schnitt an der Flanke nicht lang, aber dafür tief. Gut, dass sich Lenchen auf den Einsatz von Heilpflanzen verstand – dieses Wissen hatte ihnen schon oft geholfen.

Krzysztof klopfte auf Windfarbes Hinterteil. Die Braune blähte ihren Bauch auf und schnaubte ins Stroh, wo sie mit ihrer Oberlippe in den spärlichen Halmen rumwühlte. »Sie hat Hunger«, sagte er zu Emilie. »Außerdem sind ihre Beine hinten dick. Das viele Stehen tut ihr nicht gut.«

»Ich weiß. Eigentlich müssten sie alle fünf raus auf eine Koppel zum Fressen und Laufen. Aber die meisten der Zäune um Sommerroth sind bereits verfeuert worden. Und meinen Schwager brauche ich gar nicht erst zu fragen, ob ich meine Pferde zwischen seine Holsteiner auf die Wiesen Fliedertals stellen darf.«

»Wohl kaum«, gab Krzysztof schmunzelnd zurück. »Wir müssen uns eben weiter mit Spaziergängen behelfen. Das Gras am Straßenrand ist allerdings bereits von den Tieren der übrigen Flüchtlinge abgefressen. Ich werde auf Dauer weiter laufen müssen und länger unterwegs sein, bis alle Pferde satt sind und genug Bewegung hatten.«

»Vielleicht nicht mehr lang, wie du weißt.« Emilie spielte darauf an, was Johann gestern auf ihrem Weg zum Gutshof erzählt hatte. »Ich möchte keine falschen Hoffnungen schüren, aber womöglich können wir bereits in ein oder zwei Tagen das Vorwerk Ilsenhof beziehen. Dort gibt es genügend Platz für die Pferde. Johann versprach, die Angelegenheiten heute Abend mit seiner Familie zu klären.«

Krzysztof nickte. »Das sind wirklich gute Aussichten. Bis dahin halten wir noch durch. Wir haben schließlich schon Schlimmeres geschafft.«

Emilie bejahte mit ihrem Lächeln. »Ich werde Windfarbes Beine ein bisschen massieren. Das wird ihr guttun.«

Er schenkte ihr ein aufmunterndes Lächeln und verschwand daraufhin irgendwo in der Scheune. Nach einer Weile rief er von weiter weg: »Ich habe eben ein wenig Futter organisieren können. Es ist nicht viel, aber gerade genug, dass vor allem die beiden Mutterstuten etwas Kraft bekommen.«

Emilie fragte gar nicht, woher er das Futter hatte. Es war ihr egal. Sie kniete sich hin und begann ihre Massage. Die Stute hielt dabei ganz still, denn Emilie sprach in Gedanken zu ihr, wie nur sie es konnte. Selbst Winterzeit hielt kurz inne und sah auf. Die Milch tropfte dem Fohlen noch vom weiß getränkten Maul. Dann aber stieß sie ihre Nase wieder gierig Richtung Zitze. Windfarbe ließ alles ruhig über sich ergehen. Sie war schon immer eine geduldige Mutter gewesen. Dabei war Winterzeit wirklich frech und zappelig. Nur Muskat, die vor vier Jahren noch bei Windfarbe gesäugt hatte, war ein noch wilderes Fohlen gewesen.

Die gleichmäßigen Massagebewegungen ihrer Hände ließen Emilies Gedanken abdriften. Sie sah sich plötzlich wieder in dem lichtdurchfluteten Stallgebäude von Gut Zimny stehen. Schwalben flogen ihre schnellen Manöver über den Köpfen Pauls, Oskars und Krzysztofs hinweg, die alle voller Stolz in eine der großzügigen Boxen gesehen hatten. Sie lächelte gedankenversunken. Muskat war bereits als Fohlen so vielversprechend gewesen, dass sie gemeinsam darüber beraten hatten, wann sie wohl so weit wäre, zur Prüfung der Stutbuchgesellschaft in Ostpreußen anzutreten. Dies war ein harter Eignungstest für die Pferde, den nur die besten bestanden. Ausnahmslos alle Stuten von Gut Zimny hatten die fünfundzwanzig Kilometer auf hartem Untergrund mit einer Last von fünfundzwanzig Zentnern geschafft, ebenso die vier Stunden Pflug ziehen, die dreißig Minuten Reitprüfung und die rasend schnellen zwei Kilometer in nur zweieinhalb Minuten.

Ja, auch Muskat hätte diese Prüfung mit Leichtigkeit bestanden, da war sich Emilie sicher. Doch dann war der Krieg gekommen und die Flucht aus der Heimat wurde unvermeidbar. Ob es die Ostpreußische Stutbuchgesellschaft und somit diesen

Eignungstest für Trakehnerstuten überhaupt noch gab, da hatte Emilie keine Ahnung. Wie sollte die Qualität ihrer Fohlen jetzt festgestellt werden? Wo würde sie einen passenden Hengst finden, ohne die fachkundige Auswahl der herausragenden Züchter und Hippologen wie Doktor Ernst Ehlert und Doktor Martin Heling, die die besten Pferde zu den Hengstprüfungsanstalten geschickt hatten, wo sie geritten, gefahren und in einem einjährigen Auswahlverfahren geprüft wurden? Früher waren sie und ihr Vater stets mit jedem Anliegen nach Trakehnen unweit ihres Gutshofs gefahren. Wohin sollte sie sich nun wenden? Die gesamte Zucht dieser Rasse war entwurzelt. Der Gedanke, dass sie es dennoch irgendwie schaffen musste, drohte sie für einen Moment zu überwältigen.

Ein Kribbeln zog von unten ihre Beine hoch, weil sie so lange in dieser Position hockte. Emilie stand auf. Plötzlich spürte sie einen Luftzug im Nacken. Muskat war ihr hinterhergekommen und prustete sie von hinten an, wie sie es gerne tat. Emilie drehte sich um, nahm die Nase ihrer Rappstute zwischen beide Hände und drückte einen Kuss auf die weiche Stelle zwischen die Nüstern. Die Angst, die sie eben befallen hatte, währte nur kurz. Zum Glück, denn die Alternative war so undenkbar, dass sie schnell wieder an Stärke gewann. Wenn sie jetzt aufgab – ja, wenn alle Trakehnerzüchter jetzt aufgaben –, war die Rasse für immer verloren! Ein Blick in die schwarzen Augen ihrer Pferde reichte. Nein, sie musste stark sein!

Als Krzysztof schließlich mit einem alten Mehlsack in der Hand um die Ecke kam, hoben alle drei Stuten neugierig die Köpfe und drängten zur Stange. »Nicht drängeln, meine Damen. Es ist für alle was da …« Er hatte seine Worte gerade beendet, da klangen die lauten Stimmen mehrerer Männer von draußen in die Remise herein.

»Da drinnen müsste er sein!«, hörte Emilie es plötzlich rufen.

»He says, he may be in here«, übersetzte ein Mann.
»Open the gate.«
»Sie sollen das Tor öffnen«, dolmetschte dieselbe Stimme von eben.

Emilie erstarrte. Was wollten die Engländer hier? Von ihrem Platz zwischen den Pferden aus sah sie einen schmalen Lichtkegel in die Scheune einfallen, der zügig größer wurde. In ihm zeichneten sich die Schatten mehrerer Personen ab.

»Da ist der Dieb!«, stieß einer hervor.

»He says, it's this guy, Colonel Baker!«, erklärte ein Mann mit kreisrunder Brille. Er zeigte mit dem Finger auf Krzysztof, der weiterhin den Sack in der Hand hielt.

Der Colonel trat danach in die Remise. Er gab zwei Soldaten neben sich ein Zeichen mit dem ruckenden Kinn.

Die Männer stürmten los und rissen Krzysztof den Sack aus den Händen. Einer griff hinein und holte eine Handvoll Haferkörner heraus, die er daraufhin durch seine Finger rieseln ließ.

»Caught in the act«, äußerte er in Richtung des Colonels.

Erst in diesem Moment bemerkte Emilie Otto. Langsam trat dieser in den Mittelgang der Remise. Auf seinem Gesicht lag ein überhebliches Lächeln. »Wie ich es sagte. Ein Dieb ist unter uns. Er gehört festgenommen.«

»Halt!«, rief Emilie jetzt und trat zwischen den Pferden heraus. »Was passiert hier?« Alle Köpfe wandten sich ihr zu. Vor den Männern stellte sie sich auf und wies auf Krzysztof. »Lassen Sie diesen Mann in Ruhe! Er steht unter meinem Schutz.«

Otto verschränkte die Arme vor der Brust, als er sie erblickte. Seine Augen wurden zu kleinen Schlitzen. »Das tut nichts zur Sache. Dieser Mann hat Futter geklaut und wurde dabei gesehen«, sagte er kalt. »Zusätzlich hält er den Beweis noch in seinen Händen.«

»Unsinn!«, donnerte Emilie.

»Ha!«, lachte Otto auf. »Wie kann es kein Diebstahl sein, wenn jemand etwas ohne Einwilligung des Gutsherrn entwendet? Und der bin ich!«

»What did she say?«, verlangte der Colonel jetzt von dem Mann mit der Brille zu hören, und trat dichter an Emilie heran. Er musterte sie von oben bis unten.

»This man is under her protection.«

Emilie spürte ihr Herz schneller schlagen. Ihre Gedanken rasten. Sie musste unbedingt verhindern, dass man Krzysztof festnahm. Sein Wort würde nichts zählen, er war lediglich ein einfacher Knecht, aber vielleicht dafür ihres! Obwohl der Colonel sie womöglich nicht verstehen konnte, wandte sie sich direkt an ihn. »Er ist kein Dieb. Er ist mein Pferdepfleger und Stallbursche, und ich habe ihm die Anweisung dazu gegeben, Futter zu beschaffen.«

Der Dolmetscher sprach ohne Aufforderung. »She gave him the order.«

Colonel Baker verschränkte seine Hände auf dem Rücken und legte seinen Kopf schief. »Wer sind Sie?«, erkundigte er sich mit dem weichen Akzent eines Briten, der nur wenig Deutsch sprach.

Das Überraschungsmoment, deutsche Worte aus seinem Mund zu hören, ließ sie kurz stocken. »Mein Name ist Emilie von Sommerroth.«

»Von Sommerroth?«, wiederholte Colonel Baker fragend. Mit erstauntem Gesicht drehte er sich zu Otto um. »She is a relative?«

»Ob sie eine Verwandte ist, will er …«

»Ich weiß, was er gesagt hat«, fuhr Otto den Dolmetscher wütend an. »Sie ist die Frau meines Bruders«, presste er zwischen zusammengepressten Zähnen hervor.

»Related by marriage.«

Der Colonel verzog das Gesicht zu einem einseitigen Lächeln und machte ein ungläubiges Geräusch. Danach geschah zwei Herzschläge lang nichts. Sein Blick flog zu dem Sack Futter, dann zu den Pferden, die mittlerweile alle neugierig an der Stange standen. Er ging zu ihnen, nahm sich Zeit für seine Entscheidung über Krzysztof.

»Whose horses are they?«

»Es sind meine Pferde«, antwortete Emilie. Ihr Englisch war nicht so gut wie ihr Französisch, aber es reichte aus für einfache Sätze im Zusammenspiel mit Gestik und Intonation, die seine Worte für sie dennoch verständlich machten. Sie beobachtete, wie er sich Windfarbe widmete. Seine Hände waren bislang noch hinter seinem Rücken verschränkt gewesen. Sein anscheinend geübtes Auge jedoch tastete den Körper der Stute mindestens ebenso gründlich ab. Jetzt strich er Windfarbe sanft über ihren Keilstern. Kleine weiße Haare rieselten durch die Luft zu Boden. Die Stute fing an, ihn nach etwas Essbaren zu durchsuchen, was der Colonel aber abwehrte. An der Art, wie er das tat, konnte Emilie sehen, dass er im Umgang mit Pferden sehr vertraut war. Muskat schien wie so oft neugierig zu sein, drängelte sich nun dazu und verscheuchte ihre Mutter. Colonel Baker sah ihr hinterher und entdeckte dabei wohl das Brandzeichen. »East german horses«, murmelte er, drehte sich um und sprach leise zu seinem Dolmetscher, der ihm folgte wie ein Schatten und danach Wort für Wort übersetzte.

»Ob diese Stuten tragend aus dem Osten gekommen sind, will der Colonel wissen.«

Emilies Augenmerk ging kurz durch das geöffnete Tor, wo die Luft von den vielen Füßen, Hufen und Wagenrädern so stauberfüllt war, dass es schneeähnlich wirkte. Wie ein Film spielten sich vor Emilie Augen die schlimmsten Szenen ihrer Winterflucht ab. Das Eiswasser des Haffs hatte den Pferden zeitweise bis zu ihren Bäuchen gereicht. Tote säumten ihren

Weg. Die feindlichen Flieger schmissen gnadenlos ihre Bomben auf sie und färbten den Boden blutrot …

»Ja, tausend Kilometer bei Eis und Schnee. Kaum Futter, nur selten Schutz oder Pausen. Und dennoch sind die Fohlen gesund zur Welt gekommen.«

Der Dolmetscher setzte gerade zu seinen ersten Worten an, da hielt der Colonel ihn mit erhobener Hand auf. Anscheinend hatte er auch so genug verstanden. Sein Blick haftete an den Pferden, dann riss er sich los und stapfte gen Ausgang – die Hände wieder auf dem Rücken verschränkt. Bei Otto verlangsamte er seinen Schritt für einen kurzen Augenblick.

»I have more important things to do than settle a family dispute, Mr Sommerroth.«

KAPITEL 7

Emilie starrte aus dem Fenster des Esszimmers. Dabei war es, als könnte ihr Kopf die gegensätzlichen Szenen nicht verarbeiten. Sie selbst saß an einer fein gedeckten Tafel mit makellos weißem Tischtuch und Silberbesteck. Die Kristallgläser glänzten im Kerzenschein – ebenso die in Gold gehaltenen Wappen auf den Tellern. Draußen pressten die ausgemergelten Kinder der Geflüchteten ihre Nasen gegen die Fensterscheiben. Vielen von ihnen waren barfuß und hatten sichtbare Hungerödeme. Manche klopften mit ihren flachen Händchen gegen die Scheiben.

Charlotte hatte trotz allem darauf bestanden, dass die endlich wiedervereinte Familie sich zu einem ersten gemeinsamen Festessen traf. Emilie fand es grotesk, doch Johann, der eben gerade von Ilsenhof wiedergekommen war, hatte sie aufgeklärt. Es sei die übliche Art im Haus Sommerroth, miteinander zu sprechen. Eine Mahlzeit, die eigentlich eine Art Konferenz war.

Emilie konnte die Kinder trotzdem nicht ignorieren. Ihr Hals war wie zugeschnürt. Allein die Vorstellung, den Hungernden gleich etwas vorzuessen, bereitete ihr Übelkeit.

»Liesel«, unterbrach Charlotte plötzlich streng die Stille. »Schließ die Vorhänge.« Ohne den Blick von Emilie zu nehmen, verlangte sie zusätzlich: »Und stell das Grammophon an. Ich wünsche leise Musik, um die Störungen von draußen zu überdecken. Wie mir scheint, sorgt das für Ablenkung.«

Emilie las es deutlich in den Augen ihrer Schwiegermutter. Alles an ihr missfiel Charlotte.

Das Hausmädchen machte sich sofort auf zu einer Anrichte, auf der das Abspielgerät stand. Aus einer der Schubladen holte sie eine Schallplatte hervor und legte sie geübt auf. Ein erstes Knistern füllte die quälende Stille im Raum.

Dann ertönte eine Frauenstimme, die in einen weinerlichen Gesang verfiel, der für Emilies Geschmack nicht gerade zur Erheiterung beitrug. Johann schien ähnlich zu denken. Kurz fing sie einen vielsagenden Seitenblick von ihm auf. Emilie unterdrückte besser jeden Gesichtsausdruck, um ihre wahren Gedanken über die scheußliche Musik nicht zu verraten. Zumindest war sie besser als dieses laute Schweigen.

Plötzlich wurde die Tür geöffnet. Eine Frau mit kinnlangen schwarzen Haaren trat ein.

Johann erhob sich von seinem Platz. »Edith! Du bist keinen Tag älter geworden«, sagte er freundlich.

Sie kam auf ihn zu und begrüßte ihn mit einer Umarmung. »Wie schön, dich endlich wieder zu sehen, Johann! Ich freue mich sehr, dass du wohlbehalten auf Sommerroth eingetroffen bist.«

»Und ich freue mich, dich mit meiner Frau bekannt machen zu dürfen.« Er trat zur Seite, nahm Emilies Hand und führte sie vor sich. »Darf ich vorstellen? Emilie.«

»Ich kann es noch nicht fassen – du bist verheiratet!« Ediths Ausdruck wandelte sich von Erstaunen zu einem warmen Lächeln, das bei ihren Augen begann. Einladend streckte sie ihre Hände mit dargebotenen Handflächen nach vorn aus. »Willkommen, liebe Schwägerin.«

Emilie legte ihre Finger hinein und spürte Wärme auf sie überstrahlen, obwohl die Haut Ediths eher kalt war. Augenblicklich fühlte sie sich weniger einsam auf Sommerroth.

Kurz darauf nahm Edith den Platz gegenüber von Emilie ein. Zu Charlotte sagte sie höflich: »Verzeih bitte, Otto lässt sich für den ersten Gang entschuldigen. Es gibt wohl ein Problem auf dem Hof.«

Ohne weitere Worte spürte Emilie, dass es ihren Pferden galt. Sie versuchte, sich gedanklich gegen Otto zu wappnen, als erneut die Tür aufging.

Es war nur Lenchen. Geübt trug sie ein Tablett mit Suppenschalen darauf herein. Die Mamsell hatte nicht lang gezögert, als ihr fortan Hilfe in der Küche in Aussicht gestellt worden war, und Lenchen gleich mit sich in die Keller des Gutshauses genommen. Emilie war froh darum, denn so war gesichert, dass ihre alte Freundin einen trockenen Platz zum Schlafen in den Gesindekammern hatte.

»Nun denn«, antwortete Charlotte, als aufgetragen wurde. »Fangt doch bitte an. Das Essen wird sonst kalt.«

Emilie richtete ihre Aufmerksamkeit nach vorne, wo ein dampfender Teller süßer Brotsuppe auf sie wartete. Dabei fiel ihr Blick auf ihre eigenen Hände, die rechts und links davon ruhten. Nach der ausgiebigen Massage von Windfarbes Beinen waren ihre Fingernägel trotz mehrmaligen Waschens nicht mehr ganz sauber geworden. Ihr Starren darauf verriet sie. Im Augenwinkel nahm sie Charlottes Kopfschütteln wahr.

Um ihr nicht wieder einen Grund des Anstoßes zu liefern, nahm Emilie den Löffel zu Hand und begann zu essen. Zum Klopfen der Kinderhände an den Scheiben und der quälenden Musik gesellte sich jetzt das Klimpern von Besteck.

Charlotte hatte offenbar nicht vor, es ihr leicht zu machen, und sagte kein Wort. Nur Edith lächelte sie dann und wann verstohlen an. Ottos Platz war noch immer leer – der Anblick diente ungewollt als stumme Drohung. Die Stimmung war wie kurz vor einem Gewitter, wo tief graue Wolken sich übereinander schoben und Elektrizität in der Luft hing. Man wusste, bald geschah etwas. Man wusste nur nicht genau, wann.

Ihr Teller war noch zur Hälfte gefüllt, da legte Emilie den Löffel wieder beiseite. Der Musik zum Trotz drangen unaufhörlich Rufe der Hungernden ins Esszimmer, während die Sängerin gleichzeitig mit einem Jaulen den Refrain anstimmte. Emilie schloss kurz die Augen. Sie wusste nicht, wie viel länger sie diese Geräuschkombination noch ertrug.

Ohne dass sie es wollte, schlich sich ein Vergleich in ihren Kopf. Wie fröhlich war es im Gegensatz hierzu stets an der Tafel von Gut Zimny zugegangen? Besonders im Sommer, wenn sie alle nach getaner Arbeit im warmen Sonnenlicht des ausgehenden Tages und beim allabendlichen Konzert der Frösche und Grillen draußen auf der Wiese gespeist hatten. Manchmal war der Schäfer mit seiner Herde und der Flöte hinzugekommen. Dann hatte Minna, das Küchenmädchen, mit ihrer glockenklaren Stimme gern ein Lied zum Besten gegeben, während die Pferde und Schafe im Hintergrund zwischen den Störchen grasten.

Ein leises Räuspern ließ Emilie aufsehen.

Edith tupfte sich die Mundwinkel mit der Spitze einer Serviette ab. »Darf ich die Gelegenheit nutzen, dich nach deiner Heimat zu fragen?«, verlangte sie mit weicher Stimme zu wissen. »Wo genau kommst du her?«

Emilie lächelte. »Ich komme aus Ostpreußen, nahe Trakehnen.«

An Ediths Gesicht war abzulesen, dass sie mit dieser Antwort nicht gerechnet hatte. Ein schnelles Zusammenziehen und Entspannen der Brauen verriet sie. »Ostpreußen?«, wiederholte sie ein wenig hoch. »Bei Trakehnen … dann kommst du vom Land, richtig?«

»So ist es«, bestätigte Emilie. »Magst du das Landleben?«

»Nun, als ich noch klein war, besuchten meine Familie und ich eine Freundin in Tilsit. Die Reise war weit und ein wenig beschwerlich, aber die Landschaft dort hat mir in der Tat sehr gefallen. Besonders die vielen Seen ...«

Ein lautes Klirren unterbrach Ediths Sätze. Charlotte hatte ihren Löffel geräuschvoll in den leeren Teller fallen lassen und funkelte ihre Schwiegertochter mit einem giftigen Gesichtsausdruck an. »Was tut die angebliche Schönheit Ostpreußens jetzt zur Sache, Edith? Findest du es nicht unpassend, ausgerechnet in dieser Lage über jene Ostgebiete zu reden, die Deutschland gerade an den Feind verloren hat?«

»Aber ich wollte doch nicht ...«

Schwere Stiefelschritte unterbrachen sie. Otto kam herein und hielt auf die Tafel zu. »Meine Frau wieder ...«, bemerkte er und lächelte freudlos, als er die Wange seiner Mutter küsste. Danach setzte er sich und streifte Edith mit einem verständnislosen Blick. »Die geschickteste Gesellschaftsdame warst du ja noch nie, nicht wahr?« Ohne Liesel anzusehen, winkte er sie herbei, und machte deutlich, dass sie ihm Wein einschenken sollte.

Emilie bemerkte, dass Edith augenblicklich schwieg und gekränkt nach unten stierte, wo sie ihre Serviette auf dem Schoß zu falten begann. Sie tat ihr leid, denn es war bloß ein Versuch gewesen, freundlich zu ihr zu sein. Mehr, als Charlotte bislang auch nur versucht hatte!

»Bruder, was für eine unsägliche Freude, dich wiederzusehen.« Otto visierte sein Gegenüber auf eine Weise an, die keinen Zweifel daran ließ, dass er ihn nicht ausstehen konnte.

»Vielleicht schlägst du ein Thema vor. Mal sehen, wie geschickt du dich anstellst«, entgegnete Johann ohne jede Begrüßung.

»Nur zu gerne«, gab Otto zurück und machte eine Geste in Emilies Richtung. »Wann erhält der Kutscher seine Remise zurück?«

Durch Emilie ging ein Ruck. Sie hatte lediglich auf diesen Moment gewartet und war gewappnet, sich ihm zu stellen. Gerade wollte sie etwas sagen, da fühlte sie, wie Johann unter dem Tisch ihre Hand griff und diese drückte. Im selben Augenblick kam er ihr zuvor.

»So besorgt um das Personal, Bruder? Das sieht dir gar nicht ähnlich. Seit wann sind die Belange des Kutschers für dich entscheidend?«

Das Gesicht unter dem vollen Bart wurde zornig. »Weich mir nicht aus, Johann. Sollen die kostbaren Wagen nun bei Wind und Wetter draußen stehen?«

»Natürlich nicht, das wäre ja verrückt.« Seine Stimme schwang unnatürlich. »Du bräuchtest den Pferden meiner Frau nur eine Ecke im Stall auf Fliedertal einzuräumen und schon wäre das Problem gelöst.«

Emilie wusste, Johann wollte seinen Bruder nur reizen. Es gelang.

Otto lehnte sich nun provokant nach vorne. »Du verlangst allen Ernstes, dass ich Trakehner zwischen meine Holsteiner stelle, und die Gefahr eingehe, dass es womöglich auch noch zu Weideunfällen in Form von Kreuzungen kommt?«

»Warum nicht«, fragte Johann nun ebenso angriffslustig. »Ich selbst verstehe zwar nichts von der Pferdezucht, aber ich habe mir sagen lassen, ein bisschen Blutsveredlung sei beizeiten üblich.«

Emilie hielt den Atem an. Diese Worte waren eine schlimme Provokation.

Otto sprang auf. »Du verdammter Lump! Was erlaubst du dir eigentlich? Auf meinem Hof kommen ganz bestimmt keine ostpreußischen Bauernpferde unter. Und auch sonst kein Gesocks.«

Johann lehnte sich kopfschüttelnd zurück. »Du meinst also allen Ernstes, dass du das noch viel länger verhindern kannst, bei den Flüchtlingsmassen, die gerade nach Schleswig-Holstein strömen?«

»Ich werde es jedenfalls versuchen. Schon allein, um den hervorragenden Ruf meiner Kavalleriepferde und deren Blutlinie zu retten.«

Emilie biss sich auf ihre Lippen, um nicht laut auszusprechen, was sie eigentlich dachte. Ungesehen wusste sie, die Stammbäume ihrer Pferde konnten es locker mit den Holsteinern von Otto aufnehmen.

»Du hast dich kein bisschen in den letzten vier Jahren verändert, Bruder«, schnaubte Johann. »Selbst jetzt, da alles um dich herum in Elend und Trümmern liegt, hältst du dich durch den Namen der Familie für unantastbar.«

»Wenigstens halte ich irgendwas von mir und unserem uradligen Namen. Das trifft wahrlich nicht auf jeden in der Familie zu.« Sein eiskalter Blick ging kurz zu Emilie.

Jetzt war es Johann, der voller Wut aufsprang. Das Geschirr vor ihm klirrte, als er gegen den Tisch stieß. Seine Suppe schwappte über den Tellerrand.

Charlotte erschrak und hielt ihr Weinglas fest, bevor es umfiel.

»Sprich besser nicht weiter, sonst bring ich dich zum Schweigen, Otto. Ich warne dich, wenn du meine Frau noch einmal beleidigst …«

»Was dann?«, fragte er herausfordernd. »Sprich es ruhig aus!«

»Hört auf!«, ging Charlotte nun dazwischen. »Sofort.«

Emilies Augen ruhten auf ihrem Mann, der noch immer die Fäuste geballt hatte. Sein Bruder brachte offenbar eine Seite in ihm hervor, die sie noch nie an ihm erlebt hatte. Da er Otto unverändert anfunkelte, legte sie ihm sanft die Hand auf den Arm, worauf er mit einem tiefen Atemzug reagierte.

»Setz dich wieder, Johann«, bat sie ihn.

Er tat es, wenngleich er mit seinem Bruder noch nicht fertig war.

»Dass eines klar ist: Ich erwarte, dass du dich bei meiner Frau entschuldigst.«

Otto zog die Augenbrauen hoch, während er sich ebenfalls setzte, und lehnte sich stumm lächelnd zurück.

Charlotte sah abwechselnd zu ihren Söhnen und schüttelte den Kopf. »Ihr benehmt euch wie Kinder, dabei seid ihr Männer. Wird es denn niemals anders zwischen euch?« Sie erhielt keine Antwort. »Haben wir nicht weitaus wichtigere Dinge zu besprechen als die Unterbringung von irgendwelchen Pferden?«

Da war es wieder, dachte Emilie. Das Gefühl, dass Charlotte schon eine Abscheu gegen das Wort *Pferde* empfand. Trotz allem kehrte allmählich Ruhe ein.

Derweil traten Liesel und Lenchen an die Tafel heran, um sie zu richten. Mit Servietten tupften sie auf den Suppenpfützen herum, darauf füllten sie erneut die Gläser. Das Gluckern und Plätschern des Weins war deutlich zu hören, denn das Lied auf der Schallplatte war endlich zu Ende und das Klopfen hatte aufgehört.

»Ja, du sagst es, Mutter«, bestätigte Otto jetzt. »Wir haben wichtige Dinge zu klären.« Er sah nach vorn zu seinem Bruder. »Was hast du hier zu suchen? Warum bist du zurückgekommen?«

Johann griff in seine Innentasche und legte einen gefalteten Zettel auf den Tisch. »Ich bin auf Vaters Geheiß hier. Er schrieb mich an und sagte mir, ich sei willkommen. Nun fordere ich einen Teil von Sommerroth, um dort mit Emilie zu leben.«

Ottos Hand schnellte vor und er ergriff den Brief. Seine Pupillen ruckten schnell von links nach rechts. Sein Gesicht verfärbte sich mit jeder Zeile von einer fassungslosen Blässe zu dunkelrotem Zorn. Dann sah er auf zu seiner Mutter. »Hast du etwas davon gewusst?«

Charlotte nahm den Brief entgegen. Sie studierte den Text. »Nein. Aber dem Datum nach muss er ihn kurz vor seiner letzten Abreise nach Kiel geschrieben haben.«

Emilie blickte wieder zu Otto, für den Charlottes Schlussfolgerung ein Dolchstoß zu sein schien.

»Und wenn schon«, grollte er jetzt. »Vater ist nicht hier, und derweil habe ich auf Sommerroth das Sagen.«

Johann lachte trocken auf. »Vergiss nicht die Engländer. Wie ich hörte, hat Colonel Baker dich heute in die Schranken gewiesen«, stichelte er. »Was macht dich so sicher, dass er es nicht wieder tut, wenn ich ihm den Brief zeige?«

»Wage es ja nicht!« Ottos Augen waren jetzt zwei runde Kreise, so weit hatte er sie aufgerissen.

Eine unangenehme Stille legte sich für drei Atemzüge über das Esszimmer. Emilie registrierte, dass selbst Lenchen die Gelegenheit ergriff, durch einen kleinen Türspalt nach draußen zu schlüpfen. Am liebsten wäre sie ihr gefolgt.

Charlotte gab Johann den Brief zurück, richtete ihr Wort aber an Otto. »Willst du dich etwa gegen die Wünsche deines Vaters stellen? Was hier geschrieben steht, ist eindeutig. Johann soll einen Teil von Sommerroth bekommen.«

»Nein, Mutter«, widersprach Otto laut und donnerte seine flache Hand auf den Tisch. »Ich weiß, du hast seit vier Jahren auf diesen Moment gewartet, wenn dein Lieblingskind zurück ist. Aber ich werde nicht zulassen, dass ein Stück knittriges Papier meine Autorität untergräbt. Ich entscheide über diesen Grund und Boden. Jetzt noch als Vaters Vertreter, und sollte er gar nicht zurückkehren, als sein Erbe. Denn dann ist Sommerroth laut Reichserbhofgesetz mein alleiniges Eigentum!«

Johann funkelte seinen Bruder zornig an. »Soll das heißen, du wärest enttäuscht, wenn unser Vater noch lebt?«

»Verdreh mir nicht das Wort im Mund. Du weißt genau, wie ich das meine. Und du weißt, dass ich recht habe. Seit Generationen wird Sommerroth auf diese Weise davor geschützt, durch Zersplitterung im Erbgang nicht mehr ertragreich genug zu sein. Dieses Gut ist zu klein für uns beide.«

»Vater war offenbar anderer Meinung, als er mir schrieb.«

»Vater war durch die Führungsreserve nicht mehr er selbst. Schon vor Jahren hatte er seine militärische Stärke offenbar in Frankreich gelassen und gegen die Milde einer Nonne eingetauscht. Aber ich werde nicht akzeptieren, dass seine Schwäche über das Reichserbhofgesetz gestellt wird. Der Erlass besagt eindeutig, ein Gut soll in den Händen des ältesten Erben sein.«

»Du vergisst, dass wir denselben Hauslehrer hatten, Otto. Und offenbar hast du in den entsprechenden Schulstunden mal wieder nicht aufgepasst. Das Gesetz besagt nämlich ebenso, dass ein Hof nur die Größe einer sogenannten Ackernahrung braucht. Und die hat bereits ab hundertfünfundzwanzig Hektar seine Höchstgröße. Sommerroth hingegen besitzt vierhundert Hektar oder mehr.« Johann musterte seinen verhassten Bruder verächtlich von oben bis unten. »Es gibt keinen Grund, dir alles zu überlassen. Bis Vaters Verbleib geklärt ist, habe ich durch seinen Brief das gleiche Recht wie du, auf Sommerroth zu leben.«

Emilie beobachtete, wie beide Brüder sich regungslos anstarrten.

Otto schien von innen heraus zu beben, was an seinem Bart zu erkennen war, der leicht zitterte. »Und was nun? Soll ich dir vielleicht einen Platz in meinem Ehebett einräumen und dir einen Teller an meinen Tisch stellen?«

»Sei unbesorgt. Das wollen wir beide nicht. Ich wähle Ilsenhof als Domizil. Du hast es sowieso immer für zu primitiv gehalten. Es dürfte also kein großer Verlust für dich sein. Ich habe es mir heute bereits angesehen. Die verirrten Flieger vom vergangenen Winter haben zwar erheblichen Schaden auf dem Vorwerk angerichtet, aber das kann wieder aufgebaut werden. Gutsinspektor Leonhardt sagte, Emilie und ich könnten so lange ins Inspektorhaus ziehen.«

Charlotte mischte sich ein. »Das scheint mir eine gute Lösung zu sein, Otto. Willige ein, so kann der Frieden der Familie vorerst gewahrt bleiben. Wenigstens so lange, bis dein Vater zurück ist und selbst entscheiden kann.«

Jetzt lehnte Otto sich vor und wies mit dem Zeigefinger nach draußen. »Wenn ich es tue, dann verlange ich, dass ihr sofort dorthin verschwindet. Noch heute! Ich will vor allem die Wagen zurück in die Scheune stellen können, ansonsten …«

»Verzeihung, gnädiger Herr«, unterbrach Lenchen plötzlich, die wieder im Türrahmen stand. »Die Engländer haben gerade das Coupé und das Landaulett beschlagnahmt und rollen beide Fuhrwerke vom Hof.«

»Was sagst du da?«, brüllte Otto speichelspeiend.

Emilie hielt die Luft an, um keine Aufmerksamkeit auf sich zu ziehen. Sie musste dem Drang widerstehen, hysterisch zu lachen.

Johann hingegen hob die Hände und verschränkte sie entspannt an seinem Hinterkopf. »Dann hat sich das Problem anscheinend von selbst gelöst. Die Remise ist somit frei und die Pferde meiner Frau können auch bis morgen dortbleiben.«

Gut Sommerroth

Heute

Emilies Einsatz

Kapitel 8

Marisa hörte ein seltsames Geräusch. Es war wie ein Zischen, nein, ein Sprudeln. Langsam öffnete sie das linke Auge und sah auf dem Couchtisch ein langes Wasserglas stehen, in dem weißliche Bläschen aufstiegen. Daneben zwei leere Weinflaschen. Ihr Kopf war gänzlich leer. Mit steifen Bewegungen richtete sie sich auf.

»Wie geht es dir?«, ertönte eine Stimme aus dem Ohrensessel.

Sie blickte neben sich, wo Emilie saß, und im gleichen Moment traf es sie wie der Schlag mit einer Bratpfanne. Ihr Schädel dröhnte. Marisa stieß ein unkontrolliertes Stöhnen aus.

»Trink das Glas leer«, riet ihre Großmutter. »Am besten in einem Zug.«

»Ich kann nicht«, jammerte sie und fühlte Übelkeit beim bloßen Gedanken daran, etwas runterzuschlucken.

»Tu es lieber, sonst wird es sicher noch schlimmer. Gleich ist das Treffen im Haupthaus.«

»Welches Treffen?«

»O Kind. Kannst du dich denn gar nicht an gestern Abend erinnern?«, fragte Emilie sanft.

»Hilf mir ein bisschen.«

»Wir haben gemeinsam eine Liste mit den Absagen erstellt, die dich bisher erreicht haben. Dabei wurden fast zwei Flaschen Wein geleert.«

»Auch gemeinsam?« Marisa hatte bloß einen Schimmer Hoffnung, dass sie den ganzen Wein nicht allein getrunken hatte.

Emilie lachte. »Nein, so gern ich auch würde, aber Alkohol verträgt sich nicht mit meinen Tabletten.«

Marisas Hoffnung zerfiel wie der Rest der Kopfschmerztablette, der jetzt oben im Glas schwamm. Es würde ihr den ganzen Tag fürchterlich gehen. Vielleicht sogar noch morgen. Widerwillig nahm sie das Getränk zur Hand. Dabei kehrte die Erinnerung Stück für Stück zurück. Sie sah den linierten Block auf dem Tisch liegen. Zwei Ringe Rotwein waren darauf gestempelt – sehr wahrscheinlich mit dem Fuß eines ihrer langstieligen Kristallgläser. Der Schrecken auf dem Papier war trotzdem noch immer gut zu lesen. Insgesamt einundzwanzig Hochzeiten waren bis Ende des nächsten Jahres abgesagt worden. Zusätzlich drei Firmenevents, fünf Familienfeste und ein runder Geburtstag. Der viele Wein hatte daran auch nichts geändert.

»Du hättest mich aufhalten sollen«, stöhnte Marisa erschlagen. Noch immer konnte sie sich nicht dazu durchringen, den ersten Schluck Wasser zu nehmen. Stattdessen fiel ihre Stirn schwer in ihre Handfläche.

»Das sehe ich anders«, widersprach Emilie. »Um die Wahrheit zu sagen, habe ich dich sogar zum Trinken ermuntert.«

»Wie bitte? Was bist du denn für eine Oma?«

Sie lachte und schien nicht im Geringsten beleidigt. »Na ja, mit jeder Absage warst du niedergeschlagener. Ich dachte, so sei es leichter für dich zu ertragen. Auch wenn das Schreiben dich irgendwann ziemlich herausgefordert hat.« Sie wies auf den Block.

Tatsächlich. Anhand der Verlustrechnung konnte man gut ausmachen, wie ihr Alkoholpegel gestiegen war. Zeigten sich die Zahlen am Anfang noch leserlich, waren sie mit jeder abgesagten Hochzeit krakeliger geworden. Die Summe am Ende war kaum mehr zu erkennen. Marisa entzifferte dennoch erschreckende zweihundertsechsundfünfzigtausend Euro. Ihr wurde schlecht. Noch schlechter! Auch wenn sie gerade nicht mehr ganz nachvollziehen konnte, welches Konstrukt aus ausgefallener Saalmiete, umsonst gebuchtem Catering, Licht, DJs, Dekoration und Blumen zu dieser Zahl geführt hatte, wusste sie, die Summe konnte nicht allzu weit von der Wahrheit entfernt sein.

Plötzlich kam ihr in den Sinn, was Emilie zu Anfang gesagt hatte. »Von welchem Treffen hast du eben gesprochen?«

»Eine Familienkonferenz im Frühstücksraum.«

Sie runzelte die Stirn. »Wann genau?«

Emilie sah zur Wanduhr. »In zehn Minuten.«

Marisa verließ kurzzeitig auch die letzte Kraft. Sie stellte ihr Wasserglas unbenutzt zurück auf den Tisch und ließ ihren Rücken so leicht gegen die Sofalehne zurücksinken, wie es möglich war, ohne dass dies ihren Kopf zum Zerplatzen brachte. Ihre Lider schlossen sich. In Gedanken ging sie durch, was dazu nötig war, um in den Frühstücksraum zu gelangen. Aufstehen. Anziehen. Zähne putzen. Haare kämmen. Alles davon überforderte sie.

Gedämpft drang das Knirschen des Sessels zu ihr herüber. Dann das Geräusch der drei knarrenden Treppenstufen, die ins Schlafzimmer führten. Emilie schien aufgestanden zu sein. Marisa vernahm das Öffnen ihrer quietschenden Schranktür und das helle Klirren ihrer Kleiderbügel. Aber erst, als sie etwas Weiches auf ihrem Schoß spürte, öffnete sie die Augen und blickte auf ihr gepunktetes Sommerkleid und eine durchsichtige Strumpfhose.

Emilie stand vor ihr und sah sie auffordernd an. »Zieh dich an. Es wird Zeit.«

Marisa war zum Heulen zumute. Am liebsten hätte sie die Kleidung trotzig von ihrem Schoß gewischt und sich geweigert. Aber das wäre, zugegeben, etwas kindisch gewesen. Außerdem ließ Emilies Gesicht das nicht zu. Die kleinen blassblauen Augen hatten in diesem Moment etwas ungewöhnlich Gnadenloses. Müde hob Marisa deshalb den Stoff auf ihrem Schoß an. »Warum dieses Kleid? Mir ist nach Jogginghose und Kapuzenpulli.«

»Kann ich mir denken. Um dich darunter zu verstecken, nehme ich an?«

»Ganz genau!«

Ihre Großmutter schüttelte den Kopf. »Das werde ich bestimmt nicht zulassen, Marisa. Warum solltest du auch jetzt schon rumlaufen, als hättest du bereits alles verloren? Stell dich der Situation wie eine Sommerroth und steck nicht den Kopf in den Sand. Gerade in diesem Moment musst du hoch erhobenen Hauptes der Sache entgegentreten – am besten noch mit Lippenstift und Pumps.«

»Aber du siehst doch die Zahlen. Sie lügen nun mal nicht.« Marisa deutete auf den Block und hörte selbst, wie jämmerlich sie klang. »Nicht mehr viel und ich bin vollends ruiniert.«

»Ich sehe nur einen Zettel. Und von dem wirst du dich ja wohl nicht gleich in die Knie zwingen lassen.«

»Vielleicht doch!« Sie spürte einen Kloß im Hals.

»Nun.« Emilie setzte sich neben sie und tätschelte ihr Knie. »Damit würdest du ganz besonders einer Person eine große Freude machen. Die wartet nämlich bloß auf eine Gelegenheit, dich endlich vom Sommerroth-Thron stoßen zu können.«

Diese Worte saßen! Marisa wusste genau, dass Emilie von Caroline sprach. Die Tante und Ziehmutter ihrer beiden Halbbrüder Ben und Tom war seit Jahren versessen darauf, mehr Einfluss zu ergattern. Sie lauerte regelrecht darauf, weshalb das kleinste Anzeichen von Schwäche bloß Wasser auf die Mühlen ihrer Gier wäre. So gesehen hatte Emilie natürlich recht. Dabei war Caroline ihrem Ziel im letzten Frühjahr bedauerlicherweise einen entscheidenden Schritt näher gekommen. Nachdem Henry sich nämlich vor über vier Jahren aus den Gutsgeschäften zurückgezogen und seinen fünf Kindern die Führung Sommerroths übergeben hatte, waren Tom und Ben im Mai ins Ausland gezogen. Die ihnen zustehende Entscheidungsgewalt auf dem Familienanwesen hatten sie zum Schrecken von Philipp, Lizzy und Marisa ihrer Tante übertragen. Demnach besaß Caroline heute zwei von fünf Stimmen, was sie auch zu jeder sich bietenden Gelegenheit betonte und nutzte.

Ja, so sehr es Marisa auch missfiel: Caroline würde sich an ihrem Anblick in Jogginghosen laben. Diese Genugtuung konnte sie ihr unmöglich lassen. »In Ordnung. Dann eben Kleid und Strumpfhose«, gab Marisa nach. »Aber bitte, gestatte mir wenigstens flache Schuhe. Die Erschütterung durch High Heels kann mein Kopf gerade nicht ertragen.«

»Das ist akzeptabel.« Emilie nickte zufrieden und schob ihr das Wasserglas vor die Nase.

Marisa trank es aus, und als sie wenig später an Emilies Seite das Haus verließ, entfaltete die Tablette zum Glück bereits ihre Wirkung. Die frische Luft an diesem Morgen tat ihr gut. Die gelblich braunen Gläser ihrer Sonnenbrille tauchten alles auf dem Hof in ein warmes Heile-Welt-Licht. Nichts deutete in diesem Moment darauf hin, dass gerade eine Katastrophe auf Sommerroth zurollte. Doch Marisa spürte, sie kam!

Wenig später verließ sie neben Emilie das Haus. Im Frühstücksraum schlugen ihr zig Gerüche entgegen, die ihr allesamt den Magen umdrehten. Tapfer bewahrte sie Haltung und rief eine unverfängliche Begrüßung. »Guten Morgen zusammen.«

Sofort hörten alle auf zu reden. Ihr Vater Henry saß wie stets am Kopf der Tafel. Ihr Bruder Philipp, ihre Schwester Lizzy und deren Verlobter Alexander an der langen Seite vor der Fensterfront. Für ein paar Sekunden starrten die vier bloß Richtung Eingang und warteten ab.

Marisa wusste auch, warum. Peinlicherweise hatte sie selbst alle über ihre herben Verluste informiert, indem sie weit nach Mitternacht eine weinerliche Nachricht im Familienchat hinterlassen hatte. Das musste ungefähr zwischen Flasche Nummer eins und Nummer zwei gewesen sein, wofür sie sich in diesem Moment dermaßen schämte, dass sie ihre Sonnenbrille lieber noch einen Moment auf der Nase behielt.

Lizzy machte plötzlich Anstalten aufzustehen – wohl, um ihre Schwester zu trösten.

»Schon okay«, wehrte Marisa schnell ab. Sie wusste, die Ältere meinte es nur gut. Aber Mitleid war in diesem Moment der todsichere Weg zu einem Tränenausbruch, und dafür war diese Familienkonferenz nicht gedacht. »Ich habe mich selbst genug bedauert und bin nun bereit für das nächste Level.«

Ihre Schwester lächelte warmherzig und setzte sich wieder. »Umso besser.«

»Allerdings«, antwortete ihr Vater und erhob sich. Während er seiner Mutter Emilie einen Stuhl zurechtrückte und Kaffee einschenkte, erklärte er: »Das Telefon im Büro steht nämlich seit dem Morgen nicht mehr still. Man wartet auf eine offizielle Erklärung zum Landau-Fall. Ich habe Babette geraten, dass besser keiner rangehen soll, bis ihr drei und Caroline besprochen habt, wie ihr vorgehen wollt.«

Marisa nickte und sah gleichzeitig zu dem leeren Platz am gegenüberliegenden Kopfende, wo Bens und Toms Tante normalerweise saß. »Wo ist Caroline denn?«

Henry blickte auf seine Uhr. »Ich wundere mich auch, wo sie bleibt.«

Etwas Wichtiges musste sie aufgehalten haben, ging es Marisa kurz durch den Kopf. Für gewöhnlich war sie überpünktlich, aus Angst, etwas könnte außerhalb ihres Radars passieren.

»Ich denke, ihr solltet trotzdem anfangen und euch schnell einen Überblick über die Lage verschaffen. Wer weiß, wie viel Zeit uns bleibt, bis die ersten Reporter auf unseren Hof fahren.« Henry schaute rechts neben sich, wo seine älteste Tochter saß.

»Vater hat recht«, bejahte Lizzy. »Wir dürfen keine Zeit verlieren.«

Marisa nickte, dann fixierte sie ihren Bruder. Philipp wirkte bekümmert, ohne dass sie hätte sagen können, woran sie das festmachte. Verwunderlich war das jedoch nicht. Mark und er waren nicht nur beste Freunde, sondern auch geschäftlich eng verbunden. Das Holz aus seiner Forstwirtschaft wurde mittlerweile ausschließlich auf Marks Schiffen transportiert. Eine weitere Verbindung zwischen den Namen Landau und Sommerroth. Die Sache ging ihm also auf mehreren Ebenen nah.

»Vielleicht fangen wir mit einer Art Bestandsaufnahme an«, schlug Lizzy vor. »Mich scheint die Sache bislang nur indirekt zu betreffen. Kein einziger Besitzer meiner Berittpferde hat sich bislang bei mir gemeldet. Lediglich ein Deckakt von Mojo wurde gestern abgesagt. Allerdings vermute ich dahinter eher finanzielle Gründe. Nach jetzigem Stand bleibt das Gestüt also nahezu unbelastet von dem Landau-Skandal.«

»Zum Glück«, sagte Marisa und fühlte sich erleichtert. Die Pferdezucht mit Mojo war mittlerweile gut angelaufen und spülte das erste große Geld in die Kasse von Gut Sommerroth. Geld, das sie alle gut gebrauchen konnten, wenn die meisten der lukrativen Hochzeiten wegfielen. Noch immer war der Erhalt des Familiensitzes ihr gemeinsames höheres Ziel.

Jetzt richtete Lizzy ihr Wort an ihren Bruder. »Wie sieht es bei dir aus?«

Philipp rieb sich die Augen mit Zeigefinger und Daumen. »Noch hält sich der Druck von außen in Grenzen. Zwei meiner langjährigen Kunden haben mich kontaktiert und mir nahegelegt, mich über kurz oder lang nach einem anderen Binnenschiffer umzusehen. Der Name Landau sei für immer verbrannt, meinen sie.«

»Was wirst du tun?«, erkundigte sich Marisa.

Er bedachte sie mit einem trotzigen Blick. »Ich werde mich davon vorerst nicht beeindrucken lassen. Allerdings habe ich vorsorglich meine Website angepasst und Marks Unternehmen unter den angegebenen Partnern gelöscht. Der Vorschlag kam sogar von ihm selbst. Er will nicht, dass ich durch die Taten seines Vaters Schaden nehme.«

Alexander nickte und lehnte sich mit verschränkten Armen zurück. »Das war eine gute Empfehlung von Mark und eine weise Entscheidung von dir, Philipp. Sobald sich die Sache irgendwann beruhigt hat, kann das jederzeit wieder rückgängig gemacht werden.«

»Wenn ...«, antwortete Philipp und zog wütend die Augenbrauen zusammen. »Nur der Himmel weiß, ob Mark diese Sache geschäftlich überlebt.« Er ballte die Hand zu einer Faust und ließ sie auf den Tisch krachen. »Richard Landau ist einfach ein Drecksack. Das war er schon immer. Jetzt ist es nur offensichtlich.«

Marisa schob sich nun doch ihre Sonnenbrille ins Haar. Philipps Worte brachten ihre Gedanken unweigerlich zurück zu dem Treffen mit ihrem Schwiegervater. Es war merkwürdig. Obwohl sie seine Taten aufs Schlimmste verurteilte, konnte sie ihn einfach nicht hassen. Fast musste sie sich beherrschen, ihn nicht sogar vor Philipp zu verteidigen. Richard hatte eine gute Seite, doch die kannte fast niemand – nicht mal Mark.

»Was ist mit deinen Geschäften, Marisa?«, meldete sich Lizzy zu Wort. »Sieht es wirklich so schwarz aus, wie du es gestern geschildert hast?«

»So schwarz wie Vantablack«, antwortete Marisa ihrer Schwester, der die Frage sichtlich Unbehagen bereitete. Ganz offensichtlich wollte sie sie nicht quälen. Doch Marisa spürte, das Geheule war vorüber, der Kopfschmerz ebenfalls. Sie hatte wieder Kraft, die Dinge beim Namen zu nennen. »Was soll ich sagen, ihr wisst eigentlich längst alles. Die *Sommerroth-Landau-Weddings GmbH* verreckt mir gerade direkt vor meinen Augen. Man könnte meinen, die Leute seien überzeugt, ich hätte das Grauwasser höchstpersönlich ins Meer geleitet und jedem Fisch eigenhändig den Hals umgedreht. Manche Mails sind wirklich mehr als deutlich. Alles in allem bekomme ich meinen lästigen Doppelnamen gerade mit voller Wucht zu spüren.«

Ihr Vater mischte sich erstmals wieder ein. »Wirst du etwa bedroht? Müssen wir die Polizei einschalten?«

»Nein, nein, Papa. Ich denke nicht. Umweltschutz ist für viele eben ein emotionales Thema.«

»Aber wie willst du darauf reagieren?«, warf Lizzy vorsichtig ein. »Hast du dir darüber Gedanken gemacht?«

»Ja, allerdings …« Marisa spürte, dass die nächsten Worte sie nicht unberührt ließen. Marks Gesicht erschien in ihrem Kopf, dazu sein Flehen zu warten. Plötzlich fühlte sie Emilies weiche Hand auf ihrem Arm sowie ihren kalten Löffelring. Sie sah zur Seite, wo das aufmunternde Gesicht ihrer Großmutter so viel sagte wie: *Alles wird gut!* Marisa gab sich einen Ruck. »Ich überlege, mich von Mark scheiden zu lassen, und so möglichst medienwirksam den Namen Landau abzugeben – privat und beruflich natürlich. Es wäre eine deutliche Trennung beider Familien. Genau das, was wir jetzt brauchen. Vielleicht rettet das noch etwas von meinem Business.«

Lizzy riss anerkennend die Augen auf. »Das ist ein kluger Schachzug. Und getrennt seid ihr ja sowieso. Ich bin mir sicher, es hätte eine positive Wirkung auf deine Situation.«

Henry nickte. »Das ist wirklich eine Überlegung wert. In diesem Fall würden die Hochzeiten nur noch unter *Sommerroth-Weddings GmbH* stattfinden.«

»Hast du mit Mark darüber geredet?«, wollte Philipp wissen.

»Ja.«

»Was sagt er dazu?«

Kurz musste Marisa den Impuls niederkämpfen, beleidigt zu fragen, warum das in diesem Moment von Bedeutung war. Aber sie kannte die Antwort bereits. Philipp wusste natürlich, dass Mark noch immer versuchte, ihr Herz zurückzuerobern. Aber es ging nicht darum, was er wollte. Es ging um sie und ihre Zukunft! Darum musste eine klitzekleine Notlüge herhalten. »Er ist grundsätzlich damit einverstanden.«

Ihr Vater räusperte sich, nahm dann einen Schluck Kaffee. »Wie gesagt, es klingt auch in meinen Ohren nach einer guten Lösung – jedenfalls fürs Erste. Du solltest möglichst bald alles in die Wege leiten. Eine Scheidung …«

»… würde vermutlich nicht das Geringste bewirken!«, ertönte es energisch. Das Klackern von schnellen Schritten auf Hackenschuhen hallte aus dem Flur herein. »Dafür ist es nämlich bereits zu spät.«

Marisa drehte sich zur Tür, durch die Caroline hereinkam. Ihr blondiertes Haar wippte bei jedem Schritt auf und ab. Ihr Gesicht wirkte versteinert. Unter dem Arm trug sie etwas Gerolltes. »Was willst du damit sagen?«

Genau zwischen Henry und Marisa blieb sie stehen. Ihr Mund war nur noch ein schmaler Strich.

Marisa stieg zuerst der Geruch frischer Druckerschwärze in die Nase, dann erkannte sie, dass es die aktuelle Ausgabe der Lokalzeitung *Holstein-Blatt* war, die Caroline hervorzog und auf den Tisch knallte.

»Das meine ich! Kannst du uns das vielleicht erklären, Marisa?« Sie entfaltete die Zeitung und gab die Sicht frei auf den Leitartikel mit seinem Aufmacherbild, das beinahe die halbe Seite einnahm.

Marisa verschlug es die Sprache. Nur ein merkwürdiger Laut ihres Entsetzens drang aus ihrem Mund – wie ein Stöhnen und Ausatmen zugleich.

»Grundgütiger …«, stieß ihr Vater aus.

»Was ist? Was steht da?«, rief Lizzy neugierig und sprang von ihrem Platz auf. Die Hände neben ihre Kaffeetasse gelegt, beugte sie sich über den Tisch und reckte den Hals, um besser sehen zu können.

Caroline riss ihren zornigen Blick von der Zeitung los. »Das Foto zeigt Richard Landau und deine Schwester, wie sie sich innig umarmen.«

»Was?«, schrie Philipp und rannte fast um den Tisch herum.

Marisa spürte, wie ihr das Blut in die Beine sackte. Blitzschnell hatten sich alle hinter ihr zu einer Traube versammelt. Sie selbst starrte wie hypnotisiert auf die Zeitung. Zweifellos war das grobkörnige Bild aus der Ferne geschossen worden, durch einen winzigen Spalt der eigentlich geschlossenen Vorhänge von Richards Arbeitszimmer. Offensichtlich war der Stoff bei der Umarmung versehentlich zur Seite geschoben worden. Die Überschrift dazu war vernichtend.

Pakt mit dem Teufel – Sommerroth-Landau-Verbindung nicht mehr zu leugnen!

Marisa presste es die letzte Luft aus den Lungen.

»Wann, verdammt noch mal, war das, Marisa?«, fragte Philipp grollend hinter ihr.

»Gestern ...«, erwiderte sie noch immer benommen.

»Wie bitte? Du hast dich gestern mit Richard getroffen und dich in seine Arme geworfen? Sag mal, bist du noch zu retten?« Die Stimme ihres Bruders überschlug sich vor Wut.

»So war das doch gar nicht«, versuchte sie halbherzig, sich zu verteidigen. »Ich musste einfach die Wahrheit hören – und zwar aus seinem Mund. Hättest du in meiner Situation nicht dasselbe getan?«

»Keine Ahnung. Aber ich hätte mich ganz sicher nicht dabei fotografieren lassen«, konterte er.

»Davon habe ich nichts mitbekommen.«

»Das ist ja auch der Job dieser Journalisten.« Während seiner Worte hieb er die flache Hand auf die Tischplatte, woraufhin das Geschirr hell klirrte. »Wie naiv bist du eigentlich, um auf so eine dumme Idee zu kommen?«

Schon wieder nannte sie jemand naiv. Unter anderen Umständen wäre es jetzt sicher zu einem handfesten Streit mit ihrem Bruder gekommen – Marisa gehörte nicht zu den Menschen, die sich so etwas gefallen ließen. Aber in Anbetracht der Fakten hatte sie Philipps Worten gerade nicht viel entgegenzusetzen.

Im Gegensatz zu ihrem Bruder ging Lizzy wie so oft beschwichtigend dazwischen.

»Hey ... Philipp. Beruhige dich. Es war bestimmt keine Absicht von ihr. Vielleicht ist der Artikel gar nicht so schlimm.« Sie griff nach einem Zipfel, zog die Zeitung glatt und las ein paar Zeilen laut vor.

»... Gerüchten zufolge soll es noch immer eine tiefe Verbindung zwischen den beiden geben, die sich schließlich nach wie vor einen Namen teilen. Die Bilder bestätigen diese Annahme, auch wenn die jüngste Sommerroth-Erbin in früheren Interviews stets behauptete, von ihrem Mann in jeder Hinsicht getrennt zu sein. Doch sehen so geschiedene Leute aus, oder geschiedene Familien? Was ist noch gelogen und was die Wahrheit? Welche Szenen spielen sich hinter den zugezogenen Vorhängen der Reichen und Adligen ab …«

»Hör auf!«, verlangte Marisa. »Das ist alles komplett aus dem Zusammenhang gerissen.«

»Ach ja?«, schnaubte Caroline. »Fraglich ist nur, wen das jetzt noch interessieren soll! Dieses Foto macht dich komplett unglaubwürdig. Eine Scheidung kannst du dir also sparen.« Mit grimmigem Gesicht sank sie auf ihren Armlehnstuhl am Kopfende der Tafel.

Marisas Augen ruckten hin und her, ohne den Artikel zu lesen. In dem Moment fiel ihr Blick auf ein rundes Bild am Ende des Textes. Es zeigte den Reporter des Artikels. *Mike Nowak* stand daruntergeschrieben. Sie fixierte das Gesicht mit dem kantigen Kinn und den grauen Schläfen. Sie erkannte ihn sofort, obwohl er auf dem Foto nicht das rote Basecap trug. Es war der Typ, der mit Richards Wachmann Dave in Streit geraten war.

Philipp nahm ihr plötzlich die Zeitung aus den Händen. »Verdammt, ich kenne diesen Kerl.« Er tippte auf den Reporter. »Als vor zwei Monaten der Kabelbrand im Sägewerk war, hatte er die Meldung dazu geschrieben. Er warf mir vor, keine ausreichenden Brandvorkehrungen getroffen zu haben, obwohl es zum Glück nur zu einem kleinen Schwelbrand und einem Stromausfall gekommen war. Keine große Sache, aber dieser Nowak steht scheinbar auf künstlich produzierte Skandale.« Er reichte die Zeitung weiter an seinen Vater, der sich seine Brille aufsetzte und den Text überflog.

Alexander nahm Henry das Blatt ab. Er hatte ihm über die Schulter geguckt. »Moment mal. Hat dieser Nowak nicht auch beim Sturmschaden am Schlossdach den Artikel geschrieben?«

»Stimmt!«, fiel Lizzy jetzt ein. »Ich weiß noch die Überschrift: ›Wenn man seine Geschichte auf den Dachboden verbannt‹. Und dazu ein Foto von dem Bauernschrank, der nicht mehr zu retten gewesen war.«

»Das war alles dieser Nowak? Das ist nicht gut«, fasste nun auch Henry zusammen. »Ich erinnere mich an den Artikel damals. Mit diesem Kerl werden wir nichts zu lachen haben.«

»Auch das noch«, entfloh es Marisa kraftlos. »Als wäre die Lage nicht so bereits schlimm genug. Ich schätze, das ist wohl das endgültige Ende meiner Karriere. Und damit wohl auch das Ende von Sommerroths Cashcow.«

»Unsinn!«, fuhr ihr Lizzy über den Mund. Neben Marisa ging sie in die Hocke und griff ihre Hand. »Wir bekommen das wieder hin. Gemeinsam.«

»Wie soll das gehen? Ich will nicht wissen, wie viele Kunden jetzt noch abspringen, nachdem sie das gelesen haben. Besser, ich melde sofort Insolvenz an, bevor noch Verschleppung dazukommt und die Schulden uns allen den Hals brechen.«

»Marisa«, beschwor Lizzy sie nachdrücklich. »Jetzt warte mal. Aufzugeben ist doch gar nicht deine Art. Es ist außerdem nicht ausgeschlossen, dass uns noch eine Lösung einfällt. So wie im Frühjahr, als du mir und Mojo in letzter Minute geholfen hast. Für mich schien damals auch alles verloren. Juri Nikolajew war bereits hier auf dem Hof, um Mojo mitzunehmen, da hast du das Ruder noch mal rumgerissen. Nur wer nicht kämpft, hat verloren. So heißt es doch, oder?«

Marisa lächelte sie etwas freudlos an. Wie immer versuchte Lizzy es mit ihrem unerschütterlichen Optimismus.

»O bitte, Lizzy«, warf Caroline genervt dazwischen und machte so deutlich, dass sie nichts von diesen Worten hielt.

»Das ist lediglich eine Phrase. Kannst du uns vielleicht auch verraten, wie genau wir deine kleine Motivationsrede in die Tat umsetzen wollen? Wie soll der gute Name der Sommerroths sich je von diesem Imageschaden erholen?« Caroline schüttelte den Kopf und schob sich mit dem rot lackierten langen Fingernagel den Pony zurecht.

»Ja, kann ich. Und du wirst sogar einen Teil dazu beitragen können.« Lizzy stand auf und sah Caroline entschlossen an. »Meiner Meinung nach ist die Scheidung von Mark noch immer ein gutes und starkes Zeichen – auch wenn du denkst, Marisa kann sich das nach diesem Artikel sparen. Wir müssen die Nachricht nur breit genug streuen und eine Pressekonferenz einberufen. Dort vermelden wir dann, dass wir uns von den Landaus distanzieren. Und damit die Wirkung noch verstärkt wird, sollten wir Mark bitten, ebenfalls daran teilzunehmen. Schließlich könnte es auch seinen Geschäften helfen, sich öffentlich von den Taten seines Vaters zu trennen.«

Marisa sah ihre Schwester einmal in die Runde blicken. Henry nickte, ebenso wie Alexander und Philipp, der allerdings gequält dreinsah. Er ahnte wohl bereits, dass Mark von der Idee nicht restlos begeistert sein würde.

Lizzy sprach weiter zu Caroline – und zwar so, als wäre der Entschluss bereits besiegelt. »Ich denke, die Vorbereitung fällt wohl in den Arbeitsbereich der Presse- und Öffentlichkeitsarbeit von Gut Sommerroth. Somit bist du zuständig. Je eher du mit Mark sprichst und die Journalisten kontaktierst, desto besser, Caroline. Bestimmt wird Babette dich unterstützen können. Meinst du, es ist möglich, die Pressekonferenz gleich morgen stattfinden zu lassen?«

»Sicher …«, antwortete Caroline verkniffen. »Wenn alle dafür sind.« Es war mehr eine Frage als eine Feststellung. Als sie keinen Widerspruch erntete, schob sie hinterher: »Ich verspreche mir allerdings nicht zu viel davon. Die Scheidung von

Mark wird kein Allheilmittel sein. Es muss einen Plan B geben, sollten die Hochzeiten in Zukunft nicht mehr in der Lage sein, das Gut finanziell zu tragen. Wenn es so weit kommen sollte, verlange ich, dass wir über meine Geschäftsideen sprechen.«

Marisa verstand dies als Drohung. Seit Jahren befand sich Caroline in den Startlöchern. Immer wieder brachte sie Ideen ein, die alle zwei Dinge gemeinsam hatten: Sie sollten den Adel nach Sommerroth zurückbringen und sie in den Mittelpunkt rücken.

Wenig später trat Marisa zwischen ihren beiden Geschwistern nach draußen auf den Hof. Die nun gleißenden Strahlen der Mittagssonne blendeten sie. Ihr Kopfschmerz kehrte schlagartig zurück – so, als hätte ihr Körper seine letzte Energie in diese Sitzung gesteckt. Mit fahrigen Fingern zog sie sich ihre Sonnenbrille aus den Haaren und setzte sie wieder auf. Daraufhin blickte sie zu ihrer Schwester. »Danke, Lizzy, dass du das eben in die Hand genommen hast.« Ihr Kopf schwenkte nach rechts, wo ihr Bruder stand. »Und auch dir danke, Philipp. Ich weiß, du bist sauer wegen des Artikels und das Ganze geht dir nah wegen Mark.«

Er winkte ab. »Die Hauptsache ist und bleibt das Überleben von Gut Sommerroth. Wir müssen alles tun, um den Familiensitz am Laufen zu halten und ihn für nachfolgende Generationen zu erhalten. Eigene Gefühle müssen da manchmal zurückstecken.«

»Du sagst es«, bekräftigte Lizzy. »Und zudem müssen wir alles tun, um Caroline im Zaum zu halten.«

Marisa und ihr Bruder nickten – wohl wissend, dass das eine ewige Aufgabe sein würde.

»Ich werde dann mal eine kleine Rede aufsetzen. Bis später!« Marisa lief auf ihr Haus zu – die Hand auf die schmerzende Stirn gepresst. Sie war keine fünf Schritte gegangen, als sie es schnell hintereinander klicken hörte. Ein Blitzen bei den Bäumen der Allee erregte ihre Aufmerksamkeit.

Bevor sie reagieren konnte, schoss Philipp an ihr vorbei. »He, du! Was willst du hier? Verschwinde von unserem Grundstück!«

Der Journalist nahm die Beine in die Hand. Flink sprang er auf einen Roller, den er hinter dem Torhaus geparkt hatte, und fuhr davon.

Kapitel 9

Ein kräftiger Regenguss ging rauschend auf dem Hof nieder. Marisa stand an ihrem gekippten Küchenfenster und beobachtete die Tropfen, wie sie eine Handbreit über den Boden sprangen. Der Geruch von nassem Laub zog ins Haus. Emilie hantierte trotzdem draußen unter dem Vordach herum, das im Zuge der Bauarbeiten ebenfalls errichtet worden war. Mit einer kleinen Gießkanne in der Hand wässerte sie seelenruhig die Dahlien, die ihrer Meinung nach täglich durstig waren. Leise hörte Marisa, wie sie jene Pflanzen lobte, die fleißig blühten, und mit den anderen schimpfte.

Es blieb nur noch eine Stunde, bis die Presse kam – ihren Spickzettel hatte sie gerade in ihrer Hosentasche verstaut. Dennoch fragte sie sich, ob sie wirklich vorbereitet war, und gleichzeitig fragte sie sich, warum sie sich das fragte. Babette und Caroline hatten sie schließlich gestern noch über den groben Ablauf informiert, der bloß eine kurze Erklärung von ihr vorsah. Was konnte da schon schiefgehen?

Sogar Mark hatte, laut Caroline, dem Vorschlag sofort zugestimmt, die Scheidung öffentlich durchzuziehen. Marisa war neugierig, wie sie das angestellt hatte, nachdem er kürzlich noch dagegen gewesen war. Sie gab vor sich selber zu, dass sie ihr nur allzu gern die Aufgabe überlassen hatte, mit ihm zu reden.

Jetzt aber stützte Marisa sich nachdenklich mit beiden Händen auf die Küchenarbeitsplatte. Irgendwas war merkwürdig. Vielleicht waren es diese beiden letzten Worte, die sie wachsam machten. Dieser Sache *sofort zuzustimmen* passte nämlich nicht zu ihm. Aber ihr Wunsch nach einer schnellen Lösung war größer. Und deswegen hinterfragte sie die Dinge nicht weiter.

Marisa hörte die Klappe ihres Briefkastens quietschen. Offenbar holte Emilie die Post rein.

»Du hast gestern recht gehabt«, tönte es aus ihrem Flur. »Der Mann auf dem Roller war tatsächlich ein Reporter.« Emilie kam um die Ecke und schwenkte die Zeitung. »Jeder Filmstar wäre froh, so oft in den Klatschspalten zu landen wie du«, neckte sie ihre Enkelin.

»Zeig her …« Marisa hatte bereits damit gerechnet, weshalb sich ihr Schock darüber, mal wieder auf der Titelseite des *Holstein-Blatts* zu sein, in Grenzen hielt. Die Zeilen, die darüberstanden, ärgerten sie allerdings maßlos.

> Schlaflos auf Gut Sommerroth. Eine große Sonnenbrille verdeckt das blasse Gesicht der Baronin. Vielleicht, um das schlechte Gewissen zu kaschieren? Pressekonferenz soll Aufschluss geben.

Marisa betrachtete ihr Foto, auf dem sie sich die Stirn hielt und tatsächlich fahl wirkte. Wenn man wollte, ließen sich daraus sicherlich Kummer und Schlaflosigkeit ablesen. Dass es bloß Kopfschmerzen gewesen waren, würde wahrscheinlich niemand vermuten. »Schlechtes Gewissen … Pah! Ich habe nichts getan und jetzt muss ich mich rechtfertigen!« Trotzig verschränkte sie die Arme vor der Brust.

»Ich weiß, mein Kind. Ärgere dich nicht.« Emilie strich ihr über den Rücken. »Zum Glück habe ich meine Lesebrille gar nicht zur Hand und kann ohnehin nicht viel mehr erkennen als die Überschrift.«

»Ist wahrscheinlich auch besser so.« Entschlossen nahm Marisa die Zeitung und drehte sie um. »Ich werde ebenfalls nichts von diesem Schund lesen.«

»Gut so!«, lobte Emilie. »Tu lieber etwas Nützliches. Geh vielleicht noch mal deine Presseerklärung durch.«

»Die habe ich drauf. Es gibt ohnehin nicht viel zu sagen. Ich werde meine Unschuld im Landau-Fall beteuern, auf meine Tierschutzprojekte in Portugal und Spanien hinweisen und die Nachhaltigkeit der Sommerroth-Bauprojekte sowie die Regionalität der von uns verwendeten Lebensmittel in der Gutsküche betonen. Tja, und dann werde ich Mark vor den Augen der Welt den Korb des Jahrhunderts geben.« Sie holte tief Luft nach ihren Worten. In ihr schrie es geradezu danach, dass dies eine Privatangelegenheit war und eigentlich nicht in die Öffentlichkeit gehörte. Dass die Umstände sie dazu zwangen, fühlte sich falsch an.

Emilie blickte sie eindringlich an. »Du musst das nicht tun, wenn du es nicht willst, Kind.«

»Doch … Ich meine … Ich will ja. Jedenfalls einerseits. Mark und ich sind sowieso getrennt. Ich wünschte bloß, wir könnten es unter uns ausmachen – und nicht aus diesen Gründen. Gleichzeitig will ich aber auch meinen Ruf retten, sonst war es das mit den Hochzeiten auf Sommerroth. Und dafür habe ich zu hart gearbeitet.« Sie sah Emilie ins Gesicht, zuckte missmutig mit den Schultern. »Ich wünschte nur, das Spektakel läge schon hinter mir. Pressekonferenzen gehören nicht gerade zu meinen Lieblingsaufgaben.«

Emilie tätschelte ihr die Wange. »Keine Sorge. Ich werde mich unter die Journalisten schummeln. So hast du immer jemanden, mit dem du Blickkontakt aufnehmen kannst. Und sollte einer frech werden, werde ich ihn laut ausbuhen. Wusstest du, dass ich auf zwei Fingern pfeifen kann?«

»Nein«, antwortete Marisa lachend. »Du bist einfach die Beste.« Sie schloss ihre Großmutter fröhlich in die Arme und legte kurz ihre Wange an ihre Stirn. Hoffentlich spürte Emilie, wie viel es ihr bedeutete, dass sie da war!

Die Zeit verging wie im Flug – ebenfalls der Regen. Bald darauf machte Marisa sich mit Emilie am Arm auf zum Haupthaus. Dabei war das Nebeneinanderlaufen eine echte Herausforderung, denn ihre Großmutter trug einen ausladenden Hut. *Um die Journalisten auf Abstand zu halten,* war ihre Antwort gewesen, die Marisa abermals zum Lachen gebracht hatte.

Der große Salon empfing sie mit geschäftigem Treiben. Er wurde für gewöhnlich nur selten genutzt, denn die Möbel waren alle antik und deshalb empfindlich. Schon oft hatte Marisa sich gefragt, warum ausgerechnet hier so viel Historisches erhalten geblieben war, wo der Rest der Schlosseinrichtung sich eher durch alle Epochen gemischt präsentierte. Kurz ging ihr Blick über die Standuhr zur Biedermeiersitzecke und dem grünen Kachelofen hin zum Grammophon, das ihr Vater gerade auf einem Buffetschrank in Sicherheit brachte. Der lange Esstisch, der eigentlich in der Mitte stand, war ganz nach hinten geschoben worden, wo die Auszubildende Beeke zusammen mit Babette nun die Stühle an der hinteren Längsseite aufstellte und Wassergläser verteilte.

Marisa drehte sich um sich selbst und betrachtete die freie Fläche in der Mitte. »Ich sehe, die Journalisten bekommen also keine Stühle«, fasste sie ihre Beobachtung zusammen.

»Nicht mal den Teppich bekommen sie«, antwortete Beeke jetzt, umrundete den Tisch und begann, das gute Stück einzurollen. »Nur Malervlies.«

»Sie sollen es sich hier gar nicht erst gemütlich machen«, fügte Babette zwinkernd hinzu und holte drei Rollen Kreppband von einer Anrichte, mit der sie die erste Bahn Malervlies am Boden befestigte.

»Sehr guter Plan. Je schneller sie wieder weg sind, desto besser«, antwortete eine tiefe Stimme von hinten. Philipp kam in Begleitung ihres Vaters rein, ihm folgten Lizzy und Alexander. Sie alle gaben Emilie nacheinander einen Wangenkuss zur Begrüßung.

»Bist du gut vorbereitet, Marisa?«, wollte ihre Schwester wissen, während sie sich ihr Namensschild vom Platz nahm und es sich mit der Sicherheitsnadel ans Jackett steckte.

»Ja, ich denke schon. Aber ich frage mich, wo Mark bleibt.« In ihr kamen Zweifel auf, ob es richtig gewesen war, die Planung der Pressekonferenz Caroline allein zu überlassen.

Philipp beruhigte sie. »Der ist bereits seit zwei Stunden da und sitzt mit Caroline im Gartenzimmer. Sein Wagen parkt bloß um die Ecke, um den Hof für die Reporter frei zu halten.«

Marisa war einerseits erleichtert, zog aber ebenfalls erstaunt die Augenbrauen hoch. Wieder flüsterte ein leises Stimmchen in ihr, dass hier etwas merkwürdig war.

Dieser Eindruck hielt an. So lange, bis die ersten Wagen auf dem Herrenhof parkten und die ersten Reporter sich vor der Flügeltür versammelten, die Beeke noch immer bewachte.

Marisa nahm bereits Platz auf dem mittleren Stuhl an der Tischlängsseite. Lizzy und Philipp setzten sich links von ihr. Da erschien Mark endlich im Esszimmer. Er trug ein schwarzes Hemd, das eigentlich einen offenen Knopf am Kragen zu viel aufwies. Seine schwarzen Haare waren nur nachlässig zurückgekämmt – eine Strähne hatte sich gelöst und fiel ihm in die Stirn. Er sah sie an, ohne zu lächeln. In seinen Händen hielt er ein gefaltetes Papier. Wortlos beanspruchte er einen der Stühle und ließ einen freien Platz zwischen sich und Marisa, den Caroline wenig später besetzte. Marisa richtete ihre Aufmerksamkeit wieder nach vorn durch die Zimmerflucht in den Flur zur Flügeltür mit dem gläsernen Korbbogen, wo ihr Vater jetzt mit Beeke sprach. Ihre Gedanken aber blieben bei Mark. Dass er sie nicht begrüßte, sah ihm nicht ähnlich. War er tatsächlich so verletzt? Hätte sie vielleicht doch selbst mit ihm sprechen sollen? Egal, es war eindeutig zu spät, um das herauszufinden.

»Seid ihr so weit?«, fragte nun Henry.

Alle nickten. Die Tür wurde geöffnet und die Männer und Frauen mit ihren gezückten Blöcken, Stiften, Aufzeichnungsgeräten und Handys traten ein.

»Guten Morgen. Bitte tragen Sie sich hier in die Liste ein und gehen Sie dann durch in den Salon. Ich muss Sie bitten, ausschließlich auf dem Malervlies zu bleiben. Der alte Parkettboden ist sehr empfindlich und muss unbedingt geschont werden!«, verlangte Henry. »Wie im Anschreiben erwähnt, sind keine Bildaufzeichnungen gestattet.«

Der Salon war sehr bald erfüllt von unterdrücktem Gemurmel, Papierknistern und dem Piepen elektronischer Geräte. In der vorderen Reihe knieten die Journalisten sich hin, dahinter standen mindestens fünf Reihen.

Marisa brauchte nicht lang zu suchen, um das Gesicht von Mike Nowak zu entdecken. Er stand ganz links und trug wieder jenes rote Basecap mit dem Schirm nach hinten. Seine blauen Augen, um die sich bei genauerer Betrachtung bereits zahlreiche Falten zogen, blitzten voller Erwartung. Als ihre Blicke sich trafen, zog er einen Mundwinkel hoch und deutete eine kleine Verbeugung an. Marisa war nicht sicher, ob es eine merkwürdige Begrüßung oder Spott über ihre Herkunft sein sollte. Sie wandte sich ab. Was stimmte nicht mit dem Kerl? Wüsste sie es nicht besser, hätte sie ihn für einen verschmähten Liebhaber gehalten.

Kurz darauf ergriff Caroline das Wort. »Guten Tag, meine Damen und Herren. Als Zuständige der Öffentlichkeitsarbeit von Gut Sommerroth darf ich Sie zu unserer kurzfristig einberufenen Pressekonferenz begrüßen. Mein Name ist Caroline von Wendhusen und ich vertrete zwei der Erben und Verwalter von Gut Sommerroth. Außerdem sehen Sie zu meiner Linken noch Lisbeth Freiin von Sommerroth, Philipp Freiherr von Sommerroth sowie Marisa Freifrau von Sommerroth in derselben Funktion sowie Mark Landau zu meiner Rechten als Vertreter der Reederfamilie Landau, um die es heute geht. Wie Sie bereits durch das Einladungsschreiben wissen, werden wir bloß eine Erklärung abgeben. Anschließende Fragen sind heute nicht vorgesehen. Gerne beantworten wir diese im Nachhinein per E-Mail.«

Ein unterdrücktes Gemurmel wallte auf. Das Kopfschütteln einiger brachte den Unmut über die Einschränkung hervor.

Marisa ignorierte das und konzentrierte sich stattdessen auf Emilies Gesicht. Sie hatte ihre Worte tatsächlich wahr gemacht und sich mitsamt ihrem Hut unter den erstaunten Blicken der Journalisten in deren Mitte gestellt, wo sie sich zufrieden auf ihren Gehstock stützte. Vielleicht war es ihr sichtlich hohes Alter, das die Leute davon abhielt, sich über ihre Kopfbedeckung zu beschweren oder ihr zu nahe zu kommen. Jetzt hob sie kurz einen ihrer Daumen. Marisa lächelte, wurde dann aber abgelenkt, denn im Augenwinkel erkannte sie, wie Caroline auffordernd zu ihr sah.

»Ich übergebe hiermit das Wort an die Inhaberin der *Sommerroth-Landau-Weddings GmbH* für eine Erklärung.«

»Danke, Caroline«, begann Marisa und entfaltete ihren Spickzettel. »Auch von mir ein herzliches Willkommen. Ich freue mich, dass Sie sich die Zeit genommen haben herzukommen, und hoffe, mit der heutigen Pressekonferenz ein wenig Klarheit in die aktuelle Situation zu bringen.« Ihr Blick senkte sich auf ihre eigene krakelige Handschrift. Dabei stellte sie fest, dass eindeutig zu viel auf dem Zettel stand. Beim Üben hatte sie damit keine Probleme gehabt, jetzt aber verschwammen die eng geschriebenen Sätze und bunten Textmarkerstriche zu einem Brei und sie fand nicht den richtigen Anfang. Marisa sah wieder hoch und sagte sich selbst: *Vergiss den verdammten Zettel.*

»Umweltschutz hat auf Sommerroth in den letzten Jahren einen immer größeren Stellenwert bekommen – doch nicht zu jeder Zeit war das für die Öffentlichkeit sichtbar. Lassen Sie mich Ihnen anhand von ein paar Beispielen Einblick gewähren. Beim Erneuern des Schlossdachs wurden Solarpaneele angebracht, die mit Absicht von unten nicht auszumachen sind, um das historische Gesamtbild zu erhalten. Der Neubau des Badehauses steht ebenfalls im Zeichen des Umweltschutzes. Hier werden keine Kosten und Mühen gescheut, um grüne Energie durch Erdwärme zu gewinnen, obwohl die Bohrung teuer und aufwendig ist. Zudem sind meine Geschwister und ich in zahlreichen Tier- und Umweltschutzprojekten im In- und Ausland engagiert und unterstützen die regionalen Bauern, indem wir deren Lebens- und Futtermittel bevorzugt beziehen. Auf einem Handout, das Ihnen gleich ausgeteilt wird, stehen die Log-in-Daten für einen geschützten Bereich auf der Sommerroth-Website, wo Sie eine vollständige Übersicht der Umweltmaßnahmen Sommerroths sowie Bildmaterial finden, das Sie gern für Ihre Berichterstattung verwenden dürfen.«

Marisa gab Beeke ein Zeichen, die daraufhin Zettel zu verteilen begann. »Dies alles soll deutlich machen, wie sehr uns der Erhalt des Planeten am Herzen liegt. Zu keiner Zeit besaßen meine Familie oder ich Kenntnis über das, was in den Ostseeküstengewässern passiert ist. Ich distanziere mich ausdrücklich von den Taten, die Herrn Richard Landau vorgeworfen werden. Auch wenn wir noch denselben Nachnamen tragen, hat es niemals eine geschäftliche Verbindung zwischen uns gegeben. Die Beziehung zu der Familie und zur Kreuzfahrtreederei Landau war stets und ausschließlich privater Natur. Das Recht darauf, dass diese Verbindung unter Ausschluss der Öffentlichkeit stattfindet, wurde durch jüngste Artikel verletzt, was wir verurteilen.« Sie sah jetzt zu Mike Nowak und dann zu Mark, der in diesem Moment ebenfalls zu ihr blickte. Marisa erkannte, wie angespannt er war. Seine dunklen Augenbrauen waren eng zusammengezogen. Der Moment der Scheidungsverkündung war da. »Ich möchte diese Pressekonferenz nutzen, um …«

»Frau von Sommerroth, auch wenn Sie es verurteilen, Ihre innige Verbindung zu dem Umweltsünder Richard Landau war gestern unverkennbar auf der Titelseite zu sehen«, unterbrach Mike Nowak Marisa grob. »Wie vereinbaren Sie das mit Ihrem Gewissen?«

Caroline griff sofort ein. »Bitte unterlassen Sie die Zwischenrufe. Fragen sind nicht gestattet.«

Marisa schaute dem Reporter erneut in die Augen, der nicht ein winziges Stück Bedauern wegen seines Benehmens zeigte. Im Gegenteil, er schien sie provozieren zu wollen. Schließlich hatte er selbst den Artikel verfasst und vermutlich auch das Bild geschossen. Obwohl es dumm war, konnte sie einfach nicht anders, als zurückzufeuern. »Was ich darüber denke, wollen Sie wissen, Herr Nowak? Dass hier mit Absicht Tatsachen verdreht wurden!«

»Also handelt es sich bei dem Bild um eine Fotomontage?«, entgegnete er herausfordernd.

In Marisa stieg die Wut hoch. Dieser Kerl hatte es auf sie abgesehen. Sie musste ihre Worte mit Bedacht wählen. »Wie schon gesagt, übernehme ich keine Verantwortung für das, was der Kreuzfahrtreederei angeblich vorgeworfen wird. Aber Richard Landau ist mein Schwiegervater, und eine Umarmung sagt nichts darüber aus, was ich über jene Umweltsünde denke.«

»*Angeblich*, behaupten Sie?«, ertönte eine Stimme von hinten. »Wollen Sie das Geschehen in der Ostsee etwa leugnen, Frau von Sommerroth-Landau?«

Caroline grätschte energisch dazwischen. »Also, ich muss doch wohl sehr bitten! Zwischenfragen sind nicht erlaubt.« Jetzt nahm sie ihren Kugelschreiber und wies auf die Menge. »Wenn das nicht eingehalten wird, sehe ich mich gezwungen, die Pressekonferenz vorzeitig zu schließen.«

Es kehrte wieder Ruhe ein. Marisa aber war nun gewarnt. Diese Reporter wollten eine Story – und wenn nur die Hälfte von dem stimmte, was sie druckten, reichte es ihnen sicher auch. Sie musste jedes gesprochene Wort mit Bedacht wählen. Das Beste wäre sicher, sie würden schnell die Katze aus dem Sack lassen, um den Moment des Erstaunens auszunutzen und dieses Event schnell zu beenden. Marisa hatte kaum Luft geholt, da unterbrach sie Carolines lautes Räuspern.

»Nun, da wir die eine Seite beleuchtet haben, wollen wir Ihnen auch die Möglichkeit geben, von der anderen Seite ein paar Worte zu hören. Ich gebe also weiter an Mark Landau.«

Marisa runzelte die Stirn. Sie war noch gar nicht fertig gewesen.

Lizzy stieß sie unter dem Tisch an, als Zeichen dafür, dass auch ihr das aufgefallen war.

Marisa jedoch konnte unter den Augen der Journalisten schlecht darauf reagieren und behielt ihren neutralen Gesichtsausdruck. In ihrem Kopf aber huschten Fragen hin und her. Hatte Mark etwa vor, die Scheidung selbst zu verkünden? Warum hatte das niemand mit ihr abgesprochen?

»Danke, Caroline«, sagte Mark jetzt. »Auch ich begrüße Sie noch einmal herzlich auf Gut Sommerroth. Wie Sie sich sicher vorstellen können, ist es für mich besonders erschütternd, einen solchen Skandal in der engeren Familie zu haben. Ich verstehe aber trotzdem Ihre beruflich bedingte Neugier.

Umso bedauerlicher ist es für mich, Sie enttäuschen zu müssen. Da mein Vater bald eine eigene Stellungnahme veröffentlichen wird, halte ich es an dieser Stelle nicht für angemessen, über Details zum Fall zu spekulieren. Ich hoffe, Sie haben dafür Verständnis.«

Marisa sah in die Runde. Die Gesichter der Reporter besagten vieles. Enttäuschung und Ärger dominierten. Verständnis war nicht dabei.

»Statt über meinen Vater zu sprechen …«, jetzt sah er zur Seite, direkt in Marisas Augen, »… bin ich heute gekommen, um über meine Ehefrau zu reden.«

Nur mit Mühe hielt Marisa ihr Pokerface aufrecht. Ihr Herz klopfte schnell und kräftig. Sie deutete ein Lächeln in seine Richtung an.

»Tatsächlich kenne ich niemanden, der loyaler ist als sie. Ein Beispiel dafür ist die Tatsache, dass sie das persönliche Gespräch mit meinem Vater gesucht hat – wenngleich man ihr das nun als Schwäche auszulegen versucht, indem man sie fotografiert hat und die Tatsachen verdreht.« Kurz fixierte er Mike Nowak, den die Anschuldigung nicht zu erschüttern schien. »Ich habe viel in dieser Hinsicht von ihr gelernt und bin Marisa dankbar dafür. Umso mehr freue ich mich, ihr endlich etwas zurückgeben zu können. Oder besser gesagt, wir alle!« Er legte seine Hand auf Carolines Rücken, die nun salbungsvoll nickte.

Wieder stieß Lizzy sie an – diesmal noch energischer als zuvor. Marisa griff nach ihren Fingern und quetschte sie, um nicht zu platzen. Was geschah hier?

Aus der Menge rief abermals jemand: »Man hört, das Hochzeitsgeschäft auf Sommerroth läuft schlecht seit dem Vorfall.«

Caroline klopfte geradezu aggressiv auf den Tisch. »Keine Zwischenfragen mehr! Sehen Sie dies als letzte Warnung.«

»Woher haben Sie nur diese Gerüchte? Sie entsprechen nicht der Wahrheit«, beschied Mark nachdrücklich. »Das Hochzeitsgeschäft läuft hervorragend, wie Sie gleich hören werden. Der Ruf der *Sommerroth-Landau-Weddings GmbH* eilt dem Gutshof so weit voraus, dass nun sogar eine namhafte Persönlichkeit aus Film und Fernsehen sich dazu entschieden hat, hier zu heiraten und das ganze Spektakel mit der Kamera begleiten zu lassen. Ein absolutes Novum auf Sommerroth, das einzig und allein auf die hervorragende Reputation der Geschäfte meiner Frau zurückzuführen ist.«

Ein lautes Gemurmel wallte auf. Die Reporter gerieten sichtlich in Aufregung – lag doch hier eine unglaubliche neue Story verborgen.

Marisa hingegen hatte das Gefühl, durch einen zusammengedrückten Strohhalm zu atmen. Wovon, zur Hölle, sprach er da? Warum nannte er sie immer wieder *seine Frau*? Sie warf ihm einen Blick zu, der ihm eigentlich das Blut in den Adern hätte gefrieren lassen müssen, doch er sah sie nicht an und sprach unbeirrt weiter.

»Marisa wäre wie immer viel zu bescheiden, um diese große Neuigkeit in diesem frühen Stadium zu offenbaren. Aber ich fühle mich verpflichtet, dem rufschädigenden Gerede über ihre Person und ihre Arbeit auf diese Weise ein Ende zu bereiten.« Er schaute sie lächelnd an. »Verzeih mir bitte, Liebling.«

Der Raum bebte jetzt vor Anspannung. Die Journalisten, die eben noch gekniet hatten, erhoben sich langsam. Gespräche wallten auf. Ein jeder versuchte zu erfahren, ob der andere bereits mehr wusste.

»Sagen Sie uns, wer ist diese prominente Person?«, wollte Nowak jetzt laut und unverblümt wissen und trat sogar einen Schritt vor.

Mark antwortete über das Gemurmel hinweg. »Es ist Lilith Davies, der aufsteigende Stern am Filmhimmel.«

Marisa wollte Mark an den Hals springen, damit er endlich die Klappe hielt. Dieser allerdings freute sich sichtlich, jenen Namen auszusprechen, der auch ihr durchaus ein Begriff war. Und selbst Mike Nowak schien es kurzzeitig die Sprache zu verschlagen.

Anders verhielt es sich allerdings mit den übrigen Journalisten, die jetzt wild ihre Fragen in den Raum riefen.

Caroline stand auf. »Es tut mir leid, meine Damen und Herren. Ich muss Sie jetzt auffordern zu gehen. Ihr Verhalten zwingt mich dazu. Und es ist ohnehin alles gesagt. Die Pressekonferenz ist beendet!«

Alles ist gesagt, hallte es geradezu in Marisa nach. Was sollte das heißen? Ihr Blick ruckte zwischen Caroline, Mark und den Journalisten hin und her, die sich missmutig auf den Weg nach draußen machten.

Mike Nowak jedoch richtete sich trotzdem noch mal an Mark. »Moment, ich habe Kontakt zu Umweltsenator Henning Wiebe. Er sagte mir selbst, dass ihm persönlich Paare bekannt seien, die ihren Hochzeitstermin auf Sommerroth aufgrund des Skandals abgesagt haben.«

Mark funkelte ihn an. »Herr Wiebe scheint mir kein guter Verlierer zu sein. Bedauerlicherweise fiel sein Hochzeitstag nämlich mit dem von Frau Davies zusammen, und er zog den Kürzeren.« Sein beinahe boshaftes Lächeln leitete einen letzten verbalen Dolchstoß ein. »In Zukunft recherchieren Sie vielleicht mal etwas gründlicher, Herr Nowak. Das ist doch Ihr Job. Und nun wünsche ich Ihnen einen guten Tag.«

Marisa sah den Mann wütend davoneilen. Mark hingegen schien zufrieden, und das, obwohl seine Worte bezüglich Henning Wiebe eine glatte Lüge gewesen waren. Sie kam trotzdem nicht ganz umhin, ihn für sein Schauspieltalent zu bewundern. Wüsste sie es nicht besser, hätte sie ihm jedes Wort geglaubt. Ihre Wut aber war stärker. Marisa hielt sie gerade noch so lang im Zaum, wie es nötig war.

Es dauerte nicht lang, da waren alle gegangen. Henry schloss die Tür.

In diesem Moment schnellte Marisa hoch und schoss auf Mark zu. Sie hob die Hand, um ihm eine schallende Ohrfeige zu verpassen. Leider war er schneller. Seine Hand fing ihren Arm mit Leichtigkeit ab, was ihren Zorn nur weiter anfachte. »Wie kannst du es wagen, dich so über mich hinwegzusetzen?«, schrie sie los.

»Beruhige dich bitte«, sagte er und hielt ihren Arm aus Sicherheitsgründen weiter fest.

Marisa riss sich los. »Sag mir gefälligst nicht, was ich zu tun habe! Was geht hier vor sich?« Ihr eiskalter Blick traf auf Caroline, die sich jetzt neben Mark aufstellte.

»Wir retten dein Geschäft – und damit Sommerroth. Das geht hier vor sich.«

»Indem ihr mich hintergeht?«

Jetzt trat Philipp an Carolines Seite. »Nein, Marisa. So ist es nicht. Die Idee ist wirklich gut. Hör sie dir wenigstens an.«

»Du? Hast du etwa auch davon gewusst?« Der Schock darüber sorgte bei ihr für eine Gänsehaut.

»Sie haben mich heute Morgen eingeweiht. Und da ich mit Caroline zusammen bereits drei von fünf Sommerroth-Stimmen und somit die Mehrheit hatte, die dafür waren, gab es keinen Grund mehr für eine Abstimmung. Deshalb haben wir beschlossen, die Idee durchzuziehen.«

Jetzt holte Marisa nochmals aus – und traf.

Philipps Kopf flog zur Seite. Gleich darauf sah er seine Schwester wieder regungslos an, so, als wäre er der Meinung, den Schlag verdient zu haben.

»Mein eigener Bruder untergräbt mein Unternehmen. Mir wird schlecht.«

Mark trat nun entschieden vor. Mit einer Bewegung griff er einen Stuhl an der Rückenlehne, schwenkte ihn herum und schob Marisa an der Schulter darauf nieder. »Schluss, Marisa. Du hörst uns jetzt zu! Wir würden nie etwas tun, was dir schadet. Aber Sommerroths Zukunft ist ernsthaft bedroht und du hättest der Idee auf die Schnelle nie zugestimmt. Lass uns bitte alles erklären, danach kannst du immer noch Ohrfeigen verteilen.«

Nach und nach setzten sich alle. Die zwei Lager waren dabei unverkennbar. Emilie und Lizzy flankierten Marisa. Mark, Alexander, Philipp und Caroline nahmen die übrigen Plätze ein – mit Ausnahme von Henry, der sich neutral am Rand hielt.

Philipps Wange hatte sich bereits feuerrot verfärbt. Ungeachtet der Schmach beugte er sich vor und stützte seine Ellenbogen auf seinen Knien ab. »Pass auf, Marisa. Mark und ich kennen den Verlobten von Lilith Davies aus unserer Internatszeit auf Louisenlund. Sein Einzelzimmer lag neben unserem Schlafraum. Er heißt Etienne Conradi und ist ein netter Kerl. Wir trafen ihn beim letzten Jahrgangstreffen wieder, wo er uns erzählte, dass seine Hochzeit mit Lilith vor Kameras stattfinden soll. Sie sind sogar schon mitten in den Dreharbeiten. Allerdings …« Philipp hob jetzt seine Augenbrauen an. »Nach ein paar Drinks zu viel beichtete er uns, die beiden hätten ein paar Probleme, von denen niemand weiß.«

»So? Welche denn?«, fragte Marisa noch immer mäßig interessiert.

»Die Kurzversion ist: Der schnelle Erfolg scheint ihr wohl zu Kopf gestiegen zu sein. Sie hat sich am Set und in dem Schloss, wo die Hochzeit eigentlich gefilmt werden sollte, wohl so dermaßen danebenbenommen, dass man sie kurzerhand aus der Suite geschmissen und das Filmteam vom Schlosshof gejagt hat.«

Mark ergänzte Philipps Worte. »Und nun stehen sie da, mit einer halb fertigen Produktion, die eigentlich als Werbung hätte dienen sollen. Denn demnächst wird ein Film zur besten Sendezeit mit ihr in der Hauptrolle ausgestrahlt. Käme jetzt die Wahrheit heraus, würde das ihren Marktwert ruinieren.«

Philipp übernahm wieder. So redeten die beiden oft, wusste Marisa aus Erfahrung.

»Die Suche nach einer neuen Location für den Hochzeitsdreh gestaltet sich schwierig. Zahlreiche Schlösser und Gutshöfe haben wohl schon ihre Absagen geschickt. Hauptsächlich deshalb, weil wir uns jetzt in der Hochzeitssaison befinden und alles ausgebucht ist. Aber wohl auch, weil sich allmählich ihr schlechter Ruf verbreitet. Der Sender hat zwar weiterhin ein Interesse daran, das Projekt zu beenden, doch nicht mehr um jeden Preis. Sie sind bereits auf immensen Kosten sitzen geblieben. Der Deal lautet jetzt: Sie zahlen den Dreh noch für drei weitere Tage, sofern schnell eine Low-Budget-Location gefunden wird. Die Hochzeit soll nur noch inszeniert werden und nicht mehr wirklich vor den Kameras stattfinden. Alles muss möglichst zeitnah im Kasten sein.«

Mark riss das Wort wieder an sich und wies direkt auf Marisas Nase. »Und an dieser Stelle kommst du ins Spiel.«

Jetzt war sie es, die sich vorbeugte. »Ach ja? Ich bin sehr gespannt auf deine Erklärung. Gerade wüsste ich nämlich nicht, wie eine Bridezilla und ihr geschröpfter Sender Sommerroth retten sollen. Ich hoffe sehr, du denkst nicht an meine Festscheune, wenn du von ›Low-Budget-Location‹ redest.«

»Doch«, betonte Mark mit beinahe kindlicher Begeisterung und breitete seine Arme aus. »Ist es nicht ein riesiges Glück, dass Sommerroth gerade verfügbar ist? Somit ist der Weg frei für eine klassische Win-win-Situation. Etienne und Lilith heiraten hier, ihr Ruf bleibt gewahrt, ihre Bekanntheit steigt, ihr Film wird ein Hit und Sommerroth hat eine unbezahlbare

Promi-Referenz mit mächtiger Reichweite mehr, was den Landau-Skandal verblassen lässt.«

Marisa nickte langsam, während ihre Zornesfalte zu glühen schien. »Habe ich das richtig verstanden? Das heißt, sie heiraten hier umsonst?«

Mark sah Philipp an und Philipp Mark. Es schien für einen Augenblick so, als würde jeder den anderen bitten, die Antwort zu übernehmen.

»Na ja, win-win eben ... Kommt darauf an, wie man *umsonst* definiert«, umschrieb es Mark vorsichtig. »Das Gütesiegel ›Promi-Location‹ ist schließlich etwas, das du dir schon länger gewünscht hast. Das weiß ich genau.«

Marisa verstand seine Spitze. Es war eine Anspielung auf das, was sie vor dem Wiebe-Borowsky-Termin zu ihm gesagt hatte.

Caroline war es, die das Ganze nun unverblümt zusammenfasste. »Nennen wir es beim Namen. Das Ganze ist nur ein großes Schauspiel, bei dem alle versuchen, ihren Kopf aus der Schlinge zu ziehen. Es kann tatsächlich klappen. Und andere Auswahlmöglichkeiten bleiben uns ohnehin nicht mehr. Also wagen wir es doch!«

Ihre Worte waren keine Frage, wie Marisa feststellte. Verächtlich stieß sie ihren Atem aus. »So weit ist es also inzwischen gekommen. Das, womit ich kürzlich noch zu großen Teilen das Gut finanziert habe, wird nun kostenlos verscherbelt – von meiner eigenen Familie.« Sie schüttelte den Kopf. »Vielen Dank, diesen letzten Dolchstoß hätte mein Stolz gar nicht gebraucht. Er ist auch so bereits am Boden.«

Mark stand jetzt auf und hastete die zwei Schritte zu Marisa. Vor ihr ging er auf ein Knie. Ihre Hände zu nehmen, wagte er offenbar nicht, deshalb legte er seine bloß flehend aneinander. »Du siehst das vollkommen falsch, Marisa. Wir wollen alle dasselbe – Sommerroth soll diese Sache unbeschadet überstehen. Bitte vertrau mir nur noch dieses eine Mal und willige ein.

Ohne dich wird das Ganze nämlich nicht funktionieren. Wir brauchen deine Erfahrung.«

Marisa sah auf ihn herab. Er war in einen Sonnenstreifen gerückt, der genau hier durchs Fenster fiel. Das Licht schien seitlich auf sein Gesicht und ließ die stechend grünen Augen unter seinen dunklen Brauen aufleuchten. *Wäre Mark doch nur so vertrauenswürdig, wie er schön ist*, dachte Marisa stumm. Sie glaubte ihm zwar, dass er ihr nicht absichtlich schaden wollte, aber seine Absichten konnten dennoch zweifelhaft sein. Wollte er wirklich in erster Linie ihr und Sommerroth helfen, oder sich vielleicht doch ein winziges Stückchen mehr an seinem Vater rächen, indem er seinen Einfluss hier unter Beweis stellte? In diesem Fall musste sie verneinen. Niemals wieder wollte sie sich zum Spielball von Mark und Richard machen lassen.

Alle erwarteten augenscheinlich mit Spannung Marisas Antwort, als Emilie sich plötzlich erhob. Sie ging zu der Anrichte mit dem Grammophon darauf.

Marisa drehte sich um und beobachtete ihre Großmutter, die in aller Seelenruhe eine Schallplatte aus der Schublade holte und sie auflegte. Eine Frauenstimme ertönte, deren Gesang lediglich mit dem Wort »Jaulen« zu beschreiben war.

»Liebes«, begann Emilie. »Eines verrate ich dir: In diesem Salon wurde schon mehr als einmal die Geschichte von Gut Sommerroth neu geschrieben. Manchmal setzt einem das Leben schwer zu. Es schlägt ein wie eine Bombe und hinterlässt ein Trümmerfeld. Aber alles, was wir dann tun können, ist, unsere alten Pläne zu vergessen und neue zu schmieden.« Emilie drehte sich um und sah an Marisa vorbei. »Ich hätte nicht gedacht, dass dieser Tag noch mal kommen würde, aber tatsächlich stimme ich Caroline zu. Die Sache kann funktionieren. Lass dich drauf ein. Auch ich dachte einst nach einer schlimmen Katastrophe, alles sei verloren. Aber ohne dieses Ereignis wäre Sommerroth nicht das, was es heute ist.«

Gut Sommerroth

Damals

Emilies Tragödie

Kapitel 10

Emilie hatte Mühe, mit Johanns schnellem Schritt mitzuhalten, als er über den Wirtschaftshof zur alten Schule eilte. Die eiserne Entschlossenheit hatte ihn so plötzlich gepackt, dass ihr Kopf kaum hinterherkam. Atemlos fragte sie: »Johann, bist du dir sicher, dass das eine gute Idee ist? Wenn es stimmt, was man sich über das Fraternisierungsverbot erzählt …«

»Der Colonel wird mich ja wohl nicht gleich erschießen«, unterbrach Johann sie.

Seine Worte beruhigten sie keineswegs. »Warum können wir nicht einfach nach Ilsenhof gehen und heute endlich unser neues Leben beginnen? Wir haben doch erreicht, was wir wollten. Otto hat eingewilligt, dass wir vorerst bleiben können, wenn auch zähneknirschend.«

»Du kennst meinen Bruder nicht, Emilie. Er ist hinterlistig und schmiedet sicher inzwischen die nächsten Ränke gegen uns. Ich darf ihm keinen Vorsprung gewähren. Und dass er im Gegensatz zu mir bereits mit dem Colonel bekannt ist, *ist* ein Vorsprung. Nur noch dieses eine Gespräch. Ein kurzes Kennenlernen, damit ich weiß, was die Pläne der Engländer sind und was sie mit Sommerroth vorhaben. Mehr verlange ich nicht. Dann können wir gehen.«

Emilie konnte sich nur wundern, als sie neben Johann an der großen Scheune vorbeihastete. Sein Einfall, mit dem Colonel reden zu wollen, erschien ihr wie ein Vorwand für etwas anderes. Aufhalten konnte sie ihn jedoch nicht mehr. Seine Schritte wurden eher länger denn kürzer. Emilie schwankte deshalb zwischen Verzweiflung und Wut.

Schon den ganzen Tag über war es ihr so vorgekommen, als würde Johann den Umzug nach Ilsenhof verzögern. Krzysztof hatte die Pferde bereits zur Mittagsstunde gesattelt. Lenchen war von der Mamsell am frühen Nachmittag mit erstem Proviant für zwei Tage ausgestattet worden. Derweil hatten sich Johann und Otto wie zwei rivalisierende Raubkatzen umeinander bewegt, ohne den anderen aus den Augen zu lassen – bis vor fünf Minuten, als Johann plötzlich aus dem Schloss gestürmt und losgelaufen war.

Das alte Schulgebäude erschien vor ihnen, als sich in Emilie schließlich ein Gefühl gegen alle anderen durchsetzte: Wut!

»Johann Ernst Friedrich Kaspar Wilhelm von Sommerroth, bleib jetzt stehen! Ich verlange, dass du mit mir sprichst.«

Johann hielt tatsächlich an. Unter den rauschenden Bäumen der Allee zum See drehte er sich zu ihr um. Seine Lippen umspielte ein leichtes Lächeln. »Du hast dir alle meine lächerlich vielen Namen gemerkt?«

»Was tut das jetzt zur Sache?«, gab sie aufgebracht zurück. »Ich werde dir keinen weiteren Meter mehr nachlaufen.«

Langsam kam er auf sie zu und sah zu ihr runter. Zärtlich strich er ihr mit dem Daumen über die Wange. »Bitte entschuldige, Emilie. Ich weiß, du sorgst dich, aber das brauchst du nicht. In spätestens einer Stunde sind wir auf Ilsenhof. Dann setzen wir uns auf den Steg, der ins Wasser führt, und machen Pläne für die Zukunft.« Johann drückte sie für einen Moment an sich.

Emilie hätte am liebsten weiterhin darauf bestanden, sofort zu gehen. Sie wollte nichts lieber, als Sommerroth, Charlotte und Otto hinter sich zu lassen. Doch sie spürte Johanns Rastlosigkeit. Wenn es ihm so ein großes Anliegen war, wollte sie sich eben noch kurz gedulden. Ein tiefes Atmen diente als Zustimmung.

»Danke.« Er löste sich von ihr. »Ich gehe besser allein. Diese Männer sind für mich schwer einzuschätzen und ich will nicht, dass dir etwas …« Noch bevor er seinen Satz beenden konnte, wurde die Tür der Schule aufgerissen und knallte gegen die Wand.

Emilie fuhr erschrocken zusammen und wich einen Schritt zurück. Im nächsten Moment fühlte sie Johanns Hand an ihrem Oberarm. Wie immer, wenn Gefahr drohte, schob er sie hinter sich, um sie zu schützen.

Die britischen Soldaten kamen herausgestürmt, brüllten Befehle auf Englisch und packten Johann rechts und links.

Ehe Emilie sichs versah, drehte man ihm die Arme auf den Rücken, bis er vor Schmerzen aufschrie, und drückte ihn gen Boden.

»Stopp, aufhören!«, schrie sie.

Der Colonel trat heraus und hielt auf Johann zu. Seine Worte klangen grimmig, trotz seines weichen Akzents. »Wer sind Sie? Was wollen Sie hier?«

»Lassen Sie mich sofort los«, brachte er gepresst hervor.

Emilie trat vor. »Colonel.«

Er sah ihr in die Augen und stutzte kurz. »Mrs Sommerroth …«

Auch wenn er bei ihrer ersten Begegnung im Stall fast immer seinen Dolmetscher hatte sprechen lassen, wusste Emilie, er verstand das meiste. »Bitte, lassen Sie ihn los. Er ist mein Mann, Johann von Sommerroth. Er wollte sich Ihnen nur vorstellen.«

Der Colonel verengte seine Augen. Emilie wich ihm nicht aus und betrachtete standhaft sein wettergegerbtes Gesicht, um ihren Worten Nachdruck zu verleihen.

Nach einigen Momenten ruckte sein Kinn. Die Soldaten ließen Johann los. Dann blickte er zu Johann. »Follow me.«

Der Dolmetscher, der dem Colonel mal wieder gefolgt war, reichte Johann nun die Hand und zog ihn auf die Füße. »Mein Name ist Alan Smith. Ich übersetze für den Colonel. Kommen Sie mit rein.«

Emilie trat an Johanns Seite und beobachtete, wie er sich den Staub von der Jacke klopfte.

»Das hat doch schon mal gut geklappt«, scherzte er.

Emilie schüttelte ungläubig den Kopf. »Ich werde besser mitkommen. Und zwar, damit *dir* nichts zustößt«, raunte sie ihm zu. Hinter dem Dolmetscher betrat sie die alte Schule und fand sich in einem hellen Raum mit vielen identischen Fenstern wieder, von dem sie vermutete, dass hier ehemals ein Klassenzimmer gewesen war.

Vor einem großen Schreibtisch bedeutete der Colonel ihr und Johann, Platz zu nehmen. Er selbst setzte sich auf einen knirschenden Ledersessel – seinen Dolmetscher wie stets neben sich. Auf sein Fingerzucken hin beugte Alan Smith sich runter und ließ sich etwas ins Ohr sagen.

»Der Colonel entschuldigt sich für die rohe Behandlung. Ihm war nicht klar, dass Sie ein Sohn des Hauses sind, Mr Sommerroth. Sie sollen berichten, welches Anliegen Sie hierherführt.«

»Wie meine Frau schon erwähnte, bin ich gekommen, um mich vorzustellen. Nach meinem Frontdienst hat es mich erst kürzlich wieder in die Heimat verschlagen. Noch heute werde ich mit meiner Frau das Vorwerk Ilsenhof beziehen.« Johann schaute sich kurz in dem Klassenraum um, der sich stark verändert haben musste. »Die Umstände auf Sommerroth sind für mich noch neu. Wie es aussieht, werden wir wohl eine Weile lang Tür an Tür leben. Mir ist daran gelegen, miteinander auszukommen.«

Der Colonel nickte ihm anerkennend, aber kühl zu. »What do you really want?«

»Was wollen Sie wirklich?«, übersetzte Alan Smith.

Die Anspannung im Raum war für Emilie fast mit den Händen greifbar. Der Mann war scharfsinnig. Man konnte ihm nichts vormachen.

Johann verstand das wohl ebenfalls, weshalb er gar nicht versuchte, länger drum herum zu reden. »Ich würde zunächst gern verstehen, was die Pläne der Siegermächte für diesen Teil des Landes sind. Noch gibt es kaum Möglichkeiten, an Nachrichten zu kommen. Befinden wir uns noch in einem Machtvakuum? Wie wird die Regierung fortan geregelt?«

Alan Smith holte sich wieder die Genehmigung seines Vorgesetzten ab, der nur leicht mit dem Kopf nickte.

»Nach der Gesamtkapitulation vor wenigen Tagen hat es ein Zusammentreffen mit den vier Militärgouverneuren der Besatzungsmächte in Berlin gegeben. Sie haben die Berliner Erklärung unterzeichnet. Deutschland ist nun in vier Besatzungszonen aufgeteilt, in denen die Alliierten die Hoheitsrechte haben. Ebenso ist Berlin viergeteilt.«

»Und was sind die konkreten Ziele der Engländer für diese Zone?«

Der Dolmetscher brauchte nur einen Seitenblick auf den Colonel zu werfen. Mit einer Handgeste forderte er ihn auf zu sprechen.

»Deutschland soll kriegsuntauglich gemacht werden«, erklärte er ohne Umschweife. »Dazu gehören neben der Entwaffnung die Demokratisierung und Entnazifizierung – also die Loslösungen aller nationalsozialistischer Ideologien. Sichtbare Säuberungen sind nötig: das Entfernen aller nationalsozialistischen Symbole, das Schließen aller entsprechenden Organisationen und Vereine, das Vernichten einschlägiger Literatur und Uniformen, das Kontrollieren politischer Aktivitäten sowie die Neuwahlen höherer Beamter.«

Emilie legte Johann die Hand auf den Arm, als sie die letzten Worte des Dolmetschers hörte. »Dein Vater ...«

Johann sprach es aus. »Der Gutsherr, Leopold von Sommerroth, arbeitete im Kieler Rathaus. Wir haben seit Wochen nichts von ihm gehört. Wissen Sie etwas über seinen Verbleib?«

In Emilie wuchs die Anspannung. Sie flehte innerlich, dass nun herauskam, wo sich Johanns Vater aufhielt. Dabei hatte sie nicht vergessen, was sie kürzlich belauscht hatte. Leopold von Sommerroth war Mitglied der Partei gewesen. Die Umstände, die dazu geführt hatten, interessierten hier mit Sicherheit niemanden.

Alan Smith tauschte sich leise mit dem Colonel aus. Anschließend richtete er sich wieder auf. »Ist Ihr Vater ein Nazi, will der Colonel wissen.«

Emilie sah Johann an, wie schwer ihm seine Antwort fiel.

»Er gehörte in der Tat zur Partei«, antwortete er schließlich wahrheitsgemäß und versuchte gar nicht erst, Leopolds Handeln zu erklären. »Was passiert mit solchen Beamten? Stehen Sie in Kontakt mit Kiel?«, beharrte Johann.

Der Colonel sprach jetzt länger mit seinem Dolmetscher. Sein Gesichtsausdruck war nach Johanns letzten Worten verhärtet. Wiederholt strich er sich über das Kinn und ließ seine Rechte dort einen Moment verweilen. Danach erst gab er Alan Smith wieder ein knappes Zeichen, der daraufhin eine Erklärung begann.

»Das, was wir Ihnen zu diesem frühen Zeitpunkt sagen können, sind nicht viel mehr als bloße Gerüchte. Ich war kürzlich selbst in Kiel. Es ist so gut wie alles zerstört. Der Bahnhof, die Kirchen, viele Straßen. Man konnte die Trümmer so weit überblicken, dass selbst die Hügelform zu erkennen war, auf dem sich die Altstadt kürzlich noch befand. Vom Rathaus steht nur noch der Turm. Die Bomben sind wohl durchs Dach in die Repräsentationsräume bis in den Keller gefallen. Das Ausmaß der Zerstörung ist unbeschreiblich.« Alan Smith schob sich die kreisrunde Brille die Nase hoch. »Über den Verbleib der Beamten haben wir keine Kenntnis. Jedenfalls noch nicht. Wie Sie wissen, ist das Postnetz zusammengebrochen. Es dauert, an Informationen zu kommen. Sollten wir etwas über Ihren Vater hören, informieren wir Sie.«

Johann nickte. Er schien einen Moment zu brauchen, um das Gehörte zu verdauen.

»Anything else you want to know. Otherwise, I have work to do.«

»Gibt es noch etwas?«, fragte Alan Smith knapp.

»Eine letzte Sache«, erwiderte Johann. »Sagen Sie mir, was sind Ihre Pläne für Gut Sommerroth?«

Der Colonel nickte und drehte sich mitsamt seinem Ledersessel um. Seine Hand griff hinter sich. Kurz darauf klatschte eine Zeitung auf den Schreibtisch. Seine fünf Finger schoben das Blatt über den Tisch zu Johann. Daraufhin schnippte er auffordernd, und Alan Smith begann zu erklären.

»Das ist die erste Ausgabe des *Kieler Kurier* vom vierten Juni. Auf dem Bild sehen Sie den Oberbefehlshaber der britischen Streitkräfte, Feldmarschall Montgomery. Er wendet sich hier an das besiegte Volk.«

Emilie betrachtete das strenge Gesicht des Mannes, dessen Antlitz beinahe die halbe Seite einnahm. Auf seinem Kopf das schräge Barett mit einem goldenen und einem silberfarbenen Abzeichen darauf. Der Oberlippenbart war bereits ergraut. Um die Augen zogen sich tiefe Falten. Sie las sich selbst die erste

Zeile des Artikels vor. »Mein unmittelbares Ziel ist es, für alle ein einfaches und geregeltes Leben zu schaffen.«

Alan Smith fasste den Text mit eigenen Worten zusammen. »Das Interesse Montgomerys besteht darin, dafür zu sorgen, dass die deutsche Bevölkerung mit Nahrung und Obdach versorgt wird und bei Gesundheit bleibt. Das Einbringen der Ernte hat für ihn Vorrang, weshalb er nun schnellstens die Männer der Wehrmacht entlässt, die ein entsprechendes Handwerk beherrschen. Colonel Baker hofft, dass zeitnah solche Männer hier eintreffen, damit sie auf die Felder gehen können. Denn auch er will sich auf Sommerroth voll und ganz diesen drei Zielen Montgomerys widmen. Jedenfalls so lange, wie es nicht zur Bodenreform ab hundert Hektar kommt und man Ihre Familie darüber hinaus enteignet.«

Johann nahm seine Worte äußerlich gefasst entgegen. »Ich verstehe.«

Emilie aber konnte sich vorstellen, was diese Drohung mit ihm machte. Sie spürte, das Gespräch war fast an seinem Ende angelangt. All ihr Mut war erforderlich, um eine letzte Frage zu stellen, die ihr auf der Seele brannte. »Bitte sagen Sie mir noch eines: Was wird aus meinen Pferden? Ich brauche Futter für sie, das mir bislang verwehrt wird.«

Der Colonel lehnte sich ein Stück vor, um seinen Worten Nachdruck zu verleihen.

»I am here for the people. They have priority for me. It's all about food, shelter and health.« Er sah Emilie drei Herzschläge lang tief in die Augen. »Although your horses are wonderful, Mrs Sommerroth, the care of animals is secondary to me and lagging behind the need of humans.« Sein Blick schweifte zurück zu Johann. »I expect you and your noble family to support these goals, Mr Sommerroth. Otherwise, your father's past may become a problem.«

»Er ist hier für die Menschen. Sie haben für ihn Vorrang. Die Versorgung von Tieren steht dem nach. Sie und Ihre Familie werden angehalten, die britischen Ziele zu unterstützen«, übersetzte Alan Smith. »Ansonsten …«

Johann unterbrach den Dolmetscher. »Ich habe verstanden. Wir werden Ihnen nicht im Wege stehen.«

Colonel Baker nahm das nickend zur Kenntnis.

Auch Emilie waren die feinen Untertöne und Drohungen nicht entgangen. Es war nun klar, wie die Briten vorzugehen gedachten. Erst kamen die Menschen und ihre Bedürfnisse, dann die Tiere. Johanns Familie konnte keine Sonderbehandlung erwarten, und ebenso wenig konnten es ihre Trakehner. Der Colonel würde die Zugehörigkeit Leopolds zur NSDAP als Trumpf in der Hand behalten, und so, wie sie den Mann einschätzte, hatte er keine Skrupel, diese Karte zu spielen.

Colonel Baker lehnte sich zurück und sprach selbst auf Deutsch. »Bitte gehen Sie jetzt. Ich habe viel zu tun.«

»Danke für Ihre Zeit«, verabschiedete sich Johann.

Emilie zwang sich zu einem Lächeln, obwohl das Gespräch ihr einen Kloß im Hals beschert hatte. Sie wusste nun, dass sie keine Unterstützung von den Briten zu erwarten hatte, wenn es um ihre Pferde ging.

Der Dolmetscher geleitete sie bis nach draußen, wo die Dämmerung bereits eingesetzt hatte. Auf der halbrunden Sandsteintreppe wandte er sich an sie. »Seien Sie versichert, Colonel Baker ist ein vernünftiger Mann. Er will das Beste für die Menschen hier, auch wenn das vielleicht nicht das Beste für die Familie von Sommerroth ist.« Alan Smith strich sich sein Haar an seinem Seitenscheitel entlang glatt und schob die Brille abermals die Nase hoch. »Ihnen einen schönen Abend. Vergessen Sie bitte nicht die Sperrstunde.« Kurz darauf wurde die Tür von ihm geschlossen.

»Sperrstunde …«, knurrte Johann. »Wie ungezogene Kinder, die Stubenarrest bekommen.«

Emilie schenkte ihm ein Lächeln. Auf der Allee angekommen wandte sie sich ihm zu, tat den letzten Schritt zwischen ihnen und legte ihre Hand auf sein Herz. »Wo kein Kläger, da kein Richter. Sollen sie doch versuchen, uns auf Ilsenhof zur Sperrstunde anzuhalten.«

Er grinste zurück. »Ein guter Grund, jetzt endlich die Pferde zu holen und den Haupthof zu verlassen.«

Emilie sah erleichtert zum See, in dem sich der nun tiefblaue Abendhimmel spiegelte. Fledermäuse zogen in schnellen Manövern durch die Luft. Das Zirpen der Grillen drang von den Weiden herbei. Es war so weit!

Johann folgte ihrem Blick über das Wasser. Doch seine Umarmung löste sich plötzlich.

Emilie wusste augenblicklich, warum. Eine dräuende grauweiße Wolke hob sich hinter dem See vom Dunkelblau des Himmels ab und quoll rasend schnell empor. »Was ist das?«, flüsterte Emilie.

Johann konnte nicht mehr antworten. Eine gewaltige Explosion folgte und gleich darauf eine Druckwelle, die einem die Luft aus den Lungen presste.

Emilie schrie auf. Instinktiv hielt sie sich die Arme über den Kopf. Von einem Augenblick zum anderen flogen Geschosse durch die Luft, die hörbar im Wasser landeten. Als sie sich wieder aufrichtete, offenbarte sich ihr die Katastrophe.

»Das Vorwerk …«, stieß Johann entsetzt aus.

Emilie sah eine gelb-orange Feuersäule aufsteigen – genau dort, wo Ilsenhofs Dächer waren.

In dieser Sekunde geriet Gut Sommerroth in Aufruhr. Unzählige Frauen, Greise und Soldaten stürmten ihnen entgegen Richtung See, wo sie besser sehen konnten. Sturmlaternen wurden entzündet. Die Motoren von Jeeps brummten auf. Und allmählich drang das Geschrei der Menschen zu ihnen herüber sowie der beißende Geruch alles fressender Flammen.

»Was … was war das?«, fragte Emilie Johann, der natürlich ebenfalls nur spekulieren konnte.

»Ich habe keine Ahnung. Eine unentdeckte Fliegerbombe vielleicht, die bei den Aufräumarbeiten detoniert ist. Ich muss sofort rüberfahren und den Schaden begutachten.«

Sie eilten gerade los, da öffnete sich die Tür der Schule.

Alan Smith stürmte heraus, dahinter der Colonel, dessen Blick auf Johann fiel. Er sagte etwas zu seinem Dolmetscher.

»Mr Sommerroth! Schnell«, rief dieser. »Der Colonel befiehlt Sie in seinen Wagen.«

Emilie sah die beiden Männer zu einem Jeep rennen. Ein Fahrer hatte die Türen bereits geöffnet.

Johann wandte sich ein letztes Mal Emilie zu. Er fasste sie an den Schultern. »Geh zurück ins Schloss. Was auch immer auf Ilsenhof passiert ist, es wird nicht lange dauern, bis die ersten Menschen mit ihren Tieren von dort hier ankommen. Einige werden verletzt sein. Ich bin sicher, es wird eine Weile lang Chaos auf Sommerroth ausbrechen. Ich will dich in Sicherheit wissen, bis sich die Lage beruhigt hat, hörst du?«

Nur einen Moment später drehte er sich um und raste ebenfalls zum Jeep. Die Türen waren kaum zugeschlagen, da trat der Fahrer aufs Gas. Seine schnelle Wendung schleuderte Sand und Kies von den Reifen durch die Luft.

Emilie blieb noch einige Sekunden lang stehen, wo sie war. Die Menschen von Sommerroth rannten scheinbar ohne Ziel umher. Johanns Worte hallten in ihrem Kopf nach. *Es wird eine Weile lang Chaos auf Sommerroth ausbrechen.* Wie von selbst griffen ihre Hände in die Falten ihres schweren schwarzen Rocks, um ihn ein Stück zu raffen. Sie hatte den Herrenhof gerade erreicht, da sah sie tatsächlich schon die ersten Menschen die Auffahrt hochlaufen. Ihr Anblick ließ Emilie in ihrer Bewegung erstarren. Manche von ihnen hatten rabenschwarze Gesichter. In ihren schreckgeweiteten Augen meinte Emilie, noch die Flammen der Explosion ausmachen zu können. Von dem Schock wie gelähmt presste sie sich an die kalte Mauer des Schlosses.

Plötzlich rannten die ersten Menschen los, um sich die wenigen noch freien Plätze im Inneren der Gebäude zu sichern. Panik brach aus. Eine Gegenbewegung aus englischen Soldaten stemmte sich brüllend und handgreiflich dagegen. Sie versuchten mit aller Kraft, die vor dem Feuer auf Ilsenhof Geflüchteten zu beruhigen, um sie sinnvoll und geordnet auf das Gut verteilen zu können.

Emilie erinnerte sich, was Johann von ihr gefordert hatte. Doch sie dachte gar nicht daran, sich feige im Schloss zu verstecken, während man hier jede helfende Hand gebrauchen konnte. So sammelte sie all ihren Mut und eilte zurück in die Menschenmenge. Kopflos liefen die Frauen und Kinder umher. Viele schrien und weinten.

Nur eine einzelne Greisin blickte in den Himmel. Emilie tat es ihr nach. Die Rauchsäule des Feuers war jetzt weithin zu sehen. In diesem Augenblick wurde ihr eines klar: Wären Johann und sie gleich am Morgen nach Ilsenhof umgezogen, hätte sie das vermutlich das Leben gekostet.

Kapitel 11

»This is bad, really bad«, hörte Johann Colonel Baker neben sich murmeln, als der Jeep gezwungenermaßen anhielt. Eine ganze Weile hatten sie versucht, auf der einzigen Zufahrtsstraße zum Vorwerk voranzukommen. Doch der Weg war verstopft. Alles Hupen blieb wirkungslos. »Forget it. We're stuck.«

Selbst Herr Smith vergaß sein papageienartiges Übersetzen bei dem furchtbaren Anblick, der sich ihnen hier bot. Mit offenem Mund besah er die unzähligen weinenden und verletzten Menschen, die ihnen entgegenströmten.

»Wir müssen laufen«, schloss Johann und stieg aus. Neben den drei Männern stemmte er sich gegen die Masse. Glimmendes Stroh schwebte überall durch den nun dunkelblauen Nachthimmel, was sich Johann zunächst nicht erklären konnte.

Als der Dreikanthof mit seinen zahlreichen Nebengebäuden schließlich vor seinen Augen erschien, fühlte er die glühende Hitze bereits aus der Entfernung auf seinem Gesicht. Meterhoch schlugen die Flammen aus dem großen Kornspeicher. Auch aus dem angrenzenden Inspektorhaus und dem größten Stallgebäude quoll dicker Rauch. Das Schreien der Kühe, die von den Flammen eingeschlossen waren und jetzt qualvoll verendeten, ließ Johanns Atem stocken. In seinen Ohren aber war noch ein anderes furchterregendes Geräusch, das sich nur mit einem Brüllen oder Fauchen vergleichen ließ. Johann wusste, es war die Stimme des Feuersturms!

»Go … look for … hurry up!«, hörte Johann Colonel Baker gegen den Lärm anrufen, der sofort daraufhin verschwand.

»Was hat er gesagt?«, wandte er sich gegen den Geräuschpegel anschreiend an Alan Smith.

»Sie sollen den Inspektor suchen und ihn zum Colonel bringen. Er will wissen, was hier passiert ist. Die Alten und Kinder müssen schnell evakuiert werden, die übrigen sollen eine Menschenkette mit Eimern zum See bilden, um vielleicht noch was zu retten.«

Johann nickte und rannte los gen Haupthaus, wo er Erwin Leonhardt vermutete. Vorbei an der Stellmacherei, aus deren Fenstern es bereits hellorange leuchtete, sowie dem lichterloh brennenden Taubenschlag. Zuckende Vögel mit versengten Federn fielen daraus zu Boden. Der Anblick brach ihm das Herz. Er kannte jeden einzelnen Stein des idyllischen Vorwerks und viele der Tiere und Menschen seit seiner Kindheit. Jetzt zeigte sich alles in schwarzen Rauch gehüllt, der in seinen Augen brannte und in der Nase stach. Hustend eilte er durch die Flut panischer Menschen, die in die entgegengesetzte Richtung strömten. Ihre rußverschmierten Gesichter waren für Johann bloß schemenhaft zu erkennen. Von überall her wurden Befehle gebrüllt. Unentwegt traf ihn glühendes Stroh, das auf der Haut brannte wie die tückischen Tentakel der Feuerqualle in der Ostsee.

Er hatte den Schweinestall neben sich beinahe passiert und konnte das Haupthaus vor sich sehen, dessen baufälliges Dach wohl unter dem Druck der Explosion eingestürzt war, da brachte die Gluthitze im Inneren des Stalls die Fensterscheiben mit einem lauten Knall zum Bersten. Splitter flogen durch die Luft. Die Menschen um ihn herum schrien auf und rannten durcheinander. Viel zu spät riss Johann die Arme hoch und spürte einen schneidenden Schmerz auf seiner Stirn. Kurz danach lief es ihm heiß über das Gesicht, doch er konnte sich nicht um seine Wunde kümmern. Nachlässig wischte er sich das Blut mit dem Ärmel ab, als plötzlich aus den nun fensterlosen Öffnungen des Stallgebäudes entsetzliche Schreie zu ihm drangen.

Trotz der alles versengenden Hitze sah Johann hinein und entdeckte Erwin Leonhardt, der offenbar ein paar letzte Tiere hatte befreien wollen. Ein angeborenes Leiden, das ihn humpeln ließ, machte ihn trotz der Umstände unverkennbar. Wild schlug der Mann um sich. Seine Kleidung hatte bereits Feuer gefangen.

»Leonhardt!«, brüllte Johann aus Leibeskräften ins Innere. »Hinlegen! Auf den Boden legen!«

Der Inspektor konnte ihn nicht hören. Seine Schreie wurden lauter und schriller. Er war von den Flammen eingeschlossen.

Johann rannte los zum Tor auf der Stirnseite des Hauses. Einem Instinkt folgend, griff er nach der glühend heißen Klinke, die augenblicklich die Haut seiner Hand versengte. Johann schrie auf und umkrallte sein Handgelenk. Gleichzeitig fixierte er die Tür im Torflügel. Kurz entschlossen nahm er Anlauf und trat mit voller Wucht gegen das Holz. Einmal, zweimal. Er hatte bald so oft getreten, dass sein Fuß schmerzte. Dann endlich brach die Tür aus den Angeln.

Seine Mühe war vergebens. Ebenso wie aus den meisten Fenstern schlugen jetzt auch hier die Flammen heraus. Der Schreck schleuderte Johann zu Boden. Verzweiflung und Wut ließen ihn aufschreien. Er stand auf und raste weiter zur nächsten Seite der Stallung, dort erkannte er, dass es zu spät war.

Erwin Leonhardt brannte bereits lichterloh. Der Mann sank auf die Knie. Unaufhörlich gellten die Schreie, die nichts Menschliches mehr an sich hatten. Bis er vornüberfiel und sich nicht mehr regte. Zum Geruch des verkohlten Holzes auf dem Hof kam nun der süßliche Gestank des Todes.

Johann musste sich abwenden und übergab sich an Ort und Stelle.

***

Emilie rannte durch einen grauen Nebel zur Pappelallee. Die Luft war von dem Großbrand mittlerweile schmutzig grau, sodass man hätte annehmen können, es nebelte. Sie wollte irgendwo helfen, doch die Lage war unübersichtlich und die Geräusche und Gerüche drangen ihr so tief ins Mark, dass ihr das Denken schwerfiel.

Alte, Frauen und Kinder fluteten den Hof auf der Suche nach Unterschlupf und Hilfe. Soldaten brüllten. Bald war das Gedränge dermaßen eng, dass sie ihren Schritt verlangsamen musste. Ruckartig ging ihr Blick zwischen den fremden Gesichtern hin und her. Durch Ruß und Blut waren manche von ihnen zu Fratzen geworden. Emilie sah schlimme Schnittwunden und Verbrennungen. Pausenlos wurde sie von allen Seiten angerempelt, bis sie sich fühlte wie ein bloßes Blatt auf hoher See. Dabei wurde ihr eines klar: Sie hatte unterschätzt, was der erneute Anblick von Flüchtenden und Verletzten mit ihr machte. Ihr Herz zog sich schmerzhaft zusammen. Die jüngst erfahrene vermeintliche Sicherheit durch das Kriegsende entpuppte sich als bloßer Schein. Alles konnte jederzeit wieder wie ein Kartenhaus in sich zusammenbrechen. Mit jedem

Schritt wurde ihr schwindeliger und die Kraft aus ihren Beinen schwand.

Gerade, als sie drohte, die Besinnung zu verlieren, packte jemand ihre Schultern von hinten und bestimmte: »Wir müssen raus aus der Menge.«

Emilie wusste, es war Krzysztof.

»Aber wohin nur?«, erscholl jetzt Lenchens Stimme wie aus dem Nichts.

Emilie spürte ein Pochen im Kopf, doch die starken Hände von Krzysztof gaben ihr allmählich wieder Halt. Seine tiefe Stimme mit dem polnischen Akzent drang zu ihr durch.

»Sehen Sie, Frau Emilie. Dort drüben ist die Mamsell.«

Emilies Blick irrte nach links zu den Nissenhütten, die auf einer der nördlichen Weiden standen. Der Platz davor schien gerade zu einer Art Hauptverbandsplatz umfunktioniert zu werden, wo einige Frauen den Verletzten Anweisungen erteilten und ihre Wunden verbanden. Nur einen Moment später ließ Emilie sich treiben von der wogenden Menge und von Krzysztof, der von hinten schob. Bei den Hütten angekommen, rief sie: »Mamsell Seidler!«

Die blonde Frau schaute auf und wischte sich gleichzeitig den Schweiß von der Stirn, was die Rußpartikel auf ihrem Gesicht in Streifen verschmierte. Ihr ungläubiger Blick heftete sich auf Emilie. »Gnädige Frau, was tun Sie hier? Gehen Sie schnell zurück ins Schloss. Die Lage ist …«

»Können wir irgendwie helfen?«, unterbrach Emilie sie und ignorierte ihren Ratschlag. Jetzt wies sie auf den Stapel Laken, den die Mamsell gerade in Streifen riss. »Ich bin keine Krankenschwester. Aber wenn mich jemand anweist, kann ich die Verletzten mitversorgen.«

Die Mamsell schien für einen Atemzug lang zu erstaunt, um zu antworten.

Lenchen trat vor. »Sprechen Sie schon, Mamsell. Was ist zu tun? Sie brauchen doch Hilfe!«

Ein Ruck ging durch sie. »Ja, allerdings«, stieß sie jetzt erleichtert aus. »Heißes Wasser aus der Küche wird dringend benötigt. Liesel ist mittlerweile eine Ewigkeit fort.«

»Ich werde nachsehen«, erklärte Lenchen entschlossen, krempelte die Ärmel hoch und verschwand.

An Krzysztof gewandt sagte die Mamsell: »Wir müssen die Schwerverletzten von den Leichtverletzten trennen. Die einen in die rechten Hütten, die anderen nach links. Hilf denen, die nur schlecht laufen können.«

Er nickte und verschwand ebenfalls.

Emilie blieb als Letzte zurück. Sie vermutete, die Mamsell hatte Skrupel, einem Mitglied der Sommerroths Anweisungen zu erteilen. Aber für Zurückhaltung und Charlottes erzwungenen Standesdünkel war jetzt nicht der richtige Zeitpunkt. »Nun geben Sie mir schon eine Aufgabe. Ich kann hart anpacken.«

»Helfen Sie ihr, gnädige Frau.« Sie zeigte auf eine große schlanke Gestalt mit auf dem Rücken gekreuzter Schwesternschürze. Die Frau war gerade dabei, eine Schnittwunde am Arm einer Greisin zu betrachten. Die Verletzte war blass und blutüberströmt.

Emilie bekam einen Stapel Laken in den Arm gedrückt. Kurz darauf lief sie damit zu der Krankenschwester. »Wie mache ich es richtig?«

»Wir brauchen lange Streifen«, sagte die Frau, ohne aufzusehen.

»Edith!«, stieß Emilie nach einem Seitenblick aus.

»Emilie!«, antwortete Ottos Frau.

Zig Fragen standen plötzlich zwischen ihnen, doch jetzt war nicht der richtige Moment dafür.

»Wie gesagt, lange Streifen«, wies Edith sie an. »Einen Teil des Stoffs faltest du mehrmals und legst ihn auf die Wunde.

Mit dem Rest verbindest du den Arm. Schön fest, damit Druck aufgebaut und die Blutung gestoppt wird, ja?«

»Verstanden«, bejahte Emilie, krallte ihre Finger in eines der Laken und riss.

»Gut, ich kümmere mich um die Brandwunden, du um die Schnitte. Es wird nach Dringlichkeit entschieden, nicht nach Ankunft.« Kaum waren diese Worte ausgesprochen, kam Krzysztof ihnen entgegen. Er zerrte einen stöhnenden Mann aus der Menge, dessen Haare komplett versengt waren. Seine Kopfhaut glänzte blutig rot und schwarz.

Edith eilte an die freie Seite des Verletzten und legte sich dessen Arm um die Schultern. Er schien halb ohnmächtig zu sein, denn sie und Krzysztof trugen ihn mehr, als dass sie ihn stützten. »In diese Hütte dort«, sagte sie bestimmt. »Wir legen ihn hin, wo Platz ist.«

Von da an wurde nur noch das Nötigste gesprochen. Die Luft war erfüllt von den Schreien der Verletzten und dem Weinen der übrigen.

Emilies Finger arbeiteten von allein, während ihre Gedanken zum Vorwerk glitten. Bislang wusste sie nicht, was genau geschehen war, aber das Ausmaß der Verletzungen verschaffte ihr eine Ahnung. Wie schlimm mussten die Zustände erst auf Ilsenhof sein, wenn hier bereits die Hölle ausbrach? Emilies Sorge um Johann wuchs mit jedem Moment. Sie befürchtete, sein Gesicht unter den Verletzten zu erblicken – immer dann, wenn sie eine Wunde versorgt hatte und sich die nächste ausguckte. Doch er war zum Glück nicht dabei, und irgendwann gelang es ihr, das Gefühl von sich zu schieben. Emilie brauchte ohnehin all ihre Aufmerksamkeit für die Verwundeten, die manches Mal wirres Zeug redeten, von Feuer, das glühend und glimmend in der Luft schwebte.

Hinter der grauen Rußwolke, die über Sommerroth zu stehen schien, schimmerte irgendwann die helle Mondscheibe im Zenit. Stunden mussten vergangen sein, da fiel Emilies Augenmerk auf den Hof. Die Scheinwerfer dreier Jeeps leuchteten auf. Die britischen Soldaten waren augenscheinlich zurück vom Vorwerk. Um sie herum strömten weitere Menschen herbei, aber die Verletzten unter ihnen schienen weniger zu werden. Emilie richtete sich deshalb auf, rieb sich die wunden Knie und streckte den schmerzenden Rücken. Dabei entdeckte sie Lenchen und Liesel, die zum ungezählten Mal zwei volle Eimer mit heißem Wasser brachten. Ihre Bewegungen waren mittlerweile steif vor Anstrengung. Ungelenk stellten sie ihre schwere Last bei der Mamsell ab. Auf ihren Gesichtern glänzte der Schweiß.

»Ich glaube, es ist genug jetzt«, hörte Emilie die Mamsell sagen, als sie sich zu den Frauen gesellte.

Auch Edith kam hinzu. Ihre Schwesternschürze war blutgetränkt. Sie hatte sich bis zu diesem Augenblick stark und konzentriert gezeigt. Jetzt fiel diese Haltung mit einem Schlag von ihr ab. Sie hob ihre Hände, an denen das geronnene Blut und die verkohlte Haut vieler verschiedener Menschen klebte. Ihre Augen weiteten sich, als würde sie erst in diesem Moment ganz verstehen.

Emilie nahm wahr, wie sie Stück für Stück die Fassung verlor. Schnell eilte sie zu ihr. »Ist schon gut. Wir waschen es ab.« Sie nahm eines der Laken zur Hand und tauchte es in das dampfende Wasser.

Die Unterlippe ihrer Schwägerin begann zu zittern. Sie stieß ein Wimmern aus, das ängstlich und verzweifelt klang.

»Lenchen, hilf mir«, verlangte Emilie.

Sie kam sofort herbei und stellte sich hinter die Frau, deren Knie mittlerweile stark zitterten.

Hastig wusch Emilie ihr die Arme und die Finger. Das rote, festgetrocknete Blut wurde wieder flüssig und rann jetzt in kleinen Bächen über die Haut.

Für Edith war der Anblick wohl zu viel. Sie begann zu schreien und sank zu Boden in die blutrote Pfütze. Ohne nachzudenken, stieß sie ihre Arme in das viel zu heiße Wasser. »Wascht es ab! Schnell! Wascht es ab. Ich will es loswerden!«

»Nicht!« Emilie zog ihre Arme wieder aus dem Eimer. »Es ist zu heiß. Du verbrennst dich noch.«

»Lass mich. Lass mich …« Edith hörte nicht zu und kämpfte wie von Sinnen gegen Emilies Hände an. Ein regelrechtes Gerangel entstand. »Nein, nein. Ich will es abwaschen …«

Die Mamsell und Liesel eilten hinzu, doch Emilie war schneller. Sie wusste sich bloß noch auf eine Weise zu helfen. Mit aller Kraft schlang sie die Arme um Edith und hielt sie ganz fest. »Ist schon gut, pscht, pscht! Beruhige dich. Es ist vorbei.«

Es dauerte nicht lang, da hörte die Gegenwehr auf und verwandelte sich in ein bitterliches Schluchzen. Weinend drückte sie sich an Emilies Schulter. Sie blieben einfach so sitzen und trösteten sich gegenseitig.

Eine ganze Weile war vergangen. Um sie herum wurden die Geräusche leiser. Obwohl Emilie die Augen bis jetzt geschlossen gehalten hatte, spürte sie Johanns Gegenwart wie die wohlige Wärme einer weichen Daunendecke. Sie sah auf. Zwischen den mächtigen Bäumen der Pappelallee, die nach wie vor von den Jeeps beleuchtet wurde, entdeckte sie seine Umrisse.

Emilie befreite sich sanft aus der Umarmung und übergab Edith stumm an Lenchen. Sie lief los – zunächst langsam, dann immer schneller. Ihre Hand fuhr von selbst zu ihren Lippen und presste sich darauf, während die Tränen der Erleichterung über sie kamen. Erst jetzt merkte sie, wie groß die Angst um ihren Mann in Wahrheit gewesen war. Außer einer Stirnwunde schien er glücklicherweise unverletzt zu sein. »Du bist wieder da. Ich war so in Sorge!«

Johann schloss sie fest in seine Arme. Seine Stimme war rau und voller Bedauern. »Ich konnte Ilsenhof nicht retten, Emilie. Unser Hof ist zerstört. Bitte verzeih mir!«

***

Der Salon war verraucht und roch nach Feuer. Irgendwer hatte vergessen, die Fenster zu schließen, jetzt hing der graue Dunst wie ein Mahnmal im Haus. Emilie wurde übel davon, doch es gab kein Entrinnen. Sie sah zu Charlotte, die auf einem Lehnstuhl Platz nahm, der ihr von Otto zurechtgerückt wurde. Edith lag auf einer Chaiselongue – unter ihren Füßen ein Berg aus roten Kissen. Ihr Gesicht war blass, die Stirn bedeckt von einem feuchten Lappen.

Emilie zog es vor zu stehen. Sie hielt sich an dem Wasserglas in ihren Händen fest. Dabei bemerkte sie ihre mal wieder schmutzigen Fingernägel, die nach dem stundenlangen Versorgen der Verletzten trotz mehrmaligen Waschens nicht ganz sauber geworden waren. Es war lächerlich, nach dem Erlebten überhaupt darüber nachzudenken, dennoch spürte sie, wie Charlotte sie betrachtete. In ihrem Gesicht zeichnete sich Abscheu ab – so, als wäre es selbst in dieser Situation noch von Bedeutung, dass ihr Aussehen tadellos war. Emilie lag etwas Unchristliches auf den Lippen. Zum Glück kam Johann jetzt an ihre Seite und durchbrach damit ihre aufsteigende Wut.

Sein inniger Blick galt für einen Moment ausschließlich ihr. Sie fühlte seinen starken Arm um ihre Taille. Wortlos schien er sich nach ihrem Befinden zu erkunden und dabei völlig außer Acht zu lassen, dass er es war, der eine Verletzung davongetragen hatte. Seine Stirnwunde war mit einem nachlässig gebundenen Verband bedeckt, über den seine blonden Haarsträhnen fielen. Sie schien noch immer leicht zu bluten, wovon ein kleiner roter Fleck zeugte.

»Johann«, ergriff Charlotte das Wort. »Berichte uns von der Situation auf Ilsenhof. Ich hörte, es war ein Blindgänger, der durch Aufräumarbeiten gezündet wurde. Stimmt das?«

»Ja«, antwortete er und drehte sich um. »Vielleicht sogar zwei, wenn man das Ausmaß der Zerstörung betrachtet. Sie müssen bei dem großen Fliegerangriff im Winter unentdeckt geblieben worden sein und lagen seitdem unter Bergen von Raufutter. Dieser Umstand hat die Katastrophe erst recht verschlimmert. Das Stroh wurde durch die Explosion schlagartig entzündet und ist in brennenden Büscheln auf dem ganzen Vorwerk verteilt worden. So hat es weitere Brände verursacht. Eine Kettenreaktion.«

»Wie viel ist zerstört?«, wollte Otto wissen.

»So gut wie das gesamte Vorwerk. Zuerst ist der große Kornspeicher bis auf die Grundmauern niedergebrannt. Dann das Inspektorhaus, die Schmiede, der Kuhstall … Das Feuer war trotz aller Bemühungen nicht in den Griff zu bekommen. Die Flammen sind von einem Gebäude zum nächsten übergesprungen. Auch unser Familienarchiv mit allen Dokumenten und Urkunden ist vernichtet.«

»Herrgott im Himmel«, stöhnte Charlotte auf.

»Hat es Tote gegeben?«, erkundigte sich Otto.

»Ja, auf der Seite der Flüchtlinge und bei unseren Leuten – unter anderem Erwin Leonhardt.«

»Also ist es wahr. Ich hörte bereits Gerüchte darüber.« Charlotte schüttelte den Kopf. »Gott sei seiner Seele gnädig. Wir müssen uns um Helga kümmern. Am besten zieht sie zu uns ins Schloss.«

Emilie erkannte echtes Bedauern und wahre Anteilnahme im Gesicht ihrer Schwiegermutter. Ihre Worte über die Frau des Verstorbenen bestätigten das auch noch. Es wirkte befremdlich auf sie, als hätte Charlotte sich eine Maske übergezogen. Und doch gab es ihr auch einen Funken Hoffnung. Sie war offenbar zu Mitgefühl fähig.

Ottos Miene hingegen war versteinert. Seine Finger hatten die runden Enden seiner Armlehnen fest umfasst. »Ilsenhof ist also unbewohnbar. Nun, das wirft Fragen auf«, begann er. »Zum Beispiel jene, was jetzt mit dir passiert, Bruder. Du hast ja wohl kaum vor, trotzdem hierzubleiben, oder?«

Johanns Haltung veränderte sich. Es waren nur winzige Regungen, doch Emilie sah, wie er das Kinn etwas reckte und sich breitbeiniger aufstellte. In seinen Augen funkelte der blanke Hass.

»Wenn es dir nicht allzu ungelegen kommt, werden Emilie und ich nun tatsächlich mit Sommerroths Herrenhof vorliebnehmen.« Er zeigte nach Süden. »Ilsenhof stößt schließlich noch immer schwarze Rauchwolken aus, wie dir wohl kaum entgangen sein wird.«

»So haben wir uns aber nicht geeinigt«, grollte Otto.

Charlotte schüttelte den Kopf in kurzen Bewegungen, als hätte sie sich bloß verhört. »Was willst du damit sagen?«

»Ganz einfach, Mutter.« Er lehnte sich nun vor, ohne den Blick von Johann zu nehmen. »Es hieß: Ilsenhof. Vom Haupthof war nie die Rede.«

»Das kann nicht dein Ernst sein. Es ist doch nicht Johanns Verschulden, was heute geschehen ist.«

Emilie bemerkte, dass ihr eigener Name nie genannt wurde. Als wäre sie unsichtbar. Niemanden schien es zu interessieren, wo sie verblieb.

»Nenn es von mir aus Schicksal, Mutter«, sagte er und rang die Hände. »Aber die Abmachung von gestern ist Geschichte.« Otto sah wieder zu seinem Bruder. »Du lebst entweder in den Ruinen des Ilsenhofs oder du wirst verschwinden. Das ist mein letztes …«

Johann unterbrach ihn. »Spar dir deine Drohungen. Ich lasse mich von dir nicht provozieren. Das Vorwerk ist unbewohnbar. Und im Übrigen kommt es wohl kaum darauf an, ob ich und Emilie bleiben, bei den Massen, die gerade den Gutshof stürmen.«

»Diese Menschen werden über kurz oder lang woanders hin verteilt werden«, erklärte Otto überzeugt.

»Hochinteressant, was du so zu wissen meinst, obwohl du dich heute auf Fliedertal verkrochen hast, anstatt zu helfen. Ich hingegen war an der Seite von Colonel Baker, als er angeordnet hat, dass wir auf Sommerroth zusammenrücken sollen. Keiner wird abgewiesen. Das Gut wird so oder so brechend voll werden – und das für eine lange Zeit!«

»Was? Wie voll denn noch?«, platzte es ungehalten aus Charlotte heraus. »Sollen wir die Menschen in den Scheunen stapeln? Du musst mit ihm reden, Johann.«

»Das ist zwecklos. Er hat es überaus ernst gemeint. Und um das zu bekräftigen, hat er sogar unsere Kapelle den Schweinen von Ilsenhof überlassen.«

Charlotte schnappte entsetzt nach Luft. »Das … das ist unerhört«, rief sie. »Es gibt doch auch noch andere Güter in Schleswig-Holstein, nicht nur Sommerroth. Wir können sie nicht alle aufnehmen.«

»Es ist überall voll, Mutter. Und der Menschenstrom reißt noch lange nicht ab. Wir müssen uns den Problemen stellen, die sich daraus ergeben. Bald kommt der Herbst mit seinem Regen. Und dann kommt der Winter. Tausende werden frieren und durch den Verlust von Ilsenhof haben wir weder genug Nahrung noch genug Futter für alle Menschen und Tiere. Der Kornspeicher ist weg, die Heu- und Strohballen sind verbrannt. Unsere Konten sind festgesetzt.« Er machte eine bedeutungsschwere Pause. »Glaubt mir, ich habe die Kriegsnot in Ostpreußen mit eigenen Augen gesehen. Dieses Leid wird nun auch hierherkommen. Aber es gibt einen Weg, um zumindest etwas davon abzuwenden. Sommerroth und Fliedertal müssen zusammenhalten.« Er sah nun Otto an. »Auch die Vorräte von deinem Vorwerk müssen verteilt werden.«

»Ausgeschlossen!«, donnerte Otto los. »Das Futter gehört meinen Tieren. Bist du etwa auf der Seite der Engländer? Und du nennst dich Sommerroth-Erbe.«

Johann schüttelte fassungslos den Kopf. »Du verstehst es immer noch nicht, oder? Die Briten haben hier das Sagen! Vielleicht wirst du Fliedertal nicht mal behalten können, wenn die drohende Bodenreform wirklich beschlossen wird, um den Geflüchteten Land zuzusprechen. Vielen Gutsbesitzern droht die Enteignung von Grundbesitz ab hundert Hektar.«

»Und was sollen wir deiner Meinung nach tun?«, fragte Charlotte jetzt schrill.

»Möglicherweise wäre es klug, uns schon jetzt zu überlegen, welchen Teil von Sommerroth wir abgeben. Einige Gutsbesitzer schließen sich bereits zusammen und bieten freiwillig Land zur Aufsiedelung an. So könnten wir wenigstens verhindern, dass uns ausgerechnet die Felder und Weiden nahe dem Haupthaus genommen werden.«

»Du Verräter!«, donnerte Otto. »Das werde ich nicht zulassen. Der Grund und Boden gehört unserer Familie seit Jahrhunderten. Allein das Abwägen darüber empfinde ich als Frevel. Vater würde genauso denken, wäre er hier. Genau deswegen hat er dich nicht geachtet.« Ottos verächtlicher Blick glitt an seinem Bruder auf und ab. »Du hättest der Familie einen besseren Dienst erwiesen, wärst du an der Front gefallen.«

»Schweig, Otto!«, schrie Charlotte jetzt auf.

Johann schnellte vor und packte seinen Bruder, der ebenfalls aufgesprungen war, am Kragen. »Sag das noch mal.«

Charlotte hing an den Armen ihrer Söhne. »Lasst einander los. Sofort!«

Emilie war zu Edith geeilt, die sich schlagartig aufgesetzt hatte.

Im selben Augenblick lösten sich Johanns Fäuste plötzlich. »Du bist es nicht wert, dass meine Frau mich derart sieht. Zum Teufel mit dir und Fliedertal, Otto!« Er spuckte vor seinem Bruder aus.

Nur einen Augenblick darauf sah Emilie Johann auf sich zukommen. Er nahm ihre Hand und zog sie hinaus aus dem Salon bis zum Herrenhof. Hier passierten sie die Remise und liefen weiter in die Dunkelheit hinein. Vor ihnen erschien die Burgruine – der wohl einzige Ort auf dem Gut, wo sie noch alleine sein konnten. Hier, bei den uralten Mauern, die das Mondlicht blass anleuchtete, forderte Emilie: »Johann, halt an.«

Er ließ tatsächlich ihre Hand los. Seine Arme stemmten sich gegen die rauen Steine und schlossen Emilie dazwischen ein. Das Mondlicht erhellte sein Gesicht von einer Seite, während er sie eindringlich, aber wortlos betrachtete.

»Was hat Otto eben gemeint, als er sagte, dass dein Vater dich nicht geachtet hat? Und gestern, als er dich am Tisch Charlottes Lieblingskind nannte?«

»Die Wahrheit ist schlicht, Emilie. So, wie Vater stets Otto mehr zugetan war und daraus nie ein Geheimnis gemacht hat, galt die Liebe unserer Mutter einzig und allein mir. Weder Otto noch ich sind je gut damit klargekommen und kämpfen wohl auf eine Weise noch immer um die Gunst des anderen Elternteils. Es ist wie ein Fluch.«

Emilie runzelte die Stirn. »Warum hast du mir das nie gesagt?«

»Es gehörte nicht gerade zu meinen liebsten Familiengeschichten«, antwortete er bitter. »Aber es wird Zeit, diesen ewigen giftigen Kreislauf zu durchbrechen. Mein Vater hat mit seinem Brief den Anfang gemacht und ich darf das nicht durch die Umstände im Sande verlaufen lassen.«

»Was hast du vor, Johann?«, fragte sie Unheil witternd.

»Mir wird nicht viel anderes übrig bleiben als eines.«

Emilie wusste plötzlich, was er sagen würde. Sie wollte es nicht hören. »Nein, Johann!«

»Versteh doch, ich muss Vater finden. Nur wenn er lebt, kann er den Zeilen seines Briefs Taten folgen lassen.«

Sie schüttelte den Kopf. »Lass mich nicht allein hier auf Sommerroth zurück, mit deiner Mutter und Otto. Sie wollen mich hier nicht. Ohne dich bin ich ...«

»Du musst jetzt stark sein, Emilie. Es wird bestimmt nicht lange sein. Vielleicht nur wenige Tage.«

»Und wenn nicht?« Emilie hörte selbst, wie verzweifelt sie klang, als ihr eine Erkenntnis kam. »Dein Vater ...«, hauchte sie. »Es geht gar nicht vorrangig um Sommerroth oder Ilsenhof oder uns! Und heute Morgen, bei dem Gespräch mit Colonel Baker, da ging es auch nicht in erster Linie um Otto. Es ging um deinen Vater.«

Johann richtete sich auf.

»Du willst zu ihm gehen, um von ihm zu hören, dass er dich endlich akzeptiert.«

Johann verneinte weder, noch bejahte er.

Emilie wollte protestieren und darauf bestehen, dass er sie und die Pferde nicht hier ihrem Schicksal überließ. Doch sie spürte, er musste gehen. Dabei drehte es sich gleichermaßen um den Frieden auf Sommerroth sowie um den Frieden in seinem Herzen.

»Bitte, Emilie. Ich warte schon so lange darauf«, flehte er geradezu um ihre Zustimmung. »So kann es nicht weitergehen. Das alles muss eines Tages ein Ende haben, wenn wir und unsere Nachkommen jemals in Frieden leben wollen.«

»Dann geh«, hauchte sie tonlos, und konnte selbst nicht glauben, dass sie das sagte. Stumm ließ sie sich in seine Arme schließen.

»Danke!« Er küsste ihre Stirn. »Ich gehe noch diese Nacht los und nutze das Chaos auf dem Gut. Ohne Passierschein wird es schwer für mich werden, bis nach Kiel zu kommen, aber ich werde es schaffen, Emilie. Für Sommerroth, für uns.« Er küsste sie ein letztes Mal. »Ich liebe dich!«

»Ich liebe dich auch.« Sie sah ihn in der Dunkelheit verschwinden.

Gut Sommerroth

Heute

Emilies Zeitreise

Kapitel 12

»Schon sechs nach zehn«, murmelte Marisa bissig vor sich hin und starrte auf ihren Laptop, der aufgeklappt am Kopf des Konferenztisches stand. Sie fand sich selbst fürchterlich in solchen Momenten, aber ihr Gute-Laune-Barometer sank unweigerlich, denn es hing untrennbar mit ihrem Pünktlichkeitsbarometer zusammen.

Babette, die hinter ihr stand, legte ihr die Hand auf die Schulter. »Nur Geduld, er ruft bestimmt gleich an.«

Marisa hielt lieber den Mund. Dabei war es kein Geheimnis, dass sie unfreiwillig hier saß. Wenngleich sie mittlerweile akzeptierte, dass der verrückte Plan von Mark theoretisch gelingen konnte. Dennoch blieb das bittere Gefühl, ihr unverschuldet in Not geratenes Unternehmen nur dann retten zu können, wenn sie es unter Wert verscherbelte.

Obwohl das Büro ihres Vaters voll war wie sonst selten, hörte man keinen Laut. Alle Gutshofmitarbeiter waren gekommen, um den Pre-Production-Videocall mitzuerleben. Marisa konnte ihre gespannten Gesichter auf dem schwarzen Bildschirm ihres Laptops sehen. Die Nachricht, dass *Litienne* – wie die beiden Verliebten in einer kitschigen Wortverschmelzung bereits genannt wurden – hier heiraten wollten, hatte die meisten in absolute Begeisterung versetzt. Besonders Beeke, die Auszubildende, war dermaßen ausgeflippt, dass Marisa ihr beinahe eine Tüte zum Reinatmen gereicht hätte. Sie schien Lilith Davies' größter Fan zu sein.

Plötzlich klingelte das Telefon, gleichzeitig erhellte sich der Bildschirm ihres Laptops.

»Nimm schon ab«, drängte Beeke ungehalten und biss sich nervös auf ihre Fingerkuppen.

Marisa tippte auf das Display ihres Handys, woraufhin sich ein Fenster auf dem Laptop öffnete. Sie sah das fast lebensgroße Gesicht des Mannes, der sich per E-Mail bereits als Produktionsleiter vorgestellt hatte. Wuschelige Haare, runde blaue Augen mit Tränensäcken, Dreitagebart. Die Lichtquelle kam von der Seite und war wenig schmeichelhaft.

»Guten Tag, Herr Benzo. Ich habe schon auf Ihren Anruf gewartet«, begrüßte Marisa ihn und registrierte selbst die unterschwellige Spitze, die sie losließ, weil es mittlerweile neun nach zehn war. Sie beschwor sich selbst, endlich damit aufzuhören, sich wie ein Spießer zu benehmen. Er verdiente eine Chance.

»Guten Tag, Frau von Sommerroth-Landau. Sagen Sie, wie ist die korrekte Anrede? Fürstin? Gräfin? Mylady?«

Schlechter Anfang, dachte Marisa sofort und verwarf ihren guten Vorsatz fast wieder. »Nichts von alledem. Einfach nur Marisa Sommerroth. Ich verwende den ehemaligen Adelstitel meiner Familie für gewöhnlich nicht.« Im Augenwinkel erkannte sie, wie Caroline genervt und wenig heimlich die Augen rollte. Es wusste ohnehin jeder im Raum, dass sie am liebsten ein Doppel-Von im Namen verwenden würde.

»Ich verstehe ...«, antwortete ihr Gegenüber und klang etwas irritiert. »Aber für die Aufnahmen später wäre er trotzdem wichtig. Die Zuschauer lieben die Welt des Adels. Könnten Sie eine Ausnahme für die Dreharbeiten machen?«

»Na schön, in diesem Fall wäre Marisa Freifrau von Sommerroth-Landau oder Marisa Baronin von Sommerroth-Landau korrekt.«

»Hervorragend«, antwortete er sichtlich zufrieden und machte sich eine Notiz, wobei er eine kahler werdende Stelle auf dem Kopf in die Kamera hielt. »Dann ganz offiziell: Herzlich willkommen zu unserem Pre-Production-Call, Baronin. Ich habe das Vergnügen, Sie heute über den aktuellen Stand des laufenden TV-Projekts aufklären zu dürfen, von dem ich der Produktionsleiter bin. Sie können sich meine Position grob als Schnittstelle zwischen den kreativen Köpfen und der wirtschaftlichen Seite der Produktion vorstellen. Zum einen bin ich also ständig vor Ort und überwache den Dreh, zum anderen passe ich auf, dass die Ziele des Senders eingehalten werden. Können Sie mir folgen?«

»Ja, danke für diese Erklärung.«

Carsten Benzo lächelte und nickte. »Sehr schön. Haben Sie bereits Erfahrung im Bereich Dreharbeiten für Film und Fernsehen?«

»Nein, so gut wie keine. Vor zwei Jahren wurde von einem Lokalsender mal eine kleine Reportage über Gutshöfe in der Umgebung gedreht. Dazu kam bloß ein einzelner Kameramann mit einem Reporter für eine Stunde zu uns. Das war's.«

»Nun …«, kommentierte Benzo lachend. »Insofern verspreche ich Ihnen, Sie werden erstaunt sein. Diese Produktion ist um einiges größer. Das Endergebnis wird eine Miniserie über sechs Folgen sein, von denen die letzte und wichtigste auf Sommerroth spielen wird. Das Ganze wird zur besten Sendezeit ausgestrahlt werden. Also eine große Sache und sicher eine fantastische Werbung für Gut Sommerroth.«

Marisa beherrschte ihre Gesichtszüge, denn ihr Hintergrundwissen über die eigentlichen Umstände stellte alles in ein anderes Licht. Ganz offensichtlich wollte er nicht über

den großen rosa Lilith-Elefanten im Raum sprechen. Marisa spielte mit, denn schließlich gab es auch auf ihrer Seite eine Sache, die sie weder vor noch hinter der Kamera zum Thema machen würde: ihren aktuellen Beziehungsstatus zu Mark.
»Es ist wirklich eine große Ehre, dass dieses Fernsehereignis hier stattfinden soll. Wie genau darf ich mir die strategischen Abläufe vorstellen?«

»Nun, üblicherweise sieht eine Fernsehproduktion zunächst die Projektentwicklung vor. Es werden Konzepte geschrieben und man spricht über Geld. Dann kommt die Vorproduktion, wo eine Zeitplanung entsteht und notwendige Dinge beschafft werden. Erst darauf beginnt der Dreh und schließlich folgt die Postproduktion, also Schnitt, Ton und so weiter. Aber wie Sie ja wissen, sind wir bereits mitten im Dreh, weshalb einige Punkte schon passiert sind. Wir steigen also gewissermaßen in der Mitte ein und sind durch die erneute Locationsuche dennoch irgendwie am Anfang.« Sein Gesicht bekam augenblicklich einen gestressten Ausdruck. »Es ist verwirrend, ich weiß.«

»Ich verstehe trotzdem«, ließ Marisa ihn wissen.

»Gut. Das ist gut … Ich will ganz ehrlich zu Ihnen sein. Der Sender ist mittlerweile ungeduldig und macht ordentlich Druck, weshalb vor Ort alles klappen muss. Durch die Hindernisse, wie ich es mal vorsichtig formuliere, sind wir mit vielen Aufnahmen laut Storyboard bereits im Verzug.«

»Storyboard? Entschuldigen Sie, aber ich bin leider nicht so bewandert in dieser Filmsprache.«

»Das ist eine Art Comicstrip, der die Szenen- und Handlungswechsel zeichnerisch darstellt«, erklärte er, wühlte auf seinem Schreibtisch herum und hielt dann ein paar Blätter mit Skizzen hoch in die Kamera. Zunächst erschien alles in gleißendem Weiß. Sekunden später stellte die Kamera den Fokus um und einzelne Bilder erschienen, die tatsächlich an ein Comicheft erinnerten. Er blätterte. »Wir befinden uns jetzt ungefähr hier.« Sein Finger tippte auf ein Bild, dessen Inhalt auf die Schnelle niemand erkannte. »Und hier sollten wir eigentlich sein.« Wieder blätterte er viele Seiten lang und tippte dann erneut auf ein Bild. Es zeigte eine Frau, die vor einem Schaufenster mit Brautkleidern stand.

Marisa konnte sich nur denken, dass das Lilith Davies beim Kauf ihres Brautkleides sein sollte. »Okay, und wenn die Zeit schon so knapp ist, wann werden die Dreharbeiten auf Sommerroth beginnen?«

»Sie stellen die richtigen Fragen, Baronin«, gab er beschwingt zurück. »Unglaublich, aber wahr – es geht praktisch in zwei Tagen richtig los. Der Herstellungsleiter war buchstäblich aus dem Häuschen, als die erneute Motivsuche durch Ihren Mann ja nun zum Glück so kostengünstig erfolgreich war.«

Das Wort »kostengünstig« war für Marisa wie ein Splitter unter dem Fingernagel. Sie überlegte noch, was sie darauf Unverfängliches erwidern sollte, als Mark plötzlich neben ihr erschien. Ungefragt rutschte er mit auf ihren Stuhl, schob sie mit der Hüfte zur Seite und umschlang ihre Schulter mit seinem Arm, damit sie nicht fiel.

»Guten Tag, Herr Benzo. Diese ganze Sache ist wirklich sehr aufregend für mich und meine Frau.«

Marisa lächelte und hatte gleichzeitig das Gefühl, sie hörte ihre Backenzähne knacken – so sehr biss sie diese zusammen. Schamlos nutzte Mark jede Chance, um ihr näherzukommen. Dabei genoss er ihre Machtlosigkeit darüber.

»Herr Landau. Wir hatten ja schon telefoniert.«

Ihr Kopf drehte sich zur Seite. »Habt ihr?«, presste sie gequält lächelnd in Marks Richtung hervor.

»Wir haben nur ein wenig über Sommerroth und das Leben hier gesprochen, Schatz.« Jetzt richtete er seinen Blick wieder gen Laptop. »Sie waren gerade bei der erfolgreichen Motivsuche.«

»Ja, richtig. Natürlich hat die Regie sich online bereits einen groben Überblick über Ihren Gutshof verschafft, aber das reicht nicht aus. Morgen wird deshalb ein Locationscout zu Ihnen kommen, um sich ganz genau nach passenden Drehorten der einzelnen Szenen umzusehen. So können wir einem weiteren Zeitverlust entgegenwirken. Seine Vorschläge bespricht er später mit dem Szenenbildner, dem Regisseur und dem Kameramann.« Er breitete kurz die Arme aus. »Und dann nimmt eine Fernsehcrew für drei Tage ganz Sommerroth ein.«

»Drei Tage?«, wiederholte Marisa fragend. »Für nur eine Hochzeit?«

»Ja, das klingt sicher merkwürdig in Ihren Ohren. Aber am Ende wird es tatsächlich so aussehen, als wäre alles lediglich an einem Tag passiert. Dafür brauchen wir allerdings mehrere Takes an mehreren Orten mit mehreren Kameras. Das kostet viel Zeit und verlangt immense Vorbereitung, die jetzt in Rekordzeit vonstattengehen muss. Einige Dinge kann ich Ihnen vorweg nennen, die wir auf jeden Fall brauchen werden: Strom, Wasser, einen Platz für den Cateringwagen, Zugang zu sanitären Anlagen, Parkplätze und noch vieles mehr. Ich werde Ihnen sofort nach unserem Telefonat eine Liste per E-Mail zukommen lassen.«

»In Ordnung. Ich kümmere mich darum«, bestätigte Marisa nickend.

»Eine letzte Sache noch, Baronin.«

Es fiel ihr immer schwerer, einladend zu klingen. Sicher auch, weil er sie ununterbrochen mit *Baronin* ansprach. »Bitte …?«

»Die Erfahrung hat gezeigt, dass die Abläufe reibungsloser funktionieren, wenn man einen Ansprechpartner für einzelne Bereiche hat. Also eine Person, die dem Regisseur für Fragen zur Verfügung steht. Eine, die für die Kulisse ansprechbar ist. Eine, die Etienne und Lilith betreuen wird.« Spontan legte er sich jetzt einen Zeigefinger an die Stirn. »Und bevor ich es vergesse. Das Brautpaar hat da eine Vision mit Pferden im Kopf. Ich kann noch nicht viel mehr verraten, da wir die Szene noch planen, aber wir brauchen jemanden, der sich mit Pferden auskennt. Auf einem Gestüt dürfte das ja kein Problem sein, oder?«

»Nein, kein Problem. Ich werde Leute bereitstellen«, versprach Marisa.

»Perfekt. Falls Sie noch Fragen haben, richten Sie die gern morgen an Tristan.«

»Tristan?«

»Verzeihung, der Locationscout. Er heißt Tristan Winterer. Wir arbeiten seit vielen Jahren mit ihm zusammen und vertrauen seinem guten Auge. Passt es Ihnen gegen zehn Uhr?«

»Ja, um genau zehn Uhr erwarte ich Herrn Winterer.« Babette stieß sie von hinten an, weil sie es wieder nicht lassen konnte, einen Hinweis auf die Verspätung zu geben.

»Wunderbar. Ich wünsche Ihnen allen einen schönen Tag.«

Mark beendete das Gespräch. »Auf Wiedersehen, Herr Benzo. Vielen Dank für das Gespräch.« Er tippte auf Marisas Handy. Das Fenster auf dem Laptop schloss sich mit einem Jingle. Danach erfüllte eine erwartungsvolle Stille das Büro.

Marisa regte sich als Erste, indem sie Mark jetzt wiederum mit ihrer Hüfte vom Stuhl stieß.

Er nahm mit dem freien Platz am Kopfende vorlieb. »Und? Gibt es jetzt ein Post-Pre-Production-Call-Meeting, um im Filmsprech zu bleiben?«

»Vielleicht keine schlechte Idee«, gab Lizzy zur Antwort. »Wir sollten zumindest schon mal die Aufgaben verteilen – jetzt, da wir gerade zusammensitzen.«

»Das stimmt, Lizzy«, pflichtete Marisa ihrer älteren Schwester bei. »Du bist selbstverständlich für die Pferde zuständig. Ich werde mich um die Produktion kümmern. Caroline, du übernimmst wie immer die Pressearbeit, würde ich sagen.«

Marisa sah sie nicken. Dann blickte sie zu Philipp. »Kannst du der Ansprechpartner für die Kulisse sein?«

»Na klar«, bestätigte ihr Bruder. »Ist wahrscheinlich auch am sinnvollsten, falls es Umbaumaßnahmen gibt. Etienne hat da was erwähnt …«

»Umbaumaßnahmen? Das will ich nicht hoffen«, stellte Marisa unverblümt klar. »Schon gar nicht an den historischen Gebäuden.«

»Warten wir es doch erst einmal ab«, beruhigte Philipp sie.

»Was ist mit dem Brautpaar?«, fragte jetzt Henry. »Wer übernimmt die beiden?«

»Warum nicht du, Papa? Der Senior-Gutsherr ist doch wahrscheinlich die beste Wahl.«

»Nein«, wehrte er ab. »Ich bin zu alt für so was. Diese jungen Leute sind mir gänzlich unbekannt. Jemand aus derselben Generation wäre besser«, entschied Henry und schaute in die Runde. »Mark!«, beschloss er. »Mark sollte das machen.«

Marisa sah zu ihm rüber. Er begann einseitig zu grinsen.

Philipp grätschte hinein. »Guter Einfall, Vater. Mark ist genau der Richtige dafür. Er kennt Etienne …«, sein Blick ging zu Marisa, »… und er ist dein Ehemann. Es wäre doch seltsam, wenn er keine Aufgabe bekäme.«

Marisa wusste, sie hatte bereits verloren. »Mark, würdest du dich um das Brautpaar kümmern?«

»Wenn du mich so lieb darum bittest …«

»Aber keine Alleingänge mehr in Form von heimlichen Telefonaten! Du sprichst alles vorher mit mir ab.«

»Natürlich!« Er hob unschuldig die Hände. »Es passiert sowieso alles unter dem Deckmantel unserer Mission.«

Marisa kannte ihn zu gut, um das zu glauben. »Vergiss nicht, dass es sich hier um Sommerroth dreht. *Nur* um Sommerroth.«

Kapitel 13

Marisa hörte das dröhnende Brummen des Achtzylindermotors, bevor sie den schwarzen Pick-up sah. Von ihrer Bank im Schatten des Pferdestalls aus beobachtete sie, wie das Gefährt die Auffahrt des Wirtschaftshofs entlanggefahren kam. Auf dem Dach eine Reihe Scheinwerfer, die Reifen so breit, dass sie einem Trecker Konkurrenz machten. Unweit der Reithalle kam der Pick-up zum Stehen.

Elf nach zehn. Von Pünktlichkeit hielten diese Filmleute wohl alle nicht viel. Während sie mit dem Kopf voller Vorurteile den Hof überquerte, sah sie den Fahrer aussteigen. Marisa stockte kurz, da unerwartet eines ihrer Vorurteile ins Wanken geriet.

Konnte das wirklich der Locationscout sein? Irgendwie war sie fest davon ausgegangen, auf einen schlaksigen Mittdreißiger zu treffen, Typ belesener Geschichtslehrer, mit Brille und dünnem Zöpfchen. Dieser Mann allerdings war komplett anders. Man könnte sogar sagen, er war das Gegenteil von dem, was sie erwartet hatte – eher der Typ kanadischer Holzfäller, neben dem der übergroße Wagen plötzlich Normalgröße bekam. Seine Haare hatte er zu einem Man-Bun hochgebunden. Über das offene Karohemd schulterte er einen breiten Ledergurt mit

Kamera daran. Noch einmal griff er in den Wagen und holte eine zerschlissene Mappe hervor. In dem Augenblick entdeckte er Marisa.

Er nickte ihr zu. Unter dem Bart, der bereits länger als die viel zitierten drei Tage stand, erschien ein breites Lächeln. »Moin, ich bin Tristan«, grüßte er lässig und schlug die Wagentür zu.

Plötzlich verspürte sie nicht mehr die geringste Lust, wegen der Verspätung zu meckern. »Hallo. Marisa«, rief sie ihm zu und stellte sich unüblicherweise auch nur mit Vornamen vor. Anscheinend ließ das die Frage offen, mit wem er es zu tun hatte.

»Die Hochzeitsbaronin?«

Marisa verzog das Gesicht, als sie ihm die Hand reichte. »Oh, bitte nicht.«

»Also, nein?«

»Doch.«

Sein Händedruck war fest. Er ließ sie noch nicht los, sondern fixierte sie belustigt. »Jetzt bin ich verwirrt. Wer genau steht hier vor mir?«

»Marisa Baronin von Sommerroth«, löste sie das Missverständnis auf. Dieser verfluchte Titel! »Marisa reicht aber vollkommen.«

»In Ordnung.« Er lächelte und ließ nun ihre Hand los. »Ich werde mich bemühen, den Titel aus meinem Kopf zu löschen, was schwierig wird. Der Produktionsleiter hat es so oft erwähnt ...« Er beugte sich ein Stück zu ihr. »Unter uns: Er steht auf Adelstitel und Blaublutgeschichten, auch wenn er immer behauptet, die Zuschauer mögen es.« Tristan zwinkerte.

Marisa grinste bei so viel Ehrlichkeit. »Für die Drehtage habe ich mich auf eine Ausnahme eingelassen. Aber nur dann.«

»Und was passiert, wenn es mir dennoch heute rausrutscht?«, fragte Tristan plötzlich provokant und spielerisch.

Marisa war für eine Sekunde erstaunt. Dabei spürte sie, sie konnte sich seiner Art nicht entziehen. Er wirkte ungezwungen authentisch, schlagfertig und selbstbewusst. Merkwürdigerweise fühlte sie sich von ihm herausgefordert. »Für diesen Fall müsste ich mir wohl eine Bestrafung ausdenken.«

»Und wie könnte die aussehen?«

»Hm, für jedes ›Baronin‹ …«

»… nennst du mich ›Scout‹. Das wäre fair.«

»Abgemacht!«

Er reichte ihr den kleinen Finger.

Marisa brauchte einen Moment, um zu verstehen, dass er ein ›Pinky Promise‹ einforderte. Sie kam der Aufforderung nach und hakte ihren Finger ein, gleichzeitig brachte es sie zum Lachen. »Okay. Dann wäre das also geklärt. Beginnen wir jetzt mit der Arbeit?«

»Gern. Weißt du denn, was ein Locationscout tut?«

»Ich habe nicht die geringste Ahnung«, gestand Marisa ehrlich.

Er zog seinen Hefter hervor. »Komm, ich erklär es dir.«

Marisa trat so dicht neben ihn, dass sie den Geruch von Moschus und Leder wahrnahm, der von seinem Körper ausging. Sie musste sich bemühen, sich auf die Fotos zu konzentrieren.

»Das ist eine sogenannte Mood-Mappe. Sie wird auf Grundlage des Storyboards oder Drehbuchs erstellt, quasi als Visualisierung. Die Archivbilder sind exemplarisch gemeint, damit schlage ich zunächst einmal nur Atmosphären vor. Stimmungen. Moods eben.«

»Und was dann?« Marisa blätterte interessiert.

»Diese Moods bespreche ich mit der Regie und dem Szenenbildner. Sobald man sich geeinigt hat, ziehe ich los und gehe auf Motivsuche.« Er lächelte. »Und hier bin ich!«

Tristan sah sie an – aus grünen Augen, die denen von Mark glichen. Warum mussten sie auch grün sein, fragte sich Marisa genervt. Schnell verbannte sie ihren Ex aus ihren Gedanken. Etwas, das viel mehr Erheiterung versprach als Mark und ihre gemeinsamen Probleme, bahnte sich hier schließlich gerade an!

Entschlossen widmete sie sich wieder der Mood-Mappe. Mal zeigten die Bilder festlich geschmückte Gärten mit Baldachinen, mal verschiedene schlossartige Häuser. Sie entdeckte Pferde mit weißen Blumen an ihren Geschirren und Brautpaare, die aufs Wasser schauten, wo Schwimmkerzen Lichtreflexe darauf zauberten. Alles kam ihr sehr vertraut vor – das hier war genau ihr Metier! »Alle diese Bilder hätten genauso gut auf Sommerroth entstanden sein können.«

»Das ist Musik in meinen Ohren.« Er klappte die Mappe geräuschvoll zu. »Also, ich sage dir, welche Motive wir brauchen, und du zeigst mir die zauberhaftesten Ecken von Sommerroth.«

»Nichts leichter als das. Wo fangen wir an?«

»Ich brauche eine Hochzeitslocation outdoor für Sonnenschein, und eine indoor, falls es regnet. Dann muss ich noch das Zimmer der Brautleute sehen, den Pferdestall und eine weite Wiese.«

»Wozu das?«, fragte sie.

»Das Brautpaar hat sich eine Szene in den Kopf gesetzt, wo ein Ausritt simuliert wird. Sie wollen unbedingt tierlieb dargestellt werden. Das würde angeblich so gut bei den Fans ankommen.« Er rückte näher an sie heran. »Lilith Davies besteht übrigens auf einem weißen Pferd, damit es gut zu ihrem Kleid passt. Klingt echt tierlieb, was?«

»Allerdings«, gab Marisa belustigt zurück. »Fangen wir im Stall an?«

»Ich folge dir heute auf Schritt und Tritt.«

Marisa lief vor und war dankbar für die paar Sekunden, die sie sich seinem Blick entziehen konnte. Sie spürte eine verräterische Wärme in ihren Wangen. Was passierte hier? Flirtete sie etwa mit diesem Mann? Sie kannte ihn doch gar nicht! Marisa grinste stumm in sich hinein. *Und wenn schon*, sagte sie sich selbst. Es war nur für einen Tag – danach würde sie diesen Tristan wahrscheinlich nie wiedersehen, denn seine Arbeit als Locationscout war dann beendet. Warum also sollte sie sich nach dem ganzen Stress durch den Landau-Skandal nicht über diese willkommene Abwechslung freuen?

Nebeneinander betraten sie die Stallgasse, in der es herrlich nach frischem Stroh duftete. Das Sonnenlicht fiel seitlich hinein. Die meisten Pferde waren auf der Weide. Nur ein Fuchs stand hier und Josef, das älteste Pferd auf Sommerroth, der laut Lizzy manchmal die Ruhe des leeren Stalls brauchte.

Marisa ging zu dem Schimmel, der müde vor sich hin kaute. »Na, Josef. Langweilst du dich?« Der Wallach streckte seinen Kopf hinaus und Marisa streichelte ihm die Wange.

»Bleib so!«, sagte Tristan plötzlich und fing an, sie zu knipsen.

Marisa hörte das Klicken der Kamera. Trotz seiner Worte blickte sie zu ihm. »Moment mal, ich dachte, du brauchst Hochzeitsmotive.«

Er sah unverändert durch seine Kamera und wechselte in fließenden Bewegungen die Position. »Das stimmt. Und du bist heute meine Ersatzbraut. Hatte ich das nicht erwähnt?« Jetzt sah er kurz hoch. »Natürlich nur, wenn es dir nichts ausmacht. Du würdest mir einen Gefallen tun. Ich wäre dir was schuldig.«

»In Ordnung«, willigte Marisa ein.

»Dann sieh jetzt wieder zum Pferd. Benimm dich ganz natürlich. Ich bin gar nicht da.«

Sie befolgte seine leise gesprochenen Anweisungen. Sein geübtes Verhalten ließ keinen Zweifel daran, dass er dies nicht zum ersten Mal machte.

»Kopf etwas höher. Kinn von mir wegdrehen. So ist es perfekt. Wirklich wunderschön.«

»Lernt man so was etwa in der Locationscout-Schule?«

»Nein«, er lachte. »Ich bin eigentlich Fotograf. Zur Arbeit beim Film kam ich eher durch Zufall.«

»Wie?«

»Ein Szenenbildner rief mich an, weil er auf eines meiner Fotos auf meiner Website gestoßen war. Die Reihe hieß ›Lost Places‹. Ich habe eine Schwäche für verlassene Häuser, musst du wissen.« Er schaute über seine Kamera hinweg und zuckte die Schultern. »Das Bild entstand in einem verlassenen Jagdhaus im Wald. Er wollte wissen, wo dieses Gebäude steht, damit sie ein paar Filmszenen dort drehen können. Ich zeigte es ihm, wir wurden Freunde, so kam eines zum anderen.« Wieder verschwand er hinter der Linse. »Und du? Wo lernt man das Handwerk einer Hochzeitsbaronin?«

»Vorsicht, Scout!«, warnte Marisa.

Er grinste, ohne sein Motiv aus den Augen zu lassen.

»Ich habe ganz langweilig BWL studiert. Und zugegebenermaßen war ich nicht mal besonders gut darin. Aber ich wusste schon früh, dass meine vier Geschwister und ich eines Tages den Gutshof übernehmen werden … Das mit den Hochzeiten hat sich dann so ergeben, als jeder für sich auf der Suche war nach alternativen Nutzungen der historischen Gebäude. Ich fürchte, ich bin einfach eine Romantikerin.«

»Und die Pferde auf Sommerroth sind deine Requisiten für die Extraportion Romantik? Bietest du auch Cinderella-Kutschen an?«

»Nein.« Marisa klopfte dem Schimmel nun den Hals. »Sie sind die Leidenschaft meiner Schwester Lizzy. Sie ist mittlerweile erfolgreiche Züchterin. Ich reite leider nicht besonders gut.«

Er kam auf sie zu. »Wie schade! Ich wollte dich gerade fragen, ob du dich mal auf ihn draufsetzt. Lilith Davies wird auf jeden Fall einen solchen Shot haben wollen.«

Marisa blickte in die schwarzen runden Augen des braven Wallachs. »Na ja, Josef ist unser liebstes Pferd ... aber ich werde dabei nicht besonders elegant aussehen.«

»Das bezweifle ich.«

»Du müsstest mir raufhelfen.«

»Worauf warten wir?«

Das Quietschen der Boxentür ließ den braven Schimmel nicht mal mit der Wimper zucken. Marisa trat langsam ein. Auf ihren Handflächen fühlte sie die Wärme des Pferdekörpers, als sie über das Fell strich und neben Josef stehen blieb.

Tristan trat dicht hinter sie. »Darf ich?«, fragte er höflich.

Sie nickte nur, denn ihr Hals war plötzlich trocken.

Er umfasste ihre Hüften und hob sie mit Leichtigkeit in die Luft.

Marisa schaffte es tatsächlich einigermaßen elegant auf den Rücken. Von dort sah sie zu Tristan runter. »Und nun?«

Er machte ein paar Schritte zurück und nahm wieder seine Kamera zur Hand. »Leg dich auf den Pferdehals und sieh mich an. Die Hand seitlich auf der Mähne. Und jetzt lächeln. Stell dir vor, du heiratest heute deinen absoluten Traummann und hast seit dem Morgen Schmetterlinge im Bauch.«

Wieder war es eher seine Art, die sie zum Lachen brachte. Sie kannten sich doch erst wenige Minuten, und trotzdem ... Der Umgang mit ihr schien ihm einfach leichtzufallen. Ob das bei allen Frauen so war? Es war ihr fast ein bisschen peinlich, wie lässig er sie um den Finger wickelte. Marisa bemerkte es, gab sich dennoch seiner Lockerheit hin und genoss jeden Moment.

Bald darauf hatte er genug Aufnahmen gemacht. Er kam wieder an Josefs Seite und reichte ihr die Hand. »Bereit für die nächste Station?«

»Klar!« Sie schwang ihr Bein über den Pferdehals und sprang ins Stroh. »Danke.« Der Blick in seine Augen war eine Sekunde länger als gewöhnlich.

Sie gingen langsam durch die Stallgasse hinaus in die Sonne. Vor ihnen lag die Festscheune mit weit geöffneten Torflügeln. Marisa vernahm unentwegt das Klicken der Kamera neben sich. Und je näher sie ihrem nächsten Ziel kamen, desto lauter wurden ein paar weitere Geräusche – ein Hämmern und das kurze Aufkreischen einer Säge zum Zuschneiden von Hölzern.

Marisa war zufrieden, als sie das hörte. Denn es hieß, dass Philipps Zimmerleute fleißig an der Galerie mit darunterliegendem Laubengang arbeiteten, die sie an der Stirnseite der Festscheune in Auftrag gegeben hatte. Aber ihre eigentliche Aufmerksamkeit galt Tristan. Sie wollte mehr von ihm erfahren.

»Du bist also von Haus aus Fotograf und aktuell Locationscout«, griff sie das Gespräch von vorher wieder auf. »Das scheint sich gut zu ergänzen. Kommst du dadurch viel herum?«

»Kann man sagen … Ich war mal für eine Dokumentation in Indonesien. Für einen Naturfilm in Kanada. Für einen Westernfilm in Wyoming.«

»Beeindruckend. Wo hat es dir bisher am besten gefallen?«

»Das ist einfach zu beantworten.« Vor der Scheune kniete er sich kurz mit dem rechten Bein hin, um den Eingangsbereich aus einem unteren Winkel zu erwischen. »Hier natürlich!«

Marisa lachte auf. »Ist das etwa die Ich-will-den-Kundenzufriedenstellen-Antwort?«

»Keineswegs. Das ist die Antwort, die einen guten Fotografen ausmacht. Dort, wo ich gerade bin, muss immer mein Lieblingsort sein.« Er stand wieder auf und sah sie an. Anschließend reichte er ihr einladend seine Hand.

Marisa legte ihre hinein, und er platzierte sie im Torbogen.

»Nicht bewegen. Ich muss die Größenverhältnisse der Scheune darstellen.« Er machte ein paar Schritte zurück, ging wieder auf ein Knie und schoss erneut seine Bilder.

In diesem Moment entdeckte sie Mark. Er lehnte mit einer Schulter und verschränkten Armen an der Wand des Pferdestalls. Es war die Schattenseite, weshalb sie ihn nicht gleich bemerkt hatte. Marisa fragte sich, wie lange er wohl schon dort stand. Was hatte er alles gehört und warum kam er nicht rüber? Sie versenkte ihre Finger in den Taschen ihrer Jeans, weil sie nicht wusste, wohin damit. Dann drehte sie sich zu Tristan um. »Wie war das eben gemeint mit dem Lieblingsort?«

»Nun, die Erkenntnis kam mir bereits während der Ausbildung. Ich muss lieben, was ich sehe. Wenn ich die Schönheit vor meiner Linse nicht erkenne, wird sie auch auf meinen Bildern unsichtbar bleiben. Das, was ich gerade fotografiere, muss die Chance bekommen, mein liebstes Motiv von allen Motiven zu werden. Nur auf diese Weise wird es ein gutes Bild.«

Marisa fand seine Worte wunderschön. Doch sie sagte es nicht. Mark stand noch immer da und hatte die Unterhaltung mit Sicherheit ebenso gehört. Es war nicht schwer zu verstehen, worauf Tristan anspielte. Denn Marisa war schließlich gerade sein Motiv.

Marks Gesicht war unbewegt. Abrupt wandte er sich ab und ging einfach davon.

»Zeigst du mir nun die Scheune?« Tristan war plötzlich vor ihr aufgetaucht.

»Gern.« Marisa schüttelte die Gedanken an Mark ab und spürte wieder die Freude des Augenblicks. Sie liebte den Moment, wenn sie das Herzstück ihrer Arbeit das erste Mal präsentierte – auch wenn es bedauerlich war, dass die wunderschönen Stühle und Tische derzeit alle mit durchsichtigen Plastikhüllen abgedeckt waren, um von den Bauarbeiten nicht vollgestaubt zu werden. Obwohl es hell genug war, schaltete sie zusätzlich noch die atmosphärische Beleuchtung in den Dachbalken und die Lichterketten an den Wänden ein. Danach machte sie eine übertriebene Bewegung mit beiden Armen. »Voilà! Das ist sie. Mein ganzer Stolz. Du musst in deinem Kopf nur die Baustellengeräusche durch Harfenmusik ersetzen.«

Tristan sah von links nach rechts und nickte dabei anerkennend. Er schien genug Vorstellungskraft zu haben, um das fertige Gesamtbild zu sehen. »Fantastische Mischung von Historie und Moderne. Wenn Litienne sich hier nicht wohlfühlen, dann weiß ich auch nicht …« Tristan griff in die Brusttasche seines Karohemdes. Er zog einen neuen Akku für seine Kamera hervor und wechselte ihn aus. »Es muss viel Kraft, Geld und Zeit gekostet haben, diese Scheune so herzurichten.«

»Allerdings. Alles drei zu gleichen Teilen, würde ich sagen. Als ich mit den Hochzeiten anfing, stand der gesamte Innenraum voller Geröll und Balken und alter Gerätschaften. Wir finden nach wie vor ständig irgendwelche merkwürdigen Dinge – auf ganz Sommerroth. Überall lauert Geschichte, und jetzt, da wir ein paar Baustellen gleichzeitig haben, kommt wieder viel ans Tageslicht. Die Angestellten sagen oft im Scherz: Man kann keine Primel einpflanzen, ohne einen Schatz zu entdecken.«

»Klingt großartig, finde ich.«

»Komm, ich zeig dir was. Letztens hat mein Bruder so ein rostiges Teil ausgebuddelt, das aussieht wie eine riesige Büroklammer mit einem kleinen Porzellanschälchen an einem Ende. Wir wissen bis heute nicht, was es ist. Vielleicht kommst du ja drauf.« Marisa reckte den Hals und rief über das Hämmern hinweg: »Philipp? Bist du hier irgendwo?«

Auf der fast fertigen Galerie erschien er am hölzernen Geländer.

Marisa lächelte, als sie ihren Bruder in der typischen Zimmermannskluft seines eigentlichen Lehrberufs sah, was nur noch selten passierte, seitdem er das Sägewerk besaß.

Philipp steckte seinen Hammer in die Schlaufe seiner schwarzen Zunfthose. »Hi, Marisa.« Er kam die Treppe runter und wischte sich seine Hände derweil an der Kleidung ab. »Und Sie sind sicher Herr Winterer, richtig?«

Die Männer gaben sich die Hände.

»Tristan reicht völlig aus.«

Philipp nickte. »Und? Was sagt das Locationscout-Auge? Ist Sommerroth geeignet für eine Promi-Hochzeit?«

»Daran habe ich keinen Zweifel – auch wenn ich noch nicht mal einen Bruchteil des Guts gesehen habe.«

»Sag mal, Philipp«, mischte sich Marisa ein. »Wo liegen die Fundstücke, die ihr beim Bau so zutage fördert?«

»Dort drüben. Auf der Bar.«

Gemeinsam marschierten sie hinüber und Marisa hob jenes rätselhafte Teil an. »Jetzt bin ich gespannt, Tristan. Hast du eine Idee, was es ist?«

Sein Gesicht erhellte sich kurz. »Ha, ich weiß es tatsächlich. In einem meiner Lost Places fand ich so was mal in einer Küche. Ich machte ein Bild davon und kam hinterher auf die Idee, es meiner Großmutter zu zeigen. Sie sagte mir, das sei ein Entkerner. Für Kirschen zum Beispiel.«

»Natürlich!« Marisa riss die Augen auf. »Wenn man es weiß, ist es absolut eindeutig.« Sie hatte es kaum ausgesprochen, da fiel ihr Blick auf die anderen Dinge, die letztens noch nicht auf der Bar gelegen hatten. Vier Münzen, eine zerbrochene runde Brille, ein Bleistift und zwei halbmondförmige Scherben, die ganz schwarz vor Dreck waren. Marisa bemerkte dennoch an einer Stelle einen Goldschimmer, der ihr Interesse weckte. »Was ist das?«

»Haben wir in der Wand zwischen Ziegelung und Fachwerk gefunden. Dreh sie mal um und halt sie zusammen.«

Marisa tat es. »Eine Untertasse ...« Mit den bloßen Handballen wischte sie die Schmutzschicht ab und erblickte das Sommerroth-Wappen mit den Ähren und dem Turm. »Das gehört doch zu dem guten Geschirr im Salon. Das, wovon es nur noch sechs Teller und Tassen gibt. Wir durften es als Kinder nie anfassen, weißt du noch?«

»Ja, ich erinnere mich daran«, bestätigte ihr Bruder.

»Was hat das hier zu suchen?«

Er zuckte die Schultern. »Mach es am besten wie Tristan und frag eine Oma. Emilie hat sicher eine Antwort darauf«, meinte er zwinkernd. »Ich gehe jetzt mal zurück an die Arbeit. Die Galerie soll schließlich fertig sein, wenn der Fernsehdreh beginnt.«

Auch Tristan griff wieder nach seiner Kamera. »Es war nett, Sie kennenzulernen, Baron von Sommerroth.«

»Philipp reicht vollkommen.«

Marisa steckte die Scherben in die Tasche ihrer Strickjacke und wurde nur wenig später wieder von Tristan in Beschlag genommen. Nach einigen Bildern, für die sie erneut den Platz einer Braut eingenommen hatte, war die Motivsuche in der Scheune beendet.

Sie gingen hinaus auf die Allee Richtung See, wo die herbstliche Sonne mittlerweile im Zenit stand. Ein leichter Wind wehte die Blätter über den Weg, der auf seiner kompletten Länge eine Furche aufwies. Sie führte von der Scheune zum Badehaus und rief Marisa ins Gedächtnis, dass endlich der Strom gelegt wurde. Schon morgen würde das Innere des Holzbaus in warmweißen Lichtern erstrahlen, die sich im Wasser spiegelten. Sie konnte es kaum erwarten.

Tristan hatte noch keinen Blick für das Badehaus. Er wechselte gerade die Speicherkarte in seiner Kamera, dann blieb er stehen und ließ seinen Blick zwischen zwei Alleebäumen hindurch über die Schlosswiese gleiten. »Hier könnte der Ausritt simuliert werden. Am besten besorge ich sofort eine Drehgenehmigung für den Einsatz einer Drohne«, dachte er laut vor sich hin und schoss ein paar Bilder. »Der Hintergrund mit der historischen Kapelle ist wunderschön und die Wiese ist groß genug für einen kleinen Galopp.«

»Das stimmt.« In Gedanken fügte Marisa hinzu, dass Sören der Gärtner wahrscheinlich einen Herzinfarkt bekommen würde, wenn die Hufe seine heilige Grasnarbe aufrissen. Sie machte sich eine imaginäre Notiz, ihm an diesem Tag besser Sonderurlaub zu geben, bevor er das Filmteam mit seinem Rechen angriff. »Können Litienne eigentlich reiten?«

»Ich habe keine Ahnung.« Seine grünen Augen blitzten, als er sie ansah. »Falls nicht, könnten wir beide sie doubeln. Du hast ja gerade ein wenig auf Josef geübt.«

»Das heißt, du kannst also reiten?«, schlussfolgerte Marisa.

»Ich kann mich oben halten, so wie du. Für ein Projekt war ich eine Weile auf Island. Erst seit drei Tagen bin ich zurück. Dort bin ich tatsächlich mehr geritten als mit dem Auto gefahren. Zum Glück sind die Islandpferde so klein, dass ich beinahe mitlaufen konnte.«

Die Vorstellung war komisch. Marisa bemühte sich, ihn nicht auszulachen. »Wie ist es dort? Ich stelle mir Island vor allem karg und kalt vor. Leer irgendwie.«

»Du irrst dich. Die Schönheit der Insel zeigt sich nicht sofort. Du musst dich drauf einlassen, dann siehst du überall Magie. Elfen und Kobolde sind für die Menschen dort allgegenwärtig. Sogar Straßen werden um ihre vermeintlichen Behausungen herumgebaut. Und das Wasser … Wenn einer dieser Geysire hochgeht, sieht es aus, als würde ein Drache in die Luft steigen.«

Marisa war von seiner Beschreibung zwar angetan, dennoch grinste sie vielsagend.

»Warum grinst du? Drachen sind meine Lieblingstiere.«

»Es gibt keine Drachen.«

»Sagt wer?«

»Na ja … alle?« Marisa setzte ihren Weg fort und er folgte ihr.

»Diese *alle* haben nur noch nie einen gesehen.«

»Ich bitte dich«, sagte Marisa belustigt. »Es gibt nachweislich keine Drachen.«

»Zeig mir eine Studie, die das beweist.«

»Wie soll es eine Studie geben über etwas, das noch nie jemand gesehen hat?«

»Es gibt doch auch Studien über die Liebe. Die kann man auch nicht sehen.«

»Ich geb es auf!« Marisa schüttelte den Kopf.

»Wie schade«, erwiderte er provokant. »Ich mag es, mit Drachenleugnern zu diskutieren.«

»Später vielleicht.« Sie zeigte nach vorn. »Wo wir gerade von Liebe sprechen. Hier ist die Outdoor-Location der beiden Lovebirds. Der Nachbau eines historischen Badehauses.« Weniger begeistert fügte sie hinzu: »Natürlich auch eine Baustelle. Sorry dafür.«

Bevor er etwas sagte, knipste Tristan ein paar Bilder – fast so, als fürchtete er, die Schönheit des Ortes wäre flüchtig und er müsse sie schnell festhalten.

Marisa schwieg für diesen Moment, um ihn ungestört seine Arbeit tun zu lassen. Dabei schaute sie zu den fünf Männern am Fuße des Gebäudes hinüber. Drei von ihnen trugen leuchtend gelbe Sicherheitshelme und hielten Spaten in der Hand. Die anderen zwei hatten blaue Latzhosen an. Es waren die Elektriker, die Babette am Morgen in Empfang genommen hatte. Marisa wollte sich gerade abwenden, als sie stutzte und innehielt. Warum blickten sie alle in das Loch? Einer der Männer übergab nun den Spaten an seinen Kollegen und sprang in die Erdvertiefung hinein. Er bückte sich, sodass er kurz aus Marisas Blickfeld verschwand. Als er wieder auftauchte, hielt er etwas Langes in der Hand. Er schien selbst nicht zu wissen, was es war, und strich die Erde davon ab. Plötzlich ließ er den Gegenstand fallen. Die vier übrigen Männer wichen einen Schritt zurück.

»Was tun die da?«, murmelte Marisa. Ohne den Blick von der Szenerie zu nehmen, bat sie Tristan: »Bitte entschuldige mich.«

Als sie die Männer erreichte, waren alle bereits in heller Aufregung. Marisa hielt sofort auf den mit dem Klemmbrett zu. »Was ist hier los?«

Er öffnete den Mund und brachte dennoch keine Erklärung zustande. »Sehen Sie bitte einfach selbst, Frau Sommerroth«, stieß er schließlich aus.

Sie blickte in das Loch, wo ein armlanger weißer Knochen auf schwarzer Erde lag. Der Anblick war schauderhaft. Sie fühlte, wie eine Gänsehaut über ihren Körper jagte. Je länger ihre Augen sich an die Dunkelheit des Erdreichs gewöhnten, desto mehr weiße Spitzen ließen sich vermuten. »Schnell! Ein Besen«, verlangte sie. »Bringt mir einen Besen her!« Irgendwer drückte ihr schließlich den Stiel eines Strohbesens in die Hand. Marisa kniete sich hin und strich vorsichtig über die Oberfläche. Schon wenig später zeigte sich das ganze Ausmaß: Hunderte Knochen lagen hier!

»Was ist das?«, fragte einer der Männer hinter ihr. »Ein Massengrab?«

Marisa stand langsam wieder auf. »Ich weiß es nicht.«

Ein zweiter Mann nahm seinen Sicherheitshelm ab und drückte ihn an seine Brust, als stünde er tatsächlich bei einer Beerdigung. »Mein Gott, es sind so viele.«

Der Verantwortliche mit dem Klemmbrett in der Hand hatte seine Stimme zurück. »Ich denke, es wäre das Beste, wir rufen die Polizei.«

»Ja, vermutlich«, bestätigte Marisa und zog ihr Handy aus der Jeans. Derweil erschien Tristan an ihrer Seite.

Er sah in das Loch. »Ich gebe mal besser dem Produktionsleiter Bescheid.«

Das Klicken seiner Kamera ließ Marisa diesmal zusammenfahren.

***

Die blauen Lichter der Peterwagen zuckten durch die Luft. Sie warfen die unregelmäßigen Schatten jener Menschen an die Schlossgemäuer, die sich auf dem Herrenhof versammelt hatten.

Marisa, Lizzy und Philipp standen zusammen und warteten auf Carsten Benzo, als Babette mit einem Holzbrett voller Schnapsgläser aus dem Schloss heraustrat.

»Hier, zur Stärkung.«

Marisa wollte gerade protestieren. »Babette, wir können doch jetzt nicht …«

»Ach, komm schon«, fuhr die Gutverwalterin ihr über den Mund. »Jetzt sei mal nicht päpstlicher als der Papst. Wenn Hunderte Knochen im eigenen Garten nicht ein guter Grund für einen Schnaps sind, weiß ich auch nicht.« Sie stellte das Brett auf einem Blumenkübel ab und drückte damit achtlos ihre selbst gepflanzte Heide platt. »Also, ich genehmige mir einen.«

»Prost, Babette«, sagte plötzlich eine Stimme außerhalb ihrer Runde.

Marisa drehte sich um. Es war Emilie, die mit langsamen Schritten auf sie alle zukam. Schnell eilte Marisa ihr zur Hilfe, da sie auf dem Kies nur schlecht Halt fand. »Hast du schon von den Ereignissen gehört?«

»Natürlich«, versicherte Emilie. »Ich bin Beeke über den Weg gelaufen. Sie war in Tränen aufgelöst, da sie befürchtet, die Dreharbeiten werden abgesagt und ihr Idol kommt nicht nach Sommerroth.«

»Arme Beeke«, antwortete Marisa erschrocken, als sie wieder bei ihren Geschwistern und Babette ankamen.

»Stimmt das denn?«, wollte Emilie wissen.

»Wir werden es sicher bald erfahren. Noch werden die Knochen untersucht. Herr Benzo ist bereits auf dem Weg hierher. Ich stand neben Tristan, als er mit ihm telefoniert hat. Er war kurz vor einem Nervenzusammenbruch, da dem Projekt erneut Steine in den Weg gelegt werden.«

»Klingt, als sollte er dringend auch einen Schnaps trinken«, riet Babette und hob ihr kleines Glas einladend in die Luft. »Prost.«

Lizzy und Philipp taten es ihr gleich.

»Na schön, ihr Schnapsdrosseln. Wenn jetzt alle einen trinken, trinke ich eben mit«, gab Marisa schließlich nach.

Mit einem klanglosen Klirren stießen die vier kleinen Gläser gegeneinander.

Der Klare brannte Marisa noch im Hals, als sie registrierte, dass Emilie zur Fliederallee zeigte.

»Ich glaube, da kommt der Mann vom Film.«

»Tatsächlich.« Marisa erkannte ihn vom Videotelefonat. Er eilte vom Wirtschaftshof auf sie zu und sah äußerst unzufrieden aus. Sein hohes Tempo sprach außerdem für seine Wut. Ihre Aufmerksamkeit galt jedoch nur kurz dem Produktionsleiter und gleich danach Tristan, der dahinter folgte. Er hatte sich seines Karohemdes entledigt und trug lediglich ein enges schwarzes T-Shirt. Auch seine Kamera schien er bereits ins Auto gebracht zu haben. Kein gutes Zeichen – seine Arbeit war für diesen Tag wohl beendet, wie Marisa schlussfolgerte.

»Guten Tag, Baronin von Sommerroth.«

»Hallo, Herr Benzo.« Sie reichte ihm die Hand und er zerquetschte sie fast, so angespannt schien er zu sein. Marisa versuchte, Ruhe auszustrahlen. »Schön, dass wir uns persönlich kennenlernen – auch wenn es unter solchen Umständen ist. Das sind übrigens meine Großmutter Emilie, die Gutsverwalterin Babette und meine Geschwister Philipp und Lisbeth, die gleichzeitig die Ansprechpartner für Kulisse und Pferde sein werden.«

»Sehr erfreut. Sehr erfreut.« Er gab allen nacheinander die Hand und strich sich dann fahrig durch die Haare. »Auch wenn gerade unklar ist, ob es überhaupt möglich sein wird, zeitnah mit dem Dreh zu beginnen.«

»Haben Sie inzwischen mit den Beamten sprechen können?«, fragte Marisa.

»Nein. Jeder, der dem Flatterband auch nur nahe kommt, wird weggeschickt. Ich genauso wie die Presse. Keiner darf sich der Fundstelle nähern, bis man weiß, ob es sich um Tierknochen handelt oder ...« Er sprach es nicht aus. Stattdessen stemmte er sich die Arme in die Seiten und schüttelte den Kopf. »Auf diesem Dreh liegt ein Fluch.«

»Die Presse ist schon da?«, wiederholte Marisa.

»Ja.« Er zeigte mit dem Daumen nach hinten. »So ein paar Reporter tummeln sich vor der Einfahrt herum. Die Beamten halten sie aber in Schach.«

Philipp sah beunruhigt aus. »Wie haben die bloß schon wieder so schnell davon erfahren?«

Carsten Benzo winkte ab. »Ach, keiner sagt es laut, aber die hören alle heimlich den Polizeifunk ab. In jungen Jahren habe ich selber als Blaulichtreporter gearbeitet. Nichts, auf das ich stolz bin.«

Marisa warf ihren Geschwistern einen kurzen Blick zu. An ihren Gesichtern konnte sie ablesen, dass sie dasselbe dachten. Wenn das stimmte, hatte Mike Nowak sicher auch von den Knochen gehört und war nicht weit.

»Sagen Sie, ist es vielleicht möglich, dass ich auch einen Schnaps bekomme?« Benzo wies auf das Brett mit der Flasche und den Gläsern.

»Sicher doch, gern.« Babette machte sich gleich ans Einschenken und verteilte ungefragt eine weitere Runde an alle.

Als der Produktionsleiter an der Reihe war, sah Marisa ihm an, dass er ihr am liebsten die Flasche statt des Glases aus der Hand genommen hätte. »Versuchen Sie, sich zu beruhigen, Herr Benzo. Der Rechtsmediziner ist bereits seit einer halben Stunde da. Und unser Vater sowie unsere Pressesprecherin durften mitgehen. Wir werden sicher gleich mehr über die Knochen wissen.«

Lizzy nickte zustimmend. »Wurden der Sender, die Regie und das Brautpaar denn schon informiert? Nur für den Fall der Fälle.«

Benzos Kopf ruckte hoch. »Nein! Und ich werde das auch so lange wie möglich rauszögern.« Jetzt lachte er etwas nervös. »Es macht sowieso keinen Unterschied. Wir haben nämlich absolut keine Zeit mehr, eine andere Location zu finden. Das heißt, Sommerroth, oder das war's.« Er schnitt sich mit dem Zeigefinger symbolisch die Kehle durch. »Wenn dieser Dreh platzt, ist meine Reputation als Produktionsleiter im Eimer. Dann wird man mich wohl nie wieder buchen – vielleicht noch als Set-Runner.« Nach diesen Worten trank er sein Glas in einem Zug leer. Mit rauer Stimme durch das scharfe Getränk bekannte er: »Ich bete zu Gott, dass es sich bei den Knochen nur um die Reste eines ausgeuferten Barbecues handelt.«

Marisa musste sich auf die Zunge beißen, um nicht zu lachen. Das wäre in Anbetracht der Lage mehr als unpassend gewesen.

Plötzlich trat Emilie vor. Sie lächelte liebenswürdig. »Kennen Sie das Sprichwort: ›Das Gras wächst nicht schneller, wenn man daran zieht?‹«

»Nein«, sagte er ein wenig irritiert.

»Aber es ist wahr«, beteuerte sie und klang dabei sehr überzeugend. »Es wird alles gut gehen, Herr Benzo. Ich weiß es!«

In der Runde war es plötzlich still. Marisa wusste, warum. Wenn sie und alle anderen Sommerroths eines in der jüngsten Vergangenheit gelernt hatten, dann war es, dass Emilie manches Mal Dinge ganz beiläufig erwähnte, die aber eigentlich ein großes Gewicht hatten.

Der Moment der Stille wurde jäh unterbrochen, als plötzlich ihr Vater und Caroline in Begleitung zweier Polizisten hinter dem Schloss hervorkamen.

Schon aus der Entfernung rief Henry von Sommerroth: »Tierknochen! Es sind nur Tierknochen.«

»Yes!«, stieß Benzo aus und ballte beide Hände zu Fäusten.

Einer der Polizisten erklärte: »Der Rechtsmediziner vermutet, dass die Verwesung langsam war wegen der Nähe zum See. Die Erde ist moorig. Das heißt, die Knochen können schon viele Jahre alt sein. Vermutlich sogar aus der Kriegszeit.«

Marisas Blick ging verstohlen zu Emilie, die mit einem Mal zu Boden sah und sich schwer auf ihren Stock stützte.

Benzos Stimme hingegen hatte sich um hundertachtzig Grad verändert. Sie klang plötzlich beschwingt und tatkräftig, als er mit dem Polizisten sprach. »Großartig! Was für eine Erleichterung. Dann können die Dreharbeiten also wie geplant stattfinden?«

»Ich werde das noch abschließend mit den Kollegen besprechen müssen«, beschied ihn der Beamte. »Aber ich denke, es wird bald eine offizielle Freigabe geben.«

»Wunderbar«, antwortete Carsten Benzo erleichtert.

Das Funkgerät der Polizisten knackte. Eine fordernde Stimme erklang. »Kann mir hier vorne mal einer mit den Journalisten helfen? Die werden langsam aufdringlich.« Einer der Männer drückte den Knopf am Funkgerät. »Wir kommen!« Er und sein Kollege joggten davon.

Marisa sah ihnen nach. Sie hatten die Fliederallee noch nicht ganz erreicht, da stürmten ein paar Reporter bereits die Auffahrt des Wirtschaftshofs hoch.

»Halt! Stehen bleiben«, riefen die Polizisten und schnitten den Journalisten den Weg ab. Ein Tumult entstand, denn immer mehr Menschen aus beiden Lagern kamen hinzu und begannen zu debattieren. Es dauerte eine ganze Weile, bis die Reporter zurückgedrängt waren. Erst dann gaben die Beamten ein Zeichen.

»Die Luft ist rein, wie es scheint. Wir können gehen.« Benzo lief in Begleitung von Lizzy und Philipp los.

Marisa reichte Emilie erneut den Arm, was sie gern annahm.

Tristan gesellte sich an Marisas freie linke Seite. »Ich muss zugeben, du hast nicht übertrieben, als du meintest, die Geschichte drängt überall auf dem Gut zutage.«

»So wörtlich hatte ich das allerdings gar nicht gemeint.« Die Scherben fielen ihr plötzlich wieder ein. Sie holte sie aus den Taschen ihrer groben Strickjacke hervor. »Porzellan ist mir definitiv lieber als Knochen.«

Tristan bejahte nickend. »Ich bedaure übrigens, wie abrupt unsere Motivsuche enden musste. Wir haben unsere Drachendiskussion nämlich noch nicht zu Ende geführt.«

»Das ist richtig. Und nun?« Marisa schob die Scherben zurück in die Tasche.

»Ich sehe zwei Möglichkeiten. Erstens, ich komme morgen wieder und setze meine Arbeit fort, was allerdings von Carstens Planung abhängt.«

»Und zweitens?«, fragte Marisa gespannt.

»Zweitens …« Er zögerte kurz.

Marisa überlegte, ob er gerade dabei war, sie auf einen Drink einzuladen. Warum sagte er nichts? Vielleicht, weil Emilie neben ihr ging?

»Mein Wagen …«, stieß Tristan plötzlich aus.

Marisa sah verwundert auf. »Dein Wagen?«

»Die Fahrertür ist offen«, ergänzte er. »Ich bin mir sicher, dass ich sie eben geschlossen hatte.«

Wenig später standen alle um den Pick-up und beobachteten Tristan dabei, wie er den Fahrerraum durchsuchte. Kaffeepappbecher und Eisstiele flogen herum. Den Kopf noch tief im Wageninneren hörte man ihn wüten. »Meine Kamera ist weg.«

»Scheiße!«, fluchte Marisa ungehalten. »Diese verdammten Journalisten. Es muss einer von ihnen gewesen sein.«

Tristan krabbelte vom Sitz und sprang heraus. Trotz seines genervten Gesichts hob er abwehrend eine Hand. »Es war keine allzu kostbare Kamera und ich bin versichert.«

»Darum geht es leider nicht«, erklärte sie frustriert. »Du hast Fotos von den Knochen gemacht, oder?«

»Ja«, gestand er. »Warum fragst du?«

»Scheiße!«, fluchte jetzt Philipp, der offenbar auch ohne Marisas Erklärung verstand. »Wenn wir morgen ein Bild davon in der Zeitung sehen, wissen wir, wer der Dieb war: Nowak!«

»Wer ist Nowak?« Carsten Benzos Kopf ruckte mit fragendem Gesichtsausdruck vogelartig zwischen den Gesichtern hin und her.

»So ein Schmierfink, der Sommerroth seit einer Weile aus irgendeinem Grund schaden will«, weihte ihn Lizzy ein.

»Aber könnte dieser Kerl irgendwas mit diesem Foto anfangen?« Der Produktionsleiter wirkte augenblicklich gestresst von dem bloßen Gedanken.

»Ja, das ist möglich«, ergriff Emilie das Wort. »Wir sollten darum hoffen, dass er nicht allzu tief in der Gutsgeschichte herumwühlt und rausfindet, was für Knochen das wirklich sind. Die Wahrheit wirft nämlich kein gutes Licht auf ein Gestüt.«

Alle Gesichter wandten sich ihr zu.

Marisas innere Stimme schrie auf. *Ich hab's doch gewusst! Emilie kennt die Wahrheit.*

»Du weißt, woher die Knochen stammen?«, fragte Lizzy ungläubig.

Emilie nickte und griff mit einer langsamen Bewegung in die weite Tasche von Marisas Strickjacke. Sie holte die beiden Scherben mit dem Sommerroth-Wappen daraus hervor und betrachtete sie. »Es gibt wahrscheinlich kein einziges Teil in diesem Boden, zu dem ich die Geschichte nicht kenne. Aber nicht alle Geschichten sind schön und nicht an alle mag ich mich erinnern.«

Marisa konnte die Last auf den Schultern ihrer Großmutter regelrecht spüren. Sie hätte es ihr so gerne erspart, mehr erzählen zu müssen, aber dazu war es wohl zu spät.

»Moment«, ging Carsten Benzo jetzt dazwischen. »Es tut mir leid, wenn ich ein wenig forsch rüberkomme, aber mein Herz verträgt keine weiteren Überraschungen mehr. Ich muss wissen, was dieser Journalist aufdecken kann und ob dieses Geheimnis einen Schatten auf die Dreharbeiten werfen könnte.«

»Dann schlage ich vor, Sie kommen mit rein. Und am besten bringen Sie ein bisschen Zeit mit.« Emilie drehte sich um und hielt aufs Schloss zu.

»Hol Krzysztof her!«, sagte Marisa leise zu Babette. »Er wird ihr helfen, die Erinnerungen zu durchleben.«

GUT SOMMERROTH

DAMALS

EMILIES NOT

Kapitel 14

Charlotte beobachtete, wie Mamsell Seidler den uralten Mann mithilfe einer Pflegerin zurück in die Kissen gleiten ließ. Sie hatten ihn zum Trinken und der Einnahme seiner Medikamente kurzzeitig aufrechter ins Bett gesetzt. Nun zog man ihm die warme Decke wieder rauf bis zur Brust, und er dankte es mit einem Blinzeln seiner tief liegenden grauen Augen.

Aus irgendeinem Grund hatte sie sich heute der allmorgendlichen Runde durch die Zimmer des Herrenhauses angeschlossen. Wahrscheinlich legte man es ihr sogar als Gutherzigkeit aus. Doch in Wahrheit wollte sie den Zustand ihrer fremdgenutzten Möbelstücke überprüfen. Dass man ihr Hab und Gut pfleglich behandelte, war ihr trotz aller Umstände noch immer genauso wichtig wie am ersten Tag, da die Besatzer hergekommen waren und alles vereinnahmt hatten. Dabei entging ihr kein Detail. Sie sah genau, dass das Wasserglas nun auf dem blanken Holz des Nachttischs abgestellt wurde, wo es mit Sicherheit einen Ring aus übergetretener Flüssigkeit hinterlassen würde. Ebenso erkannte sie, dass unsaubere Hände ihre hellen Vorhänge angefasst hatten, obwohl die Hausangestellten in der Vergangenheit stets dazu angehalten worden waren, dafür weiße Handschuhe zu tragen. Ihre Augen fixierten noch den feinen Leinenstoff mit den bräunlichen Flecken darauf, als die Altenpflegerin plötzlich ungefragt begann, Charlotte über den Gesundheitszustand des Patienten aufzuklären. Wohl aus Unsicherheit darüber, warum sie hier war.

»Herr Binzer ist unser Charmeur, Baronin«, sagte sie kopfschüttelnd in seine Richtung. »Dabei sollen Sie nicht immer nur den Damen schöne Augen machen, sondern kräftig essen. Hier in Ihrer Akte steht, Sie haben das Mittagessen gestern nicht angerührt. Was soll ich davon halten, hm?«

Charlotte sah den zahnlosen Mann leicht grinsen, was sie nun doch rührte. Plötzlich aber vernahm sie etwas, das sie wieder von dem Patienten ablenkte. Schwere Stiefelschritte hallten von irgendwo her. Mit jedem Moment wurde das Trampeln lauter. Sie drehte ihren Kopf eine Handbreit zur Seite und lauschte. Kamen die Schritte von draußen oder etwa von drinnen, was eigentlich undenkbar war?

»Haben Sie das auch gehört?«, fragte jetzt Liesel, die bei der Pflege zeitweise aushalf und gerade das leere Glas durch ein volles ersetzte.

Die Altenpflegerin lief sofort zum Fenster und sah auf den Hof, nur, um sich dann die Hand vor den Mund zu pressen.

Der Anblick allein stellte Charlotte die Haare im Nacken auf. In derselben Sekunde wurden englische Befehle aus einer Männerkehle laut. Der Hall hinter den Worten machte ihr unmissverständlich klar, sie waren im Vestibül! »Was geht da unten vor sich?«, rief sie, als könnte eine von ihnen es wahrlich wissen.

»Ich habe keine Ahnung, Baronin«, antwortete Liesel. »Wollen Sie, dass ich nachsehe?« Ihre Hände umfassten die Griffe des Tabletts mit den vollen Wassergläsern darauf noch ein wenig fester. Alles an ihr ließ darauf schließen, dass sie es vorzog, an Ort und Stelle zu bleiben.

»Ich gehe selbst.« Charlotte wartete nicht länger. Sie griff in ihre Röcke und stürmte hinaus in den Flur, wo nun ebenso andere Frauen aus den Zimmern drängten. Sie beugte sich über das Geländer und bekam aus der Vogelperspektive zu sehen, wie Soldat nach Soldat an Mamsell Seidler vorbei durch den Eingang marschierte, als wären sie ausschwärmende Bienen auf der Suche nach Nektar. Ihre Stiefel hinterließen dunkelbraune Fußspuren auf den Ornamenten der Jugendstil-Bodenfliesen. Charlotte stockte der Atem, als sie das sah. »Halt! Was geht hier vor sich?« Sie eilte die Treppen so flink hinunter, dass ihre Füße die Stufen kaum berührten. In der Diele angekommen, stand sie inmitten des Soldatenstroms, der sie einfach umfloss, als wäre sie ein bloßer Stein im Wasser eines reißenden Flusses. »Anhalten. Was fällt Ihnen ein? Das ist mein Haus. Stopp!« Sie drehte sich um sich selbst. Niemand schien sie zu beachten.

»Bitte, beruhigen Sie sich.« Der Dolmetscher des Colonels stand plötzlich vor ihr, als wäre er aus dem Nichts erschienen.

Sie hatte Mühe, sich auf sein Gesicht zu konzentrieren. Die Tatsache, dass zig fremde Männer in ihr Gutshaus strömten, brachte ihre Glieder zum Kribbeln und ihren Kopf zum Schwirren. »Halten Sie sie auf. Sie werden alles anfassen!«

Liesel tauchte nun ebenso im Vorflur auf und dicht hinter ihr der Bursche Anton.

Charlotte packte Letzteren am Arm. »Geh und such meine Söhne! Sie sollen umgehend herkommen.«

Er rannte hinaus und stieß fast gegen Emilie, die von draußen hereinkam und wie immer den Geruch von Pferden mitbrachte. Charlotte sah sie zum Dolmetscher laufen. »Herr Smith, was passiert hier? Warum sind die Männer im Haus?«

Sein Blick veränderte sich, wurde freundlicher. »Wir brauchen Decken, Vorräte, Geschirr, Mrs Sommerroth. Anweisung von Colonel Baker. Draußen fehlt es an allem – und hier gibt es

Dinge im Überfluss. Bitte verstehen Sie das und treten Sie zur Seite. Ich möchte nicht, dass Ihnen etwas zustößt.«

Charlotte stieß fassungslos ihren Atem aus. Warum sprach er mit Emilie und nicht mit ihr?

Die ersten Soldaten kamen wieder aus dem Esszimmer heraus und liefen nach draußen – in ihren Armen hielten sie Wandteppiche und dicke rote Kissen, die zu ihrem Biedermeiersofa gehörten.

»Das ... das sind Erbstücke – teilweise viele Jahrhunderte alt. Was haben Sie damit vor? Wollen Sie das etwa in die Baracken legen?«

Das Gesicht des Dolmetschers wurde wieder verschlossen. »Sollen vielleicht Menschen sterben, damit Ihre Wände weiterhin mit Gobelins verziert bleiben können?«

Im nächsten Augenblick hörte Charlotte das Geräusch von Porzellan, das aufeinandergestapelt wurde. Sie kannte das feine Klirren ganz genau. Ruckartig drehte sie sich zu ihrem Nussbaum-Buffetschrank um, dem die Dienerschaft immer das Geschirr für den Tee entnahm. Das Möbel war Teil der Aussteuer von Charlottes Großmutter Feodora gewesen, ebenso das Prunkservice von Schlaggenwald aus Böhmen sowie das Sommerroth-Geschirr mit dem Goldwappen. »Nein, nein! Nicht auch noch das gute Porzellan.«

»Wo ist die Küche?«, fragte der Dolmetscher nun unnachgiebig. Sein eiskalter Blick ließ keinen Zweifel zu: Er konnte sie nicht ausstehen! Und das war sicher auf die kurze Zeit zurückzuführen, die die Engländer im Schloss gewohnt hatten.

Beherzt sprang die Mamsell nach vorn und verstellte mit ausgebreiteten Armen die Tür des Gesindeeingangs. »Nur über meine Leiche!«

Ein Kopfnicken in ihre Richtung reichte, damit zwei Männer kamen und sie zur Seite schoben. Kurz darauf polterten zahlreiche Stiefel die alten Holzstufen hinab.

Charlotte sah, wie ihr Hab und Gut, das sie all die vielen Jahre so sehr behütet hatte, Stück für Stück aus dem Haus getragen wurde. Und es gab absolut nichts, was sie dagegen unternehmen konnte. Ihre Beine schafften es nicht länger, ihr Gewicht zu tragen. Sie sackte in sich zusammen, der weite Rock ihres Kleides bauschte sich um sie auf. Aus ihrem Mund kam ein Stöhnen und ihre Lider flatterten. Die Stimmen um sie drangen nun bloß noch gedämpft zu ihr durch.

Sie hörte Emilie von scheinbar weither rufen: »Schnell, helft mir, sie in den Salon zu bringen.« Eine für Charlotte nicht auszumachende Kraft brachte sie wieder auf die Füße. Erst bei den weißen Korbmöbeln nahe der langen Fensterfront, die zum Garten zeigte, ließ das lang gezogene Fiepen in ihrem Ohr allmählich nach. Zwischen den hellen Punkten, die auf ihren Augen aufblitzten, nahm sie Lenchen und Liesel wahr, die sie vorsichtig auf einen der Sessel niederließen. Das Hausmädchen griff hektisch den Wandfächer aus Elfenbein von der Wand. Er war eigentlich nur Zierde, jetzt spendete er Charlotte wohltuende Kühle.

Emilie hob ihre Beine an und legte sie auf einen Hocker. »Lenchen, besorge etwas Starkes zu trinken.«

»Aber wo soll ich das finden? Die Soldaten nehmen doch gerade alles mit«, erwiderte diese und rang verzweifelt die Hände.

Liesel übergab den Fächer an Emilie. »Ich weiß, wo noch ein kleiner Vorrat ist.« Schon war sie verschwunden.

Allmählich wurde es leiser im Haus. Charlotte hatte ihren linken Ellenbogen auf der Lehne abgestützt und ihre Stirn auf die Fingerkuppen gelegt. Sie hörte Lenchen leise etwas zu Emilie sagen.

»Ich gehe mal nach Mamsell Seidler sehen. Ich fürchte, die Männer haben ein Durcheinander in der Küche hinterlassen. Sie wird Hilfe brauchen.«

»Tu das.«

Als sie beide alleine waren, sah Charlotte auf. Emilie stand vor ihr, mit einem Gesicht, das nicht zu lesen war. »Wie geht es dir, Schwiegermutter?« Diese Frage klang wie blanker Hohn. Wollte diese Person sie etwa zum Narren halten?

***

Emilie wurde plötzlich bewusst, dass sie beide zum ersten Mal ganz alleine waren. Noch immer stand Charlottes Antwort aus. Weil sie nicht glaubte, dass ihre Schwiegermutter noch etwas äußern wollte, sprach sie selbst weiter. »Ich konnte Alan Smith dazu überreden, einen Teil des Geschirrs hierzulassen. Ich habe gesehen, dass es dir viel bedeutet.«

Charlotte lachte müde auf. »Es muss dir ein Labsal gewesen sein, diesen Moment miterlebt zu haben.«

»Warum denkst du das? Du irrst dich. Ich weiß nur zu gut, was es heißt, zu verlieren, was man liebt. Ich habe schließlich alles und jeden in meinem Leben verloren. Nur meine Pferde sind mir geblieben.«

»Deine Pferde …«, wiederholte Charlotte verächtlich und schüttelte den Kopf. »Warum besitzt du diese Tiere eigentlich? Wo kommst du wirklich her? Ich weiß nichts über dich. Du bist mir fremd.«

Emilie öffnete den Mund. Es drängte sie geradezu, die Namen jener auszusprechen, die bald von der Welt vergessen sein würden. Wilhelmine, Oskar, Paul, Gut Zimny! Aber sie hatte sich mit Johann darauf geeinigt, die Vergangenheit in Ostpreußen ruhen zu lassen. Sie konnte nicht wissen, ob der Mann, der sie und ihre Familie über so viele Jahre gejagt und ihren Vater in den Tod getrieben hatte, noch lebte. Vielleicht war Fritz Wittko nah und lauerte nur auf eine Gelegenheit, sie ebenfalls umzubringen. Nein, wenigstens vor ihm wollte sie ihren Frieden. Durch ihren neuen Namen war sie geschützt. Ihr alter Name durfte nie wieder ausgesprochen werden! Emilie sah keine andere Lösung, als die Wahrheit so zu verändern, dass es eine weiße Lüge war, wie es ihr Vater immer genannt hatte. Das Auslassen entscheidender Details war schließlich nicht dasselbe, wie die Unwahrheit zu erzählen. »Ich komme von einem Hof im östlichen Teil Ostpreußens. Ich habe dort mit den Pferden gearbeitet. Die Herren meines Guts sind auf der Flucht gestorben. Die Pferde sind alles, was ich noch von ihnen habe.«

»Soso«, antwortete Charlotte voller Missachtung. »Du sagst das, als wären diese Tiere ein wertvoller Schatz. Ich konnte sie noch nie ausstehen. Schlimm genug, dass Leopold und Otto so wild nach ihnen sind, und nun kommst auch noch du mit deinen Gäulen daher.«

»Warum hasst du sie so? Ich verstehe das nicht.«

»Sie stinken …«, spie Charlotte aus. »Sie sind unberechenbar. Und nicht mal ihr Fleisch schmeckt.«

Emilie entging nicht, dass ihr Kinn kurz zitterte und ihre Augen plötzlich wässrig und rot aussahen. Alles an Charlottes Verhalten war so merkwürdig, dass es ihr schwerfiel, etwas darauf zu erwidern. Emilie wählte einen anderen Weg. »Wir müssen uns nicht bekämpfen, Charlotte. Ich kann dir eine Stütze in dieser schweren Zeit sein, wenn du mich nur lässt.«

»Pah, eine schöne Hilfe bist du. Denkst du, ich bemerke nicht, dass du dich in jeder freien Minute in die Scheune schleichst?«

»Doch nur, weil meine Tiere mich brauchen. Fortan werde ich Edith aber auch täglich beim Versorgen der Verletzten helfen. Wenn es sonst noch was gibt, das du dir von mir wünschst, brauchst du es bloß zu sagen.«

Jetzt ging die Tür auf und Liesel kam wieder herein. In der einen Hand hielt sie ein bauchiges Glas mit einer goldenen

Flüssigkeit, die kein Wasser war. In der anderen Hand hielt sie eine Schachtel Pralinen.

Verwundert beobachtete Emilie, wie Charlotte sich gierig gleich zwei Schokoladenstücke in den Mund schob und dazwischen trank.

»Geht! Lasst mich allein, alle beide! Ich will ungestört mit Johann und Otto sprechen, sobald der Bursche sie aufgetrieben hat.«

Emilie wusste, der Zeitpunkt für diese Nachricht war denkbar schlecht. Trotzdem musste sie es ihr ja irgendwann mitteilen. »Charlotte ...«

»Was noch?« Sie hatte ihre Stirn erneut auf den Fingerspitzen aufgestützt.

»Johann ist gestern gegangen. Er hat Sommerroth verlassen, um seinen Vater zu finden.«

Alles an ihrer Schwiegermutter erstarrte. Emilie meinte zu erkennen, dass sie für einen Moment nicht mal mehr atmete. Das Glas in Charlottes Händen rutschte einfach aus ihren Fingern und zerbrach in tausend Splitter. Dabei zuckte sie nicht mal mit der Wimper.

Mit einer Stimme, die bar jeglicher Intonation war, hauchte sie: »Das ist alles deine Schuld! Geh mir aus den Augen. Sofort!«

Emilie erschrak vor so viel Hass. Ohne es bewusst entschieden zu haben, lief sie rückwärts, während Otto an ihr vorbeistürmte.

»Mutter! Was ist passiert?«, rief er und blieb vor ihr und den Scherben stehen. »Ich bin so schnell gekommen wie möglich.«

»Dennoch zu spät. Sie haben meine schönen Sachen mitgenommen, Otto. Alles, was mir lieb und teuer war.« Ihr Blick strich herum und schien in jenen Ecken zu stocken, in denen Dinge fehlten.

»Was sagst du da?« Auch sein Blick schwirrte nun im Raum umher.

Emilie war mittlerweile auf der Schwelle zum Flur angekommen und schlüpfte mit Liesel durch die Tür, die sie leise hinter sich schloss. Es war ihr, als könnte sie hier das erste Mal wieder frei atmen.

»Ich gehe dann auch mal besser in die Küche, falls Sie mich nicht mehr brauchen«, murmelte das Hausmädchen.

»Nein, also ja … geh nur.«

Liesel verschwand mit blassem Gesicht.

Emilie blieb allein zurück in dem dreckverschmierten Vestibül, das plötzlich nicht nur menschenleer war, sondern ebenfalls keine Möbel mehr beherbergte. Das Erlebte hallte in ihr nach und erschöpfte sie nachträglich. Es schien egal zu sein, was sie tat oder nicht tat. Charlotte hatte ihr Urteil über sie bereits gefällt. Diese Erkenntnis ließ Emilie fassungslos zurück und machte sie gleichzeitig über jede Scham erhaben. Ungeniert lauschte sie dem Gespräch von Otto und Charlotte, das jetzt aufwallte.

»Ich verstehe deine Trauer, aber wir werden neue Dinge haben, Mutter. Es wird ohnehin Zeit, dass du weniger an der Vergangenheit festhältst.«

»Neue Dinge?«, wiederholte sie gefährlich langsam. »Du meinst, so, wie du Sommerroths altehrwürdige Gebäude abreißt und ersetzt? So, wie du Pferdekraft durch lärmende Maschinen austauschst?«

»Hör auf, Mutter. Du bist aufgewühlt wegen dem, was geschehen ist. Was soll es bringen, Teetassen mit Landmaschinen zu vergleichen?«

»Es waren nicht irgendwelche Teetassen, sondern uralte Familienerbstücke, aus denen schon Kaiser Wilhelm getrunken hat. Hunderte Jahre Geschichte wurden gerade hier rausgetragen und enden nun wahrscheinlich als Scherben irgendwo in den Ecken der Scheunen. Lässt dich das so unberührt?«

»Nein, aber wie hätte ich es verhindern sollen?«

»Johann hätte es gekonnt«, fauchte sie zurück.

»Johann!«, wiederholte Otto verächtlich. »Es war ja klar, dass du ihn mal wieder lobend erwähnen musst. Selbst, wenn er nichts tut, scheint er dein Wohlgefallen zu bekommen. Dabei frage ich mich, wo ist er denn gerade? Ich kann deinen geliebten Sohn hier nirgendwo sehen!«

»Er ist fort«, kreischte Charlotte nun außer sich. »Du hast ihn vertrieben mit deiner ewigen Streitsucht.«

»Unsinn!«, donnerte Otto. »Er kommt und geht, wie es ihm gefällt. Vier Jahre lang war er fort, ohne sich darum zu scheren, ob Sommerroth es übersteht oder untergeht. Und jetzt verlangt er ein Stück davon, obwohl ich dieses Gut über die letzten Jahre aufrechterhalten habe, als Vater es nicht mehr konnte. Ich war das! Es war deshalb mein verdammtes Recht, ihm das zu verwehren.«

»Das hier ist auch Johanns Geburtshaus. Und er ist dein Bruder.«

»Was heißt das schon? Ich verachte ihn und bin froh, dass er weg ist.«

»Hör sofort auf!«, verlangte Charlotte.

Otto schwieg nicht. »Wahrscheinlich kommt er diesmal nicht zurück und bricht dir so erneut das Herz«, prophezeite er. »Aber ich bin hier! Hier vor dir. Siehst du das denn nicht, Mutter?«

»Stopp!«, verlangte sie schrill.

Emilie vernahm einen Moment lang nichts. Ottos letzte Worte klangen ihr noch im Ohr. Sie waren wie der verzweifelte Ruf eines Kindes gewesen, das nach der Liebe seiner Mutter bettelte. Selbst jetzt noch, da er bereits ein Mann war. Würde sie ihn nicht so verachten, hätte sie in diesem Augenblick sicher Mitleid empfunden.

»Er wird wiederkommen.« Charlottes Stimme war plötzlich ruhig. »Zusammen mit deinem Vater, den du offenbar nicht mal versuchst zurückzuholen. Vielleicht hat Johann ja recht, und du wünschst es dir gar nicht.«

»Wie kannst du so was nur sagen?«

Otto klang sehr verletzt, wie Emilie fand. Dennoch sprach er ruhig weiter.

»Dieses Gespräch ist nun beendet. Ich lasse dir deinen törichten Glauben – jedenfalls eine Weile lang. Bald wirst du einsehen, dass du dich irrst und dass Johann weder deine Liebe noch dein Vertrauen verdient hat. Und dann werde ich ihn von Sommerroth verbannen. Ihn und Emilie mit ihren verdammten Trakehnern ebenfalls.«

»Wie kurzsichtig gedacht von dir …«

»Was meinst du damit? Auch du hast doch für dieses Bauernmädchen nichts übrig.«

»Das stimmt. Aber dennoch bietet Emilie den Sommerroths etwas, das du der Familie nicht geben kannst. Es ist der Hauch einer Hoffnung auf einen Erben. Du und Edith, ihr habt es nicht geschafft, die nächste Sommerroth-Generation zu sichern. Ob es dir nun gefällt oder nicht, dein Bruder und seine Braut sind die letzte Möglichkeit für den Fortbestand unseres uradligen Namens. Seine Rückkehr muss also selbst dich interessieren. Was für einen Sinn hat unser aller Dasein denn sonst gehabt?«

Emilie hatte genug gehört. Sie wusste nicht, was sie mehr abstieß. Ottos blinder Hass oder Charlottes eiskalte Berechnung.

Kapitel 15

Die letzten drei Wochen des regennassen Junis strichen dahin, ohne dass Emilie etwas von Johann hörte. Die Angst um ihn war seither ihr ständiger Begleiter. Es war wohl ihr Glück, dass die Versorgung der Pferde die eine Hälfte ihres Tages einnahm und die Versorgung der Verletzten von Ilsenhof die andere Hälfte. So blieb ihr nicht viel Zeit, darüber nachzudenken, ob er in Sicherheit war. Und zudem konnte sie verdrängen, wie sehr sich ihre eigene Lage und die der Menschen um sie herum verschlechtert hatte.

Es war nun klar, das Vorwerk Ilsenhof würde unbewohnbar bleiben. Die Freude über eine gemeinsame Zukunft mit Johann dort hatte nicht mal einen ganzen Tag gewährt. Doch das war nicht das Einzige, was es zu verschmerzen gab. Die Flammen hatten vieles vernichtet, das den zahlreichen Menschen auf Sommerroth zumindest einen gemäßigten Winter gesichert hätte. Ilsenhof war so etwas wie die Kornkammer des Guts gewesen und ebenfalls Herberge von zahlreichen Tieren, die qualvoll im Feuer verendet waren. Schon jetzt bekam man das zu spüren. Es fehlte an Milch, Butter, Brot und natürlich Fleisch. Man hoffte deshalb auf die Ernte im Herbst, doch die Wahrheit ließ sich nicht leugnen. Ein bloßer Blick auf die Hügel des Guts genügte, um abzusehen, dass auf den im Krieg vernachlässigten Feldern die Kartoffel- und Getreideernte weniger ertragreich ausfallen würde als in den vergangenen Jahren. Die drohende Hungersnot hing über Sommerroth, so wie die bleigrauen Wolken, die seit zehn Tagen nicht verschwinden wollten. Und alle verzweifelten Blicke richteten sich auf Colonel Baker. Wie würde er mit diesem Problem umgehen? Welche Lösung konnte es geben?

Emilie mochte diesen Gedanken nicht weiterspinnen. Sie knöpfte ihren Mantel zu und zog die Schultern hoch, bevor sie durch den Nieselregen zu den Nissenhütten rannte. Mit jedem Schritt hörte sie ein Patschen, so durchweicht war der Boden. Als sie die Behausungen erreichte, kroch die Nässe bereits in ihre Schuhe.

Hinter der knarrenden Holztür erwartete Emilie ein fauliger Geruch. Es war die Feuchtigkeit, sie ließ die wenigen Lebensmittel der Bewohner schneller schimmeln und die vielen Bewohner der Hütte schneller stinken. Um Feuerholz zu sparen, heizte man bloß die Behausungen, in denen die Schwerstverletzten lagen. Alle anderen Baracken waren so kalt und klamm wie diese, wo das nächtliche Schwitzwasser vom Wellblech jetzt auf sie heruntertropfte.

Langsam zwängte sich Emilie durch den schmalen Gang, der in der Mitte noch geblieben war. Ihre Augen gewöhnten sich dabei an die Dunkelheit. Rechts und links lagen Kranke und Verletzte oft zu zweit oder dritt auf behelfsmäßigen Schlafstätten und zugedeckt mit aneinandergenähten Futtersäcken. Es waren grob gezimmerte Stockbetten aus Holz, an denen man sich schnell einen Splitter zuzog, und metallene Luftschutztragen, die bei jeder Bewegung quietschten. Von irgendwoher kam ein heiseres Husten. Es klang so kraftlos, dass Emilie ganz bang wurde. »Edith? Bist du hier?« Sie sah hilfesuchend zur hölzernen Trennwand der zweigeteilten Nissenhütte.

»Ja!« Ihre Schwägerin trat durch die Türöffnung, die nur mit einem Laken zugehängt war. In ihren Händen hielt sie ein paar gelbe und orangefarbene Blätter. Edith hatte ihren Blick darauf gerichtet und schüttelte den Kopf. »Es ist schon wieder weniger geworden, ist das zu fassen, Emilie?«

»Wovon sprichst du?«

»Das sind die Lebensmittelmarken der nächsten Zuteilungsperiode. Die Ration ist erneut gekürzt worden. Kein Mensch kann davon noch satt werden. Vom Arbeiten auf dem Feld ganz zu schweigen. Die Leute werden uns bald unter den Händen verhungern.«

Emilie merkte, wie verzweifelt und erschöpft sie war. Unter Ediths Augen zeichneten sich bereits dunkle Ringe ab.

Mit ihrer freien Hand hielt sie sich die Stirn, als würde ihr Kopf schmerzen. »Immer, wenn man denkt, der tiefste Punkt ist erreicht, geht es noch weiter nach unten. Ich fühle mich so machtlos.«

»Verlier bitte nicht den Mut«, beschwor Emilie sie. »Ohne dich schaffe ich es nicht.«

Edith wischte sich mit einem gequälten Lächeln ein paar dunkle Haarsträhnen zurück, die unter ihrer Schwesternhaube hervorgekommen waren. »Du hast ja recht, Emilie. Was bringt mein Zetern? Damit helfe ich auch niemandem.«

»So ist's besser. Also, womit fangen wir an? Gib mir eine Aufgabe!«

Edith zeigte auf einen Weidenkorb mit schmutzigen Stoffbinden. »Die alten Verbände müssen ausgekocht werden. Wir dürfen sie fortan nicht mehr wegwerfen. Es gibt kaum noch Nachschub.«

»In Ordnung. Ich heize den Ofen an«, antwortete Emilie und machte sich gleich an die Arbeit. Der Stapel Holz in der Ecke war bereits so weit geschrumpft, dass klar war, er würde höchstens noch bis morgen reichen. Sie nahm sich vor, Krzysztof später erneut in den Wald zu schicken – obwohl dort alles Holz mittlerweile derart nass war, dass es nicht recht brannte, und trotz der Tatsache, dass der Forstboden beim letzten Mal bereits einer gefegten Wohnstube geglichen hatte. In ihrer Not hatten die Menschen den Wald bereits blank gesammelt. Nicht mehr lang und die Knappheit von Brennmaterial würde zu argen Problemen führen. Emilie wusste das aus bitterer Erfahrung.

Sie nahm zwei der Holzscheite und steckte sie in den Kanonenofen, der behelfsmäßig aus einer alten Bombe gebaut worden war. Nichts wurde mehr verschwendet – auch kein Kriegsmaterial. Wenig später köchelte ein großer Topf voller Wasser auf dem Ofen vor sich hin. Darin schwammen die alten Verbände voller Blut und Eiter, die nun einen so widerlichen Gestank abgaben, dass Emilie speiübel wurde. Dennoch rührte sie tapfer weiter mit einem langen Stock darin herum. Ständig musste sie aufstoßen und sich danach zusammenreißen. Irgendwer musste diese Arbeit schließlich tun.

»Du siehst gar nicht gut aus, Emilie. Ist alles in Ordnung?«, erkundigte sich Edith schließlich, die sie beim Versorgen einer verwundeten Frau beobachtete.

»Schon gut. Es ist nur der Geruch …«

Zum Glück waren die Verbände bald darauf ausgekocht. Emilie nahm sich ein Sieb, das mal ein Stahlhelm gewesen war, und stellte es vor der Hütte auf drei dicke Steine. Schwitzend wuchtete sie den vollen Kochtopf vom Ofen und schüttete den Inhalt draußen in den alten Helm. Kaum war der letzte gelblich-rote Tropfen gefallen, spürte Emilie es in sich aufsteigen. Sie warf den Topf achtlos in den Schlamm und rannte zu einer Baumreihe, wo sie sich mehrmals übergab. Eine ganze Weile ruhte ihr hängender Kopf zwischen ihren Armen, die sie gegen die raue Rinde des Baums gestemmt hatte. Die Übelkeit verflog glücklicherweise.

Irgendwann spuckte sie ein letztes Mal auf den Boden und richtete sich wieder auf. Der Regen hatte sie trotz des Blätterdachs erreicht und ihren Rücken durchnässt. Es war ihr gleich. Erschöpft legte sie ihren Kopf in den Nacken und ließ sich die kühle Feuchte ins Gesicht rieseln. Als ihre Kraft allmählich zurückkehrte und der Schwindel verschwunden war, entschied sie sich zurückzugehen.

Auf ihrem Weg sah Emilie zum Wirtschaftshof. Bei den großen Stallungen hatten sich ein paar der englischen Soldaten versammelt. Sie debattierten und zeigten in verschiedene Richtungen. Irgendwas schien sie nervös zu machen. Einer von ihnen hielt einen Zettel in der Hand und verwies darauf.

Nachdenklich kehrte Emilie mit Topf und Sieb zurück in die Nissenhütte. Doch auch während des Aufhängens der ausgekochten Stoffstreifen auf den Leinen, die auf Kopfhöhe kreuz und quer durch die Hütte gezogen worden waren, beschäftigte sie das Gesehene weiter. Ein Blick aus dem Fenster bestätigte, dass die Soldaten noch immer an Ort und Stelle standen. Einige liefen jetzt in das große Gebäude, vor dem zahlreiche Fuhrwerke parkten. Was hatten sie vor? Ediths Worte lenkten Emilie schließlich ab.

»Gehst du mir mit dem Verbandswechsel zur Hand? Du könntest die eine Seite der Hütte übernehmen und ich die andere.«

»Natürlich.« Emilie machte sich gleich auf zu ihrer ersten Patientin.

»Gib Bescheid, wenn du Hilfe brauchst«, bot Edith an.

Sie arbeiteten schweigend, um die Schlafenden nicht zu stören. Während dieser Zeit hörte Emilie nichts außer dem lauten Prasseln des Regens auf das Blechdach der Hütte. Die Wunden waren alle auf dem Weg der Heilung, was tröstlich war. Davon beflügelt wickelten Emilies Finger immer flinker. Doch der nächste Stoffstreifen am Arm einer strohblonden Frau machte plötzlich ein schmatzendes Geräusch. Die Verletzte schrie auf vor Schmerz und stieß Worte aus, die Emilie nicht verstand. Sofort ließ sie den Verband fallen, als sie bemerkte, dass sich jene dünne Hautschicht gelöst hatte, die bereits auf der Wunde entstanden war. »Entschuldigung. Es tut mir leid. Das wollte ich nicht«, rief Emilie erschrocken, während sie eine dünne Spur frischen Bluts über den Arm der Frau laufen sah.

»Was ist passiert?«, fragte Edith und kam zu ihr rüber.

»Ich dumme Gans war in Gedanken und hab ihr wehgetan«, schalt sie sich selbst. »Die Haut war mit dem Verband verklebt.«

Edith kniete sich neben die Trage und beruhigte die Frau, während sie die Verletzung vorsichtig besah. »Du warst nur zu schnell. Solche Wunden brauchen Geduld und Zeit. Wenn sie noch nässen, kann es helfen, etwas Melkfett vor dem neuen Verbinden darauf zu schmieren. Ich zeige es dir noch einmal.«

Emilie brauchte Überwindung, sich der Armwunde erneut zu nähern. Das hellrote Blut ließ ihre Übelkeit wieder aufwallen – obwohl ihr diese Tätigkeiten sonst nichts ausgemacht hatten. Ausgerechnet die Verletzte selbst versuchte, sie zu ermutigen. Trotz ihrer Schmerzen lächelte sie, bis Emilie sich ein Herz fasste.

Ediths Finger arbeiteten schnell und sanft zugleich, während sie in aller Ruhe etwas über Wundheilung erklärte. Sie schien niemals die Geduld zu verlieren.

»Keine Sorge, Emilie«, schloss Edith schließlich. »Die Übung macht's. Bei mir hat das auch nicht vom ersten Tag an geklappt.«

»Wie bist du eigentlich Krankenschwester geworden?«, wollte Emilie wissen.

»Das ist leider keine heitere Geschichte. Ich war noch sehr jung, da wurde meine Mutter schwer krank. Ich konnte nichts tun als zuzusehen und ihre Hand zu halten – bis sie schließlich starb. So hilflos wollte ich mich nie wieder fühlen, darum entschied ich mich schon früh für die Schwesternschule. Aber mein Vater verbot es mir.« Ihre Schultern zuckten. »Er hatte andere Vorstellungen von meinem Leben. Dann heiratete ich Otto. Auch er und Charlotte stellten sich anfangs gegen meine Wünsche. Sie waren der Meinung, es gezieme sich nicht für eine Frau von Stand.« Jetzt sah sie Emilie mit einem Hauch von Stolz in die Augen. »Es war wohl das einzige Mal, dass ich mich gegen sie beide durchgesetzt habe. Danach ist es mir nie wieder gelungen.«

»Das war sehr mutig von dir. Deine Mutter wäre bestimmt stolz auf dich«, versicherte Emilie. Sie konnte nur ahnen, welche innere Stärke es gebraucht hatte, sich gegen Otto und Charlotte zu stellen.

»Das wünsche ich mir jeden Tag. Ich vermisse meine Mutter bis heute und ich hoffe, sie sieht mich Gutes tun.« Edith lächelte. »Das hat sie mir immer gesagt: ›Werde ein guter Mensch.‹«

Emilies Gedanken drohten, zu ihrer eigenen Mutter zu schweifen. Bis heute sah sie sie im Traum im Eiskeller von Gut Borowitz liegen. Mit blauen Lippen und weißer Haut. Sogleich fühlte sie jenen Druck hinter den Augen, der ihre Tränen ankündigte. Um sich davon abzulenken, fragte sie: »Aber wird dir nicht manchmal alles ein wenig zu viel? Die Verantwortung hier und dann noch Fliedertal?«

Ein kurzes trauriges Lächeln glomm in Ediths Gesicht auf. »Fliedertal? Dort werde ich nicht gebraucht. Seit mehr als vierhundert Jahren, als das Vorwerk noch ein Kloster gewesen war, regieren da ausschließlich Männer. Nichts hat sich bis heute daran geändert. Was soll ich dort den ganzen Tag?« Ohne aufzusehen, schien Edith zu spüren, dass Emilie diese Antwort noch nicht ausreichte. »Weißt du, Otto und ich sind mittlerweile sehr lange verheiratet. Er bat um meine Hand, da war ich achtzehn.

Heute bin ich zweiunddreißig. Es ist besser, wenn wir nicht den ganzen Tag zusammen sind.«

»Ist das so, wenn eine Ehe länger währt?«

Ediths Gesichtsausdruck wechselte und wurde mild. »Das muss es nicht. Und ich verstehe natürlich vollkommen, dass das bei dir und Johann ganz anders ist. Eine frische Liebe sehnt sich nach Nähe.«

Emilie fühlte sich ertappt und sah zu Boden. »Da hast du recht. Ich kann es nicht erwarten, dass er zu mir zurückkommt.« Durch ihre eigenen Worte wallte die Angst um Johann erneut auf. Nach einer Woche war sie noch nicht beunruhigt gewesen. Nach zwei Wochen hatte sie allmählich seine Rückkehr erwartet und war täglich zum Torhaus gelaufen, um nach ihm Ausschau zu halten. Jetzt, nach drei Wochen, beschlich sie das Gefühl, dass etwas nicht stimmte. Warum dauerte seine Reise so lang? Wenn er doch nur endlich ein Lebenszeichen schicken würde!

»Hoffentlich hat er gute Nachricht von seinem und Ottos Vater dabei. Wir brauchen Leopold hier als Vermittler zwischen seinen Söhnen.« Edith holte tief Luft. »Solange ich die beiden kenne, sind sie wie Feuer und Wasser. Leider verhält es sich bei Leopold und Charlotte nicht viel anders. Die Sommerroths scheinen nicht dazu bestimmt, glücklich miteinander zu sein.«

Emilie wusste nichts darauf zu sagen. Würde sie und Johann etwa eines Tages dasselbe Schicksal ereilen? Sie war noch ganz in Gedanken, da hob sich etwas vom Regenprasseln ab. Es war ein Frauenschrei. Im nächsten Augenblick folgte ein lautes Brüllen. »Was geht dort draußen vor sich?«, fragte sie und stand auf. Mit Edith an ihrer Seite lief Emilie hinaus in den Regen.

Der Wirtschaftshof zeigte sich jetzt prall gefüllt. Soldaten und Geflüchtete standen sich in zwei Fronten gegenüber. Eine Frau schrie aus voller Kehle. Zwei Soldaten hielten sie an beiden Armen fest, als ein Pferd aus den Stallungen hinausgeführt wurde. Es lahmte schwer auf der Vorderhand, sodass seine Schritte mehr ein Hüpfen waren.

»Was hat das zu bedeuten?« Emilies Hals schnürte sich zu. Die Ahnung, die sie befiel, war so schrecklich, dass sie hoffte, sich zu irren.

»Ich weiß es nicht«, gab Edith tonlos zurück.

Jetzt kam Colonel Baker hinzu. Nur kurz begutachtete er das Tier und nickte.

Die Frau riss sich schreiend los und fiel dem Pferd um den Hals. Verzweifelt versuchte sie, den Soldaten aufzuhalten, der das Tier mit sich nahm, indem sie mit beiden Händen am Führstrick zerrte. An ihrem Wasserpolnisch erkannte Emilie, dass sie aus Schlesien kam. Die zwei Soldaten von eben packten die Frau schließlich bei den Armen und redeten auf sie ein. Das Pferd hinkte von dannen – direkt auf einen Mann zu, der eine blutige Schürze trug und in einer Scheune verschwand.

»Nein, bitte nicht …!« Emilies furchtbare Vermutung wurde zur Gewissheit: Die Frau war geflüchtet und hatte alles verloren außer ihrem treuen Pferd. Das Tier war mit Sicherheit ihr Lebensretter gewesen, so wie Muskat, Kabinett und Windfarbe Emilies Leben gerettet hatten. Und jetzt sollte dieses Pferd zwangsgeschlachtet werden!

Emilie begann von innen heraus zu zittern, als sie sah, dass ein weiteres Pferd aus dem Stall gebracht und dem Colonel vorgeführt wurde. Es war klapperdürr und hatte einen Senkrücken. Die nächste Familie fing bitterlich an zu weinen und zu kreischen. Zwei Kinder liefen dem Tier mit ausgestreckten Ärmchen hinterher.

Emilie legte sich beide Hände auf den schreckgeweiteten Mund. Die Grausamkeit dieses Augenblicks presste ihr die Luft aus den Lungen. Sie wusste, Colonel Baker war kein Unmensch. Doch er selbst hatte ihr seine Absichten unmissverständlich klargemacht: Er wollte das Überleben der vielen

Menschen auf Sommerroth sichern. Diese Pflicht stand für ihn über dem Wohl des Einzelnen.

Streng nickte der Colonel dem Soldaten mit dem zweiten Pferd zu, woraufhin es weggeführt wurde. Sofort brachten seine Leute das nächste Tier herbei. Dahinter erschien die nächste schreiende Familie.

Emilie war überzeugt, das würde jetzt noch lange so weitergehen. Alles sprach dafür, denn die unglaubliche Anzahl der Pferde in diesem Teil des Landes, zusammen mit der Futterknappheit, war zu einem großen Problem geworden. Gleichzeitig gab es immer mehr hungernde Menschen. Trotz aller Schrecken erschien es von außen betrachtet ein kluger Schachzug zu sein, das eine Problem mit dem anderen zu lösen. Und selbstverständlich griff der Colonel zuerst auf die alten und kranken Tiere der Flüchtlinge zurück, die weder Geld noch Land hatten. Emilie wurde bewusst, dass sie selbst ein Flüchtling war! Der Name Sommerroth bedeutete in diesem Augenblick nichts. Kein Mensch auf der Welt gab Emilie die Sicherheit, dass nicht eines ihrer Pferde das nächste Schlachttier war!

»Verzeih, Edith. Ich ... ich muss gehen.« Sie wartete gar nicht erst auf eine Antwort, sondern rannte einfach davon.

***

Emilies Füße trugen sie über den braunen Schlamm, der sie andauernd ausrutschen ließ. Sie hatte die Remise fast erreicht, da fiel sie tatsächlich. Umgehend rappelte sie sich wieder auf. Von oben bis unten mit Schlick bedeckt, hastete Emilie in die Scheune, wo sie Krzysztof fand. »Schnell! Nimm dir die Pferde. Wir müssen weg. Schnell!«, forderte sie.

»Was ist passiert?«, rief er aus der Banse heraus. Zugleich bemerkte er ihre dreckverschmierte Erscheinung. Es war ihm anscheinend Beweis genug für die Ernsthaftigkeit ihrer

Forderung. Sofort rannte er herbei. Wortlos zog er Windfarbe und Kabinett die Trensen über die Köpfe und zerrte die Deichselstangen zurück. Beide Fohlen spürten die Aufregung und trippelten nervös herum. Mit einem Stoß von Krzysztof wurde das Tor der Remise weit geöffnet.

Emilie sprang noch in der Scheune auf Muskats blanken Rücken und trabte an. Sie sah nicht zurück, als sie über die Allee galoppierte – hörte bloß die vertrauten Hufschläge ihrer übrigen vier Pferde hinter sich. In ihrem Kopf war lediglich ein Gedanke: *Nur weg von hier. Jedenfalls für heute!*

Instinktiv schlug sie die Wege ein, die am direktesten von Sommerroth fortführten. Bald galoppierte sie im Regen über einen grün bewachsenen Pfad, der zwischen zwei Feldern verlief. Ihr Körper verschmolz mit ihrem Pferd. Die Bewegungen von Muskat griffen von selbst auf sie über, sodass sie und den Pferderücken trotz der Geschwindigkeit keine Handbreit trennte. Wind und Wasser peitschten ihr ins Gesicht. Emilie fühlte, wie das Wetter sie reinwusch von der Angst, die sie eben noch auf Sommerroth gefühlt hatte. Es war ihr, als könnte sie seit Tagen das erste Mal wieder frei denken und tief atmen.

Für diesen einen Moment war sie wieder in Ostpreußen. Die Hügel reihten sich hier ähnlich aneinander wie in ihrer Heimat. Sie sah den schwarzen Wald in der Ferne, das grüne saftige Gras unter den Hufen und das Korn um sich herum. Wie lange hatte sie keinen feuchten Erdboden mehr gerochen? Kein nasses Laub? Sie trieb Muskat weiter an, woraufhin ihre Stute ihre Galoppsprünge nochmals verlängerte. Das Land erschien ihr plötzlich weit und wohltuend einsam. Da hörte sie Krzysztof hinter sich rufen.

»Frau Emilie, die Fohlen … Wir sind weit genug geritten.«

Sie besann sich – wenn auch ungern. Tatsächlich hatte Emilie kurz den Umstand verdrängt, dass weder die Fohlen noch ein Reiter mit Handpferd dieses Tempo würde lange halten können. Sie zügelte Muskat und verlagerte ihr Gewicht nach hinten. Die Rappstute fiel sofort in einen weichen Trab und dann in Schritt. Jetzt merkte sie, dass Kornblume und Winterzeit weit zurückgefallen waren und Krzysztof Mühe hatte, die Mutterstuten dennoch vorwärtszutreiben. Erst, als die Fohlen wieder aufschlossen, kam er an ihre Seite geritten und ließ den Strick von Kabinett lang, sodass sie gemächlich hinter Windfarbe gehen konnte.

»Was ist passiert? Warum mussten wir so schnell das Gut verlassen?«, fragte Krzysztof außer Atem. Das Regenwasser lief ihm dabei in Strömen vom Gesicht.

»Sie haben Pferde für eine Zwangsschlachtung bestimmt. Der Himmel weiß, wie viele es bis zum Abend sein werden. Ich konnte nicht …«, ihre Stimme brach. Sie war nicht in der Lage, es laut auszusprechen. Es waren auch keine weiteren Worte nötig.

Krzysztof nickte bloß. Sein dunkles Haar klebte ihm nass an der Stirn. Er blinzelte gegen das Wetter an. »Was sollen wir jetzt tun?«

»Ich will die Pferde für heute in Sicherheit wissen. Wir kehren erst am Abend zurück.« Bereits während sie das sagte, wurde ihr klar, dieser Tag würde unangenehm werden. Sie selbst war inzwischen nass bis auf die Knochen. Nur der warme Rücken von Muskat spendete etwas Wohlbehagen.

Der Weg führte nun bergauf und endete vor einem Feld. Ohne zu überlegen, trieb Emilie Muskat weiter durch das spärliche Korn, in Richtung des bleigrauen Himmels. Sie fühlte, wie die Ähren über ihre Fußspitzen strichen. Und erst in dieser Sekunde ging ihr auf, dass sie zum ersten Mal seit langer Zeit nicht umgeben von unzähligen Menschen war. Auf der Kuppe angekommen, ließ der Regen endlich nach. Die letzten Tropfen klatschten auf Muskats nassen Körper und liefen an ihrer schwarzen Mähne entlang. Die Stute blieb stehen, um sich einmal kräftig zu schütteln.

Emilie schaute sich nach einem trockenen Platz zum Rasten um, da entdeckte sie plötzlich die Dächer eines Gutshofs in der Ferne. Weiße Zäune zogen sich in einem weiten Kreis darum. Und in der Mitte thronte ein neugotischer Backsteinturm mit Treppengiebel wie der einer Kirche. »Das muss Fliedertal sein«, schloss sie, denn sie erinnerte sich an Ediths Worte über das ehemalige Kloster.

»Und das dann wohl die Menschen, die Ihr Schwager vor seinen Toren abweist.« Krzysztof zeigte auf eine Straße, die sich wie ein Fluss durch die Hügel schlängelte und dann am Gutshof vorbeilief. Sie war voller Flüchtlinge, von denen keiner eingelassen wurde.

Emilie erkannte im Torbogen von Fliedertal vier Wachmänner, die alle barsch verjagten, die dem Vorwerk auch nur nahe kamen. Den Menschen blieb daraufhin nichts weiter übrig, als sich wieder in den endlosen Strom Vertriebener einzureihen und ihren Weg auf müden Beinen fortzusetzen. Der Anblick machte sie fassungslos und ließ ihre Verachtung für Otto ins Unermessliche wachsen. Bis zu diesem Moment hatte Emilie es nicht für möglich gehalten, dass er das Vorwerk tatsächlich von fremden Menschen und ihren Tieren frei hielt. »Wie kann das möglich sein, Krzysztof?«

»Ich denke, ich kenne den Grund.« Er zeigte auf einen kleinen Weg am Rande des Guts, wo drei englische Jeeps parkten. Unweit davon standen mehrere Männer zusammen und musterten einen Holsteiner, der ihnen von einem Mann mit leuchtend roten Haaren im Schritt und Trab vorgeführt wurde. »Otto von Sommerroth macht Geschäfte mit den Engländern.«

Emilie kniff ihre Augen enger zusammen. »Und deshalb sind seine Pferde geschützt.«

»Seine schon, aber Ihre nicht, Frau Emilie. Wir müssen eine Lösung finden. Etwas, was die Stuten unabdingbar macht und sie eine Weile aus dem Blick der Engländer verschwinden lässt. Ansonsten sind sie bei der nächsten Schlachtung auf Sommerroth erneut in Gefahr.« Krzysztof kratzte sich nachdenklich hinter dem Ohr. »Ich hörte davon, dass manche ihre Pferde an die Bauern der Umgebung verpachten. Für die Feldarbeit, während der Ernte.«

Emilie wollte das alles nicht hören, doch sie wusste, er hatte recht. »Dazu müssten wir sie den Herbst über auf fremde Höfe stellen. So unbeliebt, wie Trakehner hierzulande derzeit sind, wäre das ein großes Risiko. Ich befürchte, dass man Windfarbe und Kabinett vernachlässigt oder überfordert und dadurch die Milch nicht mehr fließt. Damit gefährden wir die Fohlen.«

Gleichzeitig sahen sie zu den beiden kleinen Stuten, die ihre Mütter gerade aufmerksam beim Grasen beobachteten und versuchten, es ihnen nachzumachen.

»Sie sind noch nicht so weit«, entschied Emilie. »Erst, wenn sie abgesetzt sind.«

»Wir haben immer noch den Heuwagen«, schlug Krzysztof jetzt vor. »Windfarbe und Kabinett könnten mit Fohlen bei Fuß für kleinere Fahrten angespannt werden. Und Muskat übernimmt die längeren Wege«, ergänzte er.

»Eine Art Pferdetaxi, meinst du?«

»Ja, die Menschen können uns bezahlen mit was immer sie haben. Hauptsache, der Colonel sieht, unsere Tiere werden gebraucht.«

Emilie betrachtete den schwarzen Hals ihrer Stute. Das nasse Fell offenbarte darunter ihre noch immer starken Muskeln. Muskat war jung und kräftig – trotz der Umstände. Sie nickte stumm.

Krzysztof wies in den Himmel. »Wir sollten uns irgendwo unterstellen, wenn wir nicht erneut durchnässt werden wollen. Von Osten ziehen wieder graue Wolken auf.«

»Du hast recht. Lass uns zum Wald reiten.« Emilie wollte Muskat gerade wenden, da bemerkte sie eine Bewegung auf der abschüssigen Wiese, die sie und Fliedertal trennte. Ein Mann stand da. Er trug einen langen schwarzen Regenmantel mit Stehkragen. Sein Gesicht war zur Hälfte unter der breiten Krempe seines Huts verborgen, es gab dennoch keinen Zweifel, dass er sie beobachtete. »Krzysztof, sieh mal. Dort.« Emilie zeigte zu dem Fremden.

»Einer von Ottos Männern, schätze ich. Wir sollten besser verschwinden.«

Sie verließen die Gegend um Fliedertal. Unentwegt schaute Emilie dabei über ihre Schulter zurück. Der Mann stand einfach da und folgte ihnen mit seinen Blicken, solange es ging. Es war zum Fürchten, wie sie fand. Selbst, als sie ihn längst nicht mehr sah, verschwand er ihr nicht aus dem Kopf. Was hatte er gewollt?

Wie zur Bestätigung ihrer Gefühle setzte der Regen wieder ein.

Gut Sommerroth

Heute

Emilies Brief

Kapitel 16

»Und Action!«, brüllte eine Männerstimme über die Wiese.

Das Donnern von galoppierenden Hufen erklang. Rasen und Erdbrocken flogen durch die Luft. Surrend ging die Drohne in die Höhe. Ein Kameramann mit Steadicam lief in entgegengesetzter Richtung neben dem Pfad der Reiter entlang, um den Galopp noch dynamischer wirken zu lassen.

Marisa hatte sich diese teure Kamera erklären lassen und wusste jetzt, dass die Weste mit dem gefederten Stabilisierungsarm es ermögliche, das Verwackeln von Bildern auf ein Minimum zu reduzieren. Sie war fasziniert – von allem, was hier gerade auf Sommerroths Schlosswiese und drum herum geschah.

Wie angekündigt war der gesamte Gutshof von der Fernsehcrew eingenommen worden. Und von ihrem Platz aus, im Schatten der Alleebäume, hatte Marisa alles perfekt im Blick. Nicht nur die Proben der Dreharbeiten auf der Grünfläche. Auch das Badehaus, wo parallel Interviews mit Angehörigen und Freunden des Brautpaares stattfanden, die dann später in der Post Production vom Cutter an beliebigen Stellen im Film eingefügt wurden. Ebenfalls das Gartenzimmer, in dem die Komparsen auf ihren Einsatz warteten. Und sogar die Kapelle, vor der man bereits den Blumenschmuck an drei Rosenbögen richtete, durch die ein roter Teppich führte. Auch wenn die eigentliche Trauung erst morgen gedreht wurde, sollte das Einlaufen bereits heute stattfinden.

Das Wetter hatte allen einen Strich durch die Rechnung gemacht und Carsten Benzo mal wieder den Schweiß auf die Stirn getrieben. Wegen eines angekündigten Gewitters waren der eng getaktete Drehplan noch mal kurzfristig umgestellt und alle Außenszenen vorgezogen worden. Schon heute Nachmittag sollte der Regen einsetzen und die kommenden zwei Tage anhalten.

Auf Marisa wirkte alles etwas chaotisch, doch die Fernsehcrew schien zu jedem Moment zu wissen, was zu tun war. Blieb nur noch abzuwarten, ob es dem Brautpaar auch gelingen würde, unter diesen Bedingungen die echten Gefühle einer Hochzeit zu simulieren – Marisa war gespannt, ihr Auge war dahingehend schließlich geschult.

»Cut! Alles auf Anfang und noch mal«, verlangte der Regisseur.

Lizzy und Alexander zügelten ihre Pferde und ritten zurück zum Ausgangspunkt. Es war bereits der dritte Probedurchlauf, doch die beiden hatten sichtlich Spaß an ihrer Aufgabe. Alles sollte perfekt sitzen, wenn Litienne aus der Maske kamen und ihre Rolle einnahmen. Im Idealfall wären die Takes mit den Pferden dann schnell im Kasten und sie könnten zügig die nächsten Szenen drehen. Doch noch ließen die beiden sich nicht blicken.

Nach ihrer ohnehin verspäteten Ankunft in einer schwarzen Limousine vor zwei Stunden waren sie klammheimlich im größten Hotelzimmer des Schlosses verschwunden. Nur Mark und Philipp hatten ihren alten Schulfreund und seine Verlobte in Empfang nehmen sollen, wie der persönliche Assistent vorher telefonisch hatte ausrichten lassen. Frau Davies zog es nämlich vor, zuerst Haare und Make-up richten zu lassen, bevor sie alle am Set begrüßte.

Marisa war das Augenrollen der Crew nicht entgangen, die ja bereits mehrere Drehtage mit den beiden hinter sich hatte. Ihr Blick ging jetzt zum Regisseur, der Carsten Benzo herbeiwinkte. Er schien ihn leise etwas zu fragen. Dabei zeigte er nach oben, zum Hotel, dann zum Himmel und danach auf seine Uhr. Als Antwort erhielt er vor allem ein Schulterzucken, was ihn sichtlich frustrierte. Benzo beschwichtigte ihn mit seinen flachen Händen und hastete danach davon in Richtung Schloss. Die Stimmung wurde von Minute zu Minute angespannter.

Marisa sagte es nicht laut, aber sie war froh um jeden Moment, den die Proben noch andauerten, denn sie genoss es sehr, ihre Schwester mal im Mittelpunkt zu erleben. Lizzy blühte auf in ihrer Rolle als Pferdeexpertin. Die gesamte Crew schätzte ihren Rat und ihre Ideen.

Der Regisseur stand nun auf und begutachtete mit verschränkten Armen sowie nachdenklichem Gesicht das Set. Zwei Frauen der Requisite eilten über den Rasen, um schnell die gröbsten Bodenlöcher mit ihren Füßen zuzutreten, bevor der nächste Durchgang startete. »Irgendwas fehlt. Die Pferde wirken zu brav, das nimmt der Einstellung das Feuer.«

»Vielleicht könnte der letzte Moment noch besser aussehen, wenn man die Aufmerksamkeit der Pferde auf etwas lenkt. Ein knisternder Gegenstand wie eine Chipstüte«, schlug Lizzy vor, die offenbar sofort verstand, was der Mann brauchte. »Die Szene soll ja sowieso mit Musik unterlegt werden, sagten Sie.«

Der Regisseur nickte langsam, während er sich Lizzys Vorschlag sichtbar vorzustellen versuchte.

»Das Ganze wäre dann so: Alex und ich galoppieren an, bei der Markierung zügeln wir die Pferde und halten. Dann wird geknistert, die Pferde heben die Köpfe und spitzen die Ohren, und wir küssen uns.«

»Fabelhaft. Das probieren wir aus.« Der Regisseur drehte sofort um und joggte zurück zu seinem Stuhl. Dabei schnipste er mit den Fingern. »Besorgt mir was, das knistert.«

Der junge Regieassistent mit dem Headset auf dem Kopf schien zwar gewillt, aber für einen Augenblick ratlos. Dennoch flitzte er los.

Marisa sah beeindruckt, wie die kurze Pause genutzt wurde. Der Set-Aufnahmeleiter lief zwischen Licht und Kamera hin und her, wo nach jedem Durchgang Anpassungen vorgenommen wurden. Wenig später kam der Regieassistent mit einer gold- und silberglänzenden Rettungsdecke zurück. Er positionierte sich. Die Worte des Set-Aufnahmeleiters hallten durch die Luft. »Drehfertig machen!«

Marisa beobachtete Lizzy, die bereit war. Sie saß auf Josef, dem gutmütigen alten Schimmelwallach, der trotzdem noch Feuer besaß und ohne Probleme mit Sunglow mithalten konnte. Der Fuchs war Alexanders Pferd und dafür bekannt, dass ihn nichts aus der Ruhe brachte. *Die perfekte Wahl* hatte die Crew die beiden Pferde genannt und Lizzy und ihren Verlobten gleich dazu überredet, für die richtigen Kameraeinstellungen vorzureiten, solange Litienne auf sich warten ließen.

Der Aufnahmeleiter rief: »Ruhe bitte!«

Der Regisseur folgte mit: »Fertig.«

»Ton ab.«

»Läuft.«

»Kamera ab.«

»Läuft.«

Die Klappe wurde angesagt und geschlagen. Nach ein paar Sekunden Vorlauf hörte man: »Action!«

Lizzy und Alexander galoppierten los. Marisa hielt die Luft an und presste ihre Daumen fest auf ihre Fäuste. Mit Leichtigkeit zügelten Lizzy und Alexander ihre Pferde bei der Markierung. Der Regieassistent knüllte die Rettungsdecke geräuschvoll zusammen, woraufhin sich die Pferde aufrichteten und ein bisschen auf der Stelle tänzelten. Ihre Schwester strahlte ihren Verlobten an und sie gaben sich einen innigen Kuss.

Der Regisseur rief: »Aus. Danke! Das war perfekt. Genau so müssen wir es gleich wiederholen.«

Carsten Benzo kehrte nun zurück und zeigte dem Regisseur die fünf Finger seiner rechten Hand, was Marisa als Zeitangabe deutete, bis Litienne auftauchen würden. Es schien ihn zu beruhigen.

»Das haben die beiden richtig toll gemacht, findest du nicht auch?«, fragte plötzlich Philipp hinter ihr.

Marisa drehte sich um. »Allerdings«, stimmte sie ihrem Bruder zu und sah gleich, dass er eine Zeitung in der Hand hielt. Eine böse Vorahnung befiel sie. »O nein. Sag nicht, dass da etwas über die Knochen drinsteht.«

»Lies einfach selbst.« Er reichte ihr das *Holstein-Blatt* mit einem Gesicht, das nichts verriet.

Sie brauchte nicht lang zu blättern, gleich auf Seite zwei war ein Foto von Gut Sommerroth zu sehen, davor die zahlreichen Wagen der Fernsehcrew und der Kamerakran. Marisas Augen ruckten umher – auf der Suche nach dem Verriss. Doch alles, was sie sah, waren die Agenturbilder von Lilith Davies und eine Kolumne über Promi-Hochzeiten. Die Überschrift des Artikels gab ihr schließlich Gewissheit.

> Klein-Hollywood in der Nachbarschaft. Gestüt Sommerroth im Glanze eines Filmstars. Erste Informationen zum heimlichen Hochzeitsdreh

Sie atmete erleichtert auf. »Philipp, hast du das gesehen? Ich kann es nicht glauben. Euer Plan scheint tatsächlich zu funktionieren.«

»Hab ich dir doch gesagt. In Zukunft hörst du besser gleich auf deinen großen Bruder.« Sein Gesicht strahlte, so sehr genoss er es, richtig gelegen zu haben.

Marisa schlug die Zeitung wieder zu und presste sie an sich. »Gott sei Dank! Endlich wieder positive Schlagzeilen. So kann es weitergehen. Vielleicht gibt dieser Nowak ja nun endlich Ruhe. Wenn dann die Serie auch noch ein Erfolg wird, schert sich sicher niemand mehr um den Landau-Skandal.« Mit dem Gefühl tiefster Erleichterung ließ sie ihren Blick über das Set schweifen, wo der Regisseur mittlerweile einen hochroten Kopf bekam und auf seine Uhr stierte. An Philipp gerichtet fragte sie: »Sag mal, sind die beiden bald so weit? Ich habe den Eindruck, sie machen sich nicht gerade beliebt mit ihrer Verspätung.«

»Sie werden sich gleich noch viel unbeliebter machen, fürchte ich.«

»Warum das?« Marisa sah Philipp fragend an. In derselben Sekunde erblickte sie Tristan über die Schulter ihres Bruders hinweg. Für eine Sekunde blieb ihr der Atem weg – so überrascht war sie. Langsam kam er zwischen Schloss und Festscheune hervor und schaute sich suchend um. Er trug ein weißes T-Shirt und darüber ein Jeanshemd mit aufgekrempelten Ärmeln. Über seiner Schulter hing eine Kamera, die etwas kleiner war als die geklaute. Sein Augenmerk fiel zuerst auf Emilie und Krzysztof, die auf zwei Gartenstühlen im Schatten des rechten Seitenrisalits vom Herrenhaus saßen und die Proben beobachteten. Geradezu galant forderte er Emilies Hand und drückte ihr zur Begrüßung einen Kuss darauf. Ihre Großmutter lächelte ergeben und Marisa ging das Herz auf – dabei wäre es gelogen gewesen zu behaupten, der Grund sei bloß die nette Behandlung ihrer Oma.

»… ich hörte noch, wie Etienne ihr sagte, dass das doch völlig unwichtig sei …« Philipp machte beim Reden passende

Handgesten und konzentrierte sich so sehr darauf, dass er gar nicht mitbekam, wie abgelenkt Marisa war.

Ohne ihrem Bruder zuzuhören, reckte sie den Hals, um Tristan weiter zu beobachten. Dieser lief nun zu Carsten Benzo. Nach einem kurzen Handschlag zur Begrüßung blickten sie gemeinsam in das Drehbuch. Hin und wieder tippte einer von ihnen auf die Seiten und wies dann auf einen Punkt in der Umgebung. Als Tristan abermals dem Fingerzeig von Benzo folgte und plötzlich zum Badehaus sah, durchzuckte es Marisa wie ein Blitz. Umsonst, er hatte sie nicht entdeckt. Trotzdem ging ihr Herz schnell. Unbewusst biss sie sich jetzt auf die Unterlippe. Sie musste sich in diesem Moment eingestehen, dass sie die letzten drei Tage ununterbrochen an Tristan gedacht hatte – und das, obwohl sie davon ausgegangen war, ihn nicht wiederzusehen. Umso mehr fragte sie sich, warum er heute hier war.

»… jedenfalls kann ich mir nicht vorstellen, dass Lizzy sich darauf einlässt. Aber ich mische mich da nicht ein!« Philipp hob seine Hände. »Die Pferde sind schließlich ihr Bereich …«

»Ja, klar. Die Pferde sind ihr Bereich«, plapperte Marisa nach, um ein Zuhören vorzutäuschen. Dabei hatte sie keine Ahnung, wovon Philipp eigentlich sprach. Stattdessen starrte sie weiter Tristan an. Ihr Benehmen war kindisch, trotzdem konnte sie nicht damit aufhören. Er hatte sie beeindruckt. Und zwar weniger deshalb, weil er so viel Beeindruckendes erlebt hatte, sondern viel mehr, weil er sich trotzdem selbst nicht so wichtig nahm. Marisa hatte das Gefühl, ihn bereits jahrelang zu kennen. Und doch blieb er geheimnisvoll dabei – fast wie einer jener Drachen, die er so liebte. Ja, genauso sah sie ihn. Er war ein Drache.

»Sag mal, hörst du mir überhaupt zu?« Ihr Bruder drängte sein Gesicht in ihr Blickfeld.

»Was? Klar höre ich dir zu, Philipp. Wie kommst du darauf?«

»Na ja, vielleicht weil du kurz davor bist, deinen Hals wie eine Eule um einhundertachtzig Grad zu drehen. Zum wiederholten Male ...«

»So ein Quatsch. Ich verfolge nur aufmerksam die Geschehnisse hier.«

»Na, dann verfolge mal schön. Ich gehe jetzt zur Terrasse und höre mir an, was Litienne gleich sagen werden.«

»Was sollen sie denn sagen?«

»Siehst du, du hast mir *nicht* zugehört.« Er ließ sie grinsend stehen und lief los. Über seine Schulter hinweg rief er: »Selber schuld.«

Marisa hastete ihm hinterher. »Warte, Philipp! Wovon hast du eben gesprochen?«

»Zu spät, Schwesterherz.« Er weigerte sich lachend. »Ich weiß, die Neugier wird dich auffressen. Eine gerechte Strafe.«

Wie recht er hatte, dachte sie. »Komm schon. Ich gebe hiermit offiziell zu, dass ich nicht zugehört habe. Und ich gelobe Besserung. Was hast du mir eben erzählt?«

»Von mir erfährst du nichts mehr«, neckte er sie gespielt beleidigt. Dann wies er auf halber Strecke zum Schloss. »Aber du wirst es sicher gleich erfahren.«

Marisa blickte zur Terrasse, wo endlich die beiden Hauptdarsteller erschienen. Der Anblick verschlug selbst ihr die Sprache – ebenso wie den Komparsen, die herbeigeeilt kamen. Ein Raunen ging durch die Reihen der Leute. Spontan ließen sie sich zu einem Applaus hinreißen, woraufhin Frau Davies erst knickste und sich danach um die eigene Achse drehte. Ihr Verlobter gönnte ihr den Auftritt und klatschte ebenfalls. Beide genossen die Aufmerksamkeit sichtlich.

Marisa entging jedoch nicht, dass die Fernsehcrew hingegen stumm blieb und sich auffällig unauffällig ihrem Equipment widmete.

»Recht einseitige Begeisterung, würde ich sagen«, raunte Philipp seiner Schwester zu.

»Das bestätigt wohl, was man sich erzählt.«

»In der Tat. Etienne ist echt okay, aber sie ist eine Diva. Eine wunderschöne Diva, das gebe ich allerdings zu.«

Marisa bestätigte das in Gedanken. Beide sahen toll aus. Etienne Conradi hatte einen schwarzen Smoking an. Dazu trug er Zylinder und einen Gehstock, der ihn auf wundersame Weise eher cool als alt wirken ließ. Lilith Davies hingegen präsentierte sich in einem Kleid, wie es selbst Marisa in den letzten Jahren nur selten gesehen hatte. Es war eine ausladende schulterfreie Prinzessinnenballrobe in Ivory mit so vielen Pailletten und Plissee-Applikationen in Rankenform, dass der Stoff bei jeder kleinsten Bewegung im Sonnenlicht funkelte. Ihr langes Haar in Balayage war in leichte Wellen gelegt und zur Hälfte hochgesteckt. Das hübsche Gesicht war hinter einem dünnen Blusher-Schleier auf Kinnlänge verborgen.

Sie hatten die Terrasse noch nicht ganz erreicht, dennoch fiel Marisa selbst aus der Entfernung etwas auf. Schon während der Begrüßung der Komparsen und der Gutsmitarbeiter war der Blick von Frau Davies immer wieder auf Sunglow gerichtet. Als Alexander und Lizzy schließlich an der Reihe waren und von Mark vorgestellt wurden, schlossen Marisa und Philipp zu den anderen auf.

»Meine Schwägerin Lisbeth und ihr Verlobter Alexander sind unsere Pferdeexperten. Niemand kennt sich besser mit Sommerroths Vierbeinern aus, weshalb sie für die anstehende Szene eure ersten Ansprechpartner sein werden.«

»Angenehm …«, begrüßte sie Etienne Conradi.

Kaum hatten alle einen Händedruck ausgetauscht, platzte es aus Lilith Davies heraus. Sie zeigte auf Sunglow. »Es tut mir leid, aber das braune Pferd müssen wir leider austauschen.«

»Wie meinen Sie das«, fragte Lizzy verblüfft.

»Ich hatte um ein weißes Pferd für mich gebeten, damit es zum Kleid passt – da versteht es sich doch von selbst, dass Etiennes Pferd schwarz sein muss.« Sie zog die Augenbrauen hoch. »Es ist wohl nicht zu viel verlangt, ein bisschen mitzudenken.«

»Wie bitte?«, stieß Lizzy nun aus.

Der Regisseur kam im Stechschritt näher, sodass Marisa fast zur Seite springen musste. »Moment, Moment, Moment ...«, warf er ein. »Wir haben mit diesem Pferd geprobt und alles lief hervorragend. Ein neues Pferd einzusetzen kostet wieder Zeit. Wir müssen an das Wetter denken!«

Frau Davies warf dem Regisseur einen giftigen Blick zu. Ruhig, aber messerscharf entgegnete sie: »Ich möchte aber ein schwarzes *und* ein weißes Pferd. Das kann doch nicht so schwierig sein. Wir sind hier schließlich auf einem Gestüt. Ich verlange ja nicht nach einem lila Alpaka.«

»Es tut mir leid«, ging Lizzy auf eine Weise dazwischen, die Marisa sofort klarmachte, dass ihr gar nichts leidtat. »Wir haben aber kein schwarzes Pferd.«

»Das stimmt nicht!«, feuerte Lilith Davies zurück. »Bei der Ankunft auf dem Gut haben wir sehr wohl ein schickes schwarzes Pferd auf der Weide gesehen.«

Lizzy nickte lächelnd. »Das ist Mojo. Er ist unser Zuchthengst und er steht nicht zur Verfügung.«

»Wieso nicht?«, beharrte die Schauspielerin weiter. »Kann man ihn etwa nicht reiten? Wenn mich nicht alles täuscht, hat er einen Rücken für einen Sattel und vier Beine zum Laufen.« Sie lachte über ihre eigenen Worte.

Lizzy lachte nicht und verengte stattdessen die Augen.

Marisa kannte diesen Blick ihrer Schwester. Sie war wütend.

»Doch, Mojo ist reitbar. Und zwar von mir. Nur von mir!«

»Da gibt es aber ein Problem«, konterte Lilith Davies mit einem tiefen Blick in Lizzys Augen. »Ich heirate nicht Sie, sondern Etienne!«

Lizzy schien jetzt kurz vor dem Platzen zu stehen. Marisa sah ihre Wangen rot werden. »Sofern ich richtig informiert bin, heiraten Sie gar nicht, Frau Davies. Das alles hier ist nur eine Show, oder etwa nicht?«

Marisa hielt die Luft an. Das war dann wohl das sagenumwobene Salz in der Wunde! Die Schauspielerin wich regelrecht zurück. Ihr Mund klappte ein Stück auf. Offenbar war sie es nicht gewohnt, dass man ihr derart frech gegenübertrat. Die Situation drohte zu eskalieren.

»Ich drehe diese Szene nicht mit einem braunen Pferd! Das ist mein letztes Wort.«

»Aber nicht doch, Schatz«, griff Etienne ein. »Für dieses Problem wird es sicher eine Lösung geben.« Er sah Lizzy an und suchte augenscheinlich nach einem Einfall. »Sagen Sie, kann man das braune Pferd nicht vielleicht einfach anmalen?«

Philipp und Marisa hatten denselben Gedanken und stürmten gleichzeitig vor. Er ging zu Etienne, sie zu Lizzy – vornehmlich deshalb, um sie davon abzuhalten, Lilith Davies an den Hals zu gehen.

»Wenn ich kurz unterbrechen darf«, meldete sich Philipp zu Wort. »Ich schlage vor, dass wir uns einen Moment mit unserer Schwester beraten.«

Marisa ergänzte, indem sie zu dem Regisseur sagte: »Vielleicht gehen Sie die Abläufe mit Frau Davies und Herrn Conradi durch, während wir über die Pferdefrage diskutieren.«

Danach drängten sie und Philipp Lizzy außer Hörweite. Es dauerte nicht lang, da zischte diese los.

»Was bilden die sich eigentlich ein? Spielen wir jetzt ›Wünsch dir was‹ auf Sommerroth? Oder Kindergeburtstag? Soll ich jetzt ernsthaft in den Baumarkt fahren, um Pinsel und Farbrollen für Sunglow zu besorgen?«

»Beruhige dich, Lizzy«, bat Philipp sie mit wippenden Handflächen und sah seiner Schwester in die Augen. »Keine Frage. Diese Davies hat ihren Ruf zu Recht. Aber trotzdem: Wäre es so undenkbar für dich nachzugeben?«

Lizzy riss die Augen weit auf und schnappte nach Luft. »Ich hoffe, du redest nicht vom Anmalen, ansonsten ist das Gespräch beendet.«

»Nein, ich rede von Mojo.«

»Das Gespräch ist beendet!«

»Warte!«, er griff nach ihrem Arm. »Hör mir kurz zu. Ich weiß, dass er dir alles bedeutet. Aber hier geht es nur um wenige Minuten Film. Was ist so schlimm daran, deinen Hengst zur Verfügung zu stellen?«

»Sag mal, was ist los mit dir, Philipp? Du weißt doch selber, wie unberechenbar Mojo sein kann.«

»Schon klar, Mojo ist wild. Aber ich kenne Etienne schon viele Jahre, wie du weißt. Er reitet echt gut. Zu unserer Internatszeit war er immer der Beste im Poloteam. Er schafft das!«

»Ich soll dieser frechen Person also nachgeben? Das ist dein Rat? Was fordert sie dann als Nächstes?« Lizzy blickte zu Marisa. »Vielleicht will sie das Badehaus rosa streichen lassen.«

Es war eine Provokation, das verstand Marisa. Trotzdem stellte sie sich auf Philipps Seite. »Nur dieses eine Mal, Lizzy. Ich glaube nämlich, Philipp hat recht. Es würde uns vielleicht viel Ärger ersparen. So ungern ich es auch zugebe, aber Sommerroth braucht ganz dringend weitere positive Schlagzeilen – der Anfang wurde heute gemacht. Ich sage dir, diese Zicke wird die Szene sonst platzen lassen.« Marisa zuckte die Schultern. »Du könntest Mojo doch vorher ablongieren, damit er nicht so viel Pfeffer hat.«

Lizzy starrte zu Boden und stemmte die Hände in die Seiten. Drei Herzschläge lang atmete sie ein und drei wieder aus.

Marisa bemerkte, wie ihre Schwester ins Grübeln kam. Sie wollte die Lage etwas entspannen. »Vielleicht steigert es sogar Mojos Wert. Danach wäre er nicht nur Zuchthengst und Springpferd, sondern auch ein Filmpferd«, scherzte sie.

Lizzy grinste sie an. »Nice try!«

Philipp setzte nach. »Komm schon, Schwesterherz. Gib dir einen Ruck. Für Sommerroth!«

»Na schön. Aber ich erteile die Anweisungen. Und nur Etienne reitet auf Mojo. Wenn diese Lilith sich meinem Hengst auch nur nähert, dann kann sie was erleben.«

»Ich werde es weitergeben, aber vielleicht mit verträglicheren Worten«, stimmte Philipp zwinkernd zu.

Kapitel 17

Mit einer weiteren Stunde Verspätung kam Mojo zum Set. Lizzy führte den tänzelnden Hengst mit enger Hand. Bei jedem seiner federnden Schritte stieß er ein dunkles Prusten aus den weit geöffneten Nüstern aus. Sein schwarzes Fell glänzte feucht vom scharfen Longieren, das ihn dennoch fast keine Kraft gekostet hatte. Jedes einzelne Spiel seiner gestählten Muskeln war im Sonnenlicht auszumachen, was ihn auf Marisa wirken ließ wie ein Fabeltier. Ein ums andere Mal dachte sie, dass sie sich niemals auf diesen Hengst setzen würde. Umso mehr bewunderte Marisa ihre Schwester für die Fähigkeit, Mojo mit Leichtigkeit zu bändigen. Wie so oft hatte sie auch heute das Gefühl, Lizzy sprach zu ihm, ohne auch nur ein Wort zu verwenden.

Bevor Etienne Conradi sich ihm nähern durfte, legte Lizzy dem Rappen die Hand auf die Stirn und schloss die Augen. Es war dieser eine magische Moment zwischen ihnen, den Marisa zwar schon oft beobachtet hatte, sich aber nicht erklären konnte. Nur Emilie schien das zu verstehen, die noch immer im Schatten des Schlosses saß. Auch jetzt lächelte ihre Großmutter auf diese bestimmte entrückte Weise, wie Marisa sah. Sie hob die flache Hand ein Stück an – als würde sie selbst Mojo berühren. Es war das heimliche Band zwischen Lizzy und ihr, und

Marisa gestand sich mal wieder ein, dass sie von Zeit zu Zeit sogar ein bisschen eifersüchtig auf diese Magie zwischen ihrer Schwester und Emilie war.

Dann war es getan. Mojo stand plötzlich still, den Kopf so hoch erhoben, dass Lizzy seine Ohren nicht mal hätte berühren können. Sie winkte Etienne Conradi herbei und gab ihm strikte Anweisungen. »Minimale Beinarbeit. Keine ruckartigen Zügelhilfen. Sollte er durchgehen, versuchen Sie, einen weiten Kreis auf der Schlosswiese zu reiten und den immer weiter zu verkleinern.«

Der Mann nickte nur und machte sich daran, die Steigbügellänge einzustellen, indem er die Riemen mit seinem Arm abmaß.

»Der Bereich vor dem Badehaus muss geräumt werden«, rief Lizzy dem Set-Aufnahmeleiter zu. Den Regieassistenten wies sie an: »Keine Klappe bei diesem Take. Auf solche plötzlichen Geräusche reagiert Mojo empfindlich.«

Niemand widersprach ihr. Alle schienen dankbar, dass sie nachgegeben hatte, um Lilith Davies zufriedenzustellen, die bereits auf Josef saß. Drei Frauen versuchten, ihr gigantisches Kleid so um sie zu platzieren, dass weder sie noch Josef gänzlich darunter versanken.

Marisa hörte Mojo laut und tief prusten – die funkelnde Robe machte ihn nervös. Zeitgleich betrachtete sie den lieben Schimmelwallach, der das Gefummel stoisch über sich ergehen ließ. Er hatte sich jetzt schon eine Extraportion Möhren verdient, wie sie fand – vor allem wegen der schwülen Hitze, die seit der letzten Stunde als Vorbote des angekündigten Gewitters aufgekommen war. Jedes Lüftchen hatte sich verzogen und die Sonne brannte heiß vom Himmel. Marisa wischte sich mit dem Unterarm über die Stirn und war froh über den Schatten des Baums, an dem sie lehnte. Selbst das dünne Sommerkleid war ihr gerade zu viel Stoff.

Der Set-Aufnahmeleiter trieb nun die Menschen vor dem Badehaus über die Rasenfläche, um Lizzys Wunsch nach mehr Platz für Mojo zu befolgen. Wahllos musterte Marisa die Gesichter, als aus der Menge plötzlich Tristan heraustrat und direkt auf sie zuhielt. Marisa stieß sich vom Baumstamm ab, um nicht auszusehen wie ein zusammengefallener Kartoffelsack.

»Baronin.« Er legte seine Hand auf sein Herz und senkte kurz den Kopf. Merkwürdigerweise wirkte diese Geste gar nicht übertrieben, sondern eher ritterlich. »Was muss ich tun, damit du mir hilfst, die nächsten Motive für die kommenden zwei Drehtage auszuwählen.«

Gar nichts, Scout, wäre eigentlich die korrekte Erwiderung gewesen. Marisa spürte, wie ihr Blut schneller durch ihren Körper gepumpt wurde. »Vielleicht ›Bitte‹ sagen«, war schließlich ihre Antwort.

»Bitte!« Er sprach es so eindringlich, wie man ein einzelnes Wort nur sagen konnte.

»Also, wenn du derart nett fragst …« Marisa lächelte ihm zu. »Los geht's.« Neben Tristan ging sie Richtung Schlosshof. »Ich bin überrascht, dich hier zu sehen. Die Arbeit eines Locationscouts muss doch eigentlich vor dem Dreh stattfinden, oder?«

»Bei diesem Dreh ist einiges anders als gewöhnlich«, erklärte er und lächelte sie von der Seite aus an. »So ziemlich jeder Bereich ist im Verzug, deswegen passiert alles parallel. Es werden drei lange Drehtage werden, und die einzelnen Motive für die Szenen morgen stehen noch immer nicht fest.«

»Und welche Motive sollen das sein?«

»Ich erklär es dir – der neue Drehplan ist etwas verwirrend. Nachdem heute wegen des Wetters alle Außenszenen dran sind und am letzten Tag nur in der Kapelle und in der Festscheune gedreht wird, soll es morgen romantisch werden. Wir brauchen zwei Orte, wo wir nachdenkliche Vorfreudeszenen mit beiden

Brautleuten einzeln drehen können. Frau Davies hat sich eine Schaumbadaufnahme in den Kopf gesetzt. Herr Conradi war offen für Ideen. Fällt dir spontan was ein?«

»Hm …« Marisa tippte sich nachdenklich gegen die Unterlippe. »Die Mühle wäre vielleicht eine gute Schlechtwetter-Location für ihn. Im Inneren sieht es urtümlich und geheimnisvoll aus mit den ganzen Zahnrädern und Winden. Es gibt ein großes altes Fenster, von dem aus man runter zum Mühlrad sehen kann.«

Tristan nickte interessiert. »Klingt ziemlich gut. Das sehen wir uns gleich mal an.«

Sie bogen nun ein in die Fliederallee. »Was wird noch benötigt?«, wollte Marisa weiter wissen.

»Zu guter Letzt ein Zimmer, wo wir Momente vor dem Jawort mit der Braut drehen können. Kleid anziehen, mit Brautjungfern und Trauzeugin anstoßen, Make-up und Haare in Nahaufnahme. So was halt.«

»Verstehe.« Marisa hatte schon eine Vorstellung, welche Zimmer dafür infrage kamen. Als sie den Herrenhof erreichten, von wo aus jede Location gleich weit entfernt war, breitete sie die Arme aus. »Womit fangen wir an?«

Tristan wies auf den Cateringwagen, der im Schatten der Eichen stand. »Damit! Ich bin echt durstig. Warte kurz.«

Er verschwand im Inneren und Marisa hörte eine Frauenstimme. Wenig später kam er mit zwei Flaschen wieder raus. Er hielt sie unter seinem Jeanshemd verborgen wie ein Teenager, der sie seinen Eltern geklaut hatte. Als er näher kam, erkannte Marisa, es waren ein Bier und ein Sekt. »Ich dachte, Alkohol ist am Set erst nach Drehschluss erlaubt.«

»Stimmt ja auch. Aber ich kenne Silvia aus dem Cateringwagen von etlichen Drehs. Jeder liebt sie dafür, dass sie mal ein Auge zudrückt. Aber immer mit den Worten: ›Nur ausnahmsweise!‹«

»Dann sollten wir uns besser nicht erwischen lassen. Auf zur Mühle?«

Sie huschten zwischen Marisas Haus und der Auffahrt von Sommerroth in den Schutz alter Bäume, wo ein geschlungener Weg aus flachen Natursteinen hindurchführte. Hier nahm Tristan seinen großen Silberring zu Hilfe und hebelte die Kronkorken mit einer schnellen Bewegung hoch. Das dumpfe Klirren beider Flaschen, die aneinanderstießen, wurde vom Wäldchen geschluckt.

»Prost!« Marisa schmeckte das erfrischende Prickeln auf der Zunge. Obwohl es so schnell wahrscheinlich nicht möglich war, meinte sie, die Wirkung des Sekts bereits zu spüren, als sie das efeubewachsene Gebäude durch das bunte Laub der Buchen erkannte. Es bestand oben aus Fachwerk und unten aus dicken, moosbewachsenen Feldsteinen, die dem reißenden Wasser, das davor entlangfloss, seit mehr als zwei Jahrhunderten trotzten.

Marisa hörte ein leises Klicken neben sich. Tristan hatte stumm begonnen zu fotografieren. Er war sichtlich angetan von dieser unerwartet schönen Kulisse. Kein Wunder, dachte Marisa. Sie selbst liebte diesen verwunschenen Ort, wo die Luft stets ein bisschen feuchter war als irgendwo sonst auf dem Gutshof und das Rauschen des Wassers alles andere übertönte. Ihr Blick fiel auf das Mühlrad, das sich fleißig drehte – vermeintlich angetrieben durch den schäumenden Bach, der hier ein natürliches Gefälle hatte. Sie wusste es besser, denn vor vier Jahren hatte man den Antrieb des sogenannten mittelschlächtigen Wasserrads von Bewegungs- und Höhenenergie auf Solarenergie umgestellt, um die Achse zu schonen. Das antike Mahlwerk im Inneren war noch intakt, aber musste vor weiterem Verschleiß bewahrt werden. Seither drehte sich das Mühlrad ausschließlich zur Zierde. Sie erreichten die wunderschön verzierte grün-weiße Holztür, die von zwei alten Mühlsteinen flankiert war. Das Holz knarrte, als Marisa sie öffnete.

Tristan lief an ihr vorbei. Staunend betrachtete er den großen hölzernen Trichter, die Zahnräder der Mahlgänge und schließlich die Läufer- und Grundsteine, wo das Korn zerrieben wurde. Daraufhin verschwand er hinter den staubigen Gerätschaften. Seine Kamera klickte. »Das ist wunderschön, Marisa. Ihr habt euren eigenen Lost Place auf Sommerroth.«

»So habe ich es noch gar nicht betrachtet«, antwortete sie und trank einen weiteren Schluck Sekt. »Hier ist übrigens die Ecke, die ich meinte«, rief sie. Schon lange hatte sie das zwei Meter hohe bogenförmige Fenster mit Bleiverglasung nicht mehr angesehen, das sie stets an eine Kirche erinnerte.

Tristan kam um die Ecke. »Wow. Du hast nicht zu viel versprochen.«

»Ich stelle mir vor, wie Etienne Conradi hier auf der Fensterbank sitzt und dem Mühlrad zuschaut, während er an seine Liebste denkt.« Sie setzte die Szene in die Tat um, die sie gerade beschrieb. »Den Ellenbogen so auf ein Knie gestellt, das Kinn nachdenklich in seine Handfläche gestützt. Die Stirn ruht an der kühlen Scheibe.«

»Perfekt. Bleib so.« Tristan schoss ein paar Bilder. Dabei verstellte er die Brennweite am Zoomring des Objektivs immer weiter.

Marisa hatte nur einmal einen Fotokurs besucht. Doch der war ausreichend gewesen, um zu verstehen, dass er eine Nahaufnahme machte und in Wahrheit nur ihr Gesicht fotografierte. Sie spürte, wie sie deshalb rot wurde, und sprang von der Fensterbank herunter.

Er kam jetzt direkt auf sie zu. Kurz vor Marisa hob er seine Hand und wischte mit seinem Daumen über ihr Kinn – genau da, wo ihre Hand eben gewesen war. »Staubig hier.«

»Du sagst es«, bejahte sie mit trockenem Mund. »Wollen wir weiter?«

Sie verließen die Mühle auf dem schmalen Pfad, der sie hergeführt hatte, und dessen Breite sie zwang, hintereinanderzugehen. Marisa hörte seine Kamera dabei ständig klicken. Als sie sich umdrehte, grinste er.

»Ich fotografiere nur den Waldweg.«

Sie wusste, er log. Und es gefiel ihr.

Der Herrenhof erschien wieder vor ihnen und Tristan nahm den letzten Schluck aus seiner Flasche. »Warte kurz.« Wieder verschwand er in dem Cateringwagen. Erneut tauchte er kurz darauf mit einem Sekt und einem Bier auf.

Marisa musste lachen. »Wir können uns doch nicht betrinken. Wenn die Crew das mitbekommt …«

»Es ist heiß und ich sorge nur für ausreichend Flüssigkeit.« Sein schelmischer Unterton machte klar, dass er keinen Deut auf Verbote gab. Mit einem Zischen öffnete er ihren Sekt und daraufhin sein Bier. »Sag mir lieber, wo Sommerroths größte Badewanne zu finden ist.«

»Das ist leicht. Bei mir zu Hause.« Marisa zeigte auf ihr kleines Fachwerkhaus und trank. »Als ich die Durchfahrtsscheune ausgebaut habe, war eine Eckbadewanne mein größter Traum.«

Tristan nickte. »Und? Würdest du sie für den Dreh zur Verfügung stellen?«

»Musst du sie nicht zuerst sehen? Vielleicht ist sie hässlich.«

Er trank und sah ihr dabei in die Augen. »Ich habe hier noch nichts gesehen, das hässlich ist.« Er zwinkerte und machte gleichzeitig eine Handgeste, die sagte, dass sie vorgehen solle.

Der Sekt zeigte nun eindeutig seine Wirkung. Ebenso die Hitze. Marisa war auf eine schöne Weise schwindelig. Das Windspiel in ihrem Flur klingelte, als sie eintraten. Sie hatte es an der Decke angebracht, als sie und Emilie zusammengezogen waren.

»Emilie, bist du hier?«

Es kam keine Antwort. Marisa vermutete sie noch am Set. So führte sie Tristan zum großen Bad, das in der Mitte des Hauses lag und aus diesem Grund über kein Fenster verfügte. Marisa hatte deshalb die Dachziegel auf der ganzen Fläche der Decke durch Veluxfenster ersetzen lassen, was den Eindruck vermittelte, man stünde hier unter freiem Himmel.

Tristans Blick schweifte über die großen sandfarbenen Fliesen, die perlmuttfarbenen Mosaike an den Wänden und schließlich zur Badewanne. Er kniete sich auf ein Bein und schoss aus einem unteren Winkel ein paar Bilder. Es war wohl jene Position, wo später auch die Kamera stehen würde, um nicht zu viel Haut von Lilith Davies bei ihrem Schaumbad zu zeigen. Jetzt schaute er hinter seiner Kamera vor und schließlich zu Marisa.

Es dauerte ein paar Sekunden, dann verstand sie seine stumme Aufforderung. »Ich hoffe, du verlangst jetzt nicht, dass ich mich reinlege.«

»Und wenn doch?«

»Dann muss ich dich enttäuschen«, sagte sie grinsend und entschlossen zugleich. »Ich bin eine Lady und bade nicht vor fremden Männern.« Sie trank.

»Gut. Wie du willst«, antwortete er und stand auf. »Dann wirst du wohl die Bilder machen müssen.«

Ehe sie sichs versah, hatte Marisa seine Kamera in der Hand. »Was?«

»Einfach auf den Auslöser drücken. Du kriegst das schon hin.« Er stellte sein Bier auf den Boden ab und war bereits auf halber Strecke bei der Badewanne.

Marisa sah ungläubig zu, wie er sich die Stiefel auszog. Der Dreck des feuchten Mühlenbodens rieselte auf die sauberen Fliesen.

Gegen ihren Willen musste sie lachen. »Das machst du doch jetzt nicht wirklich, oder?«

»Na klar. Wie soll ich denn sonst feststellen, wo die Kamera platziert werden muss? Du bist jetzt Locationscout und ich dein Ersatzbräutigam.«

Tristan stand vor der Wanne und sah ihr in die Augen. Ohne ein weiteres Wort zog er sein Jeanshemd aus und griff dann den Saum seines T-Shirts.

Marisa schnappte nach Luft, als sie sah, was er im Begriff war zu tun. Mit einer schnellen Bewegung zog er sich den weißen Stoff über den Kopf und warf das T-Shirt achtlos zu Boden. Ihre Augen tasteten seinen gestählten Oberkörper ab. Seine rechte Schulter und der halbe Arm waren mit einem Maori-Tattoo bedeckt. Schnell versteckte sie ihr Gesicht hinter der Kamera, bevor auch er bemerkte, dass sie ihn anstarrte.

Tristan legte sich in die Wanne und verschränkte seine Hände hinter dem Kopf, als würde er augenblicklich entspannen.

Marisa ging in die Knie, so wie er es eben getan hatte. Ihr Schwips ließ sie schwanken, dabei stieß sie das Bier um. Schnell griff sie die grüne Flasche, aus der dennoch eine beträchtliche Menge Flüssigkeit herausgelaufen war. Statt sich zu ärgern, musste sie lachen. »Scheiße«, schimpfte sie dabei über sich selbst.

»Machst du nun Fotos oder nicht?« Tristan hob ein Bein an. Er tat so, als würde er es rasieren. »Machen Frauen das nicht so?«

Marisa prustete los und schaffte es nur mit Mühe, ein paar Bilder zu schießen.

»Du musst den Winkel zwischendurch verändern. Lauf ein bisschen umher«, wies Tristan sie an.

Marisa tat es und blickte dabei fortwährend durch die Kamera, was ihr erlaubte, ihn weiter zu betrachten. Es gefiel ihr, was sie sah. Schritt für Schritt bewegte sie sich rückwärts. Ihren Wäschekorb hatte sie dabei nicht im Sinn. Ihr Fuß stieß dagegen und fand für eine Sekunde den Boden nicht mehr. Der

Alkohol machte sie zusätzlich langsam. »Ahh!« Marisa stolperte und landete hart auf dem Boden. Gerade noch hatte sie die Kamera hochhalten können.

»Bist du okay?« Tristan stemmte sich am Badewannenrand hoch.

Die gebrauchten Handtücher hatten sich auf dem Boden und auf Marisa verteilt. Als sie sich eine Vorstellung davon machte, wie lächerlich sie gerade aussehen musste, konnte sie sich nicht mehr halten. Statt ihrem schmerzenden Hinterteil Beachtung zu schenken, lachte sie aus voller Kehle, und Tristan lachte mit.

Nicht mal, als die Tür aufging, hörten sie auf mit dem Gelächter.

Emilie bestaunte ungläubig das Chaos im Badezimmer, bestehend aus Erde, Handtüchern, Bier und Kleidung. Dann sah sie zu Marisa, die auf dem Boden lag, und dann zum halb nackten Tristan in der Wanne. »Was geht denn hier bitte vor sich?«

»Wir ... wir sind auf Motivsuche«, antwortete Marisa atemlos, mit dem Wissen, dass diese Information und das dargebotene Bild zusammen überhaupt keinen Sinn ergaben.

Emilie schüttelte belustigt den Kopf. »Na, dann störe ich mal nicht weiter bei der harten Arbeit.« Sie schloss die Tür.

Wenig später verließen Marisa und Tristan das Haus. Es brauchte keine Worte, um zu verstehen, was nun geschehen würde.

Zum dritten Mal joggte Tristan in den Cateringwagen.

Diesmal hörte Marisa die Frau namens Silvia mit ihm schimpfen.

Mit eingezogenen Schultern und der wieder gleichen Beute in einer Hand hetzte er hinaus und griff nach Marisas Hand. Sie rannten lachend über den Herrenhof, hinein ins menschenleere Schloss. Noch im Vestibül, wo sie angenehm kühle

Luft empfing, öffnete er Flasche Nummer fünf und sechs. Die Kronkorken rollten über den Boden, wo sie sie einfach liegen ließen. Sie stießen an.

Marisa nahm einen tiefen Schluck und wusste gleichzeitig, es war ein Fehler. Sie hatte heute nur einen Apfel gefrühstückt. In ihrem Kopf war bereits ein dumpfes Pochen. Dennoch schob sie den Gedanken daran mit jeder Stufe, die sie ins obere Stockwerk führte, von sich. Leichtfüßig lief sie zur ersten Tür. »Darf ich präsentieren?«, verkündete sie mit schwerer Zunge. »Das erste Zimmer – auch Enzianraum genannt.« Marisa trank weiter. Während Tristan sich mit prüfendem Blick in dem kleinen Zimmer mit den hellblauen Bauernmöbeln umsah, huschte sie zum Fenster und spähte hinaus. Mojo und Josef galoppierten gerade über die Schlosswiese. Zu ihrer Überraschung schaffte Etienne Conradi es tatsächlich, den Hengst zu halten.

»Es ist ein schönes Zimmer, aber zu klein, wenn man Kamera, Ton und Licht noch unterbringen will.«

»Okay, auf zum nächsten Raum.« Marisa hielt auf eine Tür zu, an der ein Emaille-Schild mit Margeriten darauf prangte. Das Zimmer präsentierte sich komplett in Weiß mit gelben Akzenten wie den Kissen auf dem kleinen Sofa oder der Vase mit dem Pampasgras. »Was sagst du hierzu?«

»Schon besser …«, schloss Tristan nachdenklich und trank sein Bier weiter, während er sich langsam drehte. »Aber hier haben wir keinen großen Spiegel. Den brauchen wir …« Er kam auf Marisa zu, umrundete sie und beendete seinen Satz. »… für romantische Über-die-Schulter-Aufnahmen.«

»Aha«, raunte Marisa ihm zu. »Du willst Romantik und einen Spiegel? Da habe ich genau das Richtige. Auf zum Schleierkraut-Zimmer.«

Sie spazierten einmal an dem kreisrunden Geländer entlang, hinter dem es steil nach unten ins Vestibül ging. Auf der anderen Seite des Flurs war jener Raum, der vom Hotelbetrieb ausgeschlossen war. Caroline hatte vor vielen Jahren darauf bestanden, Charlottes früheres Zimmer zu ihrem Andenken so zu belassen, wie sie es geliebt hatte.

Bevor Marisa die Klinke drückte, schaute sie zu Tristan, der so nah neben ihr stand, dass sie den Duft seiner warmen Haut riechen konnte – gemischt mit dem Geruch von Bier. »Dieses Zimmer ist etwas Besonderes, musst du wissen. Es gehörte meiner Urgroßmutter. Ich habe sie zwar nicht mehr kennengelernt, aber Emilie hat mir von ihr erzählt. Hier ist alles noch genau wie früher, sagte sie.«

Seine grünen Augen sahen auf sie herab. »Jetzt bin ich richtig neugierig.«

Marisa drehte den alten Schlüssel im Schloss. Sie trat ein und war sofort eingehüllt von einer Duftwolke aus unbenutztem Leinen, altem Holz und Staub. Fast alles hier war mit weißen Laken verhüllt.

Für einen Moment waren sie beide ganz still, sodass nur das Knarren der alten Dielen zu hören war, als sie umherliefen.

»Darf ich?«, fragte Tristan schließlich und umfasste das Ende eines Lakens.

Marisa nickte und er zog. Den darunter verborgenen Frisiertisch hatte sie eine Ewigkeit nicht mehr gesehen. Es war, als träfe sie einen alten Freund wieder. Berührt von dem Anblick strich sie mit den Fingerkuppen über das Holz.

»Er ist wunderschön«, fand Tristan. Zum ersten Mal im Schloss zückte er seine Kamera. Das leise Klicken erfüllte den Raum.

Marisa trank den letzten Schluck Sekt aus ihrer Flasche. In ihrem Kopf herrschte mittlerweile eine angenehme Schwere. Sie schritt zu einem weiteren Möbel und befreite es ebenfalls vom Laken. Dann noch eines. Ein alter Tapisserie-Sessel und ein Intarsientisch kamen zum Vorschein. »Ist es nicht bemerkenswert, dass das alles erhalten geblieben ist?«

Tristans Stiefelschritte hinter ihr näherten sich langsam. Marisa sah von dem Intarsientisch auf. Sie spürte ihn so dicht hinter sich, dass sein Atem ihre Haut am Nacken streichelte. Ein Schauer breitete sich von dort auf ihren Schultern aus. Ihr Herz pochte derart kräftig, dass sie meinte, er müsste es hören.

»Ich finde, das mit Abstand Bemerkenswerteste hier bist du.« Mit einer langsamen Bewegung legte Tristan seine Kamera auf dem Tisch ab. Sanft strichen seine Finger von unten aus an ihrem Arm entlang nach oben.

Marisa kam es vor, als würde seine Berührung eine glühende Spur nach sich ziehen. Je höher er kam, desto mehr wurde das Glühen zu einem Prickeln.

Tristan schob ihr behutsam die braunen Haare über die Schulter, sodass ihr Hals nun an einer Seite frei lag. Sein Daumen strich über ihre Haut.

Marisa konnte nicht anders, als ihre Augen zu schließen. Sie wollte es fühlen. Jeden Millimeter davon. Ohne es bewusst zu entscheiden, legte sie ihren Kopf schief und bot sich ihm an. Stumm flehte sie: *Hör nicht auf!* Der Moment dauerte an und gleichzeitig flog die Zeit an ihr vorbei. Irgendwann hörte sie seine Stimme an ihrem Ohr.

»Dreh dich um!«

Marisa tat es, ohne zu hinterfragen. Ihr Körper war zu keinem Widerstand mehr fähig. Sie wollte, dass er sie küsste. Jetzt sofort!

Seine Hand fuhr unter ihr Haar und in ihren Nacken. Sanft und fordernd in einem zog Tristan sie an sich. Sein Kuss folgte gleich darauf.

Marisa war, als würde in ihr ein Feuerwerk hochgehen. Sie begann zu zittern, obwohl sie das nicht wollte. Doch das Verlangen nach diesem Mann war plötzlich so groß, dass sie alle Gedanken abschaltete.

Tristans Hand glitt nun bis zu ihrer Taille. Ohne den Kuss zu unterbrechen, drängte er sie zurück an eine Wand.

Marisa stieß mit dem Rücken dagegen. Es kam ihr gelegen. Automatisch brachte es ihre Körper noch enger zusammen. Sie presste sich gegen ihn und schlang schließlich ihre Arme um seinen Hals. Die Küsse wurden wilder und leidenschaftlicher.

Tristans Hände fuhren noch weiter an ihr runter, über ihren Po bis zu ihren Oberschenkeln. Mit Leichtigkeit hob er sie hoch und trug sie rüber zum Frisiertisch, wo er sie absetzte. Das alte Möbel quietschte und knarrte. Ohne Rücksicht darauf drängte er sich ihr leidenschaftlich auf.

Marisa nahm wahr, wie seine Hände ihr Kleid ein paar Zentimeter nach oben schoben. Es war ihr nur recht. Sie vergaß das Hier und Jetzt, gab sich dem wundervollen Schwindel in ihrem Kopf vollständig hin. Das Gefühl zu schweben ergriff von ihr Besitz – und es hielt an.

»Marisa? Bist du hier?«

In ihrer Ekstase brauchte es einen Augenblick, bis die Worte zu ihr durchdrangen. Jemand rief nach ihr … Jemand war hier …! Und dann war es schon zu spät.

»Bist du hier irgendwo, Marisa? Man sucht dich bereits am Set.« Mark trat in das Schleierkraut-Zimmer, dessen Tür noch immer offen stand, und gefror.

Marisa starrte ihn an, nach wie vor in den Armen von Tristan. Hatte es je einen unpassenderen Moment in ihrem Leben für sein Erscheinen gegeben? Sie konnte es nicht fassen.

»Was zum Teufel ist hier los?« Mark sah zwischen Marisa und Tristan hin und her.

Tristan richtete sich nur langsam auf. Sein Blick ließ keinen Zweifel daran, was er sich wünschte. »Nimm es mir nicht übel, Kumpel. Aber kannst du vielleicht verschwinden? Du störst.« Er reichte Marisa die Hand und zog sie auf die Füße.

Fahrig zog sie ihr Kleid nach unten.

»Ich bin nicht dein Kumpel«, stieß Mark voller Abscheu aus.

»Mir egal, wer du bist. Geh einfach.«

Mark lachte kurz und trocken auf. »Du sagst mir bestimmt nicht, was ich tun soll«, grollte er. »Schon gar nicht, wenn es um meine Ehefrau geht!«

Zum ersten Mal sah Marisa, wie Tristan seine Lässigkeit einbüßte. Es war nur ein kurzer Moment, ein kurzer Blick in ihre Augen. Aber der traf sie tief.

»Ist das wahr? Du bist verheiratet?«

Tausend Dinge lagen ihr auf der Zunge. Dass sie und Mark nur den Schein wahrten, zum Beispiel. Aber das konnte sie in diesem Moment nicht sagen – es würde alles gefährden, was sie bisher getan hatten, um den Landau-Skandal zu bekämpfen.

»Ja. Mark ist mein Mann«, kam es ihr rau über die Lippen.

Für zwei Sekunden hielt er den Blick. Dann griff er nach seiner Kamera und verließ das Zimmer.

Mark sah ihm hasserfüllt nach. Nun galt seine Aufmerksamkeit wieder Marisa. Er schien unendlich wütend zu sein. »Du kennst diesen Kerl doch gar nicht. Warum schmeißt du dich an seinen Hals wie eine läufige Hündin?«

»Was geht dich das an, Mark?«, schnauzte sie zurück. »Das ist allein meine Sache. Wir sind getrennt – schon vergessen? Ich bin dir keine Rechenschaft über mein Liebesleben schuldig.«

»Fein. Wie du willst. Aber vielleicht kannst du mir das hier erklären. Habt ihr zwei euch etwa betrunken?« Seine Hand öffnete sich. Auf ihr lagen die zwei Kronkorken aus dem Vestibül. »Oder warte …«, unterbrach er sich selbst. »Du brauchst nichts zu sagen. Ich sehe es ohnehin an deinen Augen.«

»Ja, Sherlock Holmes. Ich habe mir einen Sekt gegönnt. Und wenn schon!«, spie Marisa ihm entgegen. Dabei verfluchte sie die Tatsache, dass sie und Mark sich dermaßen gut kannten, dass bloße Blicke reichten, um den anderen zu lesen. »Was ist so schlimm daran?«

»Die Tageszeit vielleicht?«, feuerte er hinterher. »Möglicherweise auch die Tatsache, dass gerade auf Sommerroth ein Fernsehdreh stattfindet? Meinst du, das ist angemessen?«

»O bitte! Willst ausgerechnet du nun den Moralapostel spielen? Mach dich doch nicht lächerlich, Mark. Am besten sparst du dir deine Vorhaltungen für dich selbst auf. Zum Beispiel für die Flirts mit anderen Frauen während unserer Ehe. Oder die vielen Momente, in denen dir deine Karriere wichtiger gewesen ist als ich. Und nicht zu vergessen die Streitigkeiten mit deinem Vater, die so viel Raum eingenommen haben, dass ich mir manchmal unsichtbar an deiner Seite vorgekommen bin.« Zornig wies sie mit dem Finger auf ihn. »Ich sag dir eins, meine Liste von Dingen, für die ich Buße tun sollte, ist immer noch kürzer als deine.«

Mark schwieg nach ihrer Aufzählung. Die Erinnerungen an seine früheren Verfehlungen ließen ihn zu Boden sehen. Getroffen nickte er.

Jetzt konnte Marisa in seinem Gesicht lesen. Das, was sie gesagt hatte, hatte ihn verletzt. Sie wünschte, es wäre ihr gleichgültig!

»Wasch dir dein Gesicht. Dein verschmierter Lippenstift verrät dich«, sagte Mark streng. »Und dann sieh zu, dass du runterkommst zum Set. Ich hätte gute Lust, dich hängen zu lassen, aber dummerweise liegt mir zu viel an dir.« Er verschwand so schnell, wie er gekommen war.

Marisa blieb allein zurück. Atemlos drehte sie sich um zum Frisiertisch und stützte ihre Hände darauf auf. Sie senkte den Kopf, atmete tief. Was war hier eben passiert? Schlagartig fühlte sie sich wieder nüchtern. Zig Fragen schossen ihr durch den Kopf. Wozu hatte sie sich da hinreißen lassen? War es der Sekt gewesen? Die Hitze? Der drängende Wunsch nach dem

Vergessen ihrer Sorgen? Oder einfach nur das Verlangen nach einem Mann, den sie verdammt noch mal heiß fand? Marisa blickte in den Spiegel. Mark hatte nicht gelogen. Sie sah fürchterlich aus und die Knutscherei war ihr auf jedem Zentimeter ins Gesicht geschrieben. So sehr sie sich eben noch erfolgreich von jedem Schamgefühl hatte befreien können, im gleichen Maße holte es sie jetzt ein.

Plötzlich lenkte etwas ihre Gedanken ab. Die vergilbte Ecke eines Papiers lugte hinter dem breiten Rahmen des Spiegels hervor, der anscheinend durch die wilde Knutscherei ein Stück verrutscht war.

Marisa zog die Augenbrauen enger zusammen. Mit Zeigefinger und Daumen pulte sie das Papier heraus, vorsichtig, um es nicht zu zerreißen. Wenig später hielt sie zu ihrem Erstaunen einen Brief in der Hand. Er schien zudem sehr alt zu sein. Die geschwungene Sütterlinschrift war mit zittrigem Bleistift geschrieben. Noch vor Kurzem hätte sie diese Zeilen gar nicht lesen können. Doch da sie mit Emilie geübt hatte, entzifferte sie den Inhalt Stück für Stück und fühlte dabei, wie ein Schauer sich auf ihren Schultern ausbreitete.

Nach einer Weile ließ sie das Papier langsam sinken. Es war tatsächlich ein Brief von ihrem Großvater Johann an seine Frau Emilie. Was hier geschrieben stand, warf so viele Fragen auf, dass Marisa nicht wusste, wo sie anfangen sollte.

Der Dreh war mit einem Mal vergessen. Entgegen dem Rat von Mark rannte sie die Treppe mit ungewaschenem Gesicht herunter und eilte über den Herrenhof. Wenn sie Glück hatte, war Emilie noch immer im Fachwerkhaus.

GUT SOMMERROTH

DAMALS

EMILIES KUMMER

KAPITEL 18

Emilies Herz schlug schnell vor Aufregung. Ihre Finger zitterten so sehr, dass auch das Papier in ihren Händen bebte. Nur mit Mühe vermochte sie, Johanns Zeilen zu lesen.

> Meine liebste Emilie,
> ich hoffe, dieser Brief erreicht Dich. Der Soldat, dem ich ihn mitgegeben habe, ist gerade aus der Wehrmacht entlassen worden und auf dem Weg in seine Heimat – unweit von Bremen. Er schien mir vertrauenswürdig. Ich bete, dass ich recht behalte, damit Du erfährst, ich bin wohlauf.
> Über zahlreiche Umwege habe ich Kiel nach einer Woche erreicht. Beinahe die halbe Strecke musste ich zu Fuß und bei Nacht hinter mich bringen, da die Polizei an vielen Straßen und Bahnhöfen kontrolliert, ob man einen gültigen Passierschein hat. Es scheint gut und richtig gewesen zu sein, dass ich mich schnell auf den Weg gemacht habe, denn ich hörte, die Militärregierung plant bereits

weitere Reisebeschränkungen – in erster Linie, um Hamsterfahrten und Tauschhandel zu beschränken. Leid und Hunger treiben die Menschen zu irren Handlungen. Überall sehe ich, wie bereits abgeerntete Felder nach Resten durchwühlt werden und Alte, Kinder und Frauen betteln und stehlen. Dabei scheint die Lage hier in der Stadt grundsätzlich noch schlimmer zu sein als bei uns auf dem Land, wo man wenigstens noch eigene Erträge hat.

Doch genug davon. Du sollst erfahren, was ich über meinen Vater zu berichten habe. Die Suche hier gestaltete sich schwierig. Kiel ist nicht wiederzuerkennen. Ganze Straßenzüge sind verschwunden, ich wusste zunächst gar nicht, wo ich anfangen soll. An den Häuserwänden der ehemaligen Plätze prangen unzählige Schilder mit den Namen der Vermissten, die ich alle durchgegangen bin. Vergeblich. Manche haben sich die Daten ihrer verschollenen Angehörigen gleich auf die Kleidung geschrieben. Unentwegt hält mir jemand ein Foto vor das Gesicht. Nach fast zwei Wochen fragte ich mich schon, ob ich bald dasselbe tun werde, um meinen Vater zu finden.

Doch schließlich hatte ich Erfolg bei meiner Suche, wenngleich die Wahrheit erschütternd ist. Vater befindet sich im Internierungslager Neumünster-Gadeland, wo auch der Bürgermeister hingebracht wurde. Dort will man die Einstellung der Beamten zur nationalsozialistischen Ideologie und ihre

Nähe zur Partei überprüfen – was auch immer das genau bedeuten mag …

Ich mache mich nun auf nach Neumünster, um ihn zu finden. Der Ausgang meiner Reise ist vollkommen ungewiss, weshalb ich Dich bitte, meiner Mutter noch nichts vom Internierungslager zu erzählen. Falsche Hoffnungen zu wecken scheint mir jetzt nicht der richtige Weg. Ich werde aber versuchen, Dir bald erneut zu schreiben – hoffentlich mit guten Nachrichten. Bete, dass ich es schaffe, Vater mit mir zu nehmen, und nicht mit leeren Händen zurück zum Gut kommen muss.

Emilie, ich weiß, Du musst nun länger als gedacht auf mich verzichten. Und ich weiß, die Lage ist schwer für Dich. Doch es tröstet mich zu wissen, dass Du Lenchen und Krzysztof bei Dir hast – und natürlich die Pferde. Gib gut acht auf Dich, bis ich wieder den Platz an Deiner Seite einnehmen kann.

In Liebe, Dein Johann

Emilie ließ den schmutzigen Zettel sinken und sah in das abgekämpfte Gesicht des Soldaten. Seine Augen lagen tief und waren von Schatten umrahmt. Sie schätzte ihn auf nicht mehr als vielleicht dreiundzwanzig Jahre. Er schien nichts zu denken – so leer blickte er sie an. Dann zog er sich müde die Mütze vom Kopf, als wäre es ihm in diesem Moment aufgefallen, dass es unhöflich war, so vor Emilie zu stehen.

Sie lächelte ihn an. »Haben Sie vielen Dank, dass Sie mir diesen Brief gebracht haben.«

»Gern geschehen.«

»Wie ist Ihr Name?«

»Ich heiße Walter Bronsberg.«

»Hat mein Mann Sie entlohnt, Herr Bronsberg?«

»Ja, er war sehr großzügig.«

Emilie wusste, damit waren sie einander eigentlich nichts mehr schuldig. Aber sie brachte es nicht übers Herz, den Mann einfach so wegzuschicken. »Sind Sie vielleicht hungrig?«

Seine leeren Augen bekamen plötzlich einen flehenden Ausdruck. Statt einer Antwort schaffte er bloß noch ein Nicken. Es wirkte, als wollte er weinen, doch seine Tränen waren verbraucht.

»Folgen Sie mir bitte.« Emilie lief vorweg und führte den dürren Soldaten durch den Flur des Schlosses. Eine Altenpflegerin, die gerade eine Mahlzeit aus dem Speiseaufzug holte, erschrak bei seinem Anblick. Emilie nutzte die Gelegenheit und lüftete den Deckel über der Schale. »Was gibt es heute Köstliches aus der Küche?«

»Einen Rübeneintopf, gnädige Frau.«

»Wunderbar«, sagte sie und wandte sich an den Soldaten. »Ich hoffe, er wird Ihnen schmecken.« Sie trat durch die Kellertür, die nach unten zu den Gesindekammern und der Gutsküche führte. Der schmale Treppengang mit den gekalkten Wänden wies doppelte Kerzenhalter auf, in denen aber jeweils nur eine Kerze unter den langen schwarzen Rußspuren brannte. Auch hier waren alle Güter gekürzt worden, sodass der Flur mit den Kammern des Kutschers, der Diener, der Küchenmädchen und des Burschen fast im Dunkeln lag. Emilie fröstelte, denn mit jedem Schritt, den sie tiefer gegangen war, war es auch kälter geworden. Erst nach der dicken Eichentür, die im Falle eines Feuers die Flammen eine Weile abhalten sollte, umgab sie wieder wohlige Wärme.

Die großzügige Gutsküche mit ihrem gemusterten Steingutboden war ein geschäftiger Ort. Es roch nach dem Feuer des mächtigen frei stehenden Ofens, auf dem zwei dampfende Kochtöpfe standen. Lenchen ließ gerade ihren hölzernen Rührlöffel abwechselnd darin kreisen, damit der Eintopf auch ja nicht anbrannte. An der Gewölbedecke über ihr hingen Kräuterkronen voller grüner Bündel. Vor ihr in den Wandregalen lehnten aufrecht die schlichten Teller und Becher der Gutsbelegschaft.

Das Küchenmädchen bemerkte Emilie als Erste. »Guten Tag, gnädige Frau.« Sie knickste.

»Guten Tag, Marie. Lass dich nicht von uns stören«, bat Emilie, denn sie sah, dass das dreckige Geschirr, das sie abspülte, noch die gesamte Fläche der Arbeitstische einnahm. Sofort war wieder das Klappern von Steingut und Besteck zu hören.

Emilie gesellte sich zu Lenchen und spähte in die Töpfe. »Riecht gut. Kannst du unserem Gast bitte eine Schüssel davon geben?«

»Sicher doch. Einen mehr kriegen wir immer satt.« Sie füllte ihm großzügig auf und wies ihm dann einen Platz auf einer Bank zu. »Dort können Sie sich hinsetzen. Guten Appetit.«

»Ich danke Ihnen sehr.« Der Mann drückte sich an die Wand und schlang den Eintopf in sich hinein.

Derweil gab Emilie Lenchen ein Zeichen. Sie gingen zu einem Tisch, der unter einem Souterrainfenster im Tageslicht stand. Hier rutschten sie auf die Eckbank und steckten die Köpfe zusammen.

»Wer ist dieser Soldat, Frau Emilie?«, wollte Lenchen wissen.

»Ich sah ihn auf dem Hof herumlaufen. Er machte den Anschein, als würde er sich umsehen, also sprach ich ihn an. Tatsächlich brachte er mir eine Nachricht von Johann aus Kiel. Es geht ihm gut.«

»Erbarmung!«, stieß Lenchen aus und presste sich ihre raue Hand gegen das Herz. »Kommt der Herr bald zurück?«

Emilie holte den Brief heraus und entfaltete das Papier, das übersät war mit Schmutzflecken. Der Bleistift schien stumpf gewesen zu sein und die Unterlage uneben. Sie mochte sich die Umstände, unter denen die Zeilen geschrieben worden waren, kaum vorstellen. »Leider nein«, antwortete Emilie düster. »Ich soll darüber noch Stillschweigen bewahren, aber Leopold von Sommerroth ist in Internierungshaft in Neumünster. Johann will versuchen, ihn aus der Gefangenschaft zu holen. Nur der Himmel weiß, ob das gelingt. Oder wann.«

Lenchen schien bedrückt. »Und was nun?«, flüsterte sie.

»Es bleibt uns wohl nichts übrig, als weiterhin durchzuhalten. Aber seine Rückkehr kann noch lange dauern.« Die Erkenntnis sickerte nun auch ganz zu Emilie durch. Bis jetzt hatte sie sich mit dem Gedanken aufrecht gehalten, er könnte jeden Tag und jeden Moment durch das Torhaus spazieren und sich wieder an ihre Seite stellen. Bloß so lange hätte sie sich allein gegen Otto und Charlotte behaupten müssen, war ihr Glaube gewesen. Doch dieser Zeitpunkt rückte nun in weite Ferne. Emilie fühlte sich schutzlos und kraftlos wie nie. Kaum hatte sie sich das eingestanden, ging der Gesindeeingang auf.

Krzysztof betrat die Gutsküche – die Arme voller sandiger Steckrüben. »Lenchen, hier die Bezahlung meiner letzten Taxifahrt. Kannst du daraus was zaubern?« Jetzt erst sah er, wer neben ihr saß. »Frau Emilie. Ist alles in Ordnung?« Er ließ die Rüben auf die Tischplatte rollen und hielt zwei davon ab, über die Kante zu fallen. Dabei bemerkte er den Brief in ihren Händen, der allein schon vielsagend war. Er setzte sich zu den Frauen. »Von Ihrem Mann?«

»Ja, er hat einen Hinweis auf seinen Vater gefunden.«

»Gott sei Dank«, sagte er erleichtert. »Wann kommt er nach Sommerroth zurück?«

Sie schüttelte den Kopf und fasste die Botschaft kurz zusammen. »Das ist weiterhin mehr als ungewiss. Uns bleibt nichts übrig, als auf seine nächste Nachricht zu warten, die hoffentlich seine Rückkehr ankündigt.«

Schweigen legte sich kurz über ihre Runde. Emilie wusste, sie alle sehnten sich nach Veränderung, nach einem Platz, wo sie willkommen waren. So, als könnte der verregnete Himmel selbst ihr Mut zusprechen, schweifte ihr Blick nach draußen. Die Spitzen der Alleebaumkronen, die eben noch leicht im Wind gewiegt hatten, zappelten plötzlich unnatürlich umher. Sie fragte sich, ob ein Sturm aufzog.

»Nun gut.« Krzysztof räusperte sich und stand auf. »Wir werden es auch weiterhin schaffen. Ich habe heute noch eine Fahrt zum nächstgelegenen Bahnhof. Eigentlich wollte ich Kabinett nehmen, aber Kornblume ist schwach heute. Die Fohlen brauchen Ruhe. Muskat muss also gehen.«

»Schon wieder? Muskat war gestern bereits für drei Fahrten im Einsatz. Wann soll sie grasen? Sie wird immer dünner«, gab Emilie mutlos zu bedenken.

»Ich weiß«, antwortete er betroffen. »Trotzdem, bei diesem Wetter ist es für die Fohlen noch beschwerlicher zu laufen. Muskat muss diese Strecke übernehmen.«

»Frau Emilie«, Lenchen tippte auf den Brief. »Wollen Sie Ihrer Schwiegermutter wirklich nicht berichten, dass ihr Sohn wohlauf ist?«

Plötzlich wurde die Tür zur Küche aufgestoßen. Liesel kam hereingestürmt. Sie schluchzte und weinte und hielt sich dabei die Wange.

Marie lief ihr entgegen und wischte sich dabei die tropfnassen Hände an der Schürze ab. »Was ist passiert, Liesel?«

»Die … die Pralinen sind leer«, klagte das Hausmädchen. »Die Baronin ist deshalb furchtbar wütend geworden. Und … und als sie dann noch sah, was gerade draußen passiert … Sie hat mir einfach eine Ohrfeige verpasst. Als wäre alles meine Schuld.«

Emilie erschrak. Charlotte war aufbrausend, aber Liesel zu schlagen hätte sie ihr nicht zugetraut.

»Was passiert denn draußen?«, wollte Marie wissen.

Lenchen erhob sich und sah als Erste durchs Fenster. »Da«, hauchte sie fassungslos. »Sie fällen die Pappeln der Allee!«

Auch Emilie schaute nun heraus und erblickte mehrere Soldaten mit Äxten. Unerbittlich schlugen sie im Zweitakt auf die Stämme ein, was das Laub über ihren Köpfen zum Erzittern brachte. Bei jedem Hieb flogen Holzstücke durch die Luft. Der erste Stamm wies bereits eine tiefe Fallkerbe auf, die fast bis zur Hälfte reichte, als ein paar weitere Männer dafür sorgten, dass ein großer Kreis um den Baum gebildet wurde. Mit wedelnden Armen scheuchten sie die Schaulustigen zurück. Bald darauf schwiegen die Äxte. Das Zappeln der Krone stoppte. Langsam neigte sich der Stamm gen Hofseite und fiel krachend zu Boden. Die Erschütterung ließ das Geschirr in der Küche klimpern und den Tisch erzittern. Spätestens in diesem Moment hatte wohl auch der Letzte auf Sommerroth mitbekommen, was draußen geschah.

Emilie wusste, es waren nur Bäume. Man konnte irgendwann wieder welche pflanzen, und die Menschen auf Sommerroth brauchten dringend Feuerholz. Dennoch spürte sie Wehmut in sich. Wie viele Dekaden mochten diese stolzen Pappeln dort stehen? Welche Vorfahren hatten ihre Samen gesetzt? Charlotte wüsste sicher die Antwort auf diese Fragen – und genau das ließ sie wahrscheinlich gerade die Fassung verlieren.

»Wenn das alles wäre ...«, schluchzte Liesel jämmerlich, woraufhin sie jeder erschrocken ansah. »Die Bäume könnte die Baronin sicher verschmerzen, aber doch nicht das Badehaus!«

Emilie sog scharf die Luft ein. »Was meinst du damit?«

»Die Engländer brechen gerade die Zierleisten raus und tragen große Zweimannsägen herbei. Sie werden es zerstören, um für Feuerholz im Winter zu sorgen.«

»Mein Gott, nein …«, ächzte Lenchen.

Emilie fühlte einen Stich im Herzen. Sie dachte unweigerlich an die unvergessliche Nacht dort mit Johann. Unvorstellbar, dass dieses wunderschöne uralte Gebäude bald in den Öfen und Feuerstellen Sommerroths brennen sollte, bis nichts mehr davon übrig war.

»Ich werde Muskat jetzt anspannen«, kündigte Krzysztof bedrückt an und stand auf, da drangen Motorengeräusche durch die noch offene Gesindetür. »Für heute sollte man der Baronin wohl besser nicht mehr unter die Augen treten.«

Emilie spürte denselben Fluchtwunsch. Die ohnehin schwierigen Bedingungen, um mit Charlotte über Johann zu sprechen, hatten sich gerade nochmals drastisch verschlechtert. »Da hast du recht, Krzysztof. Und aus genau diesem Grund übernehme ich die Fahrt zum Bahnhof selbst. Geh du bitte mit den anderen Pferden grasen.«

Kapitel 19

Johann sah auf seine goldene Taschenuhr. Es war skurril, dass er ausgerechnet das Geschenk seines Vaters hergab, um die Wachen seines Vaters zu bestechen. Aber es blieb keine andere Wahl, wenn er zu ihm vorgelassen werden wollte. Die beiden Wachmänner hatten klargemacht, dass sie sich nicht mit weniger zufriedengeben würden. So öffnete er ein letztes Mal den Deckel und ließ die glänzende Kette durch seine Finger gleiten. Auf der Innenseite der Abdeckung schillerte das Sommerroth-Wappen – ein schräg geteilter Schild mit drei Ähren vor dem Turm der Burg Sommerroth. Johann klappte den Deckel zu und legte das Schmuckstück in die geöffnete Hand des englischen Soldaten, der allerdings seine Sprache verstand.

»Eine Freude, mit Ihnen Geschäfte zu machen.« Seine Faust schloss sich um die Uhr. »Wait here. Don't move!« Er ließ Johann mit dem zweiten Mann im Büro der Lagerleitung von Neumünster-Gadeland zurück.

Der strohblonde Kerl war Deutscher und wog mindestens zweihundertzwanzig Pfund, schätzte Johann. Unweigerlich erinnerte er ihn an einen Bären. Groß und bedrohlich, jedoch ohne jede Mimik im Gesicht, von der man etwas hätte ablesen können.

»Keine Dummheiten!«, warnte der Mann mit tiefer Stimme. »Und wenn jemand anderes reinkommt, habe ich Sie mitgenommen, weil Sie gegen den Zaun gepisst haben. Verstanden?«

Johann nickte. Er sah sich um, sicherheitshalber jedoch nur so, dass sich lediglich seine Augen bewegten und nicht sein Kopf. Sein pochendes Herz hielt dabei den Takt der klackernden Schreibmaschine, die von einer Sekretärin in der Ecke bedient wurde. Nur ab und zu sah sie hoch über den Rand ihrer Brille – unmöglich zu sagen, ob sie das Blatt vor sich fixierte oder Johann. Sein Blick streifte weiter zu einem großen Ölgemälde. Der Schriftzug auf einer hölzernen Tafel darunter machte klar, es zeigte Emil Köster, den Besitzer der Lederfabrik, die hier ansässig gewesen war, bevor die Briten das Gelände konfisziert und ein Internierungslager daraus gemacht hatten. So viel hatte Johann jedenfalls auf seinem Weg hierher von dem Heuwagenführer erfahren, der ihn ein Stück mitgenommen hatte. Auf ebendiese Weise hatte er auch gehört, dass das Lager aufgeteilt war in zehn Blöcke, die jeweils mit meterhohem Stacheldraht voneinander getrennt waren. Johann fixierte die gemalte Gestalt des bedauernswerten Emil Köster. Feiner grauer Anzug, rundes Gesicht mit leichtem Doppelkinn, ein angedeutetes Lächeln. Dieser Mann hatte auf einen Schlag sein beachtliches Lebenswerk verloren. Er fragte sich, ob es den Sommerroths bald genauso ergehen würde.

Die Minuten verstrichen, und nichts passierte. Johann wurde unruhig und zog sich seine Jacke enger um den klammen Körper. Die Luft in Neumünster war feucht, ohne dass es regnete. Obwohl es auch Einbildung sein konnte, meinte Johann, hier noch immer den stinkenden Gerbergeruch wahrzunehmen. Überdeutlich spürte er zudem die vielen durchwachten Nächte seit Anfang seiner Reise. Auch gestern hatte er kaum ein Auge zugetan, als er im Verborgenen vor dem Fabrikgelände auf der Lauer gelegen hatte. Von seinem Platz aus war ihm kein Detail entgangen, das sich zwischen dem alles umschließenden Ensemble aus hohen mehrfachen Stacheldrahtzäunen und den Wachttürmen abspielte. Dabei war ihm aufgefallen, dass an den Zäunen deutsche Polizei patrouillierte und auf den Postengängen außerhalb des Zauns bewaffnete englische Soldaten. Zwei dieser Männer waren auf ihren Kontrollgängen immer wieder ins Gespräch gekommen. Gegen Abend dann hatten sie sogar Tabak von einer Frau entgegengenommen und ihr dafür verstohlen einen Brief ausgehändigt. Für Johann war in diesem Moment klar gewesen, diese zwei verschlagenen Kerle waren bestechlich! Es hatte nicht lange gedauert, bis eine Gelegenheit kam, sie auf seinen Vater anzusprechen. Die Männer wiesen ihn an, am nächsten Tag zur Mittagszeit zum Zaun zu kommen, wenn die Lagerleitung Pause machte. Und so hatte man ihn hergeführt – ins Herz des ehemaligen Lederwerks. Kein Ort, an dem Johann gerne war. Je mehr Zeit verging, umso unwohler fühlte er sich. Was, wenn man ihn in eine Falle gelockt hatte? Mit einer kleinen Kopfdrehung spähte er Richtung Tür. »Wo bleibt Ihr Kamerad? Es dauert schon sehr lang.« Johann brach der Schweiß aus.

»Das Gelände ist groß. Er kommt bestimmt gleich«, versprach der Blonde. Johanns Seitenblick schien ihm zu missfallen. Drohend legte er seine Hand auf seine Waffe. »Ganz ruhig bleiben, kapiert?«

Wenig später waren tatsächlich Schritte zu hören. Der Engländer kam endlich zurück. Er wirkte nervös, als er die Tür aufhielt und hektisch jemanden herbeiwinkte.

Leopold von Sommerroth trat mit einem Blick in das Büro, der klarmachte, dass er keine Ahnung hatte, was ihn erwartete. Im nächsten Moment fiel sein Augenmerk auf seinen Sohn. »Johann!« Mit drei großen Schritten hielt er auf ihn zu und packte seine Schultern. Dabei betrachtete er ihn von oben bis unten, als wagte er kaum, seinen Sinnen zu vertrauen. »Du bist hier …! Vier ganze Jahre warst du fort, und jetzt stehst du ausgerechnet hier vor mir!«

Sein Gesichtsausdruck war unbeherrscht, wie Johann es von seinem unnahbaren Vater und dem großen Gutsherrn von Sommerroth eigentlich nicht kannte. Davon motiviert legte er ihm ebenfalls eine Hand auf die Schulter.

»Ich habe überall nach dir gesucht, Vater! Endlich habe ich dich gefunden.«

»Es tut wahrlich gut, dich zu sehen, Junge!«

Seine Worte legten sich wie ein heilendes Elixier auf Johanns kindliche Seelenwunden. Sie waren mit den Jahren tiefer und tiefer geworden, immer dann, wenn sein Vater ihn für ungenügend befunden hatte. Obwohl er heute erwachsen war, spürte er wie eh und je die altbekannte Hoffnung, dass sein Vater ihm ein Lob aussprechen würde. Es war geradezu lächerlich, doch für einen Moment drohten ihn die herzliche Begegnung und die damit verbundenen Gefühle zu überwältigen.

Kurz bevor das geschah, nahm Leopold von Sommerroth wieder Haltung an. Seine Hände rutschten von Johanns Schultern, sein Gesicht wurde gewohnt herrisch. Plötzlich war sie wieder da – jene unsichtbare Mauer, die ihn und seinen Vater früher stets getrennt hatte.

»Sag schon, Sohn. Hast du es etwa geschafft, meine Entlassung zu erwirken?«

Johann schüttelte den Kopf. »Dass wir überhaupt miteinander sprechen, gleicht einem Wunder. Aber ich musste mich einfach selbst davon überzeugen, dass du wohlauf bist.«

Der britische Soldat stand weiterhin an der Tür und guckte sich nach links und rechts um. »You've got five minutes!«

Nur fünf Minuten! Johann lag so vieles auf den Lippen, doch dafür blieb jetzt keine Zeit. Das, was er ansprach, musste gut überlegt sein. Er kannte seinen Vater und dessen Hang zu Überreaktionen, wenn etwas auf Sommerroth außerhalb seines

Einflusses geschah. Es wäre deshalb unklug gewesen, seine Hochzeit mit Emilie auf die Schnelle zu erwähnen oder den Brand auf Ilsenhof. Einzig die Befreiung seines Vaters spielte nun eine Rolle. »Sag, was genau lastet man dir an?«

»Mir wurde erklärt, meine Verhaftung sei zunächst ein sogenannter automatischer Arrest. Das heißt, man wirft mir womöglich keine persönliche Straftat vor. Aber durch meine Tätigkeit im Kieler Rathaus habe ich dazu beigetragen, den NS-Staat aufrecht zu halten.« Seine Stimme klang gefasst. Er strich über seinen wenig gepflegten Bart. »Wir mussten seitenweise Fragebögen über unsere früheren politischen Aktivitäten ausfüllen. Auf diese Weise will man versuchen, unsere Einstellung zum NS-Regime festzustellen. Die Auswertung meiner Antworten steht noch aus. Weiß der Himmel, wie ich abgeschnitten habe.«

Johann nickte. »Hat man dir mitgeteilt, wie lange sie dich hierbehalten wollen?«

»Nein. Alles, was ich weiß, ist, dass gegen mich bislang keine Anklage erhoben wurde. Also gibt es auch nichts, gegen das ich vorgehen kann. Meine Internierung ist sozusagen präventiv, damit ich nicht bei einer geheimen Bildung von nationalsozialistischen Untergrundbewegungen mitwirke.«

»Das ist doch absurd«, stellte Johann fest.

»Ich weiß. Die entscheidende Frage ist, ab wann ich den Engländern nicht mehr als potenzielle Gefahr erscheine. Das kann schon morgen sein, oder aber ich bleibe für eine lange Zeit.« Die letzten Worte schienen nur rau aus seines Vaters Hals zu kommen.

»Behandeln sie dich gut?«

»Den Umständen entsprechend. Man versucht, uns mit Entnazifizierungsmaßnahmen umzuerziehen. Dazu gehören Unterricht über ein demokratisches Staatswesen und Filme über die Auswirkungen der Hitlerdiktatur. Auf diese Weise soll die nationalsozialistische Weltanschauung aus den Köpfen der Männer getrieben werden.« Er lachte bitter auf. »Allerdings sind die meisten im S-Block, in dem ich einsitze, Adlige, die seit vielen Generationen im Militär dienen. Du kannst dir vorstellen, wie gut diese Umerziehung vonstattengeht.«

Johann wusste natürlich genau, wovon sein Vater sprach. Bereits seit dem Ende der Kaiserzeit hatte sich der Adel jener Bewegung angeschlossen, aus der sich später die Nationalsozialisten erheben sollten. Es gab verbindende Gemeinsamkeiten. Sie waren gegen die Republik und den Sozialismus und strebten dafür den Ausbau der damals zahlenmäßig beschränkten Reichswehr an, damit die adligen Söhne ein Auskommen hatten. Ganz besonders der norddeutsche preußisch-protestantische Adel fand Gefallen an den Nationalsozialisten – nicht so die Sommerroths. Jedenfalls bevor sein Vater in die Partei eingetreten war, was Johann noch immer unglaublich vorkam.

Leopold von Sommerroth schien nichts davon zu bemerken. Er schaute gedankenversunken aus dem Fenster. »Ich gebe zu, die Bilder, die man uns hier zeigt, sind nur schwer zu ertragen. Ich sah Berge von Leichen. Auch Kinder. Man spricht von Konzentrationslagern, wo Judenvernichtung im großen Stil stattgefunden haben soll.« Er schüttelte den Kopf. Daraufhin richtete er sich gerade auf und strich über seine schmutzige Kleidung. »Es ist nicht zu bestreiten, an den Gesichtern mancher Männer kann ich erkennen, sie haben es gewusst. Aber ich nicht. Das würde ich selbst auf die heilige Bibel schwören.«

»One minute left«, rief der Wärter in das Büro und blickte nochmals durch die geöffnete Tür in den Flur dahinter. »Die Mittagspause ist gleich beendet.«

»Warum bist du dann im S-Block? Ich hörte, das ist der Sicherheitsblock.«

»Ja. Ich sitze ein mit Hoheitsträgern der Partei und jenen, denen man schwerste Verbrechen gegen die Menschlichkeit anlastet. Mich hat man dort eingesperrt, weil man mir vorwirft, ich hätte die Ostarbeiter auf Sommerroth misshandelt.«

»Und? Hast du das getan?«

»Nun ...«, seine nächsten Worte kamen zögerlich. »Ich war in der Tat nicht nur gut zu ihnen, das will ich gar nicht leugnen. Die Führungsreserve hat einen anderen Menschen aus mir gemacht und mich oft jähzornig zurückgelassen. Doch Vergangenes ist vergangen. Jetzt geht es um die Zukunft. Die Rettung der Familie und deren uradlige Besitztümer.«

Familie. Es hallte nach in seinem Kopf. Johann wusste nicht, ob sie es wirklich schaffen konnten, eine Familie zu werden. Aber um es zumindest zu versuchen, musste sein Vater aus der Haft entlassen werden. »Dann, sag mir, was ich tun kann, um dich hier rauszuholen.«

»Es gibt tatsächlich etwas, Junge. Mir selbst ist jeder Kontakt nach draußen untersagt. Aber ich brauche Leumundszeugnisse von systemfeindlichen Freunden, die mich entlasten. In Adelskreisen wirst du nur wenige finden, aber auf unserem Gut sind ehrliche Leute. Geh zu den Bernhards, den Neumanns, den Leonhardts.«

Der Name des tödlich verunglückten Inspektors ließ Johann kurz zu Boden sehen. Doch er schwieg und beherrschte seine Miene.

»Alle, die nicht in der Partei waren«, fuhr sein Vater fort. »Jedes Schreiben, das bestätigt, ich sei ein aufrichtiger und rechtschaffener Mann, kann mir helfen, wenn ich vor ein britisches Spruchgericht komme. Deine Mutter soll im Kirchenkreis vorsprechen. Otto könnte unter seinen Züchterkollegen nach Fürsprechern suchen.«

»Ich verstehe ...«, versicherte Johann ihm.

»Time is up. We have to go«, sagte der Wärter und sah nochmals nervös nach rechts und links in den Flurgang hinein. »Los, kommen Sie, Mr Sommerroth. Beeilung!«

Johann wurde von den Worten überrascht. Die Zeit war viel schneller vergangen, als er angenommen hatte. »Noch nicht ... einen Moment bitte!« Während er sprach, ging er auf seinen Vater zu.

Der Hüne stellte sich ihm sofort in den Weg. »Keinen Schritt weiter. Die Zeit ist um. Wenn man uns erwischt, sind wir alle vier dran.«

Entschlossen griff der Engländer Leopolds Oberarm und zerrte ihn mit sich.

Es war zu spät. Johann blieb nur, seinem Vater sein letztes Anliegen hinterherzurufen. »Ich sorge für die Leumundsschreiben, Vater. Verlass dich auf mich! Und wenn du erst wieder auf Sommerroth bist, dann sprechen wir über das, was du mir in deinem Brief nach Perlin geschrieben hast.«

Leopold blickte zurück und runzelte die Stirn. Ein letztes Mal blieb er stehen – trotz des Drängens des Wachmanns. »Was für ein Brief? Ich habe dir nicht geschrieben.«

Johann stockte. »Ich gab dir Bescheid, ich sei in der Nähe. Du sagtest, ich solle zurück nach Sommerroth kommen. Dir sei daran gelegen, unsere Zwistigkeiten zu begraben. Du wolltest mir einen Teil vom Gutshof überlassen.«

Selbst der Wachmann schien in diesem Moment neugierig zu sein. Sein Drängen ließ ganz kurz nach.

»Wie bitte?«, fragte Leopold erstaunt. »Wie kommst du nur auf so einen törichten Gedanken? Warum sollte ich Sommerroth zersplittern? Du kennst das Reichserbhofgesetz. Als Zweitgeborener stehst du hintenan.«

Ein Gefühl wie das Erwachen eingeschlafener Glieder erfasste Johann am ganzen Körper. *Er wusste es nicht! Vater hatte keine Ahnung von dem Brief.*

»Los jetzt. Hurry up!«

»Denk an deine Aufgabe, Junge. Die Leumundszeugnisse! Frag alle danach, die du auftreiben kannst!«

Leopold von Sommerroth verschwand aus dem Büro und somit aus Johanns Blickfeld. Er fühlte die große Pranke des deutschen Polizisten auf seiner Schulter.

»Wir gehen jetzt! Und zwar sofort.«

Johann wurde heiß und kalt, während er nach draußen geschoben wurde. Sie überquerten das Gelände – vorbei an meterhohem Stacheldraht. Kurz darauf sah Johann das Tor zur Straße.

»Sie haben bekommen, was Sie gewollt haben. Jetzt verschwinden Sie. Wir sind uns nie begegnet.«

Nach einem unsanften Stoß in den Rücken, der Johann fast zu Fall brachte, fiel die schwere Tür hinter ihm krachend zu. Ausgerechnet in diesem Moment begann es aus den bleigrauen Wolken sturzartig zu regnen.

Kapitel 20

»Geht es nicht etwas schneller?«, fragte der Mann hinter ihr unfreundlich.

Emilie brach sich einen Zweig ab, als sie mit ihrer Kutsche unter einem tief hängenden Ast entlangfuhr. Eine ganze Weile lang hielt sie ihn bloß in ihrer rechten Hand, ohne ihn zu benutzen. Die linke hatte die langen Zügel fest umgriffen. *Lauf schon, Muskat. Zieh kräftig an. Auf dem Rückweg kannst du dich wieder erholen.* Emilie flehte ihre Stute geradezu an, doch der Boden unter dem schweren Heuwagen war aufgeweicht vom Dauerregen und Muskat war entkräftet und müde vom Futtermangel und der harten Arbeit.

»Gnädigste, ich habe nicht den ganzen Tag Zeit. Machen Sie dem Gaul mal Beine. Ansonsten werden meine Familie und ich es vorziehen zu laufen.«

»Erich. Bitte …«, gebot die Frau an seiner Seite ihm sanft Einhalt.

»Nein, Emma. Ich zahle für diese Fahrt. Aber wahrscheinlich war es ein Fehler, hier einzusteigen, wenn ich das Brandzeichen so betrachte. Trakehner taugen halt nichts.«

Emilie biss die Zähne vor Wut aufeinander. Ihre Finger krallten sich um den Ast. Am liebsten hätte sie ausgeholt und dem Mann einen Hieb versetzt. Wie konnte er es wagen, so etwas zu sagen? Mit Absicht hatte sie nur wenig gesprochen, um ihre Herkunft nicht durch ihren Dialekt zu verraten – an das Brandzeichen von Muskat hatte sie nicht gedacht. Die Feindseligkeit, die ihr aufgrund ihrer Abstammung mittlerweile entgegenschlug, schien mit jedem Tag, den die Menschen hungerten und litten, schlimmer zu werden. Und die Tatsache, dass sie sich als Ostfrau einen begehrten Mann des Stammlandes gegriffen hatte, machte es nicht besser.

»Wird's bald?«, donnerte er nun streng.

Emilie schloss kurz die Augen. Ihre Hand zitterte. Sie tat es nur, damit sie alle überlebten, sagte sie sich selbst und holte aus. Zischend ließ sie den Ast auf Muskats knochiges Hinterteil knallen. Obwohl sie selbst den Schlag ausführte, war es ihr, als hätte sie den Schmerz am eigenen Körper gespürt. Die Stute erschrak. Gleich darauf legte sie sich schwer in die Riemen und zog mit letzter Kraft an. Ein zweites Mal holte Emilie aus. Das Knallen trieb ihr die Tränen in die Augen. Niemals hätte sie freiwillig eines ihrer geliebten Pferde geschlagen. Aber ohne den Verdienst durch das Pferdetaxi würde es ihnen sehr bald noch viel schlechter gehen als ohnehin schon. Ein letztes Mal ließ sie den Ast auf Muskats Hintern sausen. Sie hörte sich selbst leise aufstöhnen.

»Na bitte. Es steckt ja doch noch Leben in dem Klepper«, spie der Mann verächtlich aus.

Emilie bebte vor Wut und Kälte. Trotzdem war ihr der starke Regen willkommen, der unaufhörlich vom Himmel prasselte und ihre Tränen mit sich nahm. Die Bedeutung des Briefes von Johann lag ihr plötzlich glasklar vor Augen. Sollte Johann seinen Vater nicht aus dem Internierungslager befreien und nach Sommerroth bringen können, war dies ihre Zukunft für lange Zeit.

Bis sie ihr Ziel erreichten, sprach keiner mehr ein Wort. Schließlich sah sie den kleinen Bahnhof – einer der wenigen, der nicht durch Bomben zerstört worden war. Bloß vier Häuser standen verstreut darum herum. Ansonsten wirkte die Gegend verlassen.

»Bist du sicher, dass hier heute noch ein Zug kommt, Erich?«, fragte die Frau skeptisch.

»Was ist schon sicher in diesen Tagen? Wir können nur hoffen, dass wir nicht an diesem Ort übernachten müssen.« Daraufhin half er seiner Frau und den Kindern vom Wagen.

»Was ist mit meiner Bezahlung?« Emilie hielt dem Mann die Hand entgegen.

Einen Moment lang sah er darauf. Von der Krempe seines Huts floss das Regenwasser zu Boden.

»Wir haben zwei Reisemarken für Brot ausgemacht«, beharrte Emilie.

Der Mann griff in die Tasche seines Mantels und holte einen ledernen Geldbeutel hervor, aus dem er vier Brotmarken zog. Er riss die perforierte Linie in der Mitte durch. Dann hielt er inne. Schließlich teilte er die beiden Marken nochmals. »Du bekommst nur eine. Wir wären schneller zu Fuß gewesen als mit deinem lahmen Pferd.«

Emilie hatte den Mund bereits geöffnet, um ihm eine passende Antwort entgegenzuschleudern. Die Hand um den Stock, mit dem sie Muskat nur seinetwegen geschunden hatte, bebte. Dann aber riss sie ihm die Marke bloß zornig aus seiner Hand.

Grußlos drehte der Mann sich um und ging seiner Familie hinterher.

Am liebsten wäre Emilie ihm nachgelaufen und hätte auf der zweiten Marke bestanden, aber sie tat es nicht. Zu groß war ihre Angst vor übler Nachrede. Sie konnte es sich nicht erlauben, auch nur einen einzigen Kunden zu verlieren – ganz gleich, wie schlecht er zahlte. Nur ihr Flüstern verschaffte ihr ein wenig Genugtuung. »Zum Teufel mit dir, du elender Halsabschneider!«

Kurz darauf war sie mit Muskat allein. Sie stieg vom Bock, während die Stute erschöpft prustete. Emilie verbannte den Mann sofort aus ihren Gedanken, denn der Anblick von Muskat machte ihr das Herz schwer. Ihre schwarzen Beine waren mit graubraunem Schlamm bedeckt. Unter dem nassen Fell zeichneten sich die Rippen deutlich ab – ebenso die beiden tiefen Höhlen vor ihrer Kruppe. Die Stute hatte ihren Kopf gesenkt, sodass Emilie ihr in die Augen sehen konnte. Sie waren glanzlos. Seit Tagen hatte Muskat kaum mehr gefressen als ein wenig Gras, mal einen gestohlenen Apfel oder eine Handvoll Hafer, den Emilie auf einem abgeernteten Acker zusammengesucht hatte. Krzysztof musste mittlerweile weite Strecken mit den Pferden gehen, um Plätze zu finden, die noch genug Nahrhaftes boten. Wie lange würde das noch funktionieren, fragte sich Emilie und drückte die Verzweiflung nieder. Was wäre im Winter? Wann würden ihre Stuten am Ende ihrer Kräfte sein?

Emilie brach den Ast entzwei und warf ihn fort. Kurz lehnte sie ihre Wange an Muskats Stirn und bat sie stumm um Verzeihung dafür, dass sie sie geschlagen hatte. Kurz darauf straffte sie den Rücken und trat den Heimweg an. Die Zügel musste sie nicht festhalten – Muskat folgte ihr so. Obwohl sie selbst todmüde war, stieg Emilie nicht mehr auf den Bock, um ihrer Stute wenigstens ihr eigenes Gewicht zu ersparen.

Als sich weit hinten am verregneten Horizont Schloss Sommerroth strahlend weiß vor dem grauen Himmel abhob, spürte Emilie vor Kälte, Wind und Erschöpfung ihre Beine kaum mehr. Die Zufahrtsstraße kam ihr unendlich lang vor. Den Kopf gegen das Peitschen des Regens gesenkt, schaute Emilie lediglich auf ihre Füße. Erst, als Muskat neben ihr ruckartig stehen blieb, blickte sie auf. Die Rappstute hatte den Kopf weit nach oben gerissen und spitzte ihre Ohren, von denen das linke hin und her wackelte.

Emilie konnte ihre stumme Sprache lesen. Sie hatte etwas Bedrohliches entdeckt. Mit ihrer flachen Hand schirmte sie ihre Augen vor dem Regen ab. Das, was sie auf der erhöhten Wiese unter einem Baum erblickte, ließ sie einen Schritt zurückweichen.

Der Mann mit dem langen schwarzen Mantel stand dort und stierte zu ihr herunter. Das letzte Mal hatten Krzysztof und sie den Kerl nahe Fliedertal gesichtet. Er musste einer von Ottos Männern sein. Was wollte er? Wut stieg in ihr auf. Aus voller Kehle schrie Emilie zornig: »Verschwinden Sie! Lassen Sie mich in Ruhe!«

Der Mann stand noch ein paar Momente regungslos da, die Hände in den Manteltaschen und den Hut tief im Gesicht. Dann drehte er sich um und ging tatsächlich davon.

Emilie jedoch konnte den Mann nicht vergessen, bis sie den Hof betrat. Vielleicht kam ihr die Remise auch deshalb noch einladender vor denn je. Schnell schloss sie das Tor hinter sich.

Kapitel 21

Johann starrte auf den roten Klinker der Fabrikgebäude hinter dem Zaun, der an dieser Stelle sogar mit Tarndecken verhängt war. Nur die obere Etage mit ihren hell erleuchteten Fenstern war für ihn sichtbar, wo sich die Umrisse mehrerer inhaftierter Männer abzeichneten. Obwohl er eine klare Aufgabe von seinem Vater bekommen hatte, schaffte er es nicht, sich von diesem Ort loszureißen. Das Erlebte hallte in ihm nach. Seine Gedanken rasten.

Johann war, als würde der Boden unter ihm schwanken. Das Verhältnis zu seinem Vater war immer schwierig gewesen. Doch der Brief hatte ihm in der jüngsten Vergangenheit als Antrieb gedient. Er hatte sich eingeredet, dass sich in Zukunft vieles zum Positiven verändern würde, und alle seine Taten darauf aufgebaut. Er war nach Sommerroth zurückgekehrt, hatte Otto die Stirn geboten, hatte Emilie zurückgelassen … Und nun war klar: Sein Vater hatte diese Zeilen nie verfasst!

Er holte das zerknitterte Papier aus seiner Manteltasche, dessen Worte er so oft gelesen hatte. Wie ein Schatz waren sie ihm vorgekommen. Jetzt klatschten Regentropfen darauf und ließen die Tinte vor seinen Augen verschwimmen. Es war ihm egal. Johann ließ den Zettel in den Schlamm fallen, wo er sich sogleich mit Wasser vollsog. Der Brief war wertlos geworden.

Er kam sich unendlich dumm vor. Die Wahrheit lag so deutlich vor ihm, dass er sich fragte, wie er dermaßen blind hatte sein können. Es war natürlich seine Mutter gewesen, die den Brief gefälscht und ihn somit belogen und getäuscht hatte. Und sehr wahrscheinlich bereute sie ihre Tat mittlerweile, denn sie hatte nicht mit Emilie gerechnet. Johann lachte bitter auf. Wieder einmal wurde ihm klar, was er wohl verdrängt hatte. Die Sommerroths waren gefangen in einem toxischen Kreislauf, aus dem es kein Entrinnen zu geben schien. Er hatte es während des Krieges fast geschafft, dem zu entfliehen, doch ein paar Zeilen auf Papier hatten ausgereicht und er war aus freien Stücken wieder zurückgekehrt. Wann hörte all das auf?

Johanns Finger formten sich von selbst zu Fäusten. Er musste zurück nach Sommerroth, und zwar so schnell es ging. Es galt, seine Mutter in einem Vieraugengespräch zur Rede zu stellen, bevor sie die Wahrheit womöglich noch in einem schwachen Moment vor Otto gestand. Wenn sein Bruder erst mal begriff, dass Leopold ihn gar nicht unter seinen Schutz gestellt hatte, sondern Charlotte nur versucht hatte, ihr Lieblingskind zu bevorzugen, wäre Emilie seiner unbändigen Wut hilflos ausgeliefert. Johann konnte nur ahnen, wozu sein Bruder imstande war. Bei dem bloßen Gedanken daran, welch einer Gefahr er seine Frau ausgesetzt hatte, rann Johann ein eiskalter Schauer über den Rücken.

Seine Rückkehr war somit beschlossen, ebenso, dass er seinem Vater mit Leumundsschreiben helfen wollte. Dann allerdings würden er und Emilie zusammen mit Lenchen, Krzysztof und den Pferden Sommerroth für immer und alle Zeit verlassen! Schließlich hatte Leopold ihm gerade unmissverständlich mitgeteilt, dass Johann als Zweitgeborener auf Sommerroth nichts zu erwarten hatte.

Ein letzter Blick auf die Gebäude vor ihm diente Johann als eine Art Abschied von seinem Vater, den er vermutlich niemals wiedersehen würde. Er hatte nicht vor, auf Sommerroth zu warten, bis Leopold ihn fortjagte. Gerade wollte er sich abwenden, da entdeckte er ihn tatsächlich an einem der Fenster, das vermutlich zu einem Gruppenraum gehörte. Ihre Blicke trafen sich. Leopold legte seine Hand auf die Scheibe und Johann hob seine zu einem letzten Gruß. Das Regenwasser lief ihm kalt in den Ärmel und doch schwenkte er seinen Arm noch einmal nachdrücklich hin und her. Da erregte etwas seine Aufmerksamkeit. Ein Schatten hob sich ab von jenen, die sich im Licht der Fenster hin und her bewegt hatten. Er stand still. Johanns Arm gefror. Seine Augen verengten sich beim Versuch, das Gesicht des Mannes zwei Fenster weiter zu erkennen. Etwas an den Umrissen ließ ihm sein Blut in den Adern gefrieren.

Auch der fremde Mann starrte Johann an, dann sah er zur Seite, wo Leopold noch immer die rechte Hand auf die Scheibe presste.

»Nein! Das darf nicht sein«, hauchte Johann atemlos. Die Bilder der Vergangenheit holten ihn ein. Sie waren noch allzu lebendig und kehrten nun in einzelnen Blitzen zurück. Johann war gedanklich wieder in Insterburg, sah plötzlich in den Lauf einer Waffe. Er hörte Schüsse und fühlte dieses unerträgliche Brennen der Kugeln in seinem Fleisch. »Wittko!«

Es war tatsächlich der Ortsgruppenleiter, der dort stand. Jener Mann, der ihn angeschossen und damit fast getötet hatte. Bei ihrer letzten Begegnung auf dem Eis des Frischen Haffs hatte Oskar von Zimny sich freiwillig in den Tod gestürzt, um seine Tochter Emilie für immer von der Jagd des unermüdlichen Feindes zu befreien. Fritz Wittko hatte überlebt und war hier in Internierungshaft!

Johann beobachtete, wie der ehemalige Parteimann beide Hände auf die Fensterscheibe legte. Seine weißen Zähne waren plötzlich sichtbar, als er boshaft zu grinsen begann. Er hatte Johann erkannt, und durch dessen frappierende Ähnlichkeit mit Leopold war die Schlussfolgerung, dass sie Vater und Sohn waren, schnell gezogen.

Ohne zu zögern, rannte Johann los. Seine Füße trugen ihn zu jenem Zaunabschnitt, bei dem er nachts auf der Lauer gelegen hatte. Der deutsche Hüne war mittlerweile wieder auf seinem Posten und lief am Zaun entlang. »He … Sie …«, brüllte Johann von Weitem. »Sie müssen mir helfen, bitte … Mein Vater ist in großer Gefahr.«

»Was reden Sie da, Mann?« An seinem Blick war zu erkennen, dass dem Polizisten die erneute Begegnung mit Johann missfiel. Er knurrte geradezu: »Verschwinden Sie sofort, bevor Sie uns alle noch in Schwierigkeiten bringen.«

»Sie verstehen nicht. … Ich habe ihn oben am Fenster gesehen. Einen Mann, den ich von früher kenne … ein Feind!«

»Halten Sie sofort den Mund«, fuhr der Blonde ihn nun barsch an. Hektisch blickte er nach rechts und links, wo bereits andere Wachposten auf ihn und Johann aufmerksam geworden waren. »Hauen Sie ab von hier, oder sind Sie wahnsinnig? Wir kommen noch in Teufels Küche.« Nach diesen Worten versetzte er Johann so einen groben Stoß vor die Brust, dass er eine Manneslänge nach hinten geschleudert wurde und in den Dreck der Straße fiel.

Johann spürte keinen Schmerz. Seine Verzweiflung wuchs. Sofort rappelte er sich wieder auf, kam den Hünen aber nicht mehr ganz so nah. Seine Hände beruhigend nach vorne gestreckt, beschwor er ihn. »Sie verstehen es nicht. Mein Vater ist in Lebensgefahr. Und zwar genau in diesem Moment. Stecken Sie ihn von mir aus in Einzelhaft. Aber tun Sie irgendwas!«

Der Polizist wies mit dem Daumen hinter sich. »Glauben Sie mir, alle hier drin haben die Einzelhaft verdient! Deshalb haben wir trotzdem nicht elftausend Einzelzellen.« Er richtete sich zu seiner vollen stattlichen Größe auf. »Ich warne Sie ein letztes Mal. Verschwinden Sie auf der Stelle. Ansonsten gibt es vielleicht gleich elftausendundeinen Mann in diesem Lager.«

Johann machte langsam einen Schritt zurück. Dann noch einen. Es war ihm, als würden Bilder seines vergangenen Lebens in irrer Geschwindigkeit vor seinem geistigen Auge vorbeiziehen. Er sah seine Mutter, Sommerroth, die Pferde und natürlich Emilie. Das, was er im Begriff war zu tun, würde sie alle für eine lange Zeit voneinander trennen.

Johanns Hände fuhren an seine Schläfen. Seine Finger krallten sich in sein Haar. Was für eine Wahl hatte er? Sein Vater war ohne seine Hilfe verloren. Aber Emilie brauchte ihn ebenso. Sie sehnte seine Ankunft sicher bereits herbei. Was für ein Ehemann war er, wenn er sie nun im Stich ließ? Vermochte sie, seinem Bruder und seiner Mutter allein die Stirn zu bieten, bis er eines Tages zurück war? Johann strich sich seine triefend nassen Haarsträhnen mit beiden Händen nach hinten und starrte den Polizisten entschlossen an.

Der Mann blickte fassungslos, denn er schien zu erkennen, dass Johann nicht die Absicht hatte, seinen Worten Folge zu leisten. »Gehen Sie doch …«, versuchte er es ein letztes Mal.

Johann aber breitete die Arme aus und brüllte aus voller Kehle: »Heil Hitler! Heil Hitler! Ein Volk, ein Reich, ein Führer. Sieg Heil!«

Die schnellen Stiefelschritte mussten von mehr als zehn Männern stammen. Johann blieb stehen, seine Arme nach wie vor ausgebreitet. Nur Momente später überwältigte man ihn, presste seinen Körper zu Boden und verdrehte ihm schmerzhaft die Arme nach hinten.

Kapitel 22

Emilie entzündete eine Sturmlaterne und hängte sie an einen Haken. Warmweißes Licht erhellte das Innere der Scheune, die zu ihrer Überraschung gänzlich leer war. In seinem Pflichtbewusstsein schien Krzysztof offenbar selbst bei diesem Wetter mit den beiden Mutterstuten und ihren Fohlen grasen gegangen zu sein, während sie zum Bahnhof gefahren war.

Emilie band die tropfnasse Muskat an einem Stützbalken fest. Sie griff sich ein Bündel Stroh, drehte und faltete es, bis sie eine Art Striegel in der Hand hielt. Mit kräftigen Bewegungen strich sie das Wasser aus dem schwarzen Fell, als sie ein Rascheln vernahm. Sie schaute sich um. Aus der dunklen Ecke im hinteren Teil der Remise trat plötzlich die kleine Kornblume an die Deichselstangen. Ihre großen Augen fixierten Emilie. Jetzt stieß das Fohlen ein helles Wiehern aus.

»Was tust du denn hier?« Verwundert ging Emilie zu dem Stutfohlen und streichelte ihre schmale Nase. Bereits bei der ersten Berührung konnte sie die Verzweiflung von Kornblume in ihren Fingerspitzen fühlen, dann in jeder Faser ihres Körpers. »Wo ist Kabinett? Warum bist du nicht bei ihr?«

Das Stroh aus Emilies Händen rieselte Halm für Halm zu Boden. Eine innere Stimme rief ihr zu: *Schnell. Beeil dich!* Doch sie hielt sich selbst zurück. Für alles konnte es eine logische Erklärung geben. Doch welche? Es wollte ihr keine einfallen.

Emilie riss die Tür im rechten Torflügel auf und knallte sie hinter sich wieder zu. Wenig später eilte sie über die mittlerweile baumlose Allee, die jetzt von hellen Holzkreisen gesäumt wurde. Auf dem Wirtschaftshof blieb Emilie stehen und drehte sich gegen den Regen blinzelnd um sich selbst. Nur ein paar Menschen liefen mit hochgezogenen Schultern um sie herum, ohne Notiz von ihr zu nehmen. Sie wollte etwas rufen, das ganz Sommerroth zum Anhalten brachte, aber was? Wo sollte sie anfangen? Wo war Kabinett?

Ihr Blick fiel auf eine junge Frau, die so abgemagert war, dass sie alt aussah. Sie steuerte mit einem vollen Wassereimer auf eine Scheune zu. In der anderen Hand hielt sie ein paar rote Beeren. Als sie erkannte, dass Emilie sie anstarrte, wich sie zurück. Automatisch schlossen sich die Finger enger um die wahrscheinlich gestohlenen Früchte. Ein rotes Rinnsal lief dazwischen hervor.

»Keine Angst, ich nehme dir nichts weg«, versicherte Emilie.

Die Frau entspannte sich wieder.

»Hast du zufällig jemanden getroffen, der Krzysztof heißt? Er trägt eine schwarze Mütze und ist kräftig gebaut? Nur wenig größer als ich. Ein Pole.«

Stumm schüttelte sie den Kopf.

»Er müsste mit zwei braunen Stuten und einem Fohlen unterwegs sein«, beharrte Emilie weiter.

»Tut mir leid. Hier sind so viele Leute und Pferde«, sagte die dürre Frau und entblößte beim Sprechen zahlreiche Lücken in ihren Zahnreihen. »Auch wenn es seit heute ja wieder ein paar weniger sind«, setzte sie traurig nach.

Alles in Emilie zog sich krampfartig zusammen. Zwei Sekunden lang wehrte sich ihr Körper dagegen, die nächste

Frage zu stellen – so schlimm war ihre Vermutung. »Was meinst du damit?«, fragte sie schließlich.

»Na, die Schlachtungen. Vor einer Stunde haben sie wieder ein paar der Flüchtlingspferde ausgewählt und zum früheren Schweinestall gebracht.« Die Frau wies nach Süden. »Das Gebäude ganz hinten auf dem Hof, das nur noch zur Hälfte steht.«

Ohne etwas darauf zu antworten, rannte Emilie los. Ihre Füße schlitterten über den aufgeweichten Boden. Sie hörte jemanden schreien und stellte erst danach fest, dass sie es selber war. Wie in einem ihrer Albträume während der Tage auf der Flucht kam es ihr vor, als würde sie laufen, ohne voranzukommen. Schemenhaft sah sie Menschen aus den Häusern und Scheunen herausblicken. Als sie schließlich bei der Ruine ankam, verlangsamte sie ihre Schritte, denn aus einem offenen Torbogen floss ein roter Bach hervor.

Wie in Trance stieg sie langsam darüber weg. Sie atmete flach aus ihrem geöffneten Mund. Mit klopfendem Herzen spähte sie in das halb zusammengefallene Gebäude. Hier stand tatsächlich ein braunes Pferd mit weißgestiefelten Beinen. Selbst von hinten konnte sie Kabinett erkennen. Emilie presste sich ihre Hände auf Mund und Herz. Sie hatte sie gefunden!

Unendlich erleichtert und mit zittrigen Beinen eilte sie auf ihre Stute zu, als sie zwei Männer neben Kabinett erkannte. Der eine hatte leuchtend rote Haare. Er hielt sie fest am Halfter. Der andere setzte dem Pferd in diesem Moment ein eisernes Bolzenschussgerät an die Stirn. Nur eine Sekunde später holte er aus und schlug mit einem mächtigen Hammer auf das Ende. Es gab einen lauten Knall. Die Patrone durchschoss den Kopf des Pferdes. Alle vier Beine sackten augenblicklich weg. Kabinett war tot.

Emilie schrie und vergaß zu atmen. Dabei verlor sie beinahe die Besinnung – doch nur fast. Gnadenlos versagten ihre

Beine ihr den Dienst. Bei vollem Bewusstsein sank sie in den braunen kalten Schlamm und spürte gleich darauf, wie es sie plötzlich warm umfloss. Mit letzter Kraft hob sie ihre Hand. Sie war blutverschmiert.

Jedes Gefühl von Raum und Zeit war ausgelöscht. Emilie hörte bloß ein Brummen in ihrem Kopf. Irgendwann nahm sie das Gesicht von Alan Smith wahr, der sich über sie beugte und mit ihr sprach. Seine Lippen schienen sich langsamer zu bewegen als gewöhnlich. Emilie wollte etwas sagen. Doch es wurde alles schwarz, bevor auch nur eine Silbe ihren Mund verließ.

***

Emilie schlug die Augen auf. Das Erste, was sie sah, war der Kerzenkronleuchter an der Decke. Ihr Kopf war leer.

»Endlich! Emilie! Ich habe mir solche Sorgen gemacht.« Edith eilte zum Bett und ließ sich auf einem Stuhl daneben nieder. Sie nahm ihre Hand. »Wie geht es dir?«

Mühsam setzte Emilie sich auf. Das Blut schoss ihr durch den Kopf, wo es in einem dumpfen Takt pochte. Für ein paar Sekunden übertönte dieses Geräusch alles. Sie presste sich eine Hand auf die Stirn.

»Du musst etwas trinken.« Edith reichte ihr ein Glas Wasser.

Sie fühlte das Reliefmuster des Kristalls auf ihren Fingern, als die Erinnerung plötzlich zurückkehrte und das Pochen kurz stoppte. Emilie riss die Augen auf. »Kabinett …«, hauchte sie. Der Schmerz traf sie wie eine Welle, die sie gnadenlos mit sich riss und nur Zerstörung hinterließ. »Mein Pferd! Es ist tot. Warum?«

Edith nahm ihr das Glas aus der Hand und legte ihr tröstend den Arm um die Schultern. »Bitte beruhige dich.«

Ihre Unterlippe zitterte. Gleichzeitig begann sie zu schluchzen. »Sie haben sie einfach getötet. Kabinett hat mir das Leben gerettet und ich tat nicht dasselbe für sie. Ich habe nicht gut genug aufgepasst.«

»O nein! Nein!« Edith schüttelte den Kopf und fing an, auf sie einzureden. »Bitte! Dich trifft doch keine Schuld!«

Ihre Worte aber konnten nicht verhindern, dass Emilie bitterlich zu weinen begann. Sie hatte seit vielen Wochen nicht mehr geweint. Doch in diesem Moment brach sich all die Wut und Verzweiflung über ihre machtlose Lage Bahn. Warum nur hatte sie die Fahrt zum Bahnhof selbst übernommen? Vielleicht hätte ihre Anwesenheit die Männer aufgehalten, und ihr Pferd wäre noch am Leben. Doch die Zeit ließ sich nicht zurückdrehen und das Bild von Kabinetts letztem furchtbaren Augenblick nie wieder aus ihrem Kopf löschen.

Als Emilie irgendwann nicht mehr weinen konnte, sah sie auf. Sie wagte kaum zu fragen. Ihre Stimme war lediglich ein heiseres Flüstern. »Was ist mit meinen anderen Pferden?«

»Sie sind wohlauf«, versicherte Edith. »Krzysztof hat die Remise seit gestern nicht mehr verlassen. Er …« Sie brach ab. »Er hat wüste Dinge ausgesprochen, sollte einer sich auch nur nähern. Niemand wagt sich zu ihm hinein.«

Emilie schloss kurz die Augen. Stumm dankte sie ihm für seine Stärke. Wer wusste, was er damit vielleicht noch verhindert hatte. Nach wie vor hatte sie unzählige Fragen. Wo war er gewesen? Wie war Kabinett in die Hände des Schlachters gefallen? Und vor allem, welche Rolle spielte Otto dabei? Emilie hatte den Rothaarigen genau erkannt. Es war derselbe Mann gewesen, den sie und Krzysztof auf den Wiesen Fliedertals beobachtet hatten.

Ein Klopfen an der Tür ließ sie aufsehen.

»Wer ist da?«, rief Edith streng.

»Alan Smith«, klang es dumpf aus dem Flur.

Emilie sah Edith verwundert die Stirn runzeln. Ihre Schwägerin stand auf und ging zur Tür. Derweil wischte sie selbst sich die letzten Tränen von den Wangen.

»Guten Tag. Was wünschen Sie?«, fragte Edith geradezu schroff.

»Ich hoffe, mein Besuch kommt nicht ungelegen. Ist es möglich, dass ich persönlich mit Mrs Sommerroth spreche?«

»Nein. Wie Sie sich denken können, geht es ihr nicht ...«

»Schon in Ordnung, Edith«, unterbrach sie Emilie. »Lass ihn herein.« Sie wusste selbst nicht, warum sie das gestattete. Nach ihren vielen Tränen musste sie furchtbar aussehen – zudem trug sie bloß ein Nachthemd. Es war ihr gleich. Nachlässig zog sie die Bettdecke ein Stück höher, um wenigstens den nötigen Anstand zu wahren, als Edith die Tür aufstieß und so die Sicht freigab auf den Dolmetscher. Er lächelte schmallippig. In seinen Händen hielt er eine blaue Hortensie.

Emilie sah ihn langsam näher treten. Sein Gesicht erinnerte sie an den letzten Moment vor ihrer Ohnmacht. »Sie haben mich ins Haus gebracht, nicht wahr, Herr Smith?«

»Das ist richtig. Und nun wollte ich mich nach Ihrem Befinden erkunden.«

»Wirklich sehr aufmerksam.« Emilie nahm die Hortensie entgegen, die von vier grünen Blättern umrahmt wurde. Dem Stiel war zu entnehmen, dass er sie irgendwo abgerissen hatte. Dennoch, der Anblick von so etwas Schönem berührte sie. »Danke! Setzen Sie sich doch.«

Edith trat an die andere Seite des Bettes. Sie streckte die Hand aus. »Gib mir das Diebesgut. Ich stelle es ins Wasser.« Zusätzlich zu diesen Worten bedachte sie den Dolmetscher mit der warnend hochgezogenen Augenbraue einer Krankenschwester. »Sie können nur kurz bleiben. Meine Schwägerin braucht Ruhe.« Danach verließ sie das Zimmer, die Tür aber öffnete sie extra weit, was seinen baldigen Rausschmiss wohl nochmals unterstreichen sollte.

»Sie meint es nicht so«, sagte Emilie, dann sah sie ihm ins Gesicht.

Er schob sich seine runde Brille weiter auf die Nase und nickte, als wollte er ihr versichern, er wüsste es.

»Sie beweisen Schneid mit Ihrem Kommen. Es ist den Briten doch verboten, ungezwungen mit uns Deutschen zu sprechen?«

»Im Grunde genommen haben Sie recht. Aber es gibt Ausnahmen und manche Regeln lockern sich allmählich.«

Emilie nahm zur Kenntnis, dass er nervös wirkte. Doch es schien auch seine Art zu sein. Schon bei vorherigen Begegnungen war er ihr zappelig vorgekommen.

»Ich habe Nachrichten für Sie, Mrs Sommerroth. Auch wenn ich nichts von Pferden verstehe, dachte ich, es würde Sie vielleicht freuen zu hören, dass das Waisenfohlen bei der anderen Stute getrunken hat.«

Emilie sah runter auf die Bettdecke und schloss die Lider, da sie spürte, dass die Tränen zurückkamen. Diesmal waren es Tränen der Erleichterung. Die gute tapfere Windfarbe! Sie hatte Kornblume angenommen, obwohl sie selbst ein eigenes Fohlen säugte. Es war mehr als ungewöhnlich, dass das geschah. Doch ihre erste eigene Stute hatte das Herz einer liebenden Großmutter. Emilie nahm jetzt doch einen Schluck Wasser. »Ich danke Ihnen für diese Nachricht. Das ist in der Tat ein Grund zur Freude für mich. Jetzt weiß ich, mein Fohlen wird überleben.«

»Das dachte ich mir«, antwortete er. Doch ihm schien noch etwas auf der Seele zu brennen. Unentwegt drehte sein Daumen einen Ring an seiner Hand, der aussah wie ein Ehering. Dabei machte es den Anschein, als würde er sein Verhalten selbst gar nicht bemerken.

Emilie ermunterte ihn. »Ich sehe es Ihnen an, Sie haben noch etwas zu sagen.«

Es platzte fast aus ihm heraus. »Mrs Sommerroth, ich wünschte, ich hätte nur gute Nachrichten und müsste Sie nicht mit anderem belasten, aber bedauerlicherweise ist dem nicht so.« Er griff in seine Innentasche und zog ein Schreiben hervor. Dabei schluckte er schwer, sodass der Adamsapfel unter seiner rasierten Haut hüpfte. »Als ich die Neuigkeit an diesem Morgen hörte, bat ich Colonel Baker darum, es Ihnen persönlich mitteilen zu dürfen. Ihre Familie wird sich gleich im Salon versammeln, wo sie es ebenfalls erfahren.«

»Was?«, fragte Emilie jetzt. Alles Blut schien schlagartig in ihrem Körper nach unten zu sacken. »Was ist passiert?«

Nochmals schob sein Zeigefinger seine runde Brille die Nase hoch, obwohl sie perfekt saß. »Ihr Ehemann, Johann von Sommerroth … Er wurde verhaftet und sitzt nun im Internierungslager Neumünster-Gadeland ein.«

Emilie spürte, wie ihr Körper mit einer Art Stromstoß reagierte. »Was? Das kann nicht sein …« Für einen Moment schaffte sie es nicht, eine logische Verbindung zwischen den neuen Informationen und denen, die sie bereits hatte, herzustellen. Johann hatte ihr doch geschrieben, dass sein Vater dort hingebracht worden war. Wie konnte er nun selbst in dem Lager einsitzen? »Sie müssen sich irren, Herr Smith. Oder es muss eine Verwechslung sein. Mein Schwiegervater ist dort, nicht mein Mann. Ich weiß es, da ich einen Brief von ihm erhalten habe.« Emilie riss die Schublade ihres Nachttisches so schnell auf, dass das Wasser in ihrem Glas überschwappte, das darauf stand. Fahrig entfaltete sie das Schreiben. »Hier!« Ihr Finger tippte auf den Text. »Sehen Sie, hier steht es, Herr Smith. Das alles ist ein Missverständnis.« Ihre Stimme wurde mit jedem Wort schriller. Sie hielt ihm den Brief entgegen, doch er sah nicht mal drauf.

Stattdessen legte er seine Hand auf ihren Arm und drückte ihn sanft nach unten.

»Hören Sie mir zu, Mrs Sommerroth.« Er beugte sich ein Stück vor und fixierte sie mit seinem Blick, wohl deshalb, weil er sichergehen wollte, dass sie verstand. »Ihr Mann hat sich öffentlich zu Hitler bekannt. Mehrere Zeugen haben das gehört. Daraufhin hat man ihn ergriffen und in Arrest gesteckt.«

»So ein Unsinn! Das hat er nicht getan.« Emilie riss ihren Arm unter seiner Hand weg. »Ich glaube Ihnen kein Wort davon. Er wollte seinen Vater zurück nach Sommerroth holen und …«

Beinahe traurig schüttelte Alan Smith jetzt den Kopf. »Ich sage es Ihnen ungern, aber das war noch nicht alles.«

»Was meinen Sie? Ich will nichts mehr hören.«

Entgegen jeder Sitte und jedem Protokoll legte er nun seine beiden Hände auf die von Emilie.

Verwirrt fiel ihr Blick darauf, als sie den Druck nach unten spürte.

»Leopold von Sommerroth ist tot. Die Umstände seines Ablebens sind unklar. Man fand ihn leblos im Lager. Vermutlich ein Herzinfarkt.«

»Nein!«, schrie Emilie jetzt auf. »Das ist nicht wahr!«

»Verzeihen Sie mir, dass ich Ihnen so schlechte Kunde bringe. Ich hoffe selbst, es war kein Fehler …«

Schnelle Schritte näherten sich. Es war Edith, die nun ins Zimmer gestürmt kam. »Was geht hier vor sich?«

Emilie konnte nichts mehr sagen. Sie hatte ihre Fäuste in die Bettdecke gekrallt. Ihr starrer Blick war auf deren feine Blümchenstickereien gerichtet.

Ediths nächste Worte richteten sich an den Dolmetscher. »Ich denke, das reicht jetzt«, entschied sie und wies zur offenen Tür. »Bitte, gehen Sie.«

Alan Smith stand sofort auf und zog seine Uniform glatt. Offenbar in Ermangelung einer besseren Idee verbeugte er sich ungelenk vor den Frauen. »Es tut mir leid. Ich spreche Ihnen beiden mein Beileid aus.« Danach machte er auf seinen Hacken kehrt und verließ den Raum.

Emilie blieb zurück mit einem Gefühl der Schwerelosigkeit. Die Bedeutung der eben vernommenen Worte sickerten langsam zu ihr durch. Leopold von Sommerroth würde nicht mehr zum Gut kommen, um die Zeilen seines Briefs zu bestätigen. Ebenso wenig konnte sie auf Johanns Rückkehr hoffen. Er würde auf unbestimmte Zeit fortbleiben. Emilie war nun auf sich allein gestellt – ohne jede Hoffnung auf Fürsprache. Wie aus weiter Ferne hörte sie Edith Fragen stellen und sich selbst darauf antworten. Kurz darauf hätte sie schon nicht mehr sagen können, was ihre genauen Worte gewesen waren. Emilie nahm bloß noch wahr, wie sie eine ganze Weile gemeinsam weinten.

Der Zusammenkunft im Salon wohnte Emilie nicht bei. Sie wollte stattdessen allein sein. Doch von ihrem Zimmer aus konnte sie Colonel Bakers Stimme hören und daraufhin Charlottes unendliches Schreien und Klagen. Es erfüllte die Gemäuer von Schloss Sommerroth noch bis zum Abend. Die Traurigkeit legte sich über das Gut wie der Schatten der Nacht über das Land.

Es musste bereits weit nach Sonnenuntergang sein, als Emilie das Bett erstmals verließ. Sie öffnete die Fenster ihres Zimmers und starrte in den Himmel über dem halb zerstörten Badehaus. Die Wolkendecke über Sommerroth war aufgerissen und zeigte zum ersten Mal seit langer Zeit wieder die Sterne. Durch die nächtliche Ausgangssperre war es still auf dem Hof. Nur hier und da vernahm man Geräusche von Tieren. Ein Uhu rief von irgendwo her. Kurz darauf ertönte das Fauchen zweier Katzen, die vermutlich um ihr Revier kämpften.

Emilie schlang die Arme um sich. Ihre Haut musste kalt sein von der abendlichen Luft, doch sie spürte es nicht. Alle Empfindungen schienen von ihr gewichen zu sein – mit Ausnahme eines Gefühls: Angst vor der Zukunft.

GUT SOMMERROTH

HEUTE

EMILIES JOHANN

Kapitel 23

Der zweite Drehtag begann, wie der erste aufgehört hatte – mit einem Wolkenbruch und einem Gewitter. Marisa hörte das Prasseln des Regens gegen die kleinen Sprossenfenster ihres Schlafzimmers. Sie sah zu ihrem Digitalwecker. Er zeigte 3:58 Uhr. In zwei Minuten würde er klingeln. Schnell schaltete sie ihn aus, um Emilie neben sich nicht zu wecken.

Obwohl ihre Großmutter mittlerweile ein eigenes Schlafzimmer im Anbau besaß, kam es immer wieder vor, dass sie nebeneinander einschliefen. Mal, weil sie sich gemeinsam einen Film ansahen. Mal, weil sie sich noch lange unterhielten – so wie gestern, nachdem Marisa ihrer Großmutter den zufällig entdeckten Brief aus der Frisierkommode überreicht hatte.

Emilies plötzliche Tränen waren für Marisa zunächst nur schwer zu deuten gewesen. Irgendwas zwischen Erleichterung und Traurigkeit, hatte sie vermutet, bis sie nach einer Weile in der Lage gewesen war zu erklären, dass sie dieses Schreiben ihres Mannes ganze fünfundsiebzig Jahre vermisst hatte. Der Brief war eines Tages einfach aus ihrem Zimmer verschwunden. Schon immer hatte sie Charlotte im Verdacht gehabt, ihn heimlich an sich genommen zu haben, um nach Johanns Verhaftung ein Stück von ihrem Lieblingskind zu besitzen.

Zwei zuckende Blitze tauchten das eigentlich noch dunkle Schlafzimmer kurz in kaltweißes Licht.

Marisa nutzte das Aufleuchten und sah zu Emilie, deren Augen überraschenderweise geöffnet waren. Der Raum wurde wieder schwarz und ein lang gezogenes Donnergrollen folgte.

»Du bist ja wach?«

»Schon eine ganze Weile«, sagte Emilie jetzt und suchte Marisas Hand, um diese zu streicheln.

Marisa spürte die warmen Finger auf ihrer Haut. »Dann haben wir beide diese Nacht wohl nicht viel geschlafen.«

»Ich habe von Johann geträumt«, antwortete Emilie. »Wir waren wieder jung und auf den Pferden unterwegs – so wie damals, auf unserem Weg in den Westen. Er ritt auf Windfarbe und ich auf Muskat. Aber es war Sommer und nicht Winter. Johanns Haut war braun und seine Haare von der Sonne ganz ausgeblichen. Wie sehr habe ich sein blondes Haar geliebt!« Sie atmete tief durch. »Alles kam mir im Traum so echt vor – seine Stimme, sein Lächeln.« Emilie drückte Marisas Hand, als bräuchte sie Halt. »Das Gewitter hat mich aus meinem schönen Traum geweckt. Danach wollte ich lieber wach bleiben, um die Bilder noch ein wenig in Gedanken festzuhalten.«

»Hast du es geschafft?«, fragte Marisa.

»Ja«, antwortete sie hörbar glücklich. »Johann steht noch immer hier neben mir.«

Marisa lächelte Emilie zu, obwohl sie es in der Dunkelheit nicht sehen konnte. Ihre Erinnerung glitt unweigerlich zurück zu dem, was ihre Großmutter ihr gestern erzählt hatte. Dabei musste Marisa sich eingestehen, dass sie das Wort »Internierungshaft« das letzte Mal im Geschichtsunterricht in der Schule gehört hatte. Was es wirklich bedeutete, war ihr erst vor wenigen Stunden durch Emilie klar geworden. Die Vorstellung, dass man ihren Vorfahren in Neumünster eingesperrt hatte, erschien Marisa noch immer unglaublich. Wie hatte all das in der eigenen Familie passieren können, ohne je ein Thema auf Sommerroth gewesen zu sein? Vorsichtig formulierte sie ihre Frage, die keine Einleitung brauchte. Es war ohnehin klar, dass sie beide an dasselbe dachten.

»Warum höre ich erst jetzt von diesen Dingen aus der Familie?«

»Weil vermutlich keiner außer mir mehr davon weiß«, erwiderte Emilie.

»Aber wie kann das sein? Hat Charlotte denn meinem Vater nie was davon erzählt?«

»Wahrscheinlich nicht.«

»Das kann ich nicht glauben. Dieses Ereignis hat doch sicher alles auf Sommerroth verändert, und du sagst, es wurde totgeschwiegen?«

»Weißt du, Marisa, um das zu verstehen, musst du dich ungefähr ein halbes Jahrhundert zurückversetzen. Damals, als der Krieg und die Besatzung endlich vorbei waren, wollte sich niemand mehr daran erinnern. Das unendliche Leid lag hinter uns, die Fünfzigerjahre und das Wirtschaftswunder lagen vor uns. Keiner wünschte sich die alte Zeit zurück. Es wurden Kinder geboren, Arbeitsstellen geschaffen, Häuser gebaut. Alles veränderte sich. Ein Neuanfang war gemacht. Die seelischen Wunden heilten oder wurden überdeckt. Man fürchtete, dieses Glück zu gefährden, und hörte einfach auf, über das zu sprechen, was damals Schreckliches geschehen war. Die Aufarbeitung des Krieges kam erst viel später, aber da waren zahlreiche Zeitzeugen bereits gestorben und ungezählte Dokumente für immer vernichtet worden.«

Marisa verstand es jetzt. Nichtsdestoweniger befiel sie bei dieser Erklärung das Gefühl eines unendlichen Verlusts. Wie viel ihrer eigenen Geschichte war wohl auf diese Weise unwiederbringlich verloren gegangen? Ihr wurde klar, dass Emilie vielleicht das letzte Tor zu dieser früheren Welt war. Sie fragte sich, wie viel Zeit ihnen noch blieb, über alles zu sprechen. Nach wie vor hatte Marisa unzählige Fragen zu dem, was Emilie ihr gestern erzählt hatte. Es war zum Beispiel offengeblieben, auf welche Weise Leopold gestorben war oder ob Johann es je geschafft hatte, aus der Haft entlassen zu werden. Wie war es Emilie nur gelungen, an all dem Kummer nicht zu zerbrechen und sich weiter um ihre Pferde zu kümmern?

Marisas Plan am Vortag war eigentlich gewesen, Emilies Ausführungen erst einmal geduldig zuzuhören und später ihre Fragen zu stellen. Sie wollte sie nicht unterbrechen, denn ihre Großmutter hatte manchmal Mühe damit gehabt, sich an die korrekte Reihenfolge der Ereignisse zu erinnern. Emilie war in der Zeit hin und her gesprungen. Dann, als sie vom Tod ihrer Stute Kabinett erzählt hatte, war die Traurigkeit zu schlimm geworden. Sie hatte nicht weitersprechen können und nur noch geweint, woraufhin Marisa sie zu Bett begleitet hatte. Und als Emilie eingeschlafen war, hatte Marisa geweint. Der Knochenfund beim Badehaus war bis zu diesem Zeitpunkt für sie bloß das Grab fremder Pferde gewesen. Niemals hätte sie vermutet, dass dieser traurige Ort so eng mit dem Schicksal ihrer Großmutter verbunden war – denn in Wahrheit lag hier wahrscheinlich auch Kabinett begraben!

Während des kurzen Schweigens zwischen ihnen überlegte Marisa, wie viel sie mit ihren nächsten Worten wagen konnte. Die Gefahr, zu weit zu gehen und Emilie für den Rest des Tages in Schwermut zu stürzen, wollte sie nicht eingehen. Schließlich würde in nicht mal einer Stunde das Filmteam an ihre Tür klopfen und ihr Haus für die Badewannenszene in Beschlag nehmen. Vorsichtig und eher indirekt fragte Marisa deshalb: »Wie hat dein Herz das alles nur verkraftet?«

Emilie tätschelte ihr erneut die Hand. »Ein Herz ist stärker, als du denkst. Das weiß man aber erst, wenn man es einmal auf die Probe gestellt hat.« Sie lachte ein wenig. »Ich kann das wirklich nicht empfehlen.«

»Danke für diesen Rat«, antwortete Marisa ebenfalls lachend. »Ich werde es mir merken.« Ohne es auszusprechen, war nun klar, dass sie die Vergangenheit für diesen Moment besser ruhen lassen sollten. Es blitzte erneut, gleich zweimal hintereinander.

Emilie lächelte still vor sich hin, was das zuckende Licht erkennen ließ. »Erzähl mir mal lieber, was mit deinem Herz ist, Kind.«

»Was meinst du?«

»Ich mag zwar alt sein, aber nicht blind. Als du gestern mit diesem Tristan verschwunden bist, konnte ich deine Wangen selbst aus der Entfernung glühen sehen. Er gefällt dir, nicht wahr?«

»Na ja …«, begann sie ertappt. »Schon …«

»Gib es ruhig zu«, sagte Emilie. »Wäre ich in deinem Alter, würde er mir wohl auch gefallen. Er ist groß, stattlich, überaus charmant …«

»… wie ein Drache«, ergänzte Marisa versonnen und drehte sich auf die Seite mit dem Gesicht zu ihrer Großmutter.

»Sagt man das heute so?«

»Ich sage das so.« Marisa hörte selbst ihr Schwärmen.

»Dann eben ein Drache«, wiederholte Emilie belustigt. »Hast du dich an seinem Feuer verbrannt?«

»Ein bisschen vielleicht.« Marisa wusste, die Antwort war nicht besonders aussagekräftig, deshalb warf sie etwas wehmütig hinterher. »Das Ganze hätte tatsächlich ein perfekter Sommerflirt werden können. Ein oder zwei Monate voller Unbeschwertheit, das wär's gewesen.«

»Wie der Prinz mit Flip-Flops und Sonnenbrille, den du dir herbeigewünscht hast?«

»Ganz genau. Nur noch besser.«

»Dann erzähl mal.«

»Wo soll ich anfangen?« Es blitzte erneut. Und diesmal kam der Donner gleich hinterher, was bedeutete, dass das Unwetter ziemlich genau über ihnen war.

»Natürlich da, wo es spannend wird.«

»Okay, das ist einfach. Kurz nachdem du uns mit unserem Alkohol im Badezimmer überrascht hast, sind wir über einander hergefallen. Wir haben wild geknutscht und es war einfach großartig.«

Emilie lachte auf. »Das ist in der Tat die spannendste Stelle.«

»Vielleicht zusammen mit der, als Mark uns in flagranti im Schleierkraut-Zimmer erwischt hat …«, schob sie zerknirscht hinterher.

»Ja, da würde ich dir zustimmen. Und was ist dann passiert?«, interessierte sich Emilie.

Marisa bemerkte mal wieder belustigt, dass nichts von dem, was sie gerade beichtete, ihre Großmutter zu schockieren schien. Wie sehr sie das doch an ihr liebte! Es gab ihr den Mut, sich ganz zu öffnen. »Tja, ich stand auf einmal da wie eine Ehebrecherin. Und die bin ich ja eigentlich gar nicht. Aber die Wahrheit über Mark und mich konnte ich Tristan auch nicht sagen. Also hat er mich einfach stehen gelassen. Ich wäre am liebsten im Erdboden versunken. Vorher hätte ich Mark aber gerne noch den Kopf abgeschlagen. Er war stinksauer und verletzt, weil er seit Monaten um eine zweite Chance für uns kämpft. Ich habe ihm die Enttäuschung deutlich angesehen, das wiederum habe ich nicht gewollt.«

Marisa stockte kurz, als Marks Gesicht in ihren Gedanken auftauchte. Gleich danach sah sie Tristan, wie er ihr zuzwinkerte. Das alles war so verwirrend. Ärgerlich schüttelte sie den Kopf, um beide Männer loszuwerden. Der Gedanke, dass sie womöglich in Kürze hier in ihrem Haus auftauchen würden, machte sie atemlos. Wie sollte sie sich verhalten? »Hach, ein blöder Mist ist das!«, fasste sie ihre Gedanken zusammen. »Hast du vielleicht einen Tipp für mich?«

»Hm … vielleicht solltest du noch mal mit Mark reden?«

Marisa zog erstaunt die Stirn kraus. »Wieso denn mit Mark?«

»Wieso nicht mit Mark?«

»Na ja, vielleicht deshalb, weil ich dir gerade erzählt habe, dass ich den Drachen heiß finde.«

»Eigentlich hast du mir gerade erzählt, dass du Mark verletzt hast, und dass dir das leidtut. Mark scheint dir nicht gleichgültig zu sein, oder stimmt das etwa nicht?«

Marisa war kurz still. »Nein, er ist mir nicht gleichgültig.«

»Und weshalb?«

Sie zuckte in der Dunkelheit die Schultern. »Wir haben damals nicht umsonst geheiratet.«

»Und nun?«

»Dass er um mich kämpft, gefällt mir auf eine Weise. Früher in unserer Ehe hatte ich das Gefühl, ihm fast egal zu sein.«

»Und dein Fazit?«

Marisa wurde plötzlich klar, was in diesem Moment geschah. Ohne dass sie es gemerkt hatte, war sie in Gedanken näher an Mark herangerückt und weiter weg von Tristan. Sie setzte sich im Bett auf. »Was soll das Gefrage mit *und, und, und*?«

Emilies Stimme blieb ganz ruhig. »Das kannst du dir nur selbst beantworten.«

»Augenblick mal«, warf Marisa ein. »Das ist so eine typische Emilie-Antwort. Diesmal falle ich nicht darauf rein. Du weißt schon wieder mehr als ich, oder?«

»Ganz bestimmt sogar. Ich bin ja auch sehr viel älter als du. Aber Erfahrung kann man nicht übertragen. Erfahrungen muss man selbst machen. Mach sie. Das ist mein Rat an dich.«

»Jetzt bin ich ungefähr so schlau wie vorher.«

»Das glaube ich nicht«, widersprach Emilie.

Der zweite Wecker klingelte. Marisa hatte ganz vergessen, dass sie ihn zur Sicherheit gestellt hatte.

»Du solltest dich besser anziehen«, riet ihr Emilie. »Sonst machst du dem Filmteam noch im Schlafanzug die Tür auf – und den beiden Männern auch.«

***

Nur eine Stunde später war das kleine Fachwerkhaus nicht wiederzuerkennen. Eine wirre Spur aus Kabeln zog sich aus allen Steckdosen über den Boden zum Badezimmer, wo bereits Kamera, Stative und eine 3-Punkt-Beleuchtung aufgebaut worden war. Mehrere Stimmen drangen von dort zu Marisa herüber und mischten sich mit dem Rauschen des einlaufenden Badewassers. Sie selbst hatte sich mit einer großen Kaffeetasse in der Hand in ihre offene Küche zurückgezogen, von wo aus sie alles mit Spannung beobachtete.

Zwei Set-Runnerinnen rutschten auf den Knien durch das Wohnzimmer und klebten die Kabel mit Gaffer-Band fest, damit niemand darüber fiel. Eine von ihnen hatte einen verbundenen kleinen Finger, was Marisa auffiel. Ihre Unterhaltung war zwar leise, doch für sie trotzdem nicht zu überhören.

»Diese Diva!«, stöhnte eine der beiden. »In ihren Filmen wirkt die Davies immer so nett. In Wahrheit ist sie eine mega Zicke.«

»Echt? Was ist passiert?«

»Ach, die hat Nicole aus der Maske heute angeschrien, weil sie ihr das Make-up schon im Schloss machen wollte, obwohl sie dann ja noch durch den Regen hierherkommen muss. Als gäbe es keine Regenschirme. Diese Frau ist ein absolutes Nervenbündel wegen des Wetters – kannst du dir das vorstellen?

Dabei schwirrt eine ganze Fernsehcrew um sie herum und versucht, ihr jeden Wunsch von den Lippen abzulesen.«

»Das ist wahr. Sie muss nur für ein paar Momente hübsch aussehen und ein paar Sätze sprechen. Die echte Arbeit machen doch die anderen.« Jetzt grinste die junge Frau. »So, wie dieser eine Typ namens Mark, der sich um ihre Extrawünsche kümmert. Dieser dunkelhaarige Freund von Etienne Conradi.«

»Ich weiß genau, von wem du sprichst.« Zu ihren Worten gesellte sich ein leises Kichern.

Marisa hörte das und ahnte bereits, dass Mark ihr wohl gefiel.

»Mit dem habe ich mich gestern etwas länger am Set unterhalten. Er hat ja wohl die schönsten grünen Augen, die die Welt je gesehen hat.«

»Allerdings, er sieht umwerfend aus.«

»Nicht nur das. Nett ist er auch noch. Als ich mir einen Finger an diesem dämlichen Dreibeinstativ geklemmt habe, war er gleich zur Stelle und hat mir einen Eisbeutel organisiert. Und später hat er sich sogar noch nach mir erkundigt. Ich glaube, ich klemme mir morgen noch einen Finger.« Sie lachte auf.

»Sieh an, sieh an. Hast du etwa einen Set-Flirt?«

Marisa reckte den Hals, um genauer auszumachen, wer da so von Mark schwärmte. Sie erblickte zuerst einen blonden Pferdeschwanz, dann ein Profil von der Seite mit langen dunklen Wimpern und Stupsnase. Tatsächlich genau der Typ Frau, dem Mark mit Vorliebe hinterherschaute.

»Von mir aus liebend gern«, antwortete die Blonde. »Aber leider habe ich ihn heute noch gar nicht zu Gesicht bekommen.«

Marisa reichte es. Diese Unterhaltung ausgerechnet in ihrem Haus zu führen, war wirklich mehr als frech. »Kaffee, die Damen? Oder vielleicht doch lieber ein Wasser mit Eiswürfeln zur Abkühlung«, fragte sie plötzlich extra laut in den Raum hinein und trat ins Wohnzimmer.

Beide Frauen starrten sie an wie einen Geist. Offenbar hatten sie nicht bemerkt, dass Marisa in der Küche gestanden hatte. Die eine schüttelte verlegen mit dem Kopf. Die andere presste mühsam eine dünne Antwort heraus.

»Danke, nein.«

Ein Mann mit einer Mikrofonangel in der Hand und dicken Ringen unter den Augen kam um die Ecke. »Wenn es nicht allzu unhöflich ist, Baronin, würde ich gern einen Kaffee nehmen.«

»Kein Problem«, sagte Marisa extra liebenswürdig, warf den Frauen am Boden einen stechenden Blick zu und ging zu ihrem Küchenschrank. Dort holte sie eine frische Tasse heraus. »Milch und Zucker?«

Der Mann nickte und nahm wenig später den Kaffee mit einem Blick voller Dankbarkeit entgegen.

Marisa registrierte, dass die beiden Frauen fortan stumm und dafür mit hochroten Köpfen ihrer Arbeit nachgingen. Die würden so schnell nicht wieder von Mark schwärmen, als wäre er Freiwild. Offiziell war er schließlich noch immer ihr Mann!

Es war jetzt kurz vor sechs Uhr. Die nur angelehnte Haustür ging unentwegt auf und zu. Mehr und mehr Menschen fluteten ihr Haus. Marisa kam kaum hinterher, sie alle zu begrüßen, da trafen auch der Regisseur und sein Assistent ein. Lilith Davies und Mark folgten dahinter. Er hielt einen gigantischen Regenschirm über sie, der eigentlich wohl ein Sonnenschirm war. Die Luft schien schlagartig dicker zu werden, als die Schauspielerin das Set betrat. Mit Engelszungen geleitete man sie ins Badezimmer – hinter ihr eine Frau mit Kosmetikkoffer, die Marisa mittlerweile als die Maskenbildnerin Nicole kannte.

»Guten Morgen, Baronin«, grüßte Carsten Benzo, der als Letzter kam und sich dabei umsah. »Ein wunderschönes Häuschen haben Sie und Ihr Mann. Vielen Dank, dass wir Ihr Badezimmer für ein paar Stunden belegen dürfen.«

Wieder ging die Tür auf. Marisa bemerkte es nur im Augenwinkel – es war Tristan, der sofort zu ihr blickte. Sie wollte ihn eigentlich nicht anschauen, konnte aber nicht anders. Der Regen zeichnete sich dunkel auf seiner beigen Lederjacke ab. Er wischte sich mit dem Unterarm über die Stirn, ohne den Blick von ihr zu nehmen. Marisas Herz begann schneller zu schlagen. In Gedanken spielte sie durch, wie sie ihn begrüßen sollte. Winken? Hand geben? Lächeln? Nichts von all dem geschah, denn im gleichen Moment kam Mark an ihre Seite und legte seinen Arm scheinbar beiläufig um ihre Schulter. Marisa wusste, diese Geste war ungefähr vergleichbar mit einem Hund, der schnell zuerst an einen Baum pinkelte, um sein Revier zu markieren.

Fast schon beschwingt sagte Mark jetzt zu dem Produktionsleiter: »Aber gerne doch, Herr Benzo. Die Lorbeeren bezüglich unseres Hauses gebühren allerdings allein meiner Frau. Sie hat bekanntlich das Händchen für Dekoration. Ich habe nicht viel zu entscheiden, wenn es darum geht.« Mark lachte.

Marisa dachte stumm, dass es sein geschäftsmännisches Small-Talk-Lachen war. Er konnte es gut, es klang echt. Niemand außer ihr würde bemerken, dass zwischen ihnen in Wahrheit ebenso ein Gewitter tobte wie draußen. Gezwungenermaßen lächelte sie ebenfalls, konnte sich aber nicht auf die Antwort von Carsten Benzo konzentrieren. Unablässig spürte sie Tristans Blick auf sich. Da hörte sie, wie der Regisseur plötzlich aus dem Badezimmer rief.

»Wo bleibt Herr Winterer? Wir drehen bald …«

Tristan, der bis zu diesem Moment im Türrahmen stehen geblieben war, lief daraufhin zum Badezimmer. »Ich bin hier.«

»Ah, sehr gut. Zeigen Sie der Kamera noch mal die Bilder, die wir gestern durchgegangen sind«, forderte der Regisseur.

»Wenn mir noch jemand verraten könnte, wie die Beleuchtung in der Badewanne funktioniert, wäre ich dankbar.«

Marisa witterte eine Chance, Marks Arm zu entkommen, ohne ihre Tarnung auffliegen zu lassen. »Ich glaube, ich muss da mal eben helfen.« Sie eilte ins Badezimmer, dessen Anblick für sie im ersten Augenblick befremdlich war. Die Wannenseite war durch Scheinwerfer mit warmem, orangefarbenem Licht ausgeleuchtet. Zwei Pflanzen und ein Teppich befanden sich hier, die eigentlich ins Schloss gehörten. Auf einem Hocker im Scheinwerferlicht thronte Lilith Davies in einem weißen Bademantel, die von Nicole noch den letzten Stirnglanz weggetupft bekam – hinter ihr die schaumgefüllte Wanne, der ein angenehmer Duft entströmte. Die andere Seite des Badezimmers hingegen war dunkel. Hier wurde noch geschäftig an den Einstellungen der Geräte gearbeitet und Pläne gelesen. Marisa zählte sechs Leute – plus Tristan, der an der Wand mit den Lichtschaltern lehnte und auf das Display der Kamera sah.

Sie ging direkt auf ihn zu. »Darf ich bitte mal.« Er trat sofort zur Seite, ohne eine Miene zu verziehen. Marisa streckte die Hand aus zum Schalter und sagte zum Regisseur: »Hier ist der Dimmer für das Badewannenlicht.« Die Schaumkrone begann zu leuchten.

»Ah, sehr schön«, freute er sich. »Vielen Dank, Baronin.«

Kurz darauf wurden die Worte »Drehfertig machen!« gerufen.

»Alle, die nicht bleiben müssen, jetzt bitte raus«, kommandierte der Regisseur. Er sah hinter sich zu Marisa. »Sie dürfen natürlich bleiben, wenn Sie zugucken wollen.«

Marisa blieb tatsächlich – lediglich einen Schritt von Tristan entfernt, der hinter ihr stand. Von ihrem Platz aus beobachtete sie, wie man Frau Davies den Bademantel abnahm. Sie trug einen hautfarbenen Bikini mit Bandeau-Top, das so gut wie unsichtbar war und den Anschein erweckte, sie wäre nackt.

Kaum hatte sie einen Fuß ins Wasser getaucht, quietschte sie auf. »Iiih, das ist ja kalt.«

»Es ist eher lauwarm«, berichtigte ein Assistent. »Wir können es nicht noch wärmer machen. Ansonsten beschlägt hier alles.«

»Dann aber Beeilung mit dem Take. Ich will mich nicht erkälten.« Missmutig setzte sie sich in die Wanne. Letzte Handgriffe an ihren Haaren und dem Schaum wurden getan, damit alle pikanten Stellen verdeckt waren.

Marisa hatte in diesem Moment wahre Zweifel, ob die Szene hinterher glaubwürdig aussehen konnte, so finster, wie Lilith Davies dreinschaute. Doch als die Kamera lief, zeigte sie ihre Qualitäten als Schauspielerin. Sie änderte ihren Ausdruck, als hätte sie sich eine Maske übergezogen. Das leichte Lächeln, während sie ihre Arme mit einem weichen Schwamm wusch, wirkte so überzeugend, dass Marisa ernsthaft beeindruckt war. Es lenkte sie komplett von ihrer Umgebung ab, sodass sie Tristans Näherkommen erst dann bemerkte, als er schon an ihrem Ohr war und etwas hineinflüsterte.

»Du hättest zumindest ein Männerdeo, einen Rasierer oder eine zweite Zahnbürste aufstellen sollen«, wisperte er so leise, dass es mit Sicherheit niemand hörte außer ihr. »Ich habe ein Auge für solche Kleinigkeiten. Eine Berufskrankheit sozusagen.«

Die leichten Luftstöße seiner Worte an ihrem Ohr verursachten bei Marisa eine Gänsehaut am ganzen Körper – mehr noch als die Bedeutung. Tatsächlich hatte sie nicht im Geringsten darüber nachgedacht, ihr Badezimmer für ihre Scheinehe zu präparieren. War ihre Lüge jetzt aufgeflogen? Unauffällig betrachtete sie die Menschen in ihrer Umgebung. Alle waren auf den Dreh fixiert.

Tristan nutzte den unbeobachteten Moment erneut und raunte ihr noch was ins Ohr. »Ihr zwei seid kein Paar mehr, oder? Gib es zu, Baronin.«

Sie überlegte. Es wäre ein Leichtes gewesen, jetzt zu lügen. Einfach zu behaupten, die Dinge von Mark wären in den Schränken verstaut. Aber sie wollte nicht! Marisa schüttelte leicht den Kopf. Daraufhin passierte erst einmal nichts. Selbst dann nicht, als der Dreh gerade zum zweiten Mal wiederholt wurde, weil es tatsächlich noch ein letztes Mal am Himmel geblitzt hatte. Durch ihr Glasdach war der Raum kurz gleißend hell und die Bilder dadurch überbelichtet gewesen. Marisas Atem ging nur noch flach. Am liebsten hätte sie sich zu ihm umgedreht, und einfach gefragt: *Und? Was fängst du nun mit dieser Info an, Scout?* Aber sie durfte nicht riskieren, dass jemand im Raum Verdacht schöpfte. Plötzlich fühlte sie etwas an ihrer Hand, die zur Wand zeigte. Es waren seine warmen Finger, die mit den ihren spielten. Marisa war selbst erstaunt, wie aufregend diese kleine Berührung war.

»Danke!«, hieß es bald darauf aus Richtung der Regie. »Licht an. Jetzt schnell zusammenpacken und dann rüber zur Mühle.« Er winkte seinen Assistenten herbei. »Gib drüben Bescheid, dass wir hier durch sind«, verlangte er.

Tristans Hand ließ die Finger von Marisa los. Er lief an ihr vorbei. Bis jetzt hatte sie ausschließlich auf den Boden gesehen. Nun blickte sie ihm nach und lächelte, da erkannte Marisa im Augenwinkel, dass Mark im Türrahmen stand – in der Hand noch immer den zusammengefalteten Regenschirm, unter dem er Frau Davies herbegleitet hatte.

Sein Blick brannte geradezu. Er hatte sie beide beobachtet. Für eine Sekunde dachte sie, er würde sich augenblicklich auf Tristan stürzen, der gerade half, die Scheinwerfer abzubauen, doch er tat es nicht. Auch sonst tat er nichts, sondern stand einfach unbewegt da und fixierte Marisa, während sich alle um ihn herum zur Mühle aufmachten.

Der Aufnahmeleiter mit der Dispo in der Hand und dem Headset auf dem Kopf verteilte Anweisungen. »Ihr zwei, geht bitte zur Festscheune und helft dort bei den Vorbereitungen für morgen«, rief er den beiden blonden Frauen zu. Anschließend wandte er sich an die Maskenbildnerin Nicole. »Und du lauf bitte rüber zum nächsten Set und kümmere dich um Etienne und seinen Trauzeugen.« Schlussendlich sagte er zu Lilith Davies: »Sie können jetzt frühstücken gehen, Frau Davies. So lange der Dreh in der Mühle andauert, haben Sie Pause. Danach drehen wir den Take im Hotelzimmer mit Ihren Brautjungfern und der Trauzeugin.«

»Frühstücken?«, antwortete diese ungläubig. »Haben Sie eine Ahnung, wie eng mein Kleid ist? Keine drei Reiskörner und ich passe nicht mehr hinein.« Sie wartete die Antwort nicht ab, sondern rauschte in ihrem Bademantel an ihm vorbei. Vor Mark blieb sie stehen. Als dieser nicht reagierte, zischte sie: »Regenschirm?«

Mark sah sie nicht mal an. Er reichte ihr den Schirm. »Nur den Knopf drücken. Ist kinderleicht.«

Kapitel 24

Die Mühle zeigte sich bis zum Bersten gefüllt, was die Temperatur quasi jede Minute weiter hochgehen ließ. Zu Marisas Bedauern konnte die Tür wegen des lauten Wasserrauschens des Burgbachs nicht offen bleiben. So quetschten sich alle dicht an dicht um das perfekt ausgeleuchtete Bleiglasfenster, auf dessen Fensterbank Etienne Conradi halb saß und halb lehnte, sodass es lässig wirkte. Wie sich zeigte, war Lässigkeit allerdings sein größtes Problem.

»Und das nächste Mal ein bisschen männlicher, ja?«, verlangte der Regisseur. »Verliebt ja, aber nicht wie ein pubertierender Schuljunge. Denk an deinen Blick.«

Etienne Conradi nickte zwar, wirkte aber dennoch gestresst. »Ich versuch's. In mir steckt einfach kein Schauspieler.«

Marisas Aufmerksamkeit ging nun nach rechts vom Bräutigam zum Trauzeugen, der noch ein letztes Mal von Nicole abgepudert wurde. Gleich dahinter erkannte sie Mark – halb im Schatten, halb im Licht. Er ließ sie nicht aus den Augen. Tatsächlich war er eben sogar so lange in ihrem Haus geblieben, bis auch sie mitsamt der Crew zur Mühle rübergegangen war. Er lauerte geradezu auf einen Moment, in dem er sie zur Rede stellen konnte. Weder schienen der Dreh ihn länger zu interessieren noch Lilith Davies oder sein Freund Etienne.

Die Scheinwerfer waren wie Heizpilze. Marisa spürte die Hitze auf ihrer linken Gesichtshälfte. Mittlerweile war die Luft im Inneren der Mühle dermaßen stickig, dass alle um sie herum schwitzten. Mit dem Ärmel wischte sie sich über die Stirn, da wehte eindeutig der Duft von Moschus und Leder zu ihr rüber. Marisa nahm Tristans große Gestalt wahr, wie sie alle überragte und sich langsam durch die Leute schob. Wieder platzierte er sich hinter ihr. Kurz darauf spürte sie plötzlich seine Hand an ihrer Taille. Die zarte Berührung kam unerwartet und ließ sie zusammenzucken.

Marks grüne Augen wurden enger, was darauf hindeutete, dass er genau zu wissen schien, was gerade geschah.

Dennoch gebot Marisa Tristan keinen Einhalt. Sie ließ es zu, dass seine Finger den Bogen ihrer Seite nachzeichneten und genoss das Kribbeln auf ihrer Haut. Vor sich selbst gestand sie sich ein, dass sie ebenfalls Marks Eifersucht genoss, auch wenn sie das nicht besonders glanzvoll erscheinen ließ. Endlich war es mal andersherum. Sie hatte sich dieses Gefühl verdient.

»Ruhe bitte«, rief der Aufnahmeleiter jetzt, woraufhin alle verstummten.

Die nächsten Vorbereitungen zogen nur am Rande an Marisa vorbei. Auf eine verrückte Weise kam es ihr vor, als wären sie plötzlich nur noch zu dritt in der Mühle. Sie und jene zwei Männer.

Der Dreh begann. »Action!«

Etiennes Trauzeuge trat ins Bild auf ihn zu. »Hier bist du also. Ich suche dich schon überall«, sagte er.

Der Bräutigam sah auf. In seinen Händen hielt er das Ringkästchen. »Hey, Leander. Tut mir leid, ich wollte nur noch einen Moment allein sein, bevor es losgeht.«

»Bist du etwa aufgeregt? So kenne ich dich ja gar nicht.«

Der aufgesetzte Blick des Bräutigams flog nach draußen zum Mühlrad. »Man heiratet eben nicht alle Tage seine Traumfrau.«

Marisa sah den Regisseur die Augen rollen. Der Unterschied zwischen Etiennes und Liliths Schauspielkünsten war tatsächlich gigantisch.

»Cut!« Die Stimme klang ungeduldig. »Nicht so …«

Etienne sank in sich zusammen. »Wie denn? Anders kann ich es nicht.«

»Wo ist dein Schauspiellehrer?«

Ein Mann drängelte sich durch die Körper. Er trug eine Weste mit der Aufschrift »Stage School« darauf. »Vielleicht sollten wir das Ringkästchen weglassen. Es wirkt zu feminin. Du solltest etwas schnitzen. Hat jemand ein Messer …?«

Als Marisa wieder nach rechts schaute, war Mark von seinem Platz verschwunden. Scheinbar hatte er die kurze Drehpause genutzt, um das Set zu verlassen. Ein Teil von ihr war erleichtert, seinem stechenden Blick endlich zu entkommen. Ein anderer Teil von ihr wiederum bedauerte es. Dann aber wurde ihr Handgelenk gepackt. Marisa dachte zuerst an Tristan, doch als sie sich umdrehte, sah sie Mark dicht neben sich stehen.

»Komm mit raus!«, forderte er nachdrücklich.

Weder sein Gesichtsausdruck noch sein Griff ließen etwas anderes zu, als seinem Wunsch zu folgen. Marisa musste ihm aus der Mühle durch den Nieselregen und über die kleine Brücke folgen. Auf dem schmalen Weg angekommen blieb er stehen und zerrte sie herum, sodass sie ihn ansehen musste.

»Wir zwei reden jetzt!«, sagte Mark entschlossen.

Sie zog ihren Arm aus seinem Griff. »Ich wüsste nicht, worüber.«

»Vielleicht darüber, dass du dich vor den Augen aller von diesem Locationscout begrabbeln lässt. Hast du gar keinen Stolz, Marisa?«

Sie funkelte ihn zornig an. »Wage es nicht, so mit mir zu sprechen, Mark Landau. Allein der Himmel weiß, von wie vielen Frauen du dich hast begrabbeln lassen. Was ich tue, geht dich, verdammt noch mal, nichts mehr an.«

»Ach ja? Du vergisst wohl, dass wir offiziell noch ein Paar sind. Soll ich also weiter seelenruhig dabei zugucken, wie du mich hier vor der ganzen Welt blamierst?«, fragte Mark ungläubig.

»Aha, jetzt verstehe ich!« Sie stemmte die Hände in die Hüften. »Das ist es also, was dich stört. Deine gekränkte Ehre.«

»Blödsinn, Marisa. Willst du es nicht begreifen oder tust du nur so? Seit über einem Jahr kämpfe ich dafür, dass du uns noch eine Chance gibst. Aber so, wie du dich gerade verhältst, hätte ich gute Lust, allen einfach die Wahrheit über unseren Beziehungsstatus zu verraten.«

»Sag mal, erpresst du mich etwa gerade, Mark?«

Er ging nicht direkt darauf ein. »Wie würdest du dich denn fühlen, wenn ich vor deinen Augen hier dasselbe abziehen würde?«

»Du meinst flirten? Also so, wie du es in unserer Ehe getan hast?«, konterte sie spitz.

»Wie oft willst du mir das noch vorwerfen? Ich habe mich inzwischen Hunderte Male dafür bei dir entschuldigt. Was soll ich noch tun? Die Zeit zurückdrehen kann ich nun mal nicht.«

Marisa gestand ihm wortlos zu, dass das stimmte. Beides! Dabei waren es gar nicht vorrangig die Flirts, die sie ihm vorwarf. Eher die Tatsache, dass sie während ihrer Ehe oft hinter allem Möglichen angestanden hatte. Seiner Karriere, seinem Vater, seinem Wunsch nach Anerkennung … Erst jetzt, durch Tristan, empfand sie das erste Mal so was wie Genugtuung, weil sie *ihn* hintanstellte. Darauf hatte sie lange gewartet. Leider fühlte sich ihre Rache viel weniger gut an, als sie gedacht hatte. Und das ärgerte sie zusätzlich.

»Ich habe dich nie betrogen, Marisa«, beteuerte er nachdrücklich.

»Im klassischen Sinne vielleicht nicht. Aber du hast mich sehr wohl um eine glückliche Ehe betrogen.«

»Und ich bereue es jeden Tag.« Als sie nichts erwiderte, redete Mark weiter. »Du hast meine Frage von eben nicht beantwortet. Wie würdest du dich fühlen, wenn ich hier am Set vor deinen Augen dasselbe abziehen würde? Antworte mir!«

Marisa sah ihm starr in die Augen. Der alte Zorn sprach aus ihr. »Es wäre mir gleichgültig, Mark. Du bist ein freier Mann!« Ihre Worte klangen kalt. Sie war selbst erschrocken darüber. Marisa ermahnte sich selbst, nun besser den Mund zu halten. Das, was man einmal ausgesprochen hatte, ließ sich nur schwer zurücknehmen.

Seine Erwiderung kam verzögert. »Fein!« Mark wies auf die Mühle. »In dem Fall lass uns jetzt sofort da reingehen und reinen Tisch machen. Wir brechen den Dreh ab und gehen alle unserer Wege.«

»Wehe, du tust das!«, schnaubte Marisa. »Es dreht sich hier schließlich nicht nur um uns beide, sondern um ganz Sommerroth, das sich nur wegen euch Landaus überhaupt in diesem Schlamassel befindet. Dein durchgeknallter Vater hat alle hier hineingerissen. Und wegen deiner fixen Rettungsidee müssen wir diesen verdammten Fernsehdreh über uns ergehen lassen. Deine Familie ist das pure Gift.«

»Ha, genau mein Humor«, stieß Mark ungläubig aus. »Korrigiere mich, wenn ich mich irre. Aber bist du nicht eigentlich diejenige mit der verrückten Familie?« Er nahm seine Finger zur Veranschaulichung seiner Aufzählung. »Da wären eine Oma, die dreißig Jahre lang verschollen war und jetzt Sommerroths wandelndes Orakel ist. Eine Schwester, die mit Pferden spricht. Ein Halbbruder, der lieber als Einsiedler lebt denn als Gutsherr. Und ein zweiter, der irgendwo Luxusschafe mit Superwolle züchtet.« Er rang die Hände gen Himmel und lachte auf. »Nichts für ungut, Marisa. Aber ihr Sommerroths habt doch fast alle einen Knall. Euch zu ertragen, ist manchmal auch kein Geschenk.«

Marisa wusste, es gab nicht viel, was sie darauf erwidern konnte. Im Grunde hatte er recht. Aber in ihr brodelte die Wut. Sie war nicht bereit, ihm auch nur das kleinste bisschen Land zu gewähren. »Und warum hast du mich dann geheiratet, wenn wir alle so crazy sind?«

»Gute Frage«, antwortete er jetzt ebenso wütend. »Vielleicht war es ja ein Fehler.«

»Das war es ganz bestimmt«, schloss Marisa. Aufgebracht stürmte sie an ihm vorbei Richtung Herrenhof. Alles in ihr wollte weg von ihm und dieser Situation.

»Warte …«, versuchte Mark, sie noch aufzuhalten.

»Gibt es hier ein Problem?«, erklang plötzlich Tristans Stimme hinter ihr.

Marisa fuhr herum und sah ihn über die kleine Brücke näher kommen.

»Verpiss dich!«, schleuderte Mark ihm ungehalten entgegen. Dabei visierte er ihn an, als wollte er ihn jeden Moment in einen Faustkampf verwickeln.

Tristan jedoch ignorierte Mark und blickte stattdessen zu Marisa. »Ein Wort von dir, und ich werfe ihn in den Bach für dich.«

Mark ballte seine Fäuste. »Was hast du gerade gesagt?«

Tristan sah ihn finster an. »Mit dir habe ich nicht geredet!«

»Du hast recht, die Zeit des Redens ist vorbei!«

»Mark! Nein!«, rief Marisa erschrocken. Noch nie hatte sie ihn derart wütend erlebt. Ausgerechnet in diesem Moment hörte sie auf einmal Caroline hinter sich.

»Was geht denn hier vor sich?«, wollte sie energisch wissen. Die plötzliche Ablenkung ließ alle gleichzeitig herumfahren.

Marisa fühlte sich atemlos von der schnellen Abfolge der Ereignisse. Caroline kam in einem mit Goldfäden durchwirkten Blazer zwischen den Bäumen hervor. Die perfekt eingedrehten Spitzen ihrer frisch blondierten Haare wippten bei jedem Schritt unter dem durchsichtigen Regenschirm, dessen Kuppel sie umrahmte wie der Helm eines Raumanzugs. Bei Marisa hielt sie an.

»Endlich finde ich dich. Du musst sofort mit zur Festscheune kommen.«

Ohne zu wissen, was Caroline damit meinte, wies Marisa sie zurück. »Sorry, um ehrlich zu sein, habe ich gerade Wichtigeres zu tun.«

»Das glaube ich kaum.« Caroline hatte nicht vor zu warten. Als Marisa nicht gleich reagierte, klatschte sie auffordernd in die Hände. »Hallo, aufwachen! Es gibt ein Problem.« Ihr nachdrückliches Verhalten zeigte verrückterweise Wirkung.

Marisa hielt sich absichtlich zwischen den Männern, die sich zum Glück wortlos auf Waffenstillstand geeinigt hatten. Die Stimmung war trotzdem noch angespannt, als sie durch den feinen Nieselregen über den Hof eilten. Das Gewitter hatte sich mittlerweile ganz verzogen, doch der Boden war aufgeweicht und schmatzte unter ihren Füßen. Marisa konnte nicht länger warten. »Sag mir, was passiert ist, Caroline.«

»Ich formuliere es mal so: Die Kulisse hat es bei den Vorbereitungen für das Fest heute Morgen etwas übertrieben.«

Marisa traute sich nicht mehr weiterzufragen. Und das erste Desaster offenbarte sich auch schon von der Fliederallee aus. Ruckartig blieb sie stehen. »Was ist das da über den Torflügeln?«

Ihre Augen klebten geradezu an dem hölzernen Schriftzug, der sich auf circa drei Metern Breite hinzog. In verschlungenen Buchstaben waren dort die Namen ›Lilith‹ und ›Etienne‹ zu lesen.

»Warte ab, bis du es aus der Nähe siehst«, warnte Caroline sie vor.

Je näher sie der Scheune kamen, desto mehr bestätigte sich Marisas schlimmste Vermutung. »Sie ... sie haben es mit Nägeln in die historischen Muschelrosetten gehämmert?« Ruckartig ging ihr Kopf von Nagel zu Nagel. Und jedes Mal schrie sie von Neuem auf. »Ah! Nein! Nicht auch noch in die Giebelschwelle!« Schockiert stellte sie fest: »Genau durch ›Georgius Sommerroth‹!«

»Das war leider noch nicht alles.« Wie immer war es nicht die Art von Caroline, schlechte Nachrichten sanft zu übermitteln.

»Was noch?« Marisa stürmte an ihr vorbei, nach wie vor flankiert von Mark und Tristan. Sie hatten die Mitte der Scheune nicht mal erreicht, da entdeckte Marisa, worum es ging. Von den neun hölzernen Stützbalken, die die alte Dachbalkenkonstruktion der Festscheune trugen und die sie mit viel Liebe und Aufwand hatte restaurieren lassen, waren drei plötzlich weiß gestrichen. »Nein!«, schrie sie auf. »Nein, nein, nein ... Das darf einfach nicht wahr sein!« Marisa rannte zum ersten Balken und presste ihre Hand darauf. Wie vermutet war die Farbe bereits unwiderruflich tief ins Holz gedrungen.

»Es tut uns leid. Auf dem Eimer stand ›abwaschbar‹«, erklang eine gedämpfte Stimme unweit von ihr.

Marisa drehte sich um und entdeckte jene zwei Set-Runnerinnen dort, die heute Morgen mit dem Gaffer-Band auf ihrem Wohnzimmerboden rumgekrabbelt waren. Neben ihnen stand ein Farbeimer. Quer darüber langen zwei langstielige Eckenpinsel, aus denen beständig weiße Farbe auf ihren Pitchpineboden tropfte.

Das Bild brannte sich in Marisas Kopf, dann ruckte ihr Blick wieder hoch. »Abwaschbar?«, fragte sie atemlos. »Abwaschbar?«, wiederholte sie. Nach einem tiefen Atemzug platzte es aus ihr heraus: »Nicht mal verdammte Kreide ist auf Hunderte Jahre alten, furztrockenen Holzbalken abwaschbar!«

Die beiden Frauen kniffen die Augen zusammen. Eine drehte ihren Kopf zur Seite, als könnte sie Marisas Wut so ausweichen.

Sie rang noch um Atem, da fühlte sie eine große Hand auf ihrer Schulter.

»Beruhige dich, Baronin«, sagte Tristan, der an ihre Seite getreten war. Mit fachkundigem Blick studierte er den Balken. »Ich kenne da vielleicht einen Weg, das wieder zu entfernen.« Er lächelte schief. »Vertrau mir einfach. Ich mach das schon.«

Ohne Erklärung hatte Marisa in diesem Moment das Gefühl, er sprach nicht von dem Holz. Laute Schritte lenkten sie von seinem Gesicht ab.

»Also, mir gefällt's«, tönte Marks Stimme übertrieben inbrünstig über alle Köpfe hinweg. Marisa sah Mark mit ausgebreiteten Armen durch die Scheune schlendern – auf seinem Gesicht war ein geradezu irrer Ausdruck. Jetzt steckte er seine Hände in die Hosentaschen und wirkte, als würde er sich ein paar gelungen restaurierte Oldtimer ansehen. Auf diese Weise hielt er direkt auf die beiden Frauen zu, die unweit eines noch holzfarbenen Balkens standen. Hier sah er Marisa provokant ins Gesicht. »Wir sollten sie meiner Meinung nach alle anmalen!« Mit einer flinken Bewegung griff er sich einen der Pinsel und machte eine paar lange Striche auf dem noch unbemalten Holz.

»Nicht!«, fauchte Marisa.

»Warum denn nicht, Schatz?« Das letzte Wort klang so, als würde er eigentlich »Arschloch« sagen. Er lachte laut auf und schleuderte den Pinsel einfach von sich, der daraufhin quer über den Pitchpineboden schlitterte, wo er einen langen weißen Streifen hinterließ. Mark schmiss seine Hände in die Höhe. »Ich finde, es wird Zeit für einen neuen Anstrich auf Sommerroth. Und zwar nicht nur in der Scheune. Was meinst du, Marisa?«

»Sag mal, bist du jetzt vollkommen verrückt geworden?«

Ohne eine Antwort lief er zu der blonden Frau mit dem Pferdeschwanz, die trotz allem unter seinem Blick fast dahinschmolz. Mark sah ihr tief in die Augen. »Ich finde, für diese grandiose Idee mit den weißen Balken hast du dir eine Belohnung verdient.« Er umfasste ihr hübsches Gesicht mit beiden Händen und drückte ihr einen langen intensiven Kuss auf die Lippen.

Durch die Scheune gingen Laute des Entsetzens.

Marisa hielt die Luft an und starrte fassungslos auf die Szenerie. Was tat er hier? Gleichzeitig wusste sie die Antwort genau. Er hielt ihr einen Spiegel vor, wegen ihrer Worte von eben.

Mark löste sich von der Frau, deren Wangen sich glühend vom Rest ihres Gesichts abhoben. Sein Blick galt aber nur kurz ihr und dann wieder Marisa. »Na? Gefällt dir etwa nicht, was du siehst? Ich dachte, man macht das hier so.« Er sah zu Tristan.

»Mein Gott«, stieß dieser abfällig hervor. »Warum hast du diesen Clown nur geheiratet? Du hast echt was Besseres verdient!« Tristan tat den verbliebenen Schritt zwischen ihnen. Seine rechte Hand packte Marisas Hüfte und zog sie zu sich heran. Die linke Hand hob gleichzeitig ihr Kinn. Sein Kuss war so leidenschaftlich und fordernd, als wären sie hier ganz allein.

Ein zweites Mal wallte entsetztes Raunen in der Scheune auf.

Kaum hörte Marisa den wütenden Schrei von Mark, kam dieser auch schon herbeigestürmt. Er packte Tristan am Kragen und drückte ihn rücklings gegen einen der Balken.

»Du Mistkerl! Lass gefälligst deine dreckigen Finger von meiner Frau.« Sein erster Faustschlag war bereits ein Volltreffer. Tristans Lippe platzte auf.

Einige Frauen kreischten schrill. Von allen Seiten kamen Leute angerannt, um die Kämpfenden zu trennen. Schließlich war es Philipp, der seinen besten Freund zurückzerrte, während Alexander sich vor Tristan stellte.

Marisa sah, wie dieser sich augenblicklich beruhigte, Mark dabei aber weiterhin fixierte. Mit dem Handrücken wischte er sich das Blut von der Lippe. Der Schlag schien ihm trotzdem kaum etwas ausgemacht zu haben, denn auf seinem Gesicht lag der Hauch eines Grinsens.

Mark hingegen schäumte noch immer vor Wut. »Komm her. Lass uns das wie Männer klären!«, forderte er speichelspeiend.

»Schluss jetzt!«, brüllte Philipp ihn an. »Was zum Teufel ist hier los?«

»Frag das deine Schwester«, gab Mark grollend zurück.

Philipp fragte nichts. Stattdessen befahl er: »Raus! Alle, die nicht zur Familie gehören, verlassen jetzt sofort die Scheune.«

Niemand widersprach ihm. Die Männer und Frauen der Requisite, die eben noch dabei gewesen waren, etliche weiße Stoffbahnen aufzuhängen, gingen gen Ausgang. Ebenso die beiden blonden Frauen und schlussendlich auch Tristan.

Kurz darauf sah sich Marisa umringt von ihren Geschwistern, von Mark, von Alexander und Caroline. Da erst entdeckte sie Emilie auf der Galerie. Marisa ging davon aus, dass ihre Großmutter die ganze Zeit dort gestanden und alles mitangesehen hatte. Und obwohl sie ihren Rat, mit Mark zu reden, wohl kaum schlechter hätte umsetzen können, schenkte Emilie ihr mal wieder ein unerschütterliches Lächeln.

Philipp ließ Mark jetzt los. »Keine Ahnung, was hier gerade passiert ist, aber ich schlage vor, ihr klärt eure Probleme in Zukunft nicht vor den Augen der gesamten Fernsehcrew.«

Mark zog sich symbolisch seine Kleidung glatt, um klarzumachen, er habe sich wieder im Griff.

Marisa nickte nur. Gleich darauf nahm sie wahr, wie Philipp auffordernd zu Lizzy blickte, die nach wie vor etwas blass um die Nase aussah. In ihren Haaren glitzerte noch der Nieselregen. In ihren Händen hielt sie die aktuelle Ausgabe des *Holstein-Blatts*. Dieser Anblick in Kombination mit Lizzys Gesichtsausdruck ließ Marisas Herz ein Stück tiefer sacken. »Was steht drin?«, fragte sie ihre Schwester unverblümt.

»Wie es aussieht, stecken wir in echten Schwierigkeiten. Oder besser gesagt: Ich.« Mit einem Schwung öffnete sie die Zeitung zur vollen Breite und zeigte allen die Überschrift, die sie offenbar inzwischen auswendig kannte.

> Grausiger Knochenfund auf Gut Sommerroth – die dunkle Vergangenheit des Gestüts drängt zutage und wirft die Frage auf: Was geschieht dort mit den Pferden?

Marisa starrte auf das Knochenfoto darunter. Es ließ keine Zweifel an einer Tatsache. »Nowak hat die Kamera also doch gestohlen.«

»Ja, es sieht ganz so aus«, bestätigte Lizzy bitter. »Und seine Recherche zu dem Foto war gründlich. Er beschreibt haarklein, was mit den Flüchtlingspferden durch die britischen Besatzer in der Nachkriegszeit hier passiert ist. Ich kann mir keine schlechtere Werbung für ein Gestüt und seine Zucht vorstellen, als dass man deren Ställe quasi auf den Knochen toter Pferde erbaut hat.« Sie ließ die Zeitung mutlos sinken. »Ich denke, Mojo kann jetzt in Rente gehen und ich bin bald arbeitslos.«

»Mein Gott ...« Marisa schüttelte langsam den Kopf. »Nun hat er neben dem Sägewerk und den Hochzeiten auch noch die Pferdezucht im Fokus. Wieso hasst dieser Nowak uns nur so?«

»Wenn ich das wüsste«, gab ihre Schwester zur Antwort.

Alexander ergänzte: »Henry hat sogar schon versucht, ihn zu kontaktieren, um ihn zur Rede zu stellen, aber er lässt sich in der Redaktion verleugnen.«

Marisas Augen gingen wieder zu Lizzy, die trotz allem noch immer eigenartig gefasst war. Die Erklärung dafür folgte prompt.

»Ich sag's ja nur ungern, aber der Artikel hält noch eine Überraschung bereit, die alles andere fast in den Schatten stellt. Im letzten Absatz macht Mike Nowak eine Ankündigung, die Schlimmes erwarten lässt. Hört zu: ›In der nächsten Samstagsausgabe: Das letzte traurige Familiengeheimnis der Sommerroths aus der düsteren Nazi- und Nachkriegszeit und die Aufdeckung einer skandalösen Vertuschung!‹« Lizzy ließ die Zeitung sinken. »Nennt mich ruhig hysterisch, aber ich denke, was auch immer er schreiben wird, damit versetzt er uns allen den finalen Todesstoß.«

Marisas Gedanken rasten. Sie sah auf den Boden und gleichzeitig sah sie nichts. Mit aller Kraft versuchte sie, ihren Kopf anzustrengen. »Was kündigt er damit nur an? Von welcher Vertuschung spricht er?«

Philipp hob die Hände. »Frag mich nicht. Dieser Typ ist für mich ein Buch mit sieben Siegeln.«

Marisa bemerkte, wie Lizzy nun nachlässig die Zeitung zusammenfaltete und sie sich unter den Arm klemmte. »Ich habe mir bereits den Kopf darüber zerbrochen, aber die Rede ist von ›Nazi- und Nachkriegszeit‹. Da haben wir alle nicht mal gelebt. Woher sollten wir wissen, was damals geschehen ist?«, bemerkte sie erschöpft.

Marisas Blick wanderte nach oben zu Emilie, die an die Brüstung der Galerie getreten kam. Sie war sich sicher, dass sie als Einzige jene winzigen Auffälligkeiten in ihrem Verhalten bemerkte. Das festere Umkrallen des Geländers, das tiefere

Atmen. Irgendwas ging ihr nahe. »Hast du vielleicht eine Ahnung, was Nowak meinen könnte?«, rief sie zu ihr hoch.

»Ich müsste darüber nachdenken«, erwiderte Emilie. »Das alles ist sehr lange her und zu dieser Zeit ist so viel Unrecht geschehen … Zudem ist meine Erinnerung lückenhaft und oft langsam. Die traurige Wahrheit ist, sehr wahrscheinlich wird Mike Nowak mit seinem Artikel schneller sein als ich.«

Diese Erkenntnis hing für einen Augenblick im Raum. »Wir müssen ihn doch irgendwie aufhalten können«, sagte Marisa nach einer Weile kraftlos.

Caroline trat vor. Ihre Hackenschuhe klangen laut auf dem Boden. »Ich befürchte, dafür ist es bereits zu spät. Was auch immer er aufgedeckt hat, dieses gefundene Fressen wird er sich nicht entgehen lassen. Alles, was wir meiner Meinung nach tun können, ist, dafür zu sorgen, dass er nur die halbe Aufmerksamkeit bekommt.«

»Und wie?«, fragte Philipp.

»Wir laden die Presse zum letzten Drehtag ein. Eine Set-Besichtigung mit anschließendem Q&A. Sie können dann exklusiv darüber berichten. Mit etwas Glück interessieren sich die Leser mehr dafür als für die alten Kriegsgeschichten.«

»Darauf wird sich der Sender nie einlassen. Das alles ist doch noch streng geheim«, gab Marisa zu bedenken.

Caroline ließ das nicht gelten. »Dann müssen wir eben dafür sorgen, dass sie es als Werbemaßnahme verstehen. Carsten Benzo kann uns dabei helfen – er kennt unsere prekäre Lage durch Nowak und um seinen eigenen Hals liegt schließlich auch eine Schlinge, die mit diesem Dreh verbunden ist. Wenn er tief genug in die Trickkiste greift, kann er es sicher schaffen, die entsprechenden Leute zu überreden.«

Philipp nickte. »Wir sollten es zumindest versuchen. Viel mehr können wir schließlich nicht tun.«

Marisa sah Lizzy nervös durch die Scheune blicken. »In dem Fall ist es umso nötiger, dass wir hier schleunigst aufräumen, damit die Journalisten aus ihrer Begeisterung gar nicht mehr rauskommen.«

Caroline richtete ihr Wort an Marisa. »Sprich du am besten gleich mit Carsten Benzo. Und sei vollkommen ehrlich. Erzähle ihm alles – angefangen bei der Entdeckung Amerikas.«

»Mach ich.« Marisa nickte schwerfällig. »Ich brauche ohnehin frische Luft.«

»Soll ich mitkommen?«, bot Mark trotz der Umstände hilfsbereit an. »Dann musst du es nicht alleine erzählen.«

»Nein!« Marisa hielt ihn mit flacher Hand zurück, obwohl er hier eine seiner guten Seiten zeigte. Mark konnte im Ernstfall sehr fokussiert sein und alle persönlichen Gefühle zurückstellen – besser als sie. »Danke, aber ich schaff das allein.« Natürlich gab es noch so viel mehr zu sagen, schoss es ihr kurz durch den Kopf. Aber nicht hier. Nicht jetzt. Und vor allem nicht schon wieder in Anwesenheit ihrer gesamten Familie. Das, was eben passiert war, würde sie ihr ganzes Leben begleiten. Diese Erkenntnis und die Scham darüber bereiteten Marisa Übelkeit.

***

Emilie konnte von ihrem Platz oben auf der Galerie erkennen, wie Marisa sich umwandte. So schnell es möglich war, ohne zu rennen, hastete sie zu einer kleinen Seitentür. Dort presste sie sich fest die Hand auf ihren Mund.

Während die übrigen in der Scheune aufzuräumen begannen, stieg sie selbst unbemerkt die Stufen herab und folgte ihrer Enkelin nach draußen. Marisa war nirgendwo zu sehen, aber Emilie konnte sich ausmalen, dass sie sich den zurzeit einsamsten Ort auf Sommerroth ausgesucht hatte.

Die Kapelle lag noch einige Meter von ihr entfernt, da konnte sie Marisa bereits hören. Emilie folgte dem Würgen und Husten. Sie durchschritt die Blumenbögen auf dem klatschnassen roten Teppich, der seit gestern vom Regen eingeweicht wurde.

Dann konnte sie Marisa sehen. Sie stand hinter dem Altar und hatte sich eine Vase gegriffen. Das hübsche, weiße Blumengesteck lag auf dem Boden. Mit beiden Händen hielt sie sich das Gefäß vors Gesicht und übergab sich dort hinein.

Emilie schritt gemächlich den Mittelgang entlang und umrundete den Altar.

Als Marisa ihre Großmutter bemerkte, richtete sie sich wieder auf und lieferte ungefragt eine Erklärung. »Alles ein bisschen viel auf einmal. Mark, Tristan, der Fernsehdreh, Nowak …«

Emilie lächelte, als sie ein ums andere Mal feststellte, wie überaus ähnlich sie und Marisa sich in allen Dingen waren. Sogar in ihrer Begriffsstutzigkeit …! »Geht es dir denn jetzt besser?«, erkundigte sich Emilie, während Marisa ungeniert das Blumengesteck wieder aufhob und zurück in die Vase stellte.

»Ja«, antwortete sie. »Oder nein«, korrigierte sie gleich darauf. »Ach, keine Ahnung. Auf jeden Fall ist mir nicht mehr so schlecht.« Danach stützte sie sich mit den Ellenbogen auf den Altar und fuhr sich mit den Fingern durch die Haare, wo diese verweilten. »Aber nur so lange, wie ich nicht über meine Lage nachdenke. Nennen wir es beim Namen: Mein Leben ist ein einziges Chaos.«

»Ich würde dir gern widersprechen, aber das wäre eine Lüge.«

»Danke für die Aufmunterung.« Marisa hielt die Augen starr nach vorne gerichtet. »Ich verstehe diesen Nowak nicht. Warum will er uns fertigmachen? Hat er bloß eine Profilneurose? Erhofft er sich mehr Bekanntheit durch seine Texte? Ich zermartere mir das Hirn, aber ich komme nicht drauf.«

»Vielleicht ist es gar nichts von alldem«, überlegte Emilie.

Marisa schnaubte vor sich hin. Ihr Ton wurde abfällig. »Ja, wahrscheinlich. Er ist bloß ein Mann. Und sein Problem hat irgendwas mit seiner Ehre zu tun. Bei diesem Thema werden scheinbar alle Gentlemen zu Höhlenmenschen und vergessen sich. So wie Mark heute. Jahrelang hat ihn alles mehr geschert als seine Ehefrau. Kaum sehe ich jemanden anderes an, fällt ihm ein, wie sehr er mich liebt.«

»Ich glaube, er liebt dich wirklich.«

»Ja?« Sie verzog das Gesicht. »Hast du mir deswegen heute Morgen dazu geraten, mit ihm zu sprechen?«

»Durchaus. Was du aus meinem Rat gemacht hast, war allerdings ziemlich abenteuerlich.« Emilie lachte. »Ein normales Gespräch erschien dir und Mark wohl zu langweilig. Stattdessen küsst du einen anderen Mann und Mark eine andere Frau. Aber wenn es zum Ziel führt ...«

»Welches Ziel soll das sein?«

»Das kannst nur du allein entscheiden, Kind.«

Marisa ließ nach diesen Worten erst recht den Kopf hängen. »Ich hasse es, wenn du das tust. Kannst du mir nicht einfach sagen, was das Richtige ist?«

»Befolgst du meinen Rat dann etwa? So wie heute früh?«

»Nein, vermutlich nicht!«, entgegnete sie wahrheitsgemäß.

»Siehst du.« Emilie strich ihr über die Schulter. »Was für einen Sinn hätte es dann? Du wirst sicher dahinterkommen, was der richtige Weg ist. Ich spüre es, du stehst kurz davor – aber nur, wenn du die Zeichen nicht ignorierst.«

Marisa sah resigniert auf. »Schon wieder ein Rätsel?«

»Eigentlich nicht, aber manchmal scheint es eben unter der Laterne am dunkelsten zu sein.« Emilie zwinkerte in dem Wissen, dass sie Marisa mit dieser Lebensweisheit vermutlich ebenso wenig half – jedenfalls noch nicht.

»Okay, mein Phrasenkonto ist voll für heute. Mein Kopf kommt nicht mehr mit. Ich muss sowieso zu Carsten Benzo.

Danach gehe ich mich selbst bemitleiden und esse etwas, das mindestens zehntausend Kalorien hat.« Marisa richtete sich mühsam auf und warf ihr einen Seitenblick zu. »Kommst du mit?«

Emilie schüttelte den Kopf. »Wenn du mich entbehren kannst, bleibe ich noch etwas und denke in Ruhe nach«, erklärte sie versonnen. Denn während sie hier stand, war ihr Blick unvermittelt auf einen ganz bestimmten Platz der zweiten Holzbank gefallen. Es war ihr, als hätten die abgenutzten Bretter dort plötzlich aufgeleuchtet. Und ihr fiel auch eine vage Erklärung ein: Nur ein einziges Mal in ihrem Leben hatte sie an dieser Stelle in der Kapelle gesessen. Sanft trug die Erinnerung sie zu jenem traurigen Tag zurück.

Marisa bemerkte ihren Ausdruck und wurde schlagartig ernst. »Soll ich vielleicht lieber bei dir bleiben?«

»Nein, geh nur, Kind. Ich komme zurecht. Genau wie du bin auch ich auf der Suche nach Antworten. Und ich habe das Gefühl, dieser Ort versucht, mir was zu sagen. Ich will aufmerksam zuhören.«

»Ich verstehe. Dann viel Glück.«

»Dir auch, Liebes.«

Wenig später war Emilie allein. Tief in sich hegte sie noch immer die Hoffnung, dass sie vielleicht doch auf des Rätsels Lösung kam. Was wollte Nowak wirklich? Warum wurde sie das Gefühl nicht los, es steckte mehr dahinter als seine bloßen Karriereambitionen? Waren sie vielleicht alle auf dem Holzweg?

Manchmal, wenn sie sich das Wort ›Familiengeheimnis‹ aus der Ankündigung wieder vor Augen rief, blitzte etwas in ihrem Kopf auf. Es war flüchtig wie ein Déjà-vu – bevor sie es festhalten konnte, war es auch schon wieder verschwunden. In diesen Momenten verfluchte Emilie ihren alten, langsamen Kopf. Alles, was ihr blieb, war, die Vergangenheit Stück für Stück durchzuspielen, in der Hoffnung auf einen Geistesblitz.

Gut Sommerroth

Damals

Emilies Rückzug

Kapitel 25

Die Beerdigung von Leopold schien endlos und zäh, wie die Nebelwolken, die sich an diesem Tag hartnäckig hielten. Man hatte den Leichnam des Gutsherrn innerhalb von vierundzwanzig Stunden aus Neumünster nach Sommerroth überführt. Nun lag er aufgebahrt in einem offenen Sarg in dem kleinen Gotteshaus hinter dem Schloss, wo sich wegen der Kürze der Zeit und der Nachkriegswirren nur wenige Männer und Frauen zum Trauergottesdienst versammelt hatten. Es war ein unwürdiges Ende.

Emilie hatte den Blick bis eben auf die Blumen, das Taschentuch und das Gebetbuch auf ihrem Schoß gesenkt gehalten. Sie wusste nicht, was in diesem Augenblick schlimmer war – die mitreißende Traurigkeit um sie herum oder die fürchterlichen Umstände. Das Innere der Kapelle stank beißend nach den Schweinen, die hier seit dem Feuer von Ilsenhof untergebracht und bloß in eine hintere Ecke getrieben worden waren. Dann und wann unterbrach ein Grunzen die salbungsvollen Worte des Pfarrers, was Charlotte unter ihrem dichten schwarzen Schleier nur noch lauter aufheulen ließ.

Irgendwann sah Emilie dennoch auf und blickte sich verstohlen um. Der Versuch, die Menschen anhand von äußeren Ähnlichkeiten in Verwandte und Freunde der Sommerroths zu unterteilen, scheiterte. Es gab lediglich eine einzige Sache, die sie alle miteinander gemein hatten – sie waren Emilie fremd. Zum Glück saß wenigstens Edith neben ihr. Lautlos flossen ihrer Schwägerin Tränen über die Wangen, die sie mit ihrem spitzenverbrämten Taschentuch wegtupfte. Es wirkte echt auf Emilie, als hätte sie Leopold von Sommerroth wahrlich gemocht. Vielleicht aber bedauerte sie auch nur die Veränderungen, die nach seinem Tod unweigerlich folgen würden.

Emilie betrachtete das Gesicht des Geistlichen, der nun die Arme erhob und mit den Handflächen zur Trauergemeinde zu einem letzten Segen ansetzte. Er erinnerte sie an Erik, der sie und Johann vor wenigen Wochen heimlich getraut hatte. Dieser Tag hatte das Ende ihrer Flucht markiert und den Anfang ihres gemeinsamen Lebens. Damals war Emilie der Überzeugung gewesen, dass fortan alles besser werden würde. Doch das war nicht passiert. Eher das Gegenteil. Die Familie, deren Namen sie trug, hatte sie nicht akzeptiert, die Zucht ihrer Trakehner galt als gescheitert, Johann war auf unbestimmte Zeit in Neumünster gefangen. Mit Bitterkeit überkam Emilie die Erkenntnis, dass alles verloren war. Ihr Neuanfang war auf jeder Ebene missglückt. Wer hätte ahnen können, dass sie am tiefsten Punkt ihres Lebens wäre, wenn sie das nächste Mal in eine Kirche trat? Gottes Wege waren tatsächlich unergründlich, ging es ihr durch den Kopf. Und gleich darauf dachte sie, dass sie gar nicht mehr an Gott glaubte. Nach allem, was ihr geschehen war, kam ihr der Gedanke an eine höhere Macht geradezu albern vor.

Als die letzten Worte aus Richtung des Chorbereichs gesprochen worden waren, begaben sich Charlotte und ihr Sohn als Erste zum offenen Sarg. Otto hatte seinen Arm um seine Mutter gelegt, die bloß mit kleinen Schritten den Toten umrundete. Ihre Finger zitterten, als sie seine Hände mit dem Kreuz darin berührten. Schluchzend gab sie ihm einen letzten Kuss auf die Stirn. Danach schaffte sie es nicht mehr, sich zu erheben. Weinend brach sie über dem Leichnam zusammen und rief: »Warum, Leopold? Wie soll ich dir je verzeihen?« Die Trauergemeinde ließ ein mitfühlendes Raunen ob der Verzweiflung von Charlotte ertönen, bis Otto sie nach einer ganzen Weile aufrichtete und zurück zur hölzernen Bank führte.

Emilie blieb nicht verborgen, dass seine Augen gerötet waren. Es erschien ihr verrückt, doch tatsächlich hatten sie und Otto nun ihre erste Gemeinsamkeit. Beide trauerten sie um ihre Väter. Emilie zweifelte allerdings daran, dass das etwas an ihrem unterkühlten Verhältnis verändern würde. Viel eher erwartete sie voller Anspannung seine ersten Beschlüsse als nun mehr alleiniger Erbe von Sommerroth. Ohne Zweifel würde er sie noch heute verkünden.

Zusammen mit dem Rest der Trauergemeinde schlossen Emilie und Edith sich der Schlange von Menschen an, die am Sarg vorbeizogen, um dem Toten die letzte Ehre zu erweisen. Je näher sie kamen, desto mehr erschien der Geruch von Schweinen als Segen, denn schon jetzt konnte man die Verwesung des Toten nicht mehr leugnen. Emilie sah Leopold dennoch lange ins Gesicht. Es war das erste Mal, dass sie ihren Schwiegervater traf, und gleichzeitig würde es das letzte Mal sein. Die Ähnlichkeit, die Johann und er hatten, verblüffte sie. Es fiel ihr schwer zu glauben, dass sie einander nicht gemocht hätten – obwohl Johann ihn als herrisch und unnachgiebig beschrieben hatte. Was entsprach nun der Wahrheit? Die Tatsache, niemals wirklich eine Antwort darauf zu erhalten, stimmte Emilie traurig. Und jene Erkenntnis einer für immer vergangenen Gelegenheit ließ sie plötzlich sogar weinen.

Die Traurigkeit lag ihr noch auf dem Herzen, als sie neben Edith langsam durch den Nebel zum Schloss schritt, wo der Leichenschmaus stattfand. Der Salon mit der fein gedeckten Tafel war erfüllt von unterschwelligen leisen Gesprächen. Niemand stellte Emilie den Leuten vor, weshalb sie eine unbeachtete Fremde blieb. Still zog sie sich in eine Ecke am Fenster zurück und beobachtete von hier aus, wie man Charlotte mit Handküssen und Verbeugungen kondolierte und über Momente mit dem Verstorbenen sprach. Selten hatte sich Emilie derart fehl am Platz gefühlt. Einzig das filigrane Glas in ihren Händen, welches soeben ein zweites Mal von Liesel gefüllt worden war, diente ihr als Halt. Fleißig lief das Hausmädchen mit einer kristallenen Karaffe herum und schenkte den Gästen nach. Nie erhielt sie auch nur den kleinsten Dank. Sie war unsichtbar. Emilie fragte sich, was sie beide eigentlich unterschied.

Bald zog ein köstlicher Duft durch den Salon. Von Lenchen wusste Emilie, dass sie und die Mamsell in der Küche gerade wahre Wunder vollbrachten. In Zeiten, wo es an allem fehlte, hatten sie es dennoch geschafft, einen würdigen Leichenschmaus zusammenzustellen. Es würde Suppe aus Sauerampfer geben. Danach einen Kaninchenbraten mit Brennnesselgemüse.

Otto trat plötzlich aus der Menge hervor und Emilie dachte, dass er nun zu Tisch bitten würde. Doch stattdessen kam er direkt auf sie zu. Er stellte sich neben sie, als würden sie zwanglos plaudern wollen. Sein Blick war durch das Fenster nach draußen gerichtet, während sein Zeigefinger die durchsichtige Gardine ein Stück nach hinten schob.

»Ist Sommerroth nicht schön – trotz allem? Ich erinnere mich daran, wie Vater mir als Kind zum ersten Mal die Ländereien zeigte. Ich war sechs Jahre alt und ritt auf einem weißen Pony neben seinem Hengst her. Er sagte zu mir: ›Sieh dich gut um. Eines Tages wird dir all das gehören, mein Sohn.

Ich erwarte, dass du deine Aufgabe zu meiner Zufriedenheit erfüllst. Bis dahin musst du lernen, was es heißt, ein Gutsherr zu sein. Und heute lernst du eine Lektion.‹« Er ließ seinen Blick vor sich in den Salon schweifen, wo die feinen Herren nach wie vor leise miteinander sprachen und manche Damen zurückhaltend weinten. »Möchtest du wissen, was er mir an diesem Tag gezeigt hat?«

Emilie gab keine Antwort. Jedes seiner Worte war wie eine Pfeilspitze, die bislang noch ihr Ziel verfehlt hatte. Sie hegte allerdings keinen Zweifel, dass die tödlichen Spitzen bereits näher kamen.

»Wir ritten zu einer kleinen Kate. Dort wohnte ein Bauer. Sein Name war Peter, ich weiß es noch genau. Die Hütte lag idyllisch zwischen zwei ineinanderlaufenden Hügeln. Direkt an einer Flussschleife. Nichts deutete darauf hin, dass hier Unrecht geschah. Doch Peter hatte meinen Vater betrogen. Er bestellte die Felder Sommerroths und nahm sich heimlich etwas von dem Korn für sich. Mein Vater hätte alles Mögliche mit ihm veranstalten können, um ihn zu strafen. Doch was tat er? Er zeigte Milde, indem er Peter und seiner Familie vier Wochen Zeit gab, um für immer von seinem Land zu verschwinden.« Jetzt sah Otto Emilie direkt an.

Sie blickte in zwei eiskalte Augen.

»Um meinen Vater an diesem Tag zu ehren, nehme ich mir an seiner Mildtätigkeit ein Beispiel und wende an, was er mich vor Jahren gelernt hat. Ich gebe dir, deinem Gesinde und deinen Pferden vier Wochen Zeit, Sommerroth für immer zu verlassen.«

Emilie wandte den Blick von ihm ab. Er sollte den Schrecken nicht in ihrem Gesicht lesen können. »Du bist ein Monster, Otto. Was habe ich dir je getan?«

»Nichts, um genau zu sein.« Seine Stimme klang ruhig. »Es ist deine niedere Herkunft, die mich stört und die nicht zu unserer Familie passt. Ebenso wenig, wie deine Trakehner nach Schleswig-Holstein passen.«

»Und doch bin ich noch immer Johanns Frau. Ich habe ein Recht, auf Sommerroth zu bleiben. Zumindest so lange, bis er wiederkommt.«

»Du irrst dich, Emilie. Vater ist tot, und ich bin sein Erbe. Selbst wenn Johann irgendwann aus der Haft entlassen wird, über Sommerroth herrscht ab heute nur noch einer – der Erstgeborene. Und das bin ich.«

Es lag ihr so vieles auf der Zunge, allem voran, dass Johann das alleinige Erbe hatte anfechten wollen. Doch was würde es schon bringen, das jetzt zu sagen? Emilie verstand nur allzu gut, dass sie in ihrer jetzigen Lage nicht gegen ihn ankommen würde. Alles, was ihr noch blieb, war betteln. »Gewähre mir die Zeit, bis Johann entlassen wird, Otto. Ich habe mit meinem Fuhrbetrieb mein eigenes Auskommen. Du wirst weder für mich noch für meine Pferde sorgen müss...«

»Bitte, Emilie. Mach dich doch nicht lächerlich. Mein Bruder wird so bald nicht zurückkommen. Er ist nun ein Feind der Demokratie, ein Feind der Engländer! Und du als seine Frau stehst nicht viel besser da. Auf Sommerroth ist kein Platz für euresgleichen.«

Seine Pfeilspitzen trafen jetzt. Und sie gingen tief. Emilie begann vor Wut und Schmerz von innen heraus zu zittern. »Wo soll ich deiner Meinung nach hin?«

Er beugte sich zu ihr hinüber. »Das ist mir vollkommen gleich. Verschwinde einfach. Am besten für immer.« Er zwinkerte ihr zu. »Ich will endlich die Remise zurück.« Nach diesen Worten stieß er sich vom Fensterbrett ab. Er wollte sie stehen lassen, doch Emilie hatte noch eine letzte Frage.

»Otto!«, hielt sie ihn auf.

Noch einmal drehte er sich zu ihr um. »Was?«

»Sag mir eines.« Obwohl sie die Antwort längst kannte, musste sie es dennoch aus seinem Mund hören. »Du bist das mit Kabinett gewesen, oder?«

Er erwiderte erst nichts. Stattdessen begann er den Cognac in seinem Glas zu schwenken und die goldbraune Flüssigkeit zu beobachten. »Das Tier war sehr krank«, sagte er mit gespieltem Bedauern.

»Das ist eine Lüge!«

Er lachte trocken auf. »Und wie willst du das beweisen? Mein Tierarzt hat sie schließlich vorher untersucht.«

Emilie ging auf ihn zu, bis sie nur noch einen halben Schritt von ihm entfernt war. Ihre Stimme war leise und dennoch voller Wut. »Ich weiß. Ich habe deinen Handlanger wiedererkannt. Du hast meine Stute aus Boshaftigkeit umbringen lassen. Gib es wenigstens zu, du Feigling.«

»Und wenn schon. Diese Missgeburt hat sicher viele hungrige Bäuche gefüllt. In meinen Augen das beste Schicksal, was deinen bedauernswerten Bauernpferden zuteilwerden kann. Man sollte sie allesamt von der Bürde des Elchschaufel-Brandes erlösen.«

Emilies Zorn war nun nicht mehr zu bändigen. Ihre Finger umschlossen ihr Glas immer fester. Mit einer schnellen Bewegung schüttete sie ihm ihr Wasser ins Gesicht. »Wage es nicht, dich meinen Pferden noch einmal zu nähern. Weder du noch dein manteltragender Scherge, der mich stets verfolgt, noch dein Tierarzt«, zischte sie.

Otto blinzelte und wischte sich mit Daumen und Zeigefinger das Wasser aus den Augen. »Du verrücktes Luder.« Verächtlich schaute er auf sie herab. »Soeben hast du dir einen beachtlichen Teil deiner Frist selbst verspielt. Wenn du in einer Woche nicht verschwunden bist, schneide ich deinen Gäulen eigenhändig die Kehle durch.« Nach diesen Worten riss er Liesel die diskret dargereichte Stoffserviette mit einem Ruck aus der

Hand und trocknete sein Gesicht. »Eine Woche ab heute. Keinen Tag mehr.« Er machte kehrt und bat die Trauergemeinde kurz darauf zu Tisch, als wäre nichts geschehen.

Emilie folgte diesem Aufruf nicht. In einem Moment, da alle sich der Tafel zuwandten, stahl sie sich unauffällig davon und verließ das Schloss. In ihrem Kopf pochte das Blut und sie rang um Atem. Nur weg von hier! Sie war sich sicher, niemand würde sie vermissen. Ihre Tage auf Sommerroth waren ohnehin gezählt. Wozu noch die Etikette einhalten? Es konnte ihr gleich sein, was Charlotte davon hielt, dass sie dem Leichenschmaus fernblieb.

Die Remise hingegen schien sie mit einem Lockruf des Friedens und warmem Licht aus dem Inneren zu sich zu ziehen. Nicht zum ersten Mal kam ihr der hölzerne Bau mehr wie ihr Zuhause vor als das ganze verfluchte Herrenhaus. Sie schloss die Tür und lehnte sich rücklings dagegen. Geräuschvoll atmete sie mehrmals durch. Ihre vier Pferde kamen neugierig an den Balken getreten und Krzysztof blickte von seinem Schemel auf. Hatten seine Hände eben noch eifrig das Leder der Trensen auf seinem Schoß gefettet, hielten sie nun inne. Er und Emilie sahen sich an und lasen in ihren Gesichtern.

»Wie lange haben wir noch?«, fragte er.

»Eine Woche.« Ihre eigenen Worte lösten einen kurzzeitigen Schock bei ihr aus. So wenig ihr Sommerroth auch das Gefühl von Heimat gegeben hatte, es war zumindest ein Ort gewesen, zu dem sie durch Heirat gehört hatte. Nun würde sie wieder entwurzelt sein – ein Gefühl, das sie die ganze Flucht lang begleitet hatte. Emilie lief zu ihren Pferden. Muskat und Windfarbe kamen mit ihren Köpfen so dicht an den ihren, dass sie den warmen beruhigenden Atem beider Stuten auf ihren Wangen spürte. Wie sollte sie ihre Trakehner in Zukunft beschützen? Waren ihre ehrgeizigen Ziele, die Zucht weiterzuführen, vielleicht von Anfang an töricht gewesen? Hätten sie nicht alle vielleicht besser im Eiswasser des Haffs ertrinken sollen? »Ich weiß nicht mehr, wie es weitergehen soll, Krzysztof«, gestand sie. »Dies ist wohl das Ende der Zimny-Pferde.«

»So was dürfen Sie nicht sagen. Denken Sie an die Worte Ihres Vaters.«

Emilie drehte sich um. »Ich habe versucht, mir vorzustellen, was er an meiner Stelle tun würde. Aber ich kann ihn nicht mehr hören.« Das Bild vor ihren Augen begann zu schwimmen. Die Sehnsucht nach ihren Eltern hatte sich schon lange nicht mehr so stark geäußert. Sie wollte wieder ein Kind sein, das sich in deren Arme flüchten konnte, wann immer ihm das Leben zu schwer wurde. Aber da war niemand mehr.

»Ich höre ihn noch!«, versicherte Krzysztof nachdrücklich. »Und er sagt, wir müssen Ernst Ehlert aufsuchen. Mithilfe des Landstallmeisters …«

»Und wie sollen wir ihn finden?«, unterbrach sie ihn. »Als wir uns zuletzt sahen, war er in Perlin. Das gehört nun zur sowjetischen Besatzungszone, in die wir nicht einfach hineinspazieren können. Vielleicht hat er es gar nicht mehr rechtzeitig hinaus geschafft und ist bereits …«

»Und wenn doch? Erinnern Sie sich an seine Abschiedsworte, als Sie fragten, wie Sie einander finden sollen. Er sagte: ›Die Trakehner werden dafür sorgen, Fräulein Emilie. Ihr Leistungswille und ihre Ausdauer werden überzeugen, bis man im ganzen Land von ihnen spricht. Dort, wo die besten Trakehner sind, da werde auch ich sein.‹«

»Das sind nur Worte. Ich hörte nichts von irgendwelchen Trakehnern, außer, dass man sie ihren Besitzern aus den Händen reißt, um sie zur Zwangsschlachtung zu bringen. Wahrscheinlich ist vom gesamten preußischen Hauptgestüt längst nichts mehr übrig.«

»Was ist mit Martin Heling? Er war zuletzt in Celle, das, genau wie Sommerroth, jetzt unter britischer Militärregierung steht.«

Emilie verneinte kopfschüttelnd. Obwohl sein Vorschlag berechtigt war, hatte sie jeder Mut verlassen. »Er könnte mittlerweile überall sein. Und wie sollen wir überhaupt mit vier Pferden durchs Land ziehen – ohne Futter, ohne Passierscheine?«, entgegnete Emilie verzweifelt. »Nein, es hat nicht mal einen Sinn, weiter darüber nachzudenken. Es ist vorbei, Krzysztof.«

Er stand auf. Das helle Klirren der Geschirre, die nun achtlos von seinem Schoß in den Staub rutschten, erklang. »Was wollen Sie damit sagen?«

Emilie antwortete nicht sofort. Erst kürzlich hätte sie geschworen, sich unter keinen Umständen jemals von ihren Pferden zu trennen, aber die Lage hatte sich plötzlich verändert. »Wir sollten uns ab hier trennen. Einzeln haben wir bessere Chancen zu überleben. Lenchen hat hier eine Anstellung gefunden. Sie sollte auf Sommerroth bleiben.«

Krzysztof schüttelte verwirrt den Kopf. »Sie hasst es hier und würde lieber heute als morgen gehen.«

»Darüber muss sie wohl hinwegsehen. Jedenfalls dann, wenn sie über den nächsten Winter kommen will.«

»Ich werde mich auch nicht von Ihnen trennen, Frau Emilie«, antwortete er trotzig. »Wir haben die Rote Armee hinter uns gelassen, die Fliegerangriffe, das todbringende Eis und die Kälte. Wir schaffen es auch weiterhin. Gemeinsam!«

»Versteh doch, Krzysztof. Wir müssen vernünftig sein. Jetzt ist noch Sommer und trotzdem kämpfen viele bereits ums Überleben. Die Umstände werden sich bald noch weiter verschlechtern. Nur, wenn wir eigene Wege gehen, gibt es überhaupt Hoffnung.«

»Welche Wege …?«

»Erinnerst du dich an unser Gespräch vor dem Vorwerk Fliedertal? Du hast mir davon erzählt, dass Pferde vermietet werden, um das Korn auf den Feldern einzuholen. Wenn du Windfarbe und die Fohlen auf einen der großen Höfe mitnimmst und bei der Ernte hilfst …«

»Nichts dergleichen werde ich tun!« Wütend feuerte er seinen Lappen zu Boden. »Das ist Wahnsinn – besonders jetzt, nach Kabinetts Tod! Windfarbe kann nicht zwei Fohlen säugen und gleichzeitig den ganzen Tag einen Erntewagen ziehen. Sie würde elendig zugrunde gehen.«

»Welche Wahl bleibt uns denn? Es wäre ja nicht für lange. Nur ein paar Wochen, bis Kornblume und Winterzeit im Frühjahr abgesetzt werden.«

»Nein! Vergessen Sie diese Idee gleich wieder! Sie selbst haben doch gesagt, es wäre ein Risiko. Die Stutenmilch könnte durch die Überforderung versiegen.«

»Dieses Risiko müssen wir nun eingehen.« Emilie sprach einfach weiter, als bedeuteten ihre Worte von damals nichts mehr. »Ich nehme Muskat und den Wagen. Erinnerst du dich noch an meine Tante Paula in Hamburg? Sie schrieb mir in Perlin, dass sie mich eine Weile beherbergen würde.«

»Aber nicht die Pferde, das hat sie auch in dem Telegramm geschrieben.«

»Wenn ich ihr erkläre, dass ich einen Fuhrbetrieb anbieten kann, wird sie es sich bestimmt überlegen und Muskat in ihren Garten lassen. Auf diese Weise wären wir alle versorgt.«

»Das ist kurz gedacht. Wo wollen Sie denn auf dem Weg nach Hamburg unterkommen – ganz allein als Frau? Das ist viel zu gefährlich.«

»Irgendwo. Es wird schon gehen. Zur Not schlafe ich im Wagen.«

»Frau Emilie …!«

»Nein, du wirst mich nicht davon abhalten, Krzysztof.« Sie hob abwehrend ihre Hände und redete trotz seiner Worte weiter. Dabei wiederholte sie unentwegt dieselben Sätze. »Ich werde Muskat mitnehmen ... Du nimmst Windfarbe und die Fohlen ...«

Krzysztof schnellte jetzt vor. Er packte ihre Schultern und rüttelte sie. »Emilie! Emilie!«

Plötzlich drang er zu ihr durch. Noch nie hatte er sie bei ihrem Vornamen angesprochen. Früher, auf Gut Zimny, wäre das eine undenkbare Anmaßung gewesen, denn als Gutsherrntochter war sie stets das gnädige Fräulein. Doch das schien so unendlich lange her zu sein – wie aus einem anderen Leben. Jetzt, in diesem Moment, rührte diese ungewohnte Vertrautheit Emilies Herz. Es gab ihr das Gefühl, vor einem Freund zu stehen, nicht vor einem Knecht.

»So ist es besser«, sagte er, als sie schwieg, jedoch, ohne sie loszulassen. »Hören Sie mir zu. Wir haben noch eine Woche Zeit. Bis dahin wird uns vielleicht etwas anderes einfallen. Wir müssen nichts überstürzen.« Langsam lockerte sich sein Griff. Er ließ sie los.

Emilie war nun tatsächlich wieder ruhig, was sich auch in ihrer Stimme bemerkbar machte. Trotzdem blieb sie bei ihrem Entschluss. »So sehr ich auch wünschte, du würdest recht behalten, ich sehe einfach keinen anderen Weg. Glaube mir, mich von Lenchen, dir und den Pferden zu trennen, bricht mir das Herz. Ihr seid die einzige Familie, die ich noch habe. Aber mit ein bisschen Glück ist unsere Trennung nicht für immer. Ich hoffe, eines Tages einen Platz zum Leben für uns alle zu finden. Wenn Johann freikommt ... Und wer weiß, vielleicht ist dann sogar der Weg nach Ostpreußen wieder offen. Stell dir das vor, Krzysztof. Mag das Land auch zerstört sein, wir würden trotzdem zurückgehen. Selbst wenn es nur deshalb wäre, um in der Heimaterde begraben zu werden.«

Sie sahen einander voller Traurigkeit an.

Emilie zwang sich zu einem aufmunternden Lächeln.

Krzysztof nickte.

Kapitel 26

»Komm, Marie. Wir müssen oben helfen.« Liesel zog am Ärmel des Küchenmädchens, als sie Emilie eintreten und mit dem Kopf Richtung Ausgang weisen sah.

»Was? Ich soll doch nie nach oben gehen«, antwortete diese verwirrt. Ihre Arme steckten noch immer bis zu den Ellenbogen in der Spülschüssel.

»Heute aber schon«, presste das Hausmädchen zwischen ihren Zähnen hervor, reichte ihr ein Handtuch und schob sie vor sich her.

Nachdem die Mädchen die Küchentür hinter sich zugezogen hatten, sah Emilie in das trotzige Gesicht von Lenchen. Es war nicht zu leugnen, Krzysztof hatte bereits mit ihr über das Gespräch von gestern geredet. »Hör mir erst mal in Ruhe zu.«

»Meine Antwort lautet: Nein!« Schneller als gewöhnlich rührte sie in dem dampfenden Kochtopf herum.

Emilie konnte den Widerstand spüren wie eine Mauer, gegen die man prallte. Nicht zum ersten Mal dachte sie, dass die ehemalige Mamsell von Gut Zimny und Krzysztof auch Mutter und Sohn sein könnten – so ähnlich waren ihre Reaktionen von Zeit zu Zeit. In Wahrheit war es der ostpreußische Dickkopf.

»Ausgeschlossen«, setzte Lenchen nach. Das Abklopfen des Holzlöffels am Topfrand war unangenehm laut in den Ohren. Dann platzte es aus ihr heraus, das Rührgerät wie ein Schwert auf Emilie gerichtet: »Ich bleibe auf keinen Fall allein hier zurück. Gut Sommerroth ist wie ein einziger großer Eiskeller. Hier gibt es keine Liebe und keine Freundlichkeit. Ich hasse diesen Ort!«

»Aber es gibt Nahrung und ein Dach über dem Kopf«, wandte Emilie ein. »Sind das keine guten Gründe?«

»Kann der Mensch davon allein leben?« Es klang, als fragte sie sich selbst, dabei lief sie zu den Fenstern, vor denen sich die langen Arbeitstische mit dem Spülbecken darin befanden. Erschöpft warf Lenchen den Kochlöffel dort hinein und stützte sich mit beiden Händen an dem Rand aus Emaille ab.

Emilie beobachtete sie, sah ihren Blick hinausgleiten zu der abgeholzten Allee, deren Leere etwas unendlich Trauriges hatte. Wie viele der uralten Bäume in der Heimat waren wohl inzwischen gefallen, fragte sie sich stumm.

Lenchens Stimme klang matt. »Ich sehne mich so sehr nach Ostpreußen, dass ich manches Mal vor Kummer nicht schlafen kann, Frau Emilie. Dann versuche ich, mir die gemütliche Stube von Gut Zimny vorzustellen, wo es immer nach Eingemachtem und dem Bienenwachs der Kerzen gerochen hatte. Und ich lausche nach dem Lachen der Kinder, die in der Schlemme gebadet haben – vergeblich. Ich höre hier niemals Kinder lachen. Ist Ihnen das auch schon aufgefallen?« Sie drehte sich zu Emilie um. »Sie und Krzysztof sind mein letztes Stück Heimat. Wenn ich das auch noch verliere, fürchte ich, mich in Luft aufzulösen.«

Emilie schritt langsam auf sie zu. Dabei sah sie, wie Lenchen sich die wässrigen Augen rieb. Ihre Hände waren rot und rissig von der schweren Arbeit in der Gutsküche. In ihren roten Locken entdeckte sie zahlreiche graue Strähnen, die sie um Jahre altern ließen. »Ich verstehe dich besser, als du vielleicht denkst. Aber wir können nicht zusammenbleiben. Was willst du denn bei meiner alten Tante?«

»Und was will ich hier?«, stellte sie die Gegenfrage. »Welchen Zweck erfüllt meine Küchenarbeit für eine mürrische Gutsherrin? Das alles erscheint mir sinnlos.« Sie nahm eine Handvoll schmutziges Besteck auf, nur, um das Silber daraufhin geräuschvoll zurück in die Schüssel fallen zu lassen. »Wissen Sie, ich denke oft an den Moment unserer heimlichen Abreise in Georgenburg. Damals habe ich vielleicht die falsche Entscheidung getroffen. Ich hätte nicht weiter nach Westen ziehen sollen. Es wäre besser gewesen, ich wäre in Ostpreußen geblieben – so wie Minna.«

»Dann wärst du jetzt tot«, sagte Emilie extra unverblümt, um sie wach zu rütteln. Lenchen aber wiegte bloß den Kopf hin und her.

»Und wenn schon. Der Tod ist nur dann erschreckend, wenn das Leben lebenswert ist. Mein Herz ist ohnehin in meiner Heimat geblieben. Ich bin nur noch eine Hülle. Wozu dient mein Dasein hier?«

»Das sage ich dir«, begann Emilie nachdrücklich und entschied, Lenchen nun in ihren nächsten Gedanken einzuweihen. »Wenn ich gehe, hast du hier eine wichtige Aufgabe zu erfüllen. Sollte Johann plötzlich freikommen und zurückkehren, ist eines so sicher wie die Abfolge von Tag auf Nacht: Weder Charlotte noch Otto werden ihm sagen, dass ich auf ihn warte. Aber du kannst das tun. Auf dich kann ich mich verlassen. Allein deshalb musst du auf Sommerroth bleiben, weil du meine Augen und meine Ohren hier ersetzt.«

»Wie soll das genau funktionieren?«

»Sag Johann, dass ich immer am ersten Tag einer neuen Jahreszeit auf Ilsenhof warten werde. Und wenn wir erst wieder vereint sind, dann gehen wir alle gemeinsam fort von hier und fangen woanders neu an.«

Lenchen schien nachzudenken – jedenfalls verneinte sie nicht sofort. »Was aber, wenn die Baronin mich hier gar nicht will?«

Emilie richtete sich nun gerade auf und holte tief Luft. »Ich werde sie darum bitten, und ich rechne mir aus, dass es klappen wird. Durch die zusätzliche Arbeit mit den Alten hier im Schloss hat die Mamsell ohnehin zu viel zu tun. Charlotte wird die Annehmlichkeit deiner vorzüglichen Kochkünste nicht aufgeben wollen.«

»Gut«, sagte Lenchen nickend. »Für die Hoffnung, eines Tages gemeinsam von hier weggehen zu können, willige ich ein.«

»Ich danke dir, Lenchen.«

***

Muskat hatte lange keinen Sattel mehr getragen. Und nun, da sie viel dünner war, wollte er auch nicht mehr richtig passen. Als Emilie den Bauchgurt festzurrte, legte die Stute missmutig ihre Ohren an. »Ich weiß, er drückt dich an den Knochen. Du musst ihn nicht lang tragen«, versprach Emilie ihr. In Gedanken fügte sie hinzu, dass sie nur Abschied nehmen wollte von dem, was sie für ihre Zukunft gehalten hatte. Von einem Traum, den es jetzt nicht mehr gab. Muskat stand plötzlich still. Ein leises Prusten kam zweimalig aus ihren Nüstern.

Emilie stieg auf und ließ die Stute mit langem Zügel vom Hof trotten. Das Plätschern der Sommerroth-Mühle verfolgte sie eine Weile auf ihrem Weg, der den Haupthof in einem großen Bogen umrundete. Bald kam sie vorbei an einem Friedhof mit hohen Eichen und Birken darauf und verwitterten Grabsteinen verschiedener Jahrhunderte. Die Allee mit ihrem Kopfsteinpflaster folgte dem natürlichen Lauf des wilden Burgbachs mit seinen Wendungen. Nach einer Weile sah Emilie es links von sich in der Morgensonne glitzern. Sie war am anderen Ende des Sommerroth-Sees angelangt.

Vor ihr erschien ein großer Findling, dessen Aufschrift so makellos war, dass sie nicht mit dem Bild dahinter übereinstimmen wollte: Ilsenhof.

Emilie stieg ab und zog Muskat die Zügel über den Kopf. Der Geruch von verkohltem Holz lag noch immer schwer in der Luft, obwohl die Flammen schon so lange erkaltet waren. Der Anblick des zerstörten Gehöfts schmerzte ihr eigenartig stark im Herzen. Es war ein Spiegel dessen, was hätte sein können. Jenes Leben lag plötzlich vor Emilies Augen. Sie konnte es deutlich erkennen – trotz aller Zerstörung.

Langsam hielt sie auf das Zentrum des Dreikanthofs zu – vorbei an uralten Bäumen, von denen nur noch die Gerippe standen. Gespenstisch erhoben sich die rußschwarzen Ruinen der Scheunen und Speicher vor ihren Augen. In unregelmäßigen Türmen ragten Teile der eingefallenen Mauern in den tiefblauen Himmel. An vielen Stellen waren Steine abgetragen worden – sehr wahrscheinlich von Notleidenden, die Ilsenhof jetzt als Steinbruch benutzten. Schon bald würden nicht einmal mehr die Grundmauern vieler Gebäude stehen, da war sich Emilie sicher. In diesem Moment aber war die einstige Herrlichkeit des Vorwerks noch zu erkennen.

Sie lief weiter zum Haupthaus, dessen Außenmauern als Einzige fast vollständig erhalten waren, wenngleich die Mauern sichtbar einsturzgefährdet und mit Brettern abgestützt waren und das Dach fehlte. Der eingeschossige Fachwerkbau mit blau bemalten Balken hatte einen halbrunden Giebel in der Mitte, darunter eine im gleichen Schwung gehaltene Flügeltür, die halb aus den Angeln gerissen war.

Emilie zögerte nicht und führte Muskat hindurch. Die Stute prustete nervös, während sie die Umgebung mit ihren großen schwarzen Augen begutachtete. Ihre Hufe klackerten über den bunten Steingutboden der Diele. Zerbrochene Dachziegel lagen in Haufen überall herum. Jemand hatte sie grob beiseitegeschoben, um Gänge für einen sichtbaren Zweck zu schaffen. Der Hof war geplündert worden, es gab kaum noch Möbel.

Emilie ging trotzdem immer tiefer in das Haus hinein und schaute sich um. Ihre Finger fuhren über das schwarz-weiße Geländer einer Holztreppe, die ins Nichts führte. Dann ging sie in eine Stube, wo noch ein halber Kachelofen mit wundervollen Fliesen in Grün und Zartrosa stand. Er fühlte sich kalt auf ihren Fingerspitzen an, die nach der Berührung fünf helle Streifen auf den rußbeschmierten Fliesen hinterließen.

Emilie brauchte nicht viel Fantasie, um Johanns Vision hier zu sehen. In ihrer Vorstellung standen weiße Korbmöbel unter dem Fenster und ein bunter Kelim-Teppich lag in der Mitte. Auf dem Tisch befanden sich immer frische Blumen, wie sie es auf Gut Zimny stets geliebt hatte. Ja, Emilie konnte sich ausmalen, wie es gewesen wäre, hier mit Johann zu leben. Und mit Krzysztof und Lenchen, die sich tagsüber in einem Gemüsegarten und einem kleinen Stall für ihre Pferde aufgehalten hätten. Am Abend wären sie alle in der Stube zusammengekommen, um sich am Feuer zu wärmen und über Ostpreußen zu reden. Sie hätten hier womöglich glücklich werden können – ganz besonders mit dem See zwischen sich und dem Haupthof von Sommerroth, der ihnen Ruhe und Abstand versprochen hätte. Doch das würde ein bloßer Traum bleiben. Es wurde Zeit, ihn loszulassen.

Emilie umfasste nun den ledernen Riemen der umgehängten Koppeltasche ihres Vaters. Sie brauchte nicht reinzusehen, um über den Inhalt Bescheid zu wissen. Es waren die Abstammungsnachweise ihrer Pferde, die sie nie wieder benötigen würde. Von der stolzen Trakehnerzucht aus Ostpreußen war nicht mehr viel übrig als bloße Erinnerungen. Und auch die würden mit ihrer Generation enden. Emilie wünschte inständig, sie hätte mehr tun können, um einen Beitrag für das Fortbestehen dieser wundervollen Rasse leisten zu können. Doch sie war gescheitert. Deshalb hatte sie entschieden, die Papiere hier zu verbrennen, damit sie endlich aufhören konnte, über ihren Misserfolg nachzudenken. Ein letztes Mal strichen ihre Hände über die nach vielen Jahren geschmeidig gewordene Oberfläche der Tasche. Dann legte sie sie in den Kachelofen.

Emilie sammelte umherliegende Hölzer auf und warf sie in die Öffnung. Sie besaß noch genau drei Streichhölzer und hoffte, sie würden ausreichen, denn alles hier war klamm vom andauernden Regen der letzten Tage. Ihre Finger zitterten, als sie das erste Hölzchen entzündete. Es brannte hell auf, dann wurde die Flamme kleiner. Regungslos beobachtete Emilie das Feuer. Die Wehmut über das verpasste Leben mit Johann drohte sie mit eiskalter Hand zu packen. War es richtig, was sie tat? Gab es nicht doch noch einen Hoffnungsschimmer? Irgendwo? Das Streichholz ging aus und glomm noch kurz nach. Emilie nahm das zweite zur Hand – mit mehr Entschlossenheit. Es war vorbei! Sie entzündete es mit einer schnellen Bewegung, da richtete Muskat ihren Kopf so plötzlich auf, dass Emilies Arm, der um den Zügel lag, nach oben gerissen wurde. Das Streichholz fiel zu Boden, wo es erlosch.

Sie sah zu ihrer Stute und streichelte ihren Hals. »Was hast du?«, fragte Emilie. Dabei kannte sie Muskat gut genug, um zu wissen, dass sie ein Geräusch vernommen hatte, das hier nicht hergehörte. In den Augen der Stute war das Weiße beim Umherblicken zu erkennen. Ihre Ohren waren gespitzt, wobei das linke sich zum Lauschen vor und zurück bewegte.

Jetzt hörte sie es auch. Ein Knirschen, wie es eben noch ihre eigenen Schritte auf den Dachziegelresten erzeugt hatten. Das Gefühl, plötzlich nicht mehr allein im Haus zu sein, ließ eine Gänsehaut über Emilies Körper ziehen. »Wer ist da?«, rief sie laut. Gleichzeitig wurde ihr klar, sie saß hier in der Falle. Es blieb ihr keine Wahl, als sich zu stellen. Deshalb nahm sie all ihren Mut zusammen und trat in die Diele.

Der schwarze Schatten des Mannes, der sie seit einiger Zeit verfolgte, fiel auf die Bodenfliesen. Breitbeinig stand er im Eingang. Obwohl es nicht regnete, trug er wieder seinen Hut und seinen langen Mantel.

Die Intensität ihrer Angst packte Emilie unerwartet. Sie wusste, sie durfte sich das nicht anmerken lassen. »Wer sind Sie? Und was zum Teufel wollen Sie von mir?«

»Sagen Sie mir Ihren Namen?«, forderte der Mann und lief langsam auf sie zu.

»Stehen bleiben!« Blitzschnell griff sie nach einer gedrechselten Holzstange, die mal ein Teil des Treppengeländers gewesen war. »Nicht einen Schritt weiter, oder ich schwöre Ihnen, ich schlag Ihnen den Schädel damit ein.«

Der Mann blieb stehen. »Ganz ruhig. Sie brauchen keine Angst zu haben. Es gibt etwas, über das wir uns unterhalten sollten.«

Emilie lachte auf. »Ich habe Ihnen nichts zu sagen. Gehen Sie zurück zu Otto und lassen Sie mich gefälligst in Ruhe.«

»Ich kenne keinen Otto.«

»Blödsinn!«, spie Emilie aus. »Sie müssen mich für dumm halten.«

Der Mann überlegte kurz und änderte seine Taktik. »Ich bin nicht Ihretwegen hier, sondern wegen Ihres Pferdes.«

Emilie sah zu Muskat, die ganz still stand. Dennoch fühlte sie die Anspannung der Stute, die sich an ihr orientierte. »Mein Pferd, also …«, wiederholte sie höhnisch. »Das kann ich mir nur zu gut denken. Mein Schwager hat ja schon eine meiner Stuten auf dem Gewissen. Aber eine zweite kriegt er sicher nicht.«

»Sie verstehen da etwas falsch. Ich weiß nichts von Ihrem Schwager. Ich bin hier, weil Ihre Stute ein Trakehner ist.«

Emilie ließ den Fremden nicht aus den Augen. Sie traute ihm nicht über den Weg. Otto hatte sich mit dem Tierarzt schon einmal eines vermeintlich vertrauenswürdigen Mannes bedient, um sein Ziel zu erreichen. Jetzt war Emilie gewarnt. »Meinen Sie etwa, das ist mir noch nicht aufgefallen? Ich werde täglich dran erinnert, dass ich Trakehner habe, die hier nicht willkommen sind. Und jetzt gehen Sie mir gefälligst aus dem Weg.« Emilie umfasste die Stange noch fester. Mit der anderen Hand legte sie Muskat die Zügel über den Hals, ohne den Mann aus den Augen zu lassen.

Jetzt nahm er den Hut vom Kopf. »Bitte, mein Name ist Carl Biernat. Ich arbeite im Auftrag von Fritz Schilke.«

Emilie hatte die Zügel schon am Widerrist kurz gefasst, da hielt sie inne. Jeder Ostpreuße kannte den Namen dieses Mannes. Schilke war der Leiter der Stutbuch- und Zuchtabteilung der Ostpreußischen Stutbuchgesellschaft gewesen. Sie hatte keine Ahnung, ob er ebenfalls geflüchtet war und ob er die Flucht überstanden hatte. Aber selbst, wenn … »Glauben Sie, es beeindruckt mich, wenn Sie große Namen nennen?«

»Ich sehe Ihr Zögern. Hören Sie mir nur kurz zu. Bitte! Ich habe Sie und Ihren Mann bereits ein paar Mal mit Ihren Pferden beobachtet, als …«

»Meinen Mann, sagen Sie?«, unterbrach Emilie seine Worte höhnisch. »Zu dumm. Jetzt haben Sie sich verraten. Johann ist nämlich in Gefangenschaft in Neumünster-Gadeland.« Emilie verlor das zarte Vertrauen, was sie ihm eben bereit gewesen war zu schenken. »Ich denke, Sie haben keine Ahnung, wer ich bin oder mein Mann. So wenig, wie ich weiß, wer Sie sind. Aber eines weiß ich: Ich will Sie nicht wiedersehen – ganz gleich, wie viele Namen Sie mir nennen. Ich kenne selber namhafte Ostpreußen wie Doktor Ernst Ehlert oder Doktor Martin Heling. Sie hingegen habe ich noch nie gesehen, geschweige denn von Ihnen gehört.« Emilie stieg auf Muskat. »Sagen Sie Otto, er kann sich die Mühe sparen, mir seine Schnüffler auf den Hals zu hetzen. In wenigen Tagen verlasse ich Sommerroth für immer.« Sie stieg auf und gab Muskat so grob die Hacken, dass die Rappstute aus dem Stand angaloppierte.

»Warten Sie! Sie wissen doch gar nicht, was ich von Ihnen will …«

Emilie trieb Muskat direkt auf den Mann zu. Sie wollte ihn umreiten, wie er es verdiente, und bedauerte beinahe, dass er im letzten Moment zur Seite sprang. Muskat schoss durch den Eingang hinaus auf den Hof.

Diesmal war sie entkommen. Aber Emilie wusste jetzt, Otto würde nicht einen Tag länger auf ihre Abreise warten als die genannte Frist. Und er schien zu allem bereit, um sie und ihre Pferde loszuwerden.

GUT SOMMERROTH

HEUTE

EMILIES WEG

Kapitel 27

Marisa starrte auf die zwei roten Striche. Sie waren brutal deutlich zu erkennen. Keine blasse Linie, wie man es oft in Zeitschriften und Foren las, woraufhin den bangenden Frauen geraten wurde, in einer Woche einen neuen Schwangerschaftstest durchzuführen. Das kleine Bildchen war mit dem Ergebnis daneben geradezu zwillingshaft identisch. Ihr Fall war klar. »Schwanger«, las sie es sich selber vor und sah dann zum Badewannenrand, wo Emilie saß.

Ihre Großmutter hatte ihr den Test heute Morgen einfach kommentarlos neben die Zahnbürste gelegt. Bis zu diesem Augenblick hatte Marisa keinen einzigen Gedanken an ihre ausgebliebenen Tage verschwendet. »Wie hast du das gewusst?«

Emilie nahm eine Hand von dem Knauf ihres Gehstocks, den sie vor sich aufgestellt hatte, und zeigte auf einen Kalender. Er hing genau neben der Toilette.

Jetzt auf einmal ahnte sie, was ihre Großmutter sagen würde.

»Es war keine Zauberei nötig! Ich brauchte nur das Monatsblatt umzuschlagen und nachzusehen, wann du das letzte Mal kleine rote Kreise um die Tageszahlen gemalt hast. Das ist etwas über sechs Wochen her.«

Das Klopfen an der Haustür ließ Marisa in den Flur sprinten. Sie riss die Tür auf, wo, wie erwartet, ihre Schwester stand. Die Nachricht, die sie ihr eben geschickt hatte, hatte nur aus einem Wort bestanden: SOS!

»Was ist los?«, fragte Lizzy. »Wo bleibst du? Alle warten auf dich. Die Presse ist bereits da.«

»Komm schnell rein.« Marisa zog an ihrem Arm und warf die Tür zu. Das Windspiel klingelte geradezu entrüstet.

Lizzy sah an ihrer Schwester runter. »Du bist ja noch nicht mal angezogen.«

»Ich bin zwei Wochen drüber«, platzte sie mit der Neuigkeit heraus.

Lizzy sagte nichts, woraufhin Marisa ihr den Test vor die Nase hielt.

»Ich bin schwanger!«

»Das ist nicht dein Ernst, oder?«, bemerkte Lizzy überflüssigerweise. »So lange kennst du diesen Tristan doch gar nicht.«

»Herrgott, doch nicht von Tristan …«, entgegnete Marisa unwirsch. »Was denkst du von mir?«

»Mark etwa?«, fragte Lizzy verwundert. »Ihr habt …«

»… eine einzige Nacht miteinander verbracht. Nur eine Nacht!«

»Und nicht verhütet?«

»Nein! Warum auch?«

»Ähh …« Lizzy schien zu überlegen, ob sie das wirklich erklären musste.

Marisa kam ihr mit einer Begründung zuvor. »Wir haben eigentlich unsere ganze Ehe lang vergeblich versucht, ein Kind zu kriegen. Wer konnte da ahnen, dass Mark ausgerechnet bei unserem Abschluss-Sex am allerpotentesten ist?«

Lizzy pustete mit dicken Wangen ihren Atem aus. »Abschluss? Klingt für mich eher nach Anfang, wenn ich ehrlich bin.«

»Was für ein Anfang denn?«

»Na ja, ihr zwei werdet Eltern …!« Es klang, als versuchte Lizzy, ihr diese offensichtliche Tatsache schonend beibringen.

»Moment!«, hielt Marisa ihre Schwester auf. »›Ihr zwei‹ kannst du erst mal streichen. Nur weil ich schwanger bin, sind wir nicht automatisch wieder ein Paar.« Sie drehte sich um und lief in ihr Wohnzimmer, wo Emilie bereits Platz genommen hatte. Hier ließ sie sich aufs Sofa fallen.

Lizzy setzte sich Marisa gegenüber und musterte sie fragend. »Okay, gecheckt. Ihr seid getrennt. Ihr bleibt getrennt. Aber du hast doch trotzdem vor, das Kind zu bekommen, oder?«

Marisa starrte ihrer Schwester ins Gesicht. Die blauen Augen vor ihr wagten anscheinend kaum zu blinzeln. Sie stellte fest, dass sie bis zu diesem Zeitpunkt nicht einmal über die Möglichkeit einer Abtreibung nachgedacht hatte.

»Marisa!«, fuhr Lizzy sie entsetzt über ihr Zögern an. »Willst du etwa abtreiben?«

»Quatsch. Auf keinen Fall!«, schob Marisa schnell hinterher.

»Gott sei Dank!« Lizzy sackten erleichtert die Schultern runter.

»Ich weiß nur noch nicht, welche Rolle Mark spielen wird«, gestand sie ehrlich.

Lizzy grinste. »Vielleicht fängst du erst mal damit an, ihm zu sagen, dass er Vater wird.«

Marisas Gedanken rotierten. Nach dem Vorfall in der Scheune stand plötzlich alles zwischen Mark und ihr kopf. Das Bild, wie er diese andere Frau geküsst hatte, ließ Marisa ebenso wenig los wie seine Reaktion auf ihre eigene Knutscherei mit Tristan. Wie standen sie jetzt zueinander? Wie fing man ein solches Gespräch an? »Ich werde mit ihm reden … Irgendwann … Aber sicher nicht heute!« Marisa fiel kraftlos zurück an die Lehne ihres Sofas. Danach rollte ihr Kopf nach links zu Emilie. »Vielleicht solltest du besser mit Mark reden. Du weißt ohnehin mehr über mich als ich selbst. Gib es zu, du hast bereits in der Kapelle von meiner Schwangerschaft gewusst.«

»War das so schwierig? Du hast dich in eine Vase übergeben.«

»Für mich war das offenbar kein Hinweis. Mark hat recht, du bist ein Orakel.«

»Ich nehme das mal als Kompliment.« Ihre Großmutter grinste. »Hör mir zu, Marisa. Wenn mich nicht alles täuscht, ist man ganze vierzig Wochen lang schwanger. Es gibt also wirklich keinen Grund, die Dinge zu überstürzen. Das Beste wird sein, alles geschieht nacheinander.«

»Okay ... und was war noch mal Schritt Nummer eins?«

»Fernsehdreh! Heute geht's um Sommerroth. Es ist der letzte Tag, an dem Carsten Benzo deine Unterstützung braucht. Und zudem kommen die Journalisten für die Set-Besichtigung. Vielleicht solltest du dich jetzt besser nur darauf konzentrieren.«

»Ja, natürlich. Das macht Sinn.« Marisa war es, als würden Emilies Worte ihre wirren Gedanken wie Puzzleteile wieder an den richtigen Platz setzen. Tatsächlich hatte Carsten Benzo es gestern noch geschafft, den Sender von der Anwesenheit der Presse zu überzeugen. Und ebenfalls Lilith Davies, was fast noch mühsamer gewesen war. Marisa verstand, so schwer es ihr gerade auch fiel, sie sollte den Gedanken an das Baby in ihrem Bauch zumindest noch für diesen einen Tag beiseiteschieben.

Lizzy war es, die nun das Wort ergriff. »Ich will ja nicht drängeln, aber es wird langsam echt Zeit.«

***

Emilie sah die beiden ins Schlafzimmer verschwinden. Leise hörte sie, wie ihre Enkelinnen eilig über das Für und Wider einer weißen oder einer blauen Bluse entschieden. Schließlich fiel die Wahl doch auf Rot.

»Gut siehst du aus!«, lobte Emilie.

»Danke.« Marisa zückte einen Lippenstift in der gleichen Farbe und trug ihn freihändig auf, was ihr perfekt gelang. Rasch griff sie sich ein Zopfband, kämmte ihre lockigen Haare mit den Fingern nach oben und band sich einen unordentlichen Dutt. Sie warf einen letzten Blick in einen winzigen herzförmigen Spiegel an der Wand und zog sich ein paar kleine, gelockte Strähnen an Schläfen und Stirn heraus. »Fertig.«

Lizzy nickte ihr zu. »Okay, los geht's!«

Emilie scheuchte sie mit ihren wedelnden Händen hinaus. »Jetzt geht schon. Alle warten bereits.«

»Wenn du was brauchst, ruf an«, rief Marisa über ihre Schulter hinweg.

»Keine Sorge. Wir sehen uns später, sobald mein Kreislauf endlich in Fahrt gekommen ist.« Emilie bemühte sich, zum Abschied das passende Gesicht zu ihrer kleinen Geschichte um den niedrigen Blutdruck an diesem Morgen aufrecht zu erhalten.

Die Tür fiel zu.

Emilie schloss die Augen. In Wahrheit raste ihr Herz fast in doppelter Geschwindigkeit, während die Welt um sie herum sich kurzzeitig verlangsamte.

Es war nicht leicht für sie gewesen, gestern in der Kapelle. Die Erinnerungen aus jenen Tagen hatten schmerzhafte Gefühle geweckt, die Emilie nicht umsonst für ganze fünfundsiebzig Jahre tief in sich verschlossen hatte. Ausgelaugt und vorerst ohne Ergebnis war sie zum Fachwerkhaus zurückgekehrt. Erst in der Nacht, als die Dunkelheit kam, hatte sich alles noch einmal wie ein Film vor ihrem inneren Auge abgespielt. Jedes gesprochene Wort auf der Beerdigung von Leopold war Emilie plötzlich gegenwärtig gewesen. Auf diese Weise war ihr auch in den Sinn gekommen, was Charlotte am offenen Sarg unter Tränen gesagt hatte: *Warum, Leopold? Wie soll ich dir je verzeihen?*

Emilie hatte es damals zunächst so interpretiert, dass sich die trauernde Witwe von ihrem Ehemann auf der Welt allein zurückgelassen fühlte und ihn dafür anklagte. Viele Hinterbliebene sagten in ihrem Abschiedsschmerz schließlich so etwas. Doch nur wenige Tage nach der Beerdigung hatte sich diese Annahme als Irrtum herausgestellt. Charlotte selbst war es gewesen, die Emilie in einem Gespräch gebeichtet hatte, was sie ihrem Mann in Wahrheit nicht verzeihen konnte.

Emilie öffnete die Augen und atmete dabei schwer. Noch immer presste ihr die Erinnerung an die Unterhaltung die Luft aus den Lungen – und doch war ihr so der Schlüssel zu dem Rätsel geliefert worden, was Mike Nowak wirklich zu veröffentlichen vorhatte. Nie hätte Emilie gedacht, dass diese alte Geschichte noch einmal ans Tageslicht dringen würde. Sie musste ihn aufhalten! Denn die von ihm angekündigte Vertuschung würde Sommerroth schlimmer und unerwarteter treffen, als es jeder gerade vermuten könnte!

Mühsam rappelte Emilie sich auf und schlurfte zur Terrassentür. Wie stets war diese nur angelehnt. Sie brachte die fünf Schritte hinter sich und betrat dann den Anbau, der sich im rechten Winkel zum Hauptgebäude befand. Auch hier war die Terrassentür nicht verschlossen. Ein leichter Druck genügte, und Emilie stand in ihrem Schlafzimmer. Sie hatte es mit Marisa zusammen so eingerichtet, dass es ihrer ehemaligen Kammer auf Gut Zimny glich. Fahrig griff ihre Hand nach einer der langen gedrechselten Stangen am Bettende, dann zur nächsten. So gelangte sie zu der Vollholzkommode, die Marisa vom Sperrmüll gerettet und für sie aufbereitet hatte. Das Öffnen der untersten Schublade fiel Emilie schwer – weniger deshalb, weil sie sich tief bücken musste, sondern eher, weil der Gegenstand, den sie hier herauszog, ihr wertvollster Besitz war.

Kraftlos setzte Emilie sich damit aufs Bett. Eigentlich war ihre Entscheidung längst gefallen. Um jeden Preis wollte sie verhindern, dass Nowak seine Drohung wahr machte. Doch dafür war ein großes Opfer nötig, und niemand konnte ihr versprechen, dass sie Erfolg mit ihrem Plan haben würde. Emilie presste ihren kostbaren Schatz fest an ihr Herz. Schon lange nicht mehr war ihr etwas so schwergefallen.

***

»… und deshalb erst einmal ein herzliches Willkommen zu unserer heutigen Set-Führung.«

»Sie haben ohne uns angefangen«, flüsterte Lizzy Marisa zu, während sie unauffällig durch die kleine Hintertür eintraten.

Marisa blickte sich flüchtig um. Die Scheune hatte sich verändert. Nach den Vorfällen mit Tristan und Mark war sie aus Scham nicht mehr ans Set zurückgekehrt. Jetzt erkannte sie, dass man Teppiche über die wahrscheinlich für immer mit Farbe versauten Bodenstellen gelegt hatte. Die unregelmäßig bemalten Holzbalken waren getarnt, indem man alle mit Lichterketten umwickelt und mit weißem Organza verhüllt hatte. Marisa war überrascht, wie schön das aussah. Es passte außerdem hervorragend zu den ebenso weißen Lilien, Kerzen, Hussen und Stoffbahnen, worauf Lilith Davies bestanden hatte, um aus der Scheune quasi ein Himmelreich zu machen.

Mit Lizzy an ihrer Seite mischte sie sich unter die Menge. Dabei fiel ihr auf, dass die Festscheune in drei Lager geteilt zu sein schien. Team Journalisten, Team Fernsehen und Team Gutshof. Die letzte Gruppe war mit Abstand die größte, da tatsächlich jede Servicekraft, jeder Stallbursche und jeder verfügbare Zimmermann gekommen war. Caroline hatte diesen Einfall gehabt, um eine größere Front zu bilden und vor allem mächtiger vor Mike Nowak zu erscheinen.

Marisa suchte sich den Platz hinter Babette und Falk aus, der so groß war, dass er sie gänzlich verdeckte. Von hier aus hörte sie die enthusiastischen Begrüßungsworte von Caroline und musste zugeben, sie war beeindruckt von ihr. So sehr sie sich einander manches Mal auch bekämpften, ihre Aufgabe als Pressesprecherin erfüllte die Tante ihrer Halbbrüder mit Bravour. Ganz besonders seit dem Fernsehdreh ging Caroline geradezu in ihrer Rolle auf. Oder vielleicht war es eher seit dem Skandal, korrigierte sich Marisa in Gedanken. Jedenfalls hatte Caroline ihren Platz auf Sommerroth endlich gefunden.

»… die gesamte Fernsehcrew steht Ihnen jetzt für zwei Stunden zur Verfügung. Sehen Sie sich gern um, sprechen Sie jeden an. In den letzten dreißig Minuten kommen auch Frau Davies und Herr Conradi hinzu für ein Q&A.« Sie gab Kassandra, die mit ihrer Harfe in einer Ecke saß, daraufhin ein dezentes Zeichen mit dem Zeigefinger, woraufhin diese anfing, eine angenehme Hintergrundmusik zu spielen. »Erfrischungen stehen unter der Galerie bereit. Das gesamte Sommerroth-Team wünscht Ihnen nun viel Vergnügen.«

Henry von Sommerroth war der Erste, der eifrig klatschte. Caroline stieg mit ein, dann das ganze Team Gutshof und die Fernsehcrew.

Marisa sah die Journalisten dankbar lächeln. Murmelnd verteilten sie sich unter strengen Auflagen in der Scheune. Bild- oder Tonaufnahmen waren bei der Set-Besichtigung strengstens untersagt, lediglich Block und Stift waren erlaubt. Auf den ersten Blick schienen sich alle daran zu halten. Nacheinander betrachtete sie die Blogger, die Kolumnisten, die Radioreporter – auf der Suche nach Mike Nowak. Es dauerte eine Weile, doch schließlich machte sie ihn ganz hinten in der Menge aus.

Er war ohne sein rotes Basecap gekommen, weshalb Marisa ihn nicht gleich erkannt hatte. Statt mit dem Filmteam zu reden, schaute er sich mit stechenden Augen um. Es wirkte fast, als wäre er auf der Suche nach etwas oder jemandem.

Möglicherweise nach dem nächsten Skandal. Obwohl Marisa sich vorgenommen hatte, ihn nicht aus den Augen zu lassen, um seinen nächsten Artikel vorauszusehen, hielt sie seine Gegenwart nicht länger aus. Ihr wurde übel. Zumindest bildete sie es sich ein. Sie musste raus hier.

Unbeachtet schlüpfte Marisa aus der Scheune, wo sie einmal tief Luft holte – nur, um dieselbe gleich wieder anzuhalten. Neben dem Pferdestall parkte Tristans Pick-up. Er saß im Inneren und hatte seine Arme auf dem Lenkrad verschränkt. Marisa überlegte noch, ob sie zu ihm gehen sollte. Da bewegte sich sein Zeigefinger. Er winkte sie damit herbei. Emilies Worte waren es schließlich, die sie überzeugten. Alles sollte nacheinander geschehen. Jetzt war Tristan an der Reihe!

Sie öffnete die Beifahrertür und stieg ein. Der Duftbaum am Spiegel schwang hin und her und verbreitete den Geruch eines Kiefernwaldes. Die schwarzen Armaturen waren mit einer dicken Schicht Staub bedeckt.

Tristan nahm seinen Finger und schrieb vor ihr »Hi« hinein. Marisa musste lachen. Sie tat dasselbe. *Hi!*

»Wie geht's dir?«, fragte er und legte seine Hand zurück auf das Lenkrad.

Für einen Moment wusste sie nicht, was sie sagen sollte. Die Antwort darauf war noch nie so schwierig gewesen. Marisa entschied sich für Ehrlichkeit. »Keine Ahnung, wie's mir geht. Und dir?«

»Mir geht's immer gut«, erwiderte er, und es klang ebenfalls ehrlich. »Aber ich hoffe, ich habe dir keine allzu großen Schwierigkeiten bereitet. Es war nie meine Absicht gewesen, das zu tun.«

»Keine Sorge, ich bin ein großes Mädchen und habe alles selbst entschieden, was passiert ist. Es gibt also nichts, für das du dich entschuldigen musst.«

Tristan sah sie an. Der Cut an seiner Lippe war noch hellrot. »Ich glaube, wir haben den Laden hier ganz schön aufgemischt.«

Marisa nickte, und irgendwie konnte sie in diesem Augenblick über die Situation von gestern lachen. »Mein Pitchpineboden ist jedenfalls versaut. Die weißen Flecken werden mich wohl für immer an diesen Moment erinnern.«

»Das wäre schön, dann vergisst du mich nicht, wenn ich in Irland bin.«

»Du gehst weg?«, fragte Marisa nach.

»Ja. Ein paar Lost Places suchen. Vielleicht ein paar Drachen …«

Marisa horchte in sich hinein. Es war merkwürdig. Einerseits fühlte sie sich traurig bei dem Gedanken, dass er ging. Andererseits wusste sie, es war besser so. »Schickst du mir eine Karte, wenn du das eine oder das andere gefunden hast?«

»Das mache ich. Und vielleicht schicke ich dir auch gleich einen Zahn oder ein paar Drachenschuppen. Du glaubst ja schließlich nicht an sie.«

Marisa musterte ihn in seinem weißen Leinenhemd, das im V-Ausschnitt eine lockere Schnürung hatte und ein Stück von seinem Maori-Tattoo preisgab. An seinem Handgelenk baumelte ein silberner Wikinger-Armreif. Seine Haare lagen ihm offen und wild auf den Schultern. »Doch, Tristan. Ich glaube mittlerweile an Drachen.«

Er nickte zufrieden.

»Ich denke, es ist Zeit, sich zu verabschieden«, sagte Marisa, und fragte sich gleichzeitig wie. Tristan nahm ihr die Antwort ab.

Er beugte sich zu ihr rüber und küsste sie ein letztes Mal. Danach ruhte seine Stirn kurz an ihrer. »Mach's gut, süße Baronin.«

»Mach's gut, Scout.«

Marisa verließ den Pick-up. Hinter ihr brummte der Motor laut auf. Sie sah sich mit Absicht nicht um und blieb beim Pferdestall stehen, bis das Röhren sich entfernte und schließlich ganz verstummte. *Wie überraschend*, dachte Marisa bei sich, als sie eine gewisse Erleichterung feststellte. Der Abschied von Tristan war ein Haken auf ihrer neu sortierten Lebens-To-do-Liste gewesen, und es fühlte sich richtig an.

In ihren Gedanken weilte sie wieder bei Emilies Rat: Alles nacheinander! Was war der nächste Punkt? Marisa blickte zur Scheune, da die Antwort vermutlich bei der Set-Besichtigung lag. Es galt, diesen letzten Drehtag hinter sich zu bringen und die Begegnung mit den Journalisten zu meistern. Doch alles, was sie wahrnahm, war Mark, der am Rande des Torflügels stand. Einen Fuß hatte er auf dem Prellstein abgestellt, seine Arme lehnten auf seinem Knie.

Wie ein Stromschlag fuhr die Erkenntnis durch Marisa: Er hatte sie und Tristan gesehen! Ihr war sofort glasklar, er würde den Kuss falsch deuten. Das verriet auch sein kalter Blick, der im Vergleich zu gestern eigenartig verändert war. Hatte kürzlich noch Eifersucht darin dominiert, war es nun etwas wie Gleichgültigkeit. Jetzt ließ er sie einfach stehen und verschwand in der Scheune.

Marisa lief ihm nach. Ganz egal, was aus ihnen wurde, sie musste klarstellen, dass zwischen ihr und Tristan alles vorbei war. Doch in der Scheune war er wie vom Erdboden verschluckt. Das Einzige, was sie bemerkte, als sie suchenden Blickes umherstreifte, war, dass die blonde Set-Runnerin ebenso fehlte wie Mark.

***

Nachdem Emilie sicher noch eine Stunde lang so dagesessen hatte, hängte sie sich schließlich ihre kleine schwarze Lacktasche über den Unterarm. Sie griff sich den Gehstock und machte sich auf den Weg zur Festscheune. Merkwürdigerweise überlegte sie nicht, wie sie ihren Plan in die Tat umsetzen würde. In ihr war die Überzeugung, alles würde sich von selber fügen.

Beim Eintreten durch die kleine Seitentür war es Emilie, als hörte sie das leise Ticken einer Uhr in ihrem Kopf. Es sagte ihr, die Zeit sei knapp. Tatsächlich wurde sie gerade noch Zeuge, wie die Mitglieder der Sommerroths sich von den Journalisten verabschiedeten, um ihnen Lilith Davies und Etienne Conradi für ihre Fragen zu überlassen.

Schnell drückte Emilie sich in den Schatten unter der Galerie, denn Marisa sah auf einmal in ihre Richtung, als hätte sie sie bemerkt oder ihr Kommen gespürt. So sehr sich Emilie auch über ihren Beistand gefreut hätte, diesen Plan musste sie alleine ausführen!

Die Stimme von Carsten Benzo am anderen Ende der Scheune klang gedämpft zu ihr herüber. Er forderte die Journalisten nun auf, ihre Fragen zu stellen.

Emilie wartete geduldig, dabei fixierte sie ein bestimmtes Gesicht mit markantem Kinn und grauen Schläfen. Es dauerte nicht lange, da bemerkte Nowak sie ebenfalls. Emilie hielt den Blick, was er als Einladung verstand.

Langsam und unauffällig entfernte er sich von der Gruppe und trat zu ihr unter die Galerie. Als Alibi nahm er sich hier eines der bereitgestellten Getränke. »Guten Tag«, grüßte er scheinbar höflich. »Wie erfreulich, endlich Ihre Bekanntschaft zu machen.«

Alles an ihm verriet, dass er heuchelte. Sein Blick war unangenehm wie ein spitzer Stein im Schuh, seine Gegenwart wie ein kalter Wind. Emilie spürte es am ganzen Körper. Umso entscheidender war es, die richtigen Worte zu finden. Auf keinen Fall durfte sie unentschlossen erscheinen.

»Wissen Sie, Herr Nowak, ich bin nicht gleich darauf gekommen, was Sie wollen. Meine Gedanken sind in meinem Alter nicht mehr die schnellsten«, begann sie. »Aber inzwischen habe ich es verstanden, glaube ich.«

»Ich brenne auf Ihre Erklärung, Frau von Sommerroth. Oder wie möchten Sie genannt werden?«

»Lassen wir doch die Spielchen. Sind wir lieber gleich ehrlich zueinander«, schlug sie vor.

»Wie Sie wollen«, antwortete er scharf. »Was haben Sie zu sagen?«

»Ich habe Sie durchschaut. Der Landau-Skandal sowie das Feuer im Sägewerk und der Pferdeknochenfund kamen Ihnen auf dem Weg zu Ihrem eigentlichen Ziel sehr gelegen. In Wahrheit aber sind Sie gar nicht hinter meinen drei Enkeln her.«

»Das ist alles korrekt. Nun, sprechen Sie es ruhig aus!«

»Sie wollen etwas, das keiner vermutet«, schlussfolgerte Emilie. »Und das bin ich!«

»Bravo.« Er nickte anerkennend und trank sein Glas in einem Zug leer. Daraufhin lehnte er sich gegen die Holzwand der Scheune. Eher interessiert als erschrocken fragte er: »Wie haben Sie es herausgefunden?«

»Nun, es hat einen ganz schlichten Hinweis gegeben, der mich stutzig gemacht hat. Ihre vernichtenden Artikel haben genau zu jener Zeit angefangen, als ich nach Sommerroth gekommen bin.«

»Gut beobachtet.«

»Aber schlussendlich hat Sie etwas anderes verraten.« Emilie betrachtete nachdenklich sein Gesicht und neigte dabei ihren Kopf ein Stück zur Seite. »Es war dieser unendliche Zorn, der einfach nicht verging. So, als würden Sie unermüdlich Jagd auf jemanden oder etwas machen. Ich kannte in meinem Leben nur einen einzigen Menschen, der so war, wie Sie es sind.« Emilie musterte sein Gesicht noch einmal, und zu ihrer Überraschung erkannte sie jetzt tatsächlich ein wenig Ähnlichkeit. »Fritz Wittko war Ihr Großvater, richtig?«

»So ist es!«, bejahte Nowak und stieß sich von der Wand ab. Sein Blick galt nun dem Boden. Er wanderte vor ihr auf und ab. »Und er hat mir alles erzählt. Wieder und wieder, meine gesamte Kindheit hindurch. Die ganze Geschichte, die in Ostpreußen begann. Angefangen bei Ihrem hochnäsigen Vater, der sich von Geburt an für was Besseres hielt und auf meinen Großvater herabsah. Dann über die Flucht in den Westen, wo Oskar von Zimny in Johann Sommerroth einen Gefährten gefunden hatte, der die Pläne meines Opas durchkreuzt hatte. Bis zum Kriegsende und der Internierungshaft in Neumünster-Gadeland, wo sich für ihn endlich die Gelegenheit ergab, sich dafür zu rächen. Nämlich mit dem Tod von Leopold von Sommerroth, den mein Großvater eigenhändig erstickt hat!« Nowak sah Emilie nach diesen Worten mit einem Gesicht an, als hätte er selbst diese Tat begangen und auch noch Freude dabei gehabt. »Dieser Teil war immer mein liebster während seiner stundenlangen Erzählungen. Es waren die einzigen Momente, in denen ich ihn je lachen sah. Er sprach von ausgleichender Gerechtigkeit. Leider war das nicht genug, um seine Wut ganz zu stillen.«

Emilie musste sich sehr beherrschen, um nicht unter der Last der Erinnerung einzuknicken. Sie fühlte wieder den Schmerz ihres zwanzigjährigen Ichs, das gerade erfahren hatte, dass ihr Schwiegervater tot und ihr Mann auf unbestimmte Zeit festgenommen war. Damals hatte sie sich das alles nicht erklären können. Erst viel später war es Johann selbst gewesen, der ihr erzählt hatte, dass er Wittko am Fenster in Neumünster-Gadeland gesehen und seinen Vater vor ihm hatte warnen wollen.

Emilie trat einen Schritt näher zu Mike Nowak. »Wie kann das alles noch immer nicht genug sein? Wie viel Schmerz muss es noch geben? Was wollen Sie von mir?«, beharrte sie mit betroffener Stimme.

Sein Gesicht verzog sich. »Das fragen Sie noch? Es wird Zeit für Gerechtigkeit! Sie und Ihr Vater sind schließlich für das Leid meiner ganzen Familie verantwortlich. Über drei Generationen hinweg.«

»Das ist nicht wahr. Es gibt keine Schuld mehr zu begleichen. Sie kennen bloß eine Seite der Geschichte. Ihr Großvater war damals lediglich ein kleiner Blockleiter. Doch er war so versessen darauf, in der Partei aufzusteigen, dass er regelrecht Jagd auf meinen Vater gemacht hat, der sich seiner Willkür nicht beugen wollte. Selbst, als ganz Ostpreußen schon auf der Flucht war, hat Wittko noch versucht, ihm Fahnenflucht anzuhängen und ihn umzubringen. Mein Mann Johann hat das im letzten Moment verhindert und so ebenfalls Wittkos Zorn auf sich gezogen.«

Emilie schüttelte traurig den Kopf. Die schrecklichen Bilder des Augenblicks, als Fritz Wittko den Zimny-Treck auf dem Eis des Frischen Haffs schließlich eingeholt hatte, würden sie bis zu ihrem Tode begleiten. »Am Ende hat mein Vater den Freitod gewählt – von der Hoffnung getrieben, wenigstens ich könnte daraufhin in Frieden weiterleben. Ihrem Großvater aber gab das keine Befriedigung. Sein Zorn darüber, dass es ihm verwehrt worden war, meinen Vater selbst zu töten, währte offenbar über den Krieg hinaus. Schlussendlich hat er seine Vergeltung bekommen, denn durch Leopolds Tod hatte er sich an meinem Mann Johann gerächt.« Emilie atmete tief. Dann legte sie vorsichtig nach. »Verstehen Sie es endlich, Herr Nowak? Es gibt keine Schuld mehr zu begleichen.«

»Ach ja? Und was ist mit den nachfolgenden Generationen? Der Schmerz wird weitervererbt. Mein Großvater ist an seiner

Vergangenheit fast erstickt und war unfähig, seine Kinder zu lieben. Mein Vater wuchs deshalb ohne Liebe auf. Ich wuchs ohne Liebe auf. Aber jetzt habe ich Sie endlich gefunden, Frau von Zimny. Und nun kümmere ich mich um Ihre Familie! Mein Ventil sind meine Artikel. Ich werde weitermachen – mit dem angekündigten letzten Familiengeheimnis der Sommerroths und der Aufdeckung einer skandalösen Vertuschung«, zitierte er sich selbst.

Emilie brauchte all ihren Willen, um den Zorn und die Verzweiflung herunterzuschlucken. Nichts davon würde zu ihrem Ziel führen. So ruhig es ging, sagte sie deshalb: »Ich weiß, worum es in diesem Artikel gehen soll. Nämlich um das, was damals auf Krimhorst passiert ist, richtig? Charlottes Geheimnis, Sie haben es herausgefunden!«

»Beeindruckend, Frau von Zimny. Sie sind wirklich schlau.«

»Nicht schlau genug«, gab Emilie reflektiert zurück. »Denn eine Sache ist mir noch immer nicht klar.« Sie verengte ihre Augen, als könnte sie auf diese Weise tiefer in seine Gedanken eindringen. »Da ich Charlottes Geheimnis nie verraten habe und der Meinung war, die letzte noch lebende Person zu sein, die es kennt, müssen Sie eine andere Quelle gehabt haben. Welche ist es? Verraten Sie es mir!«

Mike Nowak blickte jetzt zu den Journalisten, während er seine nächsten Worte wohl erst überdachte, ehe er sie aussprach. »Nach zwei Jahren Internierung wurde mein Großvater bei seinem Verfahren der Kategorie vier zugeordnet – Mitläufer. Er kam frei und galt seither als rehabilitiert, wenngleich er daraufhin ein zurückgezogenes Leben führte. Trotzdem heiratete er noch einmal – meine Großmutter. Die Dame hieß Liesel und war, wie sich herausstellte, einst Hausmädchen auf Schloss Krimhorst.«

Emilie stieß ihren Atem aus. Natürlich – die Liesels! Es fiel ihr wie Schuppen von den Augen. Ihre innere Stimme rief ihr zu, dass sie das schon längst hätte erkennen und verstehen können. Doch nach ihrem ersten Schrecken fasste sie sich wieder. Es galt, einen kühlen Kopf zu bewahren – sie hatte schließlich ein Ziel vor Augen. »Es muss aufhören, Herr Nowak. Die Vergangenheit muss endlich ruhen. Wenn Sie veröffentlichen, was auf Krimhorst passiert ist, und was das Jahre später für Folgen hatte, würde das einen so dunklen Schatten auf die Familie von Sommerroth werfen, dass sie sich womöglich niemals davon erholt. Lassen Sie uns beide einen Schlussstrich ziehen.«

Mike Nowak beäugte sie grimmig. »Und wenn ich nicht will?«, fragte er geradezu patzig. Er zeigte mit dem Finger auf Emilie. »Die Geschichte meiner Familie hätte ein besseres Ende nehmen können, wenn ihr von Zimnys nicht gewesen wärt.«

»Jeder hat eine Geschichte!«, fuhr Emilie ihn an. »Verstehen Sie denn nicht, dass Sie den Kampf eines Toten weiterkämpfen? Soll das endlos so fortgeführt werden? Dieses ganze Leid kann mit uns beiden zu einem Ende kommen, wenn Sie es nur zulassen.«

Emilie griff in ihre schwarze Lacktasche. Sie fühlte die raue Oberfläche ihres gelb gestreiften Tagebuchs, das ihr Johann bei ihrer Ankunft auf Sommerroth geschenkt hatte. Sie verharrte. Zuletzt war es von ihr geöffnet worden, als Marisa ihr den fehlenden Brief aus der Frisierkommode gegeben hatte. Die dafür vorgesehene Seite war über sieben Jahrzehnte lang leer geblieben. Jetzt aber zeigte sich das Tagebuch bis zum letzten Blatt gefüllt. Alle ihre Erinnerungen waren darin verwahrt, die alten Fotos, Schweifhaare von Muskat und Windfarbe, eine Seite des Gebetbuchs ihrer Mutter … Schweren Herzens zog sie es nun heraus und betrachtete den vergilbten Einband, dessen Inneres ihr so oft in der Vergangenheit als Trost gedient hatte. Es fiel ihr unendlich schwer, das Buch aus den Händen zu geben, doch niemand wusste, wie viel Zeit ihr noch auf Erden blieb, um diesen Lebensabschnitt ein für alle Mal abzuschließen. Sie musste es tun, deshalb streckte sie es Mike Nowak hin. Es war der einzige Weg, diesem Mann begreiflich zu machen, dass sie alle Opfer waren!

»Dies hier ist meine Geschichte. Mein Weg! Nehmen Sie das Buch. Lesen Sie darin. Und dann urteilen Sie erneut.«

Er blickte verwirrt darauf und schien noch zu überlegen, was er tun sollte.

»Alles, was mein Vater je wollte, war, seine Trakehner züchten. Und genau das habe auch ich nach seinem Tod gewollt. Heute ist es Lisbeths Wunsch, diese Zucht weiterzuführen. Diese Pferde sind ein letztes Stück des untergegangenen Ostpreußens, was auch ein Stück Ihrer Vergangenheit ist, Herr Nowak.« Sie sah ihn eindringlich an. Beinahe flehend. »Ich hege keinen Zweifel daran, dass Sie mit Ihrem Wissen und dem geplanten Artikel über Charlottes Geheimnis in der Lage sind, alles zu zerstören. Doch wofür? Nur wir zwei wissen noch davon. Es gibt keinen Grund, es öffentlich zu machen. Warum sollen nachfolgende Generationen dafür bezahlen, was gewesen ist?«

»Auch ich zahle bis heute«, grollte er unverändert wütend.

»Aber das ist nicht die Schuld der Menschen. Es ist die Schuld dieses furchtbaren Krieges. Auch meiner Familie wurde viel Leid angetan. Die Flucht hat meine Pferde und mich mehrmals fast das Leben gekostet, und das Leid hörte mit der Ankunft im Westen noch lange nicht auf. Lesen Sie es nach.« Emilie drückte das Buch mit beiden Händen an seine Brust und schaute ihm dabei tief in die Augen. »Lesen Sie«, wiederholte sie und fühlte, wie viel Kraft sie das Gespräch gekostet hatte. Es reichte nur noch für eine letzte Warnung. »Und wenn Sie danach noch immer nicht anders können, schreiben Sie Ihre verdammte Story mitsamt den Bildern, die ihre Großmutter damals besaß. Dann aber werde ich der Presse erzählen, was Ihr Großvater in Neumünster-Gadeland getan hat, auch wenn er dafür nicht mehr zur Rechenschaft gezogen werden kann. Das Ansehen von Fritz Wittko gegen das Ansehen der Sommerroths. Überlegen Sie gut.«

Er legte seine Hand auf das Buch und nahm es mit unwilligem Blick entgegen. »Gut, ich werde es lesen. Aber machen Sie sich lieber nicht zu viel Hoffnung.«

»Hätte ich in meinem Leben keine Hoffnung gehabt, gäbe es heute gar keine Sommerroths mehr!«

Emilie drehte sich schnell um, ehe sie noch schwach wurde und ihm das Buch wieder aus den Händen riss. In Gedanken war sie bei den Seiten, die sie nach der Begegnung mit Carl Biernat auf Ilsenhof geschrieben hatte. Es war einer der schmerzhaftesten Tage in ihrem Leben gewesen. Verrückterweise war es gleichzeitig auch einer der schönsten.

Gut Sommerroth

Damals

Emilies freier Fall

Kapitel 28

Emilie wollte stark sein – für Windfarbe, Winterzeit und Kornblume. Sie sollten ihre Traurigkeit am Tag des Abschieds nicht spüren, damit sie keine Angst bekamen. Doch es gelang ihr nicht.

Ihre Finger zitterten so unkontrolliert, dass sie Mühe hatte, Windfarbe die Trense überzuziehen. Der Schopf verfing sich in den Riemen und die einzelnen schwarzen Strähnen standen in alle Richtungen. Emilie lachte traurig auf, als ihre Stute mit gesenktem Kopf vor ihr stehen blieb, als wollte sie sagen: *Kannst du das bitte richten?*

»Tut mir leid, Windfarbe. Du sollst ja einen guten Eindruck bei dem Bauern machen.« Vorsichtig zog Emilie die schwarzen Haarsträhnen unter dem Leder hervor, bis ihr heller Keilstern auf der Stirn wieder bedeckt war. »So ist es besser«, versicherte sie ihr lächelnd und strich die glänzenden Haare glatt.

Der Versuch, nicht zu weinen, wurde zu einem inneren Kampf, der auf lange Sicht nur verloren werden konnte. Ohne ihr Zutun verzog sich ihr Gesicht. Es übermannte sie mit einer solchen Kraft, dass sie für kurze Zeit meinte, sich nicht länger zusammenreißen zu können. Unter Aufwendung all ihres

Willens wandte sie ihren Blick ab. Emilie sah nach oben ins Gebälk der Remise und stemmte dabei die Arme in die Hüften, damit die Tränen in ihren Augen von der Schwerkraft zurückgedrängt wurden. Ihre düsteren Gedanken brachen dennoch aus ihr heraus. »Wie konnte es nur so weit kommen? Mein Vater wäre fassungslos, wenn er mich jetzt dabei sehen könnte, wie ich Windfarbe und die Fohlen fortschicke. Ich habe versagt und alle enttäuscht. Am meisten mich selbst«, sagte sie traurig zu Krzysztof.

Nahezu lautlos erschien er nun an ihrer Seite. Seine Stimme klang ruhig. Emilie aber, die ihn bereits ihr halbes Leben lang kannte, hörte die winzigen Vibrationen dennoch heraus. Sie verrieten, dass dieser Moment des Abschieds auch für ihn markerschütternd war.

»Bitte, sorgen Sie sich nicht zu sehr. Der Großbauer Jacobs machte mir einen vernünftigen Eindruck. Seine Tiere sahen wohlgenährt aus. Er wird uns gut behandeln.«

Sie wollte es honorieren, dass er versuchte, stark zu sein, indem sie ebenso stark war. Aber sie scheiterte. »Ich fühle mich, als würde ich Windfarbe verraten. Wochenlang hat sie unseren Wagen durch den Schnee gezogen und uns über das Eis gebracht. Dabei war sie tragend. Es gab kaum Futter, kaum Ruhepausen oder Unterstand. Trotz allem hat sie nicht aufgegeben und nur deshalb haben wir überlebt. Und jetzt … jetzt schicke ich sie fort wie ein ungeliebtes Kind.« Der Druck hinter Emilies Augen war nun so groß, dass sich bei jedem Blinzeln Tränen lösten und über ihre Wangen liefen. Ärgerlich wischte sie sie mit den Handrücken fort.

Krzysztof war sichtbar bemüht, die passenden Worte zu finden. »Sie sagten selbst, es sei nicht für immer.«

»Das ist meine Hoffnung. Aber was, wenn Windfarbe diese allerletzte Prüfung nicht mehr übersteht?«

»Sie ist eine Trakehnerstute mit bester Abstammung. Bereits ihr ganzes Leben lang ist sie die schwere Arbeit auf dem Feld gewohnt. Sie wird es schaffen«, meinte Krzysztof und widersprach sich damit selbst.

Emilie bemerkte es. Kürzlich noch hatte er schließlich davor gewarnt, dass die zusätzliche Belastung durch zwei Fohlen zu groß für die Stute sein würde. Doch Zuversicht war alles, was sie noch hatten.

»Und wenn ich Windfarbe jeden Abend stundenlang die Beine massieren muss, Frau Emilie. Ich werde es tun!«

»Ich weiß«, antwortete sie heiser.

Krzysztof ging nun zu der braunen Stute und klopfte ihr ein paarmal den Hals. »Es wird Zeit. Sagen Sie jetzt Lebewohl.«

Emilie ließ ihre Arme kraftlos aus der Hüfte sinken. Der Augenblick des Abschieds war nun unweigerlich gekommen. Sie hatte sich entschieden, ihre letzten guten Wünsche hier in der Remise auszusprechen und nicht auf dem Hof vor den Augen der Sommerroths. Sie sollten nicht teilhaben an ihren tiefsten Gefühlen. Vor ihnen würde sie den Schein der Stärke wahren, damit sie sich nicht an ihrer Schwäche ergötzen konnten.

Langsam brachte sie die zwei Schritte hinter sich, die sie von Windfarbe trennten. Ein letztes Mal legte sie ihre Stirn an den Keilstern, spürte das Kitzeln ihrer kleinen weißen Haare auf dem Gesicht und schloss dabei die Augen. Der unverwechselbare erdige Geruch von Windfarbe mischte sich mit dem von Holz und Stroh. Emilie war plötzlich wieder jung und zurück an dem Tag, da ihr Vater Oskar ihr die Stute geschenkt hatte. Unzählige Nächte hatte sie zuvor darum gebetet und gebettelt. Einen eigenen Trakehner zu besitzen war ihr allergrößter Wunsch gewesen und zugleich so etwas wie eine heilige Pflicht für eine ostpreußische Züchtertochter. Und dann war der Tag gekommen. Es war weder Weihnachten noch ihr Geburtstag gewesen. Ein vollkommen gewöhnlicher Dienstag im Frühling hatte ihr Leben verändert. Die Vögel auf Gut Zimny waren ihr an diesem Tag besonders laut vorgekommen. Noch genau sah Emilie sie vor sich auf den Ästen der knorrigen Apfelbäume sitzen, die zu dieser Zeit voller zarter weißer Blüten gestanden hatten. Ihre winzigen Bäuche hoben und senkten sich, während sie ihre kleinen Schnäbel aufrissen und aus ganzer Kehle zwitscherten. Sie hatten sich nicht stören lassen von Emilie, die mit einem Weidenkorb über die Wiese zum Kräuterbeet gelaufen war, um Schnittlauch, Petersilie, Dill und Rosmarin zu holen. Lenchen war so nachdrücklich gewesen, als sie sie losschickte, dass Emilie sich kurz gewundert hatte. Doch als das Beet vor ihren Augen erschien, war ihr die Finte klar geworden. Ganz Gut Zimny hatte sich dort versammelt – in der Mitte eine wunderschöne braune Stute mit eingeflochtenen bunten Bändern in der Mähne. Im Gleichklang war gerufen worden: »Überraschung!« Ihr Korb war ihr einfach vom Arm gerutscht.

Emilie öffnete die Augen wieder und sah Windfarbe an. Das Pferd in ihren Gedanken verschwand wie der Rauch einer ausgeblasenen Kerze. Sie beide waren sichtlich älter geworden und sie hatten diese Lebensreise bis hierhin gemeinsam bestritten. Ein letztes Mal strich sie ihr über die weichen Nüstern. »Ich werde dich niemals vergessen, Windfarbe. So, wie ich auch keines deiner Fohlen je vergessen habe. Wolkentanz, Wirbelei, Widukind, Wasserspiel, Wildrose, Wüstensand, Winterzeit. Jedes einzelne war besonders gewesen, aber keines wie du.« Die Stute prustete, als hätten die Namen auch sie erinnert. Emilie drückte ihr einen letzten Kuss auf die Nase und trat zwei Schritte zurück.

Die Fohlen mit ihren langen Beinen trippelten um Windfarbe herum, als Krzysztof ihr die Zügel über den Kopf zog und sie hinausführte. Kornblume schien dabei besonders aufgeregt, und Emilie verstand auch, warum. Das kleine Fohlen hatte bereits einen schmerzlichen Abschied hinter sich. Sie schien zu spüren, dies war der nächste Abschied, und es wäre töricht gewesen, die brutale Wahrheit zu leugnen: Vielleicht würde es nicht das letzte Mal sein!

Als Letzte verließ Emilie die Scheune. Dabei hielt sie ihren Rücken gerade und den Kopf hoch erhoben. Das Erste, was sie sah, war Ottos zufriedenes Gesicht. Er war extra aus dem Schloss gekommen und lehnte an der weißen Wand neben der Eingangstür. Emilie unterdrückte ihre Wut. Bereits seit drei Tagen lungerte er um sie herum wie ein hungriger Wolf um ein krankes Schaf. Immer dann, wenn es den Anschein machte, sie würde das Gut verlassen wollen, ließ er sie nicht mehr aus den Augen. Er konnte es ganz offensichtlich nicht abwarten, dass sie endlich verschwand. Doch von der einen Woche waren erst vier Tage verstrichen. Gestern dann hatte sie verkündet, dass zumindest Krzysztof und drei ihrer Pferde heute vorzeitig gehen würden. Er schien diesen Moment nicht verpassen zu wollen. Charlotte und Edith kamen ebenfalls heraus. Ihre Schwägerin weinte.

Emilie schenkte dennoch keinem von ihnen Beachtung und drehte dem Schloss den Rücken zu. Niemandem sollte Zugang zu ihren tiefsten Empfindungen gewährt werden, die ihr so eindeutig ins Gesicht geschrieben standen. Stattdessen sah sie zu Krzysztof und er zu ihr. Es gab so vieles, was sie ihm am liebsten noch sagen wollte, aber fast alles hätte auf Gut Zimny und ihre Familie hingedeutet, deren wahre Abstammung sie bis zum heutigen Tag vor den Sommerroths verschwiegen hielt.

»Dies ist auch ein Abschied zwischen uns«, sagte er schließlich und nahm seine schwarze Mütze vom Kopf. Nachdem er seine alte im Eiswasser des Frischen Haffs verloren hatte, war er durch Zufall tatsächlich wieder auf das gleiche Modell gestoßen. Er hatte sie von einem alten Mann im Tausch gegen Kartoffeln bekommen.

Emilie bereute in diesem Moment, dass sie ihm nie gesagt hatte, wie froh sie für ihn war, dass er seine geliebte Mütze zurückhatte. Ohne sie war er nicht derselbe Mann. »Du warst mir immer ein treuer Freund, Krzysztof. Es tut mir leid, dass es dir kein Glück gebracht hat, mir zu folgen. Wie kann ich das nur je wiedergutmachen?«

»Es gibt keine Schuld zwischen uns. Mein Leben sind die Pferde, und ich nehme sie mit mir. Dass Sie sie mir anvertrauen, sagt mehr als tausend Worte.«

Emilie lächelte voller Dankbarkeit. Unaufhörlich liefen ihr die lautlosen Tränen über die Wangen. Dabei war sie darauf bedacht, Haltung zu wahren, damit es von hinten so aussah, als wäre sie stark. In Wahrheit schlug ihr Herz nur noch langsam. Der Schmerz, der sich anbahnte, drohte sie auseinanderzureißen. Es trieb ihr den kalten Schweiß auf die Stirn. Ihre nächsten Worte waren lediglich ein Flüstern. »Pass gut auf sie auf.«

Er nickte, setzte sich die Mütze wieder auf und schwang sich mit nur einem Sprung auf Windfarbes bloßen Rücken. Es war das unverwechselbare Quietschen des Gesindeeingangs, das ihn aufhielt und zum Schloss sehen ließ.

»Krzysztof, warte! Ich habe noch was für das Pferdchen«, rief eine Stimme hinter Emilie. Sie drehte sich um. Lenchens kurze kräftige Arme hielten einige glänzende Äpfel an ihre Brust gedrückt, während sie mit schnellen Schritten ihren Körper über den Kies bewegte. Ihre Augen waren rot unterlaufen. Noch am Morgen hatte sie Emilie wortreich geschworen, nicht zum Abschied auf den Hof zu kommen. Sie hatte ihre Meinung geändert, auch wenn es ihre Traurigkeit sichtbar anfachte. Mit fahrigen Fingern reichte sie die Früchte einzeln nach oben, wo Krzysztof sie entgegennahm und in seinen weiten Manteltaschen verschwinden ließ. »Ich habe die allerschönsten herausgesucht«, erklärte Lenchen schluchzend. »Für unsere Windfarbe ist doch gerade das Beste gut genug.«

Emilie hörte hinter sich ein entrüstetes Schnappen nach Luft. »Das sehe ich anders!« Es kam aus dem Mund ihrer Schwiegermutter.

Edith griff ein. »Charlotte, bitte...! Ich werde die Äpfel mit meinen eigenen Marken ersetzen.« Es klang geradezu flehend.

»Na, wenn du hungern willst für einen Gaul, bitte...«

Danach verbannte Emilie alles aus ihren Gedanken, bis auf das, was sie vor sich sah. »Leb wohl! Und auf bald!«

Krzysztof tippte sich ein letztes Mal an die Mütze. Er gab Windfarbe einen leichten Druck mit den Schenkeln.

Alles in Emilie schrie! Im Takt der Hufe presste es ihr Stück für Stück die Luft aus den Lungen. Vor ihren Augen blitzten helle Punkte. Sie hörte Muskat durch das offene Scheunentor nervös im Stroh der Remise herumlaufen. Es waren schnelle Schritte – sie wollte Windfarbe hinterher, doch die Deichseln hielten sie gefangen. Verzweifelt stieß die Rappstute ein Wiehern aus, das durch Emilie fuhr wie ein glühender Blitz. Auch wenn Muskat natürlich kein Fohlen mehr war, es war dennoch der Ruf eines Kindes nach seiner Mutter.

Lenchen erschien plötzlich dicht an Emilies Seite und hakte sich bei ihr unter. »Wir zwei gehen jetzt ein Stück. Und Sie werden sich aufrichten. Nichts an Ihnen soll diesen Scharlatanen zeigen, was Sie tatsächlich fühlen, Frau Emilie. Bewahren Sie Haltung«, beschwor Lenchen sie leise.

Emilie ließ sich willenlos mitziehen.

»So ist es gut. Einen Fuß vor den anderen. Und wenn wir allein sind, können Sie sich an meiner Schulter ausweinen, solange Sie wollen.«

Sie hielten auf die große Auffahrt zu, hinter der die erwünschte Einsamkeit wartete. In Emilies Kopf hallten die Worte von Lenchen nach: Einen Fuß vor den anderen! Einen Fuß vor den anderen! Doch je weiter sie ging, desto weniger konnte sie ihre Füße spüren. Die Allee schien immer breiter zu werden und das Ende immer weiter entfernt. Emilie stolperte und hielt sich bloß im letzten Augenblick aufrecht, weil Lenchen sie auffing. Der Schmerz in ihr fraß sich durch ihr Herz und weiter und weiter. Wie ein langsam wirkendes Gift, das die Glieder nacheinander lähmte. Irgendwann gaben ihre Beine einfach nach. Der Aufprall auf den Boden geschah, ohne dass sie es fühlte. Plötzlich lag sie da und sah über sich den tiefblauen Himmel, von dem sich die leuchtend grünen Blätter der Alleebäume abhoben. Emilie ließ sich komplett in diesen Zustand fallen. Alle Gefühle wurden blass. Sie hatte nicht vor, dagegen anzukämpfen, und schwebte für einen Augenblick scheinbar körperlos umher.

Irgendwann erschienen Gesichter über ihr und verdeckten unliebsam den Himmel und die Blätter. Bloß allmählich verstand sie, es waren Lenchen und Edith.

»Emilie! Emilie!« Edith kniete neben ihr, schüttelte leicht ihre Schultern und fühlte dann mit dem Handrücken ihre Stirn. Daraufhin blickte sie zu Lenchen. »Wir müssen sie ins Haus bringen. Sie ist ganz kalt.«

»O Gott, o Gott. Erbarmung! Was fehlt ihr nur …?«, zeterte Lenchen verzweifelt und hielt sich die Wangen.

Plötzlich ging ein Ruck durch Emilie. Es geschah gegen ihren Willen, aber die Farben vor ihren Augen wurden wieder kräftiger und alle Stimmen deutlicher. Sie war wieder da. »Mir … mir geht es gut.«

Gleichzeitig drehten beide Frauen die Köpfe zu ihr und starrten sie an.

»Herr im Himmel, du jagst uns vielleicht einen Schreck ein«, stöhnte Edith.

Dahinter erschienen nun die Gesichter von Charlotte und Otto sowie weiteren Menschen vom Gut, die von ihrem Schwächeanfall etwas mitbekommen hatten. Emilie schwirrte durch den Kopf, dass der Plan von Lenchen, Stärke zu zeigen, gründlich misslungen war. Sie begann sich dafür zu schämen, dass sie hier auf dem Boden herumlag.

Edith strich ihr nun eine Haarsträhne aus der Stirn. »Deine Haut und deine Lippen werden schon wieder rosig. Bleib lieber noch einen Moment liegen und komm zu Kräften.«

»Nein, nein, nicht nötig«, widersprach Emilie und setzte sich auf, was einen kurzen, aber heftigen Schwindel zur Folge hatte. Hörbar blies sie ihren Atem aus, bis das Kreisen in ihrem Kopf verschwunden war. »Guck, alles in Ordnung. Mir ist nur ein bisschen übel.«

»Ja, das denke ich mir«, erwiderte Edith. Nachdenklich bettete sie ihre Hände in ihrem Schoß, zog die Augenbrauen zusammen und betrachtete sie auf eine merkwürdig innige Weise.

»Sehe ich so seltsam aus, wie dein Blick es vermuten lässt?« Emilie strich sich über die Haare, in denen sich ein paar Blätter verfangen hatten.

»Emilie«, begann Edith.

»Ja? Was ist?«

»Wann hast du das letzte Mal geblutet?«

Die Frage schien die Zeit um sie herum anzuhalten. Die Erkenntnis, die darauf unweigerlich folgte, wirkte wie ein Eimer kaltes Wasser über ihren Kopf. In Gedanken ging sie ihre letzten Momente mit Johann durch. Konnte das denn sein? Ungeachtet der Gesellschaft, in der sie sich befand, hauchte sie versonnen: »Das Badehaus …«

Die Umstehenden tauschten erschrockene Blicke.

Besonders Charlotte presste sich entsetzt über so viel schamlose Offenheit die Hand aufs Herz.

Selbst Edith sah kurz beschämt und mit aufgerissenen Augen zur Seite. Dann aber blickte sie ihrer Freundin wieder ins Gesicht – mit einem freudigen Strahlen. »Emilie! Du bist schwanger! Ich habe es schon länger geahnt – ganz besonders, als dir in den Nissenhütten plötzlich von allem so speiübel wurde.«

»Schwanger?« Ihre Hände legten sich auf ihren noch flachen Bauch. »Ich bekomme ein Kind?«

Otto trat in diesem Moment hervor. Sein Gesicht war zornesrot. »Und wenn schon!«, knurrte er. »Das ändert nicht das Geringste. In spätestens drei Tagen wirst du Sommerroth verlassen, wie ich es angeordnet habe.«

»Otto!«, stieß Edith in seine Richtung aus.

Auch Lenchen schaute geschockt nach oben. »Das können Sie doch nicht verlangen, Baron von Sommerroth.«

»Das kann ich sehr wohl, und ich tue es. Dieser Schwächeanfall beweist gar nichts.« Jetzt sah er Emilie direkt ins Gesicht. »Selbst, wenn du schwanger sein solltest, wer weiß denn, ob es wirklich von …«

»Stopp, Otto!« Charlotte stellte sich mit einem Schritt zwischen ihren Sohn und Emilie. »Du sprichst jetzt besser nicht weiter.«

Er funkelte sie zornig an. »Was tust du da? Du stellst dich vor *sie*?« Sein ausgestreckter Finger zeigte auf Emilie.

»Sollte Emilie ein Kind von Johann in sich tragen, ist dies der rechtmäßige Nachkomme der Sommerroths. Du magst gegenwärtig der Herr über das Gehöft sein, aber nicht über die kommende Generation der Familie. Es steht schließlich außer Frage, dass du diese mit Edith nicht erschaffen wirst.«

Ottos Blick auf seine Mutter machte überdeutlich, dass er widersprechen wollte und es doch nicht konnte.

Charlotte wich nicht zur Seite. »Dieses Kind gehört auf Gut Sommerroth. Ob es dir passt oder nicht.«

»Johann …!«, wiederholte er voller Verachtung. »Jetzt hast du wieder ein Stück von ihm. Ich hoffe, es stimmt dich glücklich, Mutter.«

***

Emilie lag auf dem Biedermeiersofa des Salons. Die ausgedienten Federn darin ließen ihren Körper bei jeder Bewegung nachschwingen. Ihre Füße ruhten auf einem samtbezogenen Hocker. Eine handgewebte Wolldecke bedeckte sie bis zur Brust und schloss sie wärmend ein.

Es war das erste Mal, dass sie sich in diesem Zimmer aufhielt, ohne sich unwillkommen und wie ein Eindringling zu fühlen. Charlotte selbst hatte Liesel angewiesen, es Emilie hier bequem zu machen und ihr dann auch noch einen Tee aus Brombeerblättern zu kochen. Das Hausmädchen hätte bei dieser Anweisung nicht erstaunter gucken können. Kein Wunder, denn Liesel hatte noch keine Ahnung von der gerade verkündeten Schwangerschaft.

Emilie selbst war es, als wäre sie seit dem Moment auf der Allee in einer Art Trance. Sanft strichen ihre Hände über ihren Bauch. Das leise Geräusch, das durch die Reibung auf der Wolldecke entstand, war neben dem Ticken der Standuhr das Einzige, was sie hörte. Ihr Blick ging ins Leere. »Ich bekomme ein Kind«, flüsterte sie ungläubig, als müsste sie sich mit diesen Worten selbst davon überzeugen.

Zurückblickend waren die Zeichen eindeutig gewesen – die Übelkeit. Das Ausbleiben ihrer Blutung. Emilie sah an sich herunter. Sie hatte die Hinweise ihres Körpers nicht verstanden, möglicherweise deshalb, weil eine derart freudige Nachricht in einem zu starken Kontrast zu all der Traurigkeit um sie herum stand.

Ihre Gedanken schweiften unweigerlich zu Johann und sofort spürte Emilie eine Schwere auf dem Herzen. Wie sollte er erfahren, dass er Vater wurde? Wie wahrscheinlich war es, dass man ihn vor der Geburt entließ? Wann würde er sein Kind das erste Mal sehen? Emilie war klar, dass sie es zur Not auch ohne

Johann schaffen musste. Ihre Schwangerschaft machte sie plötzlich seltsam verwundbar und gleichzeitig stark. Waren das nicht genau die Empfindungen, die man einer Mutter nachsagte?

Ein Geräusch ließ sie aufhorchen. Die Tür zum Salon wurde geöffnet und langsame Schritte erklangen. Emilie konnte zunächst nicht erkennen, von wem sie stammten, denn das Sofa stand in einer Nische. Sie erwartete Liesel, dann aber erschien Charlottes schlanke Gestalt vor ihr. Diese trug eine dampfende Tasse in der rechten Hand und hielt die Untertasse mit der Linken darunter. Wortlos stellte sie beides auf einem Tischchen neben dem Sofa ab. »Der Tee ist noch heiß«, warnte sie.

Emilie beobachtete, wie Charlotte das filigrane Geschirr so zurechtrückte, dass sie es gut erreichen konnte. Dabei spürte sie den Drang, sich ungläubig die Augen zu reiben. Noch nie hatte sie ihre Schwiegermutter beim eigenhändigen Servieren eines Getränks erlebt – schon gar nicht für sie! Alles daran erschien Emilie verdreht, dennoch erwiderte sie: »Danke sehr.«

Charlotte setzte sich nun auf einen Sessel ihr gegenüber. Ihre Bewegungen waren fließend, aber dennoch strahlte der Körper ihrer Schwiegermutter die Geschmeidigkeit eines Hackbeils aus. Ihre Lippen waren gespitzt, ihre Augenbrauen hochgezogen, die dünnen, weißen Hände ineinandergelegt. Einen Moment lang schien Charlotte noch zu überlegen, wie sie anfangen sollte. »Vielleicht wäre es ratsam, sich darüber zu unterhalten, was nun zu tun ist«, formulierte sie geradezu vorsichtig.

Emilie nickte langsam. Sie war auf alles gefasst. »Nur zu«, war ihre knappe Einladung.

»Ich habe mit Otto geredet.« Charlottes Stimme klang plötzlich forscher. »Du kannst hier auf Sommerroth bleiben und dir wird ein zusätzliches Zimmer für das Kind zugestanden. Am besten gleich das nebenan. Die Mamsell ist bereits angewiesen, für den Bewohner, der dort liegt, eine neue Lösung zu finden. Ich kenne eine fähige Kinderfrau, die …«

»Charlotte!«, unterbrach Emilie sie und sah ihr fest in die Augen. »Was für eine Art Unterhaltung soll das werden? Setzt du mich nur über deine Entscheidungen in Kenntnis, oder werde ich auch gefragt?«

Sie blinzelte hektisch. »Was meinst du damit?«

Emilie ließ sich Zeit, strich die Wolldecke über ihren Beinen glatt, um zu überlegen, wie sie ihre Entschlossenheit am besten ausdrückte. »Ich habe meine Wahl darüber, ob ich auf Sommerroth bleibe, noch gar nicht getroffen.«

»Wie bitte?«, stieß Charlotte ungehalten aus. Ihre steife Haltung wurde kurz von einer schwankenden Bewegung erschüttert. Sie schien es gar nicht zu bemerken, dann hatte sie sich wieder unter Kontrolle. Ihre Augen aber fixierten Emilies Bauch. »Du hast offenbar noch nicht verstanden, Emilie. In dir wächst ein Kind. Du hast jetzt eine große Verantwortung zu tragen.«

»Sei unbesorgt, ich verstehe das sehr wohl«, gab sie scharf zurück. »Und genau deshalb, weil in mir ein neues Leben heranwächst, verändert sich alles.« Emilie wusste, noch vor wenigen Tagen hätte es ihre Schwiegermutter nicht geschert, was mit ihr geschah. Diese Gefühle hatten sich mit Sicherheit nicht geändert. Jene plötzliche Fürsorge betraf einzig und allein das Kind in ihrem Leib. Sie galt nicht viel mehr als der altmodische Eierbrutkasten in der Gutsküche. Auch ihn behandelte man pfleglich – jedoch nicht wegen seiner selbst, sondern nur wegen seiner Funktion. Die Brut war das, was man begehrte. So, wie Charlotte bloß die Brut in Emilie begehrte.

Ihre Schwiegermutter räusperte sich jetzt sichtlich angespannt. »Ich … ich bin irritiert. Du tust geradezu so, als hättest du eine Auswahlmöglichkeit, Emilie.«

»Ich gebe dir recht, viele habe ich nicht. Aber zumindest doch zwei. Ich könnte bleiben oder auch gehen.«

»Gehen? Wohin? In deinem Zustand kannst du nirgendwo hingehen!«

Die Wut packte Emilie plötzlich. »Und wer soll mich bitte daran hindern?«, fragte sie angriffslustig.

Charlotte sog erschrocken die Luft ein. »Was redest du da nur?«, hauchte sie fassungslos. »Ein Kind braucht doch ein Dach über dem Kopf.«

»Was ein Kind braucht, ist vor allem Liebe. Und dieses Haus ist gänzlich davon befreit. Das ist kein Ort für ein Kind. Und vor allem ist das kein Ort für *mein* Kind!«

Charlotte sprang jetzt von ihrem Sessel auf. Jede Zurückhaltung fiel von ihr ab. Der dünne ausgestreckte Zeigefinger wies auf Emilie. »Das ist der einzige Ort für dieses Kind. Es ist schließlich ein Sommerroth und es wird auf Sommerroth aufwachsen!«

»Dann solltest du mich vielleicht besser an ein Bett fesseln, bis ich deinen Enkel herausgepresst habe«, schrie sie zurück. »Anderenfalls ziehe ich nämlich den Stall und die Gesellschaft meiner Pferde deiner Gesellschaft vor!«

»Deine Pferde …!«, entgegnete sie zitternd. Charlottes Hand fuhr an ihre Stirn. Gleichzeitig drehte sie sich zum Fenster, wo sie merklich versuchte, sich wieder zu kontrollieren.

»Ja, das muss dich sehr schockieren. Wo du Pferde doch aus irgendeinem unerfindlichen Grund nicht ausstehen kannst«, setzte Emilie giftig nach.

Eine ganze Weile herrschte Schweigen zwischen ihnen.

»Du sagst es.« Jetzt drehte sich Charlotte wieder zu ihr um und blickte sie starr an. »Das Herz einer Frau hat viele Geheimnisse, nicht wahr? Manche von ihnen sind so schmerzhaft, dass sie besser unterdrückt werden sollten.«

Regungslos hielten sie den Blick miteinander verschränkt. Und plötzlich wusste Emilie nicht mehr, ob Charlotte von ihren eigenen Erfahrungen sprach oder von denen, die Emilie in der Vergangenheit gemacht hatte. Die Gesichter ihrer Eltern erschienen unweigerlich in ihrem Kopf. Sie wollte die Erinnerung sofort wegschieben, um sich dem Schmerz nicht stellen zu müssen. Charlotte sah aus, als würde sie denselben Kampf mit ungeliebten Bildern ausfechten. Für einen kurzen Moment nahm Emilie an, ihre Schwiegermutter wollte ihr Innerstes mit ihr teilen – jenes Geheimnis, das sie offenbar quälte! Dann jedoch wurde ihr Blick wieder verschlossen.

»Vielleicht sind wir zwei zu unterschiedlich, um einander je zu verstehen. Doch ich bin bereit, einen Schritt auf dich zuzugehen.« Charlotte verließ ihren Platz am Fenster. Vor Emilie blieb sie stehen und hob das Kinn. »Ich bitte dich hiermit inständig: Bleibe auf Sommerroth. Nimm mir nicht mein Enkelkind und der Familie nicht den einzigen Erben.«

Emilie wollte sich dagegen wehren, die verletzliche Seite an Charlotte zu sehen. Nach allem, was geschehen war, schien es ihr leichter, sie zu hassen, als sie zu verstehen und ihre Worte gefällig zu finden. Zudem wallte in ihr der Zorn darüber auf, nicht mehr nur über sich selbst entscheiden zu müssen. Noch vor zwei Stunden war Emilie gewillt gewesen, jedes Risiko in Kauf zu nehmen, um Sommerroth endlich den Rücken kehren zu können. Selbst den eigenen Tod. Doch nun trug sie Verantwortung für ein Kind. Und auch, wenn es verrückt klang, bereits jetzt liebte sie es unendlich. Vielleicht würde es alles sein, was ihr von Johann blieb.

»In Ordnung. Ich werde bleiben.«

In Charlottes Gesicht glätteten sich für einen kurzen Moment die Sorgenfalten – so erleichtert war sie ob der Antwort. »Ich danke dir.«

»Bitte lass mich jetzt allein«, forderte Emilie nachdrücklich. Erneut musste sie sich von einem Leben verabschieden und ein ganz neues willkommen heißen.

Kapitel 29

Johann hatte jedes Zeitgefühl verloren. Er konnte nur schätzen, wie lange er nun schon bei Wasser und Brot in fast völliger Dunkelheit verbracht hatte. Zehn Tage, oder elf, vielleicht auch zwölf.

Mühsam rappelte er sich vom Liegen auf dem kalten Fußboden in eine sitzende Position auf. Jeder Knochen vom Hals bis zu den Füßen tat ihm weh – was verrückterweise ein gutes Zeichen war. Es bedeutete nämlich, dass sein Gesicht mittlerweile auf dem Weg der Besserung war. Die Schwellungen an Stirn, Augen und Lippen hatten ihm sonst stets schlimmste Schmerzen verursacht. Die ersten Tage war er deshalb nicht zum Denken fähig gewesen. Jetzt hingegen war es sein Geist, der nicht mehr zur Ruhe kommen wollte. Johann fragte sich, was von beidem besser war. Oder schlechter. Denn die Erinnerungen peinigten ihn – ebenso wie die Erkenntnis, dass alles, was er getan hatte, umsonst gewesen war!

Nachdem die deutschen Polizisten ihn vor dem Lager festgenommen hatten, war er innerhalb des Zauns an die Briten übergeben worden. Sein Plan, ins Internierungslager zu kommen, war somit gelungen. Ab da hatte er sich mit allen Kräften gegen die Wachmänner gewehrt und schreiend verlangt, zu seinem Vater vorgelassen zu werden. Sein Brüllen und Flehen in beiden Sprachen war jedoch nicht erhört worden. Ein Corporal hatte schließlich genug davon gehabt und ihm seine Faust ins Gesicht geschlagen.

Johann durchzog bei den Gedanken daran erneut der stechende Schmerz dieses Moments. In seinem Kopf hörte er noch immer das laute Knacken, als seine Nase brach. Trotzdem hatte er es weiter versucht, nach seinem Vater geschrien, woraufhin sich auch die anderen drei Soldaten auf ihn gestürzt hatten, bis der Boden mit seinem Blut besudelt gewesen war. Halb ohnmächtig hatte man ihn durch lange Kellerflure geschleift, in jenen Raum tief im Inneren der Fabrik, wo er seither schmorte.

Der metallische Geschmack in seinem Mund war drei Tage lang geblieben. Da er sich nicht hatte waschen können, klebten die Spuren seiner Platzwunden weiterhin an ihm. Vorsichtig betastete Johann sein allmählich abschwellendes Gesicht. Seine Nase kam ihm schief vor, und dass er nur auf einer Seite Luft bekam, bestätigte das. Müde lehnte er seinen Hinterkopf an die kalte Mauer und starrte nach oben zu dem schmalen Gitterschacht. Er blinzelte. Die Zeit in der Dunkelheit ließ seine Augen selbst bei dem schalen Licht des verregneten Sommers schmerzen. Wasser floss durch die bodentiefe Öffnung oben an der Wand entlang und lief dann gluckernd zu einem Gully, wo es für immer verschwand. Johann verspürte Neid auf das Wasser, das einfach seinen Weg nach draußen fand. Er selbst hatte kaum noch Hoffnung, je wieder das Blau des Himmels zu sehen – ganz zu schweigen von Emilies schönem Gesicht.

Wie mochte es ihr wohl gerade ergehen? Hatte der heimkehrende Soldat namens Walter Bronsberg ihr seinen Brief wirklich überbracht oder war dieser mit dem Tabak, den Johann ihm im Tausch für seine Dienste gegeben hatte, einfach nach Bremen verschwunden? In diesem Fall würde Emilie ihn wahrscheinlich noch in Kiel vermuten, und weder sie noch jemand anderes wusste, dass er sich in Wahrheit in Neumünster befand. Doch selbst wenn sie es wusste ... Johann machte sich keine Illusion. Was konnte Emilie schon für ihn tun? Man würde sie womöglich einfach am Tor abweisen und seinen Aufenthalt hier verleugnen. Denn eines war klar: Wen man in ein Kellerloch wie dieses sperrte, der sollte nicht gerettet werden; den hatte man bereits vergessen! Wahrscheinlich würde er hier elendig verrotten und Emilie würde sich noch lange nach seinem Tod fragen, wann er endlich zu ihr zurückkehrte. Wenn er ihr doch nur eine letzte Nachricht zukommen lassen könnte, er würde ihr sagen, wie unendlich leid es ihm täte.

Johanns Hand rutschte kraftlos zu dem Krug auf dem Boden. Er setzte ihn an die Lippen, obwohl er wusste, dass er leer war. Seit fast zwei Tagen war niemand mehr zu ihm gekommen. Nicht mehr lange, und er würde das dreckige Wasser von der Wand lecken.

Wie hatten die Dinge nur so furchtbar schiefgehen können? An welchem Punkt waren seine Entscheidungen die falschen gewesen? Er zermarterte sich den Kopf darüber, und allmählich spitzten sich seine Gedanken zu: Er hätte auf Emilie hören und auf Sommerroth bleiben sollen, doch stattdessen war er seinem kindlichen Wunsch nach der Liebe und Anerkennung seines Vaters gefolgt. Er hatte sein Retter sein wollen. Jetzt war Leopold von Sommerroth tot und er selbst bereits ebenfalls zur Hälfte.

Johann hatte es einen Tag nach seiner Festnahme von dem Hünen erfahren, der extra deshalb zu ihm in den Keller gekommen war, wo er noch blutend um sein Leben kämpfte. Die Nachricht hatte ihm kaum ein Wimpernzucken entlockt – war es schließlich nur die Bestätigung dessen gewesen, was Johann tief in sich bereits geahnt hatte. Wie töricht er doch gewesen war zu glauben, er könnte durch das Lager laufen und Wittko aufhalten. Dabei war das Schicksal seines Vaters bereits besiegelt gewesen, als Wittko ihn von der Fensterscheibe aus entdeckt hatte. Johanns Versuch, das zu verhindern, kam ihm im Nachhinein naiv vor. Die Last der Schuld, die er seither trug, war erdrückend. Wäre er doch niemals zum Lager gekommen, dann hätte Wittko auch nie erfahren, dass Leopold und Johann miteinander verwandt waren. Sein Vater könnte noch leben. Johann hatte ihn quasi selbst getötet.

Ein Windstoß zog von oben durch den Gitterschacht herein. Obwohl seine Zähne bereits seit dem Morgen aufeinanderschlugen, musste er sich erst unzählige Male selbst dazu überreden, seine kalten Glieder zu regen. Irgendwann schaffte er es und stellte seine Füße auf. Mit aller Kraft drückte Johann sich an der Wand hoch, bis er stand. Ihm wurde schwindelig. Erst nach einigen Momenten begann er, mit steifen Bewegungen im Kreis zu gehen, um sich aufzuwärmen. Dabei spürte er einen ziehenden Schmerz an seinem linken Bein, genau dort, wo die alte Schussverletzung von Wittko war. Zuverlässig erinnerte sie ihn an jenen Moment, da die alte Fehde von Oskar auch seine Angelegenheit geworden war. Damals in Insterburg, als die Kugeln des Ortsgruppenleiters ihn statt seines Freundes getroffen hatten. Bis aufs Eis des Haffs hatte Wittko sie verfolgt, wo Oskar sich schließlich selbst das Leben genommen hatte, in der Hoffnung, dass seine Tochter und Johann daraufhin in Frieden weiterleben könnten. Doch Wittkos Zorn darüber, nach so vielen Jahren um seine Rache an Oskar gebracht worden zu sein, war offensichtlich bis heute lebendig gewesen. Erst jetzt, durch Leopolds Tod, dachte Johann bitter, waren er und Wittko wohl auf eine fürchterliche Weise quitt. Es war vorbei. Johanns Gedanken stoppten an dieser Stelle. Sein Kopf war vollkommen leer, während er weiter im Kreis ging.

Dann irgendwann vernahm er plötzlich Schritte im Flur, die stetig lauter wurden. Ein Schlüssel wurde ins Schloss seiner Tür gesteckt. Der Lichtkegel mit Schatten darin war das Erste, was Johann sah. Er blinzelte dagegen an und erkannte schließlich den Hünen.

»Ich bringe Ihnen Brot und Wasser«, sagte der und reichte Johann einen Napf und einen Krug.

Gierig riss er den harten Kanten an sich und biss hinein. Wie ein Tier, das nach langer Zeit eine Beute gemacht hatte, verzog Johann sich dabei in eine Ecke. Sein Mund war noch voll, da stürzte er bereits den ersten großen Schluck Wasser herunter und verschluckte sich daran. Erst nach zwei weiteren Bissen wurde sein Kauen langsamer. Dann kam die Verwunderung. Der Lichtkegel erhellte den Raum noch immer, denn die Tür stand weiterhin offen.

»Essen Sie auf und folgen Sie mir dann«, erklärte der Polizist.

»Wohin?«, fragte Johann skeptisch.

»Das werden Sie gleich sehen. Benehmen Sie sich diesmal, dann verzichte ich auf die Fesseln.«

Wenig später durchquerten sie die spärlich erleuchteten Kellerflure. Johann ging vorweg. Er spürte den Hünen dicht hinter sich und sah dessen übergroßen Schatten, wie er seinem an der Wand folgte. Das Verlassen des Kellerlochs bewirkte überraschenderweise, dass Johanns Sinne allmählich wieder zu funktionieren begannen. Er nahm die Wärme der gluckernden und rauschenden Rohre wahr, die sich über seinem Kopf an der niedrigen Decke entlangzogen. Hinter den geschlossenen Türen, die sie passierten, ertönten Stimmen, die immer kurz lauter und gleich wieder leiser wurden, wenn er daran vorbei war. Die meisten klangen nicht, als würde sich jemand unterhalten – eher nach Selbstgesprächen. »Wer sitzt hier unten ein?«, erkundigte er sich, ohne sich umzudrehen.

»Das muss Sie nicht interessieren. Weiter.«

Johann vernahm plötzlich ein lang gezogenes Schreien. Es war keine Frage, dass der Mann, den er hörte, starke Schmerzen litt. Unweigerlich fragte er sich, ob das auch sein Schicksal war. Wollte man ihn foltern oder gar exekutieren? Ohne jedes Verfahren und in aller Heimlichkeit dieses Kellers einer stinkenden Lederfabrik? Johanns Herz schlug schneller, was ihm deutlich machte, dass er noch Überlebenswillen besaß.

Sie erreichten eine Tür mit einem Fenster darin. Das, was dahinter lag, befand sich im Dunkeln, weshalb Johann die Spiegelung seines Gesichts sah. Sein Anblick erschreckte ihn, sodass er kurz innehielt. Die Platzwunden an Stirn und Lippe stachen dunkel und geschwollen hervor. Unter seinen Augen prangten Blutergüsse in allen Farben des Regenbogens. Sein Haar war struppig, sein Kinn unrasiert.

»Kommen Sie. Weiter«, drängte der Mann und schob ihn durch die Tür. Das Klicken eines Schalters war zu hören. Bloß ein Treppenhaus, stellte Johann erleichtert fest. Der Polizist führte ihn im flackernden Licht einer sterbenden Glühbirne nach oben. Während sie die Stufen hochstiegen, schaute er zu Johann.

»Beantworten Sie mir eine Frage«, begann der Mann. »Eigentlich ist es unerheblich, aber ich zerbreche mir dennoch den Kopf darüber.«

»Worüber?«, wollte Johann wissen.

»Zuerst erschleichen Sie sich ein Gespräch mit Ihrem Vater. Danach gelangen Sie ungesehen nach draußen. Und plötzlich wollen Sie wieder hinein und schreien wirres Zeug, woraufhin Ihr Vater einen Herzinfarkt erleidet. Sagen Sie, wenn ich mich irre, aber irgendwas stimmt hier doch nicht. Warum haben Sie das alles getan?«

Johann sah wieder nach vorn auf die schier unendlichen Treppenstufen, die ihm gerade alle Kraft abverlangten. Wittkos Gesicht erschien vor seinen Augen. Johann wusste, er hatte nichts mehr zu verlieren. Er könnte die Wahrheit einfach erzählen und es drauf ankommen lassen, ob man ihm glaubte und Wittko vielleicht sogar des Mordes überführte. An seiner eigenen Situation würde es wahrscheinlich nichts ändern. Und am Tode seines Vaters auch nicht. Doch was, wenn man ihm nicht glaubte? Was, wenn Wittkos Zorn dadurch bloß erneut entfacht wurde und dieser eines Tages freikam? Er würde wahrscheinlich umgehend Gut Sommerroth aufsuchen und dann Emilie finden. Nein, schloss Johann. Er würde besser für immer schweigen. Das war das Mindeste, was er noch für Emilies Schutz tun konnte. »Was ich getan habe, war sinnlos. Es spielt keine Rolle mehr, was meine Gründe waren.«

»Sie wollen es mir also nicht sagen. Zu schade.« Der Hüne schien enttäuscht, dass seine Neugier nicht befriedigt worden war. »Dann frage ich Sie etwas anderes. Sind Sie wirklich ein Nazi?«

Johann überlegte kurz, ob Emilie durch seine Antwort ein Nachteil erwachsen könnte. Dann schüttelte er den Kopf.

»Dachte ich es mir doch.« Endlich waren sie oben angelangt. Vor einer weiteren geschlossenen Tür hielt der Wachmann an und stellte sich Johann in den Weg. »Wissen Sie, es ist mir nicht entgangen ... Es wäre Ihnen ein Leichtes gewesen, zumindest zu versuchen, von sich selbst abzulenken, indem Sie mich und meinen britischen Kollegen verpfiffen hätten. Haben Sie aber nicht.«

Johann rang noch immer nach Luft. »So unehrenhaft Ihre Bestechlichkeit auch ist, das Verpfeifen anderer ist es ebenso. So was tue ich nicht.«

Der Hüne nickte. Er griff in seine Tasche, ohne die Augen von Johann zu nehmen, und holte die Taschenuhr heraus. Erst jetzt öffnete er den goldglänzenden Deckel. »Wirklich ein schönes Stück. Ist das das Wappen Ihrer Familie?«, fragte er und erhielt wieder keine Antwort. »Sie ist sicher von Ihrem toten Vater, liege ich richtig?«

Johann beäugte die Uhr, die er zum Eintritt ins Militär bekommen hatte. Der Anblick löste viele Bilder und Gefühle in ihm aus, die weder zu diesem Ort noch zu diesem Moment passten. »Richtig«, antwortete er so beiläufig wie möglich.

Der Hüne betrachtete ihn, als könnte er die Wahrheit in Johanns Gesicht ablesen. »Haben Sie Kinder? Eine Frau?«

»Letzteres.«

Er nickte. Kurz entschlossen reichte er Johann die Uhr. »Behalten Sie sie. Ich weiß zwar nicht, ob Sie hier irgendwann lebend rauskommen. Wenn ja, dient Ihnen die Uhr sicher als Andenken an Ihren Vater. Wenn nicht, hat Ihre Frau zumindest was davon, sobald man ihr die letzte Habe ihres Mannes schickt.«

Erstaunt nahm Johann die Uhr entgegen. Seine Finger fühlten die vertraute runde Form in der Hand. Die Erinnerung daran und seine Überwältigung erstickten fast seine nächsten Worte. »Ich danke Ihnen vielmals!«

Der Polizist hielt Johann nun wortlos die Tür auf und ruckte dabei mit dem Kopf, um ihn anzutreiben. Sie durchqueren eine Halle mit stillgelegten Maschinen und gelangten über eine freie Treppe in die oberen Stockwerke. Hier führte er Johann auf die offene Tür eines Raums zu, in dem lange Tischreihen aufgestellt waren. Viele Männer saßen dort über Papiere gebeugt.

»Was passiert jetzt?«, wollte Johann wissen.

»Durch Ihr Verhalten sind Sie der Militärregierung ins Auge geraten. Normalerweise hätte es keine Auskunftspflicht für Sie gegeben, bloß für Angestellte des öffentlichen Dienstes. Aber nun müssen auch Sie den Fragebogen ausfüllen. Ich sage es Ihnen ungern, aber Sie stehen am Anfang eines langen Überprüfungsverfahrens über Ihr Mitwirken in NS-Organisationen. Und um ganz ehrlich mit Ihnen zu sein, Ihre Aussichten stehen nicht gut. Selbst wenn Sie wahrheitsgemäß antworten, dass Sie kein Nazi sind, wird man Ihnen nach Ihrem Auftreten vor dem Lager wohl kaum Glauben schenken. Dazu braucht es mehr. Trotzdem, ich wünsche Ihnen viel Glück.«

Johann trat ein und wurde sogleich von einem britischen Soldaten auf einen Platz am Rand verwiesen.

»Over there. Sit down!«, befahl er streng.

Johann tat, was von ihm verlangt wurde. Dabei blickte er sich um. Neben ihm hatten alle Männer die Köpfe gesenkt. Konzentriert beantworteten sie die Fragen auf dem Papier. An den Wänden standen zahlreiche Soldaten bereit und überwachten das Geschehen. Der blonde Polizist gesellte sich unweit von Johann dazu und legte seine Hand auf die Waffe.

»Start now«, sagte ein Soldat zu ihm und schob Johann einen Stapel Papier und einen spitzen Bleistift hin.

Johann überflog die erste Seite des Fragebogens. Sein Blick glitt über die Zeilen. *Military Government of Germany.* Danach sollte er seine Personalien eintragen. Dann kam die erste Frage: »Waren Sie jemals Mitglied der NSDAP?« Als Antwortmöglichkeiten gab es »Ja« oder »Nein« mit jeweils einer Linie daneben. Johanns Kopf dröhnte plötzlich. Sollte er hier das Zutreffende hinschreiben? Oder ein Kreuz setzen?

Seine Situation kam ihm unwirklich vor. Eben noch war er sich nahezu sicher gewesen, bald seinem Tod ins Auge zu blicken, nun saß er hier vor diesen Papieren. Er blätterte die Seiten durch. Es mussten weit über hundert Fragen sein, die es zu beantworten galt. Der bloße Gedanke daran überforderte ihn. Das helle Licht in diesem Raum machte es ihm überdies schwer, seine Augen offen zu halten. Immer wieder gaben Männer ein Handzeichen, weil sie fertig waren. Andere wurden hereingeführt, um zu beginnen. Soldaten liefen hin und her. Die vielen Geräusche, die dabei erzeugt wurden, erschienen ihm nach Tagen der Stille laut und hektisch.

Plötzlich schnellte eine Hand aus dem Nichts auf seinen Fragebogen. Der laute Knall ließ Johann zusammenzucken und alle im Raum aufsehen.

»I said, start now!«

Das zornige Gesicht des Soldaten war nur eine Handbreit von seinem entfernt. Johann beugte sich über das Papier und begann damit, seinen Namen zu schreiben. Er kam nur bis zur vierten Zeile mit den Worten »Gegenwärtige Stellung«, wo er das Wort »Interniert« als Antwort hinschrieb, da wurde der nächste Mann hineingeführt. Johann blinzelte, da er seinen müden Augen zunächst nicht traute. Indessen breitete sich ein Schauer auf seinen Schultern aus. Nur drei Stühle von ihm entfernt platzierte man Fritz Wittko!

Johanns jüngste Vorsätze, die Vergangenheit besser nicht erneut aufzuwühlen, waren plötzlich bedeutungslos. Der Anblick dieses Mannes stürzte ihn in blinde Wut. Dies war der Mörder seines Vaters! Johanns Finger schlossen sich eisenhart um den noch immer spitzen Bleistift. Seine Zähne pressten sich so fest aufeinander, dass sein Kopf zu zittern begann. Er würde Wittko den Stift so tief wie möglich in den Hals stechen, ganz gleich, was danach mit ihm selbst geschah! Johann sammelte bereits all seine verbliebene Kraft in seinem Arm, als in derselben Sekunde der Hüne vor seinem Tisch erschien. Seine große Pranke schloss sich um Johanns Unterarm. Mit der anderen Hand riss er den Fragebogen an sich und hielt ihn hoch. »Dieser Kerl ist wohl schon fertig!«

Einer der Soldaten schnellte vor. »What's going on?«, fragte er. Sein erstaunter Blick ging zwischen dem Hünen und Johann hin und her.

Der Blonde fing hämisch an zu grinsen. Mit den Papieren in den Händen drehte er sich zu den anderen Soldaten um. »Das ist der Verrückte, der euch angegriffen hat. Do you remember this crazy guy? ›Heil Hitler, Heil Hitler‹«, äffte er Johann nach. Dann fügte er abschließend hinzu: »He is lost anyway.«

Die anderen Soldaten nickten und stießen sich gegenseitig an. Andere fingen an zu lachen. Jeder schien davon gehört zu haben, dass ein Mann vor dem Lager »Heil Hitler« gebrüllt hatte.

Der Wachmann lachte kehlig mit.

Dabei hatte Johann das Gefühl, er zerdrücke seinen Arm mit der bloßen Hand. Ohne Frage hatte der Hüne seine Absichten erkannt – wahrscheinlich durch seinen Blick auf Wittko und die Geste mit dem Bleistift. Jetzt versuchte der Polizist, Johanns Tat zu verhindern und gleichzeitig vor den Briten zu vertuschen.

Johann kam wieder zu sich, der Bleistift fiel klimpernd auf den Tisch. Dennoch fixierte er unverändert Fritz Wittko, der ihn mittlerweile auch bemerkt hatte. Das Gesicht des früheren Ortsgruppenleiters war starr, die Augen eiskalt. Es war offensichtlich, dass er keine Reue für seinen heimlichen Mord an Leopold von Sommerroth empfand. Geradezu provokant reckte er sein Kinn nach vorn.

Der Soldat, der zum Tisch gekommen war, hieb dem blonden Wachmann jetzt erheitert die Hand auf die Schulter. »You got it. He is lost. Lock him up again.«

»Los, steh auf!«, befahl der Hüne Johann. »Zurück in dein Kellerloch. Dein Fragebogen ist reine Papierverschwendung.« An der Kleidung riss er Johann mühelos auf die Füße.

Ein letztes Mal stierte er zu Wittko, dem jetzt ebenso ein Fragebogen vorgelegt wurde. In diesem Moment hörte Johann seinen Namen.

»Johann von Sommerroth? Heißt hier jemand Johann von Sommerroth?« Ein dürrer Bursche erschien im Türrahmen. »Gibt es hier einen Johann von Sommerroth?«

»Ich bin das!«

Der Bursche blickte ihn ungläubig von oben bis unten an. Rasch kam er näher und hielt ihm etwas unter die Nase. »Dann ist das für Sie.«

Johann sah auf das, was man ihm überreichte, und glaubte an einen Scherz.

Kapitel 30

Emilie verließ die Küche mit einem Tablett in der Hand. Sie hatte sich von Lenchen zwei Tassen Gerstenkaffee geben lassen – eine dünne Brühe aus im Ofen gerösteten Getreidekörnern, die anschließend gemahlen wurden. Die Erinnerung an echten Kaffee half dabei, diesen Schwindel zu genießen. Und wohl ebenso ein kleiner Schuss Milch, damit das Getränk auch optisch näher an das Original heranreichte.

Vorsichtig, um nichts zu verschütten, schritt sie die Treppe Stufe für Stufe hinauf. Das Knarzen des Holzes erschien Emilie dabei lauter als sonst. Fast wie eine Warnung, nicht weiterzugehen, da sie ohnehin nichts Gutes oben erwartete.

Seit zwei Tagen hatte sie Charlotte nicht mehr zu Gesicht bekommen. Liesel hatte ausrichten lassen, eine Migräne hätte die Herrin fest im Griff. Emilie aber war der verräterische Geruch des Cognacs im Flur ebenso wenig entgangen wie das endlose Weinen. Es hatte Emilies Herz gerührt. So schwer sie es mit ihrer Schwiegermutter auch hatte, Charlotte war dennoch eine trauernde Witwe und eine Mutter in Sorge um ihren Sohn in Gefangenschaft. Die Tatsache, dass Emilie gleich losreiten und ihre Pferde und Krzysztof zurückholen würde, versprach den Tag für Charlotte nicht besser zu machen. Es war das Mindeste, dass Emilie es ihr selbst mitteilte, und einen letzten Versuch unternahm, so etwas wie Waffenstillstand herbeizuführen.

Die Tür zu Charlottes Schlafzimmer war verschlossen. Dahinter aber vernahm Emilie ein paar Geräusche. Leise klopfte sie an, woraufhin alle Laute verstummten.

»Wer ist da?«

»Ich, Emilie.«

»Ich wünsche, allein zu sein.«

Emilie sah auf das Tablett. Ihr Plan war schon jetzt gescheitert. Kurz fragte sie sich, ob sie ihr Vorhaben durch die Tür berichten sollte. Emilie entschied sich dagegen. »Dann stelle ich dir den Gerstenkaffee auf die Anrichte im Flur.«

Sie war bereits auf dem Weg zur Treppe, da hörte sie plötzlich, wie Charlotte rief: »Tritt ein.«

Emilie spürte, dass sich alles in ihr eigentlich dagegen wehrte, ihrer Schwiegermutter auch nur nahe zu kommen. Trotzdem ging sie zurück. Die Klinke bereits in der Hand, rief sie sich in Erinnerung, wie sehr sich ihre Position durch ihre Schwangerschaft gestärkt hatte. Es wurde Zeit, dass sie entsprechend auftrat – für sich, für ihr Kind, für ihre Pferde!

Wie zur Bestätigung ihrer Abneigung lag Charlottes Zimmer in einem glutroten Licht. Die burgunderfarbenen Vorhänge waren zugezogen und schirmten die strahlende Sonne von draußen ab. Charlotte selbst stand in einem schwarzen Kleid in der Mitte ihres Schlafgemachs. Und zu Emilies Verwunderung trug sie ebenfalls den schwarzen Schleier der Beerdigung vor ihrem Gesicht – so, als wäre heute ein Trauertag. Die Szenerie warf zahlreiche Fragen in Emilie auf und das Tuch machte es nahezu unmöglich zu bestimmen, in welcher Verfassung sich ihre Schwiegermutter befand.

Die Hände vor der Hüfte übereinandergelegt, wandte sich Charlotte ihr zu. »Was ist der Grund für dein Kommen?«

Emilie schloss die Tür hinter sich. »Ich wollte dir selbst sagen, dass ich gleich meine Pferde zurückholen werde. Wenngleich du sie verabscheust, ist es mein Wunsch, dass sie hier bei mir sind«, verkündete sie ohne Umschweife.

»Es wird dich wohl kaum überraschen, dass diese Nachricht für mich keine Erheiterung bedeutet.«

»Meine Liebe zu meinen Trakehnern muss nicht zwischen uns stehen, Charlotte. Es wird Zeit, dass wir miteinander auskommen. Das Kind in mir wird uns beide auf ewig miteinander verbinden.«

Charlotte sah daraufhin vermutlich auf Emilies Bauch, denn ihr Kopf senkte sich ein Stück. Dann galt ihre Aufmerksamkeit ihren Ärmelsäumen mit schwarzer Spitze. Zentimeter für Zentimeter zog sie sie zurecht. Statt einer Antwort schritt sie langsam zu ihrer Frisierkommode nahe der Tür, an deren Spiegel nur ein einziges Foto hing. Sie nahm es zur Hand und betrachtete es eine Weile.

Emilie erkannte darauf ein prächtiges Schloss, das mit seinen vielen Türmchen englisch anmutete. Davor stand ein Kinderwagen mit großen weißen Reifen und einem geschwungenen Haltegriff. Sie wartete. Eine Stimme in ihrem Kopf flüsterte, dass diese Unterhaltung noch nicht beendet war.

»Dieses Bild zeigt mein Elternhaus, Schloss Krimhorst. Ich konnte es nie verkaufen, selbst dann nicht, als meine Geschwister sowie Vater und Mutter bereits tot waren. Viele Jahre lebten deshalb bloß ein paar Hausangestellte dort. Vor nunmehr zweiunddreißig Jahren bin ich hochschwanger dorthin zurückgekehrt, um mein Kind in jenem Bett zu gebären, in dem auch ich zur Welt gekommen bin.« Charlotte legte das Foto so behutsam auf der Kommode ab, als wäre es aus Glas. Ihre Worte klangen trotz ihrer Bedeutung freudlos. »Die Wehen gingen plötzlich und verfrüht los. Es war nicht mal möglich, einen Arzt zu rufen. So blieb ich allein mit Liesel, dem

Hausmädchen, das damals auf Krimhorst gedient hatte. Es war eine lange und komplizierte Geburt, aber nach vielen, vielen Stunden kam Otto schließlich um Mitternacht zur Welt. Ich war so erleichtert, es geschafft zu haben, und dachte, ich könne mich nun erholen …« Ihr Kopf hob sich ein Stück.

Emilie konnte es durch den Schleier nicht erkennen, aber sie vermutete, dass Charlotte sie nun ansah. »Du dachtest? Was geschah denn?«

»Ein Wunder«, sagte sie mit Nachdruck. »Die Wehen setzten plötzlich wieder ein. Ich war verwirrt und Liesel ebenso. Minuten später kam Frieda dann zur Welt.«

»Zwillinge …?«, flüsterte Emilie.

»Ja. Zwillinge. Frieda war ein Geschenk, eine Zusatzgabe sozusagen. Mein Extraglück. Ich hatte mir immer eine Tochter gewünscht.« Charlottes Worte waren nun voller Liebe und Wärme. Ihr Zeigefinger strich über den Kinderwagen auf dem Foto. »Sie war wunderschön und ich war selig. Nachdem meine Familie so viel Leid durch den Ersten Weltkrieg erfahren hatte, sollte endlich die Freude wieder Einzug halten. Doch dann zerstörte eine einzige Sekunde alles.« Sie lüftete schwer einatmend den Schleier.

Emilie erschrak. Es wirkte, als wäre Charlotte die gesamte Nacht lang ohne Schlaf und dafür mit vielen Tränen allein gewesen. Tiefe schwarze Ringe zogen sich unter ihren blutroten Augen entlang. Ihre Haut war fahl und eingefallen. »Was … was ist passiert?«

»Meine lieben Zwillinge waren erst drei Tage alt. Sie lagen schlafend in ihrem Kinderwagen, als das Tontaubenschießen auf einem benachbarten Gutshof begann. Drei junge, ungestüme Pferde erschraken und brachen durch den Zaun ihrer Weide. Kopflos kamen sie in den Garten von Krimhorst galoppiert, wo ich gerade Blumen schnitt. Bevor ich etwas unternehmen konnte, wurde der Kinderwagen auch schon durch die

Luft geschleudert. Otto überstand den Sturz nahezu unverletzt, doch Frieda … ihr Kopf … ich sah es bereits von Weitem, als ich auf sie zu rannte.« Charlottes Arm fuhr zur Spiegelhalterung der Kommode, um sich daran festzuhalten. »Meine wunderschöne Tochter war unter die Hufe eines Pferdes geraten.«

Emilies Hände legten sich von selbst um ihren Bauch, wo sie plötzlich ein schmerzhaftes Ziehen verspürte. Ein Teil von ihr wollte nicht, dass Charlotte weitersprach. Schon jetzt war das Erfahrene beinahe zu grausam, um es zu ertragen. Und trotzdem drang aus Emilies geöffnetem Mund kein Laut. Es war ein längst überfälliges Geheimnis, das sich ihr hier offenbarte.

»Frieda überlebte, doch sie war nicht mehr dasselbe Kind. Die Ärzte machten uns keine Hoffnung. *Verrückt* nannte man sie plötzlich – so folgenschwer war ihre Kopfverletzung. Sie würde nie richtig sprechen oder laufen können, versicherten die Ärzte. Man legte uns nahe, sie in einer entsprechenden Einrichtung für Säuglinge ihrer Art unterzubringen.« Charlotte schüttelte mit düsterer Miene den Kopf. Ihre Stimme klang nun zornig. »Ich wollte davon nichts hören und Frieda bei mir behalten. Sie war doch meine Tochter! Damals war ich überzeugt, mit viel Liebe und Geduld könnte ich es schaffen, aus ihr ein annähernd normales Kind zu machen. Leopold aber war anderer Meinung. Sie entsprach nicht seinem Bild eines perfekten Sommerroth-Erben. Er sah Frieda seit dem Unfall nicht mal mehr an – als könnte er die Wahrheit nicht ertragen.« Charlotte holte tief Luft. Ihre nächsten Worte kamen schneller als die davor. »Wir stritten darüber, was aus ihr werden sollte. Und weil ich nicht nachgab, nahm er sie eines Nachts einfach heimlich mit und brachte sie fort. Sie sei in Sicherheit, versprach er mir am nächsten Tag. Ich schrie und tobte, doch er wollte mir nicht verraten, wo sie sich befand. Stattdessen forderte er von mir, für immer Stillschweigen über Friedas Existenz zu bewahren – anderenfalls wollte er mich öffentlich verstoßen und mir

Otto wegnehmen. Das konnte ich nicht riskieren, also gab ich nach. Wir entließen alle Angestellten auf Krimhorst, die wussten, dass ich Zwillinge geboren hatte, verkauften das Schloss und erwähnten ihren Namen nicht mehr. Somit verschwand meine Tochter so still und leise, wie sie zur Welt gekommen war. Und alles, was mir lange Zeit von ihr blieb, war diese eine Fotografie. Das Bild wurde wenige Augenblicke vor dem Unfall gemacht.« Kurz glitt ihr Blick nach unten. Ihre nächsten Worte waren voller Sehnsucht. »Man sieht Frieda nicht darauf, doch ich weiß, sie lag an jenem Tag friedlich schlafend neben ihrem Zwillingsbruder in diesem Kinderwagen.« Charlotte liefen nun die Tränen über die Wangen.

Emilie rang mit offenem Mund um die richtigen Worte. Noch immer war ihr Kopf dabei, das Gehörte zu sortieren. Vor ihr stand nicht mehr die unterkühlte Charlotte, vor ihr stand nur noch eine Mutter mit zerschmettertem Herzen. »Wer … wer weiß heute noch davon?«, fragte sie leise.

»Niemand. Nicht mal Otto hat eine Ahnung, dass es eine Schwester gab. Seit über dreißig Jahren quälen mich Schuldgefühle ihm gegenüber und gleichzeitig kann ich ihm oftmals nicht in die Augen schauen, da ich dann Frieda sehe. Der Moment, es ihm zu beichten, ist mittlerweile lange vorbei. Ich bin mit meinem Schmerz seitdem gänzlich allein.«

»Was ist mit Frieda passiert?« Emilie war nicht entgangen, dass Charlotte in der Vergangenheitsform gesprochen hatte.

»Nach vier Wochen teilte mir Leopold mit, es sei vorbei. Frieda sei friedlich im Schlaf verstorben. Er schien regelrecht erleichtert, aber ich trauerte ganz still und einsam zwei Jahre lang um sie. Erst Johanns Geburt machte den schlimmsten Schmerz etwas erträglicher, doch vergessen konnte ich Frieda nie. Es war für mich, als würde sie mich begleiten. Wenn ich Ottos Hand hielt, spürte ich ihre Fingerchen in meiner anderen Hand. Die Jahre verstrichen, der Zweite Weltkrieg kam, Leopold ging an die Front nach Frankreich. Dann, kurz bevor man ihn zurück nach Sommerroth in die Führungsreserve schickte, geschah etwas. Im April 1941 bekam ich unerwartet Besuch – und zwar von Krimhorsts Liesel.«

Emilie spürte einen Schauer auf ihren Unterarmen, der ihr die Härchen so schnell aufstellte, dass es beinahe wehtat. Sie hielt die Luft an, ohne es recht zu bemerken. »Was hat sie dir gesagt?«

»Frieda lebte!«

Emilie stieß ihren Atem hörbar aus. »Was?«

»Ja, Liesel hatte sie gefunden, und zwar im Diakonissenhaus Lobetal, einem Heim für Behinderte. Sie zeigte mir Fotografien von einer jungen abgemagerten Gestalt mit einem deformierten Kopf, dazu machte sie mir schlimme Vorwürfe. Es gehe meiner Tochter sehr schlecht – warum ich sie verlassen hätte. Wie ich das alles nur hätte zulassen können.« Charlottes Gesicht war nun tränenüberströmt. Ihre Stimme war vom Schluchzen verzerrt. »Ich war zunächst zu geschockt, um darauf zu reagieren, doch als Leopold nur einen Tag darauf aus Frankreich zurückkam, konfrontierte ich ihn sofort mit dieser Nachricht. Er aber war von seinem eigenen Schicksal eingenommen und wollte nichts davon wissen. Zornig wies er alle Schuld von sich. Die Ärzte hätten ihn belogen. Ich glaubte ihm kein Wort und machte mich umgehend auf nach Lobetal. Doch ich kam zu spät. Genau einen Tag zu spät!«

»Was meinst du damit?«, fragte Emilie Unheil ahnend. Auch über ihre Wangen rollten nun die ersten Tränen. Sie konnte sie nicht länger zurückhalten, denn alles an Charlotte zeigte ihr, wie sehr diese litt.

»Man hatte das Diakonissenhaus tags zuvor zwangsenteignet und geräumt. Einige Schwestern konnten sich mit älteren Heimbewohnern in die Lüneburger Heide retten. Doch über fünfzig sogenannte schwachsinnige Kinder und anfallkranke junge Frauen wurden in Wehrmachtsbussen wegtransportiert – auch Frieda. Niemand konnte mir sagen, wohin. Ich versuchte alles, um es herauszufinden, und flehte Leopold an, mir zu helfen. Doch er verneinte vehement. Ich solle die Vergangenheit endlich ruhen lassen. Auch meine Versuche, Liesel wiederzufinden, damit sie mir half, misslangen. Mir waren die Hände gebunden. So verlor ich mein Kind ein zweites Mal.«

Emilie brauchte mittlerweile ihre ganze Kraft, um bloß auf ihren Beinen zu stehen, die bereits zitterten. Sie spürte, die Geschichte würde kein gutes Ende nehmen. Halt suchend umfasste sie den Türrahmen, in dem sie noch immer stand. »Weißt du heute, was aus ihr geworden ist, Charlotte?«

»Ja. Nach Kriegsende erfuhr ich die schreckliche Wahrheit. Sie hatten die behinderten Kinder und Frauen in die psychiatrische Klinik nach Schwerin gebracht. Dort wurde dem leitenden Arzt Doktor Leu eine Behandlungserlaubnis erteilt, was nichts anderes bedeutete als die angeordnete Tötung von unwertem Leben. Die kleinsten Kinder bekamen Morphiumspritzen, die älteren erhielten in Milch aufgelöste Luminal-Tabletten oder Veronal. Die restlichen verhungerten jämmerlich. Sie sind alle der Euthanasie zum Opfer gefallen. Auch meine Frieda hat man mit einer Giftspritze eingeschläfert.« Charlotte sah zur Seite und schüttelte dann den Kopf. Ihre letzten Worte kamen fast tonlos aus ihrem Mund. Noch einmal holte sie tief Luft und stieß hervor: »Hätte ich doch nur auf meine innere Stimme gehört. Immer wieder spürte ich, dass sie noch am Leben war. Doch ich konnte mich nicht gegen Leopold durchsetzen. Frieda ist allein gestorben und hatte ganz bestimmt furchtbare Angst. Vielleicht hat sie sogar nach ihrer Mutter gerufen …« Charlotte kniff die Augen zu und presste sich die Hand auf den Mund, um sich zu beherrschen.

»Charlotte …« Emilie sprach nicht weiter. Ihr Kinn zitterte. Es fehlten ihr die Worte für das, was sie gerade Fürchterliches erfahren hatte. Der Schmerz schien in der Luft dieses Zimmers zu hängen wie ein dichter Nebel und sich über sie beide auszubreiten.

Irgendwann hatte Charlotte sich wieder etwas im Griff. Sie nahm die stützende Hand von der Kommode. »Ich habe es Leopold nie verziehen, dass er mir Frieda aus den Armen gerissen und sie ihren Mördern ausgeliefert hat. Ebenso habe ich es den Pferden nie verziehen, was sie meiner Tochter angetan haben. Ohne diese Tiere wäre alles anders. Jetzt weißt du es.«

Emilie flüsterte zunächst. »Ich verstehe dich jetzt, Charlotte.« Sie schniefte und wischte sich die Tränen von den Wangen. Am liebsten wäre sie zu ihr gegangen und hätte sie umarmt. Aber eine solche Nähe würde es wahrscheinlich nie zwischen ihnen geben. »Das, was Frieda als Säugling zugestoßen ist, war ein furchtbares und tragisches Unglück«, begann Emilie vorsichtig. »Und dennoch. Meine Trakehner tragen daran keine Schuld. Ganz gleich, wie viele Pferde noch sterben, deine Tochter wird davon nicht wieder lebendig werden und es wird den Schmerz in deinem Herzen auch nicht heilen.« Emilie wollte sie nicht weiter quälen. Es war so gut wie alles gesagt. »Ich werde jetzt gehen und sie zurückholen.«

»Dann geh ...«, sagte Charlotte nur und wandte sich ab.

Es war kein Vorwurf mehr in ihren Worten zu hören. Nur noch Gleichgültigkeit. Vermutlich das Beste, was es von ihrer Schwiegermutter je zu erwarten gab. Emilie hatte die Türklinke bereits umfasst, da hielt sie noch mal an. »Danke, dass du mir das erzählt hast. Ich werde dein Geheimnis für immer bewahren. Das verspreche ich dir.«

»Und was ist mit deinem Geheimnis?«

Emilie blieb stumm. Sie hielt Charlotte weiterhin den Rücken zugewandt.

»Deine Herkunft ...« Es war eine Aufforderung.

»Ich bin wie du – jedenfalls in dieser einen Sache«, gestand Emilie. Mehr wollte sie nicht sagen. Charlotte schien es ohnehin nicht zu überraschen. Es blieb offen, welche Verhaltensregel oder welcher Benimm sie letzten Endes verraten hatte.

»So haben wir beide unser Geheimnis und werden es wahren.«

Gut Sommerroth

Heute

Emilies Geschichte

Kapitel 31

Marisa spülte den immer gleichen Teller schon seit sicher zehn Minuten, als es ihr auffiel. Sie hatte die ganze Zeit nach draußen auf den Hof gestarrt, dabei dauerte es noch fast eine Stunde, bis die Samstagsausgabe der Zeitung kam.

Die Neugier hatte sie gleich morgens online nach ersten lokalen Artikeln suchen lassen. Sie war erfreut gewesen, dass die ersten Journalisten sich nach der Set-Besichtigung positiv über den Dreh und Gut Sommerroth als passende Location geäußert hatten. Doch was sie wirklich entgegenbangte, waren Nowaks Worte.

Jetzt legte Marisa den geblümten Teller auf ihr ebenso geblümtes Geschirrtuch und nahm eine rosafarbene Schüssel zur Hand.

»Ist die Spülmaschine etwa kaputt?«, fragte Emilie aus dem Wohnzimmer und knisterte mit den Seiten ihres Rätselhefts herum.

»Nein«, antwortete Marisa wahrheitsgemäß. »Ich muss einfach irgendetwas tun.«

»Dann hilf mir bei diesem verflixten Sudoku. Ich habe erst drei Zahlen herausgefunden.«

»Ich muss aber irgendetwas genau hier am Fenster tun, um den Hof weiter anstarren zu können.«

Emilie reagierte gar nicht auf Marisas Antwort. »Hier steht ›leicht‹ daneben. Die lügen doch ... Oder bin ich doch schon so tatterig im Kopf?«

»Bist du nicht ...«, verneinte Marisa gedankenversunken. Als keine Reaktion von Emilie kam, blickte sie verstohlen zum Sofa. Ihre Großmutter hatte ihre riesige Lesebrille auf der Nase. Ihre Füße steckten in bunten Wollsocken mit Lammfell, bei deren bloßem Anblick Marisa warm wurde. Seit vorgestern war Emilie stiller als sonst und irgendwie gereizt. Ihr Blick auf das Rätselheft wirkte geradezu wütend.

Marisa sprach sie nicht darauf an. Sie kannten einander mittlerweile gut genug, um zu wissen, wann man besser mal den Mund hielt. So schaute sie wieder zu ihrer Schüssel, die inzwischen glänzte, und danach zur Wanduhr. Fünf Minuten waren erst vergangen, seit sie das letzte Mal hingesehen hatte. Wie konnte das sein? Sie fixierte den Sekundenzeiger, der beständig weiterlief und ihr bestätigte, dass die Uhr noch funktionierte. Missmutig widmete sie sich erneut ihrem Abwasch und bedauerte fast, dass sie nur noch einen Eierbecher, zwei Messer und zwei Gläser zu spülen hatte.

Ein dunkles Motorenbrummen ließ sie hoffnungsvoll zur Auffahrt sehen – auch wenn der knurrende Sound eigentlich klarmachte, dass es wohl kaum der Zeitungsbursche sein konnte. Der rote Aston Martin war für Marisa allerdings eine doppelte Überraschung. Zu so früher Stunde hatte sie niemanden erwartet – und schon gar nicht ihn! »Richard ...!«

Ihr Schwiegervater parkte in der Mitte von Sommerroths runder Auffahrt, was seinen Charakter in gewisser Weise widerspiegelte. Es gab wohl nichts, das ihn dazu gebracht hätte, sich zurückhaltend zu benehmen – nicht mal der Skandal um ihn.

Marisa hingegen fragte sich kurz, ob es gut war, wenn man sie hier miteinander sah. Denn obwohl der Fernsehdreh seit vorgestern vorüber war, zeigte sich der Wirtschaftshof noch voller Menschen, die das letzte Equipment zusammenpackten.

Richard stieg nun aus und entdeckte Marisa am Küchenfenster. Er lehnte sich rücklings an seinen Wagen und winkte sie mit einem breiten Lächeln heran.

Sie trocknete ihre Hände ab und verwarf ihre Bedenken mit dem Wurf des Handtuchs über die Arbeitsfläche. Mochte er sein, wie er war, voller Fehler und Selbstliebe, doch ihr gegenüber hatte er immer Herzlichkeit bewiesen. Sie hatte die Nase gründlich voll davon, sich von der Angst fremdbestimmen zu lassen, dass ein Journalist sie sehen und ihre Taten gegen sie verwenden könnte. Ab heute wollte sie wieder frei davon sein. Nowaks Artikel war ohnehin bereits geschrieben.

Sie lief nach draußen auf den Hof, wo die noch blasse Sonne endlich wieder schien. Pünktlich mit dem Abschluss der Dreharbeiten hatte sich der Regen verzogen. Milde Luft begrüßte sie und der noch leicht feuchte Boden gab einen wundervollen Duft ab.

Richard breitete seine Arme weit aus, als er sie sah. »Schwiegertochter …«

Marisa lächelte ihn an. »Es ist lang her, dass du Sommerroth einen Besuch abgestattet hast. Ich gebe zu, mit dir habe ich nicht gerechnet.«

»Na, dann hoffe ich, dass ich nicht zu den schlechten Überraschungen zähle. Es würde mich nicht wundern, nach dem, was die Presse aus unserem Foto in meinem Büro gemacht hat.« Er nahm ihre Schultern sanft in seine Hände und küsste nacheinander ihre Wangen.

»Ja, du sagst es, Richard. Ich habe ganz schön Federn gelassen in letzter Zeit. Eigentlich alle Sommerroths.«

»Ich habe jeden Artikel dieses Schmierfinken verfolgt. Vielleicht sollte ich ihm Dave mal vorbeischicken?« Er zwinkerte, was deutlich machte, dass er scherzte.

»So verlockend das auch klingt, es würde jetzt wohl nichts mehr verändern. Nach der Ankündigung im *Holstein-Blatt* befürchte ich nämlich, heute wieder nichts Gutes über Sommerroth darin zu lesen.« Sie zuckte die Schultern. »In knapp einer Stunde weiß ich mehr.«

»So lange wirst du nicht warten müssen. Oder was meinst du, warum ich hier bin?«

Marisa bemerkte, dass sie ihn bis jetzt gar nicht danach gefragt hatte.

»Du erinnerst dich vielleicht noch daran: Ich mag es, als Erster informiert zu sein. Schon früher habe ich stets ein paar Burschen bezahlt, damit sie vor den Druckereien warten und mir gleich die ersten Ausgaben der Zeitungen liefern. Daran hat sich nichts geändert.« Er griff in seinen niedrigen Sportwagen hinein. Auf der Beifahrerseite lag ein Stapel Zeitungen und Magazine. »Ich habe bereits überall einen Blick reingeworfen. Sei dir sicher, jedes Käseblatt berichtet heute über den Fernsehdreh auf Sommerroth …«, erklang es gedämpft aus dem Aston Martin. Nun tauchte Richards Oberkörper wieder auf – in der Hand hielt er das *Holstein-Blatt*. »… nur eine Zeitung nicht.«

Marisa stieß ihren unbewusst angehaltenen Atem aus. »Ich hab's geahnt. Wie schlimm ist der Verriss?«

Richard reichte ihr lächelnd die Zeitung. »Kein Verriss. Dafür aber eine Titelstory über ganze zwei Doppelseiten. Ich weiß nicht, wie du es angestellt hast, aber meine Prophezeiung lautet, dass dieser Artikel alles auf Sommerroth verändern dürfte.«

»Was …?« Marisa konnte sich keinen Reim auf seine Worte machen, weshalb sie hastig die Zeitung aufschlug. Das Erste, was sie sah, war ein Schwarz-Weiß-Bild des Elchschaufel-Brandzeichens. Die Überschrift stand in fetten Lettern daneben.

> Die gefahrvolle Reise der Sommerroth-Trakehner und ihr knappes Überleben in der Nazi- und Nachkriegszeit bis zu ihrem heroischen Aufstieg. Nach jahrzehntelanger Vertuschung kommt endlich ans Tageslicht, wie die Rettung der Rasse in letzter Sekunde gelang!

Hastig blätterte Marisa weiter. Auf der nächsten Seite erhoben sich einzelne Worte in Fettschrift: Fliedertal. Bodenreform. Aufsiedlung. Colonel Baker. Rechts davon befanden sich mehrere Abbildungen. Es waren alte Fotos von Sommerroths zerstörten Gebäuden und von klapperdürren Pferden. Ebenfalls darunter war der Ausschnitt eines alten Briefs in Sütterlinschrift. Marisa erkannte ihn sofort. Es waren die Zeilen von Johann an Emilie, die sie in der Frisierkommode gefunden hatte. Ungläubig begann sie mit dem Kopf zu schütteln, als ihr klar wurde, was die einzige logische Erklärung war. »Emilie! Du hast mit Nowak gesprochen. …«, murmelte sie vor sich hin.

Richard schob sich in ihr Blickfeld. Sein väterliches Gesicht sah kurz besorgt aus. »Geht es dir gut?«

»Ja«, antwortete Marisa atemlos. »Ja, es geht mir fantastisch!« Sie schlug die Zeitung zu. »Danke. Du machst dir keine Vorstellung, wie sehr ich gute Nachrichten gebraucht habe.«

Er grinste zufrieden. »Deshalb bin ich hergekommen, um sie dir selbst zu überbringen, bevor der Rest der Welt darauf Anspruch erhebt.«

»Ein guter Gedanke. Ich werde jedes Wort aus diesem Artikel genießen. Und zwar mit der wahren Heldin von Sommerroth«, versicherte sie ihm fröhlich. »Aber vorher sag mir noch eines, Richard. Was ist mit dir? Gibt es auch für dich gute Nachrichten?«

Er zuckte die Schultern und wirkte unerschütterlich. »Formulieren wir es so: Ich habe bissige Anwälte. Sie werden auf jeden Fall das Beste für mich rausschlagen.«

»Und dann? Wirst du wirklich einfach weitermachen wie vorher? So, wie du es bei unserem letzten Gespräch angekündigt hast?«

»Die Zeit wird es zeigen. Auch ich werde nicht jünger. Es wäre gelogen, einfach zu behaupten, dass ich nicht zumindest mal darüber nachgedacht habe, mich zur Ruhe zu setzen. Aber ich kenne mich, ich brauche eine Aufgabe, sonst wird mir langweilig.« Seine Hand ruhte nun auf der geöffneten Autotür. Es war offenbar Zeit für ihn, sich zu verabschieden.

Marisa machte einen Schritt auf ihn zu. Bei ihrer Umarmung fasste sie einen spontanen Entschluss. Flüsternd sagte sie ihm ins Ohr: »Ich bin mir sicher, dir wird etwas einfallen, Opa Richard.«

Jeder Muskel in seinem Körper schien sich in dieser Sekunde anzuspannen.

Marisa löste sich aus seiner Umarmung, ging dabei rückwärts und legte sich den Zeigefinger auf die Lippen.

Richard konnte nichts mehr erwidern. Aber er lächelte nun auf eine Weise, wie sie es noch nie bei ihm gesehen hatte. Offenbar tief berührt und mit der Hand auf dem Herzen ruhte sein Blick für einen Moment auf ihr.

Ihre Verabschiedung verlief wortlos und war trotzdem innig, wie Marisa es empfand. Der gestartete Aston Martin röhrte wie ein wütendes Raubtier. Nach dem Torhaus fuhr Richard Landau auf ebenem Untergrund so laut dröhnend davon, dass Marisa sich sicher war, selbst im hinterletzten Winkel des Gutshofs hatte man den Wagen vernommen.

Tatsächlich öffnete sich jetzt quietschend ein Fenster im Schloss, was ihre Aufmerksamkeit erregte. Es war das Büro ihres Vaters, aus dem Caroline sich weit herauslehnte und geradezu wild winkte.

»Marisa! Marisa! Wir haben Carsten Benzo im Videocall.«

»Ich komme gleich«, rief sie und fragte sich verwundert, was er von ihr wollte.

»Nein, nicht du«, sagte Caroline. Ihr Zeigefinger wies nach rechts. »Er will mit Emilie sprechen.«

Automatisch schaute Marisa zum Fachwerkhaus. Ihre Großmutter stand zu ihrer Überraschung im Hauseingang. Was Caroline durch das Vordach jedoch nicht wahrnehmen konnte, war Emilies blasses Gesicht.

»Sag Herrn Benzo, er wird sich etwas gedulden müssen«, rief sie Caroline zu.

»Wie bitte? Er meint, es sei wirklich wichtig.«

Marisa hatte sich schon abgewandt. »Sorry. Wir rufen ihn später zurück!«

Emilie hatte gar nicht lauschen wollen, doch durch das laute Auto war sie dem Irrtum aufgesessen, Mark käme auf den Hof gefahren. Dieser Gedanke war für sie Grund genug, ihre kuscheligen Socken in Übergröße gegen ihre Schuhe zu tauschen. Emilie war bereit, Marisa und Mark einen Stoß mit ihrem Gehstock zu verpassen, damit die beiden endlich miteinander redeten. Doch im Türrahmen hatte sie festgestellt, dass es Richard war, der dort auf dem Hof stand, Marks Vater. Da er das aktuelle *Holstein-Blatt* in seiner Hand hielt, war Emilie wie gelähmt stehen geblieben. Unweigerlich hatte sie so das Gespräch mit angehört.

Jetzt kam Marisa auf sie zugelaufen. Das Gesicht ihrer Enkelin spiegelte deren Gedanken auf eine unerklärliche Weise wider. Marisa hatte längst verstanden, dass sie mit Nowak geredet und so das Schlimmste abgewendet hatte. Emilie selbst konnte es kaum fassen. Ihr Plan war also gelungen. Statt eines vernichtenden Artikels über das tragische Schicksal von Frieda und die Mitschuld von Leopold hatte Nowak nach dem Lesen ihres Tagebuchs offenbar ein Einsehen gehabt. Die unendliche Erleichterung darüber ließ Emilie ganz plötzlich frieren, obwohl die Sonne schien.

»Komm rein!«, forderte Marisa sie liebevoll auf.

»Nein, Kind. Herr Benzo wartet doch …«, warf sie halbherzig ein.

»Der kann auch noch länger warten!«

Marisa brachte sie in die warme Stube zurück und legte ihr in aller Ruhe eine Wolldecke auf die Beine. Sie stellte dabei keine Fragen nach dem Wie oder Warum des Artikels. »Ich lese ihn jetzt für uns vor, ja?« Gemächlich setzte sie sich in den Ohrensessel und schlug die Zeitung auf.

Emilie war plötzlich zum Weinen zumute. Sie war selbst überrascht, doch die Erklärung lag nahe. Jemand Fremdes hatte ihr Leben nachgelesen, als wäre das, was sie seit dem Krieg erlebt hatte, bloß ein fiktiver Roman. Obwohl die Überschrift auf einen positiven Artikel hindeutete, verspürte sie Angst davor, was genau Nowak aus ihren Worten gemacht hatte. Die überbordenden Gefühle ließen sie die Augen schließen und die Hände unter dem Kinn falten. Innerlich flehte sie, dass er wirklich nichts zu Friedas Euthanasie im Kinderheim Lobetal geschrieben hatte und dieses finstere Kapitel von Sommerroths Geschichte für immer ruhen konnte.

> Die Massenflucht aus Ostpreußen im Winter 1944/45 war wohl der härteste Marsch, den eine Pferderasse je hinter sich bringen musste. Trotz Hunger, Eiseskälte und Bombenhagel zogen Zehntausende Trakehner die zentnerschweren Heuwagen

durch die Schneewehen, die ihnen zeitweise bis zu den Bäuchen reichten. Viele mussten auf den bis zu 1.500 Kilometern ihrer Flucht ihr Leben lassen. Nur geschätzt tausend Tiere der vielleicht ältesten deutschen Pferderasse schafften es in den vermeintlich sicheren Westen, wo sie jedoch nicht willkommen waren. Unter ihnen befand sich jene Handvoll Trakehnerstuten, die 1945 Gut Sommerroth erreichte. Auch sie mussten sich in ihrer neuen Heimat gegen die Verachtung der Einheimischen durchsetzen, die es vorzogen, zunächst Holsteiner und Hannoveraner zu retten. In ihrer Not überlebten die Tiere der Ostpreußen nur durch das spärliche Gras am Wegesrand und das Stroh mancher reetgedeckter Häuser. Als Spielzeug der preußischen Junker verschrien sollten sie verdammt werden und wurden von den Besatzern höchstselbst zur Schlachtung freigegeben. Ungeachtet ihrer wertvollen Blutlinien endeten viele Pferde dieser Rasse schlussendlich durch Bolzenschuss. Es gleicht einem Wunder, dass überhaupt ein Sommerroth-Trakehner es geschafft hat, auch wenn sie heute nur noch durch ihre Nachkommen am Leben sind …

Emilie gab sich den Erinnerungen hin, die diese Worte in ihr auslösten. Sie hatte das Gefühl, ihren Körper zu verlassen und lediglich aus den Bildern der Vergangenheit zu bestehen. Hier, in der alten Durchfahrtsscheune, war der Geist ihrer Pferde weiterhin lebendig. Sie spürte das Fell von Muskat, Kabinett und

Windfarbe unter ihren Fingern, das beim Darüberstreichen stets einen duftenden grauen Staubfilm auf ihrer Handfläche hinterlassen hatte. Die Luft war wieder mit ihrem Geruch erfüllt sowie mit dem des Holzes der damals offenen Dachbalken. Die Worte des Artikels flogen an ihr vorbei. Emilie hörte von Fliedertal und Ilsenhof und wie die Namen allmählich aus der Geschichte Sommerroths verschwanden. Marisa schien ewig zu lesen, bis sie schließlich zu einem Ende kam.

> … damals galten die preußischen Pferde als minderwertig, heute fragt man sich zu Recht, ob es überhaupt jemals eine zweite Rasse gegeben hat, die diese Strapazen ähnlich gut überstanden hätte. Gestählt von der harten Arbeit auf den ostpreußischen Kornfeldern, bei oftmals dreißig Grad Hitze im Sommer und dreißig Grad Kälte im Winter, brachten sie eine Zähigkeit mit, die unabdingbar gewesen war, um diese Hölle zu überleben. Auch die Sommerroth-Trakehner, die die Vorfahren des Starhengstes Mojo sind, waren beispiellos widerstandsfähig, womit sich wohl begründen lässt, dass sie den Angriffen der Besatzer und der einheimischen Bevölkerung so lange standhielten. Dass bis heute nicht offen darüber gesprochen wird, was sie erleiden mussten, ist nicht weniger als eine skandalöse Vertuschung und eines der vielen Verbrechen während der düsteren Nazi- und Nachkriegszeit.

Da waren sie – die Worte seiner Ankündigung, die es brauchte, damit nicht aufflog, dass Nowak seine Absichten in letzter

Minute geändert hatte. Emilie öffnete die Augen und blieb beeindruckt zurück. Es war ihm tatsächlich gelungen. Wie durch Zauberhand passte jetzt alles zu den schändlichen Verbrechen an Ostpreußens letzten Pferden, obwohl er eigentlich über Frieda hatte schreiben wollen – zusammen mit den schockierenden Fotografien seiner Großmutter Liesel.

Marisa hielt die Zeitung nun bloß noch an ihrem letzten Zipfel unten rechts. Sie war offenbar bei den Schlussworten des Artikels angekommen.

> … ob die Geschichte der Sommerroth-Trakehner mit diesem Text nun lückenlos aufgearbeitet wurde, wie es in vielen Bereichen der deutschen Nachkriegszeit bereits vorbildlich geschehen ist, lässt sich stark bezweifeln. Wer noch mehr erfahren will …

Marisa unterbrach sich selbst.

Emilie sah, dass ihre Enkelin die Zeitung mit einem Ruck näher an ihr Gesicht brachte. »Was ist los?«, fragte sie.

Marisa begann den Satz erneut.

> Wer noch mehr erfahren will, wird sich darüber freuen, dass es eine filmisch begleitete Dokumentation über die bewegte Vergangenheit des Guts und seiner Pferde geben soll. Der Sendetermin wird hier im *Holstein-Blatt* beizeiten bekannt gegeben.

»Was für eine Dokumentation?«, staunte Emilie.

»Ich habe keine Ahnung!« Marisa faltete die Zeitung zusammen und stand auf. Sie reichte Emilie beide Hände. »Ich denke, wir sollten jetzt wirklich rübergehen und mit Carsten Benzo telefonieren.«

***

»Meine Güte«, schimpfte Caroline los, als Marisa mit Emilie am Arm das Büro betrat. »Musstet ihr euch so lange Zeit lassen? Wir kauen uns hier alle die Nägel ab, weil Herr Benzo ausschließlich mit Emilie reden will.«

Marisa bemerkte erstaunt, wie viele hier versammelt waren. Neben Caroline ihre Geschwister, Alexander, ihr Vater, Babette, Beeke, Krzysztof und sogar Mark. Jetzt sah sie den aufgeklappten Laptop auf dem Konferenztisch.

Henry rückte seiner Mutter einen Stuhl am Kopfende zurecht. »Können wir anfangen?«, fragte er sie.

Emilie nickte ihm zu.

Marisa fand, dass sie immer noch blass aussah, und hoffte, Carsten Benzo würde ihr behutsam beibringen, was er mitzuteilen hatte. Sollte das nicht der Fall sein, war sie mehr als bereit, den Laptop zuzuschlagen und Emilie wieder mitzunehmen.

»Frau von Sommerroth«, begann der Produktionsleiter sichtlich erleichtert. Er legte die Handflächen wie zum Gebet aneinander. »Gott sei Dank rufen Sie mich zurück. Sie machen sich ja keine Vorstellung, was hier im Hintergrund gerade los ist. Wenn Sie den Artikel des *Holstein-Blatts* erst einmal in der Hand halten, wissen Sie vielleicht …«

»Ich habe ihn bereits gelesen«, unterbrach sie ihn.

Marisa registrierte, wie durch alle Menschen im Büro ein Ruck ging – mit Ausnahme von ihr und Emilie.

Wie aus einem Mund erklang es: »Was?«

Carsten Benzo rang die Hände. »Wie auch immer Sie das angestellt haben, Sie wissen jetzt sicher von der Ankündigung, die dort angeblich gemacht wurde.«

»Allerdings. Es ist die Rede von einer Dokumentation über Sommerroths Trakehner.«

»Korrekt. So wurde es auch mir gesagt.«

Caroline drängte sich ins Bild. »Woher wissen Sie denn davon, Herr Benzo?«

»Das kann ich Ihnen sagen. Ein Mann rief mich heute Morgen an. Sein Name ist Mike Nowak. Er erzählte mir, dass er diese Ankündigung einfach auf eigene Faust geschrieben habe, weil er der Meinung sei, Sommerroths Trakehner würden eine Dokumentation verdienen. Ich solle mit dem Sender reden und es ihnen vorschlagen. Im Übrigen ließ er mich Folgendes für Frau Emilie von Sommerroth wissen. Moment … ich hab's gleich.«

Marisa sah ihn auf seinem unordentlichen Schreibtisch herumkramen. Wieder kam seine kahle Stelle auf dem Hinterkopf prominent ins Bild. *Jemand muss es ihm sagen*, dachte sie noch, als er wieder aufsah.

»Ah, hier!« Kurz hielt er ein gelbes Post-it in die Höhe und las dann davon ab.

> Versuchen Sie nicht, mich zu erreichen. Ich habe gekündigt, denn es ist für immer vorbei. Sehen Sie in Ihren Briefkasten, Frau von Sommerroth.

Der Produktionsleiter blickte wieder in die Kamera. »Können Sie damit was anfangen?«

»Ja, das kann ich allerdings«, gab Emilie zur Antwort. »Wie es scheint, hat er mir mein Tagebuch zurückgebracht.«

Henry starrte seine Mutter schockiert an. »Du hast ihm dein Tagebuch gegeben?«

»Ja, Sohn. Das habe ich. Was meinst du denn, wie er sonst erfahren hat, was die Trakehner auf Sommerroth erlebt haben?«

Marisa bemerkte, wie Emilies Wangen wieder rosiger wurden. Sie lächelte.

»Warum hast du das nicht mit uns abgesprochen?«, fragte er entrüstet.

»Weil ich alt genug bin, eigene Entscheidungen zu treffen. Und jetzt lass uns nicht länger darüber reden. Wie es aussieht, steht ein weiterer Fernsehdreh ins Haus.«

»Herr Benzo«, drängte sich Caroline dazwischen. »Was wird der Sender sagen? Wie schätzen Sie die Chancen auf eine Dokumentation ein?«

»Ehrlich gesagt, sehr gut bis fantastisch. Allerdings müssen bis dahin noch viele, viele Gespräche geführt werden.« Nun ruckten seine Augen ein kleines Stück zur Seite – dorthin, wo Emilie saß. »Es könnte bei den Verhandlungen übrigens sehr helfen, wenn ich wüsste, wie genau Sie es schlussendlich geschafft haben, die Blutlinie Ihrer Ostpreußenpferde zu retten. Mögen Sie davon erzählen, Frau von Sommerroth?«

»Das kann ich machen. Aber legen Sie sich besser schon mal ein Taschentuch bereit.«

Gut Sommerroth

Damals

Emilies Erschütterung

Kapitel 32

Muskat schien zu spüren, dass Emilie tief bewegt von dem Geheimnis Charlottes war. Ohne angebunden zu sein, stand sie still im Durchgang der Remise.

Emilie legte ihr die Trense an und schloss die Riemen, ohne wirklich hinzusehen. Ihre Finger taten die vertraute Arbeit von allein. Automatisch nahm sie den Sattel und die Satteldecke. In ihren Ohren war das helle Klimpern der Gurtschnallen, als sie die Lederstrippen hindurchzog. *Schon wieder ein Loch mehr*, ging es ihr traurig durch den Kopf. Sie betrachtete den knochigen Körper von Muskat, ihr glanzloses Fell. Die schöne schwarze Stute war mittlerweile in einem erbarmungswürdigen Zustand. Nicht mehr lang, und es wäre ihr unmöglich, den Heuwagen hinter sich herzuziehen. Mit Angst dachte Emilie daran, was sie auf dem Jacobs-Hof wohl erwarten würde. Ging es Windfarbe besser? Sie hoffte es sehr.

Emilie stieg auf und verließ Sommerroth Richtung Norden. Von der Mamsell hatte sie sich eine grobe Wegbeschreibung zum Großbauern geben lassen, dessen Gehöft unweit von Fliedertal liegen sollte. Das Klappern der Hufe gesellte sich zum Knirschen des Leders. In Gedanken war Emilie noch immer bei Frieda, ihrer armen, bedauernswerten Schwägerin, die sie niemals mehr würde kennenlernen können. Welches Leid diese junge Frau hatte erleben müssen. Bloß, um nach vielen einsamen Jahren ebenso einsam zu sterben.

Tatsächlich verstand Emilie inzwischen vieles besser, was die von Sommerroths betraf. Zum Beispiel, dass der Unfall auf Krimhorst der Ursprung allen Unglücks in der Familie gewesen war. Nach diesem Tag folgte auf eine traurige Ehe die lieblose Kindheit Ottos. Erst Johann versöhnte Charlotte wohl wieder etwas mit dem Schicksal, doch dies wiederum ließ den Neid der Brüder aufeinander erblühen. Leopold musste Charlotte die Ungleichheit ebenso vorgeworfen haben wie die endlose Liebe zu Frieda, die er nie zu akzeptieren geschafft hatte. Wahrscheinlich wollte er dagegenhalten, indem er Otto bevorzugte. Doch ihre Ehe zerbrach daran. All das ließ am Ende kein wahres Familienglück mehr zu.

Emilie wurde nun klar, es würde niemals aufhören. Zu tief waren all die Wunden. Sollte Johann jemals freigelassen werden und zurückkommen, würden er und Otto unmöglich nebeneinander bestehen können. Da es Ilsenhof nicht mehr gab, war die einzige Lösung der Herrenhof von Sommerroth. Doch den würde Otto niemals freiwillig hergeben, was bedeutete, dass sie eines Tages gehen mussten …

Emilie starrte vor sich, ohne wirklich etwas zu sehen. Das auf und ab wippende Bild durch Muskats lange Schritte drang nicht bis in ihren Kopf vor. Selbst dann nicht, als die Straße sich gen Osten wandte und eine Gestalt vor ihr erschien, die auf sie zuhielt. Hinter dem Körper strahlte die gleißende Morgensonne. Und erst, als der lange Schatten des Mannes auf sie und Muskat fiel, erkannte sie ein Gesicht und hörte gleichzeitig eine warme, vertraute Stimme.

»Emilie!«

Es fuhr ihr wie ein Dolch durch ihr Herz. »Johann!« Er war einfach da – mit nichts bei sich außer dem, was er am Leibe trug. Sein Gesicht war voller Blessuren. Sein Gang war der eines alten Mannes.

Emilie sprang von Muskat und warf sich in seine Arme. Erst jetzt wagte sie, es tatsächlich zu glauben. »Du bist zurück! Du lebst.« Ihre eigenen Worte lösten einen Funkenflug voller Glücksgefühle aus. Sie hatte damit gerechnet, ihn für eine sehr lange Zeit nicht mehr wiederzusehen. Vielleicht sogar nie wieder! Jetzt spürte sie seinen Körper, der sich so vertraut anfühlte wie immer. Er war es wirklich!

»Emilie«, wiederholte er voller erfüllter Sehnsucht und Erleichterung. Fest schloss er sie in seine Arme. »Jetzt wird alles gut werden.«

Sie spürte, wie ihr geschundenes Herz wieder kräftig und gleichmäßig zu schlagen begann, mit jedem Augenblick, den sie an seinem Herzen verbrachte.

Irgendwann schob Johann sie sanft von sich. Einen Moment lang sahen sie sich einfach in die Augen und alles um sie herum verschwand.

Zwischen ihnen standen unzählige Fragen, und doch strich Emilie erst mit ihren Fingern seine Haare zur Seite, um die Wunden in seinem Gesicht zu betrachten. Ihn so schwer verletzt zu sehen traf sie bis ins Mark. Die Vorstellung, dass ihm jemand das angetan hatte … Sie versuchte, nicht weiter darüber nachzudenken. »Wie bist du nur freigekommen?«

»Emilie, du wirst es nicht glauben …«, antwortete er und lächelte zaghaft. »Sie haben uns gefunden.«

»Wer? Wovon sprichst du?«

Johann griff in die Innentasche seiner Jacke und zog einen Packen Papiere hervor.

»Was ist das?«

»Persilscheine. Briefe von Männern, die sich für mich ausgesprochen und dadurch meine Freilassung erwirkt haben. Du warst es, die sie auf meine Spur geführt hat.«

»Ich? Nein.« Emilie schüttelte verwirrt den Kopf. »So schön es auch klingt, ich habe nichts damit zu tun, Johann.«

Er lächelte noch immer. Dazu zog er seine Augenbrauen hoch. »Sagt dir der Name Carl Biernat vielleicht etwas?«

Emilies Erinnerung führte sie zurück an den Moment auf Ilsenhof. Der Mann in dem langen, dunklen Mantel erschien in ihrem Kopf. »Er ... er hat die Wahrheit gesagt?«, stotterte sie ungläubig.

»Nachdem du ihm nicht glauben wolltest und vor ihm fortgaloppiert bist, fand er deine Koppeltasche im Ofen von Ilsenhof. Du hattest mich wohl im Gespräch in Neumünster erwähnt und ebenso unsere Freunde. Deshalb machte er sich auf zu Martin Heling. Er hatte keine Zweifel an Biernats Geschichte wegen der Papiere deiner Pferde. Daraufhin haben er und seine Männer aus dem Landgestüt Georgenburg allesamt Leumundsschreiben verfasst und sie nach Neumünster-Gadeland gesandt, um mich zu befreien. Ihre Worte hatten viel Gewicht, denn keiner von ihnen war je in der Partei.« Johann schüttelte noch immer fassungslos den Kopf. »Sie haben mir buchstäblich in letzter Sekunde den Hals gerettet.«

Emilie legte sich erschrocken die Hand auf ihren Hals und atmete durch ihren geöffneten Mund, als ihr klar wurde, wie falsch sie gelegen hatte. »Und ich habe Carl Biernat dreimal fortgeschickt, ihn einen Lügner genannt und ihn bei unserer letzten Zusammenkunft fast umgeritten.«

»Ich denke, er wird dir verzeihen«, versicherte Johann überzeugt. »Jedenfalls dann, wenn du ihm endlich deine Pferde für die Zucht zur Verfügung stellst. Er und Fritz Schilke ziehen derzeit vom Gestüt Traventhal aus durch die Lande und suchen überall nach den letzten überlebenden Trakehnern der Vertriebenen. Einige haben sie wohl bereits auf Äckern, in Ställen und in Schlachthäusern entdeckt und in letzter Minute gerettet. Viele sind schwer krank und schwach. Aber es ist bereits eine gute Zahl zusammengekommen, mit der man eine neue Zucht aufbauen kann.«

Emilie entwich ein Stöhnen. Diese Nachricht überwältigte sie. »Auch … auch aus dem Hauptgestüt Trakehnen?«

»Nicht mehr als ein paar Handvoll«, gestand Johann betroffen. »Aber Fritz Schilke hat sich in der britischen Militärregierung einige Freunde gemacht. Er bekommt Unterstützung. Sein Hauptquartier ist in einem Dorf namens Wiemerskamp nahe Hamburg. Er erwartet uns und die Pferde dort – ebenso wie Martin Heling.« Johann nahm Emilies Hände und küsste sie abwechselnd. »Wir haben es so gut wie geschafft, Emilie. Lass uns keine weitere Zeit verlieren. Wir holen die Pferde von Sommerroth und brechen noch heute auf.«

»Warte«, hielt Emilie ihn auf. Sie sah kurz zu Boden und sammelte ihren Mut mit einem tiefen Atemzug. Es laut auszusprechen, fiel ihr unendlich schwer. »Du sollst es lieber gleich wissen: Kabinett ist tot. Dein Bruder hat sie schlachten lassen, als ich mit Muskat fort war.«

»Nein!« Johanns Gesicht verzog sich voller Entsetzen. Er wandte sich ruckartig ab, ballte seine Hände zu Fäusten und legte seinen Kopf in den Nacken. »Dieses Schwein!«, spie er aus. Nach einer Weile beruhigte er sich wieder so weit, dass er offenbar den nächsten Gedanken fassen konnte. »Was ist mit den anderen Pferden?«

»Ich musste Windfarbe und die Fohlen fortschicken, aber Krzysztof ist bei ihnen.«

»Wo?«, beharrte er.

»Bei einem Großbauern namens Jacobs, um bei der Ernte zu helfen. Ich wollte gerade zu ihnen reiten, um sie zu holen.«

»Jacobs?«, sagte Johann nachdenklich. »Wir müssen uns beeilen, Emilie. Irgendwas ist faul an der Sache.«

»Was meinst du«, fragte sie Unheil witternd.

»Das Land dieses Großbauern … Es gehört Otto!«

Ihr Herz sackte ein Stück tiefer. Emilie fühlte, wie Johann ihre Hand packte und sie an Muskats Seite führte. Er selbst schwang sich zuerst in den Sattel. Dann half er ihr hinter sich auf den Pferderücken. Emilie spürte, wie sich der Rücken ihrer geschwächten Stute durchbog. Und trotzdem passierte mal wieder, was auch auf der Flucht schon so oft geschehen war. Muskat spannte jeden noch so kleinen Muskel an, da sie offensichtlich verstand, dass es um Leben und Tod ging.

»Wenn mein Bruder erst mitbekommt, dass man mich entlassen hat, wird er keine Zeit verlieren.« Johann nahm Muskats Zügel auf und trieb sie an. »Festhalten! Ich kenne eine Abkürzung!«

Im starken Trab überquerten sie die grünen Hügel. Eine ganze Weile ging es hinauf und wieder hinab, bis endlich die Dächer von Fliedertal vor ihren Augen erschienen. Hier war der Boden lehmhaltig und durch den Regen der letzten Tage rutschig. Johann zügelte Muskat, als sie einen besonders steilen Berg hinabsteigen mussten, und ließ die Stute in weiten Schlangenlinien gehen.

Unweigerlich hatte Emilie Zeit, Ottos Vierseitenhof näher zu betrachten. Auch an diesem Tag standen mal wieder zahlreiche britische Jeeps auf dem Anwesen. Zwischen ihnen wuselten Soldaten und Offiziere umher. Pferde wieherten und wurden herumgeführt. Das Vorwerk schien ein wahrer Umschlagplatz für Holsteiner geworden zu sein.

»Da …« Johann wies auf das Herz von Fliedertal, wo Colonel Baker und Alan Smith standen. Ein prächtiger weißer Hengst mit glänzendem Zaumzeug wurde ihnen gerade von Otto vorgeführt. Der Schimmel hielt seinen sauber gebürsteten Schweif als Fahne in die Höhe. Der Kopf war hoch aufgerichtet und seine Nüstern weit geöffnet, während er um Otto herumtänzelte. Plötzlich witterte er Muskat und stieß ein schrilles Wiehern aus, das seinen ganzen Körper erbeben ließ.

Muskat antwortete ihrerseits mit einem Wiehern, hob den Schweif und zeigte ihre Rossigkeit.

Emilie entging nicht, wie das Verhalten der Pferde die Männer gegenseitig aufeinander aufmerksam machte. Ottos Gesicht versteinerte beim Anblick seines Bruders. Dann fing er an zu lächeln und tippte sich gegen sein Handgelenk – dort, wo für gewöhnlich eine Armbanduhr war. Es war unmissverständlich, was er sagen wollte: Die Zeit lief ab!

»Wie weit ist es noch?«, fragte Emilie drängend.

»Wir sind gleich da.« Johann sah nach unten. »Muskat, halte durch! Gleich haben wir es geschafft.« Daraufhin gab er der Stute energisch die Hacken. Im Galopp stürmten sie am Vorwerk vorbei.

Der Wind pfiff Emilie um die Ohren. Besorgt vernahm sie dazu das laute, erschöpfte Prusten von Muskat, als sie eine weite Wiese mit einer einzelnen großen Linde darauf überquerten. Vor ihnen auf einer Anhöhe erschien nun endlich der Jacobs-Hof mit seinen schwarz-weißen Fachwerkgebäuden.

Johann trieb Muskat weiter darauf zu und zügelte sie erst direkt vor dem Haupthaus. »Jacobs?«, brüllte er schon, während er vom Pferderücken sprang. »Jacobs? Wo sind Sie?« Seine Faust donnerte gegen die Eingangstür.

Emilie stieg ebenfalls ab und sah sich um – in der Hoffnung, einen Hinweis auf ihre Pferde oder Krzysztof zu entdecken. Dabei flog ihr Kopf ruckartig zwischen den Gebäuden umher, wo jetzt immer mehr Gesichter hervorlugten. Frauen und Kinder traten neugierig näher, doch Krzysztof war nirgendwo zu sehen. Stattdessen bemerkte Emilie etwas anderes: Der Geruch von Blut lag in der Luft!

Johann rannte zu einem Stall, blickte kurz hinein, dann raste er zum nächsten Eingang. »Wo ist Bauer Jacobs?«, herrschte er zwei Frauen an, die nur mit den Schultern zuckten.

Emilie formte ihre Hände kurz entschlossen zu einem Trichter. »Krzysztof! Wo bist du? Krzysztof!«, schrie sie in alle Richtungen, als ihr Augenmerk auf ein kleines Mädchen von vielleicht sechs Jahren fiel. Ohne ein Wort zeigte sie zu einem großen Schiebetor. Emilie rutschten die Zügel von Muskat aus der Hand. Sie lief los. Je näher sie dem steinernen Gebäude kam, desto stärker wurde der Blutgeruch. Mit einem kräftigen Ruck schob sie das Tor zur Seite, das krachend zum Stehen kam.

Ein Mann mit blutiger Schürze und einem langen Messer drehte sich mit fragendem Gesicht zu ihr um. Er stand bei drei aufgeschnittenen kopflosen Pferdeleibern, die an Seilen von den Dachbalken herunterhingen. Aus ihren Hälsen tropfte noch das Blut.

Emilie schrie auf, als sie das sah, und schlug sich die Hände vor die Augen. »Nein, nein, nein …!«

Johann stand gleich darauf hinter ihr. »Sie sind es nicht, Emilie. Sie sind es nicht!«, beschwor er sie.

Langsam drangen seine Worte zu ihr durch und sie wagte es, die Hände wieder herunterzunehmen. Ohne einen weiteren Blick drehte sie sich um. Das Dröhnen eines Wagenmotors ertönte jetzt und wurde stetig lauter. Emilie sah den Jeep des Colonels auf den Hof fahren. Er und Alan Smith waren kaum ausgestiegen, da galoppierte Otto auf seinem Hengst herbei. Die Menschen mussten zur Seite springen, um nicht unter die Hufe zu geraten. Nur Zentimeter vor Johanns Füßen hielt er an.

Dieser wich nicht aus, sondern drehte bloß den Kopf zur Seite, um den Steinchen und dem Staub zu entkommen, die aufgewirbelt wurden. »Hallo, Bruder«, begrüßte er ihn freudlos.

»Was zum Teufel hast du auf meinem Hof zu suchen?«, grollte Otto. Die schnellen Drehungen seines tänzelnden Holsteiners machten es ihm schwer, das Gesicht vor sich zu fixieren.

»Wo sind Emilies Pferde?«, forderte Johann zu wissen.

Otto lachte boshaft auf. »Ihr kommt zu spät.«

Emilies Atem stockte. »Wo sind sie?«, flüsterte sie erst. Plötzlich sah sie einen rothaarigen Mann aus einer der Scheunen treten. Sie erkannte ihn genau – er hatte Kabinett auf dem Gewissen! Ungehalten brüllte Emilie Otto an: »Wo sind meine Pferde? Sag es mir! Sofort!« Ein Ruck ging durch ihren Körper. Sie rannte los und schrie dabei aus voller Kehle. Alles, was sie wollte, war, sich auf Otto zu stürzen.

Johann jedoch war schneller und holte sie ein. Seine Arme hielten sie umschlossen, bevor sie Schlimmeres tat.

In gleicher Sekunde wurden mehrere Schüsse abgegeben. Colonel Baker hielt seine Waffe in die Luft. »Stop! Everyone shut up, now!«

Alle auf dem Hof erstarrten.

Emilies Atem ging schnell und stoßweise. Ihr Körper zitterte vor Angst um Windfarbe, die Fohlen und Krzysztof.

Dem Colonel schien daran gelegen, die Sache aufzuklären. Er drehte sich zu Otto und zeigte auf Emilie. »Where are her horses?«, verlangte er streng zu erfahren.

»Wo sind ihre Pferde?«, übersetzte Alan Smith automatisch.

»Nicht mehr da«, antwortete überraschenderweise der rothaarige Mann.

Otto sah in seine Richtung. »Was soll das heißen?«

Der Mann ignorierte ihn und sprach zum Colonel. »Baron von Sommerroth versprach dem Bauern Jacobs einen kräftigen Holsteiner, der besser fürs Feld geeignet sei als eine Stute mit zwei Fohlen. Ich sollte sie heute früh schlachten.«

Emilie fühlte den Boden unter sich wanken und gleichzeitig die starken Arme von Johann, die sie aufrecht hielten.

Alan Smith übersetzte schnell, doch bevor der Colonel etwas erwidern konnte, sprach der Rothaarige weiter.

»Der Pole, der die Pferde begleitete, flehte mich an, sie zu verschonen und ihn gehen zu lassen. Er erzählte mir, dass eines der Pferde, die ich auf Sommerroth geschlachtet habe, die Mutterstute eines der Fohlen gewesen sei. Hätte ich das gewusst …« Der Mann schüttelte den Kopf und warf Otto einen vernichtenden Blick zu. »Danach brachte ich es nicht mehr über mich, die Fohlen zu töten. Ich ließ ihn gehen.«

»Was sagst du da?«, empörte sich Otto.

»Bevor der Pole über die Anhöhe ritt, beobachtete ich noch, wie ein Mann mit langem Mantel und Hut zu ihm kam. Sie unterhielten sich und verschwanden gemeinsam.«

Emilie schluchzte laut auf und warf sich erleichtert in Johanns Arme.

»Biernat!«, stieß Johann hervor, der ebenso befreit wirkte. »Sie sind in Sicherheit, Emilie.« Dann wandte er sich an seinen Bruder und lachte fast. »Gib endlich auf, Otto. Du wirst es nicht mehr verhindern können. Die Trakehner werden überleben. Und ich sage dir, sie sind bald überall. Möglicherweise verdrängen sie eines Tages sogar deine Holsteiner.«

»Du bist ja vollkommen irre geworden, Johann. Wovon zur Hölle sprichst du nur?«

»Verstehst du nicht? Es hat bereits begonnen. Ein Netzwerk aus Ostpreußens größten Züchtern und Hippologen ist dabei, sich zusammenzufinden und zu verbinden.« Johann machte dabei über sich eine Handbewegung, als würde er ein Himmelsbild beschreiben. Jetzt ließ er seine Hand schwer fallen. »Selbst wenn du Emilies Pferde alle getötet hättest, die Trakehner werden überzeugen! Keines deiner Pferde hätte die Stärke gehabt, die ich während der Flucht aus Ostpreußen bei den Trakehnern gesehen habe.«

»Das ist lächerlich. Die Holsteiner sind seit Jahrhunderten hier, so wie die Eichen auf den Alleen. Trakehner dagegen sind nichts weiter als Unkraut. Sie verwässern das Blut der heimischen Zucht. Du wirst das Gut unserer Vorfahren nicht mit ihnen verseuchen. Tu, was du nicht lassen kannst, aber tu es nicht auf Sommerroth!«

Johanns Gesicht war jetzt entschlossen. »Und wenn es das Letzte ist, was ich in meinem Leben mache«, entgegnete er. »Ich werde diese Zucht mit Emilie wiederbeleben.«

Otto stierte ihn boshaft an und beugte sich auf seinem Hengst ein Stück vor. »Zum Glück haben die Briten derzeit das Sagen auf Sommerroth, und zum Glück ziehen sie meine Pferde allen anderen vor.«

Colonel Baker trat plötzlich vor und schritt zu Muskat, die ein paar spärliche Grashalme am Fuße einer Scheune zupfte. Er griff ihre Zügel und strich ihr über die Stirn. »What about a horse race?« Jetzt sah er zu Otto. »To win Sommerroth.«

»Wie bitte?«, spie Otto hervor.

»Reiten Sie um Sommerroth!«, übersetzte der Dolmetscher, obwohl es überflüssig war.

Emilie konnte in Alans Gesicht erkennen, wie gern er diese Worte sagte.

»Sind hier jetzt alle verrückt geworden?«, schimpfte Otto.

Der Colonel legte den Kopf schief. »What are you afraid of? Your stallion is strong. This mare is weak, isn't she? You are the one, who has denied these horses the strengthening feed … So? You will win anyway. What do you have to lose?«

Alan sprach zu Otto in einer Weise, die sich nicht wie eine Übersetzung anhörte. »Wovor haben Sie Angst? Sie mit Ihrem starken Hengst? Gegen eine schwache Trakehnerstute, der Sie selbst das stärkende Futter über Wochen verwehrt haben. Sie werden doch sowieso gewinnen. Oder etwa nicht? Was haben Sie schon zu verlieren?«

Johann schnellte nun vor. »Stopp! Das ist doch Wahnsinn. Muskat kann dieses ungleiche Rennen nicht gewinnen …«

Otto ignorierte ihn und blickte stattdessen vom Dolmetscher zum Colonel und wieder zurück. »Ich habe gar nichts zu verlieren, werte Herren. Aber die Stute ist meines Hengstes nicht würdig.« Jetzt sah er zu seinem Bruder. »Außerdem reite ich nicht gegen eine Schwangere und bin womöglich schuld, wenn sie stürzt!«

Johann verlor für einen Moment jede Selbstsicherheit. »Schwanger?«, wiederholte er und schaute Emilie an.

Ihr selbst hingegen stockte der Atem angesichts von Ottos Niedertracht. Dieser Feigling! Er nutzte ihren Zustand, um seinen Kopf aus der Schlinge zu ziehen, denn er wusste genau, dass Johann sie jetzt nicht mehr reiten lassen würde. Schon fühlte sie den Blick ihres Mannes auf sich.

Johann lief auf sie zu und ergriff ihre Hände. »Du erwartest ein Kind, Emilie?«

»Ja, du wirst Vater. Ich weiß es selber erst seit zwei Tagen.« Er sah an ihr runter zum Bauch, als gäbe es da bereits etwas zu entdecken. Auf seinem erschrockenen Gesicht zeichnete sich nun ein Lächeln ab. Im nächsten Moment ließ er ihre Hände wieder los und wandte sich um. Entschlossen trat er auf die Männer zu. »Sie wird nicht reiten …«

Emilie hörte den Männern nicht länger zu, die nun zu diskutieren begannen. Stattdessen ging sie zu Muskat. Ihre Stute schaute sie aus großen, schwarzen Augen an. Sie war das allerletzte Pferd von Gut Zimny, das ihr noch geblieben war. Jedes Geräusch um sie herum schien plötzlich leiser zu werden. In Gedanken sprach sie zu ihr. *Ich fühle es, du bist unendlich müde. Aber du kannst es schaffen, ich weiß es! Wir müssen es wagen, Muskat.* Sie legte ihre Stirn auf die ihrer Stute, wie sie es bereits unzählige Male in ihrem Leben getan hatte. Emilie konnte es in diesem Moment spüren: Muskat hörte ihr zu. Ein letztes Mal beschwor sie sie. *Danach sind wir frei!*

Die Stimmen der streitenden Männer wurden wieder lauter in ihren Ohren. Emilie stieg auf Muskats Rücken und sah sich um. Sie erblickte die weite Koppel, über die sie gekommen waren, mit der ausladenden Linde darauf. Vor Kurzem mussten hier noch Kühe gegrast haben, denn der Boden war kurz gefressen. »Bis zu diesem Baum und wieder zurück«, bestimmte sie laut und deutlich.

Johann ging hektisch auf sie zu. »Emilie. Nein! Du wirst das nicht tun!«

Sie sah ihn mit Absicht nicht an. Sein bloßes Gesicht hatte die Kraft, sie umzustimmen. Aber das wäre falsch gewesen. Er hatte nicht erlebt, was sie in den letzten Wochen auf Sommerroth erlebt hatte. Niemals würden sie dort wirklich in Frieden leben können, wenn es noch Otto zustand. Dies war eine einmalige Chance. Colonel Baker würde sie ihr nur hier und heute geben. Emilie wandte sich an ihren Schwager. »Um Sommerroth! Wenn ich gewinne, überlässt du uns den Herrenhof und ziehst dich nach Fliedertal zurück.«

»Abgemacht! Und wenn ich gewinne?«

»Dann werden Johann und ich Sommerroth noch heute und für immer mitsamt meinen Pferden verlassen.«

»Ich kann es kaum erwarten«, antwortete er boshaft und nahm die Zügel auf.

»Emilie …« Beschwörend streckte Johann seine Hand nach den Zügeln aus. Leiser fügte er hinzu: »Sieh dir seinen Hengst an. Muskat ist geschwächt von dem langen Galopp. Sie kann es nicht schaffen.«

»Doch, Johann. Sie kann! Muskat hat schon Schlimmeres geschafft. Denk an das Frische Haff …«

Er wollte weiter protestieren. Alles an ihm schien sie aufhalten zu wollen, doch er konnte es offensichtlich an ihren Augen ablesen. Sie würde sich nicht mehr umstimmen lassen. Er nickte und trat einen Schritt zurück.

»Wünsch uns Glück!« Emilie wendete ihre Rappstute und ritt zum Gatter der Koppel. Auf der Wiese stellte Otto sich neben ihr auf. Sie sah nicht zu ihm hinüber, sondern versuchte, ihn zu vergessen. Emilie blickte nur auf die Wiese vor sich und war dabei, sich gedanklich zurückzuversetzen. Früher, in ihrem alten Leben, da hatte es viele Wettrennen gegeben. Sie hoffte, dass sich Muskat noch daran erinnerte, an ihre Stärke und ihren Siegeswillen, den sie stets entwickelt hatte. Emilie beugte sich vor auf den Hals und flüsterte: »Wir schaffen es, Muskat. Denk an Ostpreußen!« Sie nahm die Zügel kürzer und sah zu Colonel Baker.

Nacheinander überzeugte er sich, dass die Reiter bereit waren. Sein Arm ging in die Höhe. Sein Revolver zielte in die Luft. Dann feuerte er seine Waffe ab.

Muskat stemmte ihre Hufe in den Boden und stob davon. Emilie spürte die Kraft ihrer Muskeln unter sich, obwohl sie so viel dünner und schwächer war als früher. Sie fühlte trotzdem den Schub ihrer Hinterläufe, die sich vom Boden abdrückten und ihren Körper nach vorne katapultierten. Jeder Galoppsprung erhöhte ihr Tempo. Emilie gab ihr den Rücken frei, indem sie sich in den Bügeln aufstellte und die Knie an ihren Körper presste. Weit reichte sie Muskat die Zügel vor, damit diese ihren Hals strecken konnte. Das Donnern der Hufe auf den Boden kam in immer kürzeren Abständen. Dennoch sah Emilie im Augenwinkel den weißen Hengst aufholen. Ein Blick zur Seite bestätigte, Otto hielt die Zügel sogar noch kurz.

»Du hast keine Chance, Emilie«, rief er rüber. »Gib lieber gleich auf, bevor deine Mähre unter dir zusammenbricht.« Lachend schob er die Arme vor. Sein Hengst schüttelte den Kopf, als wollte er sagen: *Endlich bin ich frei!* Leichtfüßig stieß er sich ab und flog davon.

Emilie fühlte sich machtlos. Muskats Siegeswillen schien augenblicklich gebrochen. Früher hatte das Vorbeiziehen eines Pferdes sie stets zu Höchstleistungen angetrieben. Jetzt wurde sie stattdessen langsamer. Ihre Kraft ließ merklich nach. »Muskat, nein! Gib nicht auf!«, beschwor sie sie.

Otto hatte den Baum bereits umrundet und schoss in entgegengesetzter Richtung an Emilie vorbei.

Sein verächtliches Lächeln war ihr noch vor Augen, als auch sie die Linde erreichte. Muskats Hinterläufe rutschten auf dem feuchten Boden weg. Emilie zog ihren Kopf in letzter Sekunde nach oben. Die Stute fing sich wieder, galoppierte weiter, doch sie verloren dadurch noch mehr Zeit.

Emilie war bewusst, der Moment war gekommen, eine Entscheidung zu treffen. Sie verstand, dass sie selbst es war, die Muskat noch immer zurückhielt – aus Liebe. Wählte sie die Gegenwart oder die Zukunft? War sie bereit, das nötige Opfer zu bringen und vielleicht alles zu verlieren, um für spätere Tage zu gewinnen? Solange sie es nicht selbst wollte, würde Muskat nicht alles geben.

Die Galoppsprünge von Muskat kamen Emilie vor wie in Zeitlupe. Otto war bereits auf halbem Weg zurück. Dieser Augenblick würde über den Rest ihres Lebens und das ihres Kindes entscheiden.

Sie sah Johann in der Ferne stehen, und sie meinte, seine Worte in ihrem Kopf zu hören: *Lauf, Muskat, lauf.* Emilie schaute zu ihrer Stute runter. Noch hatten sie nicht verloren. Sie wollte siegen! »Lauf, Muskat. Lauf …«, rief sie und meinte es erst jetzt aus vollem Herzen. Sie trat ihrer Stute in die Seiten und schrie: »Laaaauf!«

Muskat riss ihren Kopf nach oben und stob nach vorne, als hätte sie aus göttlicher Hand einen Stoß erhalten. Ihre Augen schienen nur noch den Hengst wahrzunehmen. Ihre Beine holten so weit aus, dass Emilie die vorderen Hufe vom nassen Gras glänzen sah. Sie ließ die Zügel fallen und griff sich ein Büschel Mähne. Muskat hatte verstanden. Es gab nichts mehr für sie zu tun. Das Prusten der Stute wurde kürzer, kam schneller, je mehr sie aufholte. Otto und der Hengst schienen plötzlich in der Luft zu stehen. Emilie sah nicht mehr zu ihnen hin, sondern nach unten zu Muskat. Sie fühlte die Schmerzen ihrer Stute am eigenen Körper. Das Stechen der Lunge. Das Ziehen im Herzen und das Brennen eines jeden geschwächten Muskels, der zu zerreißen drohte. Gnadenlos zwang Muskat ihren Körper weiter und weiter. Aus ihren Nüstern trat Blut wie aus Emilies Augen die Tränen. Sie wusste, sie könnte es beenden, doch sie tat es nicht. Muskat lief für sie, für Johann, für das Kind in ihr. Und es zerriss Emilie das Herz. Sie konnte vor lauter Tränen kaum noch etwas erkennen, als sie an Otto und dem Hengst vorbeischossen – und schließlich an Johann, der ebenso weinte, als er Muskat sah.

Emilie gab ihr das Zeichen anzuhalten, indem sie sich aufrichtete. Die Stute schaffte es noch in einen Trab und dann in einen Schritt. Kaum war Emilie von ihrem Rücken geglitten, knickten ihre Vorderbeine ein. Muskat fiel auf die Seite, wo sie regungslos liegen blieb. Emilies Tränen sickerten in das schwarze Fell ihrer Stute, die sie noch einmal mit den Armen umschlang.

Epilog

Emilie sah, dass alle um sie herum weinten. Selbst Carsten Benzo wischte sich mit dem Handballen über die geröteten Augen – wahrscheinlich verstand er nun auch, warum sie ihm zu einem Taschentuch geraten hatte.

Lizzy war besonders ergriffen und heulte und schluchzte laut. Keiner im Raum konnte den Schmerz wahrscheinlich besser nachempfinden, den Emilie damals auf der Wiese gespürt hatte.

Doch auch Marisa liefen die Tränen. Auf ihrem Bauch lag ihre rechte Hand.

Emilie bedachte sie mit einem warmen Blick. In Gedanken beschwor sie sie: *Geh endlich zu ihm!* Es war eine weit sanftere Methode, als ihr einen Stoß mit ihrem Gehstock zu verpassen.

Marisa drehte sich zu Mark um und raunte ihm etwas ins Ohr. Sie verschwanden still und leise aus dem Büro.

Emilie beendete die Traurigkeit, indem sie sich laut räusperte. »Schon gut, Kinder. Nun beruhigt euch doch. Ihr wisst schließlich alle, dass Muskat es geschafft hat. Ansonsten wäre Mojo doch nicht hier.«

Lizzy schnäuzte sich in ihr Taschentuch. »Habt ihr danach wirklich Sommerroths Haupthaus bekommen?«

»Ja, das haben wir. Otto hat selbstverständlich versucht, sich dagegen zu wehren, aber Colonel Baker war ein Mann des Wortes. Er setzte durch, dass die beiden Linien Sommerroths fortan getrennte Wege gingen. So gelang es, dass Holsteiner und Trakehner nebeneinander hier bestehen konnten.«

Philipp setzte sich seitlich auf den Konferenztisch und sah Emilie an. »Warum wissen wir alle so wenig über Otto und sein Leben? Ich hörte bisher kaum mehr als seinen Namen.«

»Sein Vermächtnis ist blass, obwohl er sich als Züchter seinerzeit einen guten Ruf gemacht hatte. Aber er hatte keine Nachkommen und am Ende ist es das, was einen weiterleben lässt. Außerdem sind auf Ilsenhof alle Stammbäume und Familienbücher verbrannt, und die Sommerroths verloren das Vorwerk Fliedertal später an die Bodenreform. Otto starb einsam und unrühmlich … Aber das ist eine andere Geschichte. Für heute ist es genug.« Emilie spürte die Erschöpfung über sich kommen. In diesem Augenblick wurde ihr das eigene Alter plötzlich sehr präsent. »Es tut mir leid, Herr Benzo. Ich denke, ich werde mich jetzt ausruhen müssen.«

»Natürlich, Frau von Sommerroth.«

Seine wortreiche Verabschiedung ging an Emilie gänzlich vorbei. Sie ergriff die Arme von Lizzy und Henry und ließ sich auf die Füße ziehen. Als sie am Fenster vorbeikam, sah sie Mark und Marisa vor dem Fachwerkhaus stehen. Endlich redeten sie! Auf keinen Fall wollte sie das unterbrechen. Sie blickte zu Caroline. »Würde es dir was ausmachen, wenn ich mich in dein schönes Gartenzimmer zurückziehe? Mir gefällt die Aussicht auf das Badehaus so sehr.«

»Sehr gern, Emilie.« Es klang ungewohnt einladend. Caroline löste Lizzy an Emilies Seite ab. »Ich habe nie gewusst, wie groß dein Anteil zur Rettung Sommerroths im Krieg war. Bitte verzeih mir!«

***

»Du bist gestern mit der Blonden zusammen gewesen, oder? Sei ehrlich zu mir, Mark.« Marisa spürte einen Kloß im Hals. Einerseits wollte sie die Karten nun endlich auf dem Tisch haben, andererseits fürchtete sie sich auch davor.

Marks Gesicht war so verschlossen wie nie. »Ja, war ich. So, wie du mit Tristan im Auto zusammen warst.«

»Genauso? Ich meine, habt ihr euch geküsst?«

Mark betrachtete sie abgeklärt. »Was kümmert dich das, Marisa? Oder warte … die Frage müsste eigentlich lauten: Was geht es dich an?«

Sie suchte nach einer passenden Antwort, aber die Wahrheit war deutlich. Es ging sie nichts an!

Mark fuhr sich durch sein schwarzes Haar. »Weißt du, seit unserer Trennung kämpfe ich um dich, aber nun hab ich es verstanden. Dein Flirt genau vor meinen Augen war vielleicht das, was ich gebraucht habe. Ein so deutliches Signal, dass selbst ich mit meinem Brett vorm Kopf keine weiteren Fragen mehr habe. Unsere Beziehung ist ein für alle Mal vorbei.« Weniger nachdrücklich, aber dennoch deutlich warf er hinterher: »Die Dokumentation über die Trakehner sollten wir vielleicht noch abwarten, um nicht davon abzulenken. Aber danach wäre es sinnvoll, die Scheidung wirklich durchzuziehen.«

Marisa wollte sie aufhalten. Aber die Tränen stiegen einfach in ihr hoch und rollten über ihre Wangen. Vielleicht waren es die viel zitierten Schwangerschaftshormone, jedenfalls begann sie zu weinen.

»O bitte, Marisa. Das sieht dir echt nicht ähnlich. Was soll das Getue?«

»Ich weiß es auch nicht. Das alles macht mich traurig.«

»Scheidungen sind immer traurig«, schloss er kalt. »Wir müssen es ja nicht zur Schlammschlacht werden lassen.«

»Nein, müssen wir nicht. Will ich auch gar nicht.«
»Fein, insofern ist alles gesagt. Ich werde dann mal gehen.«
Er holte seinen Autoschlüssel heraus und ließ auf Knopfdruck den Ersatzschlüssel herausspringen, nur, um ihn gleich wieder reinzudrücken. Dabei ging er rückwärts Richtung Wagen. »Mach's gut, Marisa.«

Sie drehte sich um und starrte ihre Haustür an. In dem kleinen Fenster darin spiegelte sich Mark. Er hatte seinen Mercedes inzwischen erreicht und die Autotür geöffnet, hielt aber inne.

Marisa hätte ihm am liebsten hinterhergerufen, dass sie dringend reden müssten. Dass sie ein Kind erwartete und es ein Kind der Liebe war. Sie hatte es endlich verstanden – das, was Emilie schon die ganze Zeit gesehen hatte. Aber sie wollte nicht, dass er nur deshalb bei ihr blieb. Nie wieder würde sie es zulassen, sich ungewollt in einer Beziehung zu fühlen wie früher. Lieber blieb sie für immer allein.

Mark drehte sich noch einmal um. »Ich habe sie übrigens bloß zum Bahnhof gebracht.«

»Was meinst du?« Marisa starrte seine Spiegelung an. Er spielte unverändert mit seinem Schlüssel.

»Die blonde Set-Runnerin … Sie musste einfach nur ihren Zug bekommen und ich hab sie zum Bahnhof gefahren. Mehr ist nicht passiert.«

Marisa hatte das Gefühl, eine tonnenschwere Last fiele laut krachend von ihr ab. Mark musste es doch ebenfalls hören! Gegen ihren Willen schluchzte sie laut auf. Alle Versuche, sich auch nur ein bisschen zusammenzureißen, scheiterten kläglich.

Mark kam auf sie zu und betrachtete sie verwirrt. »Was sind das für Tränen, Marisa?«

Es brauchte, bis sie sprechen konnte. Ständig setzte sie zu einer Antwort an und brach wieder ab, um sich mit dem Ärmel die Augen zu wischen. Endlich aber schaute sie in sein Gesicht. Plötzlich war jeder Groll gegen ihn verschwunden. Was schlussendlich dazu geführt hatte, würde sie vielleicht nie herausfinden. Marisa nahm an, es war die eben gehörte Geschichte gewesen über die endlose Liebe von Johann und Emilie. Sie hatte trotz aller Widrigkeiten Bestand gehabt. Warum, verdammt noch mal, sollten Mark und sie es nicht auch schaffen können?

»Sag es mir«, forderte er so einfühlsam, als würde er die Antwort bereits vermuten. »Was sind das für Tränen?«

Marisa gab sich einen Ruck und lächelte zaghaft. »Das sind Ich-bin-so-erleichtert-Tränen. Vielleicht gemixt mit ein paar Ich-bin-so-dämlich-Tränen.« Kurz schoss ihr durch den Kopf, dass sie fürchterlich aussehen musste. Es war ihr egal. »Die meisten davon sind aber wohl Ich-liebe-dich-noch-immer-Tränen.«

Mark lachte überrascht auf. »Ist das dein Ernst?«

»Ja!«, antwortete sie aus ganzem Herzen und lachte ebenfalls.

Fassungslos blickte er auf sie herunter. »Du machst mich fertig, Marisa.«

»Ich weiß. Tut mir leid. Ich komme selbst kaum hinterher.«

»Und was ist mit diesem Tristan? Und eurem Kuss im Auto?«

»Es war bloß ein Abschied. Zwischen uns ist nichts.«

Er nickte zufrieden. »Wir sollen es also wirklich noch mal versuchen?«

»Ja, ich denke, das möchte ich.«

»Hast du dir das auch gut überlegt?« Er visierte sie eindringlich an und in seinen Augen blitzte Sarkasmus. »Willst du ernsthaft meine schwarzen Carbon-Möbel und meinen Glastisch wieder in deinem Hexenhäuschen haben?«

Marisa verzog das Gesicht. Wie sehr sie diesen hässlichen Tisch mit seinen goldenen Füßen doch hasste. »Nein! Dieses Glasmonster will ich nicht. Aber ich will dich!«

Mark trat ganz nah an sie heran. Mit seinen Daumen wischte er ihre Tränen weg und küsste sie lang. »Scheiß auf meinen Glastisch! Ich schmeiße ihn weg und nehme dich mit jedem deiner kitschigen Blümchenkissen und deinen tausend Herzhängern im Haus. Wenn du nur wieder offiziell meine Frau bist.«

Obwohl sie lachte, konnte Marisa nicht aufhören zu weinen.

»Ich liebe dich, Marisa. Und hör bitte endlich auf zu weinen.«

»Es geht nicht.«

»Warum denn nicht? Ich frage jetzt zum letzten Mal. Was sind das denn noch für Tränen?«

»Die Wir-werden-Eltern-Tränen! Mark, ich bin schwanger.«

Nachwort

Auch wenn mir die Sommerroths und ihr uralter Familiensitz sehr ans Herz gewachsen sind, hat es weder die Familie noch das Anwesen je gegeben. Schriftliche Nachweise darüber sucht man deshalb leider umsonst in den Büchern Schleswig-Holsteins – wenngleich es natürlich wundervolle Gutshöfe in ganz Norddeutschland gibt, die mir als Inspiration dienten.

Ein Beispiel ist das Gut Belitz in Mecklenburg-Vorpommern, das mein Mann und ich rein zufällig entdeckten. Die nette Frau Bongardt lud uns spontan zu einer kleinen Hausführung ein, während unsere Kinder auf der großzügigen Freitreppe lernten, wie man mit einem historischen Küchengerät Kirschen entkernt. Dem einen oder anderen Leser kommt jetzt sicher die entsprechende Textstelle in den Sinn, die ich deshalb eingebaut habe. Ebenso dürfte manchem Gut Belitz ein Begriff sein, denn die 16 Folgen der ARD-Fernsehserie »Abenteuer 1900 – Leben im Gutshaus« wurden dort gedreht und das Haus für diesen Zweck entsprechend ausgestattet. So erwies sich der Besuch dort für mich als eine hervorragende Quelle bezüglich der altertümlichen Einrichtung von Schloss Sommerroth.

Ähnlich verhält es sich mit der Durchfahrtsscheune, die später zu Marisas Haus wurde. Ein solches Gebäude aus dem Jahr 1688 steht nämlich in dem von mir sehr geliebten Museumsdorf Kiekeberg bei Hamburg, wo auch regelmäßig wunderbare Veranstaltungen unter dem Motto »Gelebte Geschichte« stattfinden. Während dieser Aktionstage spielen Darsteller in authentischer Kleidung das alltägliche Leben der einfachen Leute zwischen dem beginnenden 19. und der Mitte des 20. Jahrhunderts nach, was dem Zuschauer eine Art Zeitreise beschert.

Ebenso befindet sich hier noch eine originale Nissenhütte, die ihren Namen von dem kanadischen Offizier Peter Norman Nissen hat. Der Ingenieur entwickelte die Wellblechhütten im Jahre 1916 für die britische Armee. Doch nachdem der Zweite Weltkrieg den Wohnraum für circa 20 Millionen Menschen in Deutschland zerstörte und die vier Besatzungszonen ungefähr 10 Millionen Vertriebene aufnehmen mussten, dienten die Hütten als Notlösung, um ein massenhaftes Erfrieren in den sehr harten Nachkriegswintern zu verhindern.

In einem neuen Teil des Museumsdorfs, das den Titel »Königsberger Straße« trägt, kann man dieser schweren Zeit der deutschen Geschichte nachspüren. Der Nachbau eines typischen Siedlungsdoppelhauses der frühen 1950er-Jahre beherbergt Ausstellungsstücke wie das Brautkleid aus Ballonseide, das Sieb aus einem Stahlhelm, die Lebensmittelmarken und viele weitere Gegenstände, die ich in die Damals-Passagen meines Romans eingebaut habe. Auch Informationen über den Entnazifizierungsprozess mittels der Fragebögen, die Leopold und Johann beantworten mussten, konnte ich der Ausstellung entnehmen.

Das Internierungslager Neumünster-Gadeland befand sich tatsächlich auf dem Gelände der Lederfabrik Emil Köster. Es wurde im Juli 1945 von der britischen Militärregierung dort eingerichtet, nachdem man das Gelände in der Größe von circa zwölf Fußballfeldern konfisziert hatte. Das Lager bestand aus zehn Blöcken, die mit Stacheldraht voneinander getrennt waren. Zeitweise saßen hier bis zu 12.000 Menschen ein, unter ihnen auch die grausamsten Mitglieder der NSDAP.

Einer von ihnen war Gauleiter Friedrich Hildebrandt, der im April 1941 die Zwangsräumung des Diakonissenhauses Lobetal anordnete. Zum Alter der nach Schwerin gebrachten Bewohner habe ich während meiner Recherchen widersprüchliche Aussagen gefunden. Was aber leider zweifelsfrei feststeht, ist der grausame Tod aller durch die Hand des Arztes Alfred Leu mittels der im Buch von mir beschriebenen unvorstellbaren Euthanasiemaßnahmen, denen auch Frieda zum Opfer fiel.

Ebenso wahr sind die Umstände, die am Anfang des Romans zur Führungsreserve von Leopold geführt haben. Durch schlechte Witterungsbedingungen hatten zwei Offiziere am 10. Januar 1940 in Belgien mit ihrem Flugzeug notlanden müssen. Teile der Aufmarschpläne waren so den Belgiern in die Hände gefallen, woraufhin Hitler im Zorn mehrere Generäle entlassen hatte – so auch meinen fiktiven Leopold, der nach seiner Führungsreservezeit im Kieler Rathaus unterkommt.

Den von mir im Buch beschriebenen desolaten Zustand der Stadt habe ich zahlreichen Quellen entnommen. Insgesamt musste Kiel 90 Luftangriffen standhalten, bei denen eine unfassbare Menge an Bomben fiel. Ich las von 500.000 Brandbomben, 900 Minenbomben und 44.000 Sprengbomben, bis die Stadt am 4. Mai 1945 kampflos an die Engländer übergeben wurde und die britische Militärregierung übernahm.

Feldmarschall Montgomery wandte sich tatsächlich in der ersten Ausgabe des *Kieler Kurier* an die deutsche Bevölkerung und versprach: »Mein unmittelbares Ziel ist es, für alle ein einfaches und geregeltes Leben zu schaffen. In erster Linie ist dafür zu sorgen, dass die Bevölkerung Folgendes hat: a) Nahrung b) Obdach c) Freisein von Krankheit.« Dennoch konnte auch er die Not der Nachkriegszeit bloß mindern, aber nicht gänzlich verhindern.

Allein in Schleswig-Holstein soll sich die Einwohnerzahl in den Nachkriegsjahren durch Evakuierung, Flucht oder Vertreibung um etwa eine Million Einwohner erhöht haben. Eine katastrophale Ernährungs- und Wohnungssituation war die Folge. Man lebte über Jahre in Gartenhäusern, Baracken, Scheunen, Ställen und sogar Erdbunkern. Das Abtrennen mit Laken, wie im Roman beschrieben, war gängige Praxis. Der Platz in den Behausungen blieb so begrenzt, dass oft nur eine Person zurzeit arbeiten oder kochen konnte und die anderen Familienmitglieder unterdessen in den Betten verweilen mussten.

Viel zu kochen gab es jedoch nicht. Die Zuteilung der Lebensmittel durch Marken wurde immer weiter reduziert, bis es bald nicht viel mehr als 1.000 Kalorien pro Tag waren. Es hieß: »Wir können nicht mehr verhindern, dass das Volk hungert, nur noch, dass es verhungert.«

Meine Großeltern erzählten mir davon, wie schlimm die Zustände waren. Das »Organisieren«, also das Stehlen von Lebensmitteln, war an der Tagesordnung. Irgendwann aß und trank man alles: schimmliges Brot, Obst mit Maden, vertrocknete Kartoffelschalen. Die Kinder suchten Löwenzahn, Bucheckern oder Sauerampfer. Kaffee wurde aus Getreidekörnern oder Eicheln gekocht. Ebenso knapp wie Lebensmittel waren Kohle und Holz zum Heizen. Bald war selbst der eine Stuhl, auf dem man saß, im Kanonenofen verschwunden und der Waldboden blank gesammelt.

Dieser Not fielen auch die Trakehner zum Opfer. Weder sie noch ihre Besitzer waren im ausgezehrten Kerndeutschland willkommen und deshalb den Anfeindungen der Bevölkerung ausgeliefert. Vielerorts sah man auf die abgerissenen Flüchtlinge herab und unterstellte ihnen eine niedere Bildung aufgrund ihrer ungepflegten Erscheinung. Die Verbitterung über diese Ungerechtigkeit hielt bei zahlreichen Vertriebenen eine ganze Generation lang an. Doch mindestens ebenso schlimm traf die Ostpreußen das schreckliche Schicksal ihrer Tiere. Es entspricht der grausamen Wahrheit, dass der Befehl erteilt wurde, Tausende Pferde in Schleswig-Holstein und Niedersachsen zu schlachten. Unweigerlich fiel die Wahl auf die Ostpferde, die von ihren verarmten Besitzern nicht länger beschützt werden konnten. Ich habe Berichte von Vertriebenen gelesen, die es nicht ertrugen, ihre treuen Pferde auf diese Weise zu verlieren, und sich daraufhin – trotz geglückter Flucht in den Westen – schlussendlich das Leben nahmen. Die Zucht der einst so stolzen Trakehner stand vor dem Aus. Nur wenige Fohlen hatten die Strapazen der langen Reise überhaupt überlebt. In den Jahren 1946 und 1947 wurden keine weiteren geboren. Die Ostpreußische Stutbuchgesellschaft war in alle Winde zerstreut. Es fehlte nicht nur an Geld, an Futter und an Platz. Mindestens ebenso dramatisch war die Zerstörung der uralten Trakehner-Gestüte und damit der Verlust einer entsprechenden Infrastruktur von Züchtern und Zuchtpferden. Doch ein paar mutigen Männern und Frauen ist es zu verdanken, dass die Trakehner überlebt haben.

Martin Heling und Ernst Ehlert sind zwei von ihnen, die unbedingt genannt werden müssen, da sie sich in der Nachkriegszeit unermüdlich für die uralte Rasse einsetzten, wie auch der Hippologe Fritz Schilke, den ich in meinem Buch erwähne. Er kam 1945 mit seiner hochschwangeren Frau Ursula in Schleswig-Holstein an. Sein Augenmerk fiel dabei sofort auf ein paar ihm bekannte Trakehner, die mehr tot als lebendig auf Äckern und Wiesen standen. Schnell beschloss er, trotz widrigster Umstände die letzten Pferde aus Ostpreußen vor dem Schlachthaus zu retten. In dem Buch von Patricia Clough las ich: »Er lieh sich zwei kräftige Trakehner-Fuchsstuten von einer vertriebenen Bäuerin, ein Geschirr von Verwandten und einen Kutschwagen vom Schleswig-Holsteiner Landgestüt Traventhal. Mit diesem Gespann fuhr er durch die Gegend und suchte nach Züchtern. Bald war ein kleines Netz geknüpft …« Wie es ihm schlussendlich gelang, die Zucht aus Ostpreußen neu zu beleben, und welche geniale Idee die Wende brachte? Nun, das ist eine andere Geschichte …

Dank

Dieses Buch ist meiner geliebten Tante Marina Pahnke gewidmet. Leider kann sie es nicht mehr lesen, denn sie hat die Welt viel zu früh verlassen. Das Zitat am Anfang beschreibt sehr gut, wie ich über ihr Ableben denke. Sie ist noch immer da! Eines der vielen wundervollen Dinge, die ich über sie sagen kann, ist, dass sie sich selbst nie zu wichtig nahm und stets über sich lachen konnte. Es war ein mitreißendes Lachen, das mir noch immer im Ohr klingt und oft hilfreich war, wenn die Recherche zu diesem Buch mich bedrückte. Ein weiterer Dank geht – wie im ersten Band dieser Reihe – an meine wunderbaren Großeltern Herbert und Gertrud Pahnke. Durch die stundenlangen Gespräche mit ihnen habe ich überhaupt erst den Zugang zur deutschen Nachkriegsgeschichte bekommen und so den Mut gefasst, die Geschichte um Emilie zu schreiben. Ebenfalls erneut danke ich den zahlreichen Zeitzeugen, die ihre Erlebnisse auf der Flucht für die Nachwelt erzählt und aufgeschrieben haben. Viele Momente meiner Recherche werde ich wahrscheinlich nie vergessen, weil die Worte dieser Menschen mich zu Tränen rührten. Ich hoffe, mein Buch wird der Wahrheit gerecht. Nichts anderes haben diese Menschen verdient.

Mein nächster Dank geht an meinen Verlag Tinte & Feder, im Besonderen an Fabian Knecht, der mir zu diesen schwierigen Pandemiezeiten stets mit Rat und Tat zur Seite stand, sowie an die Lektorinnen Ute Köhler und Gaby Hoffmann. Beide haben keine Mühe gescheut, meinen Text mit viel Fingerspitzengefühl zu veredeln. Außerdem danke ich selbstverständlich den großartigen Frauen meiner Literaturagentur um Lianne Kolf, denen es nie zu viel ist, sich für mich und meine Geschichten einzusetzen.

Mein letzter Dank gilt meiner geliebten Familie. Zum einen meiner Mutter und meinen sieben wundervollen Geschwistern, die mich ständig wissen lassen, wie stolz sie auf mich sind. Und zum anderen meinem Mann Andrew und unseren tollen Kindern, die durch Corona ohnehin kein leichtes Jahr hatten. Es war sicher nicht immer einfach, auf Mama Rücksicht zu nehmen, wenn diese mal wieder mit den Gedanken in der Nachkriegszeit weilte. Danke für eure Liebe!

Hat Ihnen dieses Buch gefallen?

Möchten Sie informiert werden, wenn Bianca Elliott ihr nächstes Buch veröffentlicht? **Dann folgen Sie der Autorin auf Amazon.de!**
1) Suchen Sie auf Amazon.de oder in der Amazon App nach dem eben gelesenen Buch.
2) Klicken Sie auf den Namen **der Autorin**, um auf die Autorenseite zu gelangen.
3) Klicken Sie auf den »Folgen«-Button.
Noch schneller gelangen Sie zur Autorenseite, indem Sie diesen QR-Code mit Ihrem Smartphone oder Tablet scannen:

Wenn Sie dieses Buch auf einem Kindle eReader oder in der Kindle App lesen, wird Ihnen automatisch angeboten, **der Autorin** zu folgen, sobald Sie die letzte Seite des Buches erreicht haben.